우아한
환생 還生

우아한 환생_{幻生} 1

초판 1쇄 찍은 날 | 2017년 2월 23일
초판 1쇄 펴낸 날 | 2017년 3월 09일

지은이 | 이세
펴낸이 | 서경석

편 집 책 임 | 조윤희
편   집 | 이은주
         김현미
디 자 인 | 신현아

펴 낸 곳 | 도서출판 청어람
등록번호 | 제387-1999-000006호
등록일자 | 1999. 5. 31
어람번호 | 제11-0050호

주소 | 경기도 부천시 부일로 483번길 40 서경B/D 3F (우) 14640
전화 | 032-656-4452 팩스 | 032-656-4453
http://www.chungeoram.com
E—mail | chungeorambook@daum.net

ⓒ 이세, 2017

ISBN 979-11-04-91147-7 04810
ISBN 979-11-04-91146-0 (SET)

1

이세 장편소설

우아한
환생
還生

도서출판
청어
람

목차

序
마지막 어명

창경궁 영춘헌.

조선 정조 재위 24년 6월 27일.

벌레 소리조차 들리지 않는 밤이었다.

창경궁 양화당 동쪽에 자리한 집복헌과 영춘헌 주위는 마치 모든 것
이 멈춰 버린 듯 적막했다.

집복헌과 영춘헌은 궁궐의 전각이 아니라 마치 사대부의 행각처럼 단
청도 없으며 월대 위에 지은 집도 아닌 소박한 건물이었다.

집복헌은 사도세자가 태어난 곳이었고 정조는 그런 부친을 그리워하
며 집복헌 곁에 영춘헌을 지었다. 그곳에 있으면 이상하게 안온한 느낌
이 들어 마음이 가라앉고 정신이 맑아졌다.

영춘헌에 머무는 것을 좋아했던 그는 처음엔 주로 집무실 겸 독서실
로 사용하다가 수빈이 집복헌의 내실에서 아들 공(玜)을 낳고부터는 아
예 침전으로 사용하고 있었다.

주변을 모두 물린 정조는 서안 앞에 앉아 생각에 잠겨 있었다.

그의 얼굴은 병색이 완연했고 조금 전까지 누워 있던 금침은 그의 등에서 흘러나온 피고름으로 더럽혀져 있었다.

대체 어디서부터 잘못된 것일까.

이제 그는 보위에 오르기 이전부터 준비해 온 그 모든 역량을 긁어모아 개혁을 마무리하려던 참이었다. 조정에서 노론을 모두 몰아내고 남인으로 교체한 뒤 강력한 군주제를 실현하려 했던 것이다. 그 시작으로 그믐쯤에는 이가환을 정승으로 임명하고 정약용을 다시 중용하려 했다.

그런데 어찌하다 이 지경이 되었나.

보름 전 별것 아닌 것처럼 등에 돋아난 옹저(癰疽: 종기)는 이제 온몸으로 번졌다. 내의원 제조 서용보를 불러 진찰을 받은 것은 유월 열나흘, 그때까지만 해도 상태가 많이 좋아졌다는 진단을 받았었다.

그러다 다시 종기가 번지기 시작하자 유월 스무나흘에는 연훈방을 사용했다. 그날 밤 잠이 들었을 때 피고름이 저절로 흘러 요에까지 번진 양이 몇 되가 넘었다. 서용보가 살펴보고는 이는 병이 호전되고 있는 것이라 했었다.

이십육 일에도 연훈방을 사용한 후 증세가 조금 호전되는 듯하다가 경옥고를 마시니 잠자는 듯 정신이 몽롱해졌다. 영조의 병환을 돌보며 의학에 관한 한 탁월한 학식을 갖추고 있었던 그는 누구보다 자신의 체질을 잘 알고 있었다. 그는 그동안 초기의 종기가 번지게 된 원인이 인삼이 든 육화탕에 있음을 직감하고 인삼을 기피해 왔었다.

그러나 정신이 혼미해졌던 것인지 그의 평생 건강 처방인 가미소요산을 합한 사물탕과 인삼이 든 경옥고 사이에서 갈등하다가 신뢰하는 강명길의 추천이라는 말에 인삼이 든 경옥고를 복용하고 말았다.

이미 병세는 그가 느끼기에도 어려운 단계에 와 있었다.

그러나 세자 공의 나이, 이제 열한 살.

장남인 문효세자를 잃고 보니 둘째인 공은 장성할 때까지 곁에서 보살피며 교육시키고 싶었다. 자신이 어려서 부친인 사도세자를 참담하게 잃고 아버지의 보살핌을 받지 못하고 자란 결핍이 컸기 때문에 자식에 대한 애착이 더욱 강했다.

지금 자신이 잘못된다면 세자가 왕위에 올라도 수정전(영조비 정순왕후가 머물던 궁) 왕대비가 수렴청정을 하게 될 것이고 김관주(金觀柱)와 심환지(沈煥之) 등의 벽파가 정치를 주도할 것이다. 하면 그가 꿈꾸어왔던 개혁은 물거품이 될 것이 자명했다.

수정전이 누구인가, 선왕의 비로 화완옹주와 함께 그가 왕위에 오르는 것을 막기 위해 온갖 모략을 일삼던 정적이 아니던가!

지금까지야 숨통을 조여놓은 탓에 자세를 낮추고 있었지만 언제라도 기회를 잡으면 그에게 원한을 갚으려 할 것이다. 확증은 없지만 발병한 지 보름이 채 되지 않은 종기가 이렇듯 목숨을 위협하는 중병으로 발전한 데에는 분명 수정전과 연관이 있을 것이다.

이렇게 모든 것을 끝낼 수는 없었다.

"게 있는가?"

정조는 평생 자신의 곁을 지켜온 운검 김기섭을 불렀다.

"예, 전하!"

문이 열리며 그의 사제이자 평생을 지기로 지내온 겸사복장 김기섭이 들어왔다.

"사부께서 주신 것을 가져오게!"

정조는 기운 없는 목소리로 명했지만 그의 눈만은 조금 전까지 병석에 누워 있었다는 것이 믿기지 않을 정도로 비장하게 빛나고 있었다.

"사부님께서 떠나며 주신 지함 말입니까?"

김기섭이 사부라 칭하는 이는 정조의 무술 스승이며 세자익위사를 이끌던 기기마였다.

기기마는 정조가 세손이었던 시절부터 줄곧 곁을 지켜왔던 신비한 인물로 그의 무예는 신기에 가까웠고 나이를 가늠할 수 없는 기인이었다. 기기마는 신기하게도 정조와 함께한 그 긴 세월동안 늙지 않았다. 처음 본 그날처럼 언제나 한결같은 얼굴에 건장한 몸으로 정조의 곁에 있다가 그 모습 그대로 떠나갔다. 기기마가 어디서 왔는지, 또 어디로 갔는지는 누구도 알지 못했지만, 그가 평범한 인간이 아니라는 것만은 확실했다.

놀란 듯 되묻던 김기섭은 곧 그 의미를 깨달은 듯 밖으로 나갔고 잠시 뒤에 낡은 지함을 들고 들어왔다.

"전하! 이제 신이 더 이상 전하를 보필할 수 없으나, 언제가 한 번은 전하께서 원하시는 것을 들어드리겠사옵니다. 강력한 힘이 필요하실 때 이 지함을 열어보소서."

낡은 종이함을 받아 든 정조는 오래전 그의 사부 기기마가 궁궐을 떠나며 했던 말을 떠올렸다.

"사부님, ……이제 과인이 원하는 것을 들어주셔야겠습니다."

그는 떨리는 손으로 그동안 단 한 번도 열어보지 않았던 지함의 뚜껑을 열었다. 지함 속에는 낡은 붓 한 자루와 종이 한 장, 그리고 먹물이 든, 밀봉된 병이 들어 있었다.

❀

누군가 슬프게 우는 소리가 들린다.

그 소리를 따라 안개가 자욱한 숲길을 걷고 있다. 안개가 옅어지나 했더니 길 끝에서 갑자기 커다란 나무가 나타났다.

그 나무 아래에는 한 남자가 정갈한 모습으로 앉아 있다. 가까이 가서 보니 사내가 검을 들고 자결을 하려는 것이 보인다.

깜짝 놀라 그러지 말라고 손을 뻗으려는 순간 사내는 단검을 들어 자신의 몸을 푹 찔렀고, 쓰러지는 사내의 몸에 화들짝 놀란 세아는 '안 돼!'라고 소리를 지르며 깨어났다.

"또 꿈을 꿨어. 대체 몇 번째야?"

충격으로 잠시 멍해 있던 세아는 책상 옆에 걸어둔 백팩 안에서 노트를 꺼내 펼쳤다. 이것은 언젠가 백화점 세일 판매대에서 산 것으로 세아에게는 특별한 의미가 담겨 있는 노트였다.

세아는 새해 첫날, 바로 이 노트 첫 페이지에 올해 이루었으면 하는 꿈들을 적어두었다.

첫 번째는 '2015년, 새해에는 꼭 월하노인이 붉은 실로 엮어놓은 제 인연을 만나게 해주세요'라고 적었다.

어려서 아버지가 돌아가시는 바람에 세아는 병약한 어머니와 살면서 일찌감치 아르바이트 전선에 나섰다.

그러다 고등학교 2학년 때 어머니는 재혼을 했지만, 새아버지의 학대 때문에 대학에 입학하자마자 곧바로 집을 나와 혼자 살 수밖에 없었다. 월세와 생활비까지 벌어가며 바쁘게 살다 보니 스물다섯 살이 되도록 제대로 된 연애 한번 못 해본 세아였다.

2015년에는 정말 멋진 남자 친구가 뚝 떨어지기를 간절히 빌었다.

그리고 두 번째는 역시 '무사히 졸업하고 취직하게 해주세요'였다.

아르바이트를 해서 버는 돈은 생활비로만 써도 빠듯했고 그 탓에 대학 학비는 모두 학자금 대출을 받아야 했다. 그것은 훗날 고스란히 세아가 갚아야 할 빚이었다.

그러나 세아는 대학을 졸업하고도 취직이 잘 되지 않아 하는 수 없이 대학원에 진학했다. 그러니 이번에 대학원을 졸업하고도 취직을 하지 못한다면…… 정말, 그 앞일은 생각하기도 싫었다.

그렇게 두 개의 소망이 적혀 있는 노트의 뒷장에는 세아가 새해 첫날부터 지금까지 꾼 꿈들이 기록되어 있었다.

세아는 펜을 들고 노트에 방금 전에 꾼, 아홉 번째 꿈에 대해 기억나는 대로 적기 시작했다.

2015년 6월 26일. 아홉 번째.
이제까지 꾼 꿈 중에 가장 충격적이었다.
누군가 죽었다.
안개가 자욱한 숲길을 걷고 있었다. 길 끝에서 커다란 나무가 나타났고 조선시대의 무사로 보이는 한 남자가 앉아 있었다. 가까이 다가가자 그는 칼을 들고 자신을 찔렀다. 그의 몸은 앞으로 꼬꾸라졌고 나는 놀라서 깼다.

이상하게 잠에서 깬 후에도 사소한 것들까지 또렷하게 기억이 나는 꿈이었다.

2015년 새해 첫날 아침, 그녀를 깨운 것도 바로 이런 꿈이었다. 그 꿈은 아주 짧았지만 너무나 강렬해서 아직도 기억에 생생했다.

"세야, 나의 호위무사가 되어다오."

조선 시대 왕의 복장을 한 젊은 남자가 나타나 그렇게 말했다.

그 이후로도 조선 시대의 어딘가를 걷고 있는 꿈을 계속 꾸었다. 어떤 꿈에서는 여러 명의 아이들이 괴한들의 습격으로 죽기도 했고, 또 다른 꿈에서는 누군가의 혼례식에 서 있기도 했으며, 괴한들의 습격으로 화려한 차림의 여인이 죽기도 했고, 강이라는 이름의 젊은 남자가 죽는 꿈을 꾸기도 했었다. 그렇게 반복해 꾸는 꿈들이 연결되어 있다는 느낌이 들자 세아는 그 꿈의 내용을 잊어버리지 않으려고 노트에 적어두기 시작했다.

계속 연결되는 꿈.

그 남자는 누굴까?

꿈 저편의 그가 무언가 이야기를 하고 싶어 하는 것만 같은데 대체 무엇을 말하고자 하는 것인지 알아들을 수가 없어 한편으로는 조금 답답하다고 생각했다.

세아가 꿈의 내용을 다 적고 노트를 덮었을 때 전화벨이 울렸다.

[김동환 교수님 자리에 계신가요? 핸드폰이 꺼져 있어서요.]

"예, 실례지만 어디시죠?"

[국립 박물관 김민우라고 전해주세요.]

"예, 잠깐만 기다리세요."

전화를 돌려주고 얼마 지나지 않아 김동환 교수가 세아를 불렀다.

김동환 교수는 역사학자로 세아는 그의 프로젝트를 도와 조교로 일하고 있었다.

"찾으셨어요, 교수님?"

"응, 하나 부탁할 게 있어서 말이야."

김동환 교수는 내일 제주도에서 열리는 세미나에 참석하기 위해 서류를 챙기며 떠날 준비를 하던 길이었다.

"예, 말씀하세요."

"국립 박물관에서 연락이 왔는데, 얼마 전 창경궁 담장을 수리하다가 기왓장 사이에서 뭘 발견했나 봐."

"국립 박물관이요?"

"그래, 거기에 내 제자가 있다고 이야기 했었나?"

김동환 교수는 명함 지갑에서 명함 한 장을 꺼내 세아에게 주었다.

"네, 김민우 학예사님이요? 지난번에 얘기하셨어요. 그런데 뭐가 나왔다는 거죠?"

세아는 이름과 연락처만 적힌 심플한 디자인의 명함을 들여다보며 물었다.

"창경궁 담장의 기왓장 사이에서 둥근 통이 하나 나왔는데 그 속에서 서찰로 보이는 종이가 나왔다는군. 필체가 지난번 발견된 정조 어찰첩과 비슷하다고 하는 거야."

"정조 대왕의 어찰이요?"

"응, 내가 당장 가봤으면 좋겠는데…… 일단 자네가 내일 박물관으로 가서 먼저 한번 봐줘. 사진도 찍어 보내주고."

"제가 가도 될까요?"

"지난번 정조의 어찰집을 분석할 때 자네가 자료 정리를 했잖아."

"예, 그렇게 하겠습니다."

교수를 도와 정조의 어찰첩에 대해 연구해 왔던 세아는 편지의 진위를 확인하는 중요한 일을 맡겨준 것이 너무 고마워 망설임 없이 그렇게 하겠노라고 대답했다.

"가방은 다 챙기셨어요?"

"응, 다 됐어."

김동환 교수는 그렇게 대답하며 서류 가방을 들고 일어섰다.

시간을 허투루 보내는 법이 없는 그는 늘 연구하고 답사를 다니는 열정적인 사람이었다. 그런 김 교수를 돕는 것은 몸이 고달픈 일이었지만 그래도 세아는 교수의 열정을 배우고 싶었다.

"갈아입으실 옷은 챙기셨어요?"

"차에 있지."

"다녀오세요, 교수님!"

"그래, 내일 민우에게 먼저 전화하고 가."

그는 다시 한 번 세아를 돌아보며 당부했다.

"네, 교수님!"

희끗희끗한 은발에 구겨진 셔츠와 무릎 나온 바지를 입었어도 그는 여전히 멋스러운 신사였다. 세아는 문 밖까지 따라 나가 김동환 교수를 배웅했다.

다음 날, 세아는 김 교수가 떠나며 부탁한 일을 처리하기 위해 용산에 있는 국립 박물관으로 향했다. 미리 김민우 학예사와 통화를 하고 약속 시간을 잡았지만 일이 조금 늦게 끝나 급하게 택시를 타고 가야만 했다.

"여기 세워주세요, 아저씨!"

택시에서 내리던 세아는 순간 현기증을 느꼈다.

강하게 내리쪼이는 한낮의 햇볕 때문이라고 생각하며 세아는 건물 안으로 들어갔다. 국립 박물관 서화 보존실의 학예사인 민우의 사무실은 박물관 직원도 출입이 제한되어 있는 수장고 옆 특급 보안 지역의 육중한 철제문 앞에 있었다. 그 철제문 안으로 들어가면 분야별로 전문화된 문화재 보존 작업실들이 있었다.

"어?"

문을 열고 민우의 사무실 안으로 들어간 세아는 벽에 걸린 정조 대왕의 어진(御眞: 왕의 초상화)을 발견하고 걸음을 멈췄다. 정조의 어진은 소실되어 사람들이 상상해서 그린 것이 널리 알려진 것인데 이곳에 있는 것은 선원보략에 남아 있는 간단한 그림을 토대로 그린 것이었다.

세아는 고등학교 3학년 여름방학 때 선원보략에 실려 있는 정조의 어진을 처음 보았다.

박물관 견학을 갔다가 보게 된 어진 속의 그가 마치 살아 있는 사람처럼 생생하게 다가왔었다. 그림 속 그의 눈빛이 너무나 슬퍼 보여 세아는 가슴이 아려오고 숨이 멎을 것만 같았다.

그녀는 그렇게 한순간에 정조라는 인물에게 매혹되고 말았다.

자신이 사학과에 진학한 이유가 바로 거기서 기인했을 것이라는 생각을 다시 한 번 하는 세아였다.

"혹시 오세아 씨?"

세아는 등 뒤에서 들려오는 부드러운 남자의 목소리에 돌아섰다. 모델처럼 멋스러우면서도 과하지 않게 우아한 남자의 모습이 보였다.

"김민우라고 합니다."

"아, 예."

세아는 주인 없는 사무실에 함부로 들어와 있었다는 것에 당황해 목소리가 떨려 나왔다.

"커피가 떨어져서 가지러 간 사이에 오셨네요?"

"네, 네!"

세아는 서둘러 지갑을 꺼내 명함을 찾아 건넸다.

"오세아라고 합니다."

"네, 기다리고 있었습니다."

명함을 받아 든 민우의 입꼬리가 슬며시 올라갔다.

'이러면서 무슨 남자를 만나겠다고…….'

세아는 속으로 한숨을 푹 내쉬었다.

연애를 제대로 해본 적이 없어서인지 세아는 젊은 남자 앞에만 서면 말도 제대로 하질 못했다. 평소에는 꽤 똑똑하다는 말을 듣는 편인데 젊은 남자 앞에만 서면 그 모양이었다.

"커피, 괜찮아요?"

사무실은 넓고 깨끗했지만 중앙에 놓여 있는 커다란 책상 위에는 자료들이 가득 쌓여 있었다. 세아가 책상 위의 자료들에 시선을 빼앗기고 있을 때 민우는 커피 원두를 꺼내고 있었다.

"그 서찰 먼저 보고 싶은데요?"

세아는 커피보다는 서찰의 진위를 확인하고 싶은 마음이 더 급했다. 원두를 갈아서 커피를 내리는 시간도 기다릴 수 없을 것 같았다.

"그러시죠, 그럼!"

민우는 그녀의 마음을 이해한다는 듯 고개를 끄덕이며 작고 둥근 나무함을 꺼냈다.

"기름종이에 싸여 있었는데 이상하게도 금방 쓴 것처럼 깨끗하더라고요. 그래도 공기와 접촉하면 좋지 않을 것 같아서 둥근 통에 다시 넣어 오동나무 함에 보관한 겁니다."

"창경궁 담장 보수공사를 하다가 발견하셨다고요?"

"기왓장 사이에서 발견했답니다. 기름종이로 겹겹이 싼 것을 보면 굉장히 중요한 것 같습니다."

민우의 말을 들으며 편지를 펼쳐 보려는데 단검이 툭 떨어졌다.

"어, 이건!"

세아는 깜짝 놀랐다. 분명 어디선가 본 적이 있는 단검인데 어디서 봤는지 기억이 나지 않았다.

세아는 떨어진 단검을 주워 들고 종이에 쓰여 있는 글씨를 읽기 시작했다.

마지막 어명이다. 세야, 돌아와 너의 일을 다하라.

이산.

세아가 편지를 읽기 시작하자 그녀의 등 뒤에 걸려 있던 정조의 어진에서 점점 빛이 나기 시작했다. 세아는 목이 졸리는 듯한 극심한 통증을 느끼며 그대로 쓰러졌다.

"세아 씨! 오세아 씨!"

놀란 민우의 비명 소리가 울려 퍼졌다.

一

눈 떠보니 갓난아기

조선, 영조 30년, 한양. 한상수의 집.

물기를 머금은 바람에 풀잎들이 누웠다. 큰비를 몰고 오려는 것인지
하루 종일 먹장구름이 하늘을 무겁게 짓누르고 있었다.

세월의 무게를 버티고 서 있는 고택의 청회색 지붕 위로 무거운 어둠
이 겹겹이 몰려드는 저녁 무렵이었다.

"대감마님!"

이 집안의 주인인 한태혁이 깊이 신뢰하고 있는 청지기 을동이 중치
막 자락을 휘날리며 사랑채로 달려왔다.

"물러가 있거라."

사랑채 중문 앞에 서서 기다리고 있던 하녀 언년이가 고하려 하자 그
는 서둘러 물러가라 하고 안으로 들어갔다.

"그래, 알아보았더냐?"

오랫동안 변방을 지키다가 얼마 전에 한양으로 돌아온 무장 한태혁
은 마당을 서성이며 청지기가 돌아오기를 노심초사 기다리고 있었다.

목에 가시처럼 걸려 머릿속에서 떠나지 않는 일이 있었던 것이다.

"예, 대감마님! 조금 전 솥에 물을 끓이기 시작하는 것을 보니 별채 아씨께 진통이 있으신 것 같습니다."

"그래……"

한태혁은 천천히 옮기던 발걸음을 멈추었다. 주인의 명을 기다리며 두어 걸음 떨어져 따르던 청지기는 무슨 일인가 의아한 얼굴로 고개를 조아렸다.

"가까이 오라!"

"예."

청지기가 허리를 숙이자 한태혁은 누군가 듣고 있지는 않은지 확인이라도 하려는 듯 뒤를 돌아보며 주위를 살폈다.

"네가 해야 할 일이 있다."

한태혁은 침울하게 가라앉은 목소리로 힘주어 말했다.

"예, 대감마님!"

"아기가 태어나면 곧바로 이리로 데려오너라!"

한태혁의 뜻밖에 명에 을동은 당황하여 고개를 쳐들고 말았다.

"대감마님!"

갓 태어난 아기는 문밖출입을 하기는커녕 삼칠일 동안은 아기가 있는 방에 사람을 들이는 것도 조심하는 것이 법도인데, 또 무슨 일을 꾸미려고 이런 명을 내린단 말인가. 을동은 어쩐지 느낌이 좋지 않았다.

"쉿!"

한태혁은 이마를 잔뜩 찌푸리며 책망하였지만 이 살벌한 집안에서 눈치 하나로 목숨 부지하고 있는 을동은 그의 눈치를 살피느라 정신이 없었다.

"무사들을 데리고 가서 기다렸다가 아기가 태어나면 그길로 내게 데려오너라!"

"예, 대감마님!"

을동은 주인의 생각을 알 것 같았다. 이제껏 곁에서 지켜본 그의 성정으로 볼 때 아기를 그냥 빼앗아 오려는 것은 아닐 것이었다.

대대로 이 집안에는 한 대 건너 쌍둥이들이 태어나는데 여아와 남아가 같이 태어나는 경우 그 남아는 운이 좋지 않았다. 원래도 쌍둥이는 불길하다고 하는데 그중 한 아이가 여아이기까지 하다면 더더욱 좋지 않다고 여긴 것이다.

"두 아기가 다 여아이거나 사내아이면 살려서 데려오고, 만약 둘 중 하나가 여아라면 그 자리에서 죽여서 데려오너라!"

혹시나 싶어 한태혁의 뜻을 살피던 을동의 얼굴은 사색이 되었다.

그리 무서운 명을 내리면서도 그의 낯빛은 태연했다. 남아와 여아가 같이 태어날 경우 여아를 버리는 경우는 왕왕 있었지만 죽이라는 경우는 드물었다. 하지만 한태혁은 단단히 마음을 먹은 듯 보였다.

한태혁이 변방에 있을 때 조선에서도 이름난 점쟁이가 일부러 먼 길을 찾아온 적이 있었다. 그가 말하기를, 훗날 아들 며느리는 쌍둥이를 낳을 것인즉, 그중 한 아이가 여아라면 태어나자마자 죽여야 한다고 신신당부를 한 것이었다. 그렇지 않으면 집안이 멸문지화를 당할 것이라 하였다. 반신반의하던 그도 며느리가 쌍태아를 가진 것을 알게 되자 가문을 위해 무서운 결심을 하고 만 것이다.

지금 별당에서 산고를 겪고 있는 며느리 허씨가 낳을 아이 중 하나가 여아라면 피바람은 피할 수 없을 것이었다.

"하오나 대감마님!"

아무리 주인의 명이라고는 하지만 어찌 사람으로 나서 그리 모진 짓을 골라 할 수 있을 것인가. 그것도 자신의 손으로. 허옇게 질린 을동의 입술이 두려움으로 부들부들 떨렸다.

그러나 낮말은 새가 듣고 밤 말은 쥐가 듣는 법, 청지기 을동이 애써 물러가라 내쫓는 것이 오히려 언년이의 호기심을 자극한 것이었다.

"세상에! 이를 어째?"

사랑채 문 앞에 숨어 한태혁과 을동의 대화를 들은 언년이는 숨이 턱 막혔다. 언년이는 두려움에 덜덜 떨며 안채로 달려갔다.

"그 업보를 다 어찌하시려고!"

언년이로부터 그 무서운 이야기를 전해 들은 안방마님 김씨는 손바닥으로 서안을 내려쳤다.

남편의 마음을 손바닥 들여다보듯 빤히 들여다보는 김씨였다. 지금 그가 하려는 일은 분명 씻을 수 없는 죄를 짓는 일이 틀림없었다.

"이 일을 어찌할꼬!"

김씨는 치밀어 오르는 울화로 쥐가 날 것 같은 머리를 누르며 애써 마음을 다스렸다.

✺

숨을 쉴 수 없이 뜨거운 고통이 목을 타고 내려가자 세아는 곧 의식을 잃고 혼돈 속으로 빠져들어 갔다. 눈앞이 온통 캄캄해지며 갑자기 몸이 둥둥 떠오르는 느낌이 들더니 따뜻한 물속을 헤엄쳐 다니는 기분이 들었다.

하지만 아늑하고 평온한 것이 나쁘지 않았다. 그렇게 얼마의 시간이 흘렀을까, 세아는 무언가가 강력하게 몸을 옥죄는 느낌을 받았다.

거부할 수 없는 힘에 이끌려 세아는 좁고 어두운 터널을 천천히 돌며 앞으로 나아갔다. 어느 순간 세아는 강력한 힘에 의해 이끌려 마치 허공으로 들려지는 느낌이 들었다.

"세상에, 이를 어째 이번엔 여자 아기씨네요!"

아기를 받은 산파는 망연자실한 얼굴로 기진해 누워 있는 산모를 바라보았다.

비가 쏟아지는 밤, 병조참의 한상수의 집 별채에서 부인 허혜원이 아기를 낳았다. 저녁부터 쏟아지기 시작한 장대 같은 빗줄기에 낙숫물 소리가 너무 요란해 먼저 태어난 사내 아기의 울음소리는 묻혀 버렸다.

"나리, 마님께서 지금 막 아기씨를 낳으셨습니다!"

늦은 밤 퇴청한 한상수가 별채로 들어서자 여종 달래가 달려와 아씨가 아기를 낳았다고 전했다.

"아씨는 어떠시냐?"

"아기씨들도 마님도 괜찮으십니다요!"

"아기씨들이라니?"

"저, 그것이……."

"답답하구나, 어서 말해보거라!"

주위를 살피며 말끝을 흐리는 달래가 답답해서 한상수는 속히 말을 하라 다그쳤다.

"대감마님, 아드님과 따님을 한 번에 얻으셨습니다요!"

쌍태아를 가진 것은 알았지만 부인 허씨가 아들과 딸, 쌍둥이를 낳았다는 것에 한상수는 놀라고 말았다.

"뭐라? 남아와 여아가 같이 나왔더란 말이냐?"

"예, 나리……."

"이것을 누가 또 알고 있느냐?"

한상수는 사랑채에 돌아와 있는 부친이 이 사실을 알게 될까 두려워 주위를 살폈다.

"이제 막 여자 아기씨가 태어나는 것을 보고 달려 나왔으니 산파와 쇤네밖에는 모릅니다."

"그래, 잘 하였다. 들어가자!"

한상수가 부인 허씨를 보기 위해 들어간 안방에는 달래의 말처럼 두

명의 아기가 있었다. 산파의 손에는 아직도 울음을 터뜨리지 않는 아기가 안겨 있었는데, 산파가 아기의 엉덩이를 찰싹 찰싹 때리니 드디어 숨이 트인 아기는 자지러지게 큰 울음을 터뜨렸다.

'아! 아야! 대체 누가 나를 때리는 거야! 아! 아!'

힘을 주어도 눈은 떠지지 않고 누군가 자신의 엉덩이를 찰싹 찰싹 때리니 아프다는 본능에 세아는 짜증스럽게 소리쳤지만 입에서 나오는 것은 응애, 응애 갓난아기의 울음소리뿐이었다. 그러나 그 울음소리조차도 세아의 귀에는 웅웅거리는 울림으로밖에 들리지 않았다.

'아, 답답해! 뭐가 어떻게 된 거야!'

어둡고 갑갑해서 견딜 수가 없었던 세아는 있는 힘을 다해 눈을 번쩍 떴다. 사력을 다해 눈꺼풀을 드니 캄캄했던 세상에 희뿌연 빛이 스며들었다.

"그 아이가 여아인가?"

"예, 나리! 안아보시겠습니까?"

"아니 아기가 태어나자마자 눈을 뜨고, 눈망울은 어찌 이리 또랑또랑할꼬?"

산파의 손에서 아기를 받아 안은 한상수는 태어나자마자 눈을 뜨고 자신을 빤히 바라보는 아기를 들여다보았다.

"눈망울이 또랑또랑하면 무엇을 하겠습니까, 쌍둥이로 태어난 아이가 여아와 남아면 좋지 않다고 하는데 어찌합니까."

"당치 않소, 한 번에 대를 이을 아들과 어여쁜 딸을 얻었으니 얼마나 좋은 일이오?"

한상수는 산고를 치르고도 활짝 웃을 수 없는 허씨를 안심시키기 위해 애를 썼지만 그 역시 부모님과 집안의 완고한 어른들을 생각하면 걱정이 되었다.

"대대로 서로 성이 다른 쌍둥이가 태어나면 여아가 사내아이의 앞길을 막는다고 하지 않았습니까. 하니 어머님이 아시면 그 아이를 내다 버리라 하실 것입니다."

허씨는 연약한 몸으로 두 명의 아기를 무사히 출산하고도 그런 걱정에 몸을 떨었다.

세아가 비명을 지르자 그녀의 입에서는 응애, 응애 자지러지는 갓난아기의 울음소리가 터져 나왔다.

'뭐야! 도대체 이게 무슨 일이야? 온몸이 왜 이렇게 아픈 거야……'

아무리 자세히 보려고 해도 눈앞이 희뿌연 것이 한 치 앞도 보이지 않는 안개가 낀 것 같았다.

소리도 잘 들리지 않고 몸도 마음대로 움직이지 않고 앞도 안 보이는 데다 말조차 하는 게 쉽지 않으니 세아의 입에서는 짜증스러운 비명이 흘러나왔다.

하지만 그 소리 역시 그저 갓난아기의 입에서 흘러나오는 자지러지는 울음소리일 뿐이었다.

"여아가 성질이 있구료, 사내 녀석은 이리 의젓한데!"

놀란 한상수가 안고 있던 아이를 부인 옆에 누워 있는 또 다른 아기 옆에 눕혔다.

"이 아이의 이름은 세, 사내아이는 결이 어떻습니까, 부인?"

한상수는 세아가 들어가 있는 여자 아기에게는 세, 아들에게는 결이라는 이름을 지어주었다.

"세? 사내아이의 이름이 결인 것은 부르기도 좋고 듣기도 좋습니다만, 여아가 세인 것은 어째 좀……."

"이 아기가 여아이긴 하지만 눈망울이 이리 또렷한 것을 보면 보통 아이는 아닐 것입니다. 나는 아들을 낳으면 하나는 맑고 청렴하기를 바라며 결(潔), 또 하나는 사람들 사이에서 그들을 도울 수 있기를 바라며 세(世)라고 지어주고 싶었소. 이 아이에게는 세라는 이름도 어울릴 것 같구려."

"예에?"

"내가 상황을 봐서 어머니를 설득할 때까지만 우선은 이 아이를 사내
아이로 키웁시다."

"하지만 어머님께서 계신데 여아를 사내로 키우는 것이 가능하겠습
니까?"

"부인은 심려 말고 쉬세요. 우선은 아기들을 돌보는 달래와 별채에
드나드는 가솔들의 입단속을 해두었다가 기회를 봐서 어머님께 말씀 드
릴 것이오."

한상수는 어떻게 여아를 사내로 키우겠냐고 만류하는 부인에게 우선
은 집안 가솔들의 입단속을 단단히 해두라고 당부했다.

"답답한 소리들 하고 있구나!"

방문이 열리며 시어머니 김씨가 들어오자 허씨는 그대로 온몸이 얼어
붙는 것만 같았다. 병환이 깊어 자리에 누워 있던 그녀가 직접 온 것을
보니 상황이 심상치가 않은 것이었다.

"어머님!"

놀란 한상수가 자리에서 일어서며 보니 김씨의 뒤로 아기들의 유모
분이가 제 아들을 안고 들어왔다. 분이는 김씨의 친정에서 보낸 하녀로
이틀 전에 출산을 하여 아기들의 젖어미로 들인 것이었다.

"대감께서 무사들을 이리로 보내실 것이다. 아기들을 직접 보려고 하
실 게야!"

"어찌합니까, 어머니?"

놀란 허씨는 조금 전 아기를 낳았다는 것도 잊고 여아를 안고 자리에
서 일어섰다.

"분이야, 아기를 이리 다오!"

"예, 마님!"

"아가, 일이 심상치가 않으니 그 여아는 분이에게 맡겨야겠다!"

분이가 제 아들을 내어주자 김씨는 그 아기를 들여다보며 말했다. 그제야 시어머니의 깊은 뜻을 알아차린 허씨의 일그러졌던 안색이 환하게 밝아졌다.

"분이, 아기를 부탁하네!"

허씨는 분이에게 여아를 주며 눈물을 글썽였다.

"아기들을 데리러 올 것이니 아기는 애비와 내가 안고 가마. 너는 걱정 말고 쉬고 있거라."

김씨는 아기를 내어주고 죄인처럼 오동거리고 서 있는 며느리 허씨에게 심려 말라는 얼굴로 고개를 끄덕여 보였다.

"어머님!"

만에 하나라도 아기가 바뀐 것이 탄로 난다면 자신은 물론 남편도 큰일이었다. 그뿐인가, 이일을 주도한 시어머니까지도 어찌 될지 모를 일이었다.

여장부처럼 큰 체구에 우렁찬 목소리로 늘 타박만 해서 두렵기만 했던 시어머니가 막상 위급한 순간에 힘이 되어주자 허씨는 고마운 마음에 목이 메었다.

"갓 태어난 아기씨입니다. 오랫동안 아기씨들을 키워온 쇤네가 안기도 아직은 조심스럽습니다. 쇤네가 안고 가겠습니다."

"아니 된다!"

그러나 김씨는 아기를 달라고 팔을 벌리며 다가서는 분이를 향해 침착하게 고개를 저었다.

"마님?"

깜짝 놀란 분이가 의아한 눈빛으로 김씨를 쳐다보았다.

"분이야! 네가 이 집에 온 지 며칠 되지 않아 대감께서는 너와 네 아들에 대해 알지 못하신다. 하나 네가 여아를 데리고 있다는 것을 알게 된다면 그분 성정에 분명 의심을 하실 것이 틀림없다. 그러니 너는 그 아기를 데리고 잠시 피신해 있어야 할 것이다."

허씨는 이런 다급한 상황에서도 침착함을 잃지 않고 일을 해결해 가는 시어머니의 지혜로움에 다시 한 번 감탄하였다. 하지만 김씨의 눈썹 끝이 미세하게 떨리는 것을 마지막 순간 알아차리지 못했다면 그 체구만큼이나 크고 대담한 배포에 섬뜩함을 느낄 뻔했을 것이었다.

"예, 마님!"

그제야 김씨의 생각이 무엇인지를 알게 된 분이는 그녀의 품에 안겨 있는 제 아들을 들여다보며 눈물을 흘렸다.

"나리! 소인 을동입니다!"

김씨와 한상수가 아기들을 안고 나가려 할 때 청지기가 왔다.

"무슨 일인가?"

김씨가 태연한 얼굴로 내다보며 물었다.

"대감마님께서 아기씨들을 뵈셔 오라십니다!"

"어찌 삼칠일도 지나지 않은 갓난아기를 보시겠다고 하시는지 모르겠으나, 알겠으니 지우산이나 준비하게!"

"예, 마님!"

김씨와 한상수는 아무 일도 없었던 것처럼 아기들을 안고 사랑채로 향했다.

"이제 이 일을 어찌합니까, 아씨?"

간신히 정신을 추스른 분이는 열린 방문 틈으로 멀어지는 아들을 바라보다 다시 눈물을 뿌리며 돌아서고 말았다.

"아가! 미안하구나."

수척하고 피폐한 모습으로 이불 위에 앉아 있던 허씨는 강보에 싸인 아기를 가만히 품어 안았다. 말랑한 아기의 따뜻하고 부드러운 온기가 그녀의 가슴을 따뜻하게 해주었다.

아직은 무슨 일이 일어난 것인지 아무것도 모르는 세아는 세상에 나오는 것이 너무 힘들어 지쳐 잠들어 있었다.

"아가야, 조선에서 여인으로 살아가는 것은 결코 쉽지 않은 길이란다. 너 또한 살아남는 길이 고달프고 험난하겠지만 이 가엾은 어미를 생각해서 강건하게 살아주렴."

허씨는 그렇게 속삭이며 아기를 꼭 껴안았고 그런 모녀를 지켜보던 분이는 눈물을 훔치며 한숨을 내쉬었다.

"먼 길을 가야 할 것이니 아기에게 젖을 먹여주게!"

방문 앞에서 허둥거리고 있던 분이는 움찔하며 허씨를 쳐다보았다. 두 사람 사이에는 꽤 긴 침묵이 흘렀다. 침묵하는 동안 두 사람의 얼굴에는 똑같이 근심과 이제는 할 수 없다는 체념의 빛이 돌았다.

"아기씨의 운명이 예사롭지가 않습니다, 대체 어찌해야 한다는 말입니까?"

분이는 침통한 표정으로 아기를 들여다보며 한숨을 내쉬었고, 지켜보고 있는 허씨의 얼굴에는 비장함이 감돌았다. 그녀는 어떻게 해서라도 자식을 지켜야 하는 어머니였다.

"우선은 가회동에 있는 내 동무에게로 가 있게. 나와는 친자매 같은 사이였으니 잘 돌봐줄 것일세."

허씨는 붓과 먹물을 꺼내 서안 앞에 앉았다.

가회동에 시집가서 살고 있는 동무 송경애에게 분이와 아기를 부탁하는 편지를 쓰려는 것이었다. 친자매처럼 가까운 경애라면 아마도 분이와 아기를 맡아주는 데 소홀하지는 않을 것이다. 지금으로서는 그것밖에는 달리 방법이 없었다.

"아기를 잘 지켜주겠다고 약조해 주게."

허씨는 마치 아주 오래전부터 알고 있던 사이처럼 친근하고 다정한 목소리로 말했다.

"그럼요, 제 아들을 아씨께 맡겼지 않습니까! 제 목숨을 걸고 아기씨를 지켜 드릴 것입니다."

"자네 아들은 내 아들과 똑같이 키울 것이니 심려하지 말게, 기회를 봐서 아버님이 다시 변방으로 떠나시면 바로 데리러 갈 것이니 이 아기도 사내아이로 키워주게."

"사내아이로요?"

"그래야 자네와 아기가 다시 돌아오면 아기를 바꾸지 않겠나?"

그렇게 말하는 허씨의 눈빛은 초연했지만 유모인 분이가 보기에는 한없이 애처롭고 안타깝게 느껴졌다.

"예, 듣고 보니 그렇겠습니다."

"부탁하네."

사실 이대로 갓난아기를 떼어준다는 것이 허씨로서는 눈앞이 캄캄하고 두려운 것이었다.

"힘들어도, 두 아이 모두 무사히 순산하기만 빌었건만……."

열 달을 품고 있던 아기를 여아라는 이유만으로 이렇게 떠나보내야 하는 것이 한없이 분하고 가슴이 저리고 아팠다.

"첫 아기가 쌍둥이라 남들보다 몇 배나 힘이 드셨을 것입니다"

이틀 전에 아들을 낳은 분이 역시 누구보다 허씨의 마음을 잘 알 것 같았다. 하여, 분이는 자신 역시 막 출산을 한 몸임에도 불구하고 아이의 가련한 운명을 위해 나섰다.

"어떤 때는 몸이 무겁고 고통스러워 견디기 힘이 들었네, 그때마다 태중에 아기들이 힘차게 발길질을 해서 내게 힘을 주었다네."

아기를 위해서라도 마음을 모질게 먹고 그리해야 한다는 것을 허씨는 잘 알고 있었다. 입술을 깨물며 다짐하고 또 다짐을 하지만 슬픔이 칼끝처럼 날카롭게 그녀의 심장을 헤집어 아리고 아팠다. 그러나 앞으로 험난하게 살아남아야 할 아기를 생각하면 감히 신음 소리조차 낼 수 없었다.

"어머니를 지켜준 아기씨군요."

허씨를 지켜보던 분이는 아기에게 젖을 물렸다.

몸이 또 허공으로 들리고 비릿한 냄새가 나더니만 입가에 살덩이 같은 것이 닿아오자 세아는 깜짝 놀랐다. 누군가 자신에게 젖을 먹이려고 하는 것이었다.

'뭐, 뭐야! 지금 뭘 먹이려는 거야! 당신들 누구야! 대체 나한테 왜 이래?'

세아는 기겁해서 비명을 질러댔지만 역시나 그것은 말이 되어 나오지는 않았다.

"마님! 아기씨가 젖을 물지 않습니다."

"여아가 고집이 있는 것인가?"

허씨는 동무에게 보내는 편지를 접어 봉투에 넣으며 젖을 먹지 않으려 하는 아이를 어르고 달래는 분이를 물끄러미 바라보았다. 이제는 오로지 가회동에 있는 경애를 믿어볼 수밖에 없었다.

분이가 가회동에 있는 좌의정 서동환의 가택에 당도한 것은 해(亥: 오후 9시~오후 11시)시가 지날 무렵이었다.

"어서 오게!"

달래가 먼저 달려가 허씨의 서신을 이 댁 며느리인 송경애에게 전했다. 송씨는 그 늦은 시간까지 잠자리에 들지 못하고 기다리고 있었다. 분이는 사람들의 눈을 피해 늦은 밤 가마를 타고 은밀하게 움직였다.

"아가, 다시 데리러 올 때까지 무탈하게 있어다오."

아기를 지키기 위해 먼발치에서 가마를 따라온 한상수를 제외하고는 누구도 분이가 어디로 갔는지 보지 못했다.

"그 아기씨인가?"

분이가 안고 있는 아기를 바라보던 송씨는 지나치게 침착하여 싸늘함마저 느껴지는 목소리로 물었다.

"예, 그러하옵니다."

분이는 허씨와는 달리 차가운 기운이 도는 송씨를 조심스레 관찰했다.

"이 아이가 혜원의 아기란 말이지?"

잠든 아기를 가만히 안아보던 송씨는 가벼운 한숨을 내쉬었다.

"예, 아씨."

"참으로 딱한 아기가 아닌가!"

이미 아들이 있는 송씨는 여식을 하나 얻는 것이 소망이었건만 친자매처럼 가까운 동무 혜원은 여식을 얻고도 키우지를 못하니 참으로 안타까운 일이었다.

"이렇게 거둬주시니 고맙습니다, 아씨!"

"오느라 고생하였네. 집안에 어른들께는 친정에서 보낸 내 아들의 유모라 아뢰고 허락을 받았으니 그리 알고 물러가 쉬도록 하게."

송씨가 주저 없이 허씨의 아기인 한세를 받아들이자 분이는 조용히 안도의 한숨을 내쉬었다.

"우선 이 아이는 자네의 아들로 해두고 한세라 부르세."

"예, 마님. 고맙습니다."

이곳까지 오느라 애간장을 졸였던 분이는 아기를 데리고 무사히 머물 곳을 찾자 감격의 눈물을 흘렸다.

"따르세요."

송씨의 아들 서강을 보살피는 금동이가 별채에 치워둔 방으로 안내했다.

이제 무사히 한고비를 넘겼다 생각하니 맥이 풀린 분이는 다리가 후들거렸지만 서둘러 아기를 데리고 별채로 발걸음을 옮겼다.

비가 내린 뒤라 달이 구름에 가리어 사방이 어두웠다. 이미 불이 꺼진 가회당은 깊이를 알 수 없는 깊은 어둠 속으로 가라앉아 있었다. 아기를 안은 분이는 한 걸음 한 걸음 조심스럽게 앞으로 나갔다.

❀

그 이후로 열흘이 다 되어 가도록 세아는 지금 자신에게 무슨 일이 일어난 것인지 제대로 알기 어려웠다. 처음에는 누군가 몸을 함부로 만지고 대소변까지 받아내는 것으로 보아 혼수상태에 빠져 병원에 누워 있는 것이 틀림없다고 생각했다. 그러나 하루가 지나기 전에 그것이 틀렸다는 것을 알았다.

세아는 처음 열흘 동안은 이 모든 것이 꿈이길 기도했고 그다음 열흘은 뭔가 잘못되었다고 소리쳤지만 그 모든 말들은 그저 갓난아기의 옹알이나 울음소리로 치부되었다.

"에그머니, 우리 아기씨 쉬하셨네?"

'어, 어! 지금 이게 뭐하는 짓이에요? 그냥 두지 못해요!'

처음 분이가 젖을 물려줄 때, 또 기저귀를 갈아줄 때 현대에서 스물다섯 살이었던 세아는 거의 발악에 가까운 비명을 질러댔다.

"순한 아기는 아니로구나."

덕분에 분이와 송씨에겐 허씨가 좀 극성스러운 여자 아기를 낳은 것이 되어버렸다.

그러나 시간이 흐를수록 세아도 이 상황을 받아들일 수밖에 없었다. 배가 고프니 이성은 거부해도 입술은 부지런히 젖을 빨았다. 인간의 생리적인 현상을 거부할 길은 없었던 것이다.

그러던 어느 날, 잠에서 깨어나 눈을 떴을 때 사물의 형체가 분명하게 보이기 시작했다.

'이 방과 이 풍경과 이 사람들은 다 뭐지?'

세아는 조선 시대에나 사용했을 법한 고가구가 즐비한 방 안을 멍하니 바라보다가 이상하다는 생각이 들어 자신의 손을 들어보았다. 그러자 조그맣고 작은 손이 보였다. 아무리 보아도 갓난아기의 손으로밖에 보이지 않았다.

'대체 이 몸은 누구 거야? 분명 누군가 부르고 있었는데, 뭐지? 이렇게 기억이 또렷한 것을 보면 내가 죽은 것 같지는 않은데, 아니, 그러면 이 갓난아기는 또 뭐야? 아니, 왜 하필 갓난아기냐고!'

아무리 이성적으로 생각하려고 해봐도 지금의 상황을 이해할 수가 없었다.

울먹거리던 세아가 고개를 돌리자 바로 곁에 앉아 자신을 빤히 들여다보고 있는 사내아이가 보였다.

뽀얀 얼굴에 소매 끝에 은박이 들어간 저고리에 옥빛 쾌자를 입은 사내아이는 화보 속에서 톡 튀어 나온 것같이 잘생겼다. 현대에 있을 때 세아는 각종 육아 프로그램을 즐겨 보았고 그래서 예쁜 아기들을 많이 보았지만 이 아이보다 귀엽고 예쁜 아이를 본 적은 없었던 것 같았다.

두세 살쯤 되어 보이는 사내아이는 주변에 아무도 없는 것을 확인하자 살금살금 다가왔다.

'고놈 참! 귀엽게도 생겼네, 넌 누구니?'

"세야!"

며칠 전 아침, 서강이 눈을 떴을 때 아기의 울음소리가 들렸다.

이상한 소리에 놀란 강은 벌떡 일어나 자신이 기거하는 옆방 문을 열어보려고 하였지만 금동이가 막는 바람에 실패하고 말았던 거였다.

"니가 세야?"

'뭐라는 거니? 너 이제 막 말을 배우기 시작했구나?'

강이 아기를 들여다보는데 까만 눈망울로 자신을 바라보던 아기가 방긋 웃어 보였다. 아주 예쁜 웃음이었다.

"어⋯⋯."

어쩐지 아기의 웃음을 보는 순간 마음에 따뜻한 바람이 불어오는 것 같았다. 놀란 강은 아기에게 이불을 덮어주고 얼른 일어섰다.

'어, 얘! 얘! 너 대체 나한테 무슨 짓을 한 거야! 켁켁!'

졸지에 이불을 뒤집어쓴 세아는 숨이 막혀 아이를 불렀지만 그 소리는 역시 아기의 울음소리로 터져 나오고 말았다.

강이 아기 곁에 가지 말라는 어머니의 당부를 기억하고 애써 고개를 흔들며 방문을 나서려 할 때였다.

"앙! 우아앙!"

갓난아기의 울음소리가 강의 발걸음을 잡고 말았다. 결국 강은 다시 돌아섰다.

아기의 울음소리가 강의 작은 가슴에 가시처럼 아프게 파고들었다. 따끔따끔하고 너무 아파서 도저히 그대로 도망칠 수가 없었다.

"울지 마! 강이가 안아줄게, 울지 마!"

급히 달려간 강은 이불을 걷어내고 아기를 끌어안으려 했다. 그러나 저만치서 아들이 하는 행동을 발견하고 달려오는 송씨가 조금 더 빨랐다.

"강아! 아기한테 그러면 큰일 난다!"

송씨는 얼른 달려와 강을 밀어내고 아기를 끌어안았다.

"에그머니나! 아기씨!"

그제야 잠깐 방을 비웠던 분이가 소리를 듣고 달려왔다.

"자네는 아이들만 두고 자리를 비우면 어찌하는가?"

"그것이 잠시 기저귀를 빠느라고⋯⋯"

"아무래도 이 아이는 안채에서 내가 보살펴야겠네. 자네는 강이나 잘 돌보게!"

자칫 어린 강이가 실수로 아기를 죽일 뻔했다는 사실에 충격을 받은 송씨는 분이를 호되게 나무랐다.

'강? 강이라고?'

세아는 숨이 막혀 죽을 뻔했다는 사실보다는 저 사내아이의 이름이 '강'이라는 사실에 더 놀라고 말았다. 분명 어디선가 들어본 이름이었다. 강이라는 이름을 어디서 들었는지 곰곰이 생각하던 세아는 그동안 계속해서 꾸었던 꿈을 떠올렸다.

몇 번째 꿈이었는지는 확실치 않지만 세아는 분명 누군가의 칼에 찔려 죽는 남자를 보았고 '강! 서강!'이라고 외치는 소리를 들었던 것이다.

"세야, 일어났느냐?"

부드럽고 따뜻한 목소리와 함께 세아는 자신을 내려다보는 고운 부인의 얼굴을 보았다. 비녀를 꽂은 머리에 여인이 입고 있는 저고리의 형태를 볼 때 이곳은 분명 17, 18세기의 조선이 아닐까 하는 생각이 들었다.

"세야, 네 어머니도 너를 이리 키우고 싶지는 않을 것이야. 하지만 어찌하겠느냐? 네 할아버님께서 떠나실 때까지 조금만 참자꾸나."

뺨을 부비며 다정하게 속삭이는 여인의 말을 듣다가 세아는 깜짝 놀라고 말았다.

'세? 이 아기의 이름이 세란 말이야? 세! 바로 그 어찰에 있던 이름이잖아?'

세아는 이제까지 분이가 '아기씨'라고 부르는 소리만 듣다가 이 여인이 자신을 '세'라고 부르자 경악했다.

그 편지에서 분명 '마지막 어명이다. 세야, 돌아와 너의 일을 다하라'라고 하지 않았던가. 대체 이게 어찌 된 일일까. 이렇게 모든 기억이 생생한 것을 보면 환생을 한 것은 아닌 것 같은데 왜 갑자기 이 어린아이의 몸에 자신이 들어와 있는 것인지 알 수가 없었다. 그리고 그렇다면 현대에 있을 제 몸은 어찌 된 것일까.

'혹시 심장마비 뭐 이런 걸로 죽은 걸까, 그래서 기억을 고스란히 간직하고 환생한 걸까?'

갓 태어난 아이는 옹알이를 하기 전까지 전생을 기억한다는 주장의 글을 읽은 것이 기억났다. 만약 그 주장이 사실이라 자신이 정말로 죽어서 환생을 한 거라면 이대로 영영 돌아갈 곳도 없는 것이었다. 아니, 현대의 제 몸이 죽지 않고 뇌사 상태로 살아 있다고 해도 원래의 몸으로 돌아갈 수 있는 방법을 모른다는 것이 문제였다.

아기의 몸을 잠시 빌리기만 한 것인지, 아니면 전생의 기억을 모두 지닌 상태로 환생을 한 것인지, 아니면 자신이 과거로 회귀를 한 것인지 도통 감이 잡히지 않았다. 그래서 어떻게든 제자리로 돌아가고 싶은데 이런 갓난아기의 몸으로 무엇을 어떻게 해야 할지 막막했다.

"아이고, 내가 보이는 것이더냐?"

송씨는 눈을 말똥말똥 뜬 채 입술을 동그랗게 오므리는 아이를 귀엽게 바라보았다.

"귀엽기도 하구나, 그렇지 강아?"

송씨는 아기의 까만 눈망울이 자신을 향해 웃고 있는 느낌이 들었다. 어쩐지 아기의 뽀얀 얼굴을 보는 순간 마음에 따뜻한 바람이 불어오는 것 같았다.

"어머니, 이 아기는 누굽니까?"

옆에 앉아 있던 강이 물었다.

"아주 귀한 손이란다. 아기가 다치면 안 되니까 앞으로 아기를 볼 생각은 하지 말거라, 알겠지?"

송씨는 태어나자마자 어머니 품에서 떨어져 생사를 가르는 먼 길을 온 아기를 안쓰러운 얼굴로 들여다보았다.

하지만 강은 기분이 좋지 않았다. 어머니가 아기를 너무 예뻐하는 데다가 앞으로는 보지도 못하게 한다고 하니 마음이 상한 것이다.

먹고 자고 싸고 자라는 것밖에 할 것이 없는 세아는 가만히 누워 처음부터 다시 차근차근 생각해 보았다. 아무리 생각해도 그 편지의 필체는 정조의 어찰첩과 거의 같았다.

게다가 날인도 이산이라 하지 않았던가. 정조의 편지와 제가 이곳으로 온 것이 무슨 연관이 있는 것일까. 세아는 생각에 생각을 거듭했지만 별다른 답을 찾지 못했다.

시간은 천천히 흘러갔고 세아의 새로운 몸은 하루가 다르게 자라고 있었다.

슬하에 여아가 없는 것을 아쉬워했던 송씨는 아이를 금지옥엽으로 길렀다. 송씨는 한세를 사내아이로 키워야 한다는 것을 알면서도 안채에 두고 몰래몰래 여아의 옷을 만들어 입히고는 좋아라 하였다. 아주 드물게 서재호가 올 때면 송씨는 적적함을 달래려고 유모의 아이를 곁에 두고 있다고 둘러댔다.

'아! 어쩐지 여기가 점점 좋아지는데? 내가 언제 이런 호사스러운 대접을 받아본 적이 있었나? 여기 살면 완전 양반가의 여식으로 귀하게 사는 거 아냐? 근데 돌아가면 지긋지긋한 가난에, 취직도 안 되지, 학자금 대출도 갚아야 되지. 엄마만 아니면 그냥 여기서 쭉 사는 게 나을 것 같은데…….'

송씨가 너무 잘해주고 이곳 생활에 점점 익숙해져 가니, 어떤 날은 그냥 이곳에서 눌러사는 것도 나쁘지 않겠다는 생각이 들었다.

서강의 아버지인 서재호는 이조참판으로 조정에서 있었던 일을 부인 송씨에게 비교적 상세히 들려주고 의견을 묻는 편이었다. 송씨는 현명했고 친정이 권력이 있는 집안인 것 같았다. 세아는 그들의 대화를 통해 이곳이 영조가 다스리고 있는 조선 시대가 틀림없다는 판단을 내렸다.

서재호의 부친은 좌의정 서동환으로 노론이었다. 그리고 한세의 아버지인 한상수는 병조참의로 사도세자의 가까운 벗이었고 어머니인 허씨 역시 혜경궁 홍씨와 동무였다.

짐작일 뿐이지만 장자인 의소 세손이 죽어서 슬퍼했는데 다행히도 원손이 영특해 전하께서 귀하게 여긴다는 것을 보면 그 원손이 아직 어린 정조가 틀림없었다.

'뭐야, 내가 태어난 집이 이 집이 아니었나? 게다가 출생의 비밀까지! 하필이면 사도세자와 가까운 소론 집에서 태어난 아기 몸에 들어올 게 뭐람!'

세아는 송씨와 분이의 대화를 듣다가 자신이 가회당에 오게 된 연유를 알게 되자 탄식했다. 한세의 어머니 허씨와 송씨가 친자매 같은 사이라는 연유도 있었지만 한상수는 소론, 서재호는 노론이니 두 집안사람들이 오고 갈 일은 거의 없었던 것이었다. 그러니 허씨는 시아버지 한태혁의 눈을 피해 한세를 숨겨두기에는 이곳이 제일 안전하다고 생각을 했을 것이다.

'나 이러다가 노비, 뭐 이런 거 되는 거 아냐? 망했다! 지지리 복도 없지, 하여간 오나가나 되는 일이 없어!'

세아는 이 몸의 아버지인 한상수가 사도세자와 가까운 벗인 데다가 소론인 것을 알고는 망했다고 비명을 질렀다.

어쩌면 다시는 현대에 살던 오세아로 돌아갈 수 없을지도 모른다는 생각이 들었다. 그녀가 지금 환생을 하였거나, 혹은 정신만 이 몸에서 깨어난 것이거나 결론은 하나였다. 현재 그녀는 현대에 살았던 오세아의 정신을 지닌 채 조선에 태어난 아기 한세일 뿐이었다. 게다가 아기 한세는 사도세자와 가까운 소론 집안의 자식으로, 자칫 당파 싸움에 휘말려 노비의 신세로 전락할 수도 있는 처지였다.

'이런 젠장!'

현대에 살았던 오세아의 정신을 지닌 채 조선에 태어난 아기 한세가 자라 백일이 가까워지는 날이었다.

"마님! 마님! 세자빈마마께서 오셨습니다요!"

"뭐라, 벌써?"

안방에 앉아 한세의 저고리를 만들던 송씨는 세자빈이 왔다는 말에 밖으로 달려 나갔다.

송씨의 몸종이 들어와 세자빈께서 오셨다고 호들갑을 떨어대는 것을 보면 훗날 혜경궁 홍씨라고 불릴 정조의 어머니가 틀림없었다.

귀하게 보이는 한 여인이 두 살쯤으로 보이는 사내아이를 데리고 방으로 들어왔다.

"궁은 모두 평안하십니까?"

"그렇지도 않아, 늘 살얼음판 같은지라 내 이번엔 잠시 친정에 피접을 간다 청하고 나왔어. 하니 이곳에 온 것은 비밀이지."

"예, 그러셨군요."

"쌍둥이 중 하나가 여아로 태어나 피신을 보냈다기에 걱정하였더니 이렇게 무탈한 것을 보니 마음이 놓이네."

혜빈 홍씨는 아름답고 단아한 여인이었다.

"아기가 제 어미를 닮아 이목구비가 또렷하니 어여쁩니다, 혜원이 어렸을 때 보통 고운 아이였습니까?"

"고운 아기구먼! 그나저나 경애 네가 고생이구나?"

강보에 싸인 아기를 안은 송씨가 가까이 다가와 앉자 혜빈 홍씨는 안타까운 얼굴로 바라보았다.

"고생은요, 사실 강이 아버지가 첩실을 들여 제 마음이 적적하던 차에 이 아이를 돌보며 바쁘게 지내다 보면 잠시나마 잊어버린답니다."

송씨는 그동안 누구에게도 꺼내놓지 않았던 속마음을 어린 시절을 함께한 동무를 만나고야 털어놓았다.

"그런 일이 있었구나, 어찌하겠니, 너나 나나 여인의 팔자란 다 그런 것을······."

"그래도 다행한 것은 어른들이 계시니 집 안에 들이지 못하고 사대문 밖에 살림을 차렸답니다."

"강이는 어찌 보이지를 않아?"

"오늘은 스승님이 입궐하지 않는 날이라 그 댁에 갔습니다."

"강이의 스승님이 남유용이라 하였지. 그분의 인품이 고결하고 학식이 높다 하던데?"

"예, 강이 아버지가 아이를 맡아달라고 청하여도 매번 거절하시는 것을 아버님이 나서서 설득을 하였답니다."

"그래? 원손도 그분께 맡겼으면 좋겠구만."

지금이나 조선 시대에나 어머니들이 모이면 하는 이야깃거리는 남편과 아이들의 조기 교육 이야기가 대부분이었다.

송씨의 품에 안겨 두 여인의 이야기를 듣고 있던 한세는 그제야 이 집안의 장손인 서강이 안채에 나타나지 않는 이유를 알 것 같았다.

"보양청에도 좋은 스승님이 계실 것인데요."

"그야 그렇지만. 참, 혜원이도 온다고 했는데 어찌 아직 오지 않는지?"

"아기가 백일이 가까워 오니 오늘은 어떤 일이 있더라도 올 것이라 했습니다."

송씨와 혜빈이 그런 이야기를 나누고 있을 때 한세의 어머니인 허씨가 왔다.

"경애야! 마마!"

방으로 들어온 허씨는 송씨와 혜빈에게 인사를 하곤 곧바로 아기를 안아 올렸다.

"한세야, 아가!"

낳자마자 떠나보낸 아기를 안은 허씨는 목이 메어 말을 잇지 못하고 눈물만 흘렸다.

'아, 불쌍한 여인들! 인간사 참 복잡하구나!'

허씨의 뜨거운 눈물방울이 볼에 뚝뚝 떨어지자 한세도 공연히 마음이 언짢았다.

거의 백일 동안이나 정성껏 아기를 돌봐준 송씨는 남편이 첩실을 들여 딴살림을 차리는 바람에 허전한 마음을 달래려고 그랬던 것이고, 정작 아기의 친어머니는 제 아기를 안고도 미안해서 눈물만 흘리는 것을 보니 조선에서의 여인의 삶이란 이런 것인가 싶어 마음이 울적해졌다.

"원손께서는 뵐수록 세자 저하를 꼭 닮으셨습니다."

"그리 보이는가?"

송씨가 하는 말에 혜빈 홍씨는 조금 어두운 표정이었다.

송씨와 혜빈, 그리고 허씨가 어울려 차를 마시는 동안 볼이 포동포동한 사내아이가 한세가 누워 있는 곳으로 점점 다가왔다.

'세자 저하의 아들이면 이 아이가 바로 그 정조 이산이란 말이잖아, 세상에! 설마 그 서찰을 쓴 이가 이렇게 어린 정조는 아니었을 거고 대체 왜 나는 이렇게 어린 아기의 몸에 들어와 있는 거냐고?'

한세는 자신의 얼굴을 빤히 들여다보며 방실방실 웃는 귀여운 이산을 바라보았다.

'어휴, 정조를 눈앞에서 보다니! 세상에, 어린아이가 눈망울이 이렇게 또랑또랑하니 영특할 수밖에!'

한세가 혀를 차는 순간 어린 이산이 작은 손가락을 들어 그녀의 볼을 쿡 찔렀다.

'헐! 어려서는 개구쟁이였다더니 벌써!'

그런데 자신의 볼을 콕 찌르기도 하고 손을 잡고 흔들기도 하는 이산을 보고 있던 한세는 깜짝 놀라고 말았다.

'킁킁킁! 어, 이게 무슨 냄새야? 이렇게 어린 아기한테서 술 냄새가 나지?'

어린아이의 몸에서 달짝지근한 술 냄새가 풍기는 것이 아닌가. 분명 아기가 술을 마셨을 리는 없을 것이고, 얼핏 일성복에서 정조의 유모가 술을 좋아했다는 대목을 읽었던 것을 떠올렸다. 조선 시대에는 보통 일곱 살이 될 때까지 유모가 아기의 젖을 물렸으니 유모가 마신 술은 분명 젖을 통해 어린 이산에게 전달되고 있었을 것이다.

"한데, 마마! 아기씨의 몸에서 어찌 술 냄새가 나는 것입니까?"

"말도 말아, 글쎄 원손의 유모가 술을 어찌나 좋아하는지 그 때문에 전하께서도 여간 걱정이 아니시라네."

아니나 다를까, 한세의 추측은 세손의 모친인 혜빈의 입을 통해 곧바로 확인되었다.

"그렇다면 참으로 큰일이 아닙니까, 유모를 바꾸는 것은 아기씨에게도 좋지 않을 것인데 그리 술을 좋아해서야……."

"그러게 말일세, 알고 보면 세자 저하께서 약주를 좋아하게 된 것도 다 유모의 영향이 크다네. 그런데 원손의 유모마저 그러하니 걱정일세."

혜빈은 그렇게 말하면서도 한숨을 내쉬었다.

보통 조선 왕실에서는 아기의 건강과 심성 교육을 책임지는 유모를 신중하게 뽑았고 한 번 뽑으면 그 관계가 모자지간 이상이었다. 오죽하면 아기가 자라 왕위에 오르면 그 유모는 봉보부인으로 종일품의 벼슬을 주겠는가. 그러니 유모란 쉽게 바꿀 수 없는 것이 당연했다.

세 여인이 유모의 이야기로 웃음꽃을 피우는 사이 어린 이산은 또다시 손가락으로 한세의 볼을 콕 찔렀다.

'아, 쫌! 제발 전하! 제게 왜 이러세요?'

지금 이 상황이 한없이 기가 막힌 한세는 단번에 몸을 뒤집었다.

"세상에, 아기가 벌써 뒤집었네?"

이제 막 백일이 된 아기로서는 꽤나 힘든 일을 해내자 보고 있던 송씨와 허씨는 아기가 무척 빠르다고 감탄을 했다.

"아휴, 또랑또랑하니 잘생겼구나, 어서어서 자라서 너도 원손의 동무가 되어줘야지?"

어린 이산을 품에 안은 혜빈은 그런 아기를 들여다보며 환한 미소를 보냈다.

기록에 따르면 이산은 백일 이전에 섰고 일 년도 채 안 되어서 걸었으며 돌 때는 돌상으로 걸어가서 붓과 먹을 만지고 책을 펴 읽는 시늉을 하였다고 하였다.

허씨와 혜빈 홍씨가 웃음꽃을 피우는 동안 어린 이산은 계속해서 한세의 볼을 찌르기도 하고 손을 잡아 흔들며 놀고 있었다.

이렇게 정조를 만나게 되다니, 그 또한 신기한 일이었다.

'동무라? 어찌 되었거나 모든 일이 일어나는 데는 이유가 있는 거지. 분명 마지막 어명이라는 어찰이 날 이곳으로 이끌고 온 것 같으니 그 답은 편지를 보낸 사람이 갖고 있는 거겠지.'

이산을 바라보며 불현듯 그런 생각이 들었다.

그렇지만 하필이면 갓난아기의 몸에 들어 앉아 뭘 어쩌란 말인지, 자신의 조그만 손을 바라보던 한세는 긴 한숨을 쉬었다.

❀

계절이 몇 번 바뀌더니 어느새 해가 많이 길어졌고 가회당의 나무들도 나날이 짙푸르게 달라져 갔다. 하루가 다르게 자라는 나무들처럼 아이들도 무럭무럭 자라났다.

"어머나, 예쁘기도 하지! 색동저고리가 아주 잘 어울리는구나?"

유난히 바느질 솜씨가 좋은 송씨는 한세에게 색색의 색동저고리를 입혀놓고는 좋다고 손뼉을 쳤다. 며칠 전 송씨는 아들의 옷을 지어주려고 비단전에 들렀다 붉은 명주에 마음을 빼앗기고 말았다. 붉은 치마에 색동저고리를 입은 한세를 상상해 보니 얼른 만들어보고 싶어 마음이 급해졌었다.

"참말입니까?"

한세는 경대 앞에 서서 색동저고리를 입은 자신의 모습을 들여다보았다.

"그럼, 그냥 여아로 자랐더라면 얼마나 좋았을꼬, 이 어여쁜 모습을 나 혼자만 봐야 하니 그것이 안타깝구나."

"고맙습니다, 마님!"

어느새 네 살이 된 한세는 송씨가 감탄할 만큼 귀엽고 예뻤다.

사실 현대에서의 오세아는 외모에 자신이 없었다. 자라면서 단 한 번도 예쁘게 생겼다는 말을 들어본 적이 없었다. 하지만 한세는 누가 보아도 반해 버릴 만큼 예쁜 여자아이였다. 아마도 어머니인 허씨의 고운 외모를 빼닮은 모양이었다. 한세는 벌써 사 년이 다 되어 가도록 집으로 돌아가지 못하고 있었다. 할아버지인 한태혁이 그 이후로 조정에서 물러나 집 안에 칩거하고 있기 때문이었다.

그러다 보니 일 년에 두 번 정도 만나는 허씨보다는 당연히 송씨와 더 정이 들었다.

'내가 참, 이 무슨 호강인지? 내 현실로는 꿈도 꿀 수 없는 상위 1%의 집에 살면서 사랑을 넘치게 받고…… 이런 한복을 사려면 돈이 얼만데, 도대체 옷이 얼마나 많은 거야?'

세아는 안방 벽장 속에 차곡차곡 접어둔 고급 한복들의 가격을 대충 계산해 보고는 혀를 찼다.

"네가 좋다니 나도 좋구나."

송씨는 지아비가 첩실을 들이고 딴살림을 차려 집으로 돌아오지 않으면서 생긴 마음의 병을 살갑고 귀여운 한세에게 정을 주며 다스려 가고 있었다.

송씨의 그런 마음을 아는 탓인지 가끔씩 안채에 들르는 서재호도 한세를 특별히 귀여워하였고 사랑채의 서동환도 묵인하는 눈치였다. 집안의 분위기가 그렇게 흘러가니 아랫사람들도 모두가 그렇게 알고 쉬쉬하고 있었다.

"마님께서 지어주시는 옷은 모두 좋습니다."

"밤새 바느질을 했더니 고단하구나!"

송씨는 밤을 새워 바느질을 한 탓인지 잠시 낮잠을 자려고 자리에 누웠다.

"나가서 놀겠습니다."

한세는 이제 네 살 소녀에게 걸맞은 앙증맞은 표정으로 다소곳하게 말했다.

"한세야, 오늘은 이 옷을 입고 놀아라. 하지만 안채를 나가서는 안 된다, 알겠느냐?"

"예, 마님!"

송씨는 안채를 나가서는 안 된다고 신신당부를 하고 잠이 들었지만, 모처럼 집 안을 돌아볼 수 있는 기회가 생긴 한세는 그냥 있을 수 없다.

'어디 보자?'

주위에 아무도 없는 것을 확인한 한세는 마당 한쪽으로 나 있는 중문을 열고 밖으로 나갔다.

체로 거른 듯 투명한 햇살이 마당 가득 쏟아져 내렸다.

가회방에 자리한 가회당은 노론과 유학자들의 정신적인 지주인 주인을 닮아 화려하지는 않지만 단아하고 청빈한 아름다움이 있었다.

앞으론 큰 사랑채와 작은 사랑채가 있고, 사랑채와 안채 사이에는 사십여 칸의 행랑채가 있었다. 안채의 서쪽으로는 곳간채가 있고, 사랑채 뒤쪽 동편 높은 곳에 사당채가 넓게 마련되어 있다. 봄, 여름이면 뜨락을 가득 채우는 야생화들로 인해 푸르른 신록의 빛깔을 자랑하고, 연못에는 연꽃이 앞다퉈 피어나는 마당 깊은 집. 가회당 안에서도 가장 고즈넉하니 아름다운 별채가 바로 이 집안의 종손 서강이 거처하는 곳이었다.

가회당 별채의 나무들은 온통 신록의 푸른빛을 띠고 있었고 연못에 고인 물빛도 커다란 연잎이 펼쳐져 싱싱한 초록빛으로 물들었다.

연꽃들이 다투어 피는 그 연못가에 이제 여섯 살이 된 강이 앉아 있었다.

"다 그 녀석 때문이야!"

강은 어머니와 유모의 아들이 있는 안채 쪽을 원망스러운 듯 물끄러미 바라보았다.

어제는 안채를 지나다 우연히 부모님을 보았다.

참으로 이상한 것은 늘 냉랭하기만 하던 어머니가 요즘은 아버지를 보고도 웃고 있는 것이었다. 아버지도 기분이 좋은 모양이었다. 어제는 그 녀석을 번쩍 안아주기까지 했다. 하지만 그 모습을 지켜보는 강의 마음은 좋지 않았다.

"가회당을 찾아온 귀한 손이라더니! 어째서 돌아가지 않는 것이야?"

어린 강은 이해할 수 없는 일이었다.

집안 식솔들은 모두 저 아이가 유모의 아이라고 하는데 어머니는 분명 '귀한 손님'이라고 했다. 그뿐인가, 어느 날부터인지 어머니가 자신이 아닌 그 아이를 더 어여쁘게 여기고 있다는 생각이 들었다. 이상한 것은 아버지와 할아버지조차 그런 어머니에게 아무런 말도 하지 않는다는 것이었다.

"어?"

연못가에 앉아 있던 강이가 작은 한숨을 내쉬었을 때였다. 안채에서 별채로 난 샛길로 고운 색동저고리를 입은 여자아이가 걸어오고 있었다.

"어!"

햇살에 눈이 부신 것인지 눈살을 잔뜩 찌푸리던 아이는 강이를 발견하고 그 자리에 서버렸다.

"애기씨! 애기씨!"

놀란 계집아이가 허둥대고 있을 때 분이가 나타났다.

"아, 유모!"

"누가 보면 어찌하시려고! 어서 가세요! 마님께서 찾으십니다!"

미처 강이를 보지 못한 분이는 서둘러 그 아이를 업고 안채로 돌아가 버렸다.

"어째서 유모가 저 여자아이더러 애기씨라고 부르는 것일까?"

강이는 저 안채에서 자신이 모르는 이상한 일이 일어나고 있다는 생각이 들어 분이의 뒤를 살금살금 좇아갔다.

"한세야!"

분이가 안채로 들어서자 마당을 서성이고 있던 송씨가 노여운 얼굴로 노려보았다.

"잘못했습니다, 마님!"

송씨의 화난 얼굴을 본 한세는 업혀 있던 분이의 등에서 얼른 내려 잘못을 빌었다.

"그러다 한세가 여아라는 것이 알려지기라도 하면 어찌하려고!"

송씨는 자신이 입혀놓은 옷 때문에 큰일 날 뻔했다는 생각은 하지 못하고 엄한 분이만 잡았다.

"제가 나갔습니다! 마님!"

한세는 분이에게 미안해 다시 한 번 무릎을 꿇고 잘못을 빌었다.

지금 이 집 안에서 믿을 사람이라고는 분이와 송씨밖에 없는데 미움을 받을 수는 없는 일이었다.

"내가 얼마나 놀랐는지 아느냐, 다시는 그러지 마라!"

따뜻한 손길로 한세를 일으켜 세운 송씨는 치맛자락에 묻은 흙을 털어주었다.

"예, 마님!"

한세에게 있어서 송씨는 언제나 자애로운 어머니 같았다.

"한세가 여자아이였구나!"

문밖에 숨어서 지켜보던 강이는 놀라서 돌아섰다.

강이는 서둘러 별채로 돌아가려 했지만 조금 전 그 아이를 안아주던 자애로운 어머니의 모습을 떠올리니 이상하게 마음이 아팠다. 어째서 아들인 자기에게는 저런 모습을 보여주지 않는 것인지 어린 강은 이해가 되지 않았다.

그 일이 있고 며칠 뒤 서강은 할아버지인 좌의정 서동환과 함께 궁궐에 갔다.

노론의 정신적인 지주이며 유학자들의 존경을 받고 있는 서동환과 영조는 어려서 같은 스승 밑에서 공부를 한 사이였다. 그래서인지 영조는 보위에 올라서도 언제나 서동환을 곁에 두었다. 그런데 며칠 전 이산의 글 스승인 남유용에게 서강이 신동이라는 말을 듣고는 한번 데리고 오라고 한 것이었다.

영조는 뽀얀 얼굴에 쪽빛 복건을 쓰고 옥빛 전복을 입은 귀여운 강을 바라보았다.

"전하, 서강이라 하옵니다."

영조의 앞에 나간 강은 여섯 살의 아이라고는 믿기지 않을 정도로 담

대해 보였다. 어린아이가 낯선 사람들과 대궐의 위엄에도 주눅 들지 않는 것을 보고 영조는 감탄했다.

"듣던 대로 참으로 영특해 보이는구나! 그래, 너는 지금 무엇을 공부하고 있느냐?"

"네 살에 소학을 배우기 시작하였고 지금은 동몽선습까지 떼었습니다."

어디 하나 흠잡을 곳 없는 정갈한 몸가짐으로 예를 갖추며 자신을 올려다보는 서강의 얼굴에서는 봄날의 아지랑이처럼 아련한 웃음이 피어났다.

"그래, 원손도 네 살에 소학을 배우기 시작하였는데, 어떠냐? 가서 원손이 공부하는 것을 보겠느냐?"

여섯 살인 서강이 소학과 동몽선습을 다 떼었다는 말에 영조는 기뻐하면서도 한편으로는 놀라고 있었다. 여덟 살의 아이들을 가르치기 위한 소학을 원손이 네 살에 배우기 시작하자 영조는 크게 기뻐하였었다. 그런데 이제 겨우 여섯 살인 서강이 그처럼 빨리 소학을 다 떼었다는 것은 놀라운 일이었다.

"예, 전하!"

영조는 서강을 데리고 이산이 공부하고 있는 강서원으로 데려갔다.

"원손, 이이가 누군지 아느냐?"

"서동환이 아닙니까?"

이산은 손자 강의 손을 잡고 있는 좌의정을 바라보며 당돌하게 대답했다. 임금 앞에서는 그 누구도 높여 부를 수 없기에 좌의정의 이름을 대었던 것이다.

"그래 원손, 이 아이가 좌의정의 손자다. 가회동의 신동이라 소문이 자자하다고 하는구나."

원손의 영특함에 기대가 높았던 영조는 일부러 서강이 가회동의 신동임을 강조했다. 원손의 반응이 궁금했던 것이었다.

"네가 강이구나, 스승님께 네 이야기를 들었다."

이산은 새하얀 얼굴에 갸름한 턱과 한일자로 꼭 다문 입술이 귀여운 서강을 유심히 바라보았다.

"저도 스승님께 저하의 이야기를 듣고 있습니다."

강은 장난스러움과 호기심 어린 총기로 가득 찬 눈으로 이산을 바라보았다. 키도 체격도 비슷하지만 햇볕에 그을린 원손의 얼굴은 어쩐지 자신보다 더 강하게 느껴졌다.

이제 겨우 여섯 살이 되었을 뿐이었지만 두 아이는 수컷의 본능으로 자신의 눈앞에 서 있는 아이가 만만한 상대가 아님을 단박에 알아보았다.

"먼저 다과를 드시지요."

공부하는 아이들의 머리를 맑게 해주기 위해 내관이 조청을 가져왔다. 보양청에서는 학습에 들어가기 전에 조청을 두 숟가락씩 먹게 하였는데 이는 단 음식이 두뇌 활동을 돕기 때문이었다.

"먹자."

이산이 먼저 다과상에 앞에 앉으며 서강에게 조청을 권했다.

"이것은 조청이 아닙니까?"

궁에 들어와 처음으로 받아보는 다과상에 조청이 올라와 있자 강은 그 연유가 궁금했다.

"학습 전에 이 조청을 먹어두면 머리가 맑아진다고 하더구나."

"아하! 아버지께서 술을 드신 다음 날 꿀물을 마시는 것과 같은 것이네요?"

"아바마마께서도 술을 드신 뒤에 조청을 드시느냐?"

강의 말을 들은 이산은 옆에 서 있는 내관에게 물었다.

"그러하옵니다. 어서 드시지요."

이산과 서강은 사이좋게 조청을 두 숟가락씩 나눠 먹고 영조 앞으로 돌아왔다.

"〈동몽선습〉을 외워보거라!"

영조는 두 아이들의 스승인 남유용이 있는 자리에서 서강과 이산에게 동몽선습을 외우게 하였다. 두 아이는 약속이라도 한 것처럼 〈동몽선습〉을 한 자도 틀리지 않고 다 외웠다.

"너희가 글을 읽는 소리가 쇳소리처럼 쨍쨍하구나!"

영조는 크게 기뻐하였고 지켜보는 좌의정 서동환도 물론 기뻐하였다.

"소학 2편 명륜 87장을 말해보아라!"

〈동몽선습〉을 끝내자 스승 남유용이 서강을 향해 물었다.

"아버지 연배 되는 어른은 뒤에 따라가야 하고, 형과 비슷한 나이의 사람은 기러기가 날아가듯이 조금 뒤쳐져서 걸어야 하고……."

강은 막힘이 없었고 그 이후 본 몇 가지 시험에서 한 점 차이로 이산을 이기고 말았다.

"네가 참으로 대단한 아이가 아니더냐?"

이제껏 조선 최고의 신동은 자신이라 믿고 있던 이산의 충격은 컸다.

"궐 안에 또래가 달리 없다 보니 원손이 홀로 공부하는 것이 안타까웠는데 이제야 함께할 동무를 얻었구나!"

그동안 원손의 교육에 큰 기대를 걸고 있었던 영조는 서강의 실력이 이산의 경쟁 상대로 충분하다고 생각했다. 서로에게 자극을 주며 함께 공부하게 한다면 두 아이 모두에게 큰 도움이 되리라 믿었다.

"강을 원손의 예동으로 삼고 싶은데 경의 생각은 어떠한가?"

궁중의 법도상 왕세자 교육에는 예동을 꼭 두도록 했다. 예동은 원자와 동년배 아이들을 뽑아 어울려 놀면서 함께 공부하도록 배려한 것이었다. 선대 임금이신 태종이 원자의 교육을 위해 성균관 동북쪽에 학궁(學宮)을 세우고 공신들의 자제를 불러 함께 공부하도록 한 것이 시작이었다.

"원손의 예동을 들이시려고요?"

서동환은 손자를 원손의 예동으로 들이고 싶다는 영조의 말에 자신이 잘못 들은 것인가 다시 되물었다. 그동안은 세자가 알아서 하겠거니 지켜보고만 있었던 영조였다. 자칫 영조가 나서서 원손의 예동들을 뽑는다면 그가 손자인 이산에게 뭔가 다른 기대를 하는 것이라 오해할 수도 있기에 참아왔던 것이다. 서동환은 그런 영조의 심중을 읽고 있었다.

"원손에게 목숨을 걸고 함께할 신하가 필요할 듯하네."

영조는 근심 어린 눈빛으로 오랜 벗을 바라보았다.

원손의 영특함에 반해 버린 영조는 세자인 이선에게 오해를 살 것을 무릅쓰고서라도 이산을 위해 예동을 뽑고 학궁을 설치해 주기로 한 것이었다.

"신이 마다할 까닭이 있겠습니까?"

영조의 심중을 알아차린 서동환은 이런 상황에서 거절할 수 없었다.

"그럼 그리하세! 성균관에 학궁을 설치하라 이르겠네."

영조는 그 길로 원손을 위해 예동을 뽑도록 하고 강을 예동으로 들이라 명하였다.

"내 손자가 이리도 영특할 줄이야!"

손자가 천재라고 소문이 자자한 원손을 이기자 기분이 좋아진 서동환은 궁궐을 나오자 크게 기뻐하였다.

"할아버지께서 기뻐하시니 저도 좋습니다."

"강아, 갖고 싶은 것이 있으면 말해보아라! 이 할아비가 무엇이고 줄 것이다!"

"갖고 싶은 것이 있기는 하지만······."

그러자 잠시 생각에 빠져 있던 서강의 미간이 살짝 찌푸려졌다.

"어찌 그러느냐?"

"분명 주시겠다고 약조하셨습니다?"

"이 녀석, 이 할애비가 한 입으로 두말을 할까?"

"가회당에 가서 말씀 드리겠습니다."

"대체 갖고 싶은 것이 무엇이기에 그러는 것이더냐?"

서동환이 놀라 물었지만 강은 그저 웃고 있을 뿐이었다.

궁궐에서 가회당으로 돌아가는 동안 서동환은 손자가 원하는 것이 무엇일까 궁금하였다.

"자, 이제 말해보아라!"

서동환은 가회당에 도착하자 가마에서 내리는 강을 잡고 물었다.

그러나 강의 눈길은 온통 저만치 뭔가에 쏠려 있었다. 서동환이 무슨 일인가 하고 강의 시선을 따라 고개를 돌려보니 마당에서 놀고 있는 사내아이가 보였다.

"저 아이를 주십시오!"

강이 천천히 손을 들어 그 아이를 가리켰다.

"저 아이를 말이더냐?"

마당에서 놀고 있던 한세가 고개를 들다 그들을 발견하고 환하게 웃으며 인사했다. 그 모습을 지켜보고 있던 서동환은 미간을 살짝 찌푸렸다.

"예, 저 아이를 제게 주십시오!"

빙글빙글 웃는 서강은 날카로운 눈빛으로 한세를 바라보았다.

"이런 맹랑한 녀석을 보았나?"

그들이 자신을 두고 어떤 이야기를 나누고 있는지 알 리 없는 한세는 그저 웃고 있었다. 하지만 그런 두 아이를 바라보는 서동환의 눈빛은 어딘지 모르게 어두워 보였다.

"강아, 네 시중을 들어줄 이는 금동이도 있고 유모도 있지 않느냐?"

서재호는 반듯하게 무릎을 꿇고 앉아 있는 아들의 눈치를 살폈다. 아직도 젖살이 통통한 서강의 뺨은 분홍빛으로 물들어 있었다.

"예, 그렇지요."

"그런데 어째서 어린 한세를 달라는 것이냐?"

궁궐에 들어간 서강이 원손과 글을 겨뤄 한 점 차이로 이겼다는 소식에 서재호는 크게 기뻐했다. 그러나 서동환이 상을 주겠다고 했고 강이 그 상으로 한세를 달라고 했다는 말을 전해 들은 송씨는 크게 상심했다.

"설마 소자가 어린 한세를 데려다가 일을 시키려 하는 것이겠습니까?"

송씨의 성화에 못 견딘 서재호는 별채로 올 때까지만 해도 대수롭지 않은 일로 생각했다. 이제 겨우 여섯 살짜리 아이니 떡과 조청이나 좀 집어주면 될 줄 알았건만 강은 아버지가 가져온 다과상에는 눈길도 주지 않았다.

"하면, 한세를 데려다 무엇을 하려는 것이더냐?"

"소자, 이 별채에서 늘 혼자 지내다 보니 심심하고 적적해서 공부가 되지를 않습니다. 그런데 어른들께서는 함께 공부할 배자를 구해주지 않으시니 소자가 상으로 얻은 것뿐입니다."

"오호라! 그러니 한세를 데려다 너의 배자로 삼겠다는 것이구나?"

서재호는 그렇게 되물으면서도 여섯 살짜리 아들 녀석이 하는 말에 묘하게 뼈가 있다는 생각이 들었다. 말을 묘하게 돌리고 있지만 결국 집안의 어른들 모두가 저에게 관심이 없다는 것이었다.

"그렇습니다."

"그렇긴 하다만 한세가 어려서 아직은 네게 도움이 되지 않을 것이다. 이 아비가 다른 동무를 찾아보도록 하마."

부인의 당부도 있고 했으니 서재호는 다시 한 번 강에게 타협점을 제시했다.

"소자가 할아버님께 상으로 원한 것은 한세이옵니다."

"그렇긴 하다만!"

여섯 살짜리 아들의 딱 부러지는 거절에 서재호는 머쓱해지고 말았다.

"거기 금동이 있느냐?"

게다가 강은 갑자기 그 자리에서 붓을 들고 '남아일언중천금(南兒一言重千金)'이라는 글귀를 쓰더니 금동이를 부르는 것이었다.

"예, 도련님!"

"이 서신을 사랑채에 계신 할아버님께 전해라!"

"예, 도련님!"

금동이가 서신을 받아서는 그대로 사랑채로 달려가자 아들 녀석이 하는 되바라진 짓을 지켜보고 있던 서재호는 그제야 정신이 들었다.

마음 같아서는 아버지 앞에서 버르장머리 없다고 야단을 치고 싶었지만 강의 말이 틀린 것이 없으니 그럴 수도 없는 일이었다.

온 집안의 어른들이 서강을 이기지 못하고 결국 한세는 별채로 가게 되었다.

"그놈 참! 소문대로라면 이 녀석이 보통이 아니란 말인데?"

나름대로 빈둥거리며 먹고 자고 노는 것이 체질에 딱 맞는다고 만족스럽게 생각하며 지내던 한세는 슬며시 걱정이 되었다.

"네가 여아라는 것을 강이는 아직 모른다, 그러니 조심 또 조심하거라."

송씨는 새로 지은 하늘빛 저고리에 가지색 바지를 입혀주며 당부했다.

"예, 마님!"

어쩐지 이제는 좋은 시절이 다 갔다는 생각이 들어 한세의 입에서는 길고 긴 한숨이 새어 나왔다.

"세야, 넌 이제부터 내 것이야! 약속한다, 내가 죽을 때까지 너를 지켜주겠다!"

한세의 얼굴을 보자마자 서강은 그렇게 말했다.

'어머, 애 좀 봐?'

그나마 다시 만난 것이 반가워 억지로 웃고 있던 한세는 이제 겨우 여섯 살이 되었을 뿐인 꼬마 녀석의 말에 뒷골이 싸해졌다.

"아니, 왜요?"

난데없이 지켜주겠다니, 녀석의 황당한 말이 기가 막혀 한세는 그렇게 물었다.

"뭐?"

"아, 아니 도련님께서 갑자기 저를 지켜주시겠다니까……."

"어른들께는 너를 나의 배자로 들이겠다 말씀 드렸다만, 네 주제가 그리되지 못할 것이라는 것은 네가 더 잘 알 것이고."

꼬마 녀석이 뭘 믿고 이렇게 싸가지가 없는 것인지 한세는 속으로 혀를 찼다.

"제 주제가 어때서요?"

아무래도 잘못 걸렸다는 생각이 뇌리를 스쳤다.

"네가 그동안 안채에 지내며 학습을 하지 않았으니 글자를 전혀 알지 못할 것이니 말이다."

자신만만하게 팔짱을 딱 끼고 깔보는 듯한 표정으로 자신을 바라보는 강의 얼굴을 보고 있자니 순간 한세도 욱하고 말았다.

"제가 글자를 모른다는 것은 확실한 겁니까?"

"뭐? 그럼 네가 글자를 알기라도 한단 말이더냐?"

알면 깜짝 놀랄 건데. 현대에서 오세아였을 때 이미 격몽요결, 소학, 중용, 대학을 읽어보았던 한세는 피식 웃고 말았다.

"아하! 어머니께 언문을 배웠더냐?"

"아, 그게…… 예, 언문! 언문을 배웠습니다!"

"그랬겠지. 너는 오늘부터 내게 천자문을 배우게 될 것이다. 하니, 배자가 아니라 너는 이 서강의 첫 번째 제자인 셈이지."

"예에, 제자?"

"자, 그럼 이리 오너라!"

강은 그렇게 말하고는 방 안으로 들어가 서안 앞에 딱 버티고 앉았다.

어려서도 예쁜 아이였던 강은 지금은 귀여운 부잣집 도련님처럼 귀티가 철철 넘쳐흘렀다. 분명, 천사처럼 어여쁜 아이인데. 그러나 한세는 분명히 보고 말았다. 여섯 살짜리 꼬마가 네 살짜리 또 다른 꼬마를 바라볼 때 그 천진한 눈에 얼핏 스쳐 가는 사악한 기운을. 게다가 터져 나오는 웃음을 겨우 참고 있는 듯 분홍빛 입술의 양 끝이 살짝 올라가는 것을.

지금은 이 모양이지만 그래도 현대에서는 대학의 조교 일까지 했었던 한세는 본의 아니게 여섯 살짜리 꼬마 녀석에게 천자문을 배우게 생겼다.

'이 불길한 기운은! 아이씨!'

그 순간 세아는 여섯 살짜리 조선의 도령에게 완전히 위축되어 있는 자신을 발견했다.

"밖에 금동이 있느냐?"

"예, 도련님!"

문이 열리며 코에 커다란 점이 있는 금동이가 고개를 쑥 밀어 넣었다.

"어?"

한세는 금동이 제 이름을 다 부르기도 전에 득달같이 문을 열어젖힌 것을 보곤 분명 송씨의 명을 받고 엿듣고 있었던 것이 틀림없다고 생각했다.

"꿀단지를 가져오너라!"

"예, 도련님!"

금동이가 나가서 꿀단지를 들고 오자 강은 숟가락 가득 꿀을 푹 떠서 내밀었다.

"옜다, 먹어라!"

강은 뭐가 그리 재미난 것인지 가득 퍼 담아 뚝뚝 떨어지는 꿀을 세아의 입에 넣어주었다.

"아, 달콤해!"

꿀을 가득 문 한세의 통통한 얼굴 가득히 달콤한 미소가 번져 나갔다.

"맛있냐?"

사실 강은 어머니의 사랑을 독차지하고 있는 한세가 미워 안채에서 떼어놓을 생각에 고집을 부려 데려온 것이었다. 자신은 공부하느라 바빠 어머니를 볼 틈도 없는데 찰떡처럼 붙어 사는 것이 못마땅했던 거였다. 그런데 막상 이렇게 가까이에서 보니 이번엔 이 아이의 비밀이 궁금해지는 것이었다. 어째서 이 아이가 사내아이가 되어 있는 것인지, 유모의 아이인 이 아이를 어머니는 어째서 그처럼 아끼는 것인지 궁금해졌다.

"한데 웬 꿀입니까?"

"음, 지난번에 원손 저하께서 공부하시는 강서원에 갔더니 학습을 시작하기 전에 조청을 주더구나. 조청을 먹으면 머리가 맑아진다기에 나는 꿀을 준비해 보았다."

"아!"

"달지?"

궁궐에 가서 강서원에도 갔었다는 말을 자랑스럽게 한 강은 다시 꿀을 한 숟가락 푹 퍼서 입에 넣어주었다.

"예."

달달한 꿀맛에 빠져 고개를 끄덕이다 분명하게 알게 된 것이 있었다.

아기 한세의 몸에 너무 오래 있었던 탓인지 이제 스물다섯 살짜리 오세아의 정신도 조선에 살고 있는 네 살짜리 여아의 정신세계에 맞춰져 가고 있다는 것을.

"자, 이제 머리도 맑아졌으니 천자문을 배워볼까?"

강은 마치 자신이 정말 스승님이 된 것처럼 한껏 폼을 잡으며 붓을 들었다.

강이 소맷자락을 걷어 올리고 하늘 천 자를 쓰기 위해 고개를 살짝 숙였을 때였다. 희고 갸름한 강의 얼굴에 자리한 커다란 눈을 감싸고 있던 긴 속눈썹이 살짝 내려갔다.

'뭐지? 왜 가슴이 떨리는 거지?'

한세는 저도 모르게 가슴을 움켜쥐고는 놀라서 강을 바라보았다.

'미친 거 아냐, 어떻게 여섯 살짜리 꼬마 녀석을 보다가 가슴이 뛰니?'

한세는 강이가 안아주고 싶을 만큼 앙증맞고 귀여운 소년이라 심쿵한 것인가 하여 다시 찬찬히 바라보았다.

'서강! 대체 너 누구니?'

그녀는 알 수 없는 묘한 기분에 사로잡혀 강을 바라보았다.

"어찌 나를 그리 바라보는 것이니?"

글자를 다 쓴 강이 붓을 내려놓다가 넋을 놓고 자신을 멍하니 보고 있는 한세를 발견했다.

"도련님이 너무 예뻐서요!"

"뭐?"

한세가 불쑥 내뱉은 말에 강은 잠시 그 말이 어떤 의미인지를 생각하다가 싱긋 웃었다.

"뭐, 남들도 다 그리 말하더구나, 아주 잘생기신 도령이라고! 이놈! 그렇다고 그렇게 대놓고 빠지면 어찌하느냐?"

"예에?"

'아기가 싸가지만 없는 줄 알았더니 왕자병까지 있으니 이를 어쩔까나!'

듣고 있던 한세는 몸서리를 쳤다.

"걱정하지 마라, 너는 앞으로 점점 더 빠져들게 될 것이다!"

어린 강은 한세의 손을 잡고 그렇게 다짐했다.

"허! 여섯 살인 도련님이 대체 그런 말은 다 어디서 배우셨습니까?"

"금동이가 순녀에게 말하는 것이 재미있어서…… 한데 네 질문도 네 살짜리가 할 말은 아닌 것 같구나."

"아! 저는 마님께……."

방심한 탓에 말실수를 하고 만 한세는 급히 둘러대며 강의 눈치를 살폈다.

"좋겠구나, 내 어머님께 그리 많은 것들을 배워서!"

송씨에게 배웠다는 말에 마음이 상한 강은 데퉁맞게 말했다.

"아, 예."

한세는 앞으로 이 호젓한 별채에서 어디로 튈지 모르는 말썽꾸러기에 왕자병까지 있는 녀석과 함께 살아야 한다고 생각하자 앞이 캄캄하였다.

"세야! 이 글자가 무엇을 닮았느냐?"

강이 조금 전 자기가 써놓은 글자를 작은 죽비로 콕 짚으며 한껏 거만하게 물었다. 확실하게 지도 편달을 하려고 작정을 한 것인지 대나무를 다듬은 죽비까지 준비한 것이었다.

"하늘 천(天)!"

강이가 하는 짓이 너무너무 깜찍해서 얄미운 마음이 들어 퉁명스럽게 대답했다.

"어, 너! 이 글자가 참말 하늘을 닮았더냐?"

"예."

"신통한데? 어디 이번엔!"

강은 다시 붓을 들고 이번에 절대 땅과 닮지 않도록 땅 지(地)를 휘갈겨 썼다.

"이것이 무엇을 닮았을까……."

가만히 보고 있던 한세는 이대로 신동이 될 수는 없어서 이번엔 모르는 척하기로 했다.

"이런 멍충이 같은 놈!"

그러자 강이 기다렸다는 듯 죽비로 머리를 딱 내려쳤다.

"아야!"

"땅을 닮지 않았더냐, 땅과 똑같구만! 땅 지다! 땅 지!"

"도련님, 나 때리고 싶어서 배자로 달라고 하셨지요?"

죽비로 때릴 때 강의 눈이 반짝거리는 것을 보고 한세는 또 하나 알았다. 무슨 이유인지 모르겠지만 강이 자신을 무지하게 미워한다는 것을…….

"뭐라고! 네 이 녀석! 스승님의 깊은 뜻도 모르고! 앉아서 묵이나 갈고 있거라. 나는 소피나 보고 와야겠다!"

제 마음을 정확하게 들켜 버린 강은 뜨끔해서 소피본다는 핑계를 대고 밖으로 나가 버렸다.

'역시 예감이 좋지 않더니만!'

예감대로 그 후로 강은 잠시도 떨어지지 않고 꼭 붙어 다녔다. 말은 배자라고 했지만 그냥 몸종이나 다름없었다. 보다 못한 송씨가 아우처럼 아껴주라 당부하였지만 강은 오히려 유모의 아들이 어찌 아우가 될 수 있겠냐고 따지고 들었다.

강이 왜 그러는 것인지 그 마음을 전혀 알 리 없는 한세는 죽을 맛이었다. 한세는 그런 강이 불편하기도 하고 어린이 스토커의 괴팍한 성격도 정말 마음에 들지 않았다.

'아이고, 이놈아! 너를 만난 것은 진짜 로또야.'

세아는 강과 자신은 로또만큼 안 맞는다고 생각하며 고개를 흔들었다. 그렇지만 강이 자신이 꾸던 꿈의 내용과 연관되어 있는 것 같다는 생각이 들어 꾹 참고 지낼 수밖에 없었다.

❀

강이 여덟 살이 되자, 성균관에 학궁이 설치되었으니 입학하라는 기별이 왔다. 한동안 집 안은 온통 강의 입학을 준비하느라 새 옷들을 짓고, 공부할 때 입을 유생복인 청금과 무복을 장만하느라고 부산스러웠다.

"어찌 그러니, 부러우냐?"

송씨는 바느질하는 내내 옆에 앉아 청금을 만지작거리고 있는 한세가 측은해서 넌지시 물었다.

"네, 마님! 한세 요고랑 요고 입고 싶어용!"

한세는 강이 학궁에서 입을 청금과 무복을 집어 들고 세상에서 제일 불쌍해 보이는 얼굴로 대답했다.

"저런! 네 것도 지어주마. 하니, 울지 말고 나가서 강이랑 놀아라!"

"참말입니까, 마님?"

"그러자꾸나. 우리 예쁜이가 입고 싶다는데?"

한세의 꿍꿍이를 알 리 없는 송씨는 흔쾌히 고개를 끄덕였다.

'그렇다면 옷은 되었고! 어떻게 해서라도 저 녀석을 따라가야 할 텐데.'

한세는 별채로 가 서책을 읽느라 정신이 없는 강이를 물끄러미 바라보았다.

강은 지난번 입궐해서 이산을 한 번 이기고 온 뒤로 아주 공부에 목을 매었다. 어린아이가 지치지도 않고 이산을 이기기 위해 몇 년을 서책만 파는 것이 신기하기도 했지만 일면, 강이 그리하는 데는 주위 어른들의 부추김이 작용한 탓도 있었다.

세손과 강의 스승 남유용은 제자들을 독려하기 위해 가끔씩 서로를 비교하며 아이들의 시샘을 자극했고 영조와 서동환이 어려서부터 동문수학했으니 두 어른들의 극성 또한 아이들을 가만히 두지 않았다.

"예나 지금이나 어른들의 바지바람이 문제야!"

"세야!"

보기만 해도 피곤하다는 얼굴로 고개를 젓고 있을 때 강이 획 돌아보았다.

"예, 도련님!"

"물 가져와!"

"예, 뭐 다른 거 필요하신 것은 없고요?"

"일단, 물만 가져와!"

"예, 예!"

강은 손도 까딱 않고 한세를 제 손발처럼 부려먹었다. 결국 우려했던 대로 강의 배자가 아니라 몸종이 되고 만 것이었다.

그날은 강이 예동으로 대궐에 입궐하는 날이었다.

"아, 한세!"

아침부터 기분이 좋아진 강은 옆방에 자고 있는 한세를 보기 위해 후 다닥 달려갔다.

강은 그동안 홀로 기거하던 가회당 별채에, 그것도 자신이 자고 있는 바로 옆방에 한세가 있다는 것을 생각만 해도 저절로 웃음이 나왔다.

"세야!"

강은 입궐하기 전에 한세를 한 번이라도 더 보고 가려고 옆 방문을 벌컥 열고 들어갔다.

그러자 이불을 뒤집어쓰고 자고 있던 한세가 일어나더니 부스스한 눈 으로 강을 올려다보았다.

"세야, 잘 잤어?"

"나 꿍꼬또, 도령님 따라 대궐 가는 꿍꼬또……."

"엉?"

통통한 분홍빛 뺨에 동그란 눈을 비비며 자신을 올려다보던 한세가 웅얼거리는 순간, 여덟 살 강이는 너무 귀여워서 넋을 잃고 말았다.

"나 꿍꼬또, 도령님 따라 대궐 가는 꿍꼬또……."

밤새 어떻게 해야 강이를 따라 입궐을 할 수 있을까 궁리에 궁리를 하다가 생각해 낸 것이 언젠가 보았던 어린아이의 동영상이었다. 한세 는 스스로도 가증스러워 몸서리를 치며 눈을 최대한 동그랗게 비비며 강을 올려다보았다.

"어…… 그래."

한세의 귀여움에 완전히 쓰러진 강의 입가에 환하게 웃음이 피었다.

"네 이놈! 이 녀석이 보자보자 하니 고약하기가 끝이 없구나!"

좌의정 서동환의 말끝에는 혀 차는 소리가 묻어 나왔다.

그 바람에 가회당은 식전 댓바람부터 그야말로 북새통이었다.

"싫습니다, 한세 못 가면 저도 안 갑니다!"

강이 예동으로 입궐하는 날인데 옷도 갈아입지 않고 딱 버티며 한세를 데려가야 한다고 고집을 피우고 앉아 있는 것이었다.

"네 이놈! 이것은 어명이다. 네 어찌 어명을 거역하겠다는 것이더냐?"

할아버지도 더 이상 참지 못하고 짯짯하게 야단했다.

"한세랑 같이 갑니다."

집안 어른들이 모두 나와 야단도 치고 달래도 보았지만 쇠고집 강은 꿈쩍도 하지 않았다.

사실 강은 까칠하기는 하지만 제 할 일 알아서 하고 의젓한 성품으로 어른들의 뜻을 거스르는 아이가 아니었다. 그러나 어쩌다 한 번 제 주장을 내놓으면 물러서는 법이 없었다.

'아고, 저거, 저거 어명인데도 안 간단다! 하! 그나저나 그놈 참, 이럴 땐 꽤 쓸 만하네.'

멀리서 지켜보던 세아는 혼자 웃었다. 생각해 보니 강이 녀석에게 미안하기도 하고 귀엽기도 했다.

사실 한세는 그동안도 어린아이의 필살기인 애교를 무기로 송씨와 서재호, 심지어는 이 집안의 최고 어른인 좌의정 서동환까지 녹여놓았다. 현대에서 우연히 보았던 인터넷 동영상의 아기가 하던 '꿍꼬또'를 한 번만 보여주면 웬만한 이들은 모두 넘어오는 것이었다.

"자, 그럼 나는 가서 옷이나 갈아입을까?"

강이 고집을 피우기 시작했으니 자신의 입궐은 거의 확실한 일이었다.

아무튼 오늘 아침에는 볼수록 강이가 하는 짓이 마음에 들었다. 이산의 곁으로 가야 뭔가 단서를 찾을 수 있을 것인데 잘하면 강이 덕분에 일이 잘 풀릴 것 같았다.

"어?"

옷을 갈아입으려고 방으로 다시 들어가려던 한세는 갑자기 누군가 노려보고 있는 느낌이 들어 고개를 돌렸다.

"오호라! 너 여기 숨이 있었구나. 어쩐지 이상하더라? 한 대감댁 쌍둥이 중 하나는 분명 여아임이 분명한데 말이지!"

자그마한 체구에 중치막을 둘둘 말아 입은 사내는 바로 한세의 할아버지인 한태혁에게 쌍둥이 중 여아는 죽여야 한다고 속닥거렸던 점쟁이 고복수였다.

"뉘십니까, 저를 아십니까?"

한세는 갑자기 나타난 낯선 인물을 보고 숨이 턱 막혔지만, 어쩐지 불길한 그 사내를 빤히 노려보며 물었다.

"그럼 알고말고."

"예에?"

자신을 알고 있다는 말에 깜짝 놀라긴 했지만 그가 누군지 알 수 없으니 뭐라 물어볼 수도 없었다.

"너는 오늘 입궐하면 아니 된다! 가면 너도 죽는다. 하니 네가 나가서 못 간다고 하거라!"

고복수는 무시무시한 얼굴로 협박했고 한세의 얼굴은 창백하게 질렸다.

"한세야! 한세야!"

바로 그때였다. 결국 어른들의 허락을 받아낸 강이 그 말을 전하러 나왔다가 이상한 사내와 서 있는 한세를 발견하고 달려왔다.

"이런!"

그러자 일이 시끄러워질 것을 염려한 고복수는 허둥지둥 도망쳐 버렸다.

"한세야, 저 사람을 어찌 아느냐?"

"모, 모릅니다."

"얼마 전에 사랑채에서 본 것 같은데? 너는 괜찮으냐?"

강은 뭔가 미심쩍은 얼굴로 고복수가 사라진 쪽을 바라보았다.

"갑자기 낯선 이가 나타나서 놀랐습니다."

"그것 보아라, 그러니 내 옆에 딱 붙어 있으라 하지 않더냐."

강은 새파랗게 질려 입술을 덜덜 떨고 있는 한세를 꼭 안아주며 토닥였다.

"예, 예 도련님!"

한세는 얼결에 강의 품에 안겨 어린아이의 품이 이렇게 따듯할 수 있다는 사실에 놀라고 있었다.

"그래 얼른 환복하고 나오너라. 너를 데리고 입궐해도 좋다는 허락을 받았다."

원체가 유별난 아이니 어른들도 두 손 두 발 다 든 것이다.

"참말입니까, 도련님!"

"그래."

강은 볼우물에 햇살을 가득 담아 환하게 웃어주는 한세를 사랑스럽게 바라보았다.

"도련님, 갑!"

한세가 엄지를 딱 치켜세우자 강은 으쓱한 마음에 어깨를 딱 펴고 자랑스럽게 웃었다.

한세는 우여곡절 끝에 강을 따라 입궐을 하였다.

'그는 누굴까? 어째서 오늘 입궐하면 죽는다고 해가며 내가 궁으로 가는 것을 막았을까?'

한세는 가마를 타고 대궐로 가는 내내 아침에 나타난 남자가 하던 말을 곱씹어 생각하고 있었다. 그러나 아무리 생각해 봐도 그 남자가 어떻게 자기를 알고 있는 것인지 알 수가 없었다.

"아, 궁궐이구나!"

현대에서는 답사를 수십 번 했던 궁궐이었지만 군졸들이 문을 지키고 궁인들이 분주하게 오가는 것을 보니 가슴 한구석이 아릿한 것이 기분이 이상했다.

"너!"

가마에서 내리자마자 강은 획 돌아서서 뒤따라오는 한세를 손가락으로 까딱까딱 불렀다.

'하여간 어린아이가 저렇게 싸가지 없기도 힘들어!'

그래도 오늘은 아침부터 예쁜 짓을 많이 했으니 봐주자 하고 한세는 구시렁대면서 천천히 걸어갔다.

"빨리 못 와?"

강이 데퉁맞은 얼굴로 돌아보았다.

"예, 도련님!"

"너, 내 뒤에서 십 보 이내에 있어야 한다. 그리고 공연히 다른 아이들과 말하지 말고!"

"예에."

저놈의 노인네 같은 지청구, 또 시작이구나 생각하며 한세는 멀뚱한 상태를 유지하려고 애썼다.

"쳐다보지도 마!"

"아, 눈이 있는데 어찌 안 봅니까?"

그러나 과유불급. 참아주려고 해도 강은 꼭 도를 넘고야 만다. 한세는 화가 치밀어 올라 욱해서 소리쳤다.

"그냥 보지 마!"

그녀가 대드는 것을 빤히 쳐다보던 강은 그렇게 한마디 하고 획 돌아서 가버렸다.

"어이구, 저게 뭐가 되려고!"

한세는 고개를 내저으며 구시렁거리며 따라갔다.

"어서들 오너라!"

서재호의 재촉에 강은 서둘러 동궁으로 갔다.

'근데 가슴이 왜 이렇게 떨리냐, 얼마나 기다리던 날인데.'

떨리는 가슴을 지그시 누르며 돌아보니 옆에 서 있던 사내아이가 씩 웃어 보였다.

"나는 강건우라고 한다. 네가 강이구나?"

"그래."

성격 좋은 건우가 먼저 말을 걸었건만 강은 뻣뻣하게 딱 한마디로 대답했다.

"너는 누구냐?"

강의 까칠한 태도에 머쓱해진 건우는 이번엔 주위를 두리번거리고 있는 한세에게 다가와 물었다.

"이 아이는 내 배자야. 어려서 아는 것도 없어."

건우가 궁궐 구경을 하느라 정신이 없는 한세의 곁으로 다가서려고 하자 강이 휙 막아서며 말했다.

"내가 너보다 두 살이 많으니 형님이라 불러라."

열 살인 건우는 여덟 살짜리 강에게 자신이 형님임을 강조했다.

뒤에 알고 보니 그 사내아이는 소론으로 한동수와는 가까운 벗인 예조판서 강하종의 아들 강건우였다. 새하얀 얼굴에 귀한 집 자식 티가 철철 흐르는 건우는 척 보기에도 화려한 옷을 입고 있었다. 옷 욕심이라면 송씨도 어디에 빠지지 않는데 건우가 입고 있는 것은 끝동이며 깃에 금실 은실로 수를 놓은 것들이었고 흑혜에도 수가 놓여 있었다. 게다가 호리호리한 체구에 키도 훤칠하게 커서 여섯 살 한세에 비하면 마치 어른 같았다.

"형님은 무슨? 동문수학할 사이에!"

싸가지라고는 눈을 씻고 찾아봐도 없는 강이 건우의 한마디에 호락호락 형님이라 할 리 없었다.

"너는 예를 모르는 아이로구나."

건우는 태평한 얼굴로 딱 한마디 했다.

"뭐, 뭐?"

강은 설상가상으로 반박할 박자를 놓쳐 버리고 더듬었다.

"그럼, 이 형님은 먼저 가겠다."

건우는 그렇게 강의 싸가지 없음을 나무라더니 어린아이치고는 너무나 여유로운 걸음으로 안으로 들어가 버렸다.

'저 녀석 앞으로 강이랑 붙여놓으면 볼만하겠다.'

한세는 그런 소년이 귀여워 웃음이 나왔다.

"너! 왜 웃어?"

건우가 한방 먹이고 가버리자 마음이 상한 강은 웃음을 참느라 애쓰고 있는 한세를 노려보았다.

'하! 웃기는 누가 웃었다고, 내가 웃음을 참느라 얼마나 힘들었는데!'

한세는 앞서가는 강의 뒤통수를 한 대 쥐어박아 주고 싶다는 생각을 하며 강의 뒤를 따라갔다.

그러나 조금 뒤에 나타난 김기섭을 보고는 도저히 웃을 수가 없었다. 기섭은 건우와 동갑이었지만 키가 한 뼘은 더 컸고 체격만 보면 거의 어른이었다. 게다가 범상치 않은 눈빛부터 온몸으로 상대를 제압하는 분위기였다.

"저하, 세손 저하의 예동들이옵니다."

붉은 수염에 눈이 부리부리하고 위풍당당한 세손위종사 기기마는 아이들을 세자에게 데려갔다.

"어서들 오너라!"

세자 이선의 곁에는 그사이 왕세손 책봉을 받은 이산이 다정한 모습으로 앉아 있었다.

어려서부터 글공부에 뛰어났던 이산은 효자도(孝子圖), 성적도(공자의 일생을 그린 그림)를 좋아하였다.

그런 영특한 세손을 이선은 극진히 아끼고 사랑하였다.

'저리 잘난 분이 조선의 역사상 가장 끔찍한 비극의 주인공, 사도세자 시라니.'

이선을 이렇게 가까이에서 보는 한세의 심정은 뭐라 할 수 없이 착잡했다.

이산의 나이 이제 여덟 살, 그의 나이 열한 살에 아버지가 뒤주에 갇혀 죽었으니 이제부터 영조와 사도세자 사이에 갈등이 시작되고 곧 비극이 닥쳐올 시기였다. 이미 그 모든 비극을 알고 있는 한세는 환하게 웃고 있는 두 부자를 보며 가슴이 아팠다.

"병조참판 김우식의 자식 기섭이라 하옵니다."

소년이라고는 생각할 수 없는 의젓한 모습으로 기섭이 먼저 절을 했다. 병조참판 김우식은 그나마 조정에 남아 있는 몇 안 되는 남인 인사 중 하나였다. 영조는 훗날을 대비해 이산의 예동들을 뽑는 데도 당을 무시하고 공평하게 뽑는 탕평책을 쓴 것이었다.

'세상에 여기 있는 아이들이야말로 금수저를 물고 태어난 거 아니야, 게다가 애들 예쁜 것 좀 봐, 저 녀석들이 다 크면 어떻게 되는 거야?'

아이들이 나가 세자 이선에게 인사를 올리는 것을 보며 한세가 그런 생각을 하고 있을 때였다.

"한데, 너는 누구냐?"

세자 이선은 문 앞에 조용히 앉아 있는 한세를 향해 물었다.

"저 아이는 강이의 배자이옵니다. 강이가 입궐하면 홀로 심심할 것 같아 데려왔습니다."

옆으로 비켜 앉아 있던 서재호가 서둘러 아뢰었다.

"그래요? 이리 가까이 오너라!"

이선은 홀로 오도카니 앉아 있는 한세를 불렀다.

그러자 놀란 강이 휙 돌아보며 자기 옆에 앉으라고 손짓을 했다.

"네 이름이 뭐냐?"

조심조심 강의 옆으로 다가앉는 한세에게 세자 이선이 물었다.

"한세라고 하옵니다."

"너도 세손의 예동이 되어 같이 배우며 놀고 싶지 않느냐?"

이선이 그렇게 묻자 당황한 것은 강이었다.

그저 대궐에 데리고 다니려고만 했던 것인데 일이 이상하게 돌아가는 것이다. 강은 당황한 얼굴로 옆에 앉은 한세를 보며 싫다고 대답하라고 고개를 크게 저어 보였다.

"저도 세손 저하를 모시고 싶습니다."

그러나 한세는 간절한 강의 눈빛을 외면하고 이선을 향해 큰절을 하며 우렁찬 목소리로 대답했다.

"이러니 어찌! 이 아이도 예동으로 들이도록 하지요."

귀여운 한세의 모습에 이선도 반해 버렸는지 호탕하게 웃으며 허락하였다.

"하오나, 저하! 본디 예동들은 종실과 대신들의 자제로 뽑게 되어 있는데 괜찮을지?"

"똑똑하고 반듯한 아이면 되었지 동무를 집안까지 따져서 가려 사귀어야 한다는 것은 맞지 않는 일이지요."

세손 이산의 예동을 뽑는 데 영조는 탕평책을 실현하고 있었고 세자 이선은 한 발 더 나가 개혁을 실천하고 있었다.

"예, 저하! 그리하겠습니다."

신분을 따지지 않는 세자 이선의 선처 덕분에 서재호와 한세는 동시에 가슴을 쓸어내리며 안도의 한숨을 내쉬었다.

"잘들 와주었다. 요즘엔 세손이 서책에만 너무 빠져 있는 것 같아 걱정이었다. 이제부터 너희들은 세손과 함께 열심히 놀아주기만 하면 된다. 알겠느냐?"

영조가 워낙에 세손을 귀히 여기는 덕분에 이산의 예동들도 학궁에 모여 함께 배우며 어울려 놀 수 있게 된 것이었다.

"예, 세자 저하!"

세자 이선의 말에 아이들은 우렁찬 목소리로 대답했다.

"세손은 앞으로 수업이 끝나면 이 아이들과 함께 나가 놀아라. 활도 쏘고 검도 겨루고 축국도 하고 말이다."

"명심하겠습니다."

공부만 하는 아들의 건강을 걱정하는 아버지. 다른 여느 부자와 다름없이 다정한 부자지간이었다.

"혼자서 심심했는데 앞으로 재미나겠습니다."

이산의 얼굴이 환하게 빛났다.

이산은 세 살이 되면서부터 왕이 설치해 준 보양청(輔養廳)에서 소학(小學)을 배웠다. 그러다 보니 여덟 살에 왕세손 책봉을 받을 때까지 학문과만 친해온 터라, 친구나 놀이라는 것을 해볼 틈이 없었다. 그런 이산이었으니 또래의 아이들이 반갑기만 했다.

'이산, 정조 대왕! 조선의 역대 임금 중 가장 많은 이의 사랑을 받는 당신!'

친근하게 웃어 보이는 이산과 눈이 마주치자 문득 한세의 머릿속을 스치는 것이 있었다.

현대에서 정조에 대해 배우기 시작했을 때 친구들과 늘 이야기하던 것이 있었다. '만약, 만약에…… 정조가 십 년만 더 살았더라면, 그래서 그가 평생 동안 그토록 꿈꿔왔던 개혁을 해볼 기회가 있었더라면, 그랬더라면 우리의 역사는 어떻게 바뀌었을까', 정조의 죽음이 너무나 안타까워 그런 말들을 푸념처럼, 탄식처럼 하곤 했었다.

만약, 만약에 그를 십 년만 더 살게 할 수 있다면……

그 순간 한세에게는 한 가지 목표가 생겼다. 현대로 돌아갈 수 있을지도 알 수 없고 무료하게 다가올 운명을 기다리는 것도 지쳐 가고 있었다. 어차피 이제는 이산의 곁에서 답을 찾아보기로 했으니, 정조 대왕을 딱 십 년만 더 살 수 있게 할 방법을 찾아보자. 아직 어린 이산의 곁에 있으니 어쩌면 그 방법을 찾을 수도 있지 않을까. 그렇게 결심하자 오히려 마음이 편해졌다. 무작정 현대로 돌아가기를 기다리는 것이 아니라 그저 허망한 꿈처럼 이야기하던 그 일을 실현해 보고자 노력하면서 기다리는 것이다. 그러자 한세의 머릿속은 갑자기 바빠지기 시작했다.

"너, 어찌 내 말을 듣지 않고!"

잔뜩 화가 난 강은 세자 앞에서 물러나오자마자 한세를 잡을 듯이 노려보았다.

"저는 도련님 곁에서 심부름이나 하려고 그런 것인데, 그것이 그리 잘못했다 하시면 제가 다시 세자 저하께 말씀 드리지요, 뭐."

"야! 야!"

한세가 울먹울먹한 얼굴로 다시 세자에게 가려고 하자 강은 화들짝 놀라 말렸다.

"빨리 오지 않고 게서 무엇 하느냐!"

앞으로 아이들을 맡아 지도할 기기마가 두 아이를 발견하고 불렀다.

"요거, 요거 가만히 보면 새끼 여우야!"

아무래도 오늘은 한세에게 당했다는 생각이 들자 강은 분통이 터져 정신이 없었다.

"예, 사부님!"

강이 잠시 정신을 놓은 사이, 한세는 얼른 기기마와 아이들이 모여 있는 곳으로 도망쳐 버렸다.

"저, 저게!"

강은 복장이 터져 공연히 데려왔다고 가슴을 쳤지만 이미 늦은 후회였고 이는 시작에 불과했다.

"따르거라!"

아이들이 세자를 알현하고 나오자 사부 기기마는 그들을 데리고 학궁으로 갔다.

"예, 사부님."

"그래, 너희들은 이제 이곳에서 튼튼한 재목(材木)으로 자라날 것이다."

"예, 사부님."

"절대로 봐주기를 바라거나 달리 대접해 줄 것을 기대해선 안 된다, 알겠느냐?"

"명심하겠습니다, 사부님."

세손의 무술 스승이며 세손위종사인 기기마는 미리 아이들에게 그렇게 당부했다.

그는 체구가 크고 골격도 장대한 데다가 풍채에서 풍기는 위세도 범상치 않았다. 게다가 온 얼굴을 덮고 있는 수염이 굵고 풍성해 나이를 가늠하기 힘들었다.

"오늘은 아침에 강서원에서 세손 저하의 배강(背講)을 하였으니 곧 책거리를 할 것이다. 너희들도 참석하여 스승님들을 뵙도록 하여라."

기기마는 아이들을 데리고 창경궁에서 나와 성균관 세손강서원으로 데려갔다.

배강이란 원자나 세손이 책 한 권을 떼면 왕과 왕비를 모셔놓고 발표회를 갖는 것이다. 배강이 끝나면 그동안의 노고를 치하하기 위해 스승들께 떡 벌어지게 다과상을 차려주었다.

"어서 오너라, 그리로 앉아라."

세손의 스승인 남유용이 아이들을 반갑게 맞이하였다.

오늘 아침 이산이 훌륭하게 배강을 치루는 것을 보고 영조는 얼마나 기뻐하였던지 그에게 '고비를 깔고 앉은 스승처럼 위엄 있고 엄한 스승이 되라'고 호피를 한 벌 선사하였다.

"예, 스승님!"

아이들은 처음 보는 학궁과 세손강서원이 신기해 누리번거렸다.

"오늘 많이 힘들었지. 이제부터 이곳에서는 나를 형님이라 불러. 알겠지?"

강이가 앉자 한세도 그 곁에 앉으려는데 건우가 제 옆에 앉으며 속닥거렸다.

그래봤자 건우도 겨우 열 살이었다. 그러나 영특해 보이고 어린아이의 마음 씀씀이가 이 정도라면 분명 큰 인물이 될 것이다.

"예, 어련하시겠습니까, 형님!"

이 아이 역시 앞으로 이산과 함께 자라나며 그에게 힘이 되어줄 것이라는 생각을 하며 한세는 고개를 끄덕였다.

"어, 너 그런데 목소리가 어찌 그러니?"

한세의 목소리를 귀담아 듣던 건우가 잠시 고개를 갸우뚱하다가 물었다.

"왜, 이 아이 목소리가 어때서?"

뜨끔해서 쳐다보는데 옆에 앉아 있던 강이 퉁명스러운 얼굴로 건우를 노려보며 나섰다.

"아니, 사내아이치고는 목소리가 너무 가늘단 말이지!"

"애가 아직 어려서 그렇지!"

건우의 예의 바른 눈총을 애써 무시하며 강은 데퉁맞은 얼굴로 버럭거렸다.

"아, 그런가?"

건우는 그런가 하고 고개를 끄덕였다.

나중에야 알게 된 것이었지만 건우의 집안은 예악에 밝아 그는 소리를 기가 막히게 잡아내는 절대음감의 귀를 지니고 있었던 거였다.

또래보다는 큰 키에 피부가 검게 그을어 튼튼해 보이는 이산과는 달리 서강은 갸름한 얼굴에 유난히 하얀 피부, 호리호리하고 조금은 여려 보이는 편이었다. 그러나 이산은 학문을 같이 겨룬 서강에게 제일 먼저 마음을 터놓았다.

"앞으로 우리들만 있을 때는 허물없이 지내자. 알겠니?"

갑작스러운 이산의 제안에 아이들은 멀뚱히 보기만 했다.

"우리 이렇게 벗이, 동무가 되자는 거야. 재미있지 않겠니?"

장난스러운 이산은 한세의 손을 함께 포개어 쥐고 흔들며 다시 말했다.

"아니, 그렇다고 뭐 이리 격하게!"

이산이 서슴없이 한세의 손을 잡고 흔들자 강은 화들짝 놀라 그들의 손을 떼어놓았다.

"아니 나는 그저 좋아서……."

계집아이의 손을 잡은 것도 아니고 예동으로 들어온 사내 녀석의 손을 잡은 것을 가지고 그리 난리를 치는 강이 때문에 이산은 머쓱해졌다.

"강이가 너무 넘치게 세를 챙기는구나."

건우가 키득키득 웃으며 강이를 놀려댔다. 눈치를 보니 건우도 이산도 모두 한세를 좋아하는 것 같았다.

"그게 아니라 이 아인 내 거야!"

당황한 강이 버럭 화를 내었다.

"엥? 내 거? 한세가 여아도 아니고 남아들끼리 니 거 내 거가 어디 있냐?"

"아, 아니!"

건우가 다시 한 번 빙글거리며 놀려대자 강은 이번에도 말을 잇지 못했다.

"그런데 너무 정색하는데?"

건우는 강의 팔 년 인생에 이제껏 만나본 적 없는 최대의 적수였다.

"내 배자라고! 아무것도 모르면서!"

강은 얼굴이 빨갛게 달아올라 노려보았다.

"자, 자 되었다. 그만하자."

고만고만한 아이들 중 제일 크고 의젓한 기섭이 나서서 말리고 나서야 분위기는 진정되었다.

"아무래도 한세를 데려오는 것이 아니었어."

그때부터 강은 공연히 한세를 데리고 왔다는 생각이 들어 우울해졌다. 그냥 데리고 다니려고만 했는데 같이 예동이 되어버렸으니 큰일이었다.

❀

"네가 한세냐?"

예동이 되고 얼마 되지 않은 어느 날 한세의 아버지 한상수가 학궁으로 찾아왔다. 마침 잠시 쉬는 시간이라 물을 마시고 밖으로 나와 차가운 바람을 쐬고 있던 길이었다.

"예."

한세는 관복을 입은 남자를 가만히 바라보았다.

기억엔 없었지만 그의 슬픈 눈빛을 보니 혹시 아버지가 아닐까 하는 생각이 들었다.

"혹, 아버님이십니까?"

"그래, 아가! 네가 이리 컸구나!"

그의 눈빛에서는 핏줄을 바라보는 따사로운 온기가 느껴졌다.

한상수는 몸을 숙여 말간 눈으로 자신을 빤히 올려다보는 여식을 가만히 안아주었다.

그동안 내색은 하지 않았지만 서재호의 집안에서 유모 분이의 아들로 자라고 있는 한세의 소식을 전해 듣고 있었다.

"조금만 더 참고 기다리거라, 애비가 곧 너를 데리러 올 것이다."

"아버지, 저는 잘 지내고 있습니다."

여식을 보자 눈시울이 붉어지는 한상수를 보고 있자니 한세의 마음도 아파왔다.

"그래, 이제 이렇게라도 너를 볼 수 있으니 다행이구나, 내 자주 오마."

한상수는 주위를 경계하듯 살피더니 머리를 쓰다듬어 주고 돌아갔다.

조금은 부자연스럽게 느껴질 만큼 조심스럽게 돌아가는 한상수의 뒷모습을 보자 한세도 자연스럽게 주위를 살폈다. 한세 역시 궁궐을 드나드는 지난 며칠 동안 자신을 지켜보는 시선이 있음을 느꼈다. 정확히 그들이 누구인지는 알 수 없었지만 좋지 않은 느낌이 드는 것은 사실이었다.

이산의 천성은 밝고 명랑하며 또래의 개구쟁이 사내아이들과 다를 바가 없었다. 앞으로 닥쳐올 극한의 상황이 이산을 어둡게 만들 수도 있겠지만 저 밝은 천성이 그나마 그를 지켜주었을 것 같았다.

조금 특이한 구석이 있는 강은 어려서부터 언제나 잘한다 잘한다 하고 키웠던 탓인지 남이 저보다 더 잘하는 것을 못 보는 성격이었다. 그런데 가만히 보니 사부님은 언제나 세손만을 칭찬하는 것이었다. 지고는 못 사는 강은 그것이 몹시 못마땅했다.

그날은 아이들이 모두 나가 말을 타는 법을 배우는 날이었다.

일단 '정조 십 년 더 살게 하기'라는 목표를 세운 한세는 하루라도 빨리 승마와 무예를 습득하여 힘을 키워야겠다는 의지를 불태우며 주먹을 불끈 쥐었다.

"세야!"

두 주먹을 불끈 쥐고 말을 노려보고 있는 모습을 줄곧 지켜보던 강이 급하게 다가오며 불렀다.

"너는 다음에 배우겠다고 말씀드려!"

"아니, 왜요?"

"너는 아직 어리니 조금 더 크면 배우란 말이다!"

"아니, 할 수 있는데."

한세가 할 수 있다고 고집을 피우고 있을 때 이산과 아이들이 다가왔다.

"세야! 강이가 또 괴롭히고 있는 것이냐?"

"괴롭히기는 제가 뭘?"

"볼 때마다 세에게 물 가져와라, 책보 가져와라, 먹 갈아라, 하니 말이지!"

"그거야, 세가 늘 해주는 일이라."

은근히 닦아세우는 듯한 이산의 말에 강이 펄쩍 뛰며 물러섰다.

"쯧쯧!"

이산의 곁에 서서 말없이 지켜보고 있던 건우가 쯧쯧 혀를 찼다.

강은 끓어오르는 울화를 겨우 삭이며 입을 다물었다.

"그만하고 가서 말이나 타자!"

"예, 저하!"

이산의 반격에 더 이상 할 말이 없어진 강은 터덜터덜 아이들의 뒤를 따라갔지만 어린 여아가 말을 탄다는 것이 마음에 걸렸다.

"자, 말고삐를 이리 잡고 허리를 쭉 펴고!"

아이들은 사부 기기마의 가르침대로 말을 타기 시작했다.

"어, 간다. 간다."

말이 천천히 움직이기 시작하자 한세는 신기했다.

현대에서 세아는 운동이나 몸을 쓰는 것이라면 제대로 하는 것이 전혀 없었다. 그런데 겨우 여섯 살인 한세는 운동신경이 발달했는지 못하는 것이 없었다. 그런데 이제 말 위에서도 균형을 잡는 것을 보니 신기한 것이었다.

"자, 말을 천천히 세우고 이렇게 내려온다."

아이들은 기기마의 시범대로 말을 세웠다.

워낙에 이미 말을 잘 타는 이산과 기섭은 말에서 척척 내렸고 한세가 걱정이 된 강도 서둘러 말에서 내렸다.

"건우야! 어디로 가는 게냐!"

기기마는 처음 말을 타보는 건우가 말을 세우지 못하고 저만치 가버리자 그쪽으로 따라갔다.

"어! 어!"

"세야!"

막 말을 세우던 한세의 몸이 갑자기 휘청거리는 것을 본 강은 앞 뒤 생각할 겨를도 없이 떨어지는 그녀를 받으려고 달렸다.

"아!"

물론 강의 마음이야 떨어지는 그녀를 멋지게 받고 싶었지만 여덟 살짜리 아이가 무방비 상태로 말에서 떨어지는 아이를 받는다는 것이 가당키나 한 것인가.

"아!"

바닥에 엎어진 강의 몸 위로 떨어진 한세는 바닥에 부딪친 턱과 머리가 얼얼했다.

"세야, 괜찮으냐?"

기기마가 달려와 먼저 한세를 일으켰다.

"예, 예."

다행히 한세는 멀쩡했다.

"강아! 강아!"

하지만 강은 대답할 형편이 못 되었다.

머리가 빙빙 돌고, 엉덩뼈가 으스러진 느낌이었고 온몸이 아파 정확히 어디가 아픈지도 알 수 없었다.

"강아, 넌 대체 왜 거기 뛰어든 것이냐?"

"세를 받으려고……."

기기마는 무모하게 떨어지는 아이를 받으려다 깔려 버린 강을 살펴보았다.

"아이구, 이놈! 팔이 부러졌지 않느냐!"

"어쩐지 너무 아프더라!"

강은 놀란 눈으로 뭐라고 말도 못 하고 서 있는 한세를 바라보며 피식 웃었다.

"도련님!"

한세는 강의 팔이 부러졌다는 사부의 말에 앞이 아득해졌다. 또다시 현대에서 꾸었던 의문의 그 꿈이 떠올랐다.

분명 누군가 칼에 찔렸고 쓰러지는 그에게 누군가 '강! 서강!'이라고 외치는 소리가 들렸었다. 그 불길한 꿈이 이 아이와 연관이 되어 있다면 대체 어찌해야 하는가.

꿈은 인간의 능력인 시각, 청각, 촉각, 후각, 미각의 오감 외에 마음으로 느끼는 육감에서 한발 더 나간 뇌로 보고 느끼는 정신 능력의 세계인 제칠감이라고 한다.

분명 세아는 범상치 않은 꿈을 연속적으로 꾸기 시작했었고 그 때문에 그 꿈들을 노트에 적어두기까지 했다. 만약, 그 꿈과 그녀가 이 조선으로 오게 된 연유가 무관하지 않다면 이제 어찌해야 하는가. 질문이

꼬리에 꼬리를 물고 이어졌지만 아직까지도 아무런 답을 찾지 못해 답답했다.

기기마가 어느새 정신을 잃고 축 늘어진 강을 업고 방으로 옮겨가 이불을 깔고 눕힐 동안 한세는 쭉 그의 손을 잡고 놓지 않았다. 그 뒤를 쫓아가고 있는 아이들은 속도 상하고 우습기도 해서 죽을 지경이었다.

"저하, 그만 돌아가 쉬시지요, 강은 어의를 불러 치료할 것입니다."

"어의가 와서 뭐라 하는지 듣고 가겠습니다."

기기마가 돌아가 쉬라고 해도 이산과 아이들은 자신이 간호하겠다고 우겼다.

"세야, 강이는 강하니 괜찮을 것이다."

이산은 강의 곁에서 울 것 같은 얼굴로 꼭 붙어 앉아 있는 한세를 위로했다.

"강아, 얼른 나아라! 일어나면 원하는 것은 다 들어주마!"

어의가 다녀가자 이산은 그렇게 말했다. 이산의 눈에는 그렁그렁하게 이슬이 맺혀 있었다.

"참말이십니까, 저하?"

그러자 강의 눈이 번쩍 뜨였다.

"그래, 내 다 들어주마!"

"그 손."

강이 겨우 정신을 차리고 눈을 떴을 때, 한세의 손을 꼭 잡고 앉아 있는 이산이 보였다.

"응?"

"그, 손 좀 잡지 마십시오."

부러진 팔이 아픈 것은 참을 수 있었으나 한세의 손을 꼭 잡고 있는 이산의 손은 거슬려 견딜 수가 없었다.

"아, 한세는 니 거라고?"

강이 눈을 뜨자마자 그렇게 따지고 들자 이산은 애써 외면하며 말을 얼버무렸다.

"거참, 알 수 없는 녀석일세?"

옆에 앉아 있던 건우가 뭔가 이상하다는 얼굴로 그렇게 중얼거리며 빤히 보자 강은 급히 시선을 피했다.

"이제 깨어났으니 나는 이만……."

이산은 헛기침을 하며 서둘러 밖으로 나갔다.

"나도 그만!"

건우와 기섭도 일어나 밖으로 나갔다.

"너!"

아이들이 나가자 강이 눈을 번쩍 뜨고 잔뜩 겁에 질려 있는 한세를 바라보았다.

"도련님!"

"어른들께는 내가 그냥 말에서 떨어져 다친 거라고 해!"

"예?"

"다른 말 했다가는 혼구녕이 날 줄 알아!"

기운도 없는 강이 눈을 부릅뜨며 그렇게 말하고는 다시 눈을 감아버리자 한세는 이상하게 가슴이 두근거렸다.

'강아, 너 왜 그런 거니? 너 혹시?'

갑자기 그런 생각을 하자 코끝이 간질거리며 저도 모르게 기침이 나왔다.

참으로 이상한 것은 아직 어린 한세의 몸속에 들어 있는 세아는 분명 현대의 성인이었지만 아이들과 함께 자라다 보니 자꾸만 그 또래의 아이들과 느끼고 생각하는 것이 같아지는 것이었다. 어쩌면 이대로 이렇게 시간이 흘러가다 보면 결국 오세아를 완전히 잃고 이곳의 한세가 되어버릴지도 모르겠다는 생각이 들었다.

그렇게 시간이 흘러 이산의 나이 열한 살이 되었다.

세손 이산이 열한 살이 되던 해의 정월은 유난히 찬바람이 많이 불고 눈보라가 매서웠다.

기록에 따르면 이산은 2월에 혼인하고 5월에 아버지를 잃는다. 이미 운명은 시시각각 다가오고 있을 것이었다. 그러나 지금의 한세는 그것을 막을 방법이 없었다. 목숨을 걸고 역사를 바꿔보겠다고 그 무서운 사건에 대해 말한다 해도 과연 누가 어린아이의 말을 들어줄 것이며, 아버지가 자식을 뒤주에 가둬 죽인 그 무참한 사건이 지금의 이들에게 어찌 받아들여질 것인가. 섣불리 나서기보다 아직은 때를 기다리며 방법을 찾아보기로 했다.

"그냥 같이 공부하는 척하다가 건너가 자. 멍청이처럼 졸고 앉아 있지 말고! 그리고 세손 저하의 말벗이라서 봐주는 거다."

"예."

"세손 저하가 사람 은근히 귀찮게 한다, 너."

"아, 예."

"그러니까, 너무 잘해주지 말라고! 너 마음에 안 들어!"

"아, 알았어요. 알았습니다요!"

때때로 이산은 아이들 중 하나를 불러 말벗도 하고 공부도 함께하자며 궁에서 하룻밤 자고 가기를 청했다. 한세가 궐에 남아 세손의 말벗을 하는 날이면 강은 집으로 돌아가면서도 몇 번을 돌아서서 당부했다. 예동이 된 이후로 강은 공부도 해야 하고 다른 녀석들로부터 한세를 지켜내느라 고생이 이만저만이 아니었다.

"얘들 봐라! 얘들 봐!"

노란빛의 쾌자를 입은 건우가 작은 접선을 들고 뒷짐을 진 채 살랑살랑 걸어오며 깐죽거렸다.

"늘 붙어 있는데도 매번 뭔 할 말이 그리 많은지, 참!"

늘 말이 없는 기섭도 도저히 못 봐주겠다는 듯 혀 차는 소리가 말끝에 묻어 나왔다.

"이것은! 아무리 봐도, 주종의 관계는 아닌 게지?"

"아, 얼른 가세요. 도련님!"

두 사람을 이리저리 살피며 주위를 빙빙 돌고 깐죽거리는 건우를 보다 못한 한세가 발끈 성을 내며 강의 등을 떠밀었다.

"알았어, 간다. 가!"

한세가 성을 내며 정색을 하자 강은 마지못해 돌아섰지만, 밤새 한잠도 못 자고 애면글면 안달복달하다가 새벽같이 입궐을 할 것이 틀림없었다.

"뭐냐, 니들은 참말?"

등 떠밀려 마지못해 집으로 돌아가는 강의 뒷모습을 지그시 응시하던 건우의 시선이 이번엔 한세를 향했다.

"그만 들어가시지요, 사형!"

한세는 그런 건우의 시선을 피하며 기섭을 재촉해 후다닥 안으로 들어가 버렸다.

"아무리 들어도 저 목소리는 사내의 것은 아니야. 사내가 아니면 계집? 아냐, 아냐! 계집이라기엔 너무 드세고, 하면 두 개의 성을 지닌 양인(兩人)인가?"

건우는 미심쩍은 얼굴로 그렇게 중얼거리며 느릿하게 걸어갔다.

그날도 밤이 늦도록 이산은 조용히 앉아 먹을 갈며 마음을 닦고 있었고 한세는 따뜻한 차를 준비하며 지켜보고 있었다.

"강이는 갔느냐?"

먹 갈기를 마친 이산은 작은 세필을 들고 무엇인가를 꼼꼼히 썼다.

"예."

정조가 독서광에 기록광인 것은 알고 있었지만 아직 어린 나이의 그가 그렇게 끊임없이 책을 읽고 밤마다 하루의 일을 기록하는 것을 눈으로 확인하니 신기하기만 하였다.

"가면 뭐해. 밤새 잠도 못 자고 눈이 뻘개져서 달려올 것을!"

이산은 안절부절못하고 있을 강이 눈앞에 보이는 것 같아 피식 웃었다.

"그것이 그리 재미있습니까?"

"너를 너무 싸고도니 그러는 것이지!"

그럴 때는 이산도 영락없는 장난꾸러기였다.

"무엇을 그리 보느냐? 내 얼굴에 뭐가 묻었느냐?"

먹을 갈다 말고 자신을 물끄러미 바라보는 시선이 느껴져 이산은 기분이 좋아졌다.

"저하, 자신의 건강을 돌보는 것이 효(孝) 중에 으뜸인 것은 아시겠지요. 규칙적으로 생활하는 것이 몸에 좋습니다. 잠을 충분히 자야 몸이 자랄 것이고 몸이 건강하게 자라야 정신 또한 굳건하게 자라는 것입니다."

한세는 자신을 빤히 보는 이산을 향해 또 여느 때처럼 잔소리를 늘어놓았다.

이산은 어린 나이에도 영조와 세자를 닮아 청빈한 생활이 몸에 배어 있었다. 기름진 음식도 멀리하고 비단 옷도 입지 않았다. 현대에서 말하는 웰빙식이라고 생각했지만 너무 부지런해서 잠을 충분히 자지 않는 것이 제일 큰 문제였다. 정조의 수명을 십 년 더 연장하기로 결심한 한세는 우선 그의 의식주 모든 것을 살피고 참견하기 시작했다.

"그것참, 또 시작이더냐?"

"저하, 제 말을 들으시면 자다가도 떡이 나온다니까요!"

"너는 어린 녀석이 어찌 그리 잔소리가 심한 것이냐, 내 유모나 어마 마마보다 더하니."

그래도 무던한 성격 탓인지 이산은 고개를 흔들 뿐 싫다 하지는 않았다.

"소인이 말씀 드린다고 듣지도 않으시면서!"

"세야?"

가만히 보고 있던 이산이 살갑고 정다운 목소리로 불렀다.

"예?"

"너, 나 좋아하지?"

사실 한세는 정조에 대해 역사적인 기록들만 알고 있었을 뿐이지 그의 수명을 연장할 특별한 능력이 없었다. 그저 다만 온 마음으로 정성을 다한다면 가능하지 않을까 싶은 생각에, 그래도 그냥 뭐라도 해보자고 생각한 것이었다.

그래서 언제나 이산과 최대한 가까이 있으려고 애를 썼고 그의 성격과 모든 행동 하나하나를 관찰하고 있었다. 그러니 이산은 당연히 한세가 자신을 무척이나 좋아해서 각별히 대한다고 생각했다.

"헉! 좋, 좋아하기는요?"

기가 막혀 입이 딱 벌어졌다.

'아니, 내가 뭘 어쨌다고! 저하, 저하와 제가 그런 사이가 될 수는 없지 않겠습니까?'

한세는 어이가 없고 황당하기도 했지만 이산의 입장에서 생각해 보면 그럴 수도 있겠다는 생각이 들었다.

"아니면 다른 누가 너처럼 잔소리를 늘어놓더냐? 또 네가 다른 이에게 그러는 것은 보지 못했다."

"그만하시고 이 차 좀 드셔보세요."

이산은 자라며 점점 골격이 단단해지고 또래보다 확연히 큰 체구에

활 솜씨는 신궁에 가까워지고 말이며 무예며 어느 것 하나 떨어지는 것이 없었다. 그럼에도 한세가 보기에는 보살피고 보호해야 할 촉촉한 눈빛을 지닌 측은한 소년일 뿐이었다.

"또 뭘 자꾸 먹으라는 것이야?"

"결명자차랍니다. 결명자는 눈을 맑게 해주며 간화(肝火)를 내려 열이 대장에 쌓여 생기는 변비에 효과가 있다고 합니다. 그러니 드시지요, 제가 기미는 했습니다."

세손을 위해 결명자를 구해 수라간에서 볶아서 한세가 직접 끓여낸 결명자차였다.

결명자는 눈이 충혈되고 붓고 아프며 눈물이 흐르는 증상을 치료하고 야맹증에도 사용하며 혈압을 내리고 동맥경화 예방에도 사용한다는 것을 읽은 적이 있었다. 한세는 말년의 정조가 돋보기를 쓰고 눈이 침침해지는 증상으로 고통받았다는 것을 생각해 내고 결명자차를 만들어 늘 마시게 했다.

"이렇게 내게 정성을 쏟으니 강이 그러는 것이지!"

이산은 싫지 않은 얼굴로 싱글싱글 웃으며 한세가 권하는 결명자차를 받아 마셨다.

사실 이산은 한세와 좀 더 친하게 지내고 싶어도 자기 거라고 철통처럼 지키는 서강 때문에 내색도 하지 못했다.

그렇게 학궁에 모여 서로의 학문을 겨루며 독려하고 장난치고 다투기도 하며 아이들은 서로에게 점점 정이 들어갔고 서로를 키워갔다.

一.

간질간질한 우정

정월이 지나자 옅은 연두색이 조금씩 눈에 띄는가 싶더니 가회당 담장 옆 나무 가지에도 물이 올라 초록빛을 띠었다. 나뭇가지 위로 잎사귀의 눈이 하나둘 움트기 시작했고 연못의 물은 쪽빛 하늘을 닮아 벽옥처럼 푸르렀다.

"참으로 좋은 날씨로구나."

문득 눈을 들어보니 가회당 푸른 기와지붕 너머로 흰 구름이 꿈처럼 떠 있다.

그 구름이 너무 고와 바람도 차마 못 훑고 그냥 지나친 모양이었다. 부드러운 바람이 코끝을 스쳐 간다.

"하늘이 이리도 좋으니……."

강은 누마루 끝에 서서 하늘을 올려다보았다.

입궐할 채비를 마친 한세는 마당 한 귀퉁이에 꼬물꼬물 올라오는 새싹들을 들여다보고 있었다.

"세야!"

강은 마루 위 두리기둥에 기대 서 있다가 한세를 불렀다.

"예, 도련님!"

"이리 와보거라!"

"아, 이제 입궐해야 할 것인데 어찌 또 다시 마루 위로 올라오라 하십니까?"

한세는 아침부터 귀찮게 하는 강을 올려다보며 물었다.

"오라면 오거라!"

강은 빨리 오지 않으면 이마에 꿀밤을 날리고 말겠다는 듯 손가락을 튕기는 시늉을 했다.

"이그!"

강의 손이 얼마나 따끔한지 매운맛을 알고 있는 한세는 후다닥 마루 위로 올라갔다.

"자, 우리 세 얼마나 컸나 보자."

강은 투덜대는 한세를 붙잡아다 두리기둥에 세웠다.

한세는 자신의 키를 재기 위해 가까이 다가선 강의 얼굴을 황홀한 눈빛으로 올려다보았다.

나날이 부쩍부쩍 자라는 헌칠한 체격에 예동으로 들어가며 아침마다 계속되어 온 무술 수련으로 잘 다듬어진 매끈한 몸, 보기 좋게 그을린 선이 고운 갸름한 얼굴은 소년이라고 보기에는 차가운 위엄이 서려 있었고, 서늘한 이마와 사나워 보일 정도로 치켜 올라간 날렵한 눈썹 아래 자리한 기름한 눈 속에서 빛나는 눈매는 베일 듯 날카롭고 매서워서 가끔은 시선을 피하게 되고 만다.

게다가 마음을 설레게 하는 붉은 입술과 저 날카롭게 뻗어 있는 곧은 오만한 콧날은 또 어떤가, 가끔은 손을 내밀어 쓰다듬어 보고 싶을 지경이었다.

"도련님, 저 키워서 뭐하시게요?"

기둥에는 한세가 처음 가회당 별채로 오던 날부터 오늘까지 해마다 이맘때면 얼마나 컸는지를 재며 칼로 홈집을 낸 자국들이 있었다.

'어째 지금 이 장면은 어디선가 많이 보던 장면인데? 맞아 김유정의 소설 봄봄에 데릴사위가 딸이 크면 혼례를 하게 해준다는 말에 매일 얼마나 컸는지를 재는데, 강이 너 혹시?'

그런 생각을 하며 강을 빤히 보던 한세가 물었다.

"곧이곧대로 말해주랴?"

"예!"

"키워서 잡아먹으려고 그런다! 잡아먹으려고!"

한세가 얼굴을 바짝 들이대며 묻자 강은 이마를 쥐어박으며 소리쳤다.

"참말 잡아먹으려고요?"

"그걸 몰라서 묻느냐! 빨리 커야 힘든 일을 시키지!"

강은 볼우물이 패는 한세의 발그레한 뺨을 움켜쥐고는 사정없이 흔들었다.

"네, 어련하시겠어요?"

한세는 혹시나 했더니 역시나라며 아픈 볼을 문질렀다.

몇 년 전 팔이 부러졌을 때도 한세는 강이가 혹시 자기를 좋아하는 것이 아닐까 궁금해서 왜 그랬냐고 물어봤었다. 그랬더니 강이는 '네가 다치면 내가 불편하잖아!'라고 소리를 버럭 질렀었다.

"내가 무슨 죄를 지었기에 저런 독한 놈을 상전으로 만나서……."

한세는 아픈 볼을 만지며 구시렁거렸다.

'아무리 연애를 못 해봤기로 고작 열한 살짜리 조선 도령에게 또 이렇게 말리나요?'

한세는 속으로 그렇게 크게 외치며 두 손을 쳐들고 하늘을 올려다보았다. 봄이 오는 하늘빛은 미래의 서울이나 지금의 한양이나 다를 바가 없었다.

아이들이 마루 위에서 그렇게 장난을 하며 킥킥대고 있을 때 중문으로 송씨가 들어왔다.

송씨는 두 손을 쳐들고 하늘을 바라보고 있는 한세를 다정하고 살가운 눈빛으로 바라보는 아들을 걱정스러운 눈으로 바라보았다.

아무리 그래도 남녀가 유별한데 한세와 강을 보고 있노라면 살얼음판을 걷고 있는 기분이었다. 만약 한세가 소론가의 자식이며 게다가 여자아이인 것을 서재호와 서동환이 알게 된다면, 생각만 해도 끔찍한 일이었다. 그저 잠시만 맡아두려던 것이 저 아이로 인해 우울증을 고쳤고 저 아이 때문에 웃고 밥을 먹는다. 송씨는 이제 한세가 없는 가회당은 상상할 수도 없었다.

"한세야, 잠시 들어오너라."

"예, 마님."

"강아, 너는 안채에 가서 새로 지어놓은 옷으로 갈아입고 오너라."

"예, 어머니."

송씨는 혹시 강이 듣기라도 할까 봐 안채로 보내려 했다. 하지만 분명 무슨 일이 생겼다고 직감한 강은 안채로 가는 척하다 돌아와 방 안에서 들려오는 소리에 귀를 기울였다.

"네 어머니께서 서찰을 보내셨구나."

정월이 지나자 허씨가 송씨에게 서찰을 보내온 것이었다.

이제 시아버지의 삼년상도 끝났으니 한세를 집으로 데려가겠다는 것이었다. 송씨는 그 서신을 받아 든 순간 온몸에 기운이 빠지는 것 같았다.

'어머니? 한세가 유모의 여식이 아니란 말인가?'

그러나 문밖에서 그 말을 엿들은 강은 깜짝 놀라고 말았다.

한세에게 말 못 할 비밀이 있을 것이라 짐작은 하고 있었지만, 막상 그것이 사실이라는 것을 확인하니 충격이 컸다.

"예, 마님!"

평소와 다르게 기운 없는 송씨의 목소리에 한세는 긴장한 눈빛으로 송씨를 바라보았다.

"너를 보내야 할 날이 올 것이라는 것을 몰랐던 것도 아닌데……."

정숙하고 찬찬한 성품의 송씨는 여간해서는 속을 내보이지 않았다. 하지만 그동안 온 마음을 다해 키워온 한세를 보내야 한다고 생각하니 흐르는 눈물을 막을 수가 없었다.

"마님, 저는 아직 돌아가고 싶지 않습니다. 마님과 정이 너무 많이 들었고, 제 부모님들과는 아직 데면데면한지라, 제가 뵙고 말씀 드리겠습니다."

한세는 이제 가족들을 설득할 때가 되었다고 생각했다.

이미 조선의 역사상 가장 큰 비극이라 할 수 있는 세자 이선의 죽음이 코앞에 닥쳐 있는데 이대로 손을 놓고 앉아 있을 수는 없었다.

"그리할 수 있겠느냐?"

한세가 그렇게 말하자 송씨의 안색이 환하게 밝아졌다.

"예, 마님! 오늘 학궁에서 돌아오는 길에 집에 들렀다 오겠습니다."

한세가 밖으로 나오려 하자 문 앞에서 듣고 있던 강은 사색이 되어 서둘러 안채로 향했다.

"하지만 부모님들도 네가 얼마나 그리울 것이야, 그리하라 하시겠느냐?"

마음은 가상했지만 한세의 부모가 허락할 리가 없었다. 송씨는 다시 긴 한숨을 내쉬며 얼굴이 어두워졌다.

"무슨 일이냐?"

안채에 들러 옷을 갈아입고 온 강은 아무것도 모르는 척 시치미를 떼며 물었다.

"허씨 부인께서 어머니와 저를 그 댁으로 보내달라고 하셨답니다."

한세는 자신이 유모의 아들로 알고 있는 강에게 그렇게 둘러댔다.

"유모와 너를? 어찌하여 너희 모자를 보내달라 하신단 말이더냐"

"어머니 바느질 솜씨가 좋으니 그 댁에서도 저희 모자가 필요한 모양이지요."

한세는 얼결에 그렇게 둘러대기는 했지만 눈치 빠른 강이 꼬치꼬치 캐물을까 걱정이었다.

"그래서 어찌하기로 했느냐?"

그러나 강은 더 이상 캐묻지 않고 선선히 넘어가 주었다.

"어머님만 먼저 돌아가시고 저는 얼마간 더 이곳에 있었으면 한다고 말씀 드리려 합니다."

"너, 혼자 가서 되겠느냐? 내가 같이 가주랴?"

"되, 되었습니다. 도련님이 같이 가서 뭐라고 하시게요?"

"그, 그것이……."

막상 그렇게 물으니 강은 마땅히 대답할 말이 떠오르지 않았다.

"제가 없으면 도련님 구박덩이가 없어서 안 된다 하시게요?"

한세는 다 알고 있다는 얼굴로 피식 웃고는 앞장서 걸어갔다.

"맞아, 나 너 없으면 불편해서 하루도 못 산다."

강은 그제야 가슴을 쓸어내리며 한세를 따라갔다.

"알고 있습니다요. 그러니 제가 번을 선 다음 날이면 그렇게 득달같이 궁으로 달려오시는 것이겠지요."

"내가 이제부터 잘해주겠다, 진짜!"

강이 찰싹 붙어 서서 진지하고 애틋한 눈빛으로 앞으로는 잘해주겠노라는 공약을 날렸다.

"음, 그래봤잡니다. 하루를 못 가실걸요!"

한세는 또 말려들 뻔했다며 머리를 털었다.

"에이그 내가 진짜 전생에 무슨 죄를 지었는지!"

"그러니까, 네가 없으면 나는 어찌 잠도 안 오는지 모르겠다."

한세는 지겹다고 치를 떨며 가버렸지만 그 말에 충격을 받아 풀이 죽은 강의 어깨는 축 늘어졌다.

"처음엔 그저 어머니를 빼앗아간 미운 놈이었는데, 어찌해서 네가 없으면 불안한 것인지……."

강은 곧바로 따라가지 못하고 한참을 그대로 서 있었다.

가회당이 연꽃이 유명하다면 한세의 본가는 매화꽃이 유명한 집이었다.

한세가 본가에 도착한 것은 산 그림자가 어른어른 드리워질 무렵이었다. 대문 앞에 선 한세는 떨리는 가슴을 진정시키려 심호흡을 하였다.

"도련님 모시고 먼저 돌아가세요."

라고 해도 기어이 따라온 강을 금동이에게 부탁하고 돌아섰을 때 풀죽은 목소리가 들려왔다.

"여기서 기다릴 것이니 천천히 이야기하고 나오너라."

늘 듣는 강의 목소리였는데 묘하게 마음이 서늘해지며 돌아보고 싶어졌다.

하지만 하루 종일 굳어 있던 강의 얼굴을 생각하니 공연히 짜증이 났다. 이상한 일이었다. 데퉁맞게 굴 때는 쥐어박고 싶다가도 풀죽어 있으면 속상하고, 이래저래 신경 쓰이는 녀석이라고 생각하며 한세는 미간을 찡그렸다.

"아니, 근데 하루 종일 어찌 그러십니까? 그냥 도련님 하던 대로 하세요."

"들어가서 안 나올까 봐 그러지 않느냐."

강은 절대 쥐어박지 않으려고 뒷짐을 지고 서서 휙 돌아서 따지고 드는 한세를 내려다보았다.

"아, 근데 뭐래?"

강이 알 수 없는 말만 늘어놓자 한세는 짜증 난 얼굴로 투덜댔다.

"으이그!"

한세가 대문을 열고 휙 들어가 버리자 강은 뒷짐을 진 채로 바람벽에 고개를 쿵쿵 박았다.

짐작처럼 한세는 이 집안의 여식인 모양이었다. 만약 이 집안의 여식이 틀림없다면 한세를 가회당에 남겨둘 리가 없었다. 이러다 한세를 영영 보지 못할 수도 있다는 생각에 강은 거의 제정신이 아니었다.

"여기서 이러시면 안 됩니다. 진정하세요, 도련님!"

서강과 한세가 하루 이틀 아웅다웅하는 것도 아니라, 옆에 잠자코 지켜보고 있던 금동이 조용히 다가와 말렸다.

"저 왔습니다."

"어서 와, 누이!"

한세는 처음으로 쌍둥이인 한결을 만났다. 너무 닮아서 깜짝 놀라 하마터면 한결의 얼굴을 만져 보겠다고 손을 내밀 뻔했다.

"와, 우리가 닮긴 참말 많이 닮았네요?"

어찌 보면 저보다 한결이 더 뽀얗고 귀엽게 생긴 것 같았다. 어른들의 정을 듬뿍 받고 자란 한결은 결핍의 흔적이라고는 찾아볼 수 없는 맑은 얼굴이었다.

"어서 오십시오."

한세를 대신해 이 집안의 아들로 살고 있는 유모 분이의 아들 한민도 만났다.

"아가!"

하루 종일 음식을 장만하며 여식을 기다리던 허씨는 기어이 울음을 터뜨렸고 한상수는 그런 두 사람을 보며 눈시울을 붉혔다. 모두에게 불행했던 시간을 지나온 순간이었다.

"어머니!"

한세는 모두가 있는 자리에서 무릎을 꿇었다.

그동안 몇 번 궁궐 앞으로 찾아온 두 사람을 만나기는 했지만 이렇게 본가를 찾은 것은 처음이었다. 당연한 일이겠지만 한세에게는 가회당보나 본가가 더 낯설게 느껴졌다.

"아버지, 제가 계속 저하의 곁에 예동으로 있게 해주십시오."

"무슨 소리를 하는 것이냐?"

한세의 입에서 예상치 못한 말이 나오자 한상수와 허씨는 당황하였다.

"혹, 너를 그리 내버려 둔 것이 원망스러워 그러는 것이냐?"

집으로 돌아오지 않겠다는 여식의 말에 허씨는 충격을 받았다. 이 모든 것이 자식을 지켜내지 못한 제 잘못인 것만 같아 마음이 아팠다.

"아닙니다. 이는 세손 저하를 위하는 일이고 또한 이 나라를 위하는 일이 될 것입니다."

"이대로 더 지체했다가는 네가 아녀자인 것이 밝혀질 것이다."

한세는 점점 더 자라게 될 것이고 곧 여자임이 드러나게 되고 말 것이었다. 한상수는 더 이상 지체하는 것은 위험하니 절대 안 된다고 반대하였다.

"혹시, 너 세손 저하를 연모하게 된 것이더냐?"

어머니 허씨는 한세가 이산을 연모하게 되어 돌아오지 않겠다고 하는 것이 아닐까 의심하기까지 했다.

"두 분 심려하실까 봐 말씀 드리지 않으려 했지만, 사실 저는 가까운 앞날이 보입니다. 앞으로 궁궐에서는 끔찍한 일이 일어날 것입니다."

한세는 그간 가족들을 어떻게 설득할지 고민했었다. 솔직하게 미래에서 왔다고 하면 분명 미친 것이라 생각해서 더더욱 집 안에만 가둬두려고 할 것이었다. 궁리 끝에 생각해 낸 것이 앞날을 예견한다고 하는 것이었다. 역사를 알고, 앞으로 벌어질 일을 알고 있는 자신만이 할 수 있는 일이었다.

"그것이 대체 무슨 소리냐?"

"아버님, 이것은 어머니 아버지, 그리고 오라버니만 아셔야 할 것입니다."

"대체 궁궐에 무슨 끔찍한 일이 일어난다는 것이냐?"

"세자 저하께 변고가 있을 것입니다, 그러면 세손 저하의 안위가 위협받게 될 것입니다. 하니 앞날을 보는 제가 곁에서 저하의 힘이 되어드려야 합니다."

한세는 온 마음을 다해 부모를 설득했지만 그들은 쉽게 믿으려 하지도 않았고 그리고 그렇게 위험한 궁궐에 여식을 다시 보내려고도 하지 않았다.

"하면 아버지, 곧 저하께서 관례를 올릴 규수가 정해질 것입니다. 그 규수는 김시묵의 따님입니다."

"뭐, 뭐라? 네 눈에는 그것이 보인단 말이더냐?"

몇 년 만에 간신히 찾은 여식의 입에서 나온 말에 허씨는 기가 막혀 입이 딱 벌어졌다.

"예, 그러니 그때까지만 저를 그대로 있게 해주세요. 그리고 만약 김시묵의 여식이 세손빈이 되거든 제 말을 믿어주세요."

"어찌 생각하면 그래서 아버님께 고복수가 그런 말을 했던 것이 아닌가 싶구나."

한세의 말에 허씨는 믿을 수 없다고 펄쩍 뛰었지만, 한상수는 무언가 짚이는 것이 있는 것인지 잠시 생각에 잠겼다.

"예?"

"사실은 네 할아버지께서 돌아가시기 전에 말씀해 주셨다. 너희들이 태어나기 얼마 전에 유명한 복자 고복수가 찾아와 쌍둥이 중 여아가 태어나면 꼭 죽여야 한다고 했다더구나."

"고복수?"

한세는 문득 몇 년 전 예동으로 입궐하려던 날 나타났던 낯선 남자를 떠올렸다.

"고복수라는 자가 그렇게 용한 셈쟁이입니까?"

"오래전부터 굵직굵직한 사건들을 맞혔다고 하더구나."

"예."

한세는 이제 그자가 무언가를 알고 있다는 확신이 들었다.

"네가 그리 원하니 조금만 더 기다려 보겠다. 그러니 항상 몸조심하고 자중하여야 한다. 어쩌면 그자가 너를 지켜보고 있을 수도 있으니."

"예, 아버님!"

결국 한상수는 세손빈의 간택까지 기다려 한세의 말이 맞는다면 다시 생각해 보겠다고 했다.

"틀리기를 바라지만 어쩐지 너의 말이 맞을 것 같아 두렵다."

한세의 쌍둥이 형제 한결이 걱정스러운 얼굴로 말했다.

"오라버니, 이렇게 돌아갈 수밖에 없는 나를 이해해 주세요."

"그것이 저하를 위한 일이라면 어쩔 수 없겠지. 만약 너의 말이 맞는다면 나는 어찌해야 하느냐, 어찌해야 너를 도울 수 있느냐?"

한결은 앞날을 내다본다는 누이의 말을 진지하게 듣는 눈치였다.

"차차 생각해 보기로 해요."

"그래, 그리하자. 몸조심하고!"

한결은 손을 내밀어 한세의 손을 잡았다. 어려서부터 함께 자라지는 못하였더라도 오누이이자 쌍둥이인 형제가 힘을 보태겠다고 해주자 한세는 힘이 났다. 비록 다 밝힐 수는 없더라도 한세는 일단 함께할 사람들이 생겼다는 생각에 든든했지만 여식의 말을 들은 한상수와 허씨는 마른하늘의 날벼락 같은 일이었다. 여식이 앞날을 본다는 것도 집안이 발칵 뒤집힐 큰일이었지만 만약 한세의 말이 사실이라면 세자는 어찌해야 하는가. 한상수와 허씨는 깊은 시름에 잠겼다.

"도련님?"

한세가 밖으로 나오니 그때까지 강과 금동이 돌아가지 않고 문 앞에 서 있었다.

"기다리는 이가 있었더냐?"

"예, 대감마님!"

강이 아직도 기다리고 있는 것을 본 한세는 얼른 한상수를 대감마님이라 불렀다.

"강이라 하옵니다."

한세를 배웅하려고 나온 한상수를 본 강이 다가가 허리를 숙이며 자신을 소개했다.

한 대감이 한낱 유모의 여식을 배웅하러 나왔을 리는 없다. 강은 한세가 이 집안의 여식이 틀림없다고 확신했다.

"음……."

한상수는 잠시 그대로 서서 인사를 하고 고개를 드는 강의 눈을 들여다보았다.

자신을 지그시 보는 무인의 날카로운 눈빛에 강은 잠시 당황했지만, 곧 침착하고 차분한 눈빛으로 그를 마주 보았다.

"잘 알고 있네."

한상수는 멀리서라도 여식이 보고 싶어 찾아갈 때마다 두 아이가 붙어 다니는 것을 봐서 강을 잘 알고 있었다.

"저를 보셨습니까?"

"그럼."

"하면 제가 인사가 늦었습니다."

한상수에게 최대한 좋은 인상을 주고 싶은 마음에 강은 몸을 더욱 낮췄다.

"자네, 좋은 눈빛을 가졌구만."

비록 노론가의 자식이기는 하지만 모든 면에서 탐나는 아이였다. 게다가 강의 눈을 보니 이미 모든 것을 알고 있는 것 같았다.

"과찬이십니다."

"한세를 데려가려고 기다리고 있었던 것인가?"

"예."

"대감마님, 그럼 저는 가보겠습니다."

조마조마한 마음으로 지켜보던 한세가 나서서 강을 잡아끌었다.

"세를 잘 부탁하네."

가마가 출발하려고 할 때 한상수는 잠시 망설이다가 강에게 그렇게 당부했다. 어쩐지 강의 침착하고 깊은 눈빛이 신뢰가 가는 것이었다.

"예, 그리하겠습니다."

그제야 강은 안도의 큰 숨을 내쉬며 환한 목소리로 대답했다.

드디어 세손빈을 뽑는 간택일이 되었다.

혼례를 위해 세손이 관례를 올리게 되자 예동들도 다 같이 관례를 올리고 상투를 틀었다. 별것 아닌 것 같아도 격식이라는 것이 무서운 것인지 그들은 이제 모두 청년들처럼 보였다. 하긴 조선의 열서너 살 사내아이는 현대의 열여덟 아홉 이상의 정신연령인 것 같았다. 우선은 세손 이산부터 혼례를 올리고 지아비가 되는 것이니 예동들 모두가 혼례를 올릴 나이가 된 것이었다.

요금문이 열리고 치마 앞에 패를 찬 규수들이 솥뚜껑 꼭지를 밟고 문턱을 넘어 들어왔다.

기섭은 한세의 손을 꼭 잡고 서서 처녀들을 바라보고 있는 강을 보고 있었다.

"강아! 너는 어찌하여 손은 한세 손을 잡고, 눈은 저 처녀들에게서 떼지를 못하는 것이냐?"

기섭의 말을 듣고 힐끗 보니 강이 참말 그러고 있는 것이다.

"인간아!"

순간 한세는 욱해서 손을 휙 뿌리치며 노려보았다.

'다른 규수들을 넋을 놓고 보고 있으면서 대체 내 손을 왜 잡고 있어?'

기가 막힌 한세는 달리 할 말이 없어 서둘러 자리를 떴다.

"아니, 난 그런 것이 아니고!"

한세도 저 처녀들처럼 단장하고 예쁘게 꾸며놓으면 얼마나 고울까 하고 생각하고 있던 강은 이 갑작스러운 사태에 당황해 어쩔 줄을 몰랐다.

"거참 이상한 친우일세!"

건우가 피식 웃으며 강의 어깨를 접선으로 툭 쳤다.

"어허, 참!"

"얘, 봐라! 얘 봐! 하여간 얌전한 고양이가 부뚜막엔 꼭 먼저 올라간다더니!"

"무슨 소리야?"

건우가 어깨에 팔을 척 걸치며 능글거리자 강의 눈썹이 추켜 올라가며 미간이 좁아졌다.

"하긴, 우리도 이제 여인에 대해 알아야 할 때가 된 것이지! 아니 그런가, 아우?"

"여, 여인?"

매사에 빈틈없고 자로 잰 듯한 강이었지만 이성에 대한 이야기가 나오자 어딘가 허술해졌다. 목석처럼 뚝뚝하게 서 있던 기섭도 솔깃한지 호기심이 동하는 눈빛으로 가까이 붙어서 귀 기울였다.

"내 방에 청에서 들여온 춘화첩이 있다네."

건우가 목소리를 낮추고 속삭이자, 강은 혹시 한세가 듣지 않을까 불안한 듯 주위를 두리번거렸다.

"추, 춘화첩?"

기섭이 마른침을 삼키며 물었다.

"그뿐인가, 별채에는 요즘 장안에 한창 유행하는 것들도 있네."

건우는 생각만 해도 흐뭇한 얼굴로 입꼬리를 싸악 올리며 웃었고 기섭과 강은 호기심으로 눈을 반짝였다.

최종 간택된 김씨 처녀는 열 살이었다. 아버지 김시묵은 명성왕후 김씨의 아버지 청풍부원군의 후손이며, 어머니는 좌찬성 홍상언의 딸이었다. 손부에 대한 영조의 기대는 자못 컸지만 정작 이산은 별 관심이 없는지 특별한 기색이 없었다.

"아버님!"

세손빈이 정해진 그날 세손의 궁으로 한상수가 찾아왔다.

그동안 한상수와 가족들은 제발 한세의 말이 틀리기를 바라며 세손빈 간택을 가슴 졸이며 지켜보고 있었던 것이다.

"네 어머니와 나는 설마, 설마 하였건만 이제 어찌하면 좋으냐?"

사람의 귀천이 그 무엇보다 중요한 조선에서 여식이 앞날을 내다본다는 사실을 확인한 부모의 마음이 어떠할지는 짐작이 가고 남았다. 허씨는 여식 걱정에 이미 몸져누워 있었지만 한동수가 한세를 급히 찾아온 것은 다른 연유였다. 한세가 앞으로 세자의 신상에 큰 변고가 일어날 것이라 했기 때문이었다.

"언제쯤이냐, 너는 그 모든 것이 보이느냐?"

한상수는 두려운 마음으로 조심스럽게 물었지만 한세는 대답해 줄수 없었다.

"아시지 않습니까, 제가 그런 말을 입 밖으로 내놓는 순간 저를 비롯한 모두가 위험해집니다. 지금 제가 해드릴 수 있는 말은 아주 가까운 시일 내에 그리될 것이고 아마도 막을 수 없을 것이란 것뿐입니다. 하니, 저를 믿으시고 그때를 대비해 두셔야 합니다. 저도 미약하나마 온 힘을 다해 세손 저하를 지키고자 합니다."

"그래, 아비가 알아들었다. 그리하자꾸나."

"우선은 고복수라는 복자를 조사해 주십시오."

"그렇지 않아도 그자와 그자가 만나는 자들을 살펴보고 있다."

한세의 뜻대로 하기로 결정한 한상수는 어깨를 축 늘어뜨리고 궁을 나갔다.

세상에서 가장 의지하던 벗인 세자에게 변고가 생길 것이라는 것을 알고 보니 하늘이 무너지는 것 같았다.

가족에게 사도세자의 죽음을 발설한 한세 또한 걱정스럽기는 마찬가지였다. 앞날을 발설하는 것이 큰 재앙을 부른다는 것을 잘 알고 있지만 그냥 있을 수만은 없었다.

정조에게 크나큰 충격을 주고 평생의 트라우마가 될 비극의 순간은 점점 다가오는데 지금까지 한세가 할 수 있는 일은 아무것도 없었다.

앞날을 내다보는 여식으로부터 세자가 가까운 시일 내에 비극을 맞을 것이라는 말을 들은 한상수는 그대로 손 놓고 있을 수만은 없었다. 물론 여식이 그리 말했다고 할 수는 없었지만 세자와 그의 측근들에게 위기의식을 가지게끔 여러 가지로 충고를 하고 경계를 시켰다.

"이제 빈을 맞으셨으니 좋으시겠습니다?"

간택이 끝난 다음 날 한세는 별궁 쪽을 바라보는 이산을 만났다.

"너는 지금 내 얼굴이 좋아 죽을 것처럼 보이느냐?"

이산은 잔뜩 화난 얼굴로 퉁명스럽게 되물었다.

그저 '감축드리옵니다'라고 할 요량이었는데 어째서 말이 그렇게 나왔는지 한세도 모를 일이었다.

"어찌 그러십니까, 저하?"

"나는 여인들의 속은 잘 모르겠다. 어머니도 그렇고 고모님도 그렇고, 좋아한다는 것은 사람을 그리 갑갑하게 하는 것인지."

"저하, 세상의 모든 어머니와 어른들은 아이를 지나치게 걱정하는 게 일입니다."

"그렇게 말하니 너는 세상의 모든 여인들의 속마음을 다 알고 있는 것 같구나."

"뭐, 알 만큼은 알지 않겠습니까?"

"설마?"

"그냥 해본 말입니다."

"여하튼간에 나는 여인들과 있을 때보다는 너와 있을 때가 훨씬 좋다."

이산은 그렇게 말하며 한세의 양 볼을 세게 꼬집었다.

"아야!"

"하하하!"

한세의 볼을 눈물이 쏙 빠지게 꼬집어 준 이산은 재미있다고 큰소리로 웃었지만 어쩐지 서글퍼 보였다.

한세는 걱정이 되었다. 이미 세자 이선과 영조의 관계는 위태로운 선을 넘고 있었고 부딪치는 횟수도 점점 늘고 있었다. 노년에도 지나치게 강인하고 건강했던 영조는 충분히 훌륭한 왕재로 성장할 수 있었던 이선을 스스로 깎아내리고 지나치게 몰아세워 벼랑 끝으로 몰아갔다. 그러면 그럴수록 세자는 삐뚤어지고 서로의 의견이 엇갈리기를 반복하며 감정의 골이 깊어져만 가고 있는 상황이었다.

"세야, 혼인을 하고 빈과 내가 전하께 더욱 잘한다면 말이다. 전하께서 아버님을 조금은 더 너그럽게 봐주시지 않을까?"

어깨가 축 처진 이산이 한숨을 쉬며 그렇게 중얼거리자 한세는 저도 모르게 그의 손을 꼭 잡아주었다. 가슴이 얼마나 새까맣게 타들어가고 있으면 저런 말을 하는 것일까, 마음 같아서는 그를 품에 안고 토닥여 주고 싶었지만 차마 그럴 수 없었다.

가례를 올리기 전부터 이산은 부쩍 생각이 많아졌다.

말을 탈 때와 강서원을 다녀올 때를 제외하고는 언제나 그림자처럼 함께 다니는 예동들과 한세에게도 더 이상 장난도 치지 않았고 점점 말이 없어져 갔다. 늘 밝고 긍정적이던 이산이 어두워지기 시작한 것이다. 한세는 그런 이산의 기분을 풀어보려고 애를 썼지만 이제 궁궐 안의 상황은 누구라도 웃을 수 없도록 만들고 있었다. 물론 예동들도 그런 분위기를 알고 있었지만 달리 내색하지 않고 평상시처럼 이산과 어울려 자신들이 해야 할 일에 열중하고 있었다.

마침 그날은 세손의 혼례 때문에 궁궐이 안팎으로 어수선해 학궁의 수업이 일찍 끝났다.

"서두르자."

언제부터 그렇게 친했다고 수업 내내 붙어 앉아 수상한 눈빛을 교류하며 의미심장한 미소를 나누던 세 사람은 끝나기가 무섭게 밖으로 뛰어나갔다.

"너는 먼저 가거라."

"도련님은 안 가시게요?"

언제나 딱 붙어 다니던 강이 먼저 가라며 책보를 내밀자 연유를 알 수 없는 한세는 어리둥절해졌다.

"가볼 데가 있어서……."

매사에 빈틈없고 자로 잰 듯한 말솜씨를 자랑하는 강이 허술하게 얼버무리려 하자 뭔가 이상하다는 생각이 들었다.

"어서 오래두!"

"곧장 가회당으로 가!"

저만치에 서 있던 건우와 기섭이 손짓해 부르자 강은 서둘러 그쪽으로 달려갔다.

"이것들 봐라? 나를 따 시키겠다?"

순간 한세는 저 세 명의 청소년이 자신을 따돌리고 뭔가 꿍꿍이를 꾸민다는 생각이 뇌리를 스쳐 갔다.

"한세에게는 말하지 않았지?"

강이 다가가자 건우는 재빨리 다가와 물었다. 평소엔 그렇게 으르렁거리던 강과 건우였지만 작당 모의를 할 때는 한마음으로 뜻을 모았다.

"물론이지."

한세에게 몹쓸 짓을 한 것 같아 가슴이 두방망이질하는 강이 대답했다.

"이럴 땐 한세가 호환마마보다 무섭다."

기섭이 커다란 몸을 낮추고 물었다.

"한세에게 말하면 저하의 귀에 들어가는 가는 건 자명한 일이야!"

건우가 주위를 살피며 그렇게 말하는데 밑에서 한세의 머리가 쑥 올라왔다.

"사형들, 저 따돌리고 어디들 가시게요?"

"헉!"

갑자기 툭 튀어 나온 한세를 보고 너무 놀란 강은 사레가 들려 컥컥거렸다.

"어허! 애들은 몰라도 되는 일이다!"

가뜩이나 큰 기섭은 가슴을 쫙 펴서 몸을 더 크게 키우며 타일러 보려고 했다.

"아! 내가 이렇게까지는 하지 않으려 했는데, 정 그러시다면…… 저하! 세손 저하!"

물론 한세는 세 사람과 협상을 위해 겁을 주려고 한 짓이었다.

"나를 찾은 것이냐, 세야?"

그러나 어디에 있던 것인지 이산이 문 앞에서 쓱 나타났다. 그것도 언제 갈아입은 것인지 도포와 갓을 쓴 평복 차림으로.

"난리 났네, 난리 났어!"

아무래도 사태가 심상치 않게 돌아가고 있음을 깨달은 건우는 망했다고 혀를 차며 고개를 절레절레 저었다.

"저, 저하?"

놀란 예동들의 눈이 휘둥그레졌다.

"너희들, 나 빼놓고 어디들 가느냐?"

이산은 주위를 살피며 흑립을 더 깊이 눌러썼다.

"어찌 아셨습니까?"

이일의 주동자인 건우가 떨리는 목소리로 물었다.

"어지간히 티를 내야지. 왜, 나는 눈도 없다더냐?"

자신만 따돌리고 쑥덕거리며 모의를 한 예동들에게 완전히 마음이 상한 이산은 화를 참느라 얼굴이 붉어졌다.

"저하, 그것이 사실은……."

건우는 뭐라 둘러댈 핑계가 없어 난감한 얼굴로 강을 쳐다보았다.

"어찌하겠냐, 변복까지 하고 오신 것을. 기왕지사 이리되었으니 모시고 가자!"

"하지만 저하께서 어찌 궐을 빠져나가십니까요?"

강의 말에 놀란 한세가 묻자 건우가 눈을 가늘게 뜨고 킥킥 웃었다.

"뭡니까, 그 눈빛은?"

한세는 자신을 바라보는 건우의 눈길이 어쩐지 불길했다.

"저하, 한세의 체구가 작으니 저 아이와 함께 가마를 타시면 되겠습니다."

건우는 스스로 생각해도 너무 괜찮은 생각이라고 고개를 끄덕였다.

"예?"

한세는 뜨끔했다.

"말도 안 되네!"

강은 펄쩍 뛰었다.

"안 되기는, 지금은 달리 방법이 없네."

하지만 마음이 급한 건우는 계속 우겼다.

"괜찮은 방법 같은데?"

기섭은 동조했다.

"그리하자."

결국 이산이 찬성하자 일은 일사천리로 진행되었다.

잠시 뒤 가마 네 대가 나란히 궁궐을 빠져나가 북촌 하동재로 향했다.

"괘, 괜찮으십니까, 저하?"

좁은 가마 안에서 이산의 무릎에 올라앉은 한세는 이 멋쩍은 상황을 받아들이기 어려워 진땀을 흘렸다.

"쉿! 난 괜찮다."

"예."

"사내 녀석의 등이 어찌 이리 포근한 것이냐?"

한세의 따뜻한 등에 얼굴을 기댄 이산은 모처럼 빙그레 웃었다.

하동재의 솟을대문은 그 흔한 장식 하나 없이 올곧이 소나무를 다듬어 만들었으나, 그럼에도 불구하고 대문 앞에 선 이들에게 옷깃을 여미게 하는 위엄과 기품을 지니고 있었다.

"와!"

말로만 듣던 아흔아홉 칸짜리 저택을 실제 눈으로 확인하고 보니 대문부터 그 위용이 달랐다. 강건우의 집안은 남도의 기름진 토지를 소유한 부호 중의 부호였다. 그뿐인가, 집안 대대로 예인을 중히 여겨 그들에게 별채를 개방하고 먹이고 재우며 후원을 아끼지 않았기에 그 누구도 무시하지 못할 문화 권력을 갖고 있었다.

"이리 오너라! 이리 오너라!"

하인을 부르자 솟을대문이 열리며 마침 청지기가 달려 나왔다.

"도련님!"

웃을 때마다 얼굴 가득 잔주름이 잡히는 청지기는 어리둥절한 눈으로 갑자기 들이닥친 도령들을 바라보았다.

"저하와 예동들이 왔으니 다과상을 내오라 이르세요."

"예, 도련님!"

청지기가 서둘러 안채로 달려가자 건우는 앞장서 자신이 거처하는 별채로 안내했다.

별채 한가운데 자리한 전각에 누워 개울의 물소리를 들으며 휴식과 독서와 바둑을 즐기기도 하고, 술을 마시며 노래하고 거문고 타고 오수를 즐길 수 있도록 한 별천지 같은 정원이었다.

"이것은 뭐, 내가 살고 있는 궁궐과 크게 다를 바가 없구나."

"그러게 말입니다, 저하."

"별채가 참으로 아름답습니다, 사형."

한세는 북촌이 한눈에 내려다보이는 전각에 올라 주위를 바라보았다.

"다과상은?"

"준비해 두었습니다."

별채를 구경하는 동안 청지기가 다가와 다과상이 준비되었다고 고하고 갔다.

"저하, 가시지요."

건우는 혹여 어른들이 눈치라도 챌까 주위를 살피며 이들을 전각 안으로 안내했다.

사실 이 하동재에서 가장 귀한 것이 있다면, 그것은 그 어떤 진귀한 보물도 아닌 바로 이 전각에 있는 서책들과 각종 서화와 도자기를 비롯한 예술품들이었다.

전각은 누마루와 이층에 세 칸의 온돌방, 열 칸의 책방들, 그리고 툇마루로 이루어져 있는데, 그곳에 서책과 작품들을 모두 모아두었다.

말하자면 이 전각은 사람을 위해 지은 곳이 아니라 서책과 예술 작품들을 위해 지어진 별당이었다.

"어서 들어오세요!"

건우를 모시는 별당 하인이 조심스럽게 문을 열었다.

"이는 서책과 서화를 아끼는 모든 이가 꿈꾸는 최고의 호사로다."

이산조차 연신 감탄하며 앞서 들어갔고 예동들이 들어가자 건우의 당부를 받은 하인이 서둘러 문을 닫았다.

"우와, 이 서책 좀 봐!"

예동들은 건우를 따라 서가에 서책이 가득 꽂혀 있는 책방으로 들어갔다. 그곳에는 책뿐만 아니라 서화첩이며 금방이라도 사군자를 칠 수 있도록 종이와 지필묵이 가지런히 정리되어 있었다.

"지필묵도 준비되어 있으니 사군자나 한번 쳐 볼까?"

"좋지, 그럼 강이부터!"

예동들은 지필묵 주위로 둘러 앉아 허리를 꼿꼿하게 펴고 앉았다.

"어디 그럼."

이산의 말이 떨어지기 무섭게 강이는 화선지를 펴고 붓을 들었다. 강은 사군자 중에 매화를 선택하여 거침없이 그려 나가기 시작했다.

새하얀 종이 위에 매서운 설한풍 속에서 맑은 공기와 함께 제일 먼저 봄을 알리는 매화가 강의 부드러운 붓놀림 끝에서 힘차게 그려졌다. 매화는 아무런 색도 쓰지 않은 채 오로지 붓놀림을 따라 수묵으로 고고하게 피어났다. 꿈틀거리며 하늘을 향해 치솟아 오르는 매화나무와 점점이 꽃을 피운 매화꽃이 금방이라도 홀로 그윽한 향기를 뿜어낼 듯 생생하게 느껴졌다.

"와! 금방이라도 매화꽃 봉우리가 터질 것만 같구나."

강이 그린 매화를 보며 감탄하던 이산은 붓을 들고 국화를 피우기 시작했다.

"금방이라도 국화꽃 봉오리가 소담스럽게 만개할 것만 같습니다."

예동들의 입에서는 감탄하는 소리가 흘러나왔다.

"역시 선비의 그림이란 먹과 여백만으로 이루어져야 제대로 된 것이지."

자신이 그린 그림이 만족스러운 듯 바라보던 이산이 조심스럽게 붓을 내려놓았다.

"게서 뭘 하는 것이오?"

이산이 그린 국화를 물끄러미 들여다보고 있던 한세가 고개를 돌리다 기어들어 가는 소리로 물었다. 조금 전까지 사군자 치는 것을 보고 있던 강과 기섭이, 어느새 저만치 모여 머리를 맞대고 뭔가를 들여다보며 피식피식 웃고 있는 것이었다.

"도련님! 그것이 뭡니까?"

"엉? 아무것도 아니다. 넌 사군자나 치거라."

조금 전까지 흐뭇한 표정으로 서책을 들여다보던 강이 난처한 얼굴로 한세를 쳐다보았다.

"그게 뭐냐니까요?"

쪼르르 달려간 한세가 손을 뻗어 잡으려 하는데 커다란 기섭이 획 낚아채 서책을 높이 쳐들었다.

"내가 이럴 줄 알았어!"

난처한 표정이 된 강을 본 한세의 얼굴에 그럴 줄 알았다는 냉소적인 빛이 떠올랐다.

"저하, 이것 한번 피워보시겠습니까?"

"그것이 무엇이냐?"

등 뒤에서 들려오는 소리에 돌아보니 이번에는 건우가 연초와 담뱃대를 들고 와서는 이산에게 권하는 것이었다.

정조가 어떤 분이시던가. 담배 예찬론까지 쓸 정도로 골초 중에 골초셨다. 한세는 기겁을 하고 펄쩍 뛰었다. 담배야말로 정조의 건강을 위협하는 최대의 적이었다.

"그건 진짜 안 돼, 절대 안 돼!"

한세는 놀라 안 된다고 소리치며 건우의 손에서 담배를 뺏기 위해 전속력으로 돌진했다.

"어찌 이러는 것이야?"

미처 전속력으로 달려오는 한세를 피하지 못한 건우는 연초를 빼앗기지 않기 위해 필사적으로 저항했다. 그 바람에 전혀 의도치 않았으나 두 손을 뻗어 한세의 가슴을 꽉 움켜쥐고 말았다.

"어! 어!"

건우가 이제 막 조금씩 몽우리가 서기 시작한 가슴을 움켜쥐자 아프기도 하고 놀라기도 한 한세가 기어들어 가는 목소리로 중얼거렸다. 평소의 영민한 눈빛과 호탕한 모습은 어디로 가고, 부끄러워 고개도 들지 못하는 모습이었다.

"아니, 지금 그게 뭐하는 짓이야?"

고개를 돌리다 그 꼴을 본 강의 눈에 불꽃이 튀었다.

"아!"

강은 어느새 후다닥 달려와 건우에게 주먹을 날렸다.

"너 진짜 보자보자 하니까! 이 형님이 만만해 보이지!"

연유도 모르고 맞은 건우 역시 울화가 치밀어 강의 턱을 올려쳤다.

서책과 예술품으로 가득 찬 아름답고 고상한 별채는 순식간에 아수라장이 되어버렸다.

"아니, 그런데 나한테 어찌 이러는 것이야?"

영문도 모르고 실컷 얻어맞은 건우는 억울한 눈빛으로 강과 한세를 바라보았다.

"앞으로도 절대 담배는 안 됩니다! 누굴 잡으려고!"

한세는 부끄러워했던 모습과 둘의 다툼에 놀랐던 모습은 어느새 없어지고 도끼눈을 뜨고 빼앗은 연초에 물을 휙 부어버렸다.

"아! 그것이 얼마나 비싼 것인데……."

"아니, 뭐 그렇게까지 할 것이야 있느냐?"

건우는 금세 울상이 되어버렸고 이산은 못내 아쉬운 표정이었다.

"저하, 차라리 춘화첩을 보시지요, 연초는 절대 안 됩니다. 꿈도 꾸지 마세요!"

한세는 기섭의 손에 있던 춘화첩을 빼앗아 이산에게 쥐어주고 한심하다는 듯 도포 자락을 짝 뿌리치며 옆으로 돌아앉았다.

"역시, 세는 호환마마보다 무섭다."

이산은 빙그레 웃으며 춘화첩을 펼쳐 들었다.

"내 이럴 줄 알았어. 하여간 나만 없으면 뭔 짓을 할 줄 모른다니까!"

한세는 민망한 얼굴로 서 있는 건우를 돌아보았다.

"그것 참 묘하단 말이지."

한세의 시선을 외면한 건우는 소맷자락에 넣어두었던 접선을 펼쳐 들었다.

그는 부글부글 끓어오르는 울화를 식히려는 것인지 부채로 바람을 일으키며 깊은 생각에 잠겨 있었다.

예동들도 궁궐 안의 분위기가 그야말로 일촉즉발 더욱 삭막해져 가고 있다는 것을 알고 있었다. 그러나 그들은 이런 때일수록 세손을 위해 평상시와 다름없이 활기차게 지내려고 애를 썼다.

❀

예동들과 건우의 별채를 다녀온 얼마 뒤 이산은 가례를 올렸다.

이산이 가례를 치르던 날, 한세와 예동들은 의관을 갖추고 수행을 하며 구경하고 있었다. 그날 이산의 모습은 눈이 부셨다. 이산은 늠름한 모습으로 별궁 주인의 좌우통례의 인도로 입궁하여 막차로 들어갔다. 종친과 문무백관도 입궁하여 자리로 나아갔다. 이산이 막차에서 나와 동벽단에 올라 서쪽을 향하여 섰을 때였다. 갑자기 얼굴을 돌려 한세와 눈을 마주치곤 싱긋 눈웃음을 웃어주었다.

그 순간 이산을 바라보는 한세는 이상하게도 너무 슬펐다. 몰랐던 일도 아니고 이산이 가례를 올리는 일은 일어날 일이었다. 그런데도 허전한 이 마음은 무엇일까. 왜 내 마음이 이러는 것일까, 내가 그동안 그에게 너무 정성을 쏟았던 것일까? 한세는 스스로에게 몇 번이고 물어보았으나 선뜻 답을 내릴 수 없었다.

"어디가 아픈 것이더냐? 힘들어 보이는구나."

곁에 서 있던 강은 식은땀을 흘리는 한세에게 목면 수건을 내밀었다.

"아, 그 꿈!"

한세는 강의 수건을 받아 들고 이마를 훔치다가 문득 어디선가 이 비슷한 일이 있었다는 생각이 들었다. 그리고 기억이 났다. 바로 꿈 노트에 기록해 두었던 꿈 중 하나였다. 꿈속의 소년은 웃고 있었다. 조금 전 이산이 한세를 향해 웃어줄 때처럼, 바로 그런 모습을 하고 있었다. 한세는 꿈속에서도 너무 슬퍼 펑펑 울었었다. 왜 슬픈 것인지, 어째서 그토록 눈물이 나는지도 알지 못하며 통곡을 했었는데 이제야 알 것 같았다.

'그것이 세손의 가례일이었구나!'

이로서 또 한 번의 꿈이 맞아들어 가는 것이었다.

'그 꿈 노트에 기록된 꿈들은 앞으로 이곳에서 일어나게 될 일을 보여주는 예지몽이 아니었을까?'

한세는 깊은 생각에 잠겼다.

그날 밤 가회당으로 돌아온 한세는 종이를 묶어 작은 노트를 만들고 현대에서 꾸었던 꿈들을 하나하나 기록하기 시작했다. 이렇게 노트에 적어두면 그 꿈들을 더욱 또렷하게 기억할 수 있을 것이고 만약 그 꿈들이 앞으로 일어날 일들이라면 분명 그 꿈속에 답이 있을 것이라고 생각한 것이다.

한세는 밤마다 쉬이 잠들지 못하고 뒤척이는 날이 많아졌다.

조정의 대신들은 호시탐탐 세자 이선을 제거할 기회만 노리고 있었다. 위험을 느낀 세자는 자구책으로 병으로 위장하였다. 보다 못한 한상수는 세자에게 우의정을 역임했던 소론의 영수 조재호를 연결해 주었고 비밀리에 연합하는 데 성공했다. 세자가 관서행에 나선 것도 사실 소론과 결탁하기 위해서였다. 그러나 평안 감사 정휘량이 홍봉한에게 이 사실을 알림으로써 수포로 돌아갔을 뿐만 아니라 오히려 노론이 세자를 공격하는 빌미를 제공하게 만들었다.

그러나 한상수를 비롯한 측근들의 노력에도 불구하고 세자는 점점 고립되어 갔다. 이제 왕은 자신의 뜻대로 되지 않는 세자를 대놓고 미워했고 없는 사람 취급했다. 급기야는 세자와 한 궁궐에 있을 수 없다고 궁궐을 옮겨갔다.

한세의 아버지 한상수와 세자의 벗들이 애를 쓰는 눈치였지만 그들이 어찌해 볼 수 있는 상황이 아니었다. 그런 상황이 세자를 더욱 걷잡을 수 없이 만들었다.

급기야 세자는 동궁 뒤뜰에 땅을 파고서 토굴 생활을 했다. 무서운 아버지로부터 자신을 숨기고 싶은 심약한 마음에서였다. 이를 누이인 화완옹주가 보고 달려가 왕에게 오라버니 세자 저하는 주색에 빠져 있고 여승과 기생들을 끌어들여서는 분탕질을 하고 있다고 자신이 본 것을 조금 더 과장되게 고해바쳤다.

운명의 그날은 시시각각 닥쳐오고 있었다.

홍봉한, 홍계희 등 노론 영수들은 노론 윤급의 청지기 나경언을 매수해 세자를 역모로 고변하게 했다. 세자가 군사를 동원해 역모를 꾀하고 있다는 것이었다. 홍봉한은 자신의 사위의 일이었음에도 불구하고 진위 파악도 하지 않은 채 서둘러 왕에게 보고했다. 사실 한세에게 세자의 변고가 있을 것이라는 말을 들은 한상수와 측근들은 세자를 살리기 위해 그런 논의를 하기도 했고 토굴 속에 병기를 모아두기도 했었다.

나중에야 이 사실을 알게 된 한세는 혹시 자신이 한 말 때문에 일이 더 커진 것은 아닐까 자책했다. 결국 한세가 자신을 믿도록 하기 위해 발설했던 사도세자의 죽음이 일을 더 꼬이게 만들어 버렸고 상황은 더 커져 버린 것이다. 이런 사실을 알게 된 한세는 이후부터는 그 누구에게도 앞으로의 일을 발설하지 않겠다고 다짐했다.

세자 이선은 장인뿐만 아니라 아내인 혜빈까지 자신을 제거하는 데 가담했다는 사실을 잘 알고 있었다. 세자가 이미 가망이 없다고 생각한 혜빈은 아들이라도 살려야 한다는 생각에 아버지가 시키는 대로 했으며 왕비 김씨와 숙의 문씨가 영조에게 세자를 헐뜯었다. 더 기가 막힌 것은 혜빈의 설득에 세자의 생모인 선희궁까지 합세하여 왕의 마음을 움직였다는 것이다.

이제는 세자 이선을 구할 사람이 영조밖에 없음을 깨달은 이산이 직접 나서 아버지를 살려달라고 청하였지만, 쫓겨나고 말았다.

이선에게 자결을 명하였으나 이를 거부하자 영조의 진노는 극에 달했다. 이선은 스스로 목숨을 끊으려고 돌바닥에 머리를 부딪치기도 하고 여러 방법을 썼으나 그때마다 세자의 시의인 내의원들이 달려와서 필사적으로 목숨을 살려냈다.

영조는 세자를 뒤주에 가두었다. 차라리 세자의 자리를 박탈하고 사약을 내리거나 했다면 이선은 더 편하게 죽을 수 있었을 것이었으나, 그에게는 너무나도 영특한 아들이 있었다.

만일 세자 자리를 박탈하고 유배시킬 경우 왕세손의 자리도 위태롭게 된다는 것을 너무나도 잘 알고 있던 영조는 세자의 자리를 박탈하고 폐서인으로 강등시켜 사약을 내리는 방법보다 세자의 자리에서 죽이기로 한 것이었다. 그리하여 세손의 지위도 보장하여 왕위를 이을 수 있도록 하기 위함이었다.

결국 세자 이선은 아흐레 만에 숨이 끊어졌고 스무하루 만에 뒤주의 문을 여니 두 눈을 부릅뜨고 있었다. 그때의 이선의 나이 고작 스물여덟이었다. 그가 죽은 뒤에야 영조는 사도세자라는 시호를 내렸다.

세손빈과 함께 혜빈의 사가로 쫓겨나온 이산은 충격이 컸는지 며칠을 고열에 시달렸다. 때때로 가위에 눌려 잠이 깨면 하얀 창호지문 사이로 창백한 달빛이 스며들었다. 가느다랗고 희미한 달빛은 마치 죽은 아버지의 넋인 양, 이산이 누워 있는 비단 이불을 어루만졌다. 송장처럼 누워 있던 이산은 몸을 일으켜 방문을 열어젖히고 깊은 어둠을 노려보았다.

어렸을 때 달빛이 비친 방 안에서 쌍창문을 열고 내다보면 잘 다듬어진 동궁의 뜰이 한눈에 들어왔다.

달밤이면 어김없이 긴 밤을 서성이며 고뇌하는 아버지 이선을 볼 수 있었다. 그럴 때면 어린 이산은 창가에 턱을 괴고 앉아 끝없이 펼쳐져 있는 미래를 그리곤 했었다.

'각종 무예에 통달한 사내답고 훤한 분이 내 아버지다. 그는 백성을 걱정하고 사랑하는 훌륭한 왕이 될 것이다……'

그러나 그처럼 강인한 내 아버지는 결국 처참하게 죽임을 당하셨다. 이런저런 생각 속으로 빠져들고 있던 이산은 어느 순간 정신을 차리고 고개를 흔들어 버렸다. 또다시 그 숱한 이야기들이 생각날까 봐 소스라치게 놀라며 몸을 움츠렸다. 이산은 그렇게 밤새 뒤척이다 잠이 들었다. 온몸에 신열이 오르는 것만 같았다.

"으으음!"

숲의 댓잎들이 어둡고 슬픈 비바람에 쓸려 이산과 함께 울었다.

안채에 있는 세손빈이 가끔씩 나왔다가도 그런 세손이 두려워 아무런 말도 못 하고 발걸음을 돌리고 말았다.

예동들은 혜빈의 기별을 받고야 홍봉한의 집을 찾을 수 있었다.

세자가 죽자 모든 이들의 눈이 아들인 세손에게로 쏠려 있으니 자중해야 한다는 기기마의 생각 때문이었다.

"마마! 도련님들께서 오셨습니다."

청지기가 고하자 방문이 열리며 혜빈의 야윈 얼굴이 보였다.

세손이 곡기를 끊고 있다는 전갈을 받고 잠시 사가로 나온 혜빈은 급한 마음에 예동들을 부른 것이었다.

"이런, 어서들 오게!"

안방에 앉아 있던 혜빈이 일어나 섬돌 아래로 달려 내려오며 반갑게 맞았다.

"마마!"

예동들이 공손하게 절하자 혜빈은 고개를 끄덕이다 서강을 발견하고 다가와 손을 잡았다.

"어른들은 다 편안하신가?"

"예, 마마!"

어머니의 동무인 혜빈의 수척한 모습에 강도 마음이 좋지 않았던지 평소보다도 더욱 공손하게 몸을 숙이며 대답했다.

"잠시 안채로 들겠는가?"

당부해 둘 것이 많았던 혜빈이 예동들을 향해 물었다.

"이곳도 좋습니다. 저하께서는?"

이산이 무탈한지 먼저 확인하고 싶은 건우는 조금 냉정하게 선을 그었다.

또래보다 유난히 눈치가 빠르고 생각이 조숙한 건우는 이미 혜빈의 집안과 노론의 입장을 대충 알고 있었다. 그러나 이제 자리를 잡아가는 건우의 가치관으로는 혜빈의 선택을 이해하기 어려웠다.

"그래, 세손을 먼저 봐야겠지."

혜빈의 얼굴에 수심이 깊었다.

그녀는 가문과 자식을 위해 지아비를 버렸지만 그것이 잘한 일인지 자신이 없었다.

그래도 이제 아들을 위해서라면 자신의 전부를 걸어볼 생각이었다.

"예, 마마!"

한세는 현대에서 역사를 배울 때 냉정한 혜빈의 선택에 과연 그녀가 세자 이선을 사랑하기는 했었을까 하는 의문을 품었다. 하지만 오늘은 그토록 참혹한 일을 당하고도 아직 젊은 나이의 혜빈이 저처럼 의연한 것에 한세는 오히려 슬펐다. 가문과 자식을 위해 그런 선택을 할 수밖에 없었던 혜빈의 고통이 느껴져 가슴이 아파왔다.

"그나마 자네들이 와주어 다행이네."

"어디 편찮으신 것입니까, 마마?"

강이 걱정스러운 얼굴로 묻자 혜빈은 쓸쓸한 얼굴로 고개를 저었다.

"아니, 나는 괜찮다네. 세손이 걱정이지."

혜빈은 긴 한숨을 내쉬며 이산이 거처하는 방으로 안내했다.

"저하께서는 좀 어떠십니까?"

그런 혜빈을 지켜보던 한세가 천천히 입을 열었다.

"세손이 식음을 전폐하고 슬픔에만 빠져 있으니 저러다 몸을 상할까 두렵네."

혜빈은 초췌한 얼굴로 한세를 바라보며 세손을 부탁하였다.

"이제 저희들이 왔으니 들어가 말씀 드려보겠습니다."

예동들 역시 집에 있는 내내 이산이 걱정되어 잠도 자지 못했고 제대로 먹지도 못했기에 모두가 안색이 어둡고 수척했다.

"당분간은 세손을 홀로 두지 말고 자네들이 돌아가며 곁을 지켜주었으면 하네."

"예, 그리하겠습니다."

그러나 예동들도 이미 각자의 생각이 있는지라 모두가 혜빈의 선택을 이해할 수는 없었다.

그나마 같은 여자인 한세는 어렴풋이 혜빈의 마음을 알 것도 같았지만 남자들의 입장에서 본다면 그녀는 지아비를 배신하고 가문과 자식을 선택한 냉정한 여인이었다. 그러한 마음이라 그런지 이런 자리가 불편해진 건우가 먼저 혜빈을 안심시키고 앞장서자 예동들은 어떻게 이산의 얼굴을 보아야 하는 것인지 답답한 마음을 누르며 따라갔다.

더위가 한창 기승을 부릴 때였으나 열린 쌍창문 밖으로 보이는 하늘은 더 없이 푸르렀다. 처마 끝에서 들려오는 경경히 맑은 풍편(風便) 소리에 가뜩이나 바짝 긴장한 마음도 따라서 흔들렸다.

"저하!"

방문을 열기 전에 이산을 불렀지만 안에서는 아무런 인기척도 없었다.

"들어가겠습니다!"

문을 열었을 때 이산은 이불을 덮고 송장처럼 누워 있었다.

예상은 했지만 미동도 없이 눈을 감고 누워 있는 이산의 해쓱한 모습에 모두가 할 말을 잃었다. 머뭇거리며 방 안으로 들어간 예동들은 그저 이산이 누워 있는 주위에 우두커니 앉아 있을 뿐이었다. 시간은 더디게 흘러갔고 방안에 앉아 있는 예동들 중 그 누구도 쉽게 입을 열 수가 없었다.

"저하, 불편하시면 저희는 이만 물러가겠습니다."

결국 이대로는 안 되겠다고 생각한 한세가 먼저 일어나 이산의 옆으로 다가가 말했다.

"저하……."

그러나 이산은 여전히 미동도 없었다.

"일단 오늘은 돌아가지."

강의 의견에 따라 예동들이 모두 밖으로 나가고 이산의 곁에 앉아 있던 한세가 일어서려 할 때였다.

"저하?"

갑자기 이산이 한세의 팔을 꽉 잡았다.

며칠을 먹지 못해 기운이 없을 것인데도 팔을 잡은 손에 힘이 느껴져 한세는 그를 차마 떼어낼 수 없었다.

"어?"

뒤에서 들려오는 소리에 돌아본 강은 겨우 눈을 뜨고 한세를 바라보는 이산의 눈빛을 보았다. 그 눈빛이 너무도 서글프고 처량해 강의 가슴도 울컥 뜨거워졌다.

"오늘은 한세가 저하의 곁을 지키도록 하지. 내일은 내가 오고……."

이산이 평소에도 한세를 각별하게 생각한다는 것을 눈치채고 있던 건우가 먼저 그렇게 제안했다.

"그렇게 하자."

그동안 한세가 지극정성으로 이산을 보살펴 왔던 것을 알고 있으니 기섭도 건우의 의견에 동의했다.

"어찌하겠나?"

건우는 세상 모든 이치를 다 꿰뚫고 있을 법한 눈빛으로 강을 돌아보았다.

"그래, 그럼 나는 돌아갔다 내일 오지."

모두의 의견이 그러하니 서강도 찬성할 수밖에 없었다.

그러나 강은 가회당으로 돌아가는 내내 한세를 바라보던 이산의 눈빛이 마음에 걸렸다. 아무리 세손 저하라지만 평소에도 이산이라면 지극정성으로 챙기고 살피는 한세를 볼 때마다 강의 마음은 씁쓸했다.

한데 오늘 이산이 한세를 바라보는 눈빛은 뭔가 이상했다. 사내가 또 다른 사내를 바라보는 눈빛과는 분명 어딘가 달랐다. 하지만 지금은 이산의 상황이 너무 참혹하니 조금이라도 위안이 된다면 한세를 남겨두고 돌아설 수밖에 없었다.

모두가 돌아가자 한세는 서둘러 안채 반빗간으로 달려가 미음을 쑤어 달라고 해서 가져갔다.

"저하, 일어나 미음이라도 드셔요."

한세는 죽이 든 쟁반을 내려놓고 앉아 이산의 얼굴을 물끄러미 들여다보았다. 마음의 상흔이 아직 봉합되지 못한지라 이산의 얼굴은 보기에 안쓰러울 정도로 해쓱하고 까칠했다.

"미음을 쑤어 온 것이냐?"

이산이 천천히 일어나 앉아 한세를 바라보았다.

"예, 저하."

서럽고 처량한 이산의 눈과 마주치자 한세는 울컥 가슴이 뜨거웠다.

"세야."

"저하, 이 또한 지나갈 것입니다. 저는 그리 믿습니다."

이산은 자신을 바라보는 한세의 따뜻한 눈빛에 눈시울이 뜨거워졌다.

이산의 눈에서 이제껏 보이지 않던 굵은 눈물이 툭 떨어졌다. 한 번 떨어진 눈물은 뒤를 이어 툭툭 떨어지기 시작했고 그 모습을 보던 한세도 따라서 눈물을 흘렸다.

"저하, 참지 말고 우세요, 이럴 땐 우셔도 됩니다."

"세야!"

이산은 따뜻한 위로에 마음이 놓였다.

"저하!"

"너는 나를 떠나면 아니 된다."

이산은 그렇게 말하며 한세에게 마음을 기대고 한참을 울었다.

하지만 한세는 떠나면 아니 된다는 이산의 말에 뭐라 답할 수 없었다. 앞으로 살아가는 동안 매번 소중한 사람들을 허망하게 떠나보내는 고통을 감당해야 할 이산을 생각하니 차마 떠나면 아니 된다는 그의 말에 선뜻 그러겠다고 말해줄 수 없어서 눈물이 났다.

한참을 울고 난 한세가 이산의 손에 숟가락을 쥐여 주었다.

"저하. 제가 언제나 곁에서 지켜드릴 것이니 저하께서는 하고자 하는 일을 하십시오."

죽을 떠서 이산의 입에 넣어주며 한세는 그렇게 중얼거렸다. 그리고 문득 깨달았다.

'저하께서는 하고자 하는 일을 하십시오?'

한세는 조금 전 자신이 무심코 한 말을 다시 되뇌었다.

정조의 어찰에는 '마지막 어명이다. 세야, 돌아와 너의 일을 다하라'라고 쓰여 있었다. 어쩌면 내가 해야 하는 일은 결국, 내가 하고자 했던 일을 다 끝내라는 것이 아닐까. 정조가 어떤 이유로든 가장 위급한 순간에 마지막 어명으로 나를 불러들였다면, 대체 내게 무엇을 원했을까.

"세야!"

한세가 축축이 젖은 눈으로 그리 말하자 이산은 긴 한숨을 내쉬며 곁에 와 앉았다.

"예."

"아버님은 백성을 위하고 사랑하는 왕이 되고 싶어 하셨다."

"백성을 사랑하는 왕의 길은 가시밭길입니다."

한세는 그렇게 대답할 수밖에 없었다. 어느 시대 어느 나라고 역사상 백성의 편에 서고자 했던 왕들은 언제나 기득권을 가진 자들과 싸우며 험난하고 고단한 길을 걸어야 했다.

"내가 없었다면 전하께서는 아버님을 그리하지 못하셨을 것이다."

이산은 자신이라는 대안이 있었기에 할아버지가 아버지를 죽일 수 있었을 것이라 자책하고 있었다. 어찌 생각하면 그것은 사실이었다. 영조는 세손의 왕위 승계를 위해 세자 이선을 죽음으로 몰고 간 것이니.

"저하의 탓이 아닙니다. 그것은 인간의 이기심과 이해관계가 뒤얽혀 일어난 비극일 뿐입니다. 하니 그것이 어찌 저하의 탓이겠습니까?"

이산은 앞으로 살아가는 내내 조부의 총애를 받던 자신으로 인해 아버지의 미움을 받은 부친이 그처럼 비참한 최후를 맞이할 수밖에 없었다는 현실과 어쩔 수 없이 마주하게 될 것이다. 그것이 평생 동안 정조의 가슴을 비수처럼 찌르게 될 것이고 결국 사도세자는 그에게 치명적인 족쇄가 되고 말 것이라 생각하니 한세의 마음은 무거웠다.

"그런 것이겠지."

한세가 그렇게 위로하자 이산은 그녀의 어깨에 머리를 기댔다.

절망의 어둠 속에서 홀로 너무 오래 떨었던 탓인지 그렇게 맞닿은 체온에도 온몸이 따뜻해졌다.

"저하?"

한참의 침묵이 가라앉은 뒤에 이산을 불렀다.

"어찌 그러느냐?"

"저하의 아버님은 어떤 분이셨습니까?"

이산은 천천히 고개를 돌려 한세를 물끄러미 보았다.

한세가 긴 속눈썹을 들자 가려졌던 눈동자가 총명한 빛을 발하기 시작하더니 그 청초해 보이던 얼굴에 순식간에 환하게 광채가 어렸다. 그때 이산은 분명히 느꼈다. 무언가 가슴을 치고 지나가는 듯한 먹먹한 기분을.

"내 아버지는 쉬지 않고 앞으로 걸어가는 분이었다, 꿈을 향해……. 그것이 느리다 하여 전하께서는 못마땅해하셨지만 그래도 나는 내 아버님이 멈춰 서는 것을 보지 못했다."

"비록 느리더라도…… 꿈꾸는 세상을 향해 쉬지 않고 걷는다."

한세는 그렇게 되뇌며 이산을 바라보았다.

'이런 분이었구나, 정조는.'

이 어린 나이에 죽을 만큼 고통스러운 이 순간에도 꿈을 이야기하는 사람. 아버지가 꿈꾸던 세상을 분명하게 알고 있었다. 그래, 분명 지도자란 길러지는 것이다. 어느 날 하루아침에 그 자리에 올려놓는다고 지도자가 될 수 있는 것은 아니다. 지금 이산은 감정을 가진 개체가 겪어서는 절대 안 되는 가혹한 일을 당했지만, 이런 과정을 통해 단련될 것이다.

그날 한세는 다짐했다.

어떤 일이 있더라도 그가 꿈꾸는 세상을 펼쳐볼 수 있도록, 그의 몸이 십 년만 더 버틸 수 있도록 하겠다고, 오직 그것만 생각하겠다고 다짐했다.

세손을 보고 돌아온 강은 오후 내내 아무것도 할 수가 없었다.

지워야 한다 생각하며 서책을 폈지만 한세를 바라보던 이산의 눈빛이 어른거려 글 속에 빠져들 수 없었다.

"이런!"

강은 결국 잠시 바람을 쐬러 밖으로 나갔다.

하늘엔 먹장구름이 가득하고 사랑채의 용마루를 에워싼 어둠의 골은 지나치게 두터웠다.

마음의 갈피를 잡지 못해 별채의 정원을 서성이며 연못가를 따라 걷고 있을 때였다.

"어, 저자는?"

강은 낯익은 인물이 사랑채로 들어가는 것을 보았다. 자신의 눈이 틀리지 않았다면 그 남자는 분명 언젠가 한세를 위협하던 그 인물이었다.

"어찌하여 저자가 사랑채에 드나드는 것일까?"

그 남자를 만나고 새파랗게 질려 있던 한세의 얼굴이 마음에 걸려 강은 사랑채 쪽으로 걸음을 옮겼다.

가회당의 사랑채는 서동환의 학식과 인품을 흠모하는 사람들로 늘 북적거렸다. 그러나 세자의 죽음이라는 엄청난 일이 터진 시기이니 만큼 오늘은 드나드는 사람들도 보이지 않고 조용하고 한산했다.

"어디로 갔지?"

혹시나 하는 마음에 큰 사랑채를 두고 중문을 지나 서재호가 주로 사용하는 작은 사랑채로 들어갔다.

"응?"

한산한 큰 사랑채와는 달리 작은 사랑채의 댓돌 위에는 태사혜가 빼곡하게 놓여 있었다. 강은 직감적으로 은밀한 모임이 있는 것이 분명하다는 생각이 들었다.

"이미 세자가 죽은 마당에 그 후손인 세손을 보위에 올릴 수는 없는 일입니다!"

숨소리를 죽이고 조용히 다가가 귀를 기울이니 방 안에서 하는 이야기들이 들려왔다.

"부자의 사이가 각별하였으니 세손이 자라 보위에 오른다면 분명 복수할 것입니다."

"그렇습니다, 연산군과 같지 않으리라는 보장이 없습니다."

"연산군과 같지 않더라도 노론의 뜻을 쉽게 따라주지는 않을 것입니다."

들려오는 이야기들을 종합해 보면 지금 안에서는 세손 이산의 거취를 두고 열띤 토론이 벌어지고 있는 모양이었다. 강은 기둥에 바짝 붙어서 더욱 집중해서 들었다.

"하면 어찌하자는 것이오?"

"안 될 싹이라면 하루라도 빨리 도려내는 것이 좋지 않겠습니까?"

"어허! 도려내다니? 자중하지 못하고!"

이제껏 잠자코 앉아 듣고만 있던 서동환의 목소리가 들려왔다.

"대감, 지금 이러고 있을 때가 아닙니다. 비록 대감께서 지금은 관직에서 물러나 계신다고는 하나 세손이 보위에 오른다면 전하의 최측근이신 대감부터 위험해지십니다."

일찍이 세자의 반대편에 서서 뒤주에 가두고 그가 죽는 데에 있어 반대조차 하지 않았던 홍인한이 나서 다그쳤다.

"음……."

서동환은 어려서 동문수학한 연유로 모든 것을 허심탄회하게 논의하는 영조의 어심을 읽어내야 할 막중한 책임을 지고 있는 입장이었다. 영조는 평소 이선이 지나치게 혈기왕성하고 야심이 지나치다고 경계해 왔다. 자식 편애가 심했던 영조는 세자에게 실망할수록 영특한 세손에게 정을 주었다. 서동환이 조정에 있을 때는 영조와 세자 사이에서 중재도 해보았지만 부자의 사이는 점점 더 멀어졌다.

결국 그로 인해 노론과 사사건건 적을 지고 있던 세자 이선이 죽었고, 그 일에 노론 벽파가 무관하다고 할 수 없었다. 상황이 이 지경이 되었으니 영조는 곧 세손을 불러들여 왕통을 잇게 할 것이 틀림없었다.

"그렇습니다, 어심을 제일 먼저 파악할 수 있는 대감이 세자의 죽음을 막지 못했다는 것을 알게 되면 세손이 보위에 올라 그냥 있겠습니까?"

이 일을 노론의 연대 책임으로 몰아가려는 김귀주의 목소리는 높아졌다.

"고복수! 자네 점괘는 어떠한가?"

누군가 점쟁이 고복수에게 점괘를 묻는 소리가 들려왔다.

"대감! 소인이 그동안 누누이 말씀 올리지 않았습니까요, 이곳 별채에 있는 아이를 없애야 한다고!"

밖에서 귀를 기울여 듣고 있던 강은 가슴이 철렁했다.

고복수가 없애야 한다고 주장하는 아이가 바로 한세라는 생각이 들자 다리가 후들거려 그대로 주저앉을 것 같았다. 대체 고복수는 어찌하여 한세를 없애야 한다고 주장하는 것일까, 강은 안에서 들려오는 소리들을 조금이라도 더 듣기 위해 촉각을 곤두세웠다

영조의 어심을 누구보다 분명하게 알고 있기에 지금까지 서동환은 누구의 편에도 서지 않은 채 중립을 지키고 있었다. 하지만 그 중립이란 사실 위험한 선택이었다. 누구의 편에도 서지 않는다는 것은 결국 모두에게 공격을 당할 수도 있고 그 공격을 누구의 도움도 없이 혼자 감당해야 한다는 것이었다.

"대감, 고복수의 점괘는 아직 틀린 일이 없었습니다. 그런데 어찌하여?"

고복수의 말을 듣고 있던 홍인한이 정색을 하고 나섰다.

"그 아이는 어린아이일세. 아직 아무것도 하지 않았단 말일세."

"물길을 거슬러 올라가는 아입니다. 이 자리에 계신 분들과 노론에게는 큰 화근이 될 것입니다."

고복수는 확신에 찬 눈빛으로 그 자리에 앉아 있는 대신들을 바라보았다.

"나는 현재 일어난 일들을 종합해서 미래를 예측하며 살아왔네. 아

직 일어나지 않은 일을 두려워하여 살상을 명할 만큼 어리석지 않다는 말일세!"

노여운 얼굴로 단호하게 거부의 뜻을 밝힌 서동환은 잠시 생각에 잠겼다.

고복수에게 처음 그 말을 들었을 때 잠시 당황했었다. 그러나 점쟁이의 말을 믿고 무고한 아이를 죽일 수는 없었다. 게다가 며느리 송씨는 첩실을 본 지아비에 대한 원망을 한세를 키우며 풀고 있었다.

남편이 첩실을 보았으니 아버지를 꼭 닮은 강이, 제아무리 제 배 아파 낳은 자식일지라도 어여쁠 리 없었다. 온갖 정성을 쏟아 키운 한세가 잘못되기라도 한다면 며느리는 견디기 힘들 것이 자명했다.

"그 아이를 진즉에 없애 버려야 했습니다."

"아직 어린아이일세!"

"하오나 이젠 몸도 마음도 아이가 아닙니다. 실은 오늘 제가 대감을 찾아온 것도 더 이상 지체해서는 아니 된다는 말씀을 드리고자 온 것입니다!"

"하면 어찌해야 하는가?"

가만히 듣고 있던 김귀주가 나서 물었다.

그들은 조선 최고의 복자라 하는 고복수의 점괘가 무엇인지 알고 싶었다.

"이번에 한꺼번에 다 처리하는 것이 좋을 듯하옵니다, 대감!"

강이 아무리 강단이 있다 하여도 이제는 도저히 더 들을 수가 없어 서둘러 작은 사랑채를 벗어났다. 그렇게 서서 더 듣고 있다가는 누군가 보게 될 것이 틀림없었다.

"그렇다면 할아버님은 처음부터 한세가 누군지 알고 있었더란 말이지!"

별채에 들어서자 강은 눌려 놓았던 숨을 토해내며 그대로 주저앉아

버렸다.

　강은 그제야 자신이 노론의 정신적인 지주인 서동환을 할아버지로 두었다는 것을 뼈저리게 실감했다.

　"이제 이 일을 어찌해야 하나?"

　강의 얼굴에 어두운 그림자가 드리웠다.

　"강아?"

　"어머님!"

　인기척도 없이 별채의 중문을 들어서던 송씨는 망연자실한 얼굴로 바닥에 털썩 주저앉아 있는 강을 발견하고 놀라 그 자리에 우뚝 섰다.

　"게서 무엇을 하는 것이냐?"

　"아, 아닙니다."

　강은 서둘러 땅바닥에서 일어서며 옷에 묻은 흙을 털어냈다.

　"혹, 술을 마신 것이더냐?"

　강이 호기심으로 술이라도 마신 것인가 싶어 송씨는 주위를 살피며 물었다.

　"예? 아닙니다. 그저 한세처럼 그렇게 바닥에 앉아 하늘을 올려다보고 싶었습니다."

　시꺼멓게 타들어가는 아들의 속내도 모르고 술을 마시고 쓰러졌냐고 묻는 어머니가 기가 막혀 강은 피식 웃고 말았다.

　"홍문관 대제학의 손녀딸과 혼담이 오고 가는 때이니 자중하고 조심해야 한다."

　"혼담? 혼담은 무슨?"

　가뜩이나 사랑채에서 받은 충격에서 벗어나지 못하고 있던 강은 혼담이라는 말에 눈앞이 캄캄해져 왔다. 이제껏 자신이 어떤 여인의 지아비가 될 수도 있다는 것을 생각조차 해보지 못했다.

　"벌써라니, 세손 저하께서는 이미 혼례를 올리시지 않으셨느냐? 당장 혼인을 하지는 않더라도 정혼이라도 해줘야 하지 않겠느냐?"

"소자, 아직은 공부에 매진할 때입니다."

"혼사는 어른들이 알아서 할 것이고, 세는 언제 돌아온다고 하더냐?"

"내일은 돌아올 것입니다."

"그래, 고단해 보이는구나. 그만 들어가 쉬어라."

송씨는 별채로 들어올 때처럼 조용한 몸짓으로 빠져나갔다.

❀

왕은 세자를 죽인 것을 후회하면서 세자의 죽음에 일조한 김상로를 파직, 귀양 보내고 전 우의정 조재호에게는 사약을 내렸다. 그 바람에 세자와 가까웠던 한상수를 엄벌에 처하라는 상소가 올라왔지만 허씨의 친정이 노론가의 세력이 있는 집안이었고 혜빈의 청으로 홍봉한이 힘을 써서 관직에서 물러나는 것으로 끝이 났다.

세손이 세손빈과 함께 홍봉한의 집 안에 갇혀 있는 것도 한 달이 넘어가고 있었다.

가뜩이나 수많은 울화에 짓눌려 있었던 이산은 갑갑해 견디지 못할 노릇이었다.

결국 한 번쯤은 머리도 식히고 좋은 공기도 마시며 산림욕을 하는 것이 좋을 것 같다는 어의의 핑계를 대고 이산과 예동들은 주위의 시선을 피해 산행을 떠났다.

며칠 동안 암자에 머물기로 한 이산의 산행은 왕의 허락을 받아 어의와 최측근만이 아는 비밀이었다. 그런 만큼 움직이는 인원도 단출했다.

한세는 말 위에 앉아 흔들리며 기섭과 건우의 뒤를 따라 매미 소리가 요란한 산길을 가고 있었다.

강은 아직 보이지 않았다. 오늘 아침 가회당을 나서려는데 혼사 문제로 안채에 불려 갔던 것이다. 알 수 없는 일이었다. 어차피 조선에서는 보통 이 나이에 혼례들을 올리니 어쩔 수 없는 일이라고 생각하는데도 어찌 이리 온몸에 기운이 다 빠져 버리는 것인지.

이곳으로 오는 내내 오늘 아침 강이 입고 있던 것과 같은 물빛 쾌자를 걸친 사내의 뒤태만 보아도 가슴이 철렁, 말발굽 소리만 나도 혹여 그가 오는 것일까, 기웃거리고 있다.

강이 없는 산행에 마음이 무겁게 처져 맥이 빠져 있던 참이었다.

산 중턱에 들어섰을 때, 한세는 잡아당기는 듯한 시선을 느꼈다. 그 순간 가슴이 먼저 알고 덜컥 요동을 쳤다. 소란스러워지는 마음을 느끼며 천천히 고개를 돌리자, 강이 말을 타고 나무 그늘 아래 서 있었다. 어쩐지 강의 주위에 쓸쓸한 바람이 불고 있는 느낌이었다.

"도련님!"

"무슨 생각을 그리 골똘히 하는 것이야, 내가 온 줄도 모르고?"

강은 그렇게 말하며 천천히 다가왔다.

그는 얼마 전부터 무슨 걱정이 있는 것인지 통 웃지도 않고 한세에게 장난도 치지 않았다.

"혼례에 대해 마님과 이야기를 나누신다더니 어찌 벌써 오셨습니까?"

한세는 공연히 심통이 나 살며시 눈을 내리깔며 물었다.

"왜, 오늘 당장 혼인이라도 했어야 했느냐?"

강이 데퉁맞게 물었다.

"어느 댁 규수랍니까?"

"홍문관 대제학 대감의 손녀라고 하더라."

"예에."

서동환의 사돈으로는 나무랄 데 없이 좋은 집안이었다. 기운이 쑥 빠지는 것 같았다.

"어째 얼굴이 그 모양이야, 언짢은 표정인데?"

"언짢기는, 제가 뭘!"

강의 말에 펄쩍 뛰기는 했지만 고삐를 놓치고 말았다.

사실 싫었다. 조선에 와서 유일하게 믿고 의지하게 된 사람들이 바로 송씨와 강이었다. 강이 혼인을 한다면 한세는 두 사람을 한꺼번에 잃을 수밖에 없을 것이다.

"나, 혼인하지 말까?"

강의 낮은 목소리가 귓가를 스쳤다. 한세는 못 들은 척 아무 말도 하지 않았지만 등에서는 오도득, 소름이 돋았다.

고삐를 찾아 쥔 한세가 고개를 돌려 빤히 쳐다보자 강은 말을 멈춰 세웠다. 말고삐를 잡지 않은 강의 손이 가만히 다가왔다. 길고 가는 손가락이 흑립 아래 드러난 한세의 뽀얗고 갸름한 얼굴을 가만히 쓸어 내려갔다.

"그만두십시오!"

한세가 화들짝 놀라 고개를 뒤로 젖히며 강의 손길을 비껴났다.

"무슨 생각을 하는 것이냐, 볼에 붙은 나뭇잎을 떼어주려 한 것이다."

나뭇잎을 떼어주며 강은 피식 웃었다.

"아, 진짜!"

한세는 뭔가를 말할 듯 멈칫거렸지만 곧 그만두었다.

"내가 혼인하는 것이 그렇게 싫은 것이더냐?"

강이 나란히 말을 걸리며 속삭이듯 물었다. 이상하게도 강이 나타난 뒤에 한세의 눈에는 그처럼 아름다운 신록의 푸른색이 일시에 빛을 잃고 짙은 어둠에 묻혀 버리는 것만 같았다. 눈을 깜박이며 고개를 흔들어보았지만 모든 것은 어둠에 묻히고 오로지 강의 얼굴만이 빛에 싸인 듯 환하게 밝아왔다.

"대답을 할 수 없을 정도로 싫은 것이냐?"

강은 짐짓 놀라는 시늉을 하며 물었다.

"참 실없으십니다."

한세는 흑립을 좀 더 눌러쓰며 싸늘하게 말했다.

"싫으면 싫다, 왜 말을 못 해?"

하지만 강은 흑립을 조금 들어 올리며 애써 가리려는 한세의 얼굴을 들여다보았다.

"아, 뭐래?"

한세가 붉은 입술을 뾰로통하게 내밀고는 새침하게 강을 올려다보았다. 두 사람의 시선이 자연스럽게 뒤엉켰다.

"서강과 한세는 대체 어떤 관계일까? 대체 어떤 관계라야 저런 애틋한 눈빛이 나오는 것이지?"

등 뒤에서 들려오는 건우의 목소리에는 부러움과 질투가 섞여 있었다. 그는 모두가 부러워할 만큼 서로를 아껴주는 두 사람과 친하게 지내며 우정을 나누고 싶었지만 도무지 끼어들 틈을 주지 않으니 빙빙 겉돌 수밖에 없었다.

"정녕 그것이 알고 싶으신 것입니까, 사형?"

한세는 떨리는 가슴을 내리누르며 여유작작하게 건우를 바라보곤 생긋 웃었다.

"어차피 말해주지도 못할 것이다."

건우는 그 커다란 눈을 가늘게 뜨며 작은 목소리로 속삭이듯 말했다.

"그건 또 무슨 말입니까, 사형?"

그의 입꼬리가 묘하게 올라가는 것을 본 한세가 눈을 치켜뜨고 휙 노려보며 앙칼지게 물었다.

"너희도 모르는 것 같으니 하는 말이다. 이 어수룩한⋯⋯."

너희들은 떠들라고 무시하며 가버리는 강의 뒤태를 바라보던 건우는 미간을 찌푸렸다.

"사형은 참, 아는 것도 많아서 먹고 싶은 것도 많겠습니다."

"그것은 새로 나온 속담이냐?"

어딘지 모르게 우울해 보이던 강이 그렇게 가버리자 공연히 화가 난 한세는 세상 만물의 이치를 다 아는 얼굴로 서 있는 건우에게 팩 쏘아 주고 서둘러 가버렸다.

"여기서 기다리자."

어지간한 일에는 한눈팔지 않고 제 할 일만 하는 기섭은 비탈진 돌길을 따라 산을 오르다 계곡에 이르러 말을 멈췄다.

"그러지."

강이 그렇게 대답하며 한세를 돌아보았다.

이 아름다운 숲의 절경 속에서도 강의 눈에는 한세만 보였다. 강과 눈길이 마주친 한세는 볼우물이 패도록 활짝 웃어 보였다. 오랜만에 보여주는 그 모습이 너무 좋아서 온천지가 볼우물이 패이도록 활짝 웃는 한세의 얼굴로 가득 차오르는 느낌이었다.

"저하!"

"많이들 기다렸느냐?"

이산은 이른 새벽 가마를 타고 사부 기기마의 호위를 받으며 은밀히 홍봉한의 집을 빠져나왔다.

"저희들도 조금 전에야 도착했습니다."

가마에서 내린 이산은 여전히 기운을 잃은 눈빛으로 한세를 바라보았다.

혹 있을지도 모를 시선을 따돌리기 위해 가마는 이곳에 두고 말을 타고 암자까지 갈 예정이었다.

"아직 세손위종사들이 도착하지 않았습니다. 잠시 기다리시지요. 저는 잠시 주위를 둘러보겠습니다."

기기마는 혹 따라온 자들이 있는지 주위를 살펴보기 위해 기섭을 데리고 나섰다.

"집 안에만 갇혀 있었더니 답답하구나. 잠시 혼자 있고 싶다."

그 목소리가 너무 쓸쓸하게 들려 뒤를 따르던 예동들은 차마 말리지도 못했다.

포근한 안개가 산을 감싸고 새벽이슬이 이제 갓 깨어나는 숲을 적셔 주며 생명을 깨우고 있었다. 높이 가지를 뻗은 소나무들은 땅바닥에 흩어진 풀꽃들과 어우러져 도도한 자태를 뽐냈다.

"산을 돌아오는 바람은 어제도 오늘도 언제나 변함이 없건만……."

줄곧 방 안에만 갇혀 있던 이산은 밖으로 나와 아름다운 산천을 보곤 그동안 억눌러 놓았던 울분을 터뜨렸다.

"저하!"

한세는 저만치 앞서 걸어가는 이산을 따라가기 위해 빠른 걸음으로 걸었다.

"어?"

한세가 급하게 이산을 따라가는 것을 본 강은 어쩐지 불길한 마음이 들어 뒤따라갔다. 얼마 전 작은 사랑채에서 몰래 엿들었던 말들이 강의 뇌리를 스쳐 갔다.

"저하!"

한세는 두근거리는 가슴을 누르며 이산을 따라갔다.

세자가 뒤주에 갇히던 그날부터 머지않은 날 저들이 이산을 공격할 것이라는 것을 알고 있었다. 꿈 노트에 기록해 둔 또 하나의 꿈이었다. 다만 그 장소가 확실치 않았는데 조금 전 주위를 둘러보니 꿈에 보았던 그 숲속이 바로 이곳이었다.

이제 이산은 이 숲 어딘가에서 암살자들의 공격을 받을 것이다. 그 꿈에서는 몇 명의 아이들이 쓰러져 있고 피를 흘리고 있었으니 필시 누군가 다칠 것이다. 그것을 막기 위해 한세는 입을 꼭 다물고 있었다. 이미 사도세자의 죽음에서 느꼈듯이 한세가 경고를 한다고 일어날 사건이 없어지는 것은 아니었다. 오히려 일만 더 어렵게 꼬일 뿐이다.

그래서 이번엔 한세 혼자 막아낼 생각이었다.

만약 누군가 다치거나 죽는다면 그것은 한세 자신이어야 한다고 생각했다. 예동들은 앞으로 이산에게 큰 힘이 될 사람들이었다. 그것은 사부 기기마도 마찬가지였다. 그래서 한세는 이런 일이 생길 것을 알면서도 혼자서만 준비하고 기다렸던 것이다.

이제 이산을 보호하고 지켜내면 된다고 생각하며 한세는 마음을 단단히 먹고 걸어갔다.

"저하, 그만 돌아가시는 것이 좋을 것 같습니다."

한세가 깊은 생각에 빠져 걷고 있는 이산과 닿을 듯 가까워졌을 때였다.

"도련님?"

바로 그때였다. 어느새 따라온 것인지 강이 한세와 이산 사이에 끼어들었다.

"세야!"

강은 한세를 향해 고개를 끄덕여 보였다. 순간이었지만 그 눈빛이 너무 처연해 한세는 머리카락이 쭈뼛 서는 것 같았다.

"어?"

한세가 불길한 기운을 느낀 순간, 강은 바로 앞에서 걸어가는 이산을 향해 몸을 날렸다.

"위험합니다!"

본능적으로 위험을 감지한 강은 죽을힘을 다해 이산을 꽉 껴안았다. 이산을 안고 쓰러지는 강의 다리를 화살이 스치며 지나갔다.

"윽!"

강은 다리가 불에 타는 듯한 통증이 느껴졌지만 끝까지 이산을 놓지 않았다.

"강아! 강아!"

이산은 바닥에 넘어져서야 사태를 깨닫고 강의 상처를 살펴보았다.

"도련님! 도련님!"

"윽!"

강은 다리가 떨어져 나갈 듯 아팠지만 한세가 무사하다는 것만으로도 안심이 되었다.

"왜, 어째서?"

한세는 이 상황이 믿어지지 않아 고개를 저었다.

조금 전까지 보이지 않던 강이 어떻게 따라왔는지, 어째서 일이 이렇게 되었는지 알 수가 없었다. 꿈에서 아이들이 쓰러져 있기는 했지만, 지금은 예동들이 따라오지 않았기에 한세는 그저 이산만 지키면 될 것이라고 방심하고 있었다.

"괜찮니?"

어째서냐고 묻는 한세에게 강은 그저 너는 괜찮은 것이냐고 물으며 피식 웃었다.

이산이 다치게 될 것을 두려워했다기보다는, 그를 구하려다가 한세가 다칠까 봐 그랬다고 하는 것이 옳을 것이었다. 굳이 어째서 그렇게 한 것이냐고 물으면 한세가 말에서 떨어질 뻔했을 때도 그랬고 이번에도 그렇고, 모르겠다고 대답해야 할 것이다.

"지금 제가 괜찮으냐고 물을 땝니까?"

정말 마음 같아서는 강을 잡고 펑펑 패주고 싶었다.

왜 그렇게 무모하게 끼어든 것인지, 그러다 정말 크게 다치면 어쩌려고 그러는 것인지. 대체 어디서부터 꼬인 것인지, 이건 분명 뭔가 잘못된 것이다. 가슴이 빠개지는 듯 저려왔다. 이번엔 한세의 가슴에 화살이 박힌 것 같았다.

피에 젖은 강의 쾌자와 바지를 걷어보니 다행히 화살은 가볍게 스쳐 지나간 듯 종아리의 상처는 깊지 않았지만 그래도 피가 제법 흐르고 있었다.

"별것 아니라니까!"

강은 다친 다리보다 한세가 우는 것을 보는 것이 더 아팠다.

눈물을 훔치며 한세는 강의 쾌자를 찢어 상처 부위를 묶었다. 자신을 구하려다 다친 강에게 미안한 마음에 상처를 묶는 한세의 손이 떨렸다.

"나 괜찮아, 울지 마."

강은 한세의 속눈썹에 맺힌 눈물을 닦아주며 다독거렸다.

두 사람을 지켜보고 있는 이산의 감정은 더욱 복잡 미묘했다. 분명 강이 자신의 목숨을 구하려다 다친 것이 분명한데 두 사람을 보고 있자니 끼어들 자리가 없었다.

"내 감정에 북받쳐 너희를 위험에 빠뜨렸구나."

이산은 자신의 어리석은 행동이 모두를 위험에 빠지게 했다는 생각에 자책했다.

"참을 만합니다, 저하!"

"네가 내 생명의 은인이다."

게다가 가만히 보고 있자니 강이 구한 것은 자신이 아니라 한세인 것처럼 느껴지기까지 한다. 이산은 자신의 푸른빛 쾌자를 벗어 강에게 입혀주며 긴 한숨을 내쉬었다.

"사형과 사부님께 알리고 가마를 가져오겠습니다."

강의 상처를 수습하자 한세는 서둘러 일행이 있는 곳으로 갔다. 강이 다리를 다쳐 걸을 수 없으니 산 중턱에 있는 가마를 가져올 생각이었다.

"저하, 저는 괜찮으니 한세와 같이 다녀오시지요."

강은 다친 제 다리보다 홀로 가는 한세가 걱정스러워 이산에게 부탁했다.

"괜찮겠느냐?"

이제껏 강이 하는 것으로 봐서는 제 몸보다 한세를 더 걱정하는 것 같으니 그 부탁을 들어주어야 할 것 같았다.

"예, 저하!"

"그럼 빨리 돌아오마!"

강을 혼자 두고 가는 것이 마음에 걸렸지만, 위험한 산속에 한세를 혼자 보내는 것도 걱정이 되었다. 잠시 망설이던 이산은 결국 한세의 뒤를 따라갔다.

"저하?"

주위를 살펴보고 오던 사부와 예동들을 만나 강이 다쳤다는 말을 전하던 한세는 저만치 오는 이산을 발견하고 깜짝 놀랐다.

"저하, 괜찮으십니까?"

이산을 발견한 기기마는 놀란 가슴을 쓸어내리며 물었다.

"저는 괜찮습니다만 강이 다리를 다쳤습니다."

"예. 서두르겠습니다!"

기기마는 서둘러 가마와 세손위종사들을 이끌고 강이 있는 곳으로 향했다.

"도련님은 어찌하시고요?"

이산을 본 순간 한세는 뭔가 일이 잘못되어 가고 있다는 불길한 느낌에 서둘러 말에 올랐다.

"너를 혼자 보내면 아니 된다고 어찌나 걱정을 하는지!"

이산의 말을 다 듣기도 전에 한세는 말의 옆구리를 차며 앞으로 달려 나갔다.

"어서 가시지요!"

두 사람의 이야기를 듣고 있던 건우와 기섭도 서둘러 따라갔다.

'강아! 제발 강아!'

한세가 느끼는 불길한 예감은 언제나 빗나가는 법이 없었다. 현대에서도 그랬고 조선에 와서도 그랬었다. 한세의 불길한 예감처럼 한세와 그 일행들이 도착했을 때 강은 그 자리에 없었다.

"도련님!"

분명 있어야 할 자리에 강이 없자 한세는 숨이 멎는 것 같았다.

"강아!"

"서강!"

사람들은 흩어져 산속을 샅샅이 뒤졌지만 강은 흔적도 없이 사라져 버렸다.

"도련님!"

미친 듯이 강을 찾아 주위를 헤매던 한세는 나뭇가지에 걸린 천 조각을 발견했다.

천 조각이 걸려 있던 나뭇가지 아래 물가를 내려다보았다. 그곳은 계곡에서 흘러내린 물이 폭포처럼 떨어져 소를 이뤄 마치 연못처럼 펼쳐져 있었다. 물가 주변을 새벽안개가 장막처럼 둘러싸고 있어 자세히 보이지는 않았으나 몇 군데 나뭇가지가 부러진 것을 보니 강은 분명 그쪽으로 끌려간 것이었다.

"대체 어찌 된 것이냐?"

"저들이 강을 끌고 간 것 같습니다."

숲과 암자로 통하는 모든 길을 뒤져도 강이 보이지 않자 세손익위사들은 그가 납치를 당한 것이라 결론을 냈지만 기기마는 연유를 알 수 없어 고민에 빠졌다.

"저들이 노린 것은 저하이신데 어찌하여 강을 끌고 갔더란 말이냐?"

"아무래도 내가 쾌자를 벗어준 것이 이 사달을 만든 것 같습니다."

강이 사라진 연유를 의아하게 생각하는 기기마의 말을 듣고 있던 이산이 긴 한숨을 쉬며 말했다. 피에 젖은 강의 쾌자를 찢어 다친 다리를 묶은 탓에 이산이 자신의 쾌자를 벗어준 것이었다.

"아무래도 저하의 쾌자를 입은 사형을 세손 저하로 오인한 것 같습니다."

한세는 저들이 아침부터 홍봉한의 집에서 나오는 세손을 보고 있었던 것이 틀림없었다는 생각이 들었다. 그렇다면 대체 저들은 누가 보낸 것일까, 한세는 잠시 생각에 빠졌다.

"하면 이 일을 어찌한다?"

기기마는 이 일을 대궐에 알려야 할 것인지 고심했다. 신료들이 이 일을 알게 된다면 세손이 자중해야 할 시기에 산행을 하다 변고를 당한 것이라는 질책하는 상소문이 빗발칠 것이 틀림없었다.

"사부님, 일단 제가 가회당으로 가서 대감마님께 알리겠습니다. 대감마님께 도움을 청하는 것이 좋겠습니다!"

"그렇게 하는 것이 좋겠다. 우리는 이곳에 남아 좀 더 찾아볼 것이니 기섭이와 한세는 가회당으로 가거라!"

그길로 가회당으로 달려간 한세와 기섭은 상황을 설명하고 서동환에게 도움을 요청했다. 손자가 납치되었다는 소식에 당황한 서동환은 그의 힘을 총동원해서 수색에 나섰고, 이틀이 지나서야 산 아랫마을 길가에 쓰러져 있는 그를 찾을 수 있었다.

그러나 강은 어떤 자들에게 끌려간 것인지, 어디로 갔던 것인지 기억이 나지 않는다고만 할 뿐 입을 열지 않았다.

강은 그 일이 있은 뒤로 웃음을 잃었고 말을 잃은 사람처럼 입을 다물고 몸이 좋지 않다는 핑계로 가회당 별채에 틀어박혀 두문불출했다.

겉으로 보기에는 크게 상한 곳이 없어 보이는 강은 깊은 내상을 입은 것이 틀림없었다.

三
두근두근, 내 심장이 뛰는 소리

―병조참판 이웅호가 퇴궐하여 관복도 벗지 않고 기방으로 간 것도 해괴한 일인데, 관직을 주는 대가로 땅문서를 받았다는 소문이 기방에 돌고 있습니다. 이런 자를 병조판서로 명하시는 것은 병조의 사기를 떨어뜨리는 일이옵니다. 작금에 붕경과 관직을 사고파는 해괴한 짓거리가 다시 성행하고 있으니 의금부에서 이를 철저하게 감찰하라 명하십시오.

영조 51년 봄, 경희궁 숭정전에서는 노쇠한 영조가 심기 불편한 얼굴로 상소문을 들고 있었다. 탄핵의 당사자인 병조참판은 땀을 삘삘 흘리며 안절부절못하고 있었고 대신들 사이에는 긴장감이 돌았다. 이 자리에는 노환 때문에 거동이 불편한 영조를 대신해 제사 의식과 같이 체력이 필요한 정무에 대한 제한적인 대리청정을 수행하고 있는 이산도 참석해 있었다.

"과인이 매관매직을 그리 경계하였거늘! 참으로 통탄할 일이 아닌가!"

영조는 도승지와 대신들을 향해 질책의 눈초리를 보냈다.

"확인된 것은 아니고 그저 저잣거리에 떠도는 소문인 줄 아옵니다!"

영조가 상소문을 읽는 내내 병조참판을 노려보고 있던 도승지가 자신이 큰 죄라도 지은 것처럼 허리를 깊이 숙이며 아뢰었다.

"그러하옵니다! 그저 재미 삼아 거짓된 소문을 퍼뜨리는 자들이 있사옵니다. 전하, 통촉하여 주시옵소서!"

당사자인 병조참판이 머리를 조아리며 자신의 무고함을 아뢰었지만 그 자리에 있는 대신들 중 그 누구도 그 상소문의 진위를 의심하는 이는 없었다. 그도 그럴 것이 그 상소문을 올린 이는 사간원 정언 서강이었던 것이다.

서강이 누구인가. 조정의 요직을 두루 거쳐서 지금은 가회당으로 물러나 제자들을 키우고 있는 서동환의 손자이며 열셋의 나이에 진사시에 합격하고 열다섯에 과거 급제하여 정6품 호조좌랑으로 관직에 나선 뒤에 이조좌랑을 거쳐 조선의 언론을 맡고 있는 사간원 정언으로 승승장구하며 조선의 최연소 과거 급제자의 기록을 새롭게 쓰고 있는 자였다. 게다가 그동안 서강이 올린 숱한 상소문 중에 그르거나 틀린 것을 고한 것이 없었으니 노론시파, 벽파, 남인, 소론의 당파를 가리지 않고 탄핵의 당사자가 되어 무사한 자가 없었다.

"그동안 사간원 정언 서강이 무고한 자를 탄핵한 적이 있었던가, 이는 그저 소문으로 넘길 일은 아닌 것이니 소상히 조사하게 하라!"

"예, 전하!"

불편한 심기를 드러내는 영조의 명에 병조참판과 같은 노론 벽파인 도승지도 더 이상 어쩔 도리가 없었다.

"괜찮으십니까, 전하?"

영조의 용안에 피곤한 기색이 역력하자 곁에서 살피던 이산이 일어나며 물었다. 이산이 영조에게로 다가가려 하자 일순 대신들 모두가 긴장했다.

"견딜 만하다."

영조가 손을 들어 이산에게 앉으라는 신호를 보내자 대신들의 입에서도 안도의 한숨이 새어 나왔다.

"과인이 몸이 좋지 않아 밤잠을 이루지 못한 지가 오래 되었다. 과인은 세손에게 대리청정을 맡겼으면 하는데 경들의 생각은 어떠한가?"

"동궁은 국사를 알 필요가 없습니다. 통촉하여 주시옵소서, 전하!"

영조가 대신들을 향해 세손의 대리청정에 대한 생각을 묻자 좌의정 홍인한이 먼저 반대의 뜻을 밝혔다. 그는 이산의 외숙부였고 정순왕후 김씨와 모의해 사도세자를 죽이는 데 주도적인 역할을 했던 이였다.

"좌의정의 말이 옳은 줄 아옵니다!"

감히 군왕인 영조 앞에서 당당하게 세손을 욕보일 수 있는 것이 권력을 독점하고 있는 노론의 힘이었다.

"동궁의 대리청정은 불가하옵니다, 전하!"

그러자 김양택을 비롯한 대신들이 일제히 '불가하옵니다'를 외쳤다.

이산은 굳은 얼굴로 앉아 홍인한을 비롯한 대신들을 담담하게 바라보았다.

조정에서는 세손 이산의 대리청정을 강행하려는 영조와 이를 반대하는 노론들로 인해 갈등이 고조되고 있다. 만약 세손 이산의 대리청정 중에 영조가 죽는다면 왕위는 당연히 이산이 물려받을 것이다.

사도세자를 죽음으로 몰아넣은 노론 벽파들은 그의 아들인 이산이 왕위에 오르도록 둘 수가 없었다. 하여 그들은 이산이 아닌 다른 왕손을 보위에 올릴 계획을 가지고 있었다. 그러나 세손 이산도 지금 대리청정을 하지 못하게 된다면 왕위에 오르는 일은 더 어렵다는 것을 알고 있었 다. 게다가 이산이 즉위에 실패한다면 이산은 물론 그의 측근인 강건우와 김기섭, 홍국영 등은 모두가 죽은 목숨이었다.

그날 오후 궁궐의 연무장은 격렬하게 움직이는 두 필의 말과 말발굽에 채어 튀는 흙, 말 위에 앉아 미친 듯 채를 휘두르는 세 남자의 튀는 땀방울로 후끈 달아올랐다. 원래부터 무장의 골격을 지닌 김기섭과 사도세자의 무골을 물려받은 이산에 비하면 호리호리하고 날렵한 체격의 강은 왜소해 보였다.

"갑니다!"

외치는 소리와 함께 공이 날아오르자 격구를 위해 훈련된 세 필의 말이 일제히 공을 쫓았다.

"잡아라!"

부릅뜬 눈으로 공을 노려보던 이산은 외치는 소리와 동시에 말의 옆구리를 슬쩍 찼다.

"제 공입니다, 저하!"

강이 탄 말이 흥분된 투레질 소리와 함께 한발 빨리 달려 나갔다.

"이번엔 내 것일세!"

그러나 공을 향해 달려들기는 좌세마 김기섭의 말도 지지 않았다. 공을 빼앗기 위한 몸싸움이 치열하다 보니 말 위에 앉은 건장한 세 남자의 울퉁불퉁한 근육이 더욱 도드라져 보였다.

"어, 비켜!"

공을 향해 본능적으로 곧장 내달리는 이산의 백마와 서강의 흑마는 주인들이 고삐를 바짝 당기자 간신히 비껴 지나갔다. 자칫 그대로 부딪쳤다면 큰 사고로 이어졌을 아찔한 순간이었다. 하긴 지난번엔 격구를 하다 그대로 부딪쳐 두 사람이 부둥켜안고 뒹구는 바람에 하마터면 큰 사고가 날 뻔했었다. 어려서부터 거친 검술과 격구를 즐겨온 예동들에게 이런 장면들은 흔한 것이다. 그뿐인가, 유난히 승부욕이 강한 이산과 서강은 격구와 축국은 양보하는 법이 없어 간혹 수련을 핑계 삼아 치고받고 싸우기도 했던 것이다.

"하여간! 운동을 저렇게 무식하게 해요!"

그러나 멀리서 지켜보고 있는 우세마 한세는 저러다 누구 하나 팔다리라도 부러질까 봐 속이 바짝바짝 탔다.

"저 정도면 무식한 것이 아니라 살벌한 것이지."

언제 왔는지 기척도 없이 나타난 건우가 부채질을 살랑살랑 해가며 느긋한 목소리로 말했다.

"땀 흘리는 것 싫어하시는 분이 연무장에는 어인 일이십니까, 사형?"

"아무래도 금일은 강과 저하께서 한바탕하실 것 같아서……."

"왜요?"

"아침에 숭정전에서 노론 벽파들이 또 저하를 물 먹였다는구나."

"저런! 그래서 예조좌랑과 장악원 부제조까지 겸하고 계신 분께서 싸움 구경을 오셨다?"

현재 제일 빨리 출세의 가도를 달리고 있는 이는 강건우였다. 그는 열일곱에 과거에 급제해 벼슬길에 오른 뒤로 그의 천부적인 음감을 높이 산 영조의 추천으로 권위와 실력이 있어야만 맡을 수 있다는 장악원 부제조가 되어 있었다.

"그럼 구경 중에 제일로 재미난 것이 저하와 강의 싸움 아니겠냐?"

"재미도 있겠소!"

강건우는 청년이 되어가며 점점 더 아름다워지고 눈부시게 화려한 데다가 우아하기까지 했지만 장난기는 여전했다.

"아무튼 저하와 강은 참으로 묘하단 말이지."

건우는 그렇게 중얼거리며 연무장을 내닫는 강과 이산을 바라보았다.

"그러니까 말입니다."

어려서는 그러지 않았던 것 같은데 남자들의 질풍노도의 시기에 들어서면서부터 이산과 서강은 서로 부딪치는 날들이 많아졌었다. 한 가지 주제를 놓고 토론을 하다가도 대립하기 일쑤였고, 검과 활을 가지고 수련을 하다가도 내기를 핑계 삼아 치고받고 싸우기도 하였다.

"세야?"

말 위에 앉아 있던 이산의 눈은 한세를 찾았다. 이리저리 헤매던 이산의 시선이 연무장 한 귀퉁이에 강건우와 함께 서서 응원하고 있는 한세에게 머물렀다. 그러나 한세의 눈이 서강을 좇고 있다는 것을 깨닫자 가뜩이나 편치 않았던 마음이 더욱 언짢아졌다.

"이런!"

한세를 보다가 갑자기 말고삐를 죄인 탓에 공은 이산을 비켜났고, 그 바람에 김기섭의 머리를 훌쩍 넘어 날아가 서강의 바로 앞에 떨어졌다.

"그걸 놓치면 어찌하느냐!"

공이 엉뚱한 곳에 떨어지는 것을 발견한 이산은 즉시 말을 돌려 공을 따라갔지만 강이 한발 빨랐다.

"자, 간다!"

결국 이번에도 아슬아슬하게 서강이 먼저 공을 넣어버리고 말았다. 세자익위사들 사이에서 환호성이 터져 나왔다.

"또 졌군, 격구는 역시 서강이야!"

먼저 말에서 내린 김기섭은 두 손을 높이 들며 졌다는 시늉을 해 보였다.

"격구에 관한 한 강을 따라올 자가 없구나!"

맥이 빠진 이산은 말에서 뛰어내리며 못 당하겠다는 표정으로 고개를 저었다. 얼굴은 물론, 무복 사이로 얼핏얼핏 보이는 근육질의 가슴까지 온통 땀투성이였다.

"저하!"

보고 있던 한세가 달려와 이산에게 땀을 닦을 목면 수건을 내밀었다.

"졌는데 네가 주는 수건으로 땀을 닦을 자격이나 있느냐, 강이나 줘라! 나는 공이나 쳐야겠다!"

이산은 퉁명스레 한세가 내미는 수건을 거절하고 가버렸다.

"아니, 또 무슨 공까지 치신다고!"

"울화가 치밀 땐 공을 치라고 한 것은 너였다."

강은 화가 치밀어 가버리는 이산의 뒷모습을 바라보다가 데퉁맞게 툭 던졌다.

사실 이산과 예동들에게 격구와 축국을 운동경기처럼 하도록 권한 것은 바로 한세였다. 아버지를 무참하게 잃은 이산이 한동안 우울증에 시달리자 한세는 운동을 권했다.

말을 타며 하는 격구나 현대의 골프처럼 걸어 다니며 물소 가죽과 대나무를 이용하여 만든 숟가락 형태의 몽둥이로 달걀만 한 공을 쳐서 땅에 밥그릇처럼 파놓은 구멍에 넣는 격구, 현대의 축구와 비슷한 축국은 모두 몸을 움직여 마음을 털어내는 데 도움을 줄 수 있었다.

그렇게 시작한 운동경기 같은 수련이 이제 이산을 비롯해 예동들과 세자익위사들 사이에서는 궁술이나 검도처럼 자연스럽게 몸을 단련시키는 수련의 한 종류로 자리 잡았고 단연코 최고의 인기를 얻고 있었다.

"이런 날은 좀 적당히 할 수 없습니까, 사형?"

"너는 수련을 그날 분위기 봐가면서 하느냐?"

한세가 건넨 목면 수건으로 얼굴의 땀을 닦아낸 강이 냉정하게 말했다.

땀에 젖어 달라붙은 얇은 무복 때문에 강의 탄탄한 등 근육이 아름답게 도드라져 보였다.

여섯 살 때나 스물셋이 된 지금이나 외모만 건장하고 잘생긴 미남들로 자랐을 뿐 이산은 여전히 다혈질에 성미가 급한 뜨거운 편이었고 서강은 여전히 침착하고 냉정해서 찔러도 피 한 방울 나오지 않을 것같이 차가운 편이었다.

땀에 젖은 몸을 닦고 옷을 갈아입은 예동들은 동궁에 앉아 문을 열어두고 노을빛에 물드는 하늘을 바라보고 있었다. 이산은 한쪽에서 직접 다기를 챙기며 차를 준비하고 있었다. 언제부터인지 예동들과 어울려 땀을 흘리고 난 뒤에는 이산이 차를 준비했다.

"강아?"

이산은 우려낸 차를 다섯 개의 잔에 나누고 그중 한 잔을 강에게 주었다. 어린 시절부터 뭔가 하고 싶은 말이 있을 때면 예동들의 이름을 부르는 이산이었다.

"예, 저하! 하실 말씀이라도 있으십니까?"

격구를 격렬하게 할 때부터 평소와 다르다는 것을 알았지만 이산의 굳은 얼굴을 마주하니 강의 얼굴에도 웃음기가 가셨다.

"근래에 대제학의 손녀가 서신을 보낸 적이 있었던가?"

이산의 입에서 나온 대제학의 손녀가 언급되자 옆에서 듣고 있던 한세의 가슴이 뜨끔했다.

"예, 하온데 저하께서 어찌?"

예전부터 혼담이 오고 가던 대제학의 손녀 윤소이가 보낸 서신이라고 금동이가 들고 오기는 했었다. 그러나 강은 여인들의 서신들은 받지도, 읽어보지도 않는 터라 그대로 돌려보냈었다.

"죽겠다고 목을 맨 것을 다행히 일찍 발견하여 간신히 목숨은 건졌다고 하네."

이산이 앉음새를 고쳐 앉으며 강을 바라보았다.

"그런 일이 있었습니까?"

강은 평상시처럼 고저 없이 담담한 목소리로 말했다.

"그런 일이 있었느냐? 지금 내가 남의 말을 하는 것인가? 그깟 서신 좀 읽어주는 것이 무에 어려운 일이라고."

이산은 규수가 목을 매었다는데도 눈도 깜짝 않는 냉정한 강을 언짢은 눈빛으로 바라보았다.

"공연히 여인들과 가까이 해서 좋을 것이 무엇이란 말입니까. 겉모습만 보고 홀려 여인의 입술에서 흘러나오는 말에 혹했다가는 교미를 하다가도 절정의 순간에 머리를 먹혀 버리는 사마귀란 놈의 꼴을 당하게 될 것입니다. 고금의 역사를 살펴보더라도 그리 당한 군주들이 여럿 있었지요."

"여인의 순수한 연정을 그리 말하다니, 공자님 말씀을 줄줄 읊어대는 자네가 할 말은 아닌 것 같네."

이산은 그렇게 강을 질책하다가 문득 고모인 화완옹주를 떠올렸다. 젊고 도도했던 화완옹주는 화려하리만치 환하게 웃으며 두 팔을 벌리고 아버지를 잃은 이산을 불렀다.

"세손, 이리 오세요. 이 고모에게 지아비가 있습니까, 자식이 있습니까? 세자 오라버니가 그리되고 혜빈이 무엇을 했습니까, 그저 공주를 안고 징징대고 있었을 뿐이지요. 어미가 보호하지 못한 세손을 금이야 옥이야 돌봐준 것은 바로 이 고모랍니다. 하니, 고모의 손을 잡으세요, 제가 편안히 보위에 오르실 수 있도록 다 해드릴 것입니다."

그때를 생각하자 이산 역시 여자라면 몸서리가 쳐졌다.

"여인들이란 그저 가까이하지 않는 것이 답입니다."

"허어! 그래서 자네가 아직까지 혼사를 못 하는 게지."

예동들은 기가 막힌다는 얼굴로 바라보았지만 강은 여전히 제 주장을 굽히지 않았다.

"무슨 소리를! 나 역시 자네들과 결의를 하지 않았던가, 저하께서 보위에 오르기 전까지는 절대 혼인하지 않겠다고!"

그러나 한세는 그런 강을 걱정스러운 눈빛으로 바라보았다.

십이 년 전 그 산속에서 이산을 구하려다 다리에 화살을 맞고 사라졌던 강은 이틀이 지나서야 산 아랫마을에서 발견되었다. 그러나 무슨 연유에서인지 강은 자신에게 일어난 일에 대해 입을 다물어 버렸다.

그날 이후부터 강은 더욱 차갑고 냉정하게 변해 버렸다.

사실 그때도 한세는 자신을 구하려다 다친 강에게 미안해서 본가로 돌아가려고 했었지만 한상수가 사도세자의 죽음에 연루되어 파직을 당한 터라 송씨도, 어머니 허씨도 돌아오는 것을 반대했었다. 다행히 한세는 여자치고는 키가 큰 편이라 체구가 작은 사내 정도는 되었고 어려서부터 단련한 근육도 탄탄했다. 무엇보다 놀라울 정도로 팔의 힘이 세고 검술이 뛰어나 가슴만 단단히 동여매면 사내임을 의심하는 이는 없었다. 결국 한세는 여전히 양민인 분이의 아들로 살면서 김기섭과 함께 무과를 보았고 세자익위사에서 우세마로 지낼 수 있게 된 거였다.

"그래, 다 내 탓이다. 내 탓!"

그렇게 이산은 오늘도 자신의 탓이라고 하고 넘어갔다.

"하온데 저하께서는 어찌 아셨습니까?"

"윤 소저가 세손빈의 동무라 하더군."

"아, 그랬습니까?"

"노론의 실세 대제학의 손녀가 아닌가, 또 한미한 가문의 여인이라도 자네 때문에 죽으려 했다면 한번 찾아가 위로라도 해줄 수 있는 것 아닌가?"

"그리하겠습니다."

"어찌하여 여인들은 건우와 자네만 보면 그러는 것인지?"

"예에?"

"어허, 그리 보지 말게. 나도 자네 그 긴 속눈썹만 보면 가슴이 떨린다네!"

강이 선선히 윤 규수를 찾아보겠다고 하자 세손빈의 간곡한 청을 받은 이산은 고마운 마음이 들어 농담을 던졌다.

"아니, 이 무슨! 우정이 파탄 날 말씀을!"

이산의 농을 다시 농으로 되받아친 강은 자리에서 일어나며 허리를 숙였다.

"벌써, 가려고?"

"예, 선약이 있어서."

강은 다른 날과 다름없이 공복을 단정히 여미고 동궁을 떠났다.

"그럼 저도 이만 퇴청하겠습니다."

강이 나가는 것을 지켜보던 건우가 뒤를 따라서 의관을 정리하고 일어섰을 때였다.

"세야!"

"예, 저하!"

이산이 기섭의 바로 옆에 앉아 차를 마시고 있던 한세를 불렀다.

"건우에게 오늘 밤 명월각에서 보자고 전해라!"

"저하?"

이산의 뜻밖의 명에 한세와 예동들은 경악해서 서로를 마주 보았다.

이산에게도 질풍노도의 시절이 있었다. 열일곱 살 무렵, 무슨 고민이 생긴 것인지 이산은 예동들과 떨어져 홀로 있으려고 하고 마음을 못 잡고 방황하더니, 급기야는 모두를 떼어놓고 부마도위와 연일 기방 출입을 했다. 그 당시에는 한세는 물론이고 누구의 말도 듣지 않을 만큼 이산의 상태는 심각했었다.

결국 비행청소년 이산을 잡아서 제자리로 돌려놓은 것은 서강의 상소문이었다. 서강은 상소문을 올려 한창 제왕수업에 매진해야 할 동궁이 여동생인 청연군주의 부마와 함께 기방 출입이 잦다고 고했다. 그 바람에 진노한 영조는 기방 출입을 도운 별감 하나를 처벌하고 이산에게는 근신 처분을 내렸었다.

그날 이후 기방 출입을 딱 끊었던 이산이 갑자기 뜬금없이 퇴청하려는 건우에게 기방에서 만나자고 전하라는 것이었다.

눈을 들어 대궐 위로 펼쳐진 검은 밤하늘을 보니 별들이 총총히 빛나고 있다.

살랑거리는 봄바람을 타고 어디선가 꽃잎들이 눈발처럼 날아온다. 물오른 녹음을 담은 빛깔인지, 봄바람 난 처녀의 설레는 마음을 담은 빛깔인지 알 수 없는 꽃잎이 이산이 쓴 최고급 진사립 위로 살포시 내려앉았다.

"저하!"

부르는 소리에 돌아보니 언제 들어온 것인지 한세와 김기섭이 우뚝서 있다.

작고 마른 몸에 푸른빛 구군복만 입어서 차디찬 흰 얼굴에 오뚝한 콧날만 도드라져 보이던 한세는 물빛 도포에 쪽빛 쾌자를 가볍게 차려입어 밝고 환하게 보였다. 기섭은 제 성격만큼이나 무뚝뚝한 청자빛 도포를 입고 있었다.

"좋은 밤이로구나, 그럼 가볼까."

하늘 끝을 물들이던 노을이 도성을 감싸더니 순식간에 검은 어둠이 내렸다.

만월의 밤, 까만 밤하늘엔 둥근 달이 걸리고 달콤한 밤바람이 코끝을 스쳐 간다.

밤의 꽃들이 화려하게 피어나는 시각, 청루가 즐비한 그 골목엔 진홍색 단청을 올린 으리으리한 기와집들이 환하게 빛나기 시작하였다. 대문마다 문설주에 걸어둔 수박 등롱들이 흔들리면서 붙어 있던 날벌레들이 한꺼번에 날아올랐다.

명월각 앞으로 사인교 한 대가 멈춰 서더니 그 뒤를 준마 세 필이 따라와 섰다.

"아이고, 이게 뉘십니까?"

잠시 바람이라도 쐴까 하여 밖으로 나와 섰던 행수가 범상치 않아 보이는 사인교와 세 사내를 보고 치맛자락을 휘감으며 득달같이 달려왔다.

"잘 있었나, 조 행수?"

"아이고 장악원 부제조 나리께서 명월각을 다 찾아주시고?"

"내 귀한 분을 모셔 왔으니 좋은 방 하나 내주게!"

"예, 나리!"

한세와 기섭이 기방을 둘러보며 위험한 자들이 없는지를 살피는 동안 건우는 행수의 어깨를 다정하게 감싸며 웃었다.

"가서 한상 잘 차려오고 아이들도 몇 들여보내게."

"저기 우세마께서 납시셨는데 기생들을 들여보내서 되겠습니까?"

평소 기생을 곁에 앉히지도 않는 데다가 기생이 술을 치는 것조차 질색을 하는 한세를 힐끔 쳐다보며 행수가 작은 목소리로 물었다.

"쉿! 조용히 하시게!"

건우가 주의를 주는데도 눈치 없는 행수는 입을 닫을 줄을 몰랐다.

"아니, 기생들은 다 저가 좋아 죽겠다는데 어찌 곁에 앉는 것조차 막는 것인지 알다가도 모를 일입니다!"

행수로서도 궁금하기 그지없는 일이었다. 저리도 잘생기고 훤한 분이 어찌 그러는지 정말이지 안타까운 노릇이었다.

"나 빼놓고 지들끼리 얼마나 드나들었으면, 쯧쯧!"

다 알고 있다는 얼굴로 볼이 달아오르는 한세를 빤히 들여다보던 이산의 말끝에는 혀 차는 소리가 묻어 나왔다.

"으흠!"

건우와 몇 번 이곳에 들렀던 한세는 헛기침을 하며 이산의 눈치를 보았다.

"기방에 왔는데 기생이 없이 무슨 술맛이 나겠는가?"

"아이고 그러믄요, 나리. 그 나리 참 사내답게 잘나셨소!"

이산이 넌지시 이르자 행수는 입이 귀에 걸려 방으로 안내했다.

이산은 방 안으로 들어가자 한세의 어깨에 척하니 팔을 두르고 구석진 곳으로 끌고 갔다.

"내가 기방에 드나들 때 눈에 불을 켜고 말리던 이가 뉘였더라?"

이산이 귓불 가까이에 대고 속삭이자 솜털들이 오소소 일며 등에 소름이 쭉 끼쳤다. 한세도 작은 배포는 아니었지만 갑자기 당한 이 황망한 사태로 인해 등에 식은땀이 날 지경이었다.

"그, 그것이……."

눈을 동그랗게 뜨고 쳐다보던 한세는 주위의 눈치를 살피며 어깨를 으쓱여 보였다.

"기녀들이 그렇게 좋더냐?"

이산이 아주 친근한 사이처럼 어깨에 팔을 두른 채 은근한 목소리로 물었다. 그 목소리가 너무도 은근해서 평범한 여인이라면 홀라당 넘어갈 지경이었다.

"예."

마지못해 고개를 끄덕이자 이산은 황당한 표정으로 한세를 후루룩 훑어보았다.

"아! 그랬구나, 너도 사내라 이거지!"

이산은 심통 난 표정으로 한세의 어깨를 두어 번 두드려 준 뒤에 건우와 기섭이 서 있는 곳으로 가버렸다.

"아, 왜 저래?"

한세는 당황해서 이산을 바라보았다. 기분이 언짢기는 하나 뭐라고 할 수도 없는 처지라 동그랗게 뜬 눈만 껌벅이고 있는데 기생들이 술상을 들고 들어왔다.

"어머나! 나리?"

공연히 화가 잔뜩 나 자리에 털썩 앉으려는 한세에게 기생 하나가 다가섰다.

"어찌 이리도 훤하실까?"

맞은편에 앉아 있던 이산은 생글생글 웃어가며 코맹맹이 소리로 한세에게 들러붙는 기생의 얼굴을 보니 여간 비위가 상하는 것이 아니었다.

"그만, 그만! 자네들은 되었네. 술은 우리끼리 마실 것이니 그만들 나가보게!"

자리에서 벌떡 일어난 이산은 한세에게 들러붙는 기생을 떼어내고 그 자리에 앉아버렸다.

"예에? 남정네들끼리 드시게요?"

"그만하고 나가들 보시게!"

건우가 그렇게 말하며 손짓하자 나무토막처럼 서서 밖을 살피고 있던 기섭이 어슬렁어슬렁 상 앞으로 다가와 앉았다.

"예, 나리!"

기생들은 이상하다는 듯 눈을 동그랗게 뜨고 네 명의 사내를 쳐다보았지만 곧 생글생글 웃으며 나가 버렸다.

"기방엘 그리 드나들었으면 술을 좀 하느냐?"

이산이 술병을 들고 한세 앞에 놓인 잔에 국화주를 따르며 물었다.

"좀 합니다만……."

입가에 빙글거리는 웃음을 물고 한세는 잔을 잡았다.

가회당에는 걸핏하면 시회니 뭐니 유생들의 모임이 많았다. 한세도 열여덟이 넘어서며 답답한 마음에 강이 몰래 술병을 빼돌려 혼자 마시다 보니 주량만 늘었다.

"좋겠구나."

술독 앞에만 가도 취하고 마는 기섭의 입에서 감탄의 한숨이 새어 나왔다.

"큰소리는!"

이산이 허풍 치지 말라는 눈빛으로 노려보자 한세는 어깨를 으쓱해 보였다.

"믿어지지 않으시겠지만, 사실입니다."

이 방에 들어서면서 줄곧 한세에게서 눈을 떼지 못하는 이산을 잠자 코 보고 있던 건우가 조용히 고개를 끄덕였다.

"그래, 참말이란 말이렷다?"

"예."

이산은 입맛을 다시며 술잔을 바라보는 한세를 뚫어져라 노려보았다.

"좋다! 그럼 쓰러질 때까지 마셔보자. 네가 끝까지 남는다면 내가 너 의 소원을 세 개 들어주마. 하나 네가 진다면 내 소원을 세 개 들어주 는 것이다. 어떠냐?"

"예에?"

내기를 하자는 이산의 말에 한세는 반색했다.

'정조께서는 중년에 들어서야 담배와 술을 많이 하셨으니. 저하, 딱 걸리셨습니다.'

한세는 어디선가 읽었던 정조의 기록을 생각해 내고 회심의 미소를 짓고 있었다.

"왜, 싫더냐?"

이산이 빈정거리듯 묻자 한세는 급히 고개를 저었다.

"아닙니다. 좋습니다요!"

"어디 시작해 볼까?"

이산의 입꼬리가 슬며시 올라가는 것을 보니 단단히 벼른 모양이었다.

"먹는 것을 가지고 내기를 하다니?"

술에 약한 기섭은 못마땅한 얼굴로 곁에 앉은 건우를 쳐다보았다.

"자네가 술을 못 하니 그런 것이지, 구경이나 하세!"

건우는 모처럼 환하게 웃는 이산을 바라보며 기섭이 더는 입도 벙긋 못 하게 잘라 말했다.

"자, 그럼 우리 원 없이 마셔보시지요!"

건우가 모두의 잔에 술을 따르며 흥을 돋웠다.

"그럼, 주시는 것이니."

한세가 단번에 술을 탁 털어 넣어 잔을 비우자 보고 있던 이산 역시 잔을 들었다.

"좋지."

이산은 예의 그 단아하면서도 서늘한 표정으로 술을 천천히 들이켰다. 입술에 술 한 방울 닿지 않을 것 같은 정갈한 자태였다.

"일 배!"

이산이 술잔을 비우자 한세는 모처럼 즐거워하는 그를 위해 부러 큰 소리로 외쳤다.

술을 마시지 않는 기섭은 밖에 숨겨둔 세자익위사들을 보기 위해 잠시 밖으로 나갔다.

"술이라 하면 사형도 꽤 하는 편입니다."

한세가 피식 웃으며 앞에 앉아 있는 건우의 잔에 술을 따랐다.

"술을 제법 하는 듯한데……."

그러자 옆에 앉은 이산이 빙긋 웃으며 가늘게 뜬 눈으로 한세를 지그시 바라보았다.

몇 번의 잔이 비워지자 건우는 취흥을 이기지 못하고 뒤로 물러나 벽에 기대앉아 졸았다. 그사이 행수가 몇 병의 술을 더 들고 들어왔고 술잔은 비교적 빠르게 돌아갔다.

"이십 배!"

이산은 술잔을 비우며 잔을 거꾸로 들고 자신의 머리에 탁탁 털었다.

"헐! 저하! 술에 약한 것이 아니었나요?"

그러자 한세의 입매가 살짝 굳어졌다. 분명 보위에 오르기 전의 정조는 술이 약한 편이었는데, 이후 신하들과 어울리며 주당이 되기는 하였지만. 뭔가 잘못된 것이 틀림없었다.

"누가 그래, 내가 술에 약하다고?"

"에, 분명히 기록에 있었는데! 젠장!"

"뭐라는 것이냐, 이놈! 취했느냐?"

"아! 맞는데, 내가 분명히 봤는데?"

술에 취해 정신이 나간 한세는 발끈해서 이산을 노려보았다.

"푸하하!"

술이 들어가니 사소한 일에도 열 받아 얼굴이 굳어지는 한세가 귀여워 이산은 그만 웃음을 터뜨리고 말았다.

"어찌 웃으십니까?"

"웃기는 누가 웃었다고 그러느냐. 자, 안주나 먹어라."

깜짝 놀란 이산이 얼렁뚱땅 둘러대며 고기를 한 점 집어 들고는 한세의 입에 쏙 넣어주었다.

"음, 고기가 연한 것이 맛이 기가 막힙니다요."

고기를 오물오물 씹으며 한세는 환하게 웃었다.

"네가 아주 나를 죽일 작정이구나?"

이산은 볼우물이 패이도록 환하게 웃는 한세의 입술에서 눈을 떼지 못하고 중얼거렸다.

"예에?"

"사태 파악을 못 하는구만?"

답답한 그의 마음을 전혀 알지 못하고 딴소리만 하는 한세를 보며 이산은 땅이 꺼져라 한숨을 내쉬었다.

"아, 뭐래?"

"어쩌자고 술도 못하는 녀석이!"

이산은 또 다시 긴 한숨을 내쉬며 끌끌 혀를 찼다.

"자, 저하! 이번엔 제가 한 잔 따르겠습니다."

한세가 술병을 들고 이산의 잔에 다소곳이 술을 따랐다.

"인마! 그 잔은 네 것이다."

이산이 자신의 앞에 놓여 있던 술잔을 밀자, 고기를 입에 오물거리고 있던 한세가 눈을 동그랗게 치떴다.

"에, 아닌데! 어디서 사기를!"

"뭐어! 사기?"

"아, 아니! 그래도 그건 저하의 잔이고, 그리되면 제가 한 잔을 더 마시는 것이 되는 것인데……."

한세는 그렇게 투덜거리며 이산이 주는 잔을 받아 벌컥벌컥 마셨다.

"진즉 그럴 것이지."

술을 마시고 고개를 들던 한세는 눈을 가늘게 뜨고 자신을 꿰뚫어 보듯 바라보는 이산의 시선에 기분이 이상해졌다.

"어, 어찌 그렇게 보시는 겁니까? 제 얼굴에 뭐가 묻었습니까?"

공연히 볼이 붉게 달아오르는 것이 기분이 좋지 않았다.

"어, 어찌 그리 보시는지……."

묻는 동안 고개를 좀 더 가까이 하고 진지한 표정으로 자신을 바라보는 이산을 보자니 말문이 탁 막혀 버렸다.

"……너 말이다. 여인은 품어봤더냐?"

굳게 닫혀 있던 이산의 입에서 전혀 상상도 하지 못했던 말이 튀어나왔다.

"컥! 지, 지금 진실 게임 하시는 것입니까?"

놀란 한세는 그만 사레에 걸려 컥컥거리다가 입안에 든 것들을 사방에 뿜어내고 말았다.

"으! 더러워! 한데 깨임이라니? 깨임이 무엇이냐?"

소맷자락에서 급하게 흰 수건을 꺼내 이물질을 털어내던 이산의 단아한 이마가 찌푸려졌다.

"예, 제가 그런 말을 했습니까?"

한세는 갑자기 툭 튀어나온 말을 수습하느라 제 입술을 쥐어박으며 난처한 표정을 지어 보였다.

"원, 그래서야. 쯧쯧! 놀라서 아무렇게나 지껄이는 것을 보니 숙맥인 모양이로구나."

혀를 끌끌 차던 이산이 수건을 던져 주며 빈정거리자 그것을 받아 든 한세는 민망해서 고개를 푹 숙여 버렸다.

"그러는 저하는 뭐?"

"인마! 난 혼례도 올렸다."

"아하! 예에……."

세손빈이 허구한 날 독수공방하고 있는 것은 온 궁궐이 다 아는 사실이었다. 연유인즉슨 예동들이 모두 이산이 보위에 오른 뒤에 혼인하기로 결의를 하였는데 정작 본인만 그 결의를 배신할 수 없다는 것이었지만 그 말을 믿는 이는 아무도 없었다.

"그것이야, 뭐어……."

한세가 호기심이 가득한 눈빛으로 다그치자 난처해진 이산은 어깨만 으쓱해 보이고 말았다.

그런데 참으로 이상하게도 뺨이 붉게 물든 한세가 묘한 눈빛으로 바라보니 이산의 볼도 점점 더 화끈거리고 얼굴은 점점 더 붉어졌다. 어찌 다른 이와 세손빈의 이야기를 나눌 때는 낯빛 하나 변하지 않는 자신이 유독 한세 앞에서는 이리도 죄를 지은 것처럼 당황하고 낯이 뜨거워지는가 말이다.

"아이고! 취한다."

그러나 한세는 술이 찰랑찰랑 차올라 시야가 어지럽고 핑핑 도는 중
이었다.

"자, 들지!"

이산이 또 다시 잔을 채우자 제 차례도 아닌데 이를 사리문 한세가
천천히 술잔을 들어 올렸다.

"으음……."

그러나 손에서 떨어진 잔이 바닥으로 굴러가는 그 순간 한세는 술상
을 향해 꼬꾸라졌다.

"어이쿠!"

옆에 앉아 있던 이산이 잡지 않았다면 한세는 술상에 이마를 찧고
엎어지고 말았을 것이었다.

"세야, 내가 내기에는 져본 일이 없거늘!"

그러자 줄곧 찌푸렸던 이산의 얼굴이 환하게 밝아졌다.

"저하!"

그동안 문밖에서 경계를 하고 있던 기섭이 우당탕 소리에 뛰어 들어
왔다.

"오늘은 건우의 별채에서 자고 가자."

이산이 쓰러진 한세를 안고 일어서며 쓸쓸한 목소리로 말하니 기섭
은 아무 말 없이 잠들어 있는 건우를 들쳐 업었다.

"도련님, 퇴청하신다!"

노론가 자제들과의 모임이 길어졌던 강은 사인교를 타고 밤늦게야 가
회당으로 돌아왔다.

"아버님은 퇴청하셨는가?"

강은 피곤한 얼굴로 금동이에게 물었다.

"예, 작은 사랑채에 계십니다."

"그래. 한세는?"

강은 별다른 생각 없이 사랑채로 발길을 옮기며 물었다.

"저, 그것이……."

오늘따라 금동이는 신중하게 대답했다. 아직까지 한세가 퇴청하지 않았기 때문이었다.

"뭐냐, 그 대답은?"

강은 사랑채로 향하던 발걸음을 멈추고 돌아보았다.

"예?"

한세가 늦으면 불호령이 떨어지는 것을 잘 알기에 당황한 금동은 대답을 하지 못하고 머뭇거렸다.

"들어왔다는 것이냐, 들어오지 않았다는 것이냐?"

강은 딱딱하게 굳은 얼굴이 되어 다그쳤다.

"아직 돌아오지 않았습니다."

"뭐라?"

곧 통행을 금지하는 인경이 칠 것이었다. 아직까지 오지 않았다면 외박을 하겠다는 것인데 오늘은 한세가 번을 서는 날도 아니었다.

"이런!"

퇴청했다고 여쭈러 들른 것인데 작은 사랑채 주변에 하인들이 모여 지키고 있는 것을 보면 뭔가 은밀한 일이 있는 모양이었다. 무겁고 착잡한 심정으로 마당에 선 강은 가만히 그 사랑채를 바라보았다.

"너는 여기 있다가 모두들 돌아가시면 내가 왔다 갔다고 말씀 드려라."

금동이에게 그렇게 이르고 사랑채에서 나오던 강은 한숨을 푹 쉬었다.

집이라는 곳이 허구한 날 무슨 모임에 비밀 야합에 거사를 모의하는 곳으로 변해 버린 지 오래였다. 이러니 집에만 들어오면 숨을 쉴 수가 없었다. 또 다시 가슴이 답답해졌다. 그나마 별채에 한세라도 없었다면 단 한순간도 머물지 못했을 것이다. 한세와 함께 있을 때가 그나마 강에게는 숨을 쉬는 때였다.

"어디에 있는 것이냐?"

강은 저 멀리 산을 넘는 달을 바라보며 중얼거렸다.

아무리 같은 어머니 밑에서 자란다고 해도 감정을 억누르고 가둬두기에는 강의 피가 너무 뜨거웠다. 강에게 가장 두렵고 무서운 것이 있다면 그것은 한세가 없는 가회당이었다.

까만 밤하늘엔 별빛이 송송했다. 해시를 넘긴 바람에게선 계절이 만져지지 않았다.

"미친 게야! 이놈이 미쳤어!"

강은 옷도 갈아입지 못하고 별채 누마루 끝에 우두커니 서 있다가 울화통을 터뜨렸다.

"참말 안 들어오겠다는 것인가?"

강은 초조한 듯 마루 위를 왔다 갔다 하다가 별채의 중문 앞으로 뛰어가 인기척을 살펴보고는 다시 돌아섰다.

"이거, 이거 내가 윤 규수한테 갔는 줄 알고 나 속 터지라고 일부러 이러는 거지?"

강은 갑자기 생각난 듯 이마를 탁 쳤다.

"그래서 술을 마셨다면? 누구하고? 역시 그렇지?"

빠른 속도로 마당을 서성이던 강은 그제야 한세가 어디에 있을지 깨닫고 급하게 밖으로 뛰어나갔다.

가회당의 작은 사랑채에서는 그날 편전에서 상감에게 올라갔다 다시 내려온 서강의 상소문을 들고 온 노론 벽파의 중신들을 비롯해서 좌의정 홍인한이 자리해 있었다.

"대체 귀댁의 자제는 어느 편입니까?"

서재호를 바라보는 그들의 표정은 말이 아니었다.

상감이 이 상소문을 좌상에게 내려보냈을 때는 반성하고 대책을 마련하라는 뜻이었다.

"그것이 어인 말씀이시오?"

"서강의 상소문 때문에 벽파에서 추천한 병조판서 자리가 날아갔단 말이오! 이 중요한 때에 병조판서 자리를 남인에게 내주게 생겼으니 이를 어찌할 것이오?"

이번에야말로 벽파의 인사로 병조판서를 삼아 병권을 장악하려던 그들의 충격은 실로 큰 것이었다.

"본디 사간원에서 국왕에 대한 간쟁, 신료에 대한 탄핵을 하는 것인데 녹봉을 받는 신료의 잘잘못을 따지는데 편이 어디 있소?"

서재호는 꼿꼿하게 강을 두둔했지만 이번엔 벽파의 신료들도 호락호락 물러설 것 같지 않았다. 신료들 사이에서 서강을 비롯해 서재호까지 배척하려는 분위기가 돌고 있었지만 아직까지도 서동환을 따르는 이들이 많아 쉽지 않았다.

"서강이 번번이 벽파의 신료들을 공격하니 드리는 말씀이 아니겠습니까?"

좌의정 홍인한 앞에 앉아 눈치를 보고 있던 김귀주가 머뭇거리며 입을 열었다.

"강이는 당파를 따지지 않고 제 할 일을 하고 있는 것이오. 아무리 당의 이익이 중요하다고는 하지만 우리 당에서도 그리 올곧은 이가 하나쯤은 있어야 하지 않겠습니까?"

잠자코 앉아 신료들의 눈치를 보고 있던 이조판서가 중재에 나섰다.

"그건 그렇고 병조참판은 어찌할 것입니까?"

"어찌하기는요, 그에 합당한 처벌을 해야겠지요. 어찌 되었거나 벽파의 체면을 무너뜨린 자요. 예서 뒤로 빠지면 이번엔 좌상과 벽파를 탄핵하는 상소문이 빗발칠 것이오."

"그러니 어떤 처벌을 한단 말입니까?"

"우선 삭탈관직하고 잠시 근신토록 하시지요."

"감봉도 아니고 삭탈관직은 너무 과하지 않습니까?"

막역지우인 병조참판의 벼슬을 빼앗겠다는 좌상의 말에 심사가 뒤틀린 김귀주가 벌컥 역정을 냈다.

"가뜩이나 상감께서 세손의 대리청정에 반대하는 신료들을 못마땅히 여기시는데, 이 일을 허술히 처리했다가는 낭패를 당할 것입니다."

"음……."

좌의정 홍인한의 말이 틀린 것이 없으니 김귀주는 더 이상 반박도 못하고 입을 굳게 다물었다.

"내일 아침 강을 불러 당분간 자제하라고 당부할 것이니, 이만하면 되었소?"

서재호는 옳은 일을 하는 강을 탓하는 신료들 때문에 심기가 불편했지만 그렇다고 계속 제 자식의 편만 들 수도 없는 일이었다.

"강이야 제 할일을 한 것, 그것이 무슨 잘못이겠소? 다만 병조참판의 욕심이 문제지요."

상석에 앉아 이제껏 조용히 듣고만 있던 서동환이 입을 열었다.

"자, 그만들 하세요. 대감인들 심사가 편하시겠소."

좌의정이 나서는 바람에 잠시 진정되었지만 강이 올린 상소문 때문에 벽파의 신료들 모두 하루 종일 심사가 불편한 날이었다.

가회당을 나간 강이 한달음에 말을 달려 도착한 곳은 피마동 쪽에 있는 작은 주막이었다. 강은 야간 통행증을 지니고 있는 터라 밤에 돌아다니는 것이 비교적 자유로웠다. 다행히 그가 찾는 이들은 아직 잠자리에 들지 않고 평상 위에 나와 앉아 술잔을 기울이고 있었다.

"여기들 있었군."

말에서 내린 강은 주막 안을 들여다보다 술을 기울이는 기별서리들을 발견하고는 안으로 들어갔다.

"어찌 그러는겨?"

술을 따라주던 두식이 의아한 눈으로 유신을 바라보았다. 술을 마시던 유신이 갑자기 얼굴을 잔뜩 찌푸렸기 때문이었다.

"정언 나리여!"

유신은 마치 벌레라도 씹은 얼굴이었다.

"아니 이 야심한 밤에 어찌 예까지 오셨슈?"

유신의 말에 돌아보던 두식이 강을 발견하고 놀라 일어서며 물었다.

"저하께서는 지금 어디 계시는가?"

급히 달려와서인지 강의 목소리는 거칠고 컬컬했다.

"장악원 부제조 나리와 명월각에서 한잔들 하시고 북촌 하동재로 가시는 것을 보고 들어왔시유."

두식은 세손 이산을 맡아서 밀착 취재 중인 기별서리였다.

"누가 수행하였던가?"

"세자익위사의 좌세마와 우세마였습니다."

"우세마와 저하께서 같이 계시던가?"

한세가 건우와 함께 기방으로 갔으리라 짐작은 했지만 세손이 동행했다는 것은 충격이었다.

"술을 얼마나 마셨는지, 세손께서 업고 나오시던걸요."

두식의 말에 강의 심장에 '쩍' 하며 금이 가는 소리가 들렸다.

"어, 업었어? 저하께서?"

심장이 벌렁거리고 눈앞이 어질어질한 것이 머리가 핑 돌아 강의 얼굴은 백지장처럼 창백해졌다. 대화를 계속 잇기가 어려웠지만 그는 울화를 가라앉히려고 애쓰며 중얼거렸다.

"예."

두식에게서 원하는 답을 얻은 강은 마음 같아서는 그대로 뛰어나가고 싶었지만 꾹 눌러 참았다.

"으음!"

"어디 편치 않으십니까?"

"아, 아닐세. 좌상 대감 쪽은 어떤가?"

공과 사도 구분 못 하는 소인배가 될 수는 없는 일, 좌의정 홍인한을 맡아 취재하고 있는 유신에게 물었다.

"나리댁 사랑채에 계시는 것을 확인하고 돌아왔습니다."

"좌상 대감이?"

홍인한이 조금 전 보았던 사랑채의 모임에 있었다면 그것은 분명 오늘 강이 병조참판을 탄핵하는 상소문을 올린 것을 문제 삼아 따지러 온 것이 틀림없었다.

"예, 모르셨습니까?"

"알겠네, 고생들 했으니 술값이나 하게!"

원하는 답을 모두 얻은 강은 두식에게 엽전 몇 개를 건넸다.

"아이고, 다달이 월봉도 주시면서 이렇게 번번이 챙겨주시니!"

유신의 입이 귀에 걸리는 것을 보며 강은 돌아섰다.

"살펴 가셔유!"

술값이 생겼다고 흥분한 두식은 손을 흔들며 잘 가라고 인사했다.

기별서리들은 조정의 소식을 전해주는 관보인 기별지(奇別紙)를 각 관청이나 기관으로부터 파견된 서리(奇別書吏)들이 조보소에 와서 서사(書寫)하여 각자의 기관으로 발송하는 일을 하는 이들이었다. 조보가 매일 아침 발행되다 보니 자연히 기별서리들은 많은 정보를 가지고 있었다.

조보의 발행은 승정원(承政院)에서 하는 것이었지만, 강은 사간원에 들어가면서부터 조보와 기별서리들을 활용해 정보를 모으기 시작했다. 그렇게 공들여 준비한 것이 지금은 전국의 기별서리들을 체계적으로 연결한 조직을 가지게 된 것이었다.

"기방에서 술을 퍼먹고 저하께 업혀서 하동재로 갔단 말이지!"

강은 주막의 문 앞까지 나오는 동안 부글부글 끓고 있던 울화가 목울대까지 치밀어 창백하던 얼굴이 벌겋게 달아올랐다.

"술 마시면 저가 어떤 주사가 있는지도 모르고!"

생각이 그에 미치자 당장에라도 심장이 튀어나올 것만 같았다. 강은 지끈거리는 머리를 세차게 흔들며 주막 앞에 세워둔 말을 타고 북촌 하동재를 향해 달려갔다.

❀

지난 세월 한세는 쉬는 시간이면 홀로 생각에 잠겼었다.

정조가 십 년을 더 살게 하려면 나는 무엇을 해야 하는가. 정조가 갑자기 죽은 가장 큰 연유는 무엇이었을까. 한세는 현대에서 읽었던 한의사의 글을 생각해 보곤 했다. 정조의 사인은 표면적으로는 몸에 갑자기 생겨난 종기 때문이었다. 그 종기를 다스리느라 여러 가지 치료를 하며 약을 썼지만 갑자기 위독해졌다는 것이었다. 한의사는 정조의 몸에 생긴 종기의 원인은 몸 안의 화기가 원인이었다는 주장을 했었다. 몸 안에 화기란 결국 스트레스라는 말이다. 보위에 오르기까지, 그리고 보위에 올라서도 평탄치 못했던 상황이 결국 극심한 스트레스로 작용했고 그를 죽음으로 내몰았을 것이라는 생각도 들었다.

그래서 한세가 생각해 낸 것이 '스트레스는 그때그때 풀어주자!'였다.

"명심보감에 이르기를 한 번의 화를 참으면 백 가지 근심이 사라진다고 하였다."

하지만 이산은 어려서부터 철저하게 군자의 교육을 받은지라 화를 꾹 참는 성격이었다.

"사라지기는요, 저도 겪어봐서 아는데요. 괜찮다, 괜찮다 한다고 괜찮아지는 것이 아닙니다. 부처가 아니라 그저 사람인데 화가 나는 것은 당연한 것 아니겠습니까?"

사실 이산을 비롯한 예동들 모두 평탄치 못했던 세월을 지나오는 동안 지칠 대로 지쳐 있었다.

"그러면 어찌하느냐?"

"울화를 마음에 쌓아두면 병이 됩니다. 그러니까 이 방망이로 저 공을 죽이고 싶은 놈이다 생각하고 딱딱 때리세요!"

그래서 한세는 이산에게 격구를 하라고 권했고, 그래도 참기 어려운 날은 차진 욕도 가르쳐 주었다.

그렇게라도 하지 않으면, 쉴 새 없이 계속되는 위험, 참을 수 없는 수모와 조롱, 그리고 숨을 쉬기 어렵게 만드는 저들의 눈빛에 이산이 저대로 미쳐 버리는 것이 아닐까 하는 생각에 지켜보는 한세는 두려웠다.

"저하, 참지 말고 차라리 욕을 하세요!"

평범한 사람도 제 앞에서 부모를 욕하는 것을 견딜 수 없을 것이다.

그러나 저들은 공개된 자리에서 대놓고 이산을 죄인의 자식이라 공격하고 조롱했다. 어떻게 보면 저렇게 멀쩡하게 있는 것이 더 이상할 지경이었다.

"어허, 군자가 어찌!"

"에에, 사실 저하께서는 욕을 엄청 맛깔나게 하실 수 있으신 분이시라고요!"

실제로 현대에서 보았던 정조의 어찰집에는 다양한 욕들을 적재적소에 사용한 흔적들이 등장했었다. 그래서 한세는 정조가 더욱 좋았다. 그도 우리와 똑같은 사람이었구나, 너무 힘이 드니 가까운 이에게 욕도 하고 화내며 풀어내고 있었구나, 하고.

그래서 오늘도 편전에서 노론들에게 차마 입에 담을 수도 없는 모욕을 당한 이산을 위로하고 스트레스를 풀어주기 위해 한세는 기꺼이 기방에도 왔고 술내기에도 응했다.

하지만 한세가 한 가지 깜빡한 것이 있었다.

한세는 현대에 있을 때는 술을 마셔본 일이 거의 없었다. 늘 고시텔의 방값이며 생활비를 벌려고 아르바이트를 몇 개씩 하다 보니 친구들과 어울릴 시간도 없었고 그러니 술을 마실 시간은 더더욱 없었다. 그러니 자신이 어떤 주사를 가지고 있는지 알 수 없었다.

그러나 조선에 와서 가회당에서 홀로 몰래 술을 마시거나 건우나 기섭과 어울려 기방에서 술을 마시고 정신이 혼미한 상태가 되면 자신이 지금 어디에 있는지 위치를 망각하고 묘한 술주정을 하고 마는 것이었다.

"오빠 강남스타일! 다가닥! 다가닥! 다가닥!"

"기섭아!"

이산은 건우를 업고 하동재의 별채로 들어가는 기섭을 불렀다.

"예, 저하!"

"이놈이 어찌 이러는 것이냐?"

이산은 등에 업혀서 그의 귀를 잡고 연신 다가닥, 다가닥거리며 말 타는 시늉을 하는 한세 때문에 곤욕스러워 죽을 지경이었다.

"저하, 그거 한세 술주정입니다. 술만 마시면 저희 귀를 잡고 저렇게 다가닥, 다가닥거립니다!"

"오빠 강남스타일! 다가닥! 다가닥!"

그러는 사이에도 한세는 그의 등에 업혀 몸을 흔들고 귀를 잡아당기며 '오빠 강남스타일'을 외쳤다. 술기운에 이미 평소의 조심성은 사라졌고, 그동안 억눌러 놓았던 복잡한 감정들이 일순에 터져 나왔다.

"그것참, 주사 한번 요란하구나!"

이산은 아무래도 잘못 걸렸다고 생각하며 하동재 별채로 들어갔지만 그것은 시작일 뿐이었다.

"저하, 안채에 들러 마실 것을 가져오겠습니다."

별채에 들어와 이불을 깔고 건우를 누인 기섭은 마실 것을 가지러 안채로 갔다.

아침부터 세손의 시위를 하고 점심때는 격구를 했고 퇴청 후에는 기방으로 가 신경을 곤두세우고 감시를 했으니 그 역시 오늘은 피곤에 절어 있었다. 기섭은 하인이 마실 것을 챙겨오는 동안 대청마루의 두리기둥에 기대앉아 잠시 졸았다.

"세야, 그만하고 노래나 한 가락 해봐라!"

이산은 갓과 도포를 벗어 던지고 이불에 누워서도 여전히 웅얼거리는 한세가 우습기도 하고 신기하기도 했다.

"노래요? 노래하면 제가 또!"

현대에서는 언짢은 날이면 혼자 노래방에 가는 것을 좋아했다. 슬플 때나 우울할 때, 혼자서 노래방에 들어가 삼십 분 정도 쉬지 않고 노래를 부르고 나면 무거웠던 기분이 한결 가벼워지곤 했었다.

한세는 소녀시대처럼 다리를 움직이며 춤을 추기 시작했다.

"엉?"

처음 보는 한세의 묘한 몸짓에 놀란 이산의 입은 떡 벌어졌다.

"소원을 말해봐!"

한세는 요염하게 춤을 추며 노래를 불렀다.

"소원? 아하! 너 술 깨면 말하마!"

이산은 술내기에 졌으니 소원을 말해보라는 것이라 생각하고 그렇게 대답했다.

"소원을 말해봐!"

한세에게는 치명적인 버릇이 있었으니, 노래 한 곡에 꽂히면 지칠 때까지 종일 계속 그 노래를 흥얼거리는 것이었다.

"내일 말해준다니까."

"소원을 말해봐! 소원을 말해봐!"

"내가 소원을 말하면 깜짝 놀랄 것인데?"

이산은 그렇게 대답하며 피식 웃었다.

아버지가 죽고 이산에게 세상은 온통 얼어버린 거대한 얼음덩어리 같았다. 그나마 단 하나의 위안이 있다면 자신의 예동들, 그중에서도 목숨을 걸고 자신을 지켜준 한세였다. 그러나 어느 날부터인가 한세를 대하는 자신의 마음이 혼란스러웠다. 같은 예동인 건우나 기섭을 대하는 마음과 한세를 대하는 마음은 분명 달랐다. 하면 이것은 대체 무슨 마음이란 말인가. 만약이라도 자신이 남자인 한세에게 다른 마음이 있는 것을 안다면 사람들은 이 아이를 그냥 두지 않을 것이다. 게다가 남색을 한다는 것이 알려지면 이산 역시 왕위 계승자의 지위마저 위험해질 터였다.

결국 이산은 자신의 마음을 모른 척 덮어두기로 결심하였다. 한세를 멀리하리라 입술을 깨물었다. 그러다 보니 이산은 더욱 마음의 빗장을 걸어 매고 침묵할 수밖에 없었다. 열일곱 살 무렵엔 주위에서 주는 고통도 극에 달했고 어디 한 곳 마음 붙일 곳이 없었다. 오로지 보이는 것은 한세뿐.

그러다 보니 한세를 멀리하기 위해 예동들도 멀리하게 되고 누이의 부마도위와 함께 기방 출입도 해보았지만 소용없는 일이었다. 한세에 대한 마음은 점점 더 커져 갔고 그는 우울하게 침묵했다. 세손의 침묵은 한세와 예동들에게도 침묵을 강요했다. 세손의 고립은 그들에게도 고립이었고, 세손의 위태로움은 그들에게도 위태로움이었다.

"오호라! 그것도 술주정이로구나, 그런 것이지?"

이산은 그제야 한세의 술버릇을 알아채고 피식 웃고 말았다.

"소원을 말해봐! 소원을 말해봐!"

한세는 시커멓게 타들어가는 이산의 속도 모르고 이젠 아주 방 안을 휘저으며 돌아다녔다.

"인마, 그러다 참말 내 소원을 말하면 어찌하려고?"

아직도 여전히 쓰린 마음을 누르며 이산은 씁쓸하게 웃었다. 그리고 문득 깨달았다. 신바람이 난 듯 돌아다니는 한세의 모습이 몹시 애처롭고 위태로워 보인다는 것을. 어쩐지 손을 내밀어 잡으면 금방이라도 부서져 버릴 것처럼 아슬아슬하게 느껴졌다.

한세와 내기를 하느라 너무 많이 마셨기 때문이었는지, 이제껏 참고 다져 눌렀던 인내심의 한계가 허물어져 버렸다. 이산은 소리 내어 부르면 놀라서 도망쳐 버릴까 두려워 살며시 다가가 한세의 바로 뒤에 섰다.

"어, 어!"

비틀거리며 방 안을 배회하던 한세가 휘청거리며 쓰러지자 이산이 손을 뻗어 안았다.

"으음!"

그의 품에 쓰러진 한세는 그대로 깊은 잠에 빠져들었다.

이산은 자신의 품에 안겨 잠이 든 한세의 얼굴을 가만히 들여다보았다. 얼굴은 해말간데 반듯한 이마에는 나이에 맞지 않는 우수의 그림자가 드리워져 있었다.

남들이 자랄 때 무엇을 한 것인지 사내답지 않은 여린 몸매가 나긋나긋해 보였다. 한세의 얼굴을 빤히 들여다보던 이산은 파르르 떨리는 눈썹에 놀라 서둘러 눈길을 거두었으나, 저도 모르는 사이에 다시 도톰한 입술에 눈을 맞추었다.

참으로 이상한 기분이 들었다.

무엇일까, 이 설레고 두근대는 느낌은…….

이산은 떨리는 호흡을 가다듬었다. 갑작스러운 상황에 머릿속이 하얗게 비어버리는 것 같았다.

눈을 내리니 바로 코앞에 눈을 감고 있는 한세의 코와 촉촉한 입술이 보였다. 쓰러지며 한세의 뺨이 스치듯 그의 뺨에 닿은 순간, 머리부터 발끝까지 관통하는 짜릿함에 전율했다. 쓰러진 한세를 얼결에 품에 안은 이산은 세상에서 처음으로 느껴보는 야릇한 기분에 그대로 몸이 굳어버린 듯 꼼짝할 수 없었다.

다만 그의 시선만이 살아 한세의 동그란 이마를 더듬어보고, 눈을 만져도 보고, 둥근 콧날과 뺨을 쓸어보다, 입술 위에 멈췄다.

숨소리가 거칠어졌다.

두근두근.

정신 나간 심장이 요란하게 분탕질을 치는 소리가 그의 귀를 울렸다.

수련을 할 때마다 안고 뒹굴고 몸싸움도 서슴지 않던 사이였는데, 어째서 갑자기 이토록 심장이 뛰는 것인지 이해가 되지 않았다.

취기가 돌아 발그레 달아오른 뺨, 반쯤 벌어진 분홍빛 입술에 촉촉이 맺힌 이슬.

의지는 분명 이 아이를 안아 이불에 누이라 타이르고 있지만 도무지 이 요망한 눈길이 저 입술에서 떨어질 줄을 모른다. 이제 숨쉬기조차 힘들어졌다. 심장이 옥죄어오는 극심한 통증이 느껴진다.

'내가 이렇게 미쳐 가는 것인가?'

열일곱에는 한세가 여인이었으면 좋았을 것이라고 수없이 생각했었다.

어느 날 아침 눈을 떴을 때 한세가 여인으로 변해 있었으면 좋겠다는 절박한 바람도 가졌었다. 그의 시선은 한세의 입술에 박힌 듯 떨어질 줄을 몰랐다.

"세야……."

한세를 향한 마음을 더 이상 조절할 수 없을 것 같다는 것을 깨닫자 이산의 얼굴은 창백하게 변해가기 시작했다.

"세야, 나는 이제 어찌하면 좋겠느냐."

무섭도록 파리하게 질린 얼굴에 가득한 것은 낭패감이었다. 그동안 참고 다져 눌러놓았던 한계가 위태롭게 흔들렸다.

"저하?"

문을 열고 들어오다 그 수상한 광경을 목격한 기섭의 눈이 튀어나올 것처럼 커졌다.

"무엇을 하는 것인가, 얼른 와서 받지 않고!"

이산은 심기가 상한 듯 잔뜩 찌푸린 얼굴로 한세의 어깨를 움켜쥐었다.

"예. 예!"

기섭은 마치 자신이 큰 죄라도 지은 것처럼 난감하고 민망한 얼굴로 찻상을 내려놓고 한세를 이불 위로 옮겨놓았다.

"그 녀석 술버릇 한번 요란하구나!"

"……워낙에 세가 평범하지는 않습니다."

멋쩍어서 그저 툭 던져본 말이었지만, 한참을 골똘하게 생각하던 기섭이 너무 진지하게 대답하는 바람에 이산이 오히려 머쓱해졌다.

"잠시 눈이나 붙이다 가자."

이산은 다 식어버린 찻잔을 들며 그렇게 중얼거렸다.

"그리하시지요."

기섭은 더 이상 아무것도 묻지 않고 건우의 곁으로 가 눈을 붙였다.

밤이 깊어가고 등불만이 홀로 고즈넉한 밤을 밝히고 있었다.

"자는 것이더냐?"

이산은 조심스레 한세의 어깨를 흔들었지만 꿈쩍도 하지 않았다. 하는 수 없이 밑에 있던 이불을 제대로 덮어주고 곁에 누웠다. 잠자리를 바꿔본 일이 별로 없는 이산은 쉬이 잠들지 못했다.

그러나 한세는 정신없이 잠에 취해 있었다. 그뿐인가? 숨소리도 어찌나 크던지. 그렇게 쌕쌕거리며 깊은 잠을 잘 수 있는 한세가 부러울 뿐이었다.

"너란 녀석은 참 만사가 편해서 좋기도 하겠구나."

한숨처럼 중얼거리던 이산은 옆으로 돌아누웠다.

'내가 어찌 이러는 것이지……'

이산은 같은 말만 되뇌는 자신이 무기력하게 느껴져 눈을 꽉 감았다.

희뿌연 밤안개를 가르며 강의 준마는 북촌으로 내달렸다.

하동재의 솟을대문 앞에 서자 말발굽 소리를 들은 귀돌이 문을 열고 내다보았다.

"나리!"

예동 시절부터 건우를 모시며 궁궐을 드나들던 귀돌은 오랜만에 보는 강을 반갑게 맞았다.

"잘 지냈는가?"

강은 빙긋이 웃으며 귀돌의 손에 말고삐를 넘겨주었다.

"예, 나리!"

귀돌은 오늘따라 유난히 다정한 어조로 묻는 강을 잠시 의아하게 보았다.

"그래, 부제조는 어디에 계신가?"

"별채에서 다른 나리들과 주무십니다."

"그래?"

강의 미간이 좁혀졌다.

귀돌은 긴장된 눈빛으로 강을 바라보며 이어질 말을 기다렸다.

"우세마도 있는가?"

"예, 많이 취하셔서……"

뭐라고 말을 하려다 입을 다문 귀돌은 말고삐를 곁에 서 있던 젊은 하인에게 건네주고는 앞장서 걸었다. 누가 듣기라도 할까 봐 차마 세손 저하에게 업혀서 들어왔다는 말은 할 수 없었다.

"그래."

강은 몇 마디 더 묻고 싶은 것을 간신히 삼키며 하동재의 고즈넉한 마당을 느린 걸음으로 걸어가며 생각에 잠겼다.

"헉!"

이산은 갑작스레 자신의 배 위로 툭 떨어진 뭔가가 답답하게 몸을 짓누르는 것 같아 눈을 번쩍 떴다.

눈을 뜨자 낯선 방 천장이 보이고 푸른 달빛이 문틈으로 스며들어 방 안을 은은하게 밝히는 것이 보였다. 천장 끝까지 가득 찬 서가에 빽빽하게 꽂힌 서책들, 코끝을 스치는 그윽한 묵향. 고개를 돌리니 자신이 어제 입었던 도포가 벽에 달린 의대걸이에 가지런히 걸려 있었다.

"이곳이 어디더라?"

깜빡 잠이 든 터라 잠시 생각을 더듬어보았다.

"아!"

이산은 손바닥으로 까칠해진 자신의 얼굴을 쓸어내리다가 문득 생각난 듯 자리에서 일어났다. 그러나 몸을 반쯤 일으키다가 뭔가가 배를 짓누르는 것을 발견하고는 옆을 돌아보았다. 자신의 배 위에 다리를 척 걸쳐 놓은 채 한세가 세상모르고 잠들어 있었다.

"술버릇만 고약한 줄 알았더니, 잠버릇도 고약하구나! 세야?"

세야.

부를 때마다 가슴 언저리가 아릿해지는 이름.

어느 날 갑자기, 한세를 볼 때마다 느껴지는 그 아릿한 감정도 이 아이가 늘 해주는 말처럼 이 또한 지나갈 것이라고 생각하며 기다렸다. 그러나 시간이 흘러가고 세월의 더께가 쌓일수록 외려 이 아릿한 감정은 점점 더 선명해진다.

이러다 참말 선을 넘는 것이 아닐까, 그 자신도 두려워졌다.

"세야……."

다정한 어조로 다시 불러보지만 술이 많이 취해서인지 대답이 없다.

쓰러진 한세를 안아 이불 위에 누이고 기섭이 가져온 차를 마시고 잠시 쉰다는 것이 도리어 숙면을 취한 것 같았다.

"세야!"

이산이 어깨를 몇 번 흔들며 부르자 한세는 그제야 눈을 부스스 떴다.

"죽는다……. 하지 마라!"

그러나 한세는 비적비적 돌아눕더니 이불을 껴안고는 다리 하나를 휙 걸쳐 놓고 다시 깊은 잠으로 빠져들었다.

"이놈이, 지금 뉘에게 짜증은! 어쩐지 과하게 마시더라."

이산은 어이가 없어 옆으로 돌아누운 한세의 얼굴을 가만히 들여다보았다.

묶어서 틀어 올린 상투 아래로 잔머리가 풍성하게 흩어져 둥근 이마가 더욱 도드라져 보인다. 아무리 보아도 사내의 얼굴이라기엔 지나치게 고왔다.

푸른 달빛에 비쳐 붉고 도톰한 입술이 유난히 도드라져 보여서인지 눈길이 자꾸만 그쪽으로 갔다. 그 고운 입술을 보고 있자니 또 다시 가슴이 두근거렸다. 머릿속이 뿌옇게 흐려지며 붉고 도톰한 한세의 입술만 점점 확대되었다.

"이런!"

이 무슨 고약한 상상을 하는 것인가 자책하며 고개를 흔들어 보았지만 요동치는 심장은 쉽게 잦아들지 않았다.

"자라, 자!"

한세의 얼굴에 이불을 휙 뒤집어씌운 이산은 하는 수 없다는 듯 포기하고는 자리에 다시 누웠다. 하지만 곧 옆으로 돌아누워 한세에게 씩

위놓은 이불을 슬며시 내렸다. 이산은 숨을 크게 들이쉬며 심호흡을 했다. 두근거리는 가슴을 누르며 계집처럼 고운 얼굴을 하고 잠들어 있는 한세의 얼굴을 들여다보고 있는데 밖에서 인기척이 들려왔다.

"이 야심한 시각에 누가?"

이산은 얼른 자리에 누워 눈을 감았다.

방의 작은 여닫이문이 벌컥 열리며 강이 들어왔다.

"이놈이 이거……."

기섭과 건우는 저만치 윗목에 잠들어 있고 하얀 비단 이불과 요가 깔린 잠자리에 이산과 한세가 나란히 잠들어 있는 것을 본 강은 미간을 잔뜩 찌푸렸다.

"세야……."

울화를 누르고 최대한 조용히 불러보았지만 깊이 잠든 한세의 입가에는 옅은 웃음이 피어올랐다.

이곳까지 달려오는 동안 속이 바짝바짝 타들어가는 것도 모르고 태평하게 잠들어 있는 한세를 보니 강은 머리끝까지 화가 치밀어 올랐다.

그날, 길을 잃고 별채로 들어선 제비꽃 같은 계집아이의 뒤를 쫓는 것이 아니었다. 그에게는 여인으로도 안 되고, 그렇다고 사내도 될 수 없는 이 계집아이를 보는 것이 아니었다.

"이것은 웬수다, 웬수!"

강이 화가 나서 노려보고 있는데, 한세의 눈이 예고도 없이 번쩍 떠졌다.

"어? 강이다!"

비몽사몽간에 강을 발견한 한세는 게슴츠레한 눈으로 그를 바라보며 웃었다.

"뭐? 네가 아주 정신이 나갔구나?"

평소의 조신한 몸가짐은 어디다 버렸는지 헤실헤실 웃는 한세를 보니 기가 차서 강은 착 가라앉은 목소리로 무뚝뚝하게 말했다.

"어구구, 예쁜 강이! 우리 강이 왔쪄요?"

"뭐, 이 녀석이 아주 미쳤구나, 미쳤어!"

한세가 두 팔을 활짝 벌리며 부르자 놀란 강이 황급히 입을 틀어막았다.

"으으음!"

입이 틀어 막힌 한세는 두 팔을 허우적거리고 다리를 버둥거리며 난리를 피웠다.

"가자, 가!"

한세를 달랑 안고 후닥닥 몸을 일으킨 강은 서둘러 밖으로 나가 버렸다.

실눈을 뜨고 강이 하는 양을 지켜보고 있던 이산은 그대로 눈을 감고 모른 척하려 했지만 마음이 상했다. 방에 들어서며 언뜻 한세를 향하던 강의 지긋한 눈빛을 보는 순간 이산은 가슴이 철렁했다.

"아니, 그렇다고 뭣하러 이 시각에 예까지 쫓아와서 데려가누?"

결국 눈을 뜨고 달빛 아래 사라져 가는 강의 그림자를 바라보던 이산은 다시 눈을 감았다. 정체 모를 복잡한 감정이 가슴속에 불을 지폈다.

"저하, 일어나셨으면 그만 환궁하시지요."

그때까지 조용히 누워 있던 기섭이 일어났다.

"일어났더냐."

깨어 있으면서도 강이 나갈 때까지 곰처럼 자는 척하고 있었던 기섭을 생각하니, 그 와중에도 동병상련의 낭패감이 느껴져 웃음이 났다.

"너무 지체하였습니다."

"그러자꾸나, 가자! 가!"

기섭의 재촉에 이산은 아무 일도 없었던 것처럼 일어나 서둘러 의관을 갖춰 입었다.

"세야? 세야!"

하동재의 문을 나온 강은 등에 업고 있던 한세를 내려놓았다.

"아함! 왜요? 잘 때는 개도 안 건든다는데 왜 자는 사람을 깨우고 그래요?"

몸도 제대로 가누지 못하던 한세는 그렇게 중얼거리며 목젖이 보일 정도로 길게 하품을 하였다.

"야, 인마! 제발 정신 좀 차려봐!"

"어, 도련님? 약주하셨어요, 왜 이렇게 비틀거려요?"

몸을 제대로 가누지 못하고 앞뒤로 흔들리던 한세는 콧등에 주름을 만들며 강을 향해 웃어 보였다.

"너는 대체 술을 얼마나 퍼마신 것이야?"

강은 드디어 참고 있던 짜증이 치밀어 올라 한쪽 눈썹이 치켜 올라가며 버럭 소리를 질렀다.

"어?"

그제야 술이 조금 깨기 시작한 한세는 바로 코앞에 얼굴을 대고 소리를 지르는 강을 멀뚱하게 보고 있었다.

"너! 내가 술 마시지 말라고 했더냐? 안 했더냐?"

인상을 쓰며 잔뜩 화난 눈으로 한세를 노려보던 강이 다그치듯 물었다.

"그러셨지요."

하지만 한세는 여전히 시큰둥한 표정으로 붉고 도톰한 입술을 뾰로통하게 내민 채 대답했다.

"한데 어찌하여 술을 퍼먹고 외박을 해?"

"아니, 나도 성인인데 술 좀 먹으면 안 되나?"

이미 술이 상투를 튼 정수리 끝까지 찰랑거리는 마당에 거칠 것 없는 한세는 이참에 욱해서 들이받았다.

"뭐라, 안 되나?"

"아, 안 되나요? 나도 어엿한 사낸데?"

강의 잘생긴 미간이 찌푸려지며 눈썹이 신경질적으로 치켜 올라가자 한세는 슬며시 꼬리를 내렸다.

"내가 싫어한다고 하였는데도 기어이?"

"잘 몰라서 그러시는데요, 저도 사는 게 너무 힘들어요. 오나가나 사는 거 진짜 고달프다고요!"

한세는 이왕 이렇게 된 것 버틸 때까지 버텨보자고 다짐하며 대차게 버티는 중이었다.

"허! 저하를 모시는 것이 그리 힘들면 물러나 쉬면 될 것을!"

"에? 공연히 가만히 계시는 저하는 왜?"

"어떠냐? 네가 그리하겠다면 뒷일은 내가 다 알아서 처리해 줄 것이다."

이제껏 잔뜩 흐려 있던 강의 얼굴이 환하게 밝아지며 그 서늘한 눈에서 초롱초롱 총기가 돌기 시작했다.

"아, 뭐래?"

한세는 술김에 말 한마디 잘못했다가 본전도 못 찾겠다 싶어서 서둘러 고개를 저었다.

"이참에 그리하는 것이 어떠냐?"

"아, 됐고요! 저하 곁에는 제가 있어야 되고요, 하여간에 저는 술이 마시고 싶을 땐 마실 겁니다요."

내가 괴로운 것은 너 때문이라는 말이 목울대까지 치밀어 오르는 것을 꿀꺽 삼키며 두 손을 내저었다.

"음!"

강은 입을 일자로 꽉 다물고 말도 안 되는 문제로 속을 긁어대는 한세를 물끄러미 바라보았다. 문득 그의 시선이 한세의 가녀린 목덜미를 따라 내려가 둥글고 여린 어깨 위에 멈추었다. 부글부글 끓어오르던 화가 가라앉으며 외려 막막한 슬픔이 몰려온다.

"정히 술을 마셔야겠다면, 나와 마시자."

푸른 달빛을 타고 흐르는 서늘한 이마와 우묵한 눈매, 날카롭게 흘러내리는 오만한 콧날. 여느 때와 다름없이 독하고 차갑게 보이는 강이었건만 어쩐지 짙은 눈썹 아래 빛나는 그의 눈동자가 슬프게 느껴져 선뜻 입을 열 수가 없었다.

"내가 술을 사주겠다는데 어찌 대답이 없어?"

"아니, 나는 잘못 들었나 하고…… 진심이십니까?"

그때까지 강을 멍하니 쳐다보고 있던 한세는 그제야 정신을 차린 듯 옷매무새를 다듬으며 똑바로 섰다.

"그래, 이제 집에 가자."

늘 냉정하고 단호해 보이는 강이 다정한 어조로 대답하며 한세를 가볍게 안아 말에 태웠다.

"네 말은 어찌했느냐?"

"궐에 두고 나왔습니다."

"아주 음주를 하려고 작정을 하셨구만!"

강은 더 이상 나무랄 기운도 없다는 듯 동강 난 한숨을 내뱉으며 말을 몰았다.

"강아……."

한세는 오늘따라 유난히 크게 느껴지는 강의 등에 머리를 기대고 나직이 불러보았다. 너무 긴 시간을 같이 붙어 있어서인지 강아, 하고 되뇌는 것만으로도 입안에 따뜻한 온기가 도는 것 같았다.

"이랴!"

입안에서만 되뇌었으니 당연히 강은 듣지 못하고 말의 옆구리를 가볍게 차며 앞으로 말을 달려 나갔다. 그러거나 말거나 모처럼 사람 같은 모습을 보여주는 것이 좋아 그의 등에 머리를 기댄 한세의 입가에 옅은 웃음이 피어올랐다.

❀

"소자가 언제 그 규수와 혼인을 하겠다고 하였습니까, 제가 무엇을 어찌 해주어야 하는 것입니까?"

강은 덤덤한 얼굴로 서재호를 바라보았다.

"그래도 너와 혼담이 오간 사이였고 그 때문에 죽어도 혼인하지 않겠다고 버티다가 그리되었다 하지 않더냐?"

그는 그동안 쭉 강이 하는 대로 지켜만 보고 있었다.

어려서부터 모든 것을 빠르게 깨우치고 이른 나이에 과거 급제도 하고 공무에도 잘 적응하기에 달리 간섭하지 않아도 좋으리라 생각했던 것이었다.

"소자가 혼인을 할 것도 아닌데, 찾아가 위로한다 하여 그 규수에게 무슨 도움이 되겠습니까, 공연히 헛된 기대감만 갖게 되는 것 아니겠습니까?"

"그래도 너 때문에 이제껏 혼인하지 않겠다고 버티고 있다면 그리하는 것이 군자의 도리가 아니겠느냐?"

"쓸데없이 군자의 도리를 차리겠다는 이기심에 그 규수에게 헛된 희망을 주고 싶지는 않습니다."

강은 허리를 꼿꼿하게 편 반듯한 자세로 앉아 끝까지 제 뜻을 굽히지 않았다.

"어찌 그리 매정한 것이야?"

"그 오랜 세월 동안 어머니를 홀로 독수공방하게 하시는 아버님께서 하실 말씀은 아닌 것 같습니다만."

"뭐라?"

별난 아들을 둔 탓인지, 천하의 불효자를 둔 탓인지, 말로는 단 한 번도 강을 이겨본 일이 없는 서재호의 얼굴은 노기로 딱딱하게 굳어졌다.

"그것은 그렇고, 어찌하여 혼인은 하지 않는 것이냐?"

"소자, 저하께서 보위에 오르실 때까지 혼인하지 않기로 지기들과 결의하였습니다."

"그러니, 그것이 이상하지 않더냐?"

"무엇이 말입니까?"

"네가 어찌하여 그런 결의를 하느냔 말이다. 너처럼 이기적인 인사가?"

서슬이 퍼레진 서재호가 사정없이 다그쳐 묻자 강은 잠시 당황했지만 겉으로는 태연함을 가장할 수밖에 없었다.

"아버님께서 보시기에는 소자가 그만한 의리도 없어 보이십니까?"

"의리는 무슨! 네 편 내 편 없이 걸리기만 하면 닥치는 탄핵을 일삼는 인사가……."

자식이라고 딱 하나 있는 것이 사사건건 아버지와 제 가문이 속한 당파와 맞서려는 듯이 보이는 것에 심기가 불편해진 서재호는 하지 말아야 할 막말을 하고 말았다.

"네가 다른 생각이 있어 노론만 탄핵한다는 소리가 들려오니 하는 말이다."

입매가 굳어지는 강의 얼굴을 바라보던 서재호가 목소리를 누그러뜨리며 말했다.

"그것은 사간원 정언의 일이옵니다."

강은 일부러 여유 있게 미소를 지으며 대답했다.

고지식한 유학자인 할아버지 서동환과는 달리 아버지 서재호는 심리전의 대가였다. 자칫 말려들면 큰일이었다.

"정녕 그러한 것이더냐?"

서재호의 눈썹이 살짝 치켜 올라갔다.

"예."

"좋다, 내 너의 말을 믿어주겠다. 하나…… 결자해지(結者解之)라고 윤 소저는 네가 해결해야 할 문제다."

서재호는 더 이상의 잔소리는 하지 않겠다는 듯 자리에서 일어섰다.

잠자리에서 겨우 몸을 일으킨 한세는 소세를 하러 나오다가 강의 방에서 들려오는 서재호의 짯짯한 목소리 탓에 본의 아니게 두 부자의 대화를 엿듣고 말았다.

한세는 서둘러 소세를 하고 강이 갈아입을 관복을 들고 안으로 들어갔다. 막 잠자리 옷을 벗고 바지를 입고 있던 강이 무슨 일인가 하고 힐끗 돌아보았다.

"윤 소저께 가시려고요?"

"모두의 원성이 자자하니 그래야 할 것 같지 않느냐?"

"가서 뭐라고 하시게요? 도련님 성정에 좋은 말을 할 리 없고, 그것은 그 아가씨를 두 번 죽이는 것이나 진배없는 일입니다요."

한세는 입을 삐죽거리며 툴툴거렸다. 그러지 않으려 해도 목소리가 퉁명스럽게 나오는 것은 어쩔 수 없었다.

어째서 그런 것인지, 윤 소저의 말만 나오면 공연히 예민해져 버리곤 한다. 어여쁘게 차려입은 규수가 고운 치맛자락을 휘날려 가며 강의 눈앞에서 오락가락할 것을 생각하니 저절로 머리카락이 쭈뼛 서는 것만 같았다.

'물론 알고는 있지, 내가 지금 그럴 처지가 아니라는 것쯤은. 그렇지만 내 마음이 그런 것을 어쩌란 말이야.'

한세는 공연히 속이 상해 눈언저리가 뜨겁고 목젖이 따끔거렸다.

"어찌 이러는 것이냐?"

한세가 툴툴거리자 저고리를 갈아입던 강이 천천히 돌아섰다.

"어! 어어?"

한세의 눈이 점점 커졌다. 옷고름도 묶지 않은 채 강이 점점 다가왔기 때문이었다. 탄탄한 가슴의 근육과 자잘한 복근이 그대로 덮칠 듯 다가오자 놀란 한세는 눈을 감아버렸다.

"흡……."

한세는 뭐라고 말을 잇지 못하고 숨을 들이켰다.

순식간에 방 안이 긴장된 공기로 가득 찼다. 바늘 떨어지는 소리라도 들릴 만큼 적막해진 방 안에서 약간 거칠어진 강의 숨소리와 한세 자신의 쌕쌕거리는 숨소리가 커다랗게 귀를 울렸다.

'어떡해, 어떡해!'

천천히 눈을 떠보니 강의 입술이 자신의 입술에 거의 닿아 있었다. 강이 위험스러울 정도로 가까이 있었다.

그러나 한세를 바라보는 강의 눈은 너무나 무심해 보였다.

"관복을 가지고 왔으면 빨리 주지 않고 뭘 그리 꾸물거리는 것이야?"

잠시 한세의 입술에 닿을 듯 가까이 멈춰 있던 강의 입술이 스치듯이 지나치며 손에 들고 있던 관복을 획 빼앗아 가버렸다.

'이런, 젠장! 또 낚였어!'

돌아서는 강의 뒤통수를 보며 한세는 머리를 쥐어뜯었다. 하지만 돌아서 관복을 입는 강의 입꼬리는 만족스러운 듯 슬며시 올라갔다.

"서둘러야지, 늦겠구나!"

"아!"

그제야 정신을 차린 한세는 후다닥 제 방으로 건너갔다.

조금 뒤 한세가 입궐할 채비를 끝내고 나오다 보니 강이 뒷짐을 지고 생각에 잠겨 큰 사랑채 문 앞에 서 있었다. 그 모습이 어쩐지 비장하게 느껴져 한세는 가던 발걸음을 멈추고 지켜보았다.

푸른 관복이 그린 듯 잘 어울리는 미장부라 눈이 가는 것인지 사랑채로 막 들어서던 어린 유생들이 선망의 눈길로 바라보았다.

"등청하시는 길이십니까, 사형?"

"일찍들 오는구나?"

"예."

서동환에게 사사를 받기 위해 사랑채로 들어온 두 유생들은, 사내가 보기에도 눈이 시리도록 훤한 강을 황홀한 눈빛으로 올려다보았다.

"잘났어, 정말!"

유생들이 강을 마치 신선을 보듯 선망의 눈길로 바라보자 한세의 입에서는 저도 모르게 통탄의 소리가 흘러나왔다.

하기야 강이 지금처럼 푸른 관복을 입고 고즈넉한 사랑채를 배경으로 서 있으면, 푸른 숲의 바람처럼 고요하면서도 위압적이라 선비의 정석을 보여주는 듯한 그 모습이 이 가회당의 결기를 대변해 주는 것이 아닌가 싶을 정도였다. 그러니 강을 처음 보는 유생들은 누구나 그를 닮고 싶어 했다.

"아, 내가 지금 무엇을 하고 있는 거야?"

그 모습에 홀린 듯 넋을 빼놓고 있던 한세는 무심결에 돌아보던 강과 시선이 부딪치자 기겁을 하고 가회당을 빠져나왔다.

건우는 이른 아침부터 강을 만나기 위해 사간원으로 향했다.

강은 사간원의 잡무들을 처리하느라 늘 남들보다 이른 시각에 나와 일을 했다. 건우가 들어가자 강과 같이 있던 다른 정언 하나가 움찔하더니 일어나 인사를 했다.

"자네가 어인 일인가?"

대사간과 사간이 경연이나 서연에 참석하기 전 미리 볼 자료들을 정리하고 있던 강은 의외라는 듯 건우를 힐끗 쳐다보았다.

"아직 이른 시각이니 저하께서 잠시 차나 한잔하자시네."

건우가 그렇게 말하며 보니 강은 정리한 자료들을 한쪽으로 밀어두고 손마디를 우둑우둑 꺾더니 손가락으로 책상을 톡톡 두드렸다.

"어찌 그러는 것인가?"

건우의 얼굴에서 순식간에 미소가 사라지며 미간이 살짝 좁혀졌다. 그는 지금 이 상황이 마음에 들지 않았다. 다른 때 같으면 벌떡 일어나 따라나섰을 강이 오늘은 도무지 자리에서 일어날 생각이 없어 보였다.

"단순히 차를 마시는 자리는 아닌 게지?"

강은 느긋하게 턱을 괸 채로 형형한 건우의 눈길을 받아냈다.

"어찌 새삼스럽게 그런 것을 묻는 겐가?"

건우는 그의 생각을 읽기 위해 찬찬히 살펴보았지만 강의 표정에서는 아무것도 읽을 수 없었다.

"때가 때이니만큼 앞으로는 세손 저하와 논의를 하는 자리에는 가지 않겠네."

강은 완고한 얼굴로 분명하게 잘라 말했다.

이산의 대리청정의 문제로 대궐은 다시 한바탕 휘몰아칠 태풍 전야처럼 팽팽한 긴장이 감돌고 있었다. 뒤주에서 죽은 세자의 아들에게 대권을 줄 수 없다고 판단한 노론은 이미 세손 제거를 당론으로 정했다.

그와 같은 결정에 크게 반발한 혜빈은 세손 대신 사도세자의 후궁이 었던 양제 임씨 소생 은언군을 추대하려는 숙부 홍인한에게 편지를 보내 중지를 요구했지만 소용없었다. 사도세자가 죽고 홍봉한이 왕의 신임을 얻어 중책을 받자 이제는 중전 김씨 집안에서 긴장하였다.

사도세자를 제거할 때는 같은 노론의 입장에서 함께 일을 추진했으나, 막상 이권 다툼이 발생하자 바로 정적으로 그 입장을 바꾸었다. 중전 김씨와 그의 동생 김귀주는 세손이 즉위하면 김씨 집안이 몰락할 것을 잘 알고 있었기 때문에 양자를 들어 김씨 집안의 정권을 강화하고 홍봉한을 정계에서 실각시키려 하고 있었고 정세는 이제 한 치 앞을 가늠할 수 없었다.

"자네 그게 무슨 말인가, 해서 미리 거리를 두겠다?"

예동으로 들어와 강을 만나 교우해 온 지도 십수 년이 훌쩍 넘었다. 그 오랜 세월 동안 막역지우로 지내며 오늘처럼 낯선 얼굴은 처음이었다.

"내가 이미 노론 명문가의 젊은 자제들 모임에 참석하고 있으니 진즉에 그리했어야 했네. 저하께나 자네들에게도 그리하는 것이 마음이 개운할 것이고."

"무슨 뜻인가, 그래서 지금 와서 포기하겠다는 것인가?"

이미 강이 말하는 것이 무슨 뜻인지 예감하고 있으면서도 건우는 필요 이상으로 집요하게 물었다.

"그럴지도 모르지, 이제 나는 내 갈 길로 가겠다는 것일세."

강은 몸을 구부려 지나치게 차분한 눈빛으로 분노하는 건우를 응시했다.

"자네가 그리 생각한다면 이제 우린 끝났어, 시작도 해보기 전에 끝난 것이지."

"그리 생각하면 할 수 없을 것이고. 하나 자네가 있지 않나?"

"그런 궤변이 어디 있나?"

"우리 중 단 한 사람이라도 저하 곁에 남아 있다면, 그건 끝이 아니지."

그 말이 지닌 무게감과는 달리 막역지우를 바라보는 강의 눈빛은 처연했다.

"저하께 그리 전해도 되겠나?"

건우는 벗의 그런 결정이 염려스러웠다.

강의 결정으로 인해 좌절하게 될 세손의 마음을 생각하니 참담하기까지 했다.

"물론."

강은 무표정한 얼굴로 고개를 끄덕였다. 일말의 아쉬움도 찾아볼 수 없는 얼굴이었다.

"서강!"

건우는 화가 치밀어 소리를 질렀지만 강은 대수롭지 않게 아주 잠시 쳐다봤을 뿐이었다.

"명심하게, 저하께서 보위에 오르지 못하신다면 자네들은 다 죽은 목 숨일세!"

"자네는 살아남을 것 같고?"

튀어나올 듯 커진 눈으로 강을 노려보는 건우는 더 이상 부드러운 어 조로 말하지 않았다. 당장이라도 주먹이 나갈 것 같았지만 옆에서 지켜 보는 눈이 많아 그저 꾹 눌러 참고 있었다.

"아마도."

그는 심지어 미소를 지어 보였다.

"깜박하고 있었군. 처음부터 재수는 참 없었지!"

건우는 자신의 조급한 성미가 드러나든 말든 신경 쓰지 않고 획 돌아 섰다. 그러나 그도 강의 말이 옳다는 것을 알고 있었다. 그들은 지금 길 이 보이지 않는 벼랑 끝에 서 있었다.

"저런 인사를 저하는 그리 괴이시는지."

건우는 노골적으로 언짢은 표정을 지으며 강의 귀에 들으라고 내뱉 는 혼잣말을 하였다.

"논의하는 자리가 아니라면 언제고 달려가겠다고 전해주게!"

강은 못 들은 척하며 사간원을 나가는 건우의 등 뒤에 대고 그렇게 말했다.

한세는 머리 꼭대기까지 찰랑거릴 정도로 술을 마시고 밤새 제대로 자지 못하고 입궐하였으니 머리는 멍하고 다리는 무거웠다.

"아휴, 내가 두 번 다시 술 내기를 하면 사람이 아니다."

동궁으로 향하던 한세는 제 어깨를 두드리며 긴 한숨을 내쉬었다.

"으으흠! 그러게 마실 때는 좋았지."

뒤를 따르며 가늘게 뜬 눈으로 한세가 하는 양을 지켜보던 건우는 헛기침으로 주위를 환기시켰다.

"이렇게 이른 시각에 어쩐 일이십니까, 사형?"

장악원으로 가야 할 건우가 이른 아침부터 동궁으로 들어오는 것을 보니 이산의 호출이 있은 모양이었다.

"이게 뉘신가? 술주정뱅이 무사가 아니신가?"

만나기만 하면 아웅다웅하다가 모처럼 꼬투리를 잡은 건우의 목소리가 활기를 띠었다.

"뭘 또 그 정도 마신 것을 가지고 술주정뱅이씩이나?"

그러거나 말거나 한세는 눈썹 하나 까딱하지 않고 되받았다.

"그 정도 마신 것? 이런, 이런! 사제가 아직 사태 파악을 못 하는 것이군. 쯧쯧!"

"혹, 제가 무슨 실수라도?"

무언가 좋지 않은 예감이 뇌리를 스쳤다.

"그것을 어찌 내 입으로 말할 수 있겠는가, 당한 당사자에게 들어야지!"

"당한 당사자라 하시면?"

어제 기방에 간 것은 건우와 기섭, 그리고…….

그 자리에 술을 마시고 당할 사람이라면, 세손밖에 없었다.

그제야 혹시 내가 큰 실수를 한 것인가 싶어 한세의 얼굴은 점점 창백해져 갔다.

"쯧쯧!"

건우는 사색이 된 한세를 물끄러미 바라보다 고개를 절레절레 흔들며 가버렸다.

"아, 한세! 너 대체 무슨 짓을 한 거야?"

"들어오지 않고 게서 무엇을 하는 게야?"

동궁의 문 앞에 멈춰 선 한세는 한동안 말없이 마당 안을 살피다가, 울화를 참느라 잔뜩 붉어진 얼굴로 노려보는 기기마의 호령에 놀라 마지못해 안으로 들어갔다.

"사부님!"

머뭇거리며 들어서는 한세를 노려보는 기기마의 얼굴은 점점 붉게 달아올랐다.

"이런 시기에 기방 출입이라니! 끝나고 내 방으로 오너라!"

붉은 수염 빛깔과 얼굴빛이 똑같아진 사부는 다시 한 번 한세를 노려보고는 돌아서 가버렸다.

"아, 몰라! 어떻게 되겠지."

한세는 긴 한숨을 내쉬며 방으로 들어가 앉았다. 방 안에는 기섭과 건우가 미리 와서 앉아 있었다.

"강은 오지 않았나?"

방으로 들어오는 한세에게 눈길을 주던 이산이 고개를 돌려 건우에게 물었다.

"강은 앞으로 모여서 논의를 하는 자리에는 오지 않겠다고 합니다."

잠시 주저하던 건우는 마지못해 입을 열었다.

"음."

그 순간 이산의 동공이 움찔하며 떨리는 것이 느껴졌다. 그는 자신이 아끼는 사람을 유난히 좋아하고, 사람이 떠나는 것을 못 견뎌하는 성격이었다. 그 자리에 앉아 상심한 이산의 모습을 지켜보는 이들은 모두가 가슴에 통증을 느꼈다.

"차나 한잔하자고 불렀네."

그러나 이산은 더 이상 아무 말도 않고 다시 찻잔에 찻물을 따랐다.

차 향기가 방 안을 그득 채웠지만, 강의 잔향이 더 강했던 것인지 그의 빈자리로 인해 허전한 기운이 돌았다.

"흠!"

차를 따르던 이산의 입에서 무심결에 긴 한숨이 새어 나왔다.

"젊은 분의 한숨이 너무 깊으십니다."

찻잔을 든 건우는 정색을 하며 이산을 바라보았다. 그의 얼굴에서 웃음이 씻은 듯 사라져 있었다. 그것은 이제껏 본 적 없는 낯선 표정이었다.

"만약 나라는 대안이 없었다면 전하께서 내 아버지를 그처럼 잔혹하게 죽일 수 있었을까?"

"저하의 탓이 아닙니다. 이는 노론의 모함이 그리 몰고간 것입니다. 하니 스스로를 자책하시는 것은 그만두시옵소서."

"아직도 그날의 기억이 어제처럼 선연한데, 나는 단 한 발자국도 나가지 못하고 이러고 있지 않은가?"

"저하!"

한세는 걱정스러운 눈빛으로 이산을 바라보았다. 모두가 우려했던 것처럼 사도세자의 죽음은 그에게 고통의 근원이 되고 말았다.

"그렇지 않습니다, 저하. 그동안 제가 뵌 저하는 비록 걷고 있을지언정 언제나 앞으로 나아갔지 멈춰 서는 것을 보지 못했습니다."

건우는 그 어느 때보다 단호하게 말했다. 강이 떠났다는 위기감이 언제나 느긋하던 그를 강하게 부추기고 있었다.

"이제 나도 그런 자인가? 느려도 계속 걷고 있다……."

이산은 그렇게 중얼거리며 처연하게 앉아 있었다.

"노론과 화완옹주 쪽에서 저하의 대리청정을 극렬히 반대한다고 들었습니다. 저들 또한 이제는 물러설 곳이 없다는 뜻이겠지요."

한세도 이제는 다급한 상태라는 것을 인정해야 할 때가 되었다는 생각이 들었다.

문득, 오늘 아침 사랑채를 물끄러미 바라보던 강의 비장한 모습이 떠올랐다. 대체 그는 무슨 생각을 하고 있었던 것일까, 머릿속에 강의 쓸쓸한 얼굴이 빙빙 돌았다.

"내가 즉위에 실패한다면, 이 자리에 모인 자네들은 모두 죽었다고 봐야겠지."

건우의 따끔한 충고 덕분에 이산은 담담한 척 가장하고 있던 얼굴을 풀었다. 이대로 당하고 있을 수만은 없는 일이었다. 그도 이제 일전을 치를 준비를 해야 한다는 것을 분명하게 알고 있었다.

"신이 예동으로 궁궐에 들어와 저하를 뵌 것이 열 살 때였습니다. 그간 수없이 많은 고난을 함께해 왔지만 저희들은 단 한 번도 죽음을 두려워해 본 일이 없습니다."

이제껏 조용히 듣고 있던 기섭이 그리 말하며 한세의 어깨를 툭 쳤다. 한세는 이산과 눈을 맞출 용기가 나지 않아 기섭을 바라보면서 함께 웃었다.

이산은 의외로 안 어울릴 것 같은 한세와 기섭의 조합을 물끄러미 바라보았다.

"얼마 전부터 노론의 자금이 어디서 흘러드는지 알아보고 있습니다."

이산을 위로하는 건우의 목소리에는 비장한 느낌이 실려 있었다.

"저도 운종가에 사람을 풀어 알아보고 있습니다."

한세는 운종가에서 한결과 함께 비단전을 열고 있는 유모 분이의 아들 한민을 통해 화완옹주의 주변을 살피라 일러두었다. 한세의 쌍둥이 오라비 한결은 사도세자의 죽음에 연루되어 관직에서 물러난 한상수의 아들이니 당분간 벼슬길에 나서기 어려웠다. 무엇을 하면 좋겠냐고 물어왔던 한결에게 오늘 같은 날을 대비해 장사를 하라고 조언한 것은 한세였다.

"신들은 이만 물러가 보겠습니다."

찻잔을 내려놓은 건우가 먼저 자리에서 일어나자 기섭도 따라 나갔다.

"저도 이만!"

이산과 눈도 마주치지 못하고 좌불안석 앉아 있던 한세도 후다닥 따라 일어섰다.

"세야!"

그러나 이산의 목소리가 한세를 잡아 세웠다.

"예, 저하!"

천천히 돌아선 한세는 차마 이산을 바로 보지 못하고 제 발부리만 내려다보았다.

"네가 그리 작은 키가 아니다. 올려다보려니 목이 아프구나."

그는 앉지도 서지도 못하고 엉거주춤 서 있는 한세에게 옆으로 와서 앉으라고 눈짓했다.

"저하, 어제는 제가……."

한세는 별수 없이 이산의 앞으로 가 앉으며 변명이라도 하려고 입을 열었지만 입술이 제멋대로 움직였다.

"세야."

그러나 바로 그때, 이산의 커다란 손이 차가운 한세의 손을 꼭 잡아왔다.

"저하?"

"세야…… 너는, 너는 괜찮은 것이냐?"

이산은 당황해 눈동자가 커지는 한세의 손을 좀 더 꼭 쥐며 물었다.

"예?"

"강이 떠났으니 말이다. 그런데도 이대로 내 곁에 있는 것이 두렵지 않으냐?"

"아, 예."

한세는 그제야 이산이 무엇을 말하려는 것인지를 깨닫고 안도의 한숨을 내쉬었다.

"그 일이 목숨을 걸지 않고는 될 리가 없는 일이다. 그런데도 괜찮겠느냐? 그걸 묻는 것이다."

한세는 잡혀 있는 제 손을 가만히 들여다보다 천천히 고개를 들어 올려 이산과 눈을 맞추었다.

"저하, 저는 이미 오래전에 말씀 드렸습니다. 저하 곁을 떠나지 않겠다고. 하나 이제 또 물으시니 다시 한 번 말씀 올리겠습니다. 저는 저하께서 가라고 명하지 않으신다면, 언제나 저하의 곁에 있겠습니다. 세자익위사가 되었든, 혹여 잘못되어 궁인이 될지라도…… 그 무엇이 되어서라도 저는 저하 곁에 남아 있을 것입니다."

그 순간 한세는 자신이 그와 함께 있고, 뜻을 같이하고 있다는 것을 느끼게 해주고 싶었다. 비록 정조의 충신은 될 수 없을지도 모르겠지만, 나는 당신의 뜻을 지지하며, 당신께서 이루고자 하는 꿈을 향해 가는 그 길에 언제까지라도 함께하고 싶다고.

"세야……."

이산은 놀란 듯 한세를 바라보았다. 그 대답이 뜻밖이라는 듯이.

방문 틈 사이로 불어 들어온 바람이 한세의 목덜미에 흘러내린 잔머리카락을 간질이며 스쳐 갔다. 세상이 온통 환하게 보이는 날이었다.

"나를 위해 몸조심해야 한다. 약조해 줄 수 있겠느냐?"

그는 이미 한계를 넘어선 마음이 조금 더 깊어지는 것을 느꼈다.

"예."

한세가 착하게 고개를 끄덕이자, 이산은 자신의 손안에 잡힌 작은 손을 다감하게 만지작거렸다.

지금 이곳, 이 순간에. 시간이 이대로 멈추어 버렸으면.

잠시 그의 마음이 그렇게 절박하게 말하고 있었다.

그날 정후겸의 집 사랑채에는 화완옹주와 그를 따르는 몇몇 중신들이 모여 있었다.

"병조참의는 오지 않은 것이오?"

"몸이 좋지 않은 모양입니다."

호조참판 정후겸이 묻자 심재환이 민망한 얼굴로 주변을 바라보았다.

"일을 이 지경으로 만들어놓고 무슨 낯으로 오겠습니까?"

맞은편에 앉아 있던 박인빈이 그렇게 빈정거렸다.

"다 된 밥에 코를 빠뜨려도 유분수지, 이래서야 어찌 세손을 상대하겠습니까?"

옹주는 심기가 상한 듯 잔뜩 찌푸린 얼굴로 서안 위에 올려놓았던 주먹을 움켜쥐었다.

"그러게 말입니다."

박인빈은 마치 자신이 큰 죄라도 지은 것처럼 민망한 얼굴이었다.

"그나저나 요즈음 전하께서는 무슨 생각을 하고 있으신 것 같소, 참말 세손에게 대리청정을 시키시려는 것 같소?"

심재환이 다 식어버린 찻잔을 들며 다시 정후겸에게 물었다.

그들은 영조의 후계 구도에 대한 생각을 알고 싶었다. 영조의 속마음이야 궁궐에서 같이 지내는 옹주가 제일 잘 알 것이니 그녀의 입을 통해 듣고 싶은 것이었다.

"글쎄요. 그 속내를 어찌 알겠습니까? 공연히 나서서 세손의 대리청정에 찬성이라도 했다가는 뒤주에 죽은 세자 때처럼 역적으로 몰리기 십상이지요."

옹주의 눈치를 살피던 정후겸은 그렇게 말했다.

사실 그들도 세손이 자신들의 기득권만 보장해 준다면 대리청정을 적극적으로 지지할 수도 있었다. 그러나 세손은 척리(戚里: 임금의 내척과 외척)들의 정치에 대한 간섭을 경계하고 싫어해서 정후겸과 화완옹주를 멀리하며 홍국영과 동궁의 관료들과 밀착되어 있었다. 그러니 옹주의 눈에는 홍국영과 동궁의 곁에 있는 관료들은 눈엣가시 같은 존재들이었다.

"이리 중요한 시기에 사간원 정언 따위의 상소문 때문에 병조판서 자리를 넘겨준다는 것이 말이 됩니까?"

옹주는 불끈 거머쥔 주먹으로 서안을 탁 내리치며 언성을 높였다.

"하오나 서강이 전하의 총애를 받고 있는 데다가 이미 많은 중신들의 신뢰를 얻은지라……."

"대체 서 대감은 자식 건사를 어찌하고 계신답니까, 어찌 일을 이 지경으로 만들어요?"

"그러하긴 합니다만. 서강이 노론만 탄핵을 하는 것도 아닌지라……."

"계속 두고 보시겠다는 것입니까?"

"아닙니다. 서 대감도 앞으로는 이런 일이 없도록 하겠다고 했습니다."

옹주가 한바탕 언성을 높인 뒤에야 중신들은 겨우 고개를 끄덕였다.

"그만들 가보세요."

그녀는 이 자리에 모인 이들이 자신의 의견에 동조하는 듯하자 굳어진 안색이 조금 풀리는 것 같았다.

"이대로는 아니 되겠다."

그 자리에 모여 있던 중신들이 돌아가자 옹주는 양아들인 정후겸을 따로 불렀다.

"그렇긴 하지만, 이 일을 누구에게 맡겨야 할지……."

"채운당의 당주를 불러라!"

정후겸이 심각한 얼굴로 옹주를 바라보자 그녀는 가만히 고개를 끄덕였다.

"채운당의 당주는 여간해서는 움직이지 않습니다."

채운당의 당주라는 말에 정후겸의 얼굴은 창백하게 변했다.

"움직이게 해야겠지."

"가능하겠습니까?"

"달라는 것을 모두 주겠다고 전해."

"예에?"

채운이 원하는 것을 다 해주겠다는 것은 옹주와 노론의 처지도 그만큼 다급하다는 것이었다.

"이번에는 좀 더 은밀히 일을 진행시켜야 할 것이다."

"예, 그리하겠습니다."

그제야 정후겸은 옹주의 의중을 읽었는지 의미심장한 미소를 지어보였다.

처음부터 세손과의 관계가 이렇게 악화된 것은 아니었다. 세자 이선이 죽자 혜빈은 세손마저 영조의 눈 밖에 날까 두려워했다. 그래서 세손을 영조와 화완옹주가 있는 경희궁으로 보냈다. 자식이 없던 옹주는 세손에게 푹 빠졌다. 그 바람에 옹주의 양자인 정후겸 역시 이산과 동무처럼 지냈다.

일이 이렇게 되어버린 것은 편애가 심한 영조의 묘한 애정 표현 방식을 그대로 물려받은 옹주의 집착과 독점욕 때문이었다. 옹주는 세손을 아들처럼, 남편처럼 집착하고 독점하고 싶어 했지만 이산은 부담스러워했다. 결국 옹주의 사랑은 애증으로 변했고, 양자인 정후겸이 그녀의 모든 것을 독점하게 된 것이었다. 이미 세손과 옹주의 관계가 틀어지고 자신과의 관계마저 적으로 돌아선 이상 이제는 끝까지 갈 수밖에 없는 일이었다.

"게 있는가?"

정후겸이 고개를 돌려 문밖을 향해 소리쳤다.

"예, 나리!"

정후겸이 부르는 소리가 떨어지기 무섭게 방문 밖에서 대기하고 있던 이의 대답 소리가 들려왔다.

"들게!"

그러자 문이 열리더니 볼에 긴 칼자국이 있는 것이 한눈에 보기에도 온몸에 살기가 서려 있는 자가 들어왔다.

불한당 같은 사내는 거침없이 들어와 옹주를 향해 절을 올리고 조금 떨어져 앉았다. 고개를 똑바로 치켜들고 어깨를 쭉 펴고 앉는 품새가 이미 이런 일에 이골이 난 것 같았다.

옹주는 저잣거리에 왈짜와 같이 거친 그자가 마음에 들지 않는 눈치였다.

"인사드리게! 자네가 모셔야 할 분일세!"

"처음 뵙겠습니다. 마마! 자광이라 하옵니다."

사내가 넙죽 절을 하자 옹주도 고개를 끄덕였다.

"채운당에 가서 당주를 만나고 오게!"

"예, 대감!"

명을 받은 사내는 다시 한 번 절을 하고 밖으로 나갔다.

四
계방일기

　이른 새벽, 잠에서 깨어나 마당으로 난 문을 열고 보니 수릿날답게 옅은 하늘에는 깃털 같은 구름이 펼쳐져 있고 물안개 자욱한 연못 위는 앞다퉈 피어난 연꽃들로 가득 차 있었다.

　"아름다워!"

　고즈넉한 그 광경이 너무 좋아 한세는 발소리를 죽이고 뜨락으로 내려가 연못가로 다가갔다.

　한세가 조선으로 와서 살면서 제일 좋았던 일은 바로 이런 새벽을 맞을 때였다. 마치 북촌 게스트 하우스 어딘가에서 일 박을 하고 있는 느낌.

　처음에는 이렇게 한잠 푹 자고 나면 현대의 어느 날, 서울에 있는 고시텔에서 깨어나는 것은 아닐까 하는 생각이 들곤 했었다. 하지만 이곳은 짙은 물안개와 신록의 푸른 풀빛으로 물들어 있는 가회당의 별채가 틀림없었다.

　가회당의 별채는 그야말로 야생화들의 천국, 그중에서도 달개비풀이 유난히 많았다. 달개비풀은 들에 나가면 지천으로 자라는 풀로 음지 반 그늘에서 자라며 푸른 꽃은 화전을 부치고 잎은 삶아서 무쳐먹고 삶아낸 물은 비단에 푸른빛을 내는 데 쓰는데 그 향기 또한 청량하다.

유난히 옷을 짓는 일에 정성을 다하는 송씨는 달개비풀로 농도를 조절하여 물들인 푸른빛 옷감으로 강의 도포와 한세의 도포를 지어주었다.

그래서인지 이렇게 물안개가 자욱한 새벽이면 가회당은 어김없이 연향과 달개비풀 향이 어우러진 독특한 향기로 가득 차는 것이었다.

포르롱.

인기척 때문이었는지 연꽃 사이에 숨어 있던 오목눈이들이 포르릉거리며 일제히 날아올랐다. 박새가 날아오르며 공기를 흩어놓아서인지 새벽이슬에 섞인 연향이 한세의 몸에 젖어들었다.

"으흡!"

두 팔을 펴고 연잎의 향기를 마시며 돌아서다 보니 소매와 깃에 검은 비단을 두른 새하얀 심의에 검은 유건을 쓴 강이 마루 위에 정결한 모습으로 서 있는 것이 보였다. 연잎에 연잎 내음이 나듯 그에게서 가회당 푸른 풀빛이 배어나는 것 같았다.

마치 세상에 두 번 다시 볼 수 없을 장대하고 엄숙한 절경을 보고 있는 듯, 뭉클한 감동이 온몸을 휘감아 온다.

'강아…… 어쩌면 나는 오늘 이 순간을 위해 조선으로 돌아온 것은 아닐까? 말로는 다 표현할 수 없이 아름다운 너의 모습을 보았으니 나 지금 곧바로 돌아간다고 해도 이 시간들을 후회하지 않을 거야.'

예고도 없이 눈에서 뜨거운 눈물이 왈칵 솟구쳤다.

한세는 걷잡을 수 없이 북받쳐 오는 뜨거운 마음을 어쩌지 못해 그대로 그림처럼 서 있었다.

"세야……."

강은 잠시 그렇게 서서 한세를 물끄러미 바라보고 있었다.

'나는 또 이렇게 이른 새벽 연잎 속에 서 있는 꽃 같은 너를 보는구나. 너는 어쩌면 영영 알지 못하고 지나갈 수도 있겠지만, 내 눈에 너는 늘 꽃이었다. 처음 너를 보았을 때, 너는 아주 작은 계집아이였고 여린 제비꽃 같았지. 하지만 오늘 보니, 내 곁에서 마음을 부비며 자란 너는 이제 연향 그득한 가회당의 연꽃. 나는 여전히 한 발자국도 다가서지 못하고 이만치 떨어진 곳에서 꽃 같은 너를 보노라.'

문득 그와 그녀 사이에 하늘이 따로 트이고 겹겹이 꽃잎이 포개는 듯, 가슴골 속속히 애틋한 사랑이 접혀들었다.

"아! 왜 이래?"

소란한 호흡에 먼저 돌아서 버린 것은 그녀였다. 갑자기 숨쉬기가 곤란해 서걱거리는 가슴을 움켜잡았다.

"입궐할 채비하지 않고 게서 뭣 하는 것이야?"

그럼, 그렇지. 한세는 등 뒤에서 쩍, 하고 꿈 깨는 소리가 들려왔다.

"저는 금일 비번입니다요!"

한세는 어련하겠냐고 제 머리를 쥐어박으며 돌아섰다.

"공연히 어수선한 곳에 나다니지 말고 집 안에 앉아 머리나 감아라."

"저도 급한 일이 있어 나가봐야 합니다."

강이 잔소리를 늘어놓을 태세라 한세는 안채로 슬금슬금 줄행랑을 치려던 중이었다.

"거기 딱 서!"

"아, 어찌 그러셔요?"

한세는 하는 수 없이 짜증스러운 얼굴로 돌아섰다.

"술시에 채운당 앞으로 오너라."

"채운당요?"

"술이나 한잔하자꾸나."

"참말 저 술 사주시게요?"

아무리 말단이라 하더라도 그래도 사간원 정언인데 매달 꼬박꼬박 받는 녹봉은 다 어디다 쓰는 것인지 강은 뭐 하나 사주는 법이 없었다. 자린고비처럼 돈 한 푼 안 쓰는 인사가 술을 사준다니 한세는 뭘 잘못 들은 것이 아닌지 제 귀를 의심하며 돌아섰다.

"그래, 아무나 들어올 수 없는 곳이니 문 앞에서 나를 만나기로 했다고 하면 될 것이다."

"아, 예에. 엄청나게 좋은 기방인가 보네요."

강의 입에서 전혀 예상치 못했던 말이 나오자 한세의 얼굴은 환하게 밝아졌다.

"단오라고 공연히 휩쓸려 돌아다니지 말고!"

"아이고! 지청구 영감처럼 노상 잔소리만 해대니! 사람이 살 수가 없어요. 그나저나 참 별일이야!"

강이 또다시 오라버니처럼 잔소리를 시작하려 하자 한세는 쏜살같이 안채로 달아나 버렸다.

수릿날이라고 한양 사람들이 모두 다 쏟아져 나온 모양이었다. 운종가는 초입에서부터 남녀의 그네뛰기, 널뛰기, 씨름판이 벌어졌고 면전과 비단전 근처에는 윷놀이, 농악놀이, 화초놀이, 탈춤, 사자춤 가면극이 차례로 펼쳐져 가뜩이나 복잡한 곳이 그야말로 북새통이었다.

"나 왔소!"

한세가 비단전 안으로 들어가며 큰 소리로 부르자 막 들어온 비단들을 정리하고 있던 한민과 한결이 동시에 돌아보았다.

'아무래도 나는 전생에 나라를 구한 거야, 그렇지 않고서야 어떻게 주위에 이런 꽃미남들이 지천으로 널려 있겠어?'

한결과 한민의 꽃 같은 모습을 본 한세는 너무너무 흐뭇해서 입가에 볼우물이 패었다.

"오십니까?"

"예, 유모는 안에 계십니까?"

한세는 인사를 건네는 한민에게 유모 분이의 안부를 물었다.

"예, 부탁하신 것을 부지런히 만들고 계십니다."

분이는 아들 한민과 함께 비단전 뒤편에서 바느질하는 여인들을 들여 목면과 비단으로 기성복을 만들고 있었다.

그간 한세와 한결은 여인들의 체구를 조사해 세 가지 치수로 통일하고 기성복을 만들어 팔았다. 지체 높은 반가에서야 다 옷감을 끊어서 옷을 지어 입었지만 일이 고달픈 양민들에게는 비단전에 와서 바로 사 입고 가는 목면으로 만든 기성복의 반응이 좋았다.

"아무리 봐도 나보다 더 예쁘다니까."

한세는 명주를 쓰다듬고 있는 미남자 한결의 곧은 코와 뽀얀 얼굴을 보며 혀를 내둘렀다.

한세와 한결은 둘 다 어머니 허씨를 닮아 보기 드문 미남자와 미녀였다. 한세의 키가 대략 165 정도 되는 것 같으니 조선 시대의 여인으로서는 조금 큰 것이 흠이었지만 인물만은 어디 내어놓아도 빠지지 않았다.

"어찌 또 들어오자마자 이러는 것이냐?"

"아니, 어쩌면 살결이 그리 고운가 해서 말이오?"

"이것이 다 누이 너 때문이다. 만날 이것 만들어보아라, 저것을 만들어라 하니 내가 어디 햇볕을 쏘일 틈이 있더냐?"

한세가 만져 보고 싶다는 얼굴로 손을 뻗자 한결이 미간을 찌푸리며 손을 쳐 냈다. 같이 자라지는 않았지만 오누이의 정은 돈독해서 곁에서 지켜보는 한민이 부러워할 지경이었다.

"내 덕에 귀한 댁 여인네들의 돈을 다 긁어들이는데, 죽는소리는?"

사실 한결은 이산을 위한 정치 자금을 만들기 위해 한세가 도안과 재료들을 적어준 물건들을 은밀하게 개발 중이었다.

"어디 얼마나 되었소?"

"하여간 너도 참! 어찌 얼굴 보자마자 일부터 시작하자는 것이야?"

한결은 투덜대면서도 휘장을 걷고 안으로 들어가 분이를 불러 조용한 뒷방으로 들어갔다.

"유모!"

"아기씨!"

"잘 지내셨어요?"

"예, 말씀하신 대로 개짐을 작게 만들어봤습니다."

분이는 한세가 그려준 대로 작고 간편하게 빨아 쓸 수 있는 생리대와 솜을 넣어 만든 일회용 생리대를 보여주었다.

"솜씨가 워낙 좋으시니! 일단 제 생각대로 나온 것 같으니까 제가 먼저 사용해 보고 결정하겠어요."

천과 목화솜이 귀하니 아무래도 일회용 생리대는 값을 비싸게 매겨 팔아야 할 것이고 빨아 쓰는 작은 생리대를 많이 만들어 파는 것이 여러모로 도움이 될 것 같았다.

"마님께서 단오에 오시면 입어보시라고 옷을 지어 보내셨어요. 한번 입어보지 않으시겠어요?"

한세가 개짐을 들고 이리지리 꼼꼼히 살피고 있을 때 분이가 일어나더니 작은 장에서 허씨가 보낸 치마저고리를 들고 왔다.

"네."

어린 시절 가회당의 송씨가 지어준 옷을 몇 번 입어본 뒤로 치마저고리를 입어볼 기회가 없었던 한세는 떨리는 손으로 모시 보자기로 싼 옷을 받아 들었다.

"고와요."

떨리는 손으로 보자기를 풀어보니 정성스럽게 한지가 한 겹 더 덮여 있다. 설레는 마음으로 한지를 들춰보니 노란빛이 많이 도는 미색 항라 겹저고리에 오미자로 물을 들인 분홍빛 항라 치마가 나왔다.

손으로 가만히 쓸어보니 매끄럽고 사각거리는 감촉에 가슴이 뭉클해지며 한 땀 한 땀 바느질을 하는 허씨의 모습이 눈에 그려졌다. 처음으로 여식의 옷을 지으며 눈물을 뿌렸을 허씨를 생각하니 한세도 두고 온 어머니 생각이 간절해졌다.

"입어 보세요. 입고 밖으로 나가 구경도 하고 바람도 쐬세요."

"그래도 되는 걸까요?"

분이가 자꾸만 권하자 한세는 흑립과 도포를 벗고 치마저고리로 갈아입었다.

"그러믄요."

분이의 손을 빌려 연하게 분단장하고 상투 튼 머리를 풀고 고운 참빗으로 동백기름을 발라 곱게 빗고 땋아 내려 도투락댕기까지 드리웠다.

"곱기도 하지!"

분이의 감탄에 한세도 장미목으로 만든 경대 앞으로 다가앉아 면경 속에 비친 자신의 모습을 들여다보았다.

"이렇게 고운 아가씨가 이리 험한 일을 하며 좋은 세월을 다 보내는 것을 생각하면……."

갓난아기 때부터 한세를 제 자식으로 키워온 분이는 돌아 앉아 눈물을 훔쳤다.

옷이 날개라더니 면경 속에 보이는 한세의 모습은 전혀 딴 사람 같아 보였다.

"참으로 곱구나! 자, 신어보아라!"

밖에서 서성이던 한결이 들어와 홀린 듯 누이를 보더니 미리 맞춰두었던 당혜를 꺼내놓았다.

"어, 꼭 맞네?"

신코와 뒤축에 당초무늬를 새겨 넣은 고운 당혜를 신어보며 한세는 감탄했다.

"자, 이것이 있으면 더 자유로울 것이다."

한결은 남의 눈을 의식하는 한세를 배려해 너울까지 내주었다.

"참, 채운당이 어디 있소?"

"북촌 초입에 있다지?"

"기방이 모여 있는 곳이 아니고요?"

"기방은 아니야, 사실 나도 무엇을 하는 곳인지 잘 모르겠다. 한데 채운당은 어찌 찾아, 그곳은 아무나 가지 못하는 곳이라던데?"

"갈 일이 생겨서. 아무튼 전 바람이나 쐬고 오겠습니다."

한세는 누가 볼까 봐 너울을 쓰며 분이와 한결을 향해 환하게 웃어 보였다.

"햇살이 너무 좋구나!"

여인의 옷을 입고 비단전의 문턱을 넘어서는데 새하얀 외씨버선에 고운 당혜를 신은 발이 주춤거리며 머뭇거렸다.

여인으로 변신해 난생처음 세상 밖으로 나오는 것이니 잠시 마음의 준비가 필요할 것 같아서 비단전 앞에 놓여 있는 살평상에 앉아 너울을 벗고 놓고 하늘을 올려다보았다.

살평상 위로 나뭇잎을 비껴 햇살이 내려앉았다. 한세는 손을 뻗어 눈가를 간질이는 햇살과 장난을 놀았다. 손가락 사이를 벌리면 햇살이 그 틈 사이로 스며들어 아지랑이를 만들었다.

오가는 사람들로 북적이는 비단전 앞 살평상에 앉아 손을 뻗어 햇살과 장난하는 한세의 모습은 마치 한 폭의 수묵화를 보듯 아름다웠다.

"수릿날 쨍하게 내리쪼이는 햇살과 희롱하는 꽃, 네 살빛도 익을 대로 익었구나. 내 차마 말로는 너를 표현할 길이 없구나."

그 한 폭의 그림 밑에 한 수의 시를 적어 넣은 이가 있었다.

비단전 바로 앞 버드나무 아래 눈이 부시도록 아름다운 강이 달개비 풀로 물들인 푸른 하늘빛 도포를 입고 서 있었다. 그는 오늘 저녁 한세를 만나기 위해 난생처음 붉은 실끈으로 도포를 묶어 맵시를 내고 흑립 아래 색색의 구슬을 끼운 입영을 허리 밑까지 늘어뜨려서 멋을 내었다.

"세야, 이제 보니 너와 나는 세상의 모든 처음을 함께하고 있었구나."

혹시나 비단전 앞에 오면 만날 수 있지 않을까 기대하고 왔던 강은 뜻밖에도 처음 여인의 모습을 하고 나선 한세를 보고 벅차오르는 가슴을 누를 길이 없었다.

색동치마저고리를 입고 두리번거리던 계집아이가 한세임을 알게 되던 날, 처음으로 예동으로 입궐하던 날, 처음으로 말을 타던 날, 처음으로 활과 검을 잡던 날, 처음으로 나란히 앉아 바둑을 뒀던 날, 처음으로 관복을 입던 날도…… 그 많은 처음들을 함께했었구나.

강은 비단 부채를 펴서 얼굴을 반쯤 가리고 꽃처럼 고운 한세를 바라보며 웃었다.

한세는 운종가 초입 그네뛰기하는 곳에 서서 구경을 하고 있었다.

얇은 비단이 드리워진 너울을 썼으니 누가 알아볼 리 없을 것이라는 생각에 마음 놓고 웃고 있었다. 처녀 하나가 그네에 올라 힘차게 다리를 굴려 마치 물 찬 제비처럼 하늘로 차고 오른다. 나비처럼 나풀거리고 제비처럼 날래게 그네 뛰는 모습이 한없이 자유로워 보여 한세는 넋을 놓고 보았다.

"뉘 댁 규수인지 곱기도 하네."

한세는 부러운 눈으로 바라보다가 갑자기 뭔가가 생각나 자리를 옮겼다.

처음 입어보는 풍성한 항라 치마가 거추장스럽게 사각거리자 한세는 급기야 두 손으로 치맛자락을 들고 걷기 시작했다.

"저, 저런 넘어지겠다."

저만치 숨어서 한세를 지켜보던 강도 걸음을 빨리해 따라갔지만 무언가를 찾고 있는 그녀는 눈치조차 채지 못하고 있었다.

"어디 있는 것이야?"

한세는 그동안 사형들과 강이에게 특별한 물건을 사준 적이 없었던 것 같았다.

오늘은 수릿날이라 음식도 나눠 먹고 부채도 선물하는 날이었다. 그러나 그들에게 부채를 선물하고 싶지는 않았다.

"아이고, 곱기도 해라! 애기씨, 구경하고 가세요!"

한세는 행랑을 개조해 길 쪽으로 좌판을 만들고 각종 물건을 진열해 놓은 전포들을 빙빙 돌며 강에게 줄 물건들을 아주 꼼꼼히 골랐다.

"동곳은 여기 있는 것이 전부입니까?"

"워메! 아가씨, 남정네들 장신구는 운종가에서 이 점포가 최고라니께 유! 여 없으면 딴 데도 없슈!"

"이걸로 주세요."

"관자는 안 하시나유?"

"관자는, 여기 옥관자로 주세요."

한세는 망건과 동곳을 고르며 건우와 의젓한 기섭을 생각했고, 상투관을 고르며 강이 관례를 올리던, 처음 머리를 빗어 상투를 틀어주던 그날을 생각하며 미소 지었다.

"내 것을 사는 것이겠지?"

멀리서 지켜보던 강은 사내들의 물건을 흥정하는 한세의 야무진 붉은 입술을 보며 빙그레 미소 지었다.

물건을 고르며 어떤 것이 좋을까 만지고 열어보고 이것저것 집었다 내려놓으며 행복하게 웃고 있는 한세를 보고 있으니 다른 생각은 아무것도 나지 않았다.

"참! 내 정신 좀 봐?"

강과 사형들의 것을 다 사고 생각해 보니 몸조심하라던 세손의 얼굴이 떠올랐다.

"저러고 어디까지 가는 것이야?"

한세는 짐을 들고 열심히 걸어가다 발이 아픈지 가만히 서서 당혜를 신은 발을 콩콩 굴렸다. 하기야 매일 흑목화만 신다가 처음으로 당혜를 신고 저리 오래 걸었으니 어찌 발이 아프지 않을까 싶어 강은 피식 웃음이 났다.

"그만하면 많이 샀는데 저곳은 왜?"

한세가 흑립전계로 들어가는 것을 본 강은 어쩐지 기분이 좋지 않았다. 이미 사내의 물건을 여러 가지 골랐으니 꽤 많은 돈을 썼을 것인데 고급 말총으로 만든 흑립만 파는 곳으로 들어가니 아무래도 고개가 갸웃거려졌다.

"세, 너!"

뭔가 미심쩍은 마음이 들어 접선을 펴 얼굴을 가리고 가까이 다가가 보니 한세는 흑립 중에서도 제일 비싼 은로(갓의 정상을 장식한 장신구로 종3품 이상이 사용)로 장식한 흑립을 사서 고급 갓통에 넣고 있었다.

"네가 그렇지, 뭐."

척 봐도 세손의 것이 분명한 물건을 사 들고 나오는 한세를 보니 강은 공연히 맥이 빠졌다.

"설마, 내 것도 있겠지."

겨우 마음을 추스른 강은 그렇게 스스로를 위로하며 한세의 뒤를 따라갔다.

"오나가나 역시 돈이 좋기는 좋구나. 이런 것들도 다 선물할 수 있고!"

한세는 욕심을 부려 세손에게 줄 은 장식이 붙어 있는 흑립까지 사고 보니 그 물건을 주인들에게 나눠줄 생각에 마음이 설레었다. 비단전으로 돌아오는 길이 조금 멀어 발은 아팠지만 마음은 가볍게 부풀어 올랐다.

"내가 한눈에 너를 알아봤을 때…… 거기 있어줘서~"

기분이 좋아진 한세는 즐겨 부르던 노래를 흥얼거리며 조선 시대의 운종가를 걸었다. 참으로 오랜만에 느껴보는 평화였다. 한세는 강의 환한 얼굴이 빨리 보고 싶어 걸음을 재촉했다.

❀

"가회당의 서강이 왔다고 전하시게!"

강은 채운당(彩雲堂) 문루 위에 서 있는 새하얀 무복을 입은 사내에게 자신의 신분을 알렸다.

"문을 열어라!"

사내는 허리를 숙여 예를 갖추고 문지기를 향해 외쳤다. 나무문이 움직이는 장중한 소리가 들리고 솟을대문이 열리자 은은한 거문고 소리가 들려왔다.

"기다리고 있었습니다, 나리!"

거문고 선율에 이끌려 안으로 들어가니 목이 부러질 듯 가체를 틀어 올리고 검은 저고리에 붉은 치마를 입은 당주 채운이 서 있었다.

"조금 있으면 나를 찾는 이가 올 것일세."

강은 설핏 지나치듯 그녀의 저고리 깃에 수놓아진 구름의 빛깔을 보았다. 금일 채운의 저고리 깃에 새겨진 구름의 빛깔은 푸른빛이었다.

"예, 그리 일러두겠습니다."

채운은 공손하게 대답하며 강을 예약해 둔 방으로 안내했다.

"우선 차를 내오라 이르겠습니다."

"잠시만!"

"예, 말씀하시지요."

강은 나가려는 채운을 불러 세웠다.

"어찌 그러십니까?"

채운이 돌아보니 강은 소맷자락에서 들고 다니는 필갑을 꺼내 일필휘지로 글을 적어주었다.

"무엇입니까?"

"소리하는 이에게 이 시구에 곡을 붙여 불러줄 수 있겠는지 알아봐주게."

"가능할 것입니다. 더 필요하신 것은 없는지요?"

"되었네."

채운이 나가자 강은 자리에서 일어서 완자창을 열어두었다. 한세가 오는 모습을 조금이라도 더 빨리 지켜볼 생각이었다.

달달한 꽃향기 주머니가 바람을 따라 흘러와 코끝에서 터졌다. 초여름 밤 잠시 올려다본 하늘에는 푸른 달이 걸려 있다.

아무리 생각해도 알 수 없는 일이었다. 어찌하여 얼음처럼 청빙한 인사가 이런 수상쩍은 장소에서 술을 사주겠다고 하는 것인지.

"도무지 알 수가 없네. 알 수가 없어!"

한세는 오늘 새벽 별채에 서 있던 강을 떠올리고는 도무지 알 수 없다는 듯 고개를 잘래잘래 저었다.

"채운당이라! 글자만 놓고 보면 채운이라는 것은 태양빛을 받아 색을 띠는 구름인데, 왜? 어째서 채운당이야?"

"어찌 오셨소?"

한세가 채운당 문 앞에 서서 그렇게 구시렁거리고 있는데 문루 위에서 묻는 소리가 들려왔다.

"아, 깜짝이야?"

조금 전까지 보이지 않던 사내가 고개를 내밀고 아래를 내려다보고 있었다.

"뭐야, 여기 무슨 요새야?"

"어찌 오셨냐고 묻지 않소?"

사내는 먼저 지켜보는 자들이 없는지 주위를 살펴 경계하고 고개를 내민 것이 틀림없었다.

"가회당에서 왔소."

"잠시만 기다리시지요."

잠시만 기다리라는 말에 잔뜩 긴장하고 있는데, 조금 뒤 문이 열리자 어려 보이는 기녀가 나와 한세를 방으로 안내했다.

"뭐야, 그저 기방이었나?"

일단 안으로 들어가자 한세는 채운당의 정체를 알아내기 위해 재빨리 실내를 살폈다. 그러나 생각과는 달리 실내는 검소하고 정갈했다. 전각 안은 손때 묻어 오래된 가구들로 꾸며져 있는 것이 북촌의 다른 고택들과 크게 다르지 않았다.

본래 집이라는 것이 그 주인의 취향대로 꾸미기 마련이다. 채운당의 분위기와 가구, 그리고 걸려 있는 서화들로 보아 주인은 양반가의 여인으로 차분하지만 보수적인 성격인 것 같았다.

"어찌 이리 늦어?"

"뭘 좀 사다 보니."

강이 늦게 왔다고 채근하자 한세는 들고 있던 짐을 흔들어 보였다.

"이리 와 앉지 않고 무엇을 그리 두리번거리느냐?"

"예."

강이 먼저 정좌하고 앉자 한세도 웃으며 마주 앉았다.

"들어가겠습니다."

문이 열리며 먼저 채운이 들어오고 기녀들이 들어와 술상을 내려놓고 나갔다.

"처음 뵙겠습니다. 채운이라고 하옵니다."

흑단 같은 다리를 틀어 올린 얹은머리에는 화려한 떨잠과 나비잠이 달랑거리고, 풍성하게 부풀린 붉은 항라 치마 위에 분홍으로 두른 깃과 끝단에 푸른 구름이 수놓아져 있는 검은 저고리가 몹시 화려해 보였다.

"아!"

먼저 다가와 자신의 소개를 하며 절하고 고개를 드는 채운을 보는 순간 한세는 벼락을 맞은 것처럼 온몸에 찌릿한 경련이 일었다.

"어찌 그러는 것이냐?"

채운을 바라보던 한세의 낯빛이 점점 창백해지자 당황한 강이 물었다.

"어디가 불편하십니까?"

보고 있던 채운도 의아한 얼굴로 물었다.

"혹, 나를 만난 적이 있으시오?"

분명 어디선가 본 적이 있는 얼굴이었다. 그러나 아른아른 맴돌기만 할 뿐 머릿속을 아무리 더듬어보아도 기억이 나지 않았다.

"저는 나리를 처음 뵙는데요."

"아, 내가 착각을 한 것 같소."

말은 그렇게 했지만 착각이라고 지나치기엔 앞에 서 있는 이 여인이 너무나 아름다웠다. 둥글면서도 정결한 이마, 날아갈 듯 짙은 눈썹, 내리깐 긴 속눈썹 아래 도도하게 보이는 오뚝한 콧방울과 한 떨기 붉은 꽃잎 같은 입술. 이렇게 아름다운 여자는 처음이었다. 분명 만났다면 기억이 나지 않을 리가 없었다.

"예, 하오시면 소리 하는 아이를 들여보내겠습니다."

채운이 웃는 낯으로 인사하며 나가자 악공이 들어와 거문고를 타기 시작했다.

"분명 어디선가 본 얼굴인데? 어디서 봤지?"

채운이 나가는 모습을 의아한 눈으로 바라보던 한세의 낯빛이 부쩍

어두워졌다.

"자, 한잔 받아라."

강의 날카로운 눈이 한세의 눈빛을 그냥 놓칠 리 없었다. 하지만 그는 그저 모르는 척할 뿐이었다.

"도련님도 제 술 한잔 받으셔요."

"좋지. 그럼 한잔 따라보아라."

강이 따라주는 술잔을 받아 들자 이번엔 한세가 그의 잔을 채웠다.

"도련님, 사형께 들으니 앞으로는 논의를 하는 자리에는 참석하지 않겠다고 하셨다지요?"

"그랬지."

"무슨 생각을 하고 계신지 여쭤도 되겠습니까?"

한세가 묻자 잠자코 술을 마시고 있던 강은 술잔을 내려놓고 입을 열었다.

"오늘은 내가 술을 사주기로 하였다만……."

강은 이곳까지 와서도 한세가 일에 대하여 묻자 묘하게 심사가 뒤틀렸다.

"그렇기는 하지만 말입니다."

"내 결정이 잘못된 것이라는 말이더냐?"

강은 대수로운 일이 아니라는 듯 답하였다.

"도련님의 진심은 그런 것이 아니지 않습니까?"

강의 심기를 건드리기로 작정을 하였는지 한세는 이번엔 아예 충고조로 말했다.

"그만!"

입에 가져갔던 술잔을 내려놓은 강의 짙은 눈썹이 짜증스럽게 치켜올라갔다.

"그렇지만 저는 이해가 되지 않아서."

"처음으로 내가 너에게 술을 사주는 자리다."

다른 날 같으면 버럭 소리를 지르고 말았을 강이었지만 오늘은 그저 입꼬리를 올리며 서늘하게 웃어 보였다.

"예, 알겠습니다."

한세는 그 표정의 의미를 알기에 더 이상 말하지 않고 술잔을 기울였다. 어찌 되었거나 오늘은 강이와 함께 정식으로 술을 마시는 자리였다.

정작 이렇게 마주 앉아 술잔을 기울이니 두 사람 사이에 묘한 기운이 돌았다. 이런 분위기를 깨기라도 하듯 소리하는 가인이 들어왔다.

"수릿날 쨍하게 내리쪼이는 햇살과 희롱하는 꽃, 네 살빛도 익을 대로 익었구나. 내 차마 말로는 너를 표현할 길이 없구나."

악공이 거문고를 타기 시작하자 소리 기생은 강이 건네주었던 시구에 소리를 얹혀 불렀다. 그 소리를 듣는 강의 얼굴 위로 감춰두었던 감정이 스쳐 지났지만 정작 한세는 깊은 생각에 빠져 그 가사를 듣지 못한 것 같았다.

"좋구나. 너의 소박한 소리를 들었으니 나도 답례를 해야겠다."

강은 자리에서 일어나 악공에게 거문고를 빌렸다.

"저희는 이만 나가보겠습니다."

방 안의 공기가 묘하다는 것을 눈치챈 악공과 소리 기생이 자리를 피해주었다.

"오랜만에 손맛이나 볼까?"

강은 조금은 쑥스러운 얼굴로 한세를 바라보다 오랫동안 손대지 않았던 거문고를 탔다.

"아, 좋아!"

한세는 술상에 턱을 괴고 거문고를 타는 강을 바라보았다. 밤이면 벽에 기대앉아 옆방에서 흘러오는 쓸쓸한 거문고 소리를 듣곤 했는데 요즘은 통 들을 수가 없었다.

강의 거문고 소리는 가을날 낙엽 위를 스치는 바람 소리처럼 쓸쓸하고 슬펐다.

어쩐지 그의 어깨가 위태롭고 슬프게 느껴져 울적해졌다. 한세는 술기운이 돌아서인지 거문고 소리를 듣고 있자니 오랫동안 눌러두었던 감정이 북받쳐 올랐다.

'강아, 대체 무슨 생각을 하는 거야?'

강이 거문고를 타는 모습을 바라보고 있던 한세의 말간 눈동자에 물기가 돌았다.

눈길이 마주치자 강은 거문고를 내려놓고 가만히 다가와 한세의 어깨를 살며시 안아주었다.

"도련님……."

제 감정에 취해 있던 한세가 제정신을 차린 듯 흠칫 놀랐다.

"어찌 눈물을 보이는 것이더냐?"

"거문고 소리가 너무 쓸쓸해서 그런가 봅니다."

"쓸쓸하다고 울면?"

한세의 말간 눈동자에 또 다시 이슬이 맺히자 강이 손을 내밀어 눈물을 씻어주었다.

"되었습니다."

강이 애틋한 눈길로 바라보다 다시 한 번 껴안아주려는 찰나, 한세가 살며시 뿌리치며 그를 밀쳐 냈다.

"줄 것이 있습니다."

강이 놀라 멈칫거릴 동안 한세는 운종가에서 산 상투관을 건네며 살포시 웃었다.

"도련님, 오다가 보니 달빛은 푸르고 바람은 달아요. 이렇게 멋들어진 날을 어찌하면 좋을까요?"

"어찌하기는, 실컷 마시고 취해야지!"

환하게 웃는 한세의 뜻을 충분히 알았다는 듯 강도 애써 흥겹게 대답했다.

"오늘 밤은 세상 시름 다 잊고 흥겹게 놀아보자."

"네, 도련님!"

한세의 눈에 잠시 이슬이 반짝이는 것 같았다.

만약 내일이라도 갑자기 자신이 사라진다면 강의 마음은 어떨까. 이런 나를 오랫동안 기억해 줄까, 한세는 그런 생각을 하다가 그마저도 고개를 흔들어 털어버렸다. 어차피 안 될 일이었다.

아무 말 없이 마주 앉아 주거니 받거니 술잔을 기울이며 한세는 오늘따라 더 아름다워 보이는 강을 지치도록 바라보았다. 가슴이 아렸지만 여기까지만, 꼭 여기까지만이라고 생각했다.

❀

다음 날은 아침부터 하늘 한쪽이 먹장구름으로 꺼멓게 내려앉고 있었다.

그날 경희궁 숭정전에는 아침부터 묘한 상소문이 올라와 영조의 심기를 불편하게 만들었다.

"전하, 어디가 편치 않으십니까?"

옆에 앉아 있던 이산이 다가가려 하자 영조는 노여운 눈빛으로 그를 노려보며 손을 들어 물리쳤다.

"세손이 읽으라!"

영조가 그 상소문을 세손에게 주며 읽으라 명하자 신료들의 눈이 휘둥그레졌다. 아무래도 심상치가 않다고 생각하며 상소문을 받아 펼쳐본 이산의 눈이 휘둥그레졌다. 내용이 무엇이든 간에 그 필체는 서강의 것이었다.

"세손은 읽지 않고 무엇을 하는 것이냐?"

―전하, 며칠 전 동궁께서 궐 밖으로 미행을 나가 기방에서 술을 드시고 새벽녘이 되어서야 환궁하셨습니다. 비록 그날 편전에서 대신들로부터 수모를 당했다고는 하나 동궁이라는 막중한 자리에 있는 세손께서 그만한 일을 참지 못하고 술로 울화를 푼다는 것은 참으로 통탄할 일이옵니다. 이에 동궁을 모든 정무에서 잠시 물러나 근신하게 하심이 옳은 줄로 아뢰옵니다.

이산은 등에서 식은땀이 흘러내리는 것을 느꼈다. 그는 자신의 목소리에 초조함이 묻어나지 않길 바라며 천천히 상소문을 읽어 내려갔다.
듣기에 따라서는 참으로 묘한 상소문이었다. 기방에 간 것은 세손이었지만 그곳에 가도록 만든 것은 대신들이라는 뜻으로 들렸다.
"동궁, 이것이 사실이더냐?"
"예, 전하!"
"과인이 금주를 명하였거늘! 참으로 통탄할 일이 아닌가!"
"송구하옵니다."
이산은 눈앞이 아득해졌다. 이런 중대한 시기에 근신이라니, 그는 지금 자신이 늪에 빠지고 있음을 느꼈다. 그 늪으로 자신을 밀어버린 것은 바로 서강이었다.
"그대들은 세손을 어찌 보필하는 것인가?"
영조는 대신들을 향해 질책의 눈초리를 보냈다.
"송구하옵니다."
"하오나 이대로 넘어갈 수는 없는 일이옵니다! 통촉하여 주시옵소서!"
신료들은 이때다 하고 벌 떼처럼 일어나 이산을 공격했다. 지금의 상황에서 그나마 맡고 있던 정무까지 내놓고 물러난다면 세손에게는 영영 기회가 없을 것이라는 생각에 그들은 한목소리로 탄핵했다.

이산은 자신의 어리석음으로 지금 일생일대의 위기 상황에 직면했다고 생각했지만 그래도 그 늪으로 밀어버린 것이 자신이 그토록 믿고 있던 강이라는 사실에 눈앞이 아득해졌다.

"전하, 이전에 대리청정을 하던 사도세자도 주색을 가까이하고 미행이 잦아 문제를 일으키고 정사를 돌보지 않은 전례가 있었사옵니다. 한데 이제 동궁도 그런 우를 범하고 있으니 어찌 그대로 넘어갈 수 있겠습니까!"

노론은 세손이 사도세자의 아들이라는 이유로 보위를 물려주는 것을 거듭 반대하고 있었다. 아들 이선을 죽인 업보가 이제는 세손 이산을 겨누고 있는 것이었다.

"하나 이 상소문에서는 그것은 경들의 잘못도 크다 하지 않는가! 과인이 거동하기 힘들어 왕세손에게 친향(국왕이 몸소 제사를 지냄)하는 것을 도우라 하였고 정무의 섭행을 하게 한 것도 아닌데 경들은 한목소리로 비난하였소. 하면 경들도 벌을 받아야 하지 않겠는가?"

영조는 상소문을 들여다보다 서강이 고한 대목을 다시 상기시켰다.

"전하, 통촉하여 주시옵소서!"

노론의 대신들에게 세손 이산은 택군은커녕 제거 대상이었다. 그것은 이미 노론의 당론으로 정해졌고 사활이 걸린 문제였으니 그들은 이때다 하고 벌 떼처럼 일어나 한목소리로 이산을 공격했다.

"과인의 기력이 전과 같지 않아 긴요하지 않은 공사는 왕세손과 결정하겠다고 하였을 때는 그리도 다른 목소리를 내더니 이런 일에는 어찌 이리 뜻이 잘 맞더란 말인가?"

"전하 통촉하여 주시옵소서!"

대신들의 속셈을 뻔히 읽고 있는 영조였지만, 이미 얼마 전 서강의 상소문으로 병조참의를 파직한 마당에 세손에게만 특혜를 줄 수는 없는 일이었다.

"세손은 당분간 물러가 근신하도록 하고 이번에도 바른 소리로 고한 사간원 정언 서강을 사간원 사간(司諫: 종3품)에 봉하라."

결국 영조는 그나마 이산이 맡고 있던 제례에 관한 정무까지 거둬들이고 근신하도록 했고 서강에게는 그간에 상소문을 올려 공직자와 동궁의 비리를 바로 잡은 공을 인정하여 파격적인 승차를 단행하여 단번에 종3품 사간원 사간으로 봉했다.

"지당하신 하명이시옵니다."

덕분에 세손을 몰아낼 수 있었던 대신들은 춤이라도 출 상황이라, 어차피 노론인 서강의 파격적인 승차 정도야 가볍게 넘어갔다.

"강이 너……."

그날 세손과 같이 상참에 참석해 있던 건우는 속에서 천불이 나는 것 같았다. 불과 며칠 전 자신의 길을 가겠노라고 선포했던 서강이 이리 나올 줄은 미처 몰랐던 것이다.

❀

한세는 사대에서 자세를 잡고 살을 메기고 있었다. 숨을 멈추고 날카로운 눈으로 과녁을 노려보았다.

쉭, 소리를 내며 시위를 떠난 화살이 날아갔다.

생각해 보면 참으로 이상한 일이었다. 현대에 살던 한세는 특별한 천재도 아니고 운동에 큰 재능이 있는 것 같지도 않았다. 다만 하나 한세가 믿는 것은 '자꾸 하다 보면 는다'. 공부도 그렇고 운동도 그렇고 끈기 있게 반복해서 하다 보면 방법을 찾고 빨라지고 잘 하게 되고 그러는 것이다. 그런데 한세는 천부적인 운동신경까지 갖추었고 한세의 '자꾸 하면 는다'의 정신이 만났으니 남보다 뛰어날 수밖에 없었다.

"명중!"

우익위 기기마의 손에 들려 있던 빨간 후기가 올라갔다.

한세는 다시 두 번째 화살을 쏘았고 두 번째 화살 역시 정확하게 과녁에 명중했다.

"사부님! 어찌 되었습니까?"

명중을 알리는 후기가 올라가자 한세는 과녁을 향해 달려갔다.

"이번엔 되었다!"

나무로 만든 허수아비에 입혀놓았던 방탄조끼를 들여다보던 기기마가 돌아보며 환하게 웃었다.

"우아! 참말입니까?"

기기마의 말에 한세는 흥분해서 한달음에 달려갔다.

"보아라, 명중을 하였지만 화살 자국 하나 없지 않느냐?"

허수아비가 입고 있던 방탄조끼를 뚫지 못하고 그대로 떨어져 내린 화살이 바닥에 뒹굴고 있었다.

"와!"

진심으로 기뻤다. 이런 성취감을 맛보려고 사람들은 발명이라는 것을 하는구나 싶었다.

"다행입니다. 다음번엔 조총으로 실험을 해봐야겠습니다."

근 이 년에 걸쳐 개발한 방탄조끼가 드디어 화살을 막아낸 것이었다.

현대에서 한세는 무척 소심한 성격이라 무엇이고 계획을 세워 적어가며 실천하는 편이었다. 사실 그렇게 악착같이 하지 않았으면 그나마 대학 진학은 꿈도 꾸지 못했을 것이다.

조선에 와서 가회당과 궁궐에서 지내는 동안 한세는 여러 가지 계획들을 세웠다. 정조의 수명을 십 년 더 연장하는 계획을 실천하다 보니, 그가 아무리 천재적인 군주라 계획했던 대로 개혁을 한다고 해도 그 시기에 급변하는 세계정세를 감당하기에는 무리라는 생각이 드는 것이었다. 그래서 이산이 보위에 오르면 곧바로 개혁에 돌입할 수 있게 하기 위해 뭔가를 준비해야 한다는 욕심이 생긴 것이다.

"고생했다."

"제가 뭘 한 것이 있습니까, 다 비단전에서 한 것을요."

이 방탄복을 만들기 위해 비단전의 한결과 한민이 얼마나 고생을 했는지를 생각하니 한세는 감격스러워 눈물이 날 것 같았다.

"너의 생각이 없었다면 어찌 이런 것을 만들 수가 있었겠느냐? 저하께서 후한 상을 내리실 것이다."

기기마는 다시 한 번 면갑을 어루만지며 탄복했다.

"그러게 말입니다, 역사 공부 열심히 해두기를 잘한 거지 뭡니까?"

"뭐라?"

한세의 입에서 불쑥 튀어나온 말이 이상했는지 기기마는 고개를 갸웃거렸다.

"아, 아닙니다. 제 입이 또 아무렇게나 방정을 떨어서는!"

"그놈 가만히 보면 참 실없단 말이지."

한세는 지금 조선에서의 생활이 너무 좋았다. 현대에 있을 때의 한세는 가족이라고는 어머니밖에 없었다. 그마저도 어머니가 재혼한 뒤로는 홀로 버림받은 느낌으로 고시텔을 전전하며 살았다. 독하게 공부라도 하지 않으면 아무것도 할 것이 없어서 열심히 공부만 했었다. 그러다 보니 자꾸만 움츠러들었고 마음을 나눌 친구를 사귈 틈도 없었고 타인들을 향해 마음을 열어볼 기회조차도 없었다.

하지만 이곳은 달랐다. 한세의 가족, 서강과 송씨, 모두가 그녀를 귀하게 여기고 무엇보다 어린 시절 함께 자란 예동들이 있다. 그들은 이제 성장하여 조선을 이끌어갈 원동력이 되어 있고, 무엇보다 한세는 안정된 직업을 가지고 있었다. 이제 그들과 함께 열심히 조선에 도움이 될 만한 일을 하면 그만이었다.

취업에 대한 걱정 없이 생활이나 환경에 대해 고민 없이 한번쯤은 이렇게 살아보고 싶었다. 그러니 자연히 신바람이 날 수밖에 없었다.

"아직은 모두에게 비밀로 해야 할 것입니다."

"그렇기야 하다만 저하께는 알리는 것이 좋지 않겠느냐?"

"이번에 청에 가신 아버님이 총을 들여오신다면 실험을 한 뒤에 저하께 이 면갑을 만들어 드릴 것입니다."

조선은 후기로 갈수록 문에 치중한 나머지 무가 약화되었다. 문에 치중하고 무를 멀리해서는 앞으로 닥쳐올 수많은 적국에 대항할 수 없을 것이라는 생각에 한세는 사부 기기마 옆에서 그를 돕기로 한 것이었다.

"오호, 그래. 이제 한 대감이 돌아오실 때가 되었구나."

한세가 그리 말하자 기기마는 그 뜻을 알아듣고 고개를 끄덕였다.

사도세자의 사건으로 조정에서 물러난 한상수는 앞날을 내다보는 한세의 조언을 듣고 한결과 한민에게 운종가에 비단전을 열어주고 그는 청나라를 오고 가며 새로운 문물을 수입하는 데 열중하고 있었다.

사실 세계 최초로 실전에 배치된 방탄조끼는 조선에서 발명했다.

조선 말기 병인양요에서 서양 총기의 위력에 경악한 흥선대원군은 총탄을 방어할 수 있는 갑옷의 개발을 명했다. 개발 과정에서 면갑(면 재질의 갑옷)과 철갑(철 재질의 갑옷) 등 다양한 실험이 행해졌는데, 특히 면갑에서 면포 열두 겹까지는 총알이 뚫지 못하는 것을 확인하였고 그렇게 개발된 것이 바로 면제배갑이었다. 한세는 앞으로 백 년 이후에나 개발될 바로 그 면제배갑을 만든 것이었다. 역사를 알고 있다는 것은 한세가 조선에서 살아가는 데 큰 힘이 되고 있었다.

"너무 무거운 것이 문제이기는 하지만 그것은 차차 생각하기로 하고 일단은 저하께 면갑을 만들어 올리겠습니다."

무게가 나가는 것이 문제였지만 이산의 체력으로 볼 때 문제가 없을 것 같았다.

사실 역사에 전하는 중년의 정조는 체격이 크고 살집이 있는 편이라

선원보략에 남아 있는 어진에서는 두 턱으로 그려질 정도였다. 하지만 '정조 십 년 더 살게 하기' 프로젝트를 진행 중인 한세는 그런 이산을 위해 현대에서 헬스 동영상으로 접했던 운동들을 권했고 몸을 단련해 온 결과 지금은 건장한 체격에 단단한 근육질의 멋진 남성이 되어 있었다.

"무게를 조금만 더 줄일 수 있으면 좋을 것인데……."

기기마도 면갑이 신기한지 이리저리 살피며 흐뭇해했다.

"심장이 있는 부분과 중요 장기가 있는 부분에 원형의 철판을 만들어 넣어보면 어떨까 싶습니다."

"철판의 무게도 만만치 않을 것인데?"

"일단 만들어서 실험해 보고 어느 쪽이 더 무거운지 살펴보겠습니다."

"그때 내가 전하께 너를 세자익위사에 천거하길 잘하였구나."

한세가 면갑의 무게를 줄이기 위해 이런저런 궁리를 하는 것을 지켜보던 기기마가 흐뭇하게 웃었다.

"예, 다 사부님 덕분입니다."

"어린 네가 조선 최고의 검술을 갖고 싶다고 떼를 쓰지 않았다면 그리하지 않았을 것이다."

익위사 열여섯 명은 모두 사대부집 자제로서 용모가 아름다운 자를 가려서 임명해야 하는데 한세는 유모의 자식으로 되어 있어 양민이니 자격이 되지 않았다. 그러나 익위사와 예동들 중에서는 김기섭과 함께 최고의 검술을 지닌 한세를 놓치고 싶지 않았다. 게다가 한세는 여인이었고 그 사실은 비범한 기기마만이 느낄 수 있는 특별한 기운으로 알 수 있었다. 또한 사도세자의 신임이 두터웠던 기기마는 한상수와도 가까워 한세의 사정을 대충 알고 있었다. 여인이기는 하지만 여러모로 큰 몫을 할 것이라는 믿음에 기기마가 세손의 잠행에도 동행할 수 있고 사복을 입을 수 있는 네 명 중 하나로 한세를 천거하였던 것이다.

"아직 사형을 넘어서지는 못하였지만 그 또한 사부님 덕입니다."

"말이 나왔으니 묻자. 대체 어린 네가 어찌하여 예동이 되자마자 조선 최고의 검객이 되고 싶다고 떼를 썼던 것이냐?"

"그것은 기회가 되면 말씀드리겠습니다."

아직은 말할 때가 아니라 한세는 그저 웃고 말았다. 어쩌면 영영 말할 기회가 없었으면 싶기도 했지만 아직은 알 수 없는 일이었다.

한세가 세워둔 계획 중 마지막 하나는 만약을 대비해 그녀 자신이 무기가 되는 것.

아홉 개의 예지몽이 다 이루어지고 그녀가 돌아가게 될 즈음엔 결론이 나 있을 것이다.

"아니 저하께서 어찌?"

한세와 면갑을 들여다보며 의견을 나누고 있는데 연무장 끝에서 이산이 나타났다.

"그러게 말입니다."

이산을 시위하러 갔던 기섭이 오는 것이야 당연한 것이었지만 건우까지 오는 것을 보면 또 무언가 큰일이 터진 것이 틀림없었다.

"서강은 불렀느냐?"

어느새 갈아입은 것인지 무복을 입은 이산의 얼굴은 굳어 있었다.

수신해야 나라를 다스릴 수 있다는 영조의 엄격한 교육을 받으며 부단히 노력한 결과 감정을 조절하는 데 능숙하게 되었지만 그는 본래 성정이 급하고 다혈질이었다.

"저하, 상참에 드신 것이 아니셨습니까?"

가만히 보고 있던 한세는 사달이 나도 단단히 난 것이라 짐작하며 물었다.

"쉿!"

그러자 뒤따라오던 건우가 황급히 고개를 흔들었다. 이산의 기분이 언짢으니 아무 말도 하지 말라는 것이었다.

"저하, 그렇지 않아도 보여 드릴 것이 있습니다."

"사부님, 우선 처리해야 할 일이 있습니다."

분위기를 바꿔보기 위해 기기마가 나섰지만 역부족이었다.

"대체 무슨 일입니까?"

한세는 얼굴만 봐서는 누구라도 한 대 칠 기세인 이산을 피해, 건우의 팔을 슬그머니 잡아끌었다.

"서강, 이 인사를 내 당장!"

건우는 얼굴이 시뻘겋게 달아오르도록 성을 내었다.

"헉, 사형께서 무슨 잘못이라도 하셨습니까?"

혹시나 하고 생각은 했지만 막상 이 사달의 원인이 강이라는 말을 들으니 숨이 턱 막혔다.

"그 잘난 인사가 저하께서 그날 기방에 가신 것을 트집 잡아 상소를 올렸다."

"예에?"

한세는 아연했다. 아무리 생각해도 강이 그럴 만한 이유도 없거니와, 어찌 된 영문인지 알 수가 없었다. 분명 그날 기방에 같이 간 것은 분명 건우와 한세였는데, 강이 모두를 싸잡아 곤경에 빠뜨릴 일을 할 연유가 집히지 않는 것이었다.

"그래서 어찌 되었습니까?"

"어찌 되었겠느냐? 저하께서는 모든 정무에서 손을 떼고 근신하라는 명을 받았으니 대리청정은 물 건너갔고 우리는 이제 다 끝났다."

믿고 의지했던 서강이기에 서운한 마음이 컸던 건우는 되는 대로 화를 냈다.

"에이, 설마……."

하도 황당한 일이라 한세 역시 아연실색, 기가 막혔다.

"서강은 그 공로를 인정받아 사간원 사간으로 승차하셨다. 그 인사가 출세에 눈이 멀어도 유분수지!"

"틀리셨습니다."

단번에 들어오는 반박. 한세는 확신에 찬 눈빛으로 고개를 저었다.

"이 마당에도 너는 서강의 편을 드는 것이냐?"

"사형은 그리 짜친 인사가 아닙니다!"

"하여간! 너는 서강의 일이라면 한마디도 지는 법이 없지."

이 마당에도 서강을 두둔하는 한세가 공연히 아니꼬워진 건우는 그렇게 투덜거렸다.

"해서 사형을 연무장으로 부르신 것입니까?"

한세는 고개를 돌리다 치밀어 오르는 울화를 참지 못하고 옷소매를 둥둥 걷어붙이고 검을 찾는 이산을 발견했다.

"저하께서 강에게 사람을 보내 무복으로 갈아입고 이곳으로 오라고 하셨다."

"아니, 이 사람들이! 사람 잡을 일 있소?"

한세는 건우를 노려보며 버럭 화를 내었다. 강이 아무리 해봐야 힘으로는 이산을 당할 수 없었다.

신궁의 경지에 올라 있는 활은 당연히 이산이 앞서고, 몸으로 하는 격투기도 그가 앞서고, 서강이 해볼 만한 것은 결국 빠르기로 승부하는 검이나 격구 정도인데 지금처럼 이산이 불이 붙은 상태라면 그 어떤 종목으로도 어림없었다.

"세상에! 이럴 줄 알았으면 진즉에 권투를 가르칠 것을! 권투는 글러브나 낄 수 있지……."

한세가 한탄하며 시선을 돌리다 보니 연무장 끝에서 무복으로 갈아입은 강이 느긋하게 걸어오고 있었다. 오늘따라 한세를 바라보는 강의 눈은 날카롭게 빛나고 꽉 다문 입술은 그린 듯 선명했다.

미시(오후 1시~오후 3시)였다. 뜨거운 태양이 한창 그 기세를 떨치는 시각이라 그 서슬에 붉은 흙이 풀썩거리며 먼지를 일으켰다.

'이런, 젠장! 큰일 났네, 큰일 났어. 이 더운 날, 사람 잡겠네.'

한세는 처음으로 이산에게 마음에 울화를 담아두지 말고 거침없이 사는 것이 건강을 지키는 법이라고 입버릇처럼 말해온 것을 후회했다.

강이 오는 것을 본 건우가 먼저 달려갔다.

"네 이놈, 네가 참말 배신을 한 것이냐?"

언제나 매사에 느긋하고 여유만만하던 건우는 눈을 부라리며 강의 멱살을 틀어쥐고 주먹을 쳐들었다.

"그것 보게, 이젠 느긋하게 군자답게 굴 여유가 없지 않나? 그것이 현실일세."

건우가 멱살을 잡고 흔들며 펄펄 뛰거나 말거나 강은 태평하고 느긋했다.

"뭐라? 남의 명줄을 끊어 놓고 이자가 말하는 본새 좀 보게!"

"하면 어찌하자는 것인가, 자네가 먼저 겨뤄볼 것인가?"

"내가 금일은 저하께서 계시니 참는다. 하나, 앞으로는 밤길 조심하시게!"

강의 멱살을 잡고 있던 손을 풀며 건우는 다시 한 번 경고했다.

"그리하겠네. 갓을 뒤로 젖혀 쓰고 다니도록 하지."

강은 구겨진 옷깃을 탁탁 털어서 반듯하게 펴며 그렇게 대답했다.

이리 뜨거운 햇살 아래서도 그의 얼굴은 미소년처럼 하얗게 빛났다. 어려서부터 그랬다. 남들은 뜨거운 뙤약볕 아래서 까맣게 그을어야 정상이건만 그는 붉게 달아올랐다가 다시 하얗게 되는 것이었다.

"재미진 것이냐, 지금 이 상황이? 아! 처음 볼 때부터 마음에 안 들었어!"

강의 풍성한 속눈썹이 스르륵 내려가며 입꼬리가 살짝 떨리는 것을 본 건우는 도무지 알 수가 없다는 듯 고개를 흔들며 돌아섰다.

만나면 투덕거리고 깐족거리며 다투던 건우는 그렇게 등 돌리고 다른 방향으로 걸어갔다.

"저하! 저하!"

한세는 팔뚝을 걷어붙이고 검을 닦고 있는 이산을 향해 달려갔다.

"저하, 일단 진정하시고 차라도 한잔하시는 것이 좋을 듯싶습니다."

"세야."

이산은 번쩍이는 검에 시선을 붙박아둔 채로 한세를 불렀다.

"예, 저하."

그 목소리가 너무 처량해 한세도 금세 맥이 빠지는 것 같았다.

"지금 내 마음이 어떨 것 같으냐?"

"기분 더러울 것 같습니다."

이산과 단둘이 있을 때면 언제나 그러는 것처럼 한세는 허심탄회하게 대답했다.

"그 소원 중 하나를 지금 쓰겠다."

한세는 순간 멈칫한 눈으로 이산을 바라보았다.

한세가 기방에서 술내기에 졌으니 이산에게 세 개의 소원을 들어줘야 했다.

지금 그 소원 중 하나를 쓰겠다는 것이었다.

"지금부터, 이후로도 강과 나의 문제에는 나서지 마라."

이산은 먹먹한 눈빛으로 한세를 바라보았다.

한세는 아쉬움이 가득한 눈빛을 하고 군소리 없이 물러섰다. 언제나 이산의 가슴속 응어리를 풀어주는 재롱둥이를 자처하는 한세였지만 예외도 있는 법이었다.

그들이 있는 곳까지 가까이 다가온 강은 한세를 향해 힐끗 시선을 던졌을 뿐 별다른 말은 하지 않았다.

"서강! 너 요즘 사는 것이 그리 짜치더냐?"

이산은 여전히 검에 시선을 붙박아둔 채로 빈정거렸다.

"짜! 짜치다니요, 저하? 아무리 화가 나시기로 어찌 시정잡배들이나 입에 올릴 말씀을……."

당황한 강은 아무리 화가 나기로 어떻게 왕세손께서 시정잡배들이나 쓰는 말을 입에 올리시냐고 되묻다가 문득 생각난 듯 한세를 노려보았다. 너로구나, 하고 묻는 강의 눈빛에 한세는 그저 어깨만 으쓱해 보였다.

"세야, 나는 너의 말처럼 꾹꾹 누르며 참지 않고 거침없이 살기로 했다고 전해라."

이산은 고압적인 자세로 검을 획획 휘두르며 한세에게 명했다.

"사형! 저하께서 계급장 떼고 한판 붙자고 하십니다."

한세는 이왕지사 이리된 것 죽자고 인상 써봐야 뭐하겠나 싶어 체념하고, 다시 한 번 애교 작전으로 나갔다.

"무엇으로 겨루는 것이 좋을지 여쭤보아라."

생글생글 웃는 한세가 못마땅한지 강의 눈썹이 획 치켜 올라갔다.

"저하, 지금은 저하의 눈에서 뿜어져 나오는 광선에만 맞아도 목숨을 잃겠습니다. 하니 무기는 그냥 목검으로 하시지요?"

한세는 목검을 들고 이산에게 달려가 간절한 눈빛을 보내며 애원했다.

"이 일에 관여하지 말라 하지 않았더냐?"

이산이 굳은 얼굴로 쳐다보자 한세는 머쓱해져 물러섰다. 하지만 다시 생각해 봐도 이건 아니었다.

"하면 면갑을 입도록 하시지요."

한세는 조금 전까지 실험을 하던 면갑 두벌을 들고 달려와 그중 하나를 이산에게 입혔다.

"세야, 지금 이판에 농을 치자는 것이냐?"

"아닙니다."

혹여 옥체가 상할까 봐 전전긍긍하는 한세와 그런 그녀에게 마치 투정을 부리듯 티격태격하는 이산을 보고 있자니 강은 갑자기 쓸쓸해지며 울컥 속이 뒤집혔다.

예동이 되어 궁궐에 들어온 뒤로 한세의 눈은 언제나 세손을 향해 있었고, 오나가나 그녀의 머릿속은 온통 세손의 생각뿐이었다. 그런 줄 알면서도, 그럼에도 마음을 접지 못하는 자신의 아둔한 미련이 오늘따라 참으로 비루하게 느껴진다.

"제가 어찌 저하께 검을 겨누겠습니까, 목검으로 하시지요. 대신 탈의하겠습니다."

강이 목검이 걸려 있는 곳으로 가 웃옷을 벗어버리자 남자의 자존심인 매끈한 허리와 성난 등 근육이 드러났다.

"하, 내가 또 이러면서 눈이 호강을 하나!"

한세는 그 와중에도 강의 등 근육에 시선을 붙박아둔 채로 떨어질 줄을 몰랐다.

이번엔 목검을 고르기 위해 다가선 이산이 웃옷을 벗자 구릿빛 등 근육이 빛을 받아 우람하게 꿈틀거렸다.

"아! 저 아름다운 근육에 흠집 나면 안 되는데!"

한세가 발을 동동 구르며 투덜거리다 보니 저만치 서 있던 건우가 의아한 얼굴을 하는 것이 보였다.

"아이고, 큰일일세."

한세는 얼른 딴전을 피우며 돌아섰다.

"이런 젖비린내나 풍기는 놈이 감히!"

이산은 공중에서 한 바퀴 돌면서 강에게 목검을 휘두르며 뛰어내렸다.

강과 이산은 다른 듯 보이면서도 같았다. 그들의 아름다운 문장과 서화 그리고 고아한 풍채를 보면 선비인가 싶지만, 활과 검을 잡으면 영락

없는 무관이었다. 가볍게 어울리면서도 무게중심을 잃지 않고, 호탕한 듯 보이면서도 치밀한 것이 저 두 사내였다.

"비루한 놈!"

"저하, 선비의 체통을 지키시지요!"

"듣기 싫다, 이놈!"

강은 그 목검을 피해내며 다시 공격하고 이산은 검을 받아쳐 나갔다.

"젖비린내 나는 놈? 하여간 세가 문제야!"

강은 그 와중에도 한세가 세손 곁에서 몹쓸 것들만 가르친다고 투덜 거렸다.

탁! 탁!

목검이 부딪치며 두 사람은 날아올라 다시 공중에서 검이 서로 부딪 쳤다. 목검이 서로 부딪치는 소리가 나고 이산의 강한 힘에 밀려 공중에 서 몸을 뒤집어 불안하게 착지하는 쪽은 강이었다. 시각이 흐를수록 두 사람의 공격은 점점 거칠어지고 난폭해졌지만 지금은 그저 저 화가 다 풀릴 때까지 내버려 두는 것이 최선이었다.

두 사람은 해가 질 때까지 치고받으며 겨루다가 결국 울화를 다 소진 하고 바닥에 쓰러져서야 끝이 났다.

먼저 털고 일어난 쪽은 강이었다.

"이만 물러가겠습니다."

온몸이 땀에 젖어 흙투성이가 된 강은 허리를 굽혀 예를 갖추고 돌 아섰다.

해가 지고 있었다. 한줄기 저녁 햇살이 연무장에 퍼지니 반은 검고 반은 붉었다.

두 팔을 벌리고 바닥에 누워 저무는 하늘을 올려다보던 이산이 돌아 서는 강을 불렀다.

"강아!"

강은 말없이 그 자리에 섰다.

"강아, 너와 나 지기가 맞느냐?"

강은 돌아보지 않고 이산이 묻는 말에 대답도 없이 잠시 그대로 서 있었다.

"어찌 말이 없는 게야?"

이산이 다시 묻자 강이 천천히 돌아서 물끄러미 바라보았다.

"저하, 사람이 말을 하지 않을 때는 두 가지 경우가 있습니다. 말을 해봐야 못 알아듣거나, 말을 하지 않아도 알 것 같을 때."

강은 그리 대답하며 연무장 바닥에 편안하게 누워 있는 이산을 보았다.

"저는 이만 물러가겠습니다."

강은 다시 한 번 허리를 숙여 예를 갖추고 그 자리를 떠났다.

잠시 그대로 누워 있던 이산의 입꼬리가 슬며시 올라가나 했더니 벌떡 일어섰다.

"저런! 저! 젖비린내 나는 놈이 방자하기 짝이 없구나!"

이산은 다시 한 번 저만치 가는 강의 등 뒤에 대고 연무장이 떠나가도록 버럭거리며 소리를 지르고 돌아섰다. 좀처럼 속내를 드러내지 않는 그가 진노하는 모습은 포효하는 한 마리 호랑이 같았고, 연무장에서 지켜보는 이들은 모두가 강은 이제 이산과 완전히 끝났다고 생각했다.

한세는 조금 떨어진 곳에서 그들을 지켜보고 있다가 강이 돌아서는 것을 보고 흠칫했다.

오랫동안 강을 곁에서 지켜봐 온 한세는 그의 눈빛에 아무런 감정도 나타나지 않는 것이 이상했다. 그렇게 뛰고 구르고 했으면 표정이나 눈빛에서 뭔가 감정이 드러나야 할 것인데 그야말로 무심함 그 자체.

'독하기는! 아니, 왜 말을 못 해?'

한세는 그런 강의 모습에 더 화가 났다.

누군가에게 납치당했다가 죽음의 문턱에서 살아 돌아왔을 때, 강은 그 어린 나이에도 입을 열지 않았다. 게다가 이제껏 단 한 번도 시시콜콜 제 생각을 들려준 적이 없었다.

강은 노을이 물드는 드넓은 연무장에 긴 그림자를 드리우며 느릿느릿 걸어갔다. 시위하고 서 있던 기섭이 무복을 들고 이산에게 가져가자 한세도 옷을 들고 저만치 가는 강을 따라갔다.

'아! 저하께서는 얼마나 팬 거야! 이씨! 저 등에 상처 낼 줄 알았어!'

한세가 아침마다 훔쳐보며 호시탐탐 어루만져 보기를 꿈꾸는 강의 아름다운 등 근육이 목검으로 두들겨 맞아 발갛게 붓고 여기저기 긁혀 피가 맺혀 있었다.

"도련님!"

한세는 긴 한숨을 내쉬며 강을 불렀다. 강은 말없이 돌아서 한세가 내미는 웃옷을 받아 입었다.

"어찌 그리 보느냐, 너도 나를 패주고 싶은 게야?"

강은 윗도리를 입고 끈을 묶다가 측은한 눈빛으로 자신을 보고 있는 한세를 보았다.

"아닙니다. 하나 당분간 존현각에는 오시지 않는 것이 좋을 듯싶습니다."

많은 것이 궁금했지만 한세는 묻지 않기로 했다. 마음 같아서는 말을 해야 알지 않겠냐고, 어찌 그리하였는지 궁금하다고 채근하고 싶었지만 그러지 않았다.

언제나 신뢰가 가는 그이기에, 위태로워 보여도.

다만 그와 발을 맞춰 어깨를 나란히 하고 걸었다. 한 발, 한 발, 조금은 무겁게 내딛는 그의 발걸음에 맞춰서.

말을 하지 않아도 강은 느끼고 있었다. 한세가 옷을 들고 달려오는 것을. 그는 그녀가 다가올 때까지 발걸음을 늦추고 천천히, 느릿느릿 걸었다. 그녀를 위해 마음을 줄 수도, 다가설 수도 없는 처지이건만, 그 빌어먹을 마음이라는 놈은 언제나 이렇게 미련을 떨며 머뭇거린다.

'그러니 세야, 네가 다가와. 그래, 그렇게 느리게라도 다가와 주기를.'

그렇게 기다린 보람이 있어, 강은 멀리서 숨이 턱에 차게 뛰어온 한세가 그의 등을 살피며 상처를 어루만져 주는 눈길을 느꼈다.

그래서 아프지 않았고 외롭지도 않았다.

이젠 다 괜찮아졌다.

해는 서산으로 넘어가고 궁궐의 꽃담 너머 아득하게 먼 산언덕에, 붉은 노을 한 자락이 걸쳤다. 이토록 고즈넉한 시간, 어둠이 내리는 넓은 연무장을 두 사람은 어깨를 나란히 하고 걸었다.

이 궁궐이 아름다운 것은 화려한 전각과 진귀한 보물이 있어서만은 아닐 것이다. 그 어떤 화려한 전각보다, 진귀한 보물보다 빛나는 사람을 품고 있기 때문일 것이다.

"중전마마 듭시옵니다!"

대전 상궁이 나지막하게 아뢰었다.

"어인 일이시오, 중전?"

잠시 몸을 누이고 쉬고 있던 영조는 급하게 달려온 중전 김씨 때문에 일어났다.

"전하! 화급을 다투는 일이 있어 이리 달려왔습니다."

"음, 화급을 다투는 일이라니 대체 어인 일인가?"

영조는 가물가물 꺼져 가는 자신과는 달리 풍염한 꽃처럼 피어오르는 젊은 중전을 바라보았다.

"전하! 세손이 몰래 미행하여 음주 가무를 즐겼다 하니 이를 어찌하면 좋겠습니까?"

중전 김씨는 몹시 걱정스럽다는 어투로 고했지만, 아직 안색을 조절할 수 있을 만큼의 노련함은 갖지 못했다. 이미 십이 년 전 사도세자를 그렇게 제거해 버린 그들은 또다시 똑같은 방법을 써서 세손을 감시하고 소문을 퍼뜨리고 모함해서 몰아낼 작정이었다.

"이런, 중전께서 동궁의 일로 근심이 되셔서 이리 급히 달려오셨구료?"

"예, 신첩도 그 말을 전해 듣고 어찌나 걱정이 되었는지."

중전이 되기는 했지만 이제 곧 홀로 될 그녀였다. 자식조차 없으니 그야말로 이 궁궐이라는 전쟁터에서 고립무원. 애초부터 임금에게 큰 총애를 얻지 못했으니 비빌 언덕이라고는 오라비 김귀주와 가문이 전부였다.

"뉘에게 전해 들으셨습니까?"

영조는 귀해 죽겠다는 눈으로 중전 김씨를 바라보았다.

"예, 아침에 중궁에 들렀던 오라버니께 들었습니다."

자신을 괴는 듯 바라보는 지아비의 눈빛에 힘입어 중전 김씨는 신바람 나게 고해바쳤다. 김귀주가 세손의 주위에 풀어둔 간자들이 그 정보를 들고 왔을 때 옹주보다 빨리 고하려고 화급을 다투어 달려온 것이었다.

"저런! 중전의 오라비가 너무 늦게 알려주셨습니다그려."

"예에?"

이것이 무슨 소린가 의아해진 중전은 심각해졌다.

"제가 잘못 알고 있었던 것입니까?"

총명한 그녀는 금세 뭔가가 잘못되었다는 것을 알아차리고 어지럽게 흔들리는 눈동자를 들키지 않기 위해 급하게 고개를 숙였다.

"아닙니다, 중전. 이미 그 일로 상소문을 받고 처결을 하고 왔습니다."

"예, 참으로 다행입니다."

중전은 그리 대답하며 입술을 지그시 깨물었다.

오라비는 어찌하여 바로 알려주지 않은 것일까, 그리 생각하니 중전은 속이 상했지만 지금은 무엇보다 속히 이 자리를 벗어나는 것이 중요했다.

"더 하실 말씀은 없으십니까?"

"예, 저하."

"하면 이만 나가보세요. 몸이 좋지 않아서 나는 좀 쉬어야겠습니다."

영조가 다시 비스듬히 기대며 기침을 하자 중전 김씨는 도망치듯 그 자리를 빠져나왔다. 주위의 눈치를 살피던 중전 김씨는 문이 닫히는 것을 확인하고야 가슴을 쓸어내리며 고개를 꼿꼿하게 쳐들고 걸었다.

"그것참, 참으로 신묘한 상소문일세. 이리 적절한 시기에 선수를 쳐주다니…… 하마터면 세손이 큰일을 당할 뻔하였구나."

영조는 홀로 가슴을 쓸어내리며 안도의 한숨을 내쉬었다.

※

먹물을 풀어놓은 듯 까만 밤하늘에 활처럼 휘어진 초승달이 걸렸다.

그 캄캄한 어둠 속을 뚫고 화려한 옥교(屋轎: 휘장을 드리운 가마) 한 대가 움직이고 있었다. 옥교가 당도한 곳은 전국에서 거둬들인 귀한 목재로 지었다는 으리으리한 정후겸의 가택이었다.

"이제 오시는가?"

대문이 열리며 마당에서 서성이던 정후겸이 달려 나왔다. 본시 정후겸은 인천에서 어업에 종사하던 서인 출신이었으나 화완옹주의 양자가 되면서부터 자유로이 궁중에 출입하며 영조의 총애를 받았고, 열아홉에 장원봉사가 되고, 정시문과에 병과로 급제하여 이듬해 수찬에 올랐다. 이어 옹주의 후광을 업고 영조의 편애를 받아 승차를 거듭해 개성부유수를 거쳐 호조참판의 자리까지 올라 있었다.

"제가 조금 늦었습니다."

옥교에 달린 손잡이를 꽉 움켜잡고 채운은 꼿꼿이 세운 등허리를 더욱 곧추세웠다.

무사의 부축을 받아 검은 너울을 쓴 채운이 옥교에서 내렸다.

"내 집에서 자네를 보게 될 줄은 몰랐네."

한양 땅에서 행세깨나 한다는 사내치고 채운의 이름을 모르는 이는 없었다. 조선 최고라는 그녀의 미모 때문이기도 하였지만 그보다는 채운을 통하지 않고서는 그네들이 원하는 일을 제대로 할 수 없기 때문이었다.

정후겸 역시 채운당에 갈 때마다 그녀를 향해 이런저런 구애의 추파를 던져 보았지만 번번이 거절당했었다.

"그러게 말입니다. 인연이란 이리 오묘하지요."

채운은 사내를 바라보며 생긋 웃어 보였다. 정후겸이야말로 조선 최고의 요부 화완옹주의 자랑거리이며 자긍심이었다.

"옹주께서는 안에 계십니까?"

"드시게, 옹주마마께서는 안채에 계시네."

실안개빛 도는 하얀 갑사 치마에 검은 저고리를 입은 채운은 옷매무시를 한 번 더 단정하게 매만지고는 곧바로 안채를 향해 걸어갔다. 오늘 그녀의 저고리 깃에는 구름이 없었다.

"꼭꼭 채우래도 그러는구나!"

옹주는 긴 장죽을 짜증스럽게 탁탁 두드렸다.

옆에 앉아 장죽에 담배를 채우던 여종은 채운이 들어서자 서둘러 불을 붙이고 물러났다.

"심기가 편치 않으십니까?"

너울을 벗어 내려놓은 채운이 다소곳이 절하고 앉으며 물었다. 도려낸 듯 자그마한 얼굴은 하얗고 투명해서 붉은 입술이 유난히 도드라져 보였다.

"돌아가는 꼬라지가 이 모양인데 좋을 턱이 있겠는가?"

옹주는 눈앞에 앉아 있는 발칙한 계집이 못마땅해, 깊이 빨아들인 담배 연기를 길게 내뿜으며 대답했다. 오라는 전갈을 몇 번이나 보내도 오지 않더니 결국 해달라는 것을 다 주겠다는 약조를 받고서야 움직인 것이다. 워낙에 일이 다급하게 돌아가니 어쩔 수 없는 일이지만 이 조선 땅에서 그녀 마음대로 되지 않는 채운이 달가울 리는 없었다.

마침 그때 물러갔던 여종이 찻상을 들고 들어와 조용히 내려놓고 나갔다.

"세상이야 언제나 똑같은 것 아니겠습니까?"

채운은 무심한 얼굴로 주전자를 들고 찻잔에 차를 따르며 말했다. 그녀의 길고 가는 손가락이 부러질 것처럼 위태로워 보였다.

"채운당에 서강이라는 자가 오는가?"

옹주는 장죽을 삐뚜름히 물고 채운을 바라보았다.

"사간원 정언 말씀이시옵니까?"

채운은 무심히 되물으며 차를 가득 채운 찻잔을 옹주에게 내밀었다.

"자네가 보기에 그자는 어떤 자인가?"

"글쎄요."

붉은 입가에 웃음을 띠던 채운은 조용히 차를 마셨다.

"그자 때문에 이번에 병조판서가 될 이가 파직되었네."

앉아 있는 꼴하고는, 차라리 싫은 표정이라도 짓든지. 뭐란 말인가, 저 찔러도 피 한 방울 나지 않을 것 같은 표정은.

옹주는 핵심을 피해 빙빙 돌리는 말만을 거듭하는 채운이 아니꼬웠다.

"하나 오늘은 동궁을 정무에서 물러나게 하였지요, 그 바람에 승차하셨다고 들었습니다만."

"그것도 참으로 묘하게 언짢단 말일세."

정후겸과 숙의 문씨의 오라비 문성국은 결탁하여 세손을 감시하기 위해 동궁에 간자를 심어두었다. 세손이 기방에 간 사실을 알고 이쪽에서 먼저 상소를 올리려고 했던 것인데 어째서 중전 김씨나 김귀주 쪽이 아닌 서강이 상소문을 올린 것인지 알 수가 없었다.

"제게 원하는 것이 그런 것은 아닐 것이고, 어찌 보자 하신 것입니까?"

옹주의 못마땅한 눈빛을 고스란히 받아내며 앉아 있던 채운이 단도 직입적으로 물었다.

"당주가 나를 좀 도와주어야겠네."

"원하는 것이 무엇입니까?"

채운의 붉은 입술은 화려하게 웃고 있었지만 눈빛만은 그 누구도 거부할 수 없는 강렬한 의지를 내뿜고 있었다.

옹주는 천불이 난다는 듯 장죽을 탁탁 소리 나게 두드렸다.

"세손의 예동들을 알고 있는가?"

그녀는 서안 위에 올려놓은 손가락을 톡톡 두드리며 생각에 잠긴 듯 보였다.

"모를 리가 있겠습니까."

오해의 소지가 없도록 군더더기 없이 간결하게 대답하는 것이 채운의 습관이었다. 추파를 던지는 사내나 아쉬운 청을 해오는 여인들 모두에게 공연한 틈을 보이지 않게 하려던 것이 이제는 그녀의 어투가 되어버렸지만, 때로는 그것이 협상의 기선을 잡았다.

"당주가 그들에 대해 알아봐 주게. 그들이 무엇을 하려는 것인지, 앞으로 어찌할 생각인지, 가능하다면 내 사람으로 만들 수 있으면 더욱 좋고……."

"오랫동안 저군과 함께한 이들인데 그들을 회유하는 것이 가능하겠습니까?"

물끄러미 바라보던 채운이 살가운 눈웃음을 지으며 물었다.

"어려우니 채운당의 당주에게 청하는 것이 아니겠나."

옹주는 권위를 지켜내려는 듯 한껏 위엄을 갖추고 앉아 있어도 초조한 마음이 드러나 보이는 것은 어쩔 수 없었다.

듣고 있던 채운은 선뜻 대답하지 않고 그저 웃기만 했다.

서로가 상대를 싫어하는 내색은 능숙하게 감추고 있었지만, 이내 침묵이 이어졌다.

"중전과 노론은 다른 왕을 세울 생각이네. 한데 세손이 대리청정을 한다면 모든 것이 끝이네."

세손의 대리청정 중에 영조가 붕어하기라도 한다면 보위는 그대로 승계될 것이다. 그래서 모두가 이산의 대리청정을 죽기를 각오하고 반대하는 것이었다.

채운은 재미있다는 듯 미소를 머금고 조용히 바라보았고 옹주는 계속 말을 이어갔다.

"내 오라버니는 헌헌장부에 언제나 다정하고 다감하신 분이셨지. 오라버니를 좋아했었네."

옹주의 말이 뜻밖이라는 듯 채운의 반달눈썹이 표정을 드러내며 살짝 치켜 올라갔다.

"그리 볼 것 없네. 애증이라지 않던가. 애(愛)와 증(憎)은 맞닿아 있지. 결국 오라버니가 처참하게 죽는 것을 보고야 나는 그 애증을 멈출 수 있었네. 세손을 돌보기 시작한 것은 오라버니에 대한 연민 때문이었을 것이네. 나는 오라버니를 꼭 닮은 그 아이를 지켜주고 싶었고 내 모든 것을 주고 싶어 손을 내밀었는데…… 배은망덕하게도 그 아이는 내 손을 뿌리치고 그들에게로 갔지."

"어찌하여 제게?"

"이런 엄청난 이야기를 털어놓는 것이냐?"

옹주는 빙그레 웃으며 그렇게 물었다. 그러나 침묵한 채로 옹주의 진심을 살피듯 쳐다보는 채운의 얼굴은 냉정하다 못해 쌀쌀맞아 보였다.

"누군가를 내 것으로 만들고 싶다면 그와 많은 비밀을 공유하는 것이 좋다네. 공유하는 비밀이 많을수록 결속력은 더욱 강해지는 법이지."

옹주는 웃으며 채운에게 다가가 떨리는 손으로 그녀의 뺨을 쓸며 귓가에 속삭였다.

채운은 듣지 말아야 할 말을 들었다는 듯이 멈칫하였다.

"저들을 발기발기 찢어놓아 주게. 세손에게 제가 아끼는 그 동무들이 결국은 아무것도 아니라는 것을 알려주게."

"저군(儲君)께서 마마의 손을 잡지 않은 것을 뼈저리게 후회하기를 원하시는군요."

"그리되겠나?"

"제가 이 일을 할 것이라 생각하십니까?"

큰 거래일수록 지나치게 감이 좋은 채운이었다. 이미 잡은 기선. 놓칠 리 없었다.

"북촌의 와옥 세 채를 주겠네."

옹주는 통 크게 북촌의 청기와집 세 채를 내놓았다.

"장사치에게 좋은 집이 무슨 소용 있겠습니까?"

그러나 채운이 원하는 것은 그 정도가 아니었다. 조선의 보위를 놓고 다투는 일이다. 그 정도의 조건으로 움직일 그녀가 아니었다.

옹주는 잠시 고민했지만 이미 채운을 불러들인 이상, 이 거래는 성사를 시켜야 했다.

"하면 무엇을 원하는가?"

잠시 생각에 잠겨 손가락으로 서안을 톡톡 치던 옹주가 무언가 결심이 섰다는 듯 고개를 끄덕였다.

❀

반빗간에서 몰래 훔쳐 온 술병을 들고 나가려던 한세는 별채와 안채로 이어진 빈지문 앞에 잠시 걸음을 멈추고 안방 쪽을 바라보았다.

"휴우!"

중대문에 매달린 초롱의 아릿한 불빛만이 휘영청 너른 안채를 채우고 있었다. 그 희미한 불빛의 온기만으로는 홀로 독수공방하는 송씨에게 이 밤이 너무 길게 느껴질 것 같아 안으로 들어갔다.

"마님?"

쉬나무 열매를 짜서 만든 기름으로 불을 밝힌 방 안은 은은한 향기로 가득했다.

송씨는 어디 한 곳 버릴 곳이 없는 여인이었다. 살림 솜씨가 좋아 집 안 어디로 눈을 돌려도 마루며 가구는 기름을 먹인 듯 반들거리고 그 사이 사이에 놓여 있는 백자는 방금 씻은 듯 반짝거렸다. 게다가 옷감을 염색할 염료의 재료는 별채에 심은 풀로 쓰고 기름은 쉬나무를 심어서 사용했다. 조선은 기름이 귀해 쉬나무 열매는 사람들이 이사를 할 때면 꼭 챙겨가는 품목이었다.

"고단할 것인데 쉬지 않고."

송씨는 먹을 갈다 말고 옆으로 와서 앉는 한세를 바라보았다.

"난을 치십니까?"

"잠이 오지 않아서."

송씨는 잠시 말을 끊은 다음 한세를 지그시 바라보았다.

"그래도 쉬셔야지요."

"평생을 이리 쉬는 것을……."

평생을 홀로 숨죽이고 누르며 살아온 세월이었다.

"이리 몸을 혹사하시며, 어찌 쉰다고 하십니까?"

어려서부터 송씨의 사는 모습을 고스란히 지켜본 한세는 안타까운 눈빛으로 바라보았다. 송씨는 자신의 슬픔을 알아주는 한세의 그 눈빛만으로도 위로가 되었다.

"이렇게 사는 것이 후회되지는 않느냐?"

송씨는 살갑게 다가오는 한세의 머루알처럼 까만 눈을 가만히 들여다보며 물었다.

"또 그 말씀이십니까? 저는 지금이 좋습니다. 혼인 같은 것 생각해보지도 않았고 하고 싶지도 않습니다."

한세는 아직도 자신이 이곳에서 해야 할 일들을 다 끝내면 돌아가게 될 것이라는 희망을 버리지 않았다. 세월이 흘러갈수록 초조해지기는 했지만 그럴수록 해야 할 일에만 집중하려고 애썼다. 그런 상황에서 다른 조선 여인처럼 혼인을 하고 살아본다는 것은 상상도 할 수 없는 일이었다.

"조선에서는 여인에게 천부적인 재능이 있다는 것은 독이다. 그래, 나처럼 살 바에야 차라리 너처럼 사는 것이 나을 듯싶구나."

송씨는 쓸쓸하게 웃으며 고개를 끄덕였다.

"그러니 심려 마시고 이제 그만 주무셔요."

현대에서는 아직 결혼 생각 같은 것은 꿈도 꾸지 않고 살 것인데, 이곳에서는 한세의 나이면 벌써 혼기가 지나도 한참 지난 나이였다.

"그래, 너도 건너가 쉬어야지."

한세가 그렇게 말하며 웃어 보이자 송씨는 대답 대신 어깨를 쓸어주었다.

"많이 야위셨습니다."

"잠을, 늘 잠을 자지 못하니…… 참! 네게 줄 것이 있다."

송씨는 자리에서 일어나 여덟 개의 문이 달려 있는 벽장으로 걸어갔다.

머리맡에 치는 침병(枕屛: 작은 병풍) 크기의 벽장 문에는 송씨가 꽃을

주제로 직접 그린 매화, 난, 모란, 국화, 진달래, 개나리, 제비꽃, 박꽃
이 제각기 아름다움을 뽐내고 있었다.

"오랜만에 마님 벽장 좀 살펴봐도 되겠습니까?"

한세는 어린 시절 그 벽장 안에서 놀던 기억이 나 어린아이처럼 쪼르
르 달려갔다.

"그러다 어렸을 때처럼 여기서 잠이 들면 어찌하려고?"

송씨는 한세가 네 살 때 갑자기 없어져서 하루 종일 발을 동동 구르
며 찾던 기억이 나 피식 웃었다.

"제가 그랬었지요."

한세도 그때가 기억나 저절로 웃음이 났다.

"그날 어찌나 놀랐던지."

온 집안 식솔들이 한세를 찾아 이리 뛰고 저리 뛰다가 벽장 안에서
잠든 아이를 발견했었다. 한세를 찾은 송씨는 그 자리에 주저앉아 통곡
하고 말았었다. 무엇이 그리 서러웠던 것인지, 그동안 눌러놓고 또 눌러
놓았던 슬픔이 한꺼번에 터져 나온 것 같았었다. 그 덕분에 시아버지와
지아비는 송씨에게 한세는 남편이나 자식 이상의 의미가 있는 존재라는
것을 알게 되었다.

"그런데 마님, 저는 지금도 궁금합니다."

"응, 무엇이?"

"그날 왜 그렇게 서럽게 우셨습니까? 지금도 그날을 생각하면 마님의
울음소리가 너무 슬펐다는 생각만 납니다."

한세의 물음에 송씨는 다정한 눈길로 조용히 바라보았다.

"세야."

"예, 마님?"

"너를 보고 있으면 나를 보는 것 같아서 말이다. 나는 그래서 네가 나
처럼 살지 않고 이리 사는 것이 참말 좋구나."

"예, 마님 이것을 아직도 가지고 계시네요?"

한세는 벽장 속을 두리번거리다 송씨가 처음 만들어준 색동치마 저고리를 발견했다.

"그럼, 강이와 네가 쓰던 것은 모두 이곳에 다 모아두지."

"마님, 저 이 옷 주시면 안 되나요?"

한세는 강이 어려서 입던 옷을 한 벌 챙겨 들며 물었다.

"안 될 것은 없다만 어디에 쓰려고?"

"바느질 솜씨가 좋으셔서 저도 보고 배워보려고요."

"그러렴. 하면 네가 입던 것도 주랴?"

"예, 마님."

"자, 옜다."

"고맙습니다."

한세는 송씨가 챙겨주는 옷 두 벌을 받아들고 환하게 웃었다.

"그리고 이것도 가져가거라."

송씨는 벽장 속에서 한지를 여러 겹 쟁여 노끈으로 묶은 공책을 한세에게 주었다.

매일 뭔가를 기록하는 한세를 위해 송씨가 직접 엮어 만든 것이었다. 바느질에 글쓰기에 갖가지 일을 너무 많이 해서인지 송씨의 손끝이 가늘게 떨렸다.

"잘 쓰겠습니다, 마님."

존현각에서 늘 일기를 쓰는 이산과 있다 보니 한세도 닮아가는 것 같았다. 일기도 쓰고 궁궐 안에서 일어나는 일들이나 인물을 그려두기도 하다 보니 송씨가 이렇게 묶어주는 공책을 받는 것이 제일 좋았다.

"이제 참말 건너가 쉬어라. 밤이 늦었구나."

"예, 마님."

한세는 공책을 들고 별채로 가다가 불현듯 자신이 적어둔 꿈을 떠올렸다.

"아, 생각났다. 채운당의 당주를 어디서 봤는지!"

몇 번째 꿈인지 기억나지 않았지만 분명 꿈에서 본 얼굴이었다.

"어째서 그 여자를 본 걸까, 그 꿈도 비명 소리들이 들리고 분명 누군 가 죽는 것이었는데⋯⋯."

머릿속을 헤집어봐도 더 이상 나오는 것은 없었다.

빈지문을 나오다 답답한 마음에 하늘을 올려다보니 둥근 무지개를 두른 달이 떠 있다.

보는 사람이 없는지 주위를 살핀 한세는 자신이 숨겨둔 타임캡슐이 잘 있는지 확인하기 위해 별채 뒤 회화나무 쪽으로 다가갔다.

"그 이전에 누군가의 손에 발굴이 되어도 어쩔 수 없는 일이겠지만, 그렇더라도 이 상자가 타임캡슐이 되어주면 좋을 텐데⋯⋯."

나무 곁에 숨겨두었던 연장을 들고 땅을 파고 철판으로 만든 상자의 뚜껑을 열었다. 그곳에는 갖가지 의미 있는 것들이 들어 있었다. 강이가 처음으로 써준 시, 열 살의 이산을 그렸던 김홍도가 밑그림으로 그렸던 종이를 슬쩍 해서 가져온 것, 세손이 그린 파초도와 백자, 송씨가 쓰다 가 준 연적, 그리고 오늘 강과 제가 어린 시절 입었던 옷을 넣었다.

"무사히 돌아가면 문화재 발굴하는 데 따라다니며 먹고 살아야지. 히 힛!"

언제 어디서나 억척스럽게 살아남는 생존 본능이 발동해서인지, 워낙 에 의지할 데 없이 살다 보니 미리미리 먹고살 것을 모아두는 습관 때 문이었는지 모르지만 한세는 그것들을 잘 갈무리해서 기름 먹인 한지로 단단히 덮어둔 다음 상자의 뚜껑을 덮었다.

그녀는 이 가회당 별채에 살기 시작하면서부터 현대로 돌아가서도 가 끔 이곳 생각이 나면 볼 수 있도록 타임캡슐을 만들고는 어디다가 숨겨 둘지 고민했었다.

그래서 발견한 것이 회화나무였다.

이 별채에는 회화나무 두 그루가 있었는데 한 그루는 서동환이 과거에 급제했을 때 임금이 하사하신 것이고, 또 한 그루는 강이 태어났을 때 앞으로 정승이 되라고 심은 나무라고 했다. 가회당 정도의 가택이면 현대에서 문화재로 보존될 가능성이 높았다. 이 특별한 의미가 있는 두 그루의 나무 밑이 제일 안전할 것 같다고 생각한 것은 한세가 전생이라고 생각한 현대에 사화동에 영조가 내린 나무가 유명했기 때문이다.

"하아!"

맑은 공기를 마시며 다시 마당으로 나왔다.

달빛 같은 고즈넉함이 온 세상으로 퍼져 나가고 있었다.

"으으음."

"응?"

달무리 지는 밤하늘을 올려다보고 있는데 별채에서 신음 소리가 흘러나왔다. 급히 달려가 마루에 걸터앉아 들어보니 강의 방에서 흘러나오는 소리였다.

"아프기도 하겠지. 찜질이라도 해줘야 하나?"

한세는 술병과 공책을 내려놓고 안채로 뛰어갔다.

서창에 달빛이 드리워졌다.

엎치락뒤치락, 강은 쉬이 잠들지 못했다. 가슴에 바람이 일었다. 바람은 점점 거칠어져 그에게서 잠을 빼앗아 가버렸다.

운종가, 비단전 앞에서 한세의 아름다운 모습을 본 뒤부터 밤마다 나타나는 증세였다.

잊으려 해도 오가는 사람들로 북적이는 비단전 앞 살평상에 앉아 손을 뻗어 햇살과 장난하는 단아한 한세의 모습이 눈앞에 어른거린다. 분홍빛 촉촉한 한세의 입술을 생각하는 순간, 숨이 막힐 만큼 가슴이 두근거렸다.

스스로 생각해도 민망하고 낯 뜨거워 얼굴이 화끈거렸다.

자박자박.

겨우 바람이 잦아들어 눈을 감으려는데, 댓돌 위를 걷는 발자국 소리에 다시 예민해졌다.

'세야, 제발 그냥 가서 자거라.'

그러나 그토록 간절한 강의 바람과는 달리 조심스럽게 문이 열리는 소리가 들렸다.

"도련님?"

한세의 목소리가 들리자 가슴이 답답해지면서 두근거리던 심장이 후드득 진저리치듯 움찔거린다.

'이런!'

강은 긴 한숨을 삼키며 이불을 뒤집어쓰고 돌아누웠다.

한세는 차가운 물이 담긴 놋대야를 들고 방 안으로 들어왔다. 어차피 옆방에 붙어 살며 도련님으로 모셔온 세월이 얼마인데 새삼 내외할 사이도 아니고 그녀야 거칠 것이 없었다.

'제발, 한세야 그냥 좀 가!'

요즘 들어 부쩍 심장이 제멋대로 뛰는데 오늘 밤은 참말 이겨낼 자신이 없었다.

속이 바짝바짝 타는 강의 마음을 알 리 없는 한세는 촛불에 불을 붙이고 그가 누워 있는 이부자리로 다가앉아 조심스럽게 이불을 끌어내렸다.

"오지게 처맞았는데 안 아픈 것이 이상하지."

잠든 강의 여윈 얼굴을 보자 마음이 아파 조심스레 뺨을 쓸어보았다.

"뭐야, 왜 이렇게 뜨거워? 몸살감기까지 온 건가?"

맨손바닥에 고스란히 느껴지는 까칠한 뺨이 뜨거웠다.

"어떡해! 어떻게 하지? 아! 열, 열을 식혀야지."

강은 가뜩이나 피가 끓어 참기 힘들어 죽겠는데 놀란 한세는 그대로 덤벼들어 옷을 벗기기 시작한다.

'아주 죽여라! 죽여!'

한세의 부드러운 손길이 웃옷을 벗겨내고 물수건으로 맨가슴을 닦아내리자 강은 어금니를 꽉 물고 신음을 삼켰다.

기어이, 모락모락 연기를 피우던 불씨에 불을 질렀다.

"너, 예서 무엇을 하는 게야?"

강이 붉어진 눈으로 한세를 노려보았다.

"도, 도련님!"

깜짝 놀라 머뭇거리는 사이 한세의 길고 가는 손이 강의 뜨거운 손에 꽉 잡혔다. 걷잡을 수 없이 치밀어 오른 열기가, 가슴 뛰는 그의 절박함이 강의 손에 잡힌 한세의 손을 타고 천천히 건너왔다.

"많이 아프십니까, 잠시만 참으십시오."

이 남자, 진짜 많이 아프구나. 한세의 얼굴이 울 것처럼 일그러졌다.

"가서 자."

"아니, 이렇게 해야 열이 떨어지는데!"

"네가 의원이냐?"

"아니 그 정도는 누구나 아는 상식이죠."

"아무것도 모르면서, 주물럭거리지 말고, 가서 자."

강은 끓어오르는 욕망을 간신히 누르며 다시 눈을 감았다.

"주, 주물럭거리다니! 이 사람이!"

아침마다 호시탐탐 만져 볼 기회를 노리던 단단한 근육질의 가슴을 노려보던 한세는 사악하게 웃으며 눈을 흘겼다.

"모르긴 뭘 모른다는 거야, 이러니 맞고 다니는 거지."

한세는 구시렁거리며 대야에 담긴 차가운 물에 수건을 다시 적셨다.

강은 눈을 감고 한세가 구시렁대는 소리를 들으며 군졸들과 뒹굴고 하인들과 어울려 떠들어대다 보니 입만 걸어졌는지 투덜대는 폼이 영락없는 시정잡배 같은 놈이라고 혀를 찼다.

하지만 눈앞에 둥둥 떠 있는 한세의 어여쁜 모습은 사라지지를 않는다.

'시정잡배 같은 놈이라도 예쁜 걸 어쩌누.'

아무리 찬물을 끼얹어봐도 이미 붙은 불, 소리만 요란했다.

"나는 뭐 고단하지 않아서 이러고 있는 줄 아나? 사람이 잘해주면 그냥 고맙다 하면 좋……."

투덜거리며 물수건으로 가슴부터 허리까지 닦아 내리는데, 강이 흠칫 몸서리를 치더니 불꽃이 튈 것 같은 눈으로 그녀를 노려보았다.

"아, 그것이……."

긴장한 한세는 잦아드는 목소리로 속삭였지만 그는 잡은 손을 놓지 않았다.

그대로 모든 것을 삼켜 버릴 듯 노려보던 그가 잡은 손에 힘을 주자 한세의 몸이 이불 위로 획 쓰러져 버렸다.

그곳은 다른 곳도 아닌 가회당의 별채.

묵향 그윽한 유학자가 심신을 닦는 곳, 여인들은 출입을 삼가야 하는 곳이었다.

'혹시, 내가 여자인 것을 알고 있는 것인가?'

한세는 살며시 실눈을 뜨고 보았다.

몸을 닦아주느라고 저고리를 벗겨놓아서 그대로 드러난 아름다운 어깨 근육과 단단한 가슴이 눈에 들어온다.

'미쳤구나, 미쳤어.'

지금은 이런 데 눈길을 줄 때가 아니라고 생각하며 고개를 흔들었다만, 그녀도 청춘.

가끔 옷을 갈아입는 강을 보기도 했고 신체 접촉도 많이 있었지만, 이렇게 벗은 가슴 위에 엎어져 있어 보기는 처음이었다.

'드라마에서 보면 이럴 땐 가슴이 미친 듯 두근거리고 막, 막⋯⋯.'

넓은 가슴은 탄탄하게 떡 벌어져 있었다. 한세는 자신도 모르는 사이에 시선이 점점 내려가 가슴 아래 복부를 가로지르는 선명한 근육의 선에서 머물렀다. 남자의 몸이 이렇게 요염하게 보인 적은 처음이었다.

그 순간 강은 '참아야 하느니. 참아야 하느니'를 수없이 되뇌고 있었다.

여섯 살 궁궐에 입궐했던 그날, 안채에서 한세를 데려오기 위해 금동이에게 들려 보낸 서찰에 '남아일언중천금'이라고 쓰지 않았다면.

할아버지를 그렇게 겁박하지만 않았더라도, 한 번쯤 눈 딱 감고 약조를 어길 수도 있지 않았을까. 강은 어떤 연유가 되었든 사내로서 약조한 것을 어길 수는 없었다.

그것은 스스로도 용납할 수 없는 비루한 행동이었다. 그는 마지막 남아 있는 인내심을 그러모았다.

"세야⋯⋯."

뭔가 이상하다고 느꼈는지 강의 눈썹이 매섭게 치켜 올라갔다.

"예?"

한세는 화들짝 놀라 발딱 일어나 앉았다.

"침 떨어진다."

"치, 침은! 무슨 침을 흘렸다고. 하여간 이상해!"

한세는 또 낚이고 말았다는 생각에 욱해서 소리쳤다.

"맞다, 꼭 이렇게 어깃장을 놓아서 산통을 다 깨버려야 나답지?"

"그러니까 내 말이! 아, 왜 그런대요?"

"산통 깬 참에 하나 더 깨주랴?"

강은 아랫배가 뻐근하게 아파와 미간을 찌푸리며 말을 이었다.

"더 깰 산통이 남았나?"

한세는 뜨악한 얼굴로 노려보았다.

"내일 아침에 대제학 댁에 갈 것이다. 채비해 둬라!"

곧 터져 오를 것인데……. 하나, 둘. 강은 터져 나오는 웃음을 간신히 참으며 말했다.

"아니, 이 사람이, 진짜!"

셋까지 셀 필요도 없이 단박에 터져 나오는 분통.

"저런다니까."

아이 때부터 지금까지 어찌 저리 번번이 말려드는 것인지, 강은 이 상황에도 배를 잡고 웃고 싶었다.

"아, 윤 소저한테 가는데 왜 내가 채비를 해요?"

"너도 갈 거잖니?"

"아니, 그니까 제가 왜 거길 가냐고요?"

"가게 될 거야."

강은 한세의 마음을 손바닥 보듯 뻔히 알고 있다는 듯 돌아누워 버렸다.

"하기야! 내가 없으면, 도련님이 또 상처만 잔뜩 줄 것이니……."

"되었으니 이제 건너가거라. 술 훔쳐 온 것 아니까, 곱게 그냥 자."

"아니, 제 방에서 술도 못 먹어요?"

"금주령 내렸다. 그나마 세자익위사에서 쫓겨나고 싶으면 마시든가."

강이 데퉁스럽게 겁박하자 한세의 손이 한 대 쥐어박고 싶다는 듯 치켜 올라갔다.

하지만 한세가 그럴 깜냥이 되지 못한다는 것은 강이 더 잘 알고 있었다.

"하면 무슨 일이 있으면 부르십시오."

한세는 열에 들떠 얼굴이 벌겋게 달아오른 강을 근심 어린 눈으로 내려다보다가 불을 꺼주고 방을 나갔다.

"아, 역사 공부를 할 것이 아니라 연애의 기술을 연마했어야 해. 도대체가 이렇게 밀당이 안 되나? 어명만 아니었으면, 내 벌써 한 녀석을 잡아서 다리를 획 걸어서 자빠뜨렸지."

방을 나간 한세는 획 돌아서서 강의 방문을 노려보며 분통을 터뜨렸다.

"아이고, 이번엔 참말 위험했다."

어쩌자고 그따위 무람한 생각을 하게 되었을까.

한세가 나가는 것을 확인하고서야 강은 가슴을 쓸어내리며 눈을 감았다.

❀

대숲을 지나는 바람 소리가 마치 빗소리 같다. 그 바람에 치렁한 문발이 흔들거린다.

"당주님! 고 영감이 왔습니다."

"들어오게!"

채운은 연못가 주변에 피어 있는 옥잠화를 보며 차를 마시다가 고복수를 데려왔다는 말에 다기 앞으로 다가앉았다. 문이 열리며 그녀의 심복 도겸이 거동이 불편한 고복수를 업고 안으로 들어왔다.

"이리로 앉히게."

채운은 다과상 앞으로 방석을 내어주고 고복수를 앉게 했다. 오랫동안 자리에만 누워 있어서 그런 것인지 고복수가 풀썩거릴 때마다 몸에서 누린내가 피어올랐다.

"어쩐 일로 저를 다 찾으셨습니까?"

도겸이 방석 위에 내려주자 고복수는 몸을 바로 하고 앉으려고 애를 썼다.

"편히 앉아도 되네."

"예."

"몸은 좀 어떤가?"

"당주님 덕분에 그만그만합니다."

"다행이네그려."

채운은 고복수를 물끄러미 바라보았다.

어떤 인연이 있었던 것인지 십이 년 전 채운과 채운당의 3대 당주는 가마를 타고 암자로 올라가던 산속에서 칼에 맞고 죽어가는 고복수를 발견했다. 살 것 같지 않았지만 데려다 치료하고 정성을 다해 돌봐 목숨은 구했으나 걸을 수는 없었다. 그렇게 채운당 뒤채에 객식구로 기거하게 된 것이 오늘에 이르렀다.

"국화차 향이 좋다네. 내가 마당에서 따서 직접 말린 국화와 조금 전 찬간에서 부쳐 낸 국화전이라네. 드셔보시게."

채운은 하얀 백자 잔에 맑게 우려 나온 노란 국화차를 붓고 국화잎 몇 개를 띄워 고복수에게 주었다. 조선 최고의 요물이라는 칭송을 받는 이 거대한 채운당의 당주답지 않게 화장기 없는 그녀의 얼굴은 맑고 순한 기가 흘렀다.

"고맙습니다."

노란 국화잎이 띄워진 찻잔을 받아 들며 고복수는 흐뭇한 미소를 띠었다.

자신은 이미 죽은 사람으로 되어 있으니 돌아갈 곳도 없고 그 어떤 것에도 미련은 없었다. 이제는 가진 것 하나 없는 빈털터리 병자를 이렇게 한결같이 대해주는 사람은 눈앞에 앉아 있는 이 여인밖에 없었다.

"고맙기는, 나는 이 국화가 참으로 좋다네."

채운이 긴 속눈썹을 내릴 때 드러나는 슬픈 기운을 바라보며 고복수는 무슨 말인가 하고 싶어 입을 달싹거렸지만 그대로 입을 다물어 버렸다.

"당주께서 만든 차라 국화향이 더 좋은 것 같습니다."

고복수는 처음 볼 때부터 채운의 관상이 좋았다.

어딘지 당돌하면서도 당찬 구석이 있고, 쓸데없이 연약한 척하며 사내의 등골을 빼먹는 여인들과는 질적으로 달랐다. 척 보기에도 잔뜩 움켜쥐고는 사내에게 욕심껏 퍼줄 것 같은 관상이었다. 그녀의 마음을 얻은 사내는 복이 넝쿨째 굴러들어 온 것이다.

그러나 그런 말은 누구에게도 하지 않았다. 사실 3대 당주에게 다음 당주를 채운으로 하라고 추천한 것은 바로 그였으니.

"입에 맞는다니 다행이네."

"언제 보아도 당주님은 웃는 낯이 강단 있어 보여 좋습니다."

"그런가?"

고복수의 칭찬이 듣기 좋았던지 채운은 붉은 입술을 반짝이며 더욱 해사하게 웃었다.

"참말 국화 향기가 진합니다."

"찬간에 말해 자네 방으로 한통 가져다주라 이르겠네."

"번번이 송구해서 어쩝니까?"

"별말을 다 하네. 자네야 이 채운의 식솔이 아니던가."

채운이 그리 말하자 고복수의 눈가에 잔주름이 잡히며 함빡 웃음이 피었다.

"하온데 당주님께서 어찌 저를 찾으셨습니까?"

고복수는 빈 찻잔을 내려놓으며 물었다.

"자네가 봐주었으면 하는 사주가 있어서이네."

채운은 서안을 가져와 고복수 앞에 놓고 서랍 속에서 봉투 하나를 꺼내주었다.

"소인은 이제 신점(神占)은 하지 않습니다요."

고복수는 얼굴이 해쓱하게 변하며 난색을 표했다.

그는 죽음과 삶의 경계를 헤매며 크게 깨달은 바가 있어, 이후로 두 번 다시 신점을 보지 않았다. 그 때문에 몸은 점점 더 망가졌지만 그는 그 편이 차라리 나을 것이라 생각했다.

대신 그는 명리학을 체계적으로 공부하기 시작했다.

"자네가 천기를 어겨 벌을 받은 것이라고 겁을 먹고 있는 것은 알고 있네. 하나, 이것은 그저 사주를 봐주는 것뿐일세."

고복수가 망설이자 채운은 봉투 안의 종이 네 장을 직접 꺼내서 그의 눈앞에 들이밀었다.

"당주께서는 소인이 죽음이 두려워서 이런다고 생각하십니까?"

고복수는 망설이며 선뜻 말을 꺼내지 못했다.

그는 칼을 맞던 그날 복면을 쓴 자들이 하던 말이 생각나 두려움에 떨었다. 그들은 천기를 누설한 죄라고 말하고는 다짜고짜 칼로 그를 내려쳤다. 지금도 자신이 이렇게 살아 있다는 것이 믿기지 않았다.

"하면 어찌 두 번 다시 신점을 보지 않는 겐가?"

"저도 모르게 해서는 아니 될 말을 하게 될까 두려워하는 것입니다. 저는 그날 분명히 보았습니다. 그날 그 자리에서 그대로 죽었다면 저의 혼은 구천을 떠도는 원귀가 되었을 것입니다."

"알겠네. 신점을 봐달라고는 하지 않을 것이네. 그저 여기 적힌 사주나 봐주시게."

"채운당을 위해 중요한 분들입니까?"

"중요하니 내 자네에게 부탁하는 것이 아닌가?"

여간해서는 이런 것을 부탁하지 않는 채운이 직접 불러서 내미는 사주이고 보니 고복수도 더 이상 못 한다고 버틸 수가 없었다.

"사주 볼 이들의 명자를 적지 않으셨군요."

고복수는 당황하여 얼어붙었다. 어쩐지 그 네 장의 종이에 적힌 사주가 심상치 않았다.

"그쪽이 자네 마음이 편할 것 같아서 말일세."

채운은 온화한 얼굴로 웃어 보이며 붓과 먹물을 놓아주었다.

"음."

고복수는 붓을 들고 사주 풀이를 시작했다.

"이분은 앞으로 두 해 뒤에 죽을 것입니다."

첫 번째 종이에 있는 사주 풀이를 하던 고복수가 침울한 얼굴로 중얼거렸다.

"뭐, 뭐라?"

채운의 눈이 화들짝 놀라나 했더니 곧 수심이 가득해졌다.

"피할 수는 없겠는가?"

한참을 망설이던 그녀가 한숨을 삼키며 물었다.

"그것을 알면 제가 지금 이 꼴로 있겠습니까? 이변이 없는 한 그대로 굳어질 것 같습니다."

"그래도 예외가 있지 않겠는가?"

"그저 사주 풀이를 하니 그렇다는 것이지, 갑작스럽게 바뀌는 운명이야 어찌 알겠습니까?"

고복수는 그렇게 말하며 두 번째 종이에 적힌 사주 풀이를 시작했다. 그러나 곧 얼굴이 시퍼렇게 변하며 두려움에 몸을 떨었다.

"어찌 그러는 것인가?"

채운은 부들부들 떨고 있는 고복수를 바라보며 다음 말을 초조하게 기다렸다.

"이분이 아직 살아 있습니까?"

"그러니 사주를 봐달라는 것이 아니겠나, 한데 어찌 그러는 것인가?"

"이분은 이미 십이 년 전에 죽었어야 합니다."

"뭐라?"

채운은 사주 풀이가 적혀 있는 종이를 들여다보다 의아한 눈으로 그를 바라보았다.

"저를 의심하시는 게지요? 하나 의심을 하신다 해도 어쩔 수 없을 것입니다. 이성적이고 합리적인 사고를 하는 분일수록 더 많은 심적 위로나 위안을 받고 싶은 법이니 말입니다."

고복수는 복잡 미묘한 표정으로 자신을 바라보는 채운을 향해 허탈하게 웃었다.

"워낙에 뜬금이 없으니……."

"저도 어찌 된 일인지 연유를 모르겠지만, 사주 풀이를 해보면 그리 나옵니다. 당주께서는 이성적이고 합리적인 사고를 하시는 데다 냉혹하기까지 하시니 사주 때문이라 믿는 쪽이 편하실 것입니다."

"알겠으니 계속 봐주게."

"이분은 죽음을 이기고 살았으니 후일 정승에 오르실 것입니다."

"그런가?"

채운은 고복수가 말하는 종이에 적힌 사주를 의미심장한 눈빛으로 한참을 들여다보았다.

"이분은 무탈하게 승차하여 평생 동안 임금의 곁을 지키게 될 것이고…… 아니!"

다음 종이 한 장에 적힌 사주를 봐주고 그 다음 사주를 들여다보던 고복수는 벼락이라도 맞은 듯 뻣뻣하게 굳어버렸다.

"어찌 또 그러는 것인가?"

"저는 이만 물러가겠습니다. 몸이 좋지 않습니다."

얼굴이 완전히 구겨진 고복수는 핑계를 대는 목소리까지 떨리고 있었다.

"어찌 그러는가, 원귀라도 본 것인가?"

"소인이 이제 정신이 흐려진 것 같습니다."

짧은 침묵.

그러나 채운의 얼굴에서는 마음속에서 치솟는 당혹감이 전혀 드러나지 않았다

"알았으니 오늘은 이만 돌아가 쉬게."

"송구합니다."

잠시 그대로 앉아 생각에 잠겨 있던 채운의 입에서 돌아가라는 말이 떨어지고 나서야 새파랗게 질려 있던 고복수는 안도했다.

"게 있는가?"

"예."

문이 열리며 도겸이 들어왔다.

"고 영감을 방으로 모셔다주게."

"가시지요."

도겸은 들어올 때와 마찬가지로 고복수를 업고 방을 나갔다.

채운은 고복수가 돌아가고 나서도 한참 동안을 그대로 앉아 사주를 살펴보았다. 완전히 믿는 것은 아니지만 그렇다고 조선 최고의 점바치로 불리던 그를 안 믿을 수도 없었다.

五.
사랑앓이

이른 아침부터 들려오는 새의 지저귐에 눈이 떠졌다.

둥근 완자창 사이로 스며든 옅은 햇살이 방 안을 가득 채웠다.

"나리!"

귀돌이 창포 꽃을 띄운 소세 물을 들고 들어와 건우를 깨웠다.

"일어났다."

"날이 아주 좋습니다요."

귀돌이 둥근 창을 열자 서늘한 바람이 몰려들었다. 그 바람결에 배꽃잎 한 장이 날아들어 건우의 손바닥에 살포시 내려앉았다.

"좋은 일이 있을 것인가?"

건우는 그 꽃잎을 손에 들고 물끄러미 바라보다가 지나던 신선도 반할 만한 싱그러운 미소를 지었다.

"머리를 빗겨 드리겠습니다, 나리."

말끔하게 씻은 건우는 눈을 감은 채 정좌하고 앉아 귀돌이 해주는 아침 단장을 받았다.

"으으음~"

오늘따라 아침의 맑은 기운이 오른 탓인지 입에서는 저절로 흥에 겨운 음률이 새어 나왔다.

귀돌은 창포물에 감은 머리를 곱게 빗어 틀어 올려 상투를 매어 은동곳으로 고정시켜 주고 망건을 씌웠다.

"오늘은 어딜 가십니까?"

귀돌은 명주실 두 가닥으로 얼굴의 잔털을 털어내며 물었다.

"탑골에 볼 일이 있어서 말이다."

"하면 늦으십니까?"

단장을 마친 귀돌이 도포와 흑립을 들고 왔다. 그는 제 상전의 목적지와 귀가 시각 정도야 알고 있어야 한다는 사명감으로 꼬치꼬치 물었다.

"가봐야 알지 않겠느냐?"

건우가 옷을 입고 일어서 두 팔을 벌리자 귀돌은 솔향 가루를 넣어 불을 피운 작은 향로를 들고 빙빙 돌며 훈증을 해주었다.

"애썼다."

건우가 흑립을 쓰고 끈을 매려는데 귀돌이 뭔가가 생각난 듯 후다닥 일어섰다.

"참, 어제 김 역관님이 다녀가셨습니다요."

"김 역관이?"

김동재는 역관으로 청나라를 오가며 들여오는 물건들 중에 신기한 것들을 들고 오기도 하고, 또 부탁하는 것들을 구해다 주기도 하며 건우와는 막역한 사이였다.

"예, 나리께 이것을 전해 드리라고 하셨습니다."

귀돌이 들고 온 묵직한 물건을 들여다보던 건우는 조심스럽게 가지색 보자기를 풀어보았다.

"이것은?"

보자기를 풀자 모습을 드러낸 것은 묘하게 생긴 상자였다.

"이것이 무엇에 쓰는 물건인가?"

분명 진귀한 것이 틀림없다는 생각이 들자 건우의 눈에는 생기가 돌았다.

덮개를 열자 사다리꼴의 상자 위에 긴 괘를 2개 세우고, 쇠로 만든 현을 4현 1벌로 총 14벌 56현을 얹는 금속 현악기가 모습을 드러냈다.

"이것이 말로만 듣던 구라철현금(歐羅鐵絃琴)이라는 바로 그 서양금이로구나!"

덮개인 줄 알았던 것이 사실은 연주 중에는 울림을 도와주는 장치이지만 연주를 하지 않을 때는 덮개 구실을 한다.

"아니 내가 부탁을 하지도 않았는데 어찌 이 귀한 것을 구해왔더란 말이더냐?"

건우는 장악원 연주자들조차도 보지 못한 귀한 양금을 손에 넣었다는 사실에 이성을 잃고 흥분했다.

"조선에서 서양금을 연주할 수 있는 이가 있던가?"

건우는 가는 대나무 채를 만지작거리며 당장 연주 방법을 배워야 한다는 생각에 들떴다.

양금은 서양으로부터 들어왔는데, 중국이 모방하여 발전시켰다.

오동나무 판에 쇠줄을 달았으니, 그 소리가 쟁쟁하여 멀리서 들으면 종(鍾)경(磬)과 같은데, 다만 지나치게 크고 세며, 경박하고 날리는 소리에 가까워 금이나 슬에 미치지 못하는 편이었다. 작은 것은 12현이고 큰 것은 17현이었다.

조선에 양금이 들어온 지는 좀 되었는데 직접 만져 보는 것은 처음이었다.

"당장 연주법부터 배워야겠다."

건우는 빨리 연주해 보고 싶은 마음에 양금을 싸들고 일어섰다.

"귀돌아, 말을 준비해라!"

"예? 탑골에 가신다더니요?"

건우가 역관에게 선사받은 양금을 싸들고 나서자 귀돌은 도무지 무슨 영문인지 모르겠다는 듯 어리둥절한 눈으로 바라보았다.

"양금을 연주할 수 있는 분을 알고 있다."

"그분이 뉘신데요?"

"있다, 목멱골에 사시는 분."

건우는 싱긋 웃으며 귀돌을 지그시 응시했다.

"예. 채비하겠습니다요."

자신을 지그시 응시하는 건우를 보며 귀돌은 고개를 갸우뚱거렸다. 이상하긴 이상하네. 아무래도 제 상전이 무엇엔가 홀린 듯싶었다.

"아, 아니다! 그전에 한세를 찾아야지."

"우세마 나리를 말입니까?"

"그래."

"어찌?"

"한세가 그분과 가까운 사이다."

"예, 알겠습니다요."

귀돌은 연신 싱글싱글 웃는 건우를 미심쩍은 얼굴로 쳐다보다가 말을 준비하기 위해 빠른 걸음으로 별채를 빠져나갔다.

"들어가서 우세마만 나오라고 해라!"

한세가 별채 뒷마당에서 검을 들고 몸을 풀고 있을 때, 가회당 앞에 당도한 건우는 말에서 내려 망설이고 있었다.

"나리는 여기 계시게요?"

"그래, 우세마에게 나오라고 일러라."

밤길 조심하라고까지 했는데 강의 얼굴을 보고 싶지는 않았다. 건우는 혼자 들어가라는 명에 눈이 휘둥그레지는 귀돌의 등을 떠밀어 안으로 들여보냈다.

"예, 나리!"

돌아서 있는 제 상전을 힐끗거리며 몇 번이고 고개를 갸웃거리던 귀돌은 하는 수 없이 혼자 안으로 들어갔다.

"우세마 나리!"

별채로 찾아간 귀돌은 뒷마당에 있을 거라는 금동이의 말을 듣고 한세를 찾아갔다.

"어인 일이시오?"

"나리께서 밖에 와 계십니다요."

"들어오시지 않…… 아! 싸웠지."

건우가 들어오지 않고 어째서 귀돌이 혼자 들어왔을까 생각하던 한세는 저도 모르게 입에서 싸웠다는 말이 툭 튀어나오고 말았다.

"예에?"

"아닐세."

"혹 저희 나리랑 다투셨습니까요?"

그렇지 않아도 어찌해서 제 상전은 들어오지 않는 것인지 궁금해하던 귀돌은 도망치듯 바쁘게 걸어가는 한세의 뒤를 쫓아가며 물었다.

"세야!"

한세가 막 별채의 문을 나서려는데 등 뒤에서 나직한 목소리가 들려왔다.

"따라갈 것이니 먼저 가시게."

귀돌을 먼저 보내고 돌아보니 강이 누마루에 서 있었다. 농도를 조절한 쪽물로 빼낸 은회색 명주 도포가 푸른 하늘 빛깔과 아주 잘 어울렸다.

"윤 소저 보러 간다고 멋을 냈나 보지?"

한세는 수려한 강의 모습을 보니 공연히 부아가 치밀어 올라 터덜터덜 누마루 앞으로 걸어갔다.

"채비하지 않고 어디를 가는 것이냐?"

"사형이 보자고 하셔서요."

"다녀오너라."

강은 출타할 채비를 마치고 나오다가 귀돌이 뒷마당으로 들어가는 것을 보고 건우가 왔음을 알았다.

"그냥 혼자 가시지요?"

한세는 이참에 밀당하는 강의 못된 버릇을 고쳐 주자는 생각에 한번 튕겨보았다.

"기다리마."

"엥?"

그랬더니 강은 딱 그 한마디만 하고 방으로 들어가 버리는 것이었다.

"쳇! 내가 튕기면 다시 돌아오는 반동이 있어야 되는 거 아냐?"

한세는 손가락을 머리 부분으로 가져가 빙빙 돌리며 구시렁거렸다. 독수공방을 너무 오래한 탓인지, 느는 것은 혼잣말이었다.

"어쩐 일이십니까?"

차마 왜 들어오지 않았냐고 물을 수는 없어서 한세는 그냥 웃고 말았다.

"유춘오에 같이 가겠나?"

"그곳엔 어인 일로?"

유춘오(留春塢), 봄이 머무는 언덕이라는 뜻을 지닌 그곳은 목멱산 아래에 있는 담헌 홍대용의 집이었다.

"김 역관이 서양 금을 가져왔네."

건우가 말안장에 매달려 있는 커다란 가죽 주머니를 조심스럽게 쓰다듬으며 웃었다.

"양금? 아, 양금을 받으셨군요. 한데 어찌 담헌 선생을 찾으십니까?"

"연주법을 모르니 말이야. 듣기로는 담헌은 서양 악기도 잘 다룬다고 하시더구만."

"예, 자금만 대주면 오르간도 만들 수 있다고 하시더군요."

한세는 어깨를 늘어뜨리고 긴 한숨을 내쉬었다.

하긴, 그놈의 자금이 없어서 그렇지 돈만 있다면 서구에서 유입되는 물품들이 북경 유리창에 있으니 뭔들 못 만들까, 조선의 역관들이 페르시아 시장까지만 갈 수 있다면⋯⋯.

그놈의 돈이 문제였다. 자금을 왕창 끌어모을 방법은 역시 무역밖에 없을 것인데.

"허어, 천재가 아니신가?"

"그러게요, 오나가나 제 주변에는 천재들만 계시니, 이건 뭐⋯⋯."

담헌 홍대용은 두말이 필요 없는 조선이 낳은 천재 중에 천재 자연과학자다.

지구는 하루 한 번씩 자전하여 낮과 밤이 생긴다는 지전설(地轉說)이 처음 동양에서 분명하게 주장된 것도 담헌의 〈의산문답〉에서였고 생명의 기원, 지진, 온천, 조석(潮汐), 기상 현상 등에 관해서도 폭넓은 저술을 하였다.

그뿐인가, 〈주해수용〉이라는 저서는 본격적인 수학서로 구구단만이 아니라 수학 전반에 걸쳐 저술했고, 원주율을 구하는 방식까지 밝혀두었다. 원의(圓儀)에서는 원주율로 원둘레율을 구하는 방식을 기록했고, 측량법까지 기록했으니 천재도 이런 천재가 없다.

"유춘오로 가세."

"담헌 선생은 지금 계방(세자익위사의 별칭)에 계실 것입니다."

그런 담헌이 작년에 음직(蔭職)으로 우세마인 한세의 바로 위 상관인 세자익위사 시직으로 들어온 것이었다.

하지만 학구열이 너무 높아 늘 새로운 지식에 배고파 하는 진정한 과학자 담헌 선생을 상관으로 모시기란 여간 고달픈 일이 아니었다.

"응?"

"서연 중이시라고요."

그랬다. 세자익위사 시직으로 들어온 담헌은 세손의 스승이었다.

지금쯤이면 서연에 참석해 이산의 됨됨이를 관찰하며 왕의 자질이 있는지를 꼼꼼하게 살피고 있을 것이었다.

"아하, 그랬구나. 하면 존현각으로 가세."

"아니, 비번인데 입궐하자고요?"

"거기서 기다렸다가 담헌 선생을 뵈올 것이야."

"으이구, 극성 극성 상극성!"

누가 덕후 아니랄까 봐. 어려서부터 건우는 어디 하나에 꽂히면 정신을 못 차렸다. 아무래도 잘못 걸렸다 싶었는데, 이는 잔잔한 서막에 불과했다.

"자자, 채비하고 나오게."

"담헌 선생께서는 저를 싫어하신다고요."

"자자, 사제 좋다는 것이 무엇이겠나? 내가 술 한잔 사겠네."

"아, 모진 인사! 힘든 일 시킬 때만 사제지."

투덜거리는 한세의 등에 대고 건우가 즐거운 목소리로 외쳤다.

"젠장! 구구단, 나누기, 원주율도 모자라 이번엔 양금이야? 아주 사람을 잡아요!"

수학과 과학에 취약한 한세는 고개를 저었다.

사실, 담헌 선생은 한세의 아버지 한상수와는 가까운 사이였다. 관직에서 물러난 한상수가 청나라를 오고 가며 무역을 하는 동안 자연스럽게 탑골의 선비들과 친분이 생겼고 담헌 선생과는 청나라로 갈 때 같이 갔던 경험도 있어 친분이 두터웠다.

게다가 한세는 어떻게 해서라도 서양의 의사를 모시고 와서 한양에 양의가 있는 병원을 차릴 계획이었으니 서양의 과학기술과 자연과학을 배울 것을 주장하는 북학파들과 밀접한 관계를 맺을 수밖에 없었다.

"어찌 되었느냐?"

"저는 사형이랑 입궐해야 되겠습니다요."

강은 누마루를 서성이다 한세가 들어오는 것을 보고 득달같이 물었다.

"뭐?"

강은 충격으로 입이 딱 벌어지려는 것을 군자의 체면이 있어 간신히 참았다.

"참, 마님께 국화차 좀 얻어 가야겠다."

한세는 갑자기 좋은 생각이 났다는 듯 충격을 받아 멍하니 서 있는 강을 두고 미련 없이 돌아섰다.

그의 몸 어디선가 횅한 바람이 이는 것 같았다. 갑자기 버림받은 느낌에 강은 말할 수 없이 당혹스러웠다.

"너는 내가 윤 소저에게 가도 괜찮다는 것이냐."

뒤쫓아가 잡을 수도, 그렇다고 이렇게 혼자 갈 수도 없어 강은 떨떠름한 얼굴로 누마루 위에 한참을 서 있었다.

한세는 안채에 들러 급하게 씻고 송씨에게 부탁해 만들어둔 국화차를 들고 다시 별채로 갔다. 급하게 도포를 입고 갓통을 들고 신을 신으려 보니 강의 방은 방문이 닫힌 채로 조용했다.

"저 먼저 갑니다!"

신발이 그대로 있는 것을 보니 삐져 있는 것이 틀림없었지만, 어차피 밀당을 해보기로 한 것 과감하게 무시하기로 했다.

"하여간 남자들이란, 스물세 살이 되어도 애야, 애!"

한세는 밖에서 기다릴 건우를 생각하니 마음이 조급해져 후다닥 달려 나갔다.

그날 홍대용은 겸필선 이보행, 겸사서 임득호와 함께 존현각에 들어 〈주서절요〉 10권 〈채계통에게 답한 편지〉를 가지고 소대하였다. 채계통은 역상, 지리, 음률에 밝았는데 편지의 내용도 이에 관련된 것이었다.

"1,000족이 1,000문인가?"

"그렇습니다."

세손이 묻자 이보행이 대답하였다.

"1문이 1냥인가? 1전인가?"

"중국 법에 1푼을 문이라 합니다."

세손이 다시 묻자 이번에는 홍대용이 대답하였다.

"옛적에 후한 광무제가 포선에게 돈 70만을 하사하였다는데 이것은 몇 냥인가?"

"7,000냥이 됩니다. 하나, 동전의 가치는 시대에 따라 경중이 있습니다. 우리나라의 동전과 비교해 보면 조금 박할 것으로 생각됩니다."

세손이 다시 묻자 홍대용이 답하였다.

"과연 같지 않다더군, 아안전 같으면 물에 넣어도 가라앉지 않기에 이르렀다 하던데 대저 쇠망하는 시대에는 돈이 박하고 나빠지니 또한 이상한 일이라 할 수 있겠다."

이산은 그렇게 자신의 생각을 덧붙였다.

지금 이산과 홍대용은 서로를 떠보고 있는 상태였다. 홍대용은 작은 공책에 그동안 세손이 어려서부터 공부해 온 것들과 성격, 태도, 행동 거의 모든 것을 놓치지 않고 꼼꼼하게 기록하며 자신과 뜻이 같은지, 모실 만한 임금인지를 판단하고 있었다. 세손도 마찬가지였다.

보통 존현각 안에서 서연이 있는 날은 한세는 문 앞에서 시위하며 그 내용들을 듣고는 했다. 오늘은 비번이니 기섭이 시위하고 한세는 건우와 나란히 앉아 오가는 의견들에 귀를 기울였다.

"저하께서 청에 대해 관심이 많으시구나."

"예, 담헌 선생께서 청에 다녀오셨으니 많은 것을 물으십니다."

한세는 그렇게 내답하면서도 마음이 아팠다. 이제는 보위에 오를 수 있을지 없을지도 모르는 상황인데, 그래도 평정심을 잃지 않고 서연에 참석해 스승들과 토론을 하고 있는 그의 마음은 어떠할까. 생각하면 가엾고 안쓰러워 기가 막혔다.

"다행이로구나."

"저도 사형이 그리 생각하시니 다행입니다."

건우는 흡족한 듯 고개를 끄덕였고 한세는 그런 그가 흡족해 웃었다.

"무엇이 말이더냐?"

"저는 저하께서 담헌 선생을 곁에 두셨으면 좋겠습니다."

"허어, 이럴 때보면 너를 내 곁에 두고 싶다니까. 어찌 내 생각과 이리도 같은지."

건우는 자신의 생각과 일치하는 한세가 신기한 듯 격하게 끌어안으며 등을 두드렸다.

"어어! 그렇다고 뭐 이리 격하게!"

한세는 자신을 와락 껴안는 건우가 부담스러웠지만 밀어내지 않았다.

하루라도 빨리 중화사상에서 벗어나 담헌의 생각을 받아들여 개혁을 서두르고 서양의 문물을 수입해야 하는 이 마당에 앞으로 조정의 중책을 맡게 될 건우가 그런 생각을 가지고 있는 것은 너무나 큰 행운이었다.

"아이쿠, 이게 뉘신가? 예조좌랑께서 어찌 이 시각에?"

두 사람이 서연이 끝나기를 기다리고 있는데 저만치서 춘방(세자시강원의 별칭)의 겸사서 홍국영이 호들갑을 떨며 다가왔다.

"아이구, 저 웬수!"

홍국영이 나타나자 한세는 또 나타났다고 고개를 흔들었다.

이산보다 네 살이 많은 홍국영은 어디다 내놔도 수려한 미남에 학술
은 보잘것없었지만 머리도, 말솜씨도 행동도 민첩했다. 담헌 선생보다
꼭 일 년 먼저 세자시강원에 들어왔다. 소문에 의하면 제 딴에는 글을
제법 쓴다고 글을 써들고 벼슬 청탁하러 여기저기 다니다가 연암 박지
원 선생에게 걸려 된통 혼이 났다는데 춘방도 어찌 들어오게 된 것인지
정확하게 알 수 없었다. 아마도 그 일로 앙심을 품고 앞으로 연암 선생
께 해코지를 하겠지만 한세는 결단코 막을 생각이었다.

"서연이 끝나길 기다리고 있었네."

겸사서 또한 정6품이라 건우와 동급이었지만 워낙에 홍국영이라는
인물 자체가 모두가 열외로 내어놓은지라 예동들은 누구도 탐탁해하지
않았다.

실제로 강은 진저리나게 홍국영을 싫어했고 이산에게 몇 번이고 멀리
하라 건의했었다.

"아, 그러셨구나. 한데 우세마는 저하께 내가 뵙기를 청한다는 말을
전해주지 않았던가?"

"아차, 제가 마침 심부름을 하느라고……."

이산 곁에서 촐싹거리는 것이 얄미워 전해주지 않았더니 이번엔 담헌
선생께 서연을 열자고 청해 따라온 모양이었다.

"여기서 뭣들 하는 것인가?"

마침 서연이 끝나고 이산과 홍대용이 나왔다.

이산은 비번이라 볼 수 없을 줄 알았던 한세를 보자 낯빛이 환해졌다.

"사형께서 담헌 선생을 뵙고 싶다고 하기에……."

그러자 이산의 낯빛이 금세 시무룩해졌다.

"하고 저하께 드릴 것도 있어서 왔습니다."

한세는 들고 있던 갓통과 국화차를 흔들어 보였다.

그렇지 않아도 단오에 사놓고 주지 못했던 흑립을 전해주려고 가져왔

던 터였다.

"그랬더냐?"

이산은 환하게 웃어 보이다 홍국영을 발견했다.

"어인 일인가?"

"드릴 말씀이 있어서 왔습니다."

"하면 들어오게. 세야, 너는 조금 이따 보자꾸나."

"예, 저하!"

이산이 홍국영과 함께 안으로 들어가자 한세는 담헌 선생과 이야기를 나누고 있는 건우에게로 달려갔다.

"해서 선생께서는 양금을 연주하실 수 있을 듯하여 이리 부탁을 드리려고 왔습니다."

"나야, 그저 혼자서 깨친 것이지만 북경에서 제대로 배운 이가 있지."

"조선에서는 담헌 선생밖에 계시지 않는 것으로 알았는데?"

이미 양금을 배우겠다는 것 외에 아무 생각도 없는 건우는 반색했다.

"물론 양금을 처음 연주하게 된 것은 나였지만 북경에서 연주자에게 직접 배워온 이는 그분일세."

"어떤 분이십니까, 그분은?"

"해 질 녘에 내 집으로 오게나, 내 소개해 줌세."

"예, 유춘오에서 뵙겠습니다."

두 사람의 이야기를 가만히 듣고 있던 한세는 어찌해서 홍대용 같이 정확한 분이 시각을 정해주지 않는지 궁금했지만 더 묻지 않고 조용히 있었다.

"나는 먼저 가보겠네."

"선생님!"

건우와 만나기로 하고 돌아서는 홍대용에게 한세는 둥근 지함에 담은 국화차 한 통을 내밀었다.

"이것이 무엇인가?"

"잘 봐달라고 드리는 마음입니다. 저도 가도 되겠지요?"

"와서 또 내 속이나 긁어놓으려고?"

"아닙니다, 이번엔 참말 가만히 앉아 있겠습니다."

"내가 국화차 좋아하는 것을 어찌 알고, 그리 약조한다면 같이 오게."

국화차를 담은 정갈한 지함을 받아 든 홍대용은 그 뇌물이 마음에 들었는지 흐뭇하게 웃었다.

"담헌 선생이 국화차를 좋아하시는 것은 어찌 알았는가?"

"어찌 알기는요. 담헌 선생의 저서를 읽었지요. 아, 저하!"

"담헌 선생의 저서에 그런 글이 있었나, 어떤 것을 읽었기에?"

마침 홍국영이 나오는 것을 보고 한세는 언제나처럼 뜬금없는 말 한마디를 남기고 안으로 들어가 버렸지만, 건우는 담헌이 지은 서책 어느 구절에 그런 말이 있는지 생각해 보느라 여념이 없었다.

"그것이 무엇이냐?"

이산은 오늘 본 서책들을 정리하고 있다가 한세가 들고 있는 지함과 갓통을 보며 빙그레 웃었다.

"이것은 국화차입니다. 머리와 눈을 시원하게 하고, 피를 맑게 해주고 평소 열이 많고 마음이 답답할 때 마시면 머리를 맑게 해주는 효과가 있습니다. 또 늙는 것을 막아주며 감환을 예방하고 입안을 맑게 하고 두통, 신경통……."

"되었다, 마시면 되는 것이지."

한세가 줄줄줄, 잔소리를 늘어놓을 기색이 보이자 이산이 지함을 잡은 손을 획 잡아 당겼다.

"어!"

들고 있던 갓통을 움켜쥐느라 방심한 탓인지 깃털처럼 가벼운 몸이 순식간에 이산의 크고 넓은 가슴팍까지 딸려 들어갔다.

"휴!"

하마터면 얼굴이 부딪칠 뻔했다고 놀란 가슴을 쓸어내리며 그의 단단한 가슴에 머리를 기대는 것도 잠시 묘한 떨림이 전해져 왔다.

"그쪽 손에 있는 것은 뭐냐?"

기분이 묘해지는 것을 애써 무시하며, 슬쩍 몸을 빼내자 이산이 갓통을 보며 물었다.

"수릿날 운종가에 나갔다가 흑립을 샀습니다."

"네가 씌워다오, 잘 어울리나 보자."

한세가 갓통에서 은로가 장식된 매끈한 흑립을 꺼내자 우수에 젖어 있던 이산의 낯빛이 환하게 밝아졌다.

"또 전하께 가십니까?"

이산이 익선관을 벗고 고개를 내밀자 한세는 흑립을 씌워주고 갓끈을 매듭지으며 물었다.

"가봐야지, 그편이 마음 편하지 않겠느냐?"

이산은 담담하게 말하며 웃었지만 안색은 어두웠다.

영조는 참말 사람을 피곤하게 하는 분이었다. 이미 그의 연세 여든 둘, 아픈 곳이 없어도 가래가 끓어 호흡이 곤란한 증세가 지속되었고 정신도 오락가락했다. 이산은 그런 할아버지의 곁을 지켰다. 매일 올리는 건공탕을 마실 때나 움직일 일이 있을 때마다, 그가 옆에 있었다. 가뜩이나 변덕스러운 성품인 데다가 정신마저 온전치 않아 화를 자주 내고 그럴 때마다 그 비위를 다 맞춰 약을 드시게 하는 것은 이산이었다. 이제는 효성이 지극해서라기보다 변덕이 무서워서라도 곁을 지키는 편이 나았다.

한세는 정말 그때마다 울화가 치밀었다.

그 어린 나이에 아버지를 그렇게 죽게 만든 것을 지켜보았다면 현대에서는 명백한 아동학대. 그 어머니는 상처 난 아이의 마음을 다독거리기보다 두려움에 떨고 있는 그에게 어른들의 비위를 맞추고 살아남으라고 아이를 떼어 보냈다. 예동들과도 떨어져 영조와 옹주 곁에 있어야만 했던 그 시절, 이산은 한세에게 편지를 써서 궁궐 기왓장에 숨겨두었다. 그것은 한세와 이산만 아는 비밀이었다. 어린 소년이 이 눈치 저 눈치 보며 노심초사한 마음을 담담히 적어놓은 편지를 보노라면 가슴이 아팠다.

"어떠냐? 내가 좀 생기지 않았더냐?"

"우쭈쭈! 우구우구 예뻐라!"

한세는 두 손으로 고개를 내밀며 잘생겼냐고 묻는 이산의 뺨을 쓰다듬으며 참말 잘나셨다고 칭찬해 주었다. 생각할수록 측은한 마음이 들어 눈시울이 뜨거워졌다.

"뭐?"

촉촉이 젖은 까만 눈망울을 들여다보던 이산은 그대로 한세를 품속 깊이 당겨 안았다.

"세야, 나는 네가 좋다. 참을 수 없을 만큼…… 좋다."

햇살이 제법 따가워지기 시작한 초여름이었다. 한세를 품어 안은 그의 몸이 여름날의 더위를 압도할 만큼 뜨거웠다.

"아이구, 어찌 이러십니까? 아무리 우리가 독수공방으로 양기가 넘쳐 주체를 못 하기로 여기서 이러시면 아니 됩니다!"

건우는 기다려도 한세가 나오지 않자 존현각으로 찾으러 왔다가 책장 앞에서 부둥켜안고 있는 두 사람을 발견했다. 뭐 자기도 조금 전에 한세와 뜻이 맞아 부둥켜안고 있었으니 특별히 이상하게 생각할 필요는 없었지만, 어쩐지 방 안의 공기가 너무 불온한 것이었다.

"뭐라는 것이야?"

이산은 짓궂은 농을 지분거리는 건우에게 눈치도 없다고 눈을 흘겼다.

"하여간 사형은 누가 들으면 어쩌려고!"

하지만 한세는 행여나 누가 들을세라 폴짝 뛰어 올라 건우의 복을 휘감아 입을 막아버렸다.

"컥컥!"

"세야, 그렇다고 목을 졸라 죽일 작정이냐?"

이산은 모처럼 허물없이 농을 주고받으며 활짝 웃었다.

"그냥 죽일까요?"

"졌다, 졌어!"

셋이서 뒤엉켜 장난을 치고 있는데 시끄러운 소리에 놀란 기섭이 뒤늦게 후다닥 달려 들어왔다.

"무슨 일이냐?"

"이왕 이렇게 다모였으니 밤마다 독수공방하느라 양기가 넘치는데 포구나 한번 하시지요, 저하?"

"어차피 밤새 전하의 곁을 지키실 것이니 잠시 몸을 풀고 가시는 것도 괜찮을 것입니다."

한세도 그 편이 이산의 우울한 기분을 푸는 데 좋을 것 같아 찬성했다.

"그러자꾸나. 한바탕 뛰고 가서 전하 곁을 지키면 한결 마음이 후련하겠지."

한세가 적극 찬성하자 잠시 망설이던 이산도 용포를 훌훌 벗어버렸다. 보고 있던 기섭과 건우도 무복으로 갈아입기 시작하자 한세도 자신의 무복을 챙겨 입었다.

포구라는 것은 일곱 자 되는 높이의 기둥에 구멍을 뚫은 판자를 얹어 고정시키고 그 구멍 아래로 그물망을 늘어뜨려 그 망통에 공을 담아 점수를 따는 놀이로 농구와 비슷했다.

"시이이~ 작!"

포구는 자타공인 건우가 제일 잘했다. 건우는 기섭과 편을 먹고 이산은 한세와 편을 먹었다.

"아뿔싸!"

한데 오늘따라 이산은 번번이 공을 빼앗긴다. 다시 잡아채지도 못하고 간신히 공을 잡았다 하여도 집어넣지도 못하고 영 엉뚱한 곳에다 떨어뜨리기 일쑤였다.

"옳지! 하나 넣고!"

건우가 계속해서 공을 넣자 또 승부욕이라면 지지 않는 이산은 저고리를 벗어버렸다.

떡 벌어진 골격에 적당히 그을린 피부, 단단하면서도 탄력 있는 그의 근육이 햇살 아래 반짝거렸다.

"세야, 받아!"

이산이 공을 잡아 한세에게 넘겼지만 앞으로 달려가다 기섭에게 공을 빼앗기고 말았다.

"안 되겠다, 한세 타!"

번번이 공을 놓치자 열 받은 이산은 갑자기 한세를 번쩍 치켜들고는 목말을 태웠다.

"헉!"

"세야, 받아!"

누가 보면 어쩌려고 주위를 두리번거리는데 그 와중에 공을 빼앗은 이산이 공을 넘겼다.

"옳지, 하나 넣고!"

겨우 그물에 공을 넣은 한세도 그만 좋아서 비명을 질렀고 이산은 덩실덩실 춤을 추었다.

먼 산 너머 해가 지고 있었다. 서산으로 지는 해는 분명 또 돌고 돌아 내일 아침 동쪽으로 떠오를 것이다.

존현각 뒷마당에 노을빛을 뿌리며 장관을 이루는 해넘이 속에 건우와 기섭은 골대를 향해 날아올랐고, 한세를 목에 태운 이산은 땀을 흘리며 뛰고 있었다.

비록 순간순간이 위태로울지라도 그들이 꿈꾸는 세상을 위해,

우정을 위해, 그리고 사랑을…… 위해 기꺼이 목숨 걸 수 있는 낭만.

"네가 좋아, 세야! 참을 수 없을 만큼, 네가 좋다."

서로의 온기에 마음을 부비며 한세를 목에 태운 이산은 날듯이 뛰고 있었다.

밝은 햇살 아래서 감추어져 있던 고독이 고개를 든 까닭인지 해 질 녘이 되면 쓸쓸해진다.

새들도 둥지로 날아가 숨을 죽이는 시각이 되어서야 한세와 건우는 남산 자락 아래 있는 담헌의 집 유춘오에 당도했다.

"서두르시지요, 사형. 이러다 늦겠습니다."

한세는 산길에 들어서자 말을 걸리며 재촉했다.

"어찌 양금을 배우겠다는 나보다 자네가 더 서두르는 것인가?"

"목멱산까지 오니 자연 마음이 급해지는군요."

한세는 잘하면 오늘 책으로만 읽었던 담헌의 유춘오악회라는 풍류방에서 활동하는 풍류객들의 연주를 들어볼 수 있겠다는 생각에 들떠 있었다.

"하긴! 우리가 오늘 풍류방 유춘오악회의 실내 연주악을 듣게 되겠군."

"참, 한데 알아보시겠다는 것은 어찌 되어가고 있는 것입니까?"

건우와 기섭은 두 패로 나누어 노론의 자금줄을 추적하고 있는 중이었지만 거느리고 있는 사병이 많지 않아 추적하는 데 한계가 있는 모양이었다. 세자익위사 열여섯 명도 대부분 양반가의 자제들이고 보니 전부가 완전한 이산의 사람들로 채우기는 어려웠다.

"알아보고는 있는데 저들이 워낙 은밀히 움직이고 있네. 자칫 밖으로 소문이라도 새어 나가면 이 또한 큰일이니 기섭과 사부님도 은밀히 움직이고 있네."

"저도 알아보고 있습니다. 뭔가가 잡히면 그때부터 움직여 볼 생각입니다."

한세가 동원할 수 있는 무사들도 비단전의 한민이 동원할 수 있는 믿을 만한 검계들뿐이었다.

"아무튼 여유가 별로 없으니 서둘러야 하네."

담헌의 별장, 짙은 신록의 향기가 가득한 유춘오에 건우와 한세가 도착했을 때는 이미 작은 정자에 모인 이들의 연주가 시작된 뒤였다.

정원이 깊어 아직 해가 완전히 떨어지지 않았는데도 고요하고 돌담을 따라 내려가는 돌계단에는 떨어진 꽃잎이 가득했다. 유춘오(留春塢). 어찌해서 봄이 떠나지 못하고 이곳에 머무는지 알 것 같았다.

궁성(宮聲)과 우성(羽聲)이 번갈아 연주되니, 곡조가 그윽한 경지에 들어섰다.

두 사람은 그들의 연주에 방해가 되지 않으려고 한쪽으로 조용히 앉아 구경했다.

홍대용은 가야금을 펼쳐 놓고 있었고, 홍경성은 거문고를 잡고, 이한진은 퉁소를 꺼내어 연주하고 있었는데 가만히 보니 서양 금의 채를 손에 들고 있는 여인이 낯이 익었다. 연주는 몇 곡을 계속해서 이어갔는데 어찌하여 이들의 연주를 듣고 노회한 김용겸이 감사의 표시로 큰절을 올렸는지 알 것 같았다.

"어, 저 여인은?"

서양 금의 채를 쥐고 있는 여인은 바로 채운당의 당주였다.

하나 지난번 채운당에서 보았을 때와는 달리 오늘은 단아하게 쪽 찐 머리에 수수한 반회장저고리를 입은 것이 반가의 아녀자와 다를 바 없어 보였다.

"저 양금을 연주하는 이는 여인이 아닌가?"

"예, 저 여인은 채운당의 당주입니다. 한데 어찌 저 여인이?"

한 사람이 어떻게 저렇게 분위기가 달라질 수 있는 것인지, 눈썰미가 좋지 않았다면 알아채지 못했을 것이었다.

"하면, 채운당 당주가 북경에서 서양 금을 직접 배워왔다는 말인가?"

건우와 한세는 낮은 목소리로 속삭였다.

"그러게요, 참말 의외로군요."

아무리 생각해도 채운당도 그렇고 채운의 당주도 그러하고 뭔가 베일에 싸여 있는 여인이 틀림없었다.

"오셨는가?"

연주가 끝나자 홍대용이 그들을 발견하고 정자에서 내려왔다.

"예, 참으로 훌륭한 연주였습니다."

"저희들 또한 큰절을 올리지 않을 수 없습니다."

건우와 한세는 천상의 소리를 연주해 준 그들에게 그 자리에서 큰절을 올렸다.

"이렇게까지 하지 않아도 될 것인데……."

담헌 선생은 웃는 낯으로 한세와 건우를 그들이 있는 정자 안으로 데려갔다.

"양금을 배우고 싶다고 오신 분들입니다."

"장악원 부제조 강건우라고 합니다."

"어서 오시오."

"우세마 한세라고 합니다."

"반갑소."

"이쪽은 내가 소개하겠다고 했던 양금 연주자요."

"채운이라 하옵니다."

채운이 허리를 숙여 인사하자 건우가 말없이 자신의 옆자리를 권했다. 그녀가 다소곳이 자리에 앉자 건우는 밝고 온화한 기운이 퍼지는 환한 미소를 지어 보였다. 괜스레 채운의 얼굴이 새빨개졌다.

"그만 좀 보셔요. 저의 얼굴에 뭐가 묻었답니까?"

"아니…… 그저 고와서."

그렇게 한결같이 느긋하고 여유 있는 건우가 그 여인 앞에서는 말을 할 박자를 놓치고 말았다.

"뭐요, 사형?"

한세는 그런 건우를 쳐다보았다.

"아니, 허허!"

그러자 건우는 쑥스러운 듯 소리를 내어 웃었다. 그의 웃음소리는 가볍고 투명했다.

'이런 젠장, 벌써부터 넘어간 것인가?'

건우의 웃는 얼굴을 보니 이미 밀당도 해보기 전에 넘어간 것이 틀림없었다.

하지만 한세는 수없이 많은 여인들이 덤벼도 꿈쩍도 않던 건우의 입가에 단박에 웃음이 돌게 만드는 채운이라는 여인이 더 궁금해졌다.

아무리 보아도 그녀는 하얀 비단 실타래 속에 들어앉아 있는 듯한 느낌이었다. 그래서 그녀가 감고 있는 그 실타래를 한 겹 한 겹 벗겨보는 것이 어쩐지 망설여졌다.

"우리는 구면인 것 같습니다."

"예, 그렇군요. 한데 저를 어디서 본 것인지는 기억해 내셨습니까?"

"아니, 기억나지 않습니다."

한세는 기억나지 않는다고 고개를 저었지만 채운 역시 미심쩍은 얼굴이었다.

한세가 채운과 이런저런 이야기를 나누고 있는데 조촐한 주안상과 요기할 음식이 차려진 상이 나왔다.

"이것이 다 무엇입니까?"

한세가 놀라 묻자, 채운이 소녀처럼 쌩긋 웃으며 쳐다보았다.

"특별한 것은 아닙니다. 그저 연주의 흥취나 돋울까 하고 장만해 들고 온 것이지요."

"포구를 하고 바로 달려온 터라 출출하였는데 덕분에 허기를 면하겠습니다."

건우는 평소의 그답지 않게 싹싹한 것이 말이 많아졌고 한세는 슬쩍 눈치를 주었다.

"자자, 드시지요."

담헌이 술잔을 돌리며 권하자 선비들도 다가앉았고 건우는 젓가락으로 어선 하나를 집어 한세의 접시에 놓아주고는 자신도 먹었다.

"어찌 먹지 않고……."

한세는 젓가락으로 어선을 들고는 가만히 들여다보았다.

생선살을 발라 색색 채소를 넣고 쪄내어 모양이 고왔다. 하나같이 정갈하고 고급스러운 음식이었다. 채운이라는 여인은 늘 이런 정성스러운 음식들을 싸가지고 오는 것일까, 그런 생각이 들자 한세는 쉽게 먹지 못했다.

"자자, 일단 먹자."

한세의 생각을 읽은 것인지 건우가 어깨를 툭툭 치며 즐거워진 얼굴로 아주 환하게 웃었다.

"그대를 보기 위해선 어찌하면 되겠소?"

"양금을 배우시려면 이쪽으로 오셔도 좋고 채운당으로 오셔도 좋습니다."

채운의 답에 건우는 알겠다는 듯 고개를 끄덕였다. 옆에서 가만히 듣고 있던 한세는 혀를 찼다.

'이런 선수 같은 인사, 어느새 채운당으로 무사히 들어가네?'

그렇게 생각하니 한없이 흥겨워졌다.

한세가 웃으니 건우도 따라 웃었다. 그의 웃음은 모처럼 화통하고 맑아서 답답하고 우울했던 속이 시원해지는 것 같았다.

"그럽시다! 이리 멋진 분들과 좋은 바람, 좋은 소리가 있는데 어찌 즐기지 않을 수 있겠습니까?"

한세가 술을 마시며 흥에 겨워 중얼거리자 담헌 선생은 그 자리에서 일어나 거문고를 안고 연주를 시작했다. 그러자 다른 이들도 돌아가 담헌 선생의 곡조에 맞춰 즉흥적인 연주를 시작했다.

어슬녘, 어스름달이 떠오르며 정자 주위의 고요한 숲, 나뭇잎 사이로 노을빛이 내려앉기 시작했다. 풍류방 유춘오악회의 연주 소리가 세상 속으로 고요하게 흘러들어 갔다.

참으로 아름다운 초여름날이었다.

한세는 이 순간 이 자리에 이들과 함께하는 것이 행복했다.

어차피 인생은 순리만 따르면 잘못될 일이 없다는데…….

한세가 생각하는 순리는 때로는 위험을 감수하고라도 직감이 시키는 대로 해야 한다는 것이었다. 그녀의 직감은 자신이 받은 '마지막 어명'의 소임을 완수해야 한다는 것.

어쩌면 그동안 그녀가 가정해 본 그 모든 '만약'이 현실이 되어 나타난다고 해도 그것이 운명이라면 아무리 힘들어도 따를 각오가 되어 있었다.

영조가 잠든 것을 확인한 이산은 잠시 짬을 내어 존현각으로 돌아와 일기를 쓰기 위해 책장 앞으로 갔다. 책장 위에 놓아둔 일기장을 꺼내려는데 문득 바닥에 떨어진 필갑과 작은 서책이 보였다.

"뭐지?"

필갑과 서책을 들고 보니 그 또한 일기장 같아 보였다.

필갑에 수놓아진 난과 나비를 보니 공들인 흔적이 역력한 것이 한세의 것이 틀림없었다. 아마도 낮에 장난을 칠 때 떨어뜨린 것이 틀림없다 싶어 서안 서랍 안에 넣어두고 자신의 일기장을 펼쳤다.

"남의 것을 보면 아니 되지."

하지만 보지 않아야 한다고 생각하면 더 보고 싶은 것이 사람의 마음. 결국 이산은 책이나 읽자고 생각하며 붓을 내려놓았으나 아무것도 손에 잡히지 않았다.

"세도 내 일기장을 짬짬이 훔쳐보는 거 안다."

결국 이산은 그렇게 자조하며 기섭이 무엇을 하는지를 살핀 뒤에 조심스럽게 서책을 펼쳤다.

"응, 웬 이름을 이렇게?"

첫 번째 장에는 〈만나야 할 사람들〉이라는 제목과 함께 홍대용을 비롯한 박지원, 박제가, 등의 인물들이 쭉 기록되어 있었다.

"아니 저는 내 옆에만 있으면 될 것인데 뭔 사람들을 이렇게 많이 만나?"

이산은 뭔가 껄끄러운 기분으로 서책의 첫 장을 넘겼다.

두 번째 장을 열어보니 〈해야 할 일들〉이라는 제목 밑에 현재 조선의 문제점, 해결 방안이라는 글들이 빼곡하게 적혀 있었다.

"이, 이것이 대체!"

고심하며 쓴 흔적이 역력한 그 글을 읽으며 이산의 낯빛은 점점 창백해졌다. 그는 놀라고 당황스러운 마음을 진정시킬 수 없었지만 다음 장으로 넘어갔다.

처음 것들과 달리 그림이 그려져 있는 그 장은 묘한 제목이 달려 있었다.

"산♥블리? 산♥블리? 산♥블리가 뭐지……."

이산은 제목 밑에 그려져 있는 그림들을 보다 깜짝 놀라고 말았다. 그것은 아무리 봐도 그의 얼굴과 그의 일상생활을 그린 것이 틀림없었기 때문이었다.

이산은 그림 속의 인물을 가만히 들여다보았다. 한눈에 보아도 그자가 누구인지 정확하게 특징을 잡아내어 그려둔 그림. 결코 범상한 재주는 아니었다.

이산은 급히 다음 장을 넘겨 보았다.

"이건 서강이 틀림없고."

〈강까칠 v.v〉이라 적혀 있는 제목 밑에는 분명 서강이 분명한 그림들이 그려져 있었다.

"이것은 건우와 기섭, 아하 이것이 별호로구나!"

그 다음을 넘겨 보니 건우가 틀림없는 〈꽃돌 건〉이 그 다음은 기섭이 틀림없는 〈훈남 섭〉이 있었다. 이산은 기가 막힌 것을 발견했다는 듯 씽긋 웃었다.

"그런데 산 옆에 붙은 저 묘한 모양은 무엇일꼬? 어, 근데 제 것은 어찌 없어."

다음을 넘겨 보니 한세의 자화상이 틀림없는 그림이 나왔다.

"그렇다면?"

이산은 장난기가 가득한 웃음을 띠고 붓을 들었다.

"뭔지는 잘 모르겠다만, 내 옆에 붙은 것이니 좋은 것이 틀림없다."

이산은 장난스러운 표정으로 입을 조금 내밀고 한세의 자화상 위에 〈엉뚱♥세〉라고 정성껏 써넣었다.

"거참, 잘 지었는걸!"

이산은 붓을 내려놓고 다시 들여다봐도 몹시 흡족해서 손뼉을 짝 쳤다.

"어찌 그러십니까?"

그러자 문 앞에 앉아 시원하고 있던 기섭이 물었다.

"아, 자네 산♥블리가 뭔지 아나?"

"그거 저하의 애칭 아닙니까?"

"어, 그것이 애칭이더냐?"

"예, 애칭입니다."

"근데 그것을 어찌 알았느냐?"

이산의 눈이 신통하다는 듯 반짝거렸다.

"모르셨습니까?"

오히려 기섭이 이상하다는 듯 되묻자 이산은 감정이 팍 상했다.

"하면 강까칠은?"

"서강."

"하면, 꽃돌 건은?"

"그것은 건우의 것이지요. 참고로 제 애칭은 훈남 섭입니다. 훈남 섭!"

기섭은 아직까지 그것도 모르고 계셨느냐는 얼굴로 자랑스럽게 어깨를 쫙 펴며 웃어 보였다.

"하면 세의 애칭이 뭔지 아느냐?"

이것이야 내가 지은 것이니 설마 모르겠지 하고 물었으나 기섭의 얼굴이 시큰둥해지는 것이다. 설마 하는데.

"엉뚱세!"

"에라잇!"

산은 화가 나서 야장의 자락을 획 뿌리치며 돌아앉아 버렸다.

"어찌 그러십니까?"

"어떻게 그것을 나만 모를 수가 있느냐?"

"그러게요."

가뜩이나 열통이 터지는데 기섭은 무엇이 그리 좋은지 빙글빙글 웃고 있었다.

"너 지금 웃는 것이냐?"

짜증이 난 이산은 이제 너란다.

"흠! 흠!"

단 한 번도 찡그려 본 일이 없을 것처럼 생긴 이산의 단아한 미간이 그깟 일로 찌푸려지는 것을 바라보던 기섭은 웃음이 터져 나오려는 것을 간신히 참았다.

"아무리 봐도 보통 솜씨는 아니야."

이산은 부아가 나서 입을 쭉 내밀고 한세의 일기장을 곰곰이 들여다보다가 다시 물었다.

"하면 말이지, 이 산♥블리 할 때 산 옆에 붙어 있는 것은 무엇이냐?"

"아, 그것은 사람의 심장을 표시하는 것이라는데 사랑, 연모. 뭐 그런 것을 나타낸다고 합니다."

"뭐, 사랑? 연모?"

가슴이 간질간질해지는 그 말이, 어째서 이리도 생경한 것인지.

그의 입술이 달달한 물기를 머금은 듯 빙긋 벌어졌다. 차마 입 밖에 내놓지 않았지만, 사실 그는 사랑받고 싶고 사랑하고 싶은, 뜨거운 가슴을 지닌 사내였다. 처음 세손빈과 혼례를 올렸을 때는 그녀를 여인으로 쳐다볼 정신도 마음도 없었다. 그때나 지금이나 말 한마디도 몇 번을 생각하고 또 생각해서 입 밖으로 내어놓아야 하는 현실. 싫어도 싫은 내색조차 할 수 없는데, 차라리 아주 작아져서 그대로 흔적도 없이 사라져 버리고 싶은 날들의 연속인 상황에 여인을 바라볼 틈이 있을 리 없었다.

언제부터인지 알 수 없지만 그는 서책을 펼쳐 앞을 가리고 시위를 하며 앉아 꾸벅꾸벅 졸고 있는 한세를 훔쳐보았다.

처음엔 졸고 있는 그 녀석이 안쓰러워서, 그 다음엔 장난이 하고 싶어서.

어느 날 별생각 없이 눈길이 스쳐 지나려던 찰나 깊은 사색에 빠져 있는 듯한 한세의 옆얼굴을 보고 말았었다.

깎아놓은 듯 결 고운 얼굴의 선과 곧은 콧날, 솜털이 보송보송한 복사꽃을 닮은 볼.

"워낙에 세가 저하를 끔찍이 생각하니, 좋으시겠습니다."

기섭이 웃음을 참지 못하고 큭큭대는 바람에 정신이 들었지만, 그는 좋은 기색을 감추지 못하고 일기장으로 시선을 돌렸다.

그 작은 공책 속에 한세는 꼼꼼하게도 이것저것 쓰고 그려놓았다.

그와 예동들이 처음 말을 타던 날, 관례를 치르던 날, 처음 흑립을 쓰던 날, 도포를 입던 날. 처음 궁궐 밖으로 나가 건우의 별채에서 춘화를 보려다 큰 소동이 났던 날.

문득 그려진 강의 모습을 보고 있자니 벌써 며칠 동안 보지 못한 그가 그리웠다. 하루 종일 붙어 있어도, 퇴궐하고 돌아간 저녁이면 밤이 길다고 느껴질 만큼 그리워지던 강인데, 그날 이후 한 번도 보지 못했다.

"어찌 그러십니까, 저하?"

언제나 이산의 곁에서 시위하던 기섭이고 보니 그런 감정의 변화를 눈치채지 못할 리 없었다.

"강이가 보고 싶구나."

"오라고 기별을 넣겠습니다."

"아니다, 되었다."

문득 강을 불러 선비의 다도를 즐기며 차나 한잔 나누어 마시고 싶었지만 그는 고개를 저었다. 이제는 어쩌면 오랫동안 마주 앉아 차를 마실 수 없을 것이라는 생각이 그를 쓸쓸하게 했다. 대신 그는 붓을 들고 강에게 보낼 서찰을 썼다.

"알아보았는가?"

담헌의 별채 유춘오에서 돌아온 채운은 옷을 갈아입고 단장을 끝낸 뒤에 도겸을 불렀다.

"예, 서강은 현재 기별서리들마다 중요한 인사들을 정해주고 밀착 감시를 하고 있습니다."

그림자 무사로만 남기에는 체구가 크고 언뜻 보기에도 준수한 미남자인 도겸은 이 채운당의 눈과 귀가 되는 정보 조직과 사병들, 그리고 운종가의 상권을 관리하는 실질적인 책임자였다.

"조직의 규모는 어느 정도인가?"

채운은 이미 화완옹주가 이런 제안을 해오기 이전부터 이런 날이 올 것이라 짐작하고 대비를 하고 있었다. 그중에서도 서강은 특별히 눈여겨보고 있는 터였다. 최연소 과거 급제자가 되면서부터 이미 노론 벽파를 주축으로 한 명문가 자제들의 모임을 이끌고 있는 그가 정확하게 어느 쪽인지 확신이 서지 않았다.

"이미 중요한 인사들이 있는 곳마다 그곳 관할 기별서리들을 활용하고 있습니다."

"중요한 인사들의 동태를 파악하며 그 고장의 정보를 얻겠다. 게다가 언로까지 장악을 하겠다고 하니, 참으로 무서운 인사가 아닌가?"

"게다가 그 많은 기별서리들이 하나 같이 월봉을 지급받고 있으니, 나라에서 주는 녹봉 이외에 부수입이 생기는 것입니다. 비밀리에 움직여도 이탈하는 자가 단 하나도 없었습니다."

"늘 하는 일에서 조금 더 일을 하는 것이니 크게 무리가 가지 않으면서 부수입이 생기는데, 어느 누가 그 일을 그만두고 싶을 것인가. 오히려 하고 싶다는 자들이 생길까 봐 쉬쉬하겠지. 덕분에 많은 월봉을 주지 않아도 그 많은 기별서리들을 제 사람으로 거느리게 되는 것이고. 대체 그것이 나라의 녹봉이나 받는 일개 관원이 생각할 수 있는 일인가."

채운의 큰 눈이 가늘어지며 고개를 갸웃거렸다. 무언가 마음에 들지 않을 때면 나오는 그녀의 버릇이었다.

"그렇다고는 하나 벌써 몇 년째 계속 월봉을 지급하고 있으니 이는 한 사람이 할 수는 없는 일이겠지요."

"그 자금은 어디서 충당하는지, 서강의 뒷배를 알아보도록 하게."

"예, 그리 지시하겠습니다."

"하면 나가서 고복수를 데려오게나. 내 꼭 물어볼 것이 있다 전하고."

"예."

밖으로 나가려던 도겸은 갑자기 전할 것이 생각난 듯 돌아섰다.

"무슨 일인가?"

"좀 전에 옹주께서 사람을 보냈는데 내일 서화 한 점만 들고 오라 하십니다."

"서화를?"

잠시 신중한 눈빛으로 생각에 잠겨 있던 채운은 가볍게 고개를 끄덕였다.

"서화사에 기별을 넣어 단원의 〈편주도해〉를 준비하라 전하게."

"예. 그리 전하겠습니다."

도겸이 나가고 채운은 자리에서 일어나 차를 내려 마셨다.

눈앞에서는 오늘 유춘오에서 보았던 한세의 얼굴이 어른거렸다.

삶의 굴곡도 많았고, 채운당의 당주가 되기까지 화려한 이력을 자랑하는 채운이니 그동안 수없이 많은 사람들을 만나왔다. 그녀는 한세를 보는 순간, 여인임을 직감했다.

어둠 속에서 까맣게 빛나는 그녀의 눈동자에서 마치 주술과도 같은 신비한 힘을 느꼈다.

채운은 세상에는 두 가지 부류의 여인이 있다고 믿었다. 수릿날, 길을 가는 사내로 하여금 으레 돌아보게 만드는 여인과 그렇지 않은 여인. 분명 그 여인은 전자였다. 한낱 여인일 뿐인데…….

"한데, 어찌해서 내가 눈을 피하고 말았을까."

차를 두 잔째 마시며 생각을 가다듬으려고 애써보아도 여전히 이해가 되지 않았다. 이제껏 신분의 고하를 막론하고 그 누구의 시선도 피하지 않았던 자신인데 어째서 온몸을 사내처럼 무장한 그 여인 앞에서는 눈을 피하지 못해 급급했던 것일까.

"이런!"

저도 모르게 꼭 틀어 쥔 주먹으로 서안을 탁 내려쳤다. 손이 아플 만도 했지만 통증조차 느껴지지 않았다.

"시작도 해보기 전에!"

다시 생각해도 울화가 치밀었다.

"들어가겠습니다."

고하는 소리가 들리고 도겸이 고복수를 업고 들어왔다.

"찾으셨습니까?"

서안 앞에 앉아 있는 푹신한 비단 방석에 내려앉은 고복수는 앞에 앉아 있는 채운의 안색을 살폈다.

"무슨 일이 있으셨습니까?"

차갑게 굳어 있는 채운의 얼굴을 가만히 들여다보던 고복수의 물음 끝에는 걱정하는 마음이 배어 있었다.

"이 사주를 봐주시게."

고복수의 염려 따위는 무시하고 채운은 서안의 서랍을 열고 그가 지난 번 봐주지 않고 도망쳐 버린 사주를 내밀었다.

"신점을 봐달라는 것입니까?"

"혹, 이 사주와 자네가 이렇게 된 것이 관련이 있는 것인가?"

"아마도 그럴 것이라 생각하고 있습니다. 이 여인을 보호해야 하는 자들이거나, 아니면 이 여인의 비밀이 부담스러운 자들이거나⋯⋯."

고복수는 지난번 놀라 도망치던 때와는 달리 차분한 어조로 대답했다.

"그래도 내가 꼭 필요하다고 한다면?"

"먼저 당주님의 사주를 적어주십시오. 이제껏 사주를 적어주신 적이 없지 않습니까? 당주님의 사주를 보여주신다면, 저도 이 사주를 봐드리겠습니다."

"자네는 관상도 보지 않는가, 한데 내 사주까지 봐야 하는가?"

"신점을 봐주기를 원하지 않으셨습니까?"

채운이 주저하는 것을 알면서도 고복수는 아랑곳하지 않았다.

"지금 나를 농락하자는 것인가, 정히 그러하면 그만두게!"

오늘따라 신경이 날카로워진 것인지 채운의 새된 목소리가 방 안에 가라앉은 적요한 공기를 뒤흔들었다.

채운당 안이라서 그런 것인지, 아니면 편히 속내를 터놓을 수 있는 전바치 고복수 앞이라서인지 알 수 없었다.

"농락이 아니라, 연모라 생각해도 아니 되겠습니까?"

그러나 고복수는 그녀를 달래는 듯 여전히 차분하게 말을 이었다.

"여식 같은 여인에게 연모라니, 가당치 않다 하시겠지만 아시지 않습니까. 당주님은 그 어떤 사내라도 설레게 만드는 분이시라는 것을."

고복수는 스스로 말해놓고도 쑥스러운 듯 허탈하게 웃었다.

잠시 두 사람 사이에 먹먹한 침묵이 이어졌다.

"좋네! 하나, 그 무엇 하나 숨기는 것이 있어서는 아니 될 것일세."

마음을 정한 채운은 붓을 들고 정결한 필체로 자신의 사주를 적어나갔다.

"이것 때문이었습니까, 그동안 사주를 보여주지 않은 것이?"

고복수가 사주를 들여다보는 동안 곤혹스러운 얼굴로 앉아 있던 채운을 향해 물었다.

"비밀을 지켜주게."

"당연히, 그리할 것입니다."

고복수는 그리 대답하며 두 장의 사주를 나란히 놓고 비교해 보았다. 그리고 눈을 감고 한참을 생각한 뒤에 천천히 눈을 떴다. 그의 눈에 알 수 없는 묘한 기운이 어리는 느낌이 들었다.

"당주님과 이 여인은 서로 상극입니다. 같은 듯하면서도 아주 다르지요."

채운의 얼굴에 균열이 생기며 파문이 일었다. 자신의 떨리는 심정을 가리려는 듯 주전자를 들고 잔에 차를 따르려 했지만 그마저도 비어 있었다.

"상극?"

그녀는 당혹감이 잔뜩 배어 있는 목소리로 물었다. 어쩐지 그 여인을 처음 본 순간부터 좋지 않은 느낌이었다.

"이 여인은 흐르는 물을 거슬러 올라가는 형상입니다. 목숨이 붙어 있는 한 물줄기를 거슬러 오릅니다."

"무엇 때문에 흐르는 물을 거슬러 올라간다는 말인가?"

자신과 상극이라는 말보다 뒤에 말이 더 충격적이었다.

"제 주인을 위해서. 얼마나 대단한 충성심인지, 심지어는 저편 다른 세상에서 거슬러 올라왔습니다."

"말이 되는가, 충성심만으로 그런 것이 가능한 것인가?"

채운은 그 말을 되짚으며 자신이 제대로 이해했는지 의아해했다. 그러나 아무리 따져 보아도 결론은 같았다.

"저도 모르겠습니다만, 대체 오늘 무슨 일이 있었습니까?"

"그 여인에게서 처음으로 누구나 사랑할 수밖에 없는 맑음을 보았네. 하나, 그 맑음은 부드러움이나 착한 기운과는 다른 강한 기운이었네. 그래서 화가 치민 것인지."

이유 없이 두려움이 느껴지는 환하고 밝은 기운이었다. 누구나 사랑할 수밖에 없는 그 기운이 처음으로 부럽고 화가 났었다. 그래서 그 여인과 눈이 마주쳤을 때, 피하고 만 것일까. 문득 그런 생각이 들었지만 고개를 흔들어 털어버렸다.

"맞습니다, 맑음입니다. 그 여인의 힘은 맑음이지요."

"하나, 그 맑음이라는 것은 더러움을 참지 못하지. 조금만 더러운 것이 묻어도 견디지 못하고 탁해진다네."

"그 여인은 연꽃입니다. 모든 더러운 것들을 빨아들여 꽃을 피우는, 그래서 그 맑음이 두려운 것입니다. 무엇을 하시려는 것인지 모르겠습니다만 그 일, 그만두시면 안 되겠습니까?"

고복수는 서안 위의 사주 두 장을 들여다보다 다시 고개를 들고 채운을 바라보았다.

"그러기엔 받은 것이 너무 크다네. 하나, 걱정 말게. 그 맑음이라는 것은 어디에 놓여 있느냐에 따라 때로는 치명적인 덫이 된다네."

고복수와 눈길이 마주친 채운은 뜨끔하였지만 그녀는 보란 듯이 생긋 웃어 보였다.

"돌아가신 채운당의 당주께서 이 채운당을 대변하는 채운이라는 이름을 주셨을 때는 당주님께 그만한 믿음이 있으셨겠지요, 하면 저는 그리 믿고 이만 물러가 보겠습니다."

"게 있는가?"

채운은 엽전 한 꾸러미를 내어 놓으며 도겸을 불렀다. 그러자 도겸이 들어와 고복수를 업고 나갔다.

이미 들어선 길이었다. 그 길 끝이 천 길 낭떠러지이더라도 이제는 돌아설 수 없는 길이었다. 가야만 하는 길이었다. 가서…… 그 끝을 보고 싶은 마음이 더 강렬하기에.

❀

먼동이 트기 시작했는데도 서쪽 하늘에는 밤새 지샌 달이 남아 머뭇거리고 있었다. 연못에서는 바람에 물결이 칠 때마다 작은 북새들이 포로롱 하늘로 솟구쳐 올랐다. 연못 안에서는 화려하게 피어오르는 연꽃과 이슬 맺힌 연잎들이 고고한 자태를 뽐내고 연못 주위에 무리 지어 핀 개망초 꽃들은 서로 몸을 비벼 시름을 나누었다.

"아함!"

입이 찢어져라 하품을 하며 밖으로 나온 한세는 별생각 없이 돌아보다가 강의 방이 조용한 것이 이상해 살며시 문을 열어보았다.

"어?"

방은 텅 비어 있었다. 분명 어젯밤에도 늦게 들어온 것 같은데 어느새 등청을 했더란 말인가.

"내가 윤 소저 만나는 자리에 가지 않았다고 삐친 것이야? 이게 뭐하자는 것이야! 삐칠 사람이 누군데?"

한세는 다시 한 번 몸서리를 치고 몸을 풀기 위해 별채 뒤로 돌아가 검을 잡았다.

"그나저나 공부를 안 하니 좋다고 했더니만! 젠장!"

남들이야 그래도 세자익위사라 하면 멋진 무관이겠거니 상상하겠지만 우세마야 세자익위사 열여섯 명 중에서도 말단의 잡직. 계방에서의 온갖 잡다한 일은 도맡아 해야 한다.

그동안은 그저 열심히 사부가 시키는 연구나 하고 뜬금없이 숨어드는 자객이나 첩자 놈들을 잡아서 처리하고, 퇴청하면 비단전으로 가서 아는 지식을 이용해 화장품, 비누, 여인네들 속옷, 돈 될 만한 것이나 만들어 팔고 한참 좋았건만, 홍대용이 상관으로 들어오고부터는 골치 아픈 일이 생겨 버렸다. 궁금한 것을 묻고 싶어 하는 담헌 선생이 이것저것 서로 논의를 하자는 것이 너무 많아진 것이다.

"거참, 난 딱 몸 쓰는 체질인가 봐. 검을 잡으면 이렇게 정신이 맑아진다."

한세는 칼날의 길이도 짧고, 무게도 가벼운 외날 칼인 도(刀)를 가볍게 휘둘렀다.

이산이 보위에 오르는 날, 기섭은 운검을 한세는 별운검을 받기로 했다. 물론 둘이서 서로를 격려하며 한 약속이겠지만 그래도 이루어질 것을 믿으며 한세는 별운검과 똑같은 검을 만들었다.

아침 수련을 마치고 한세도 이른 시각에 등청을 했는데 존현각 앞에 세손빈이 서 있는 것이었다.

"어인 일이십니까?"

음전한 규수였던 세손빈은 혼례를 올린 이후 웃전에 문안 인사를 들 때를 제외하고는 세손을 구경도 할 수가 없었다.

사도세자의 죽음 이후 이산은 대부분 존현각에 머물며 서연에 열중하였고 밤낮없이 서책을 읽으며 홀로 지냈다. 게다가 늘 영조가 불러 곁에 두거나 틈이 나면 화완옹주가 붙어 앉아 수라도 같이 먹는 지경인데다 혹시라도 짬이 날 때면 예동들과 무술 수련을 하느라 바빴으니 그야말로 독수공방이었다.

"내 우세마에게 부탁할 것이 있어 이리 왔습니다."

"예, 말씀하시지요."

"지금 내 처소에 대제학의 손녀가 와 있답니다. 번거로우시겠지만 사간원에 가서 서 사간을 제 처소로 모셔와 주시겠습니까?"

"예, 그리하겠습니다."

세손빈은 그렇게 당부하고 처소로 돌아갔고 한세는 별수 없이 사간원으로 사람을 보내 강을 오라 했다.

"바쁜데 집에서 보면 될 것을 어찌 오라고 하는 것이냐?"

한세가 급히 보자고 한다는 말에 허겁지겁 달려온 강은 얼굴을 보자마자 버럭거렸다.

"제가 드리고 싶은 말이네요, 바쁜데 무슨 연애질까지 하시느라! 아무튼 딴소리 말고 따르십시오. 세손빈께서 보자 하십니다."

분명 강이 어제도 윤 소저를 만나러 간다고 하더니 두 사람이 한눈에 반하기라도 한 것이 틀림없었다. 아니고야 어찌 아침부터 세손빈까지 내세워 또 만나야겠다고 한단 말인가, 젠장. 한세는 공연히 부아가 나는 것이었다.

"세손빈께서 무슨 일로?"

"아, 가보시면 아시겠지요. 저는 명을 받았으니 모셔다드리는 것으로 끝입니다."

한세는 입을 쑥 내밀고 강을 노려보다 고개를 휙 돌려 버렸다.

"밤늦게까지 술이나 퍼먹고 아침까지 퍼져 잔 놈이 뭘 잘했다고!"

어제는 먼저 약조를 어기고 저 혼자 도망쳐 버리고 밤늦게까지 술이나 퍼먹고 들어와서는 어찌 저가 더 화를 내는 것인지 서강은 어이가 없다는 얼굴로 한세의 뒤통수를 노려보았다.

"속 같아서는 한 대 쥐어박고 싶다만……."

강은 혼자서 구시렁거리며 한세의 뒤를 따라갔다.

마침 강이 왔다는 전갈을 받고 써두었던 서찰을 전해주려고 나왔던 이산은 영문도 모르고 두 사람의 뒤를 따라갔다.

"오셨습니까?"

세손빈은 동무인 윤소이와 함께 밖에 나와 기다리고 있었다. 세손빈보다 두 살이 어린 윤소이는 집안끼리 가까워 사가에 있을 때에는 친자매처럼 지내던 사이였다.

"예, 찾으셨다고?"

서강은 세손빈 곁에 서 있는 여인을 보는 순간 사태를 짐작했는지 단박에 얼굴이 굳어져 한세를 노려보았다.

"일단 안으로 드시지요."

세손빈은 살갑게 웃으며 안으로 들어가자 하였고, 강은 아무리 화가 난다고는 하지만 그 자리를 박차고 뛰쳐나가 버릴 만큼 예법을 모르는 이는 아니었다.

"예."

강이 군소리 없이 세손빈의 처소로 들어가 버리자, 바로 뒤에 서 있던 한세는 당혹스러웠다.

"하, 나 같은 건 돌아보지도 않고!"

날마다 사내들과 섞여서 무기를 시험하네, 무술을 연마하네, 뛰고 구르느라 까마귀 새끼 같은 제 모습과 우유처럼 뽀얀 피부에 분홍빛 갑사 당의를 걸쳐 입고 수줍게 웃고 있는 윤소이를 비교해 보니 한숨만 나오던 터라 얼굴이 붉으락푸르락하였다.

문득 한세의 시선이 이산과 마주쳤다.

마침내 서강이 윤 소저와 함께 전각 안으로 사라지자 한세의 긴장하는 얼굴이 이산의 손에 잡힐 듯 전해졌다. 이산은 전각 쪽과 한세를 번갈아 쳐다보며 어찌해야 좋을지를 고민했다.

"저하, 언제 오셨습니까?"

"조금 전에, 아니…… 실은 조금 되었다. 강에게 전할 서찰이 있어서."

"예."

"답답한데 잠시 바람이나 쐬고 오자꾸나."

"말을 타시려고요?"

"환복하고 나오마."

이산은 말없이 돌아서 앞장서 걸어갔고 한세는 참말 내키지 않는 날이라고 오만상을 쓰며 뒤따라갔다.

"아니, 이 판국에 무슨 말까지 타야 해? 씨이!"

여름 햇살이 환하게 퍼졌다. 초여름의 나무들은 끊임없이 푸르러갔다. 녹음 짙은 나뭇잎들은 휘휘 늘어졌고 작은 바람에도 쉴 새 없이 흔들렸다.

"나오니 좋구나!"

이산과 한세는 함께 맑은 공기를 마시며 크고 우람한 나무가 서 있는 세상 끝을 향해 말을 달렸다. 적색 무복에 백마를 탄 이산이 앞서 달리고 검은 말에 까만 무복을 맞춰 입은 한세가 바람을 가르며 달려간다.

"워, 워!"

숲길을 들어서 한참을 달려가는데 갑자기 앞서가던 이산의 말이 허공을 향해 펄쩍 뛰어 오르더니 긴 울음소리를 내지르며 날뛰었다. 그대로 달려가면 멀리 보이는 나무를 지나 바로 절벽이었다.

"저하, 뛰어 내리세요. 저하!"

한세는 비명을 지르며 따라붙었지만 이산은 사방으로 흔들어대는 말의 등에 바짝 붙어 앉아서 쥐고 있는 고삐를 놓지 않았다. 그대로 뛰어내리면 말은 분명 달려온 속도를 조절하지 못하고 벼랑 끝으로 떨어져 내릴 것이 틀림없었다.

"아, 이 판국에 말을 살리겠다고!"

한세는 말을 포기할 수 없는 이산을 확인하고 말을 더욱 가까이 붙이고 훌쩍 몸을 날렸다.

"젠장!"

이산을 향해 몸을 날린 한세는 그대로 그를 잡고 바닥으로 굴러떨어졌다. 바닥으로 떨어질 때 단단한 그의 가슴이 한세의 여린 몸을 감싸며 공중에서 한 바퀴 도는 것이 느껴졌다.

앞이 아득해지며 아찔한 기분에 그대로 눈을 감았다.

포근하고 아늑한 그의 품에 안겨 지상으로 낙하하는 아주 여린 나뭇잎 하나. 그리고…… 아주, 아주 부드럽고 촉촉한 무언가가 그녀의 입술에 닿았다.

뭐지, 뭐가 이렇게 부드러워? 생경한 느낌에 천천히 눈꺼풀을 들었다. 어떡해, 어떡해. 저하의 코가, 입술이!

그 순간 새파랗게 질린 둥그런 눈이 튀어나올 듯 크게 떠졌다.

다행히 풀이 자란 바닥이라 이산은 크게 다치지 않았고 오히려 등에 푹신한 느낌까지 들었다. 곧 입술에 아주 부드럽고 여린 꽃잎이 닿는 느낌이 들었다. 아주아주 부드럽고, 따뜻하며 달콤한 입술이었다.

처음 한세가 자신의 가슴 위로 떨어지며 그의 입술이 닿았을 때는 보들보들하며 포근한 매화 꽃잎이 자신의 입술에 살며시 닿았다 떨어져 나가는 느낌이었다. 세상에 어떻게 이렇게 부드러운 것이 있었더란 말인가.

새파랗게 질린 한세의 커다란 눈동자가 튀어나올 듯 커지는 것이 보였다. 입술이 떨어지는 것이 싫어 이산은 본능적으로 한 바퀴 몸을 돌려 고개를 숙이고 가만히 숨을 멈춘 듯 있었다.

이번에는 조금 더 탄력 있는 모란 꽃잎이 닿는 느낌이었다.

그 순간 숲의 새들은 숨을 죽이고, 나뭇잎을 흔들던 바람도 자는 듯 고요해지며 졸졸 흐르던 물줄기는 흐르기를 멈추고 그들의 세상은 정지했다. 귓가에 맑고 경쾌한 휘파람 소리가 들리더니 몸 어디선가 반짝, 불이 켜졌다.

촉촉한 꽃잎은 불티가 되어 그의 입술을 밝히며 잠들어 있던 불씨에 불을 붙였다. 입술을 타고 내려온 불꽃은 목젖을 타고 가슴으로, 그리고 배를 타고 내려가고 또 다른 한 줄기는 온몸의 실핏줄을 타고 신경, 말단의 세포 하나하나를 깨우며 온몸 구석구석이 수천 개의 조그만 불꽃들을 매단 듯 화끈거렸다.

가슴이 불에 덴 것처럼 뜨거웠다. 조용하게 흐르던 피가 아연 활기를 띤다.

동짓날 얼음장 밑을 흐르는 물처럼 느릿느릿 흘러가던 모든 것들이 일순간에 녹아내리며 생동감이 넘치고, 뜨거워지기 시작했다.

무슨 일이 일어난 것인가, 그는 스스로에게 물었다.

그는 자꾸만 망설였다. 자꾸만 머뭇거리고 있었다. 저도 모르는 사이에 찾아온 그 감정이 두려워서. 얼마나 소중한 감정인지 알지 못했기에.

어쩌면 그는 한세를 두고 궐 밖으로, 기방으로, 그렇게 숨듯이 도망치려 했을 것이다. 그러나 이제 또 다시 비겁하게 도망치며 피하지는 않을 것이다.

'이런 젠장, 망했구나. 이제 어떻게 해야 되지? 그런데 입술이! 입술이 왜 안 떨어지는 거야?'

한세는 앞이 아득해지며 세상이 온통 캄캄해지는 것 같았다. 눈앞에 강의 얼굴이 지나가며 큰 죄를 지은 것처럼 와락 두려움이 몰려왔다.

"저, 저하!"

한세는 있는 힘껏 그의 커다랗고 단단한 가슴을 밀쳐냈다. 하지만 이산은 비켜나지도 물러서지도 않고 있는 힘을 다해 팔의 근육들이 툭툭 불거지도록 한세의 여린 몸을 으스러지게 껴안았다. 돌처럼 단단한 이산의 가슴에 얼굴을 묻자 요동치는 그의 심장 소리가 들려왔다.

"으읍!"

다시 한 번 밀어내려 하자 그는 한세의 어깨 위에 머리를 올려놓고 그 보드라운 뺨에 자신의 뺨을 갖다댔다.

"잠시만…… 잠시만 이대로 있자."

한세의 귓가에 뜨거운 기운이 스치며 그가 나직이 속삭였다. 까칠까칠한 수염이 한세의 보드라운 뺨을 간질였다.

한세는 머리 위에 늘어진 나뭇가지 끝에 매달려 달랑거리는 나뭇잎을 보았다. 햇살이 쏟아져 잔잔하게 얽혀 빛나고 있었다. 세상은 눈이 시리도록 사무치게 고왔다.

그 순간 그녀는 본능적으로 무서워졌다. 그동안 같이 뛰고 뒹굴던 이산의 모습과 사뭇 다르다. 아무리 생각해도 이건 뭔가 잘못되었다는 두려움이 그녀를 엄습했다.

"무겁습니다, 저하!"

한세가 다시 한 번 그의 돌덩이처럼 단단한 가슴을 세차게 밀치자 이산은 옆으로 굴러 풀밭에 팔다리를 쭉 펴고 편안하게 누워버렸다.

"아이고! 요놈의 입술! 어떡해, 어떡해!"

와락 겁이 나 벌떡 튕기듯 몸을 일으킨 한세는 이 난감한 상황을 감당할 길이 없어 제 입술을 마구 쥐어박았다. 믿기지 않는 이 상황에 감히 이산의 얼굴은 들여다볼 생각도 하지 못하고 후다닥 일어섰다. 그녀는 저만치 서서 투레질하고 있는 말이 어찌 되었는지 살펴보려고 걸어갔다.

"미쳤어, 미쳤어, 미쳤어, 미친 거지, 네가!"

함께 지나온 세월이 얼마인데, 그의 곁에서 그를 지켜야 하는데. 이제 어쩌려고.

미쳤다는 말을 백번쯤 되뇌며 걸어가는데 어느새 온 것인지 그가 등 뒤에서 껴안았다.

"괜찮다, 너의 잘못이 아니다. 내가 머리가 무거워서 그만……."

나지막한 그의 음성이 따뜻한 온기가 되어 한세의 귓가로 스며들었다.

"아닙니다, 저하를 지켜야 하는 제가 밑에 깔렸어야 했는데 저하에 가슴에 엎어져 가지고, 그래서 그만 입술이 부딪치고, 요놈의 입술이!"

한세는 또 다시 제 입술을 쥐어박으며 끊임없이 중얼거렸다. 대체 어찌해야 이 위험한 상황을 자연스럽게 지나갈 수 있을까. 아무리 생각해도 답이 없다. 답답한 한세는 공연히 제 입술만 쥐어박았다.

그가 천천히 손을 내밀어 한세를 돌려 세웠다.

"아니다, 내가 비겁했다. 더도 덜도 없이 무거워진 내 마음이 시키는 일이었다."

"저하!"

거침없는 그의 고백에 한세의 얼굴은 창백하게 굳어버렸다.

"어찌 그러는 것인지는 알겠는데…… 네 입술을 쥐어박는 것은 그만 하면 좋겠다. 그 고운 입술에 피가 맺혔구나. 사내놈 입술이 어찌 그리 생겼누."

이산은 농담처럼 웃으며 말했으나 그 말끝에 묻어나는 마음이 너무 다정하여, 왈칵 설움이 치받쳤다.

어떻게 하면 좋을까. 이토록 다감하고 귀여운 이 남자를. 자기 감정에 이처럼 솔직한 이 남자를 어떻게 사랑하지 않을 수 있을까.

'사내인 나라도 좋다고 고백하는 이 남자, 이렇게 뜨겁고 이렇게 용감한데. 하지만 이러면 안 돼요. 저는 죽을 때까지 이렇게 당신 곁에 찰싹 붙어서 지켜드리기로 했으니까요. 곁에 있겠다고 약조하지 않았나요. 저는 당신의 호위무사랍니다. 제발 적정선을 지켜주세요. 사적인 감정이 우리를 어색하게 하면 제가 어떻게 당신을 지키나요.'

마음속 저 밑바닥에서부터 차츰차츰 슬픈 습기 같은 것이 배어 올라왔다. 잠시 그의 고백에 마음이 허공으로 떠오를 것 같아 고개를 흔들었다. 자칫 한 발만 헛디뎌도 흔들리고 말 것 같았다.

"어찌 그러셨습니까, 제가 사내라는 것을 잊으셨습니까."

울먹이는 목소리로 중얼거리는 한세를 그가 와락 끌어당겨 가슴에 품어 안았다. 한세의 몸은 바스락거리는 나뭇잎만큼이나 가벼웠지만 아주 오랫동안 잊고 있었던 따뜻한 온기가 느껴졌다.

"그런 마음에 현혹되지 마시고 얼른 쫓아버리십시오."

하지만 한세는 얼른 그의 너른 가슴을 밀쳐 내며 떨어져 나와 동그란 눈에 힘을 주고 노려보았다. 그윽한 그의 눈빛이 처량해 보여 마음이 아렸지만 더 이상 그 어떤 말도 꺼내기가 두려웠다.

"내 마음은 내가 간수할 것이다. 하니, 너무 애쓰지 마라."

가슴에 응어리져 있던 마음을 속 시원히 고백해 버리자 한결 밝아진 이산은 아주 환하게 웃는 얼굴로 말했다.

"저하……."

햇살 아래에서 본 이산의 얼굴은 많이 여위어 있었다. 막상 그 야윈 얼굴을 보는 순간 가슴이 아려왔다. 그 어떤 이에게도 상처 주고 싶지 않았는데. 이런 마음이 들 줄 알았다면 더 조심할 것을.

한세는 붉은 꽃잎 같은 아랫입술을 피가 맺히도록 깨물었다.

"저 녀석을 살펴봐야겠다. 어째서 저리 날뛴 것인지?"

말이 있는 곳으로 다가간 이산은 부드럽게 말갈기를 쓸어내리며 진정을 시킨 뒤에 무릎을 꿇고 앉아 말의 발굽을 살펴보았다. 한세는 혹시 말이 날뛰기라도 할까 봐 고삐를 잡고 만약의 사태를 대비했다.

"아팠겠구나."

"또 어떤 놈들이 장난을 친 것 같습니다. 오늘 밤부터 존현각의 경계를 한층 강화해야 할 것 같습니다."

"수없이 들어오는 놈들을 무슨 수로 다 당할까. 내가 조심하면 되는 것이지."

사실 그가 밤마다 불을 밝히고 서책을 읽는 큰 연유 중에 하나는 밤에 존현각에 숨어드는 자객들 때문이었다. 어떤 날은 기섭과 한세도 모두 퇴궐하고 내관과 있다가 변을 당할 뻔한 적도 있었다.

이산은 말발굽 사이에 끼어 있는 뾰족한 쇠붙이를 빼내고 한세가 주는 하얀 손수건으로 말의 발굽을 감싸주었다. 말발굽을 감싸고 있는 하얀 손수건에 수놓인 노란 나비가 금방이라도 날갯짓하며 날아갈 것만 같았다.

"참으로 고운 나비인데 아깝게 되었구나."

"제가 만든 것이니 괜찮습니다."

늘 송씨가 만들어 준 손수건을 가지고 다니다 처음으로 직접 수놓은 것을 가지고 나왔더니 이런 용도로 쓰이고 있는 것이었다.

"참말 네가 만들었더냐? 이리 섬세한 수를 놓은 것이냐?"

"아니 제가 당황해서 또 헛소리를 했나 봅니다."

"하기는. 세야, 나도 미쳤나 보다. 어찌 내 심장 소리가 이렇게 크게 들리는지."

갑작스러운 질문에 한세가 딴청을 피우자 그도 조금 전부터 제멋대로 두근거리며 뛰고 있는 자신의 심장 박동 소리가 들려와 웃어버렸다.

"푸훗! 참말 저하 심장이 고장 났나 봐요. 저도 그 소리가 들리던걸요."

한세는 조금 전의 일들을 서둘러 털어버리듯 배를 잡고 큰 소리로 웃어대다가 문득 주위를 둘러보았다.

'숲에서 시작되어 절벽에서 끝이 나는 이 길과 절벽 끝에 저 큰 나무?'

눈에 익었다. 분명 이 장소를 알고 있는데.

한세는 오래전 기록했던 꿈 노트의 문구를 뒤적이듯, 기억을 되새김질해 보았다.

누군가 슬프게 우는 소리가 들렸다. 그 소리를 따라 안개가 자욱한 숲길을 걸었다. 안개가 옅어지나 했더니 길 끝에서 갑자기 커다란 나무가 나타났다. 그 나무 아래에는 검은 무복을 입은 한 남자가 정갈한 모습으로 앉아 있다. 가까이 가서 보니 그 사내가 검을 들고 자결을 하려는 것이 보인다. 깜짝 놀라 그러지 말라고 손을 뻗으려는 순간 사내는 단검을 들어 자신의 몸을 푹 찔렀고…….

"아!"

그제야 알았다. 마지막으로 꾸었던 아홉 번째 꿈, 분명 이곳이었다.

화들짝 놀란 한세는 그 나무 아래로 달려가 길이 끝나는 곳을 바라보았다. 사방을 두른 산은 푸른 병풍을 펼쳐 놓은 듯하고 절벽 아래 흐르는 물은 마음까지도 훤히 비출 듯 맑았다.

'이렇게 수려한 곳에서…… 왜, 어째서 이곳인 걸까. 하필이면 이 자리인 것일까.'

한세는 그 자리에 붙박인 듯 서서 절벽 아래 흘러가는 물을 내려다보았다.

"어찌 그러는 것이냐, 세야?"

말을 살피고 있던 이산은 절벽 끝에 서서 아래를 내려다보는 한세를 보고 기겁을 해서 달려와 그녀의 몸을 낚아채 안았다.

"잘못했다, 세야! 세야!"

"저하?"

"잘못했다. 내 고백이 너에게는 그리 큰 충격이었더냐?"

"예? 한데, 저하. 요즈음 저를 너무 껴안으시는 것 아닙니까?"

그제야 이산이 어찌 이러는 것인지 깨달은 한세는 터져 나오는 웃음을 간신히 삼켰다.

"아, 그랬구나."

너무 놀란 나머지 자신이 한세를 부둥켜안고 있다는 것을 이산은 그제야 알았다. 그는 얼른 두 손을 떼며 한세의 몸에서 떨어졌다.

"저하, 너무 지체하였습니다. 이만 돌아가시지요."

"그러자꾸나."

"제 말을 타십시오, 저는 저 녀석을 데리고 걸어가겠습니다."

"숲길은 같이 걷고 평지는 같이 타고 가자꾸나."

이산은 그리 말하며 말 두 필의 고삐를 쥐고 다른 한 손으로 한세의 손을 잡으려다 그만두었다.

"한데 저하, 사형에게 서찰을 주신다 하지 않으셨습니까?"

사태가 대충 수습되자 한세는 갑자기 세손빈 처소에 있을 강이 떠올라 울화가 치밀었다. 고운 윤 소저의 모습이 눈앞에 아른거려 마음이 언짢았다. 지금쯤 그 고운 모습에 홀딱 빠져 있는 것은 아닌지.

"그랬지, 네가 전해줄 수 있겠느냐?"

그는 무복 안주머니에 넣어두었던 서찰을 꺼내 주었다. 마치 연인에게 보내는 연서처럼 정갈한 봉투, 그 안에 적힌 내용이 무엇일까 궁금해졌다.

"뭐야, 둘이 사귀는 것이야. 뭐가 이렇게 애틋해?"

"뭐라 구시렁대는 것이냐?"

"아니요, 가만 보면 두 분이 사귀는 연인 같지 뭡니까?"

"뭐라?"

"그렇지 않습니까, 볼 때마다 투닥투닥 다투시지만 잠시만 보지 못해도 보고 싶다, 언제 오느냐, 쫓아다니시며 물으시니. 혹 사형에게도?"

한세는 둥그런 눈을 가늘게 뜨고 이산을 의심스럽다는 눈으로 바라보았다.

"으흠! 너는 늘 솔직하게 툭 터놓고 사는 것이 좋다고 하더니, 거 고백 한번 했다고 나를 너무 무참하게 만드는 것 아니냐?"

"하면 제가 지금 사형을 질투해야 하는 상황입니까?"

한세는 다시 한 번 빙글빙글 웃으며 이산을 놀려 먹었다. 물론 그 마음이 얼마나 귀한 것인지, 얼마나 소중한 것인지 알고 있다. 하지만 이렇게라도 하지 않으면 서먹서먹해서 그의 곁에 있기 힘들 것이라는 두려움이 앞서는 것이다.

"그만하는 것이 좋을 듯싶구나."

머쓱해진 이산은 주위의 경치를 살피는 척, 시선을 돌려 버렸다.

"저하께서도 제 일기책을 몰래 보셨으니 저도 좀 봐도 되겠지요?"

"마음대로 하려무나, 보지 말라 해도 몰래 훔쳐보는 것 다 알고 있다."

"히면 허락하신 것으로 알고, 어디 보자. 에?"

봉투 안에 서찰을 꺼내 읽어보던 한세는 어디선가 본 듯한 글귀에 고개를 갸웃거렸다.

그것은 이발기발설(理發氣發說)에 대한 퇴계 이황과 율곡 이이 학설의 차이점을 묻는 질문이었다.

'이것은 분명 정약용에게 했던 질문인데?'

그 질문은 앞으로 구 년 뒤 성균관에 들어올 정약용에게 내줄 첫 번째 과제였다. 이산은 그 질문에 답한 정약용을 불러 칭찬하고 그를 유난히 아껴 십팔 년 동안을 지켜보며 가르쳐 훗날 크게 쓰려 했었다.

'그런데 어째서 이산은 지금 서강에게 그 질문을 던지는 것일까. 이것은 우연일까?'

오늘은 한꺼번에 너무 많은 일들이 일어나고 수많은 질문이 꼬리를 무는 날이었다.

다친 말을 마방에 맡기고 존현각으로 돌아오며 보니 강이 초조하게 서성이고 서 있었다. 그는 터덜터덜 걸어오는 한세를 발견하고 빙그레 웃었다.

"칫!"

하지만 한세는 웃는 강의 얼굴을 보자 윤 소저의 얼굴이 생각나 입이 저절로 쑥 나왔다.

"바람을 쐬신 것입니까, 저하."

"그랬네. 우세마를 보러 온 것인가."

이산은 주위를 살피며 물었다. 이미 이산과 강이 결별했다고 소문이 도는 터라 지켜보는 눈이 많으니 마음 놓고 웃어줄 수조차 없었다.

"예, 저하."

"그럼 일 보고 가게."

"예, 저하."

들어가는 이산에게 예를 갖추고 돌아선 강은 보기 싫다고 뒤로 돌아서 있는 한세의 어깨를 툭 쳤다.

"자."

손에 들고 있는 지함을 내밀며 강은 장난스럽게 웃었다.

"그게 뭡니까?"

"세손빈께서 사가에서 보내 온 다식을 싸주셨다. 차를 마실 때 나눠 먹어라."

"윤 소저께서 주신 것은 아니고요? 이제는 막 그렇게 대궐로 쳐들어오고 그런 사이가 된 것입니까? 아니 어제 딱 한 번 보고 무슨 진도를 그렇게까지 빼고 그래?"

한세는 조금 전 제가 강이에게 미안하게 생각하던 것은 까맣게 잊고 투덜거렸다.

"무슨 소리를 하는 것이냐, 나는 오늘 그 윤 소저를 처음 보았다. 어제 볼일이 있어 못 간다고 금동이를 보냈더니 결국 궁으로 찾아왔구나."

"예? 참말입니까?"

"그래서 속이 상하더냐, 혹 질투라도 한 것이냐?"

"질투는 무슨! 아, 사내놈이 상전이 장가 가신다는데! 감축을 드려야 할 일이지!"

언제나 강을 바라볼 때는 다른 생각을 해야 한다고 생각했다. 그렇게 머릿속이라도 무장하지 않고 그대로 그를 바라보다간 큰일 날 일이었다. 자칫 내 마음을 눈치채기라도 하면, 머릿속은 그렇게라도 무장을 할 수 있었지만 마음은 그렇지가 못하니 그것이 큰일이었다.

"되었다. 저녁에 밥 먹자. 맛난 거 사주마."

한세가 펄쩍 뛰는 것을 흐뭇하게 본 강이 다감하게 말했다.

"아니, 오늘따라 이 남자들이 어찌 이럴까. 좋기는 한데, 저 일이 늦게 끝날 것 같습니다. 밖에서 일이 있어서요."

"하면 채운당에서 기다리마. 밥도 사주고 술도 사주마."

"채운당? 알겠습니다. 한데, 혹 사형도 채운당 당주에게 마음이 있는 것 아닙니까? 어찌 거기서만 보자 하십니까?"

"인마, 사준다는데도 말이 많아요. 그럼 먹지 마라!"

"아니, 아닙니다. 늦어도 갑니다."

"늦었다. 사간원으로 가봐야 하니 너도 들어가거라."

강은 그렇게 말하고 서둘러 가버렸다. 항시 유학자처럼 느긋하게 걷는 그가 관복을 입고 서둘러 가는 모습이 귀여워 보였다.

"얼마나 급했으면."

한세는 그런 강의 뒷모습을 보고 빙긋 웃었다. 지나는 군졸들이 두 사람을 힐끗거리며 보고 있었다.

초여름 햇살 아래 눈부시게 붉은 꽃이 피어났지만 존현각에서는 그 누구도 보아주는 이가 없었다. 꽃보다 고운 사람들이 모여 있기에.

그날 오후, 존현각에는 건우와 기섭, 그리고 한세가 둘러앉아 이산이 내려주는 차를 기다리고 있었다. 부드러운 차향이 코끝을 스쳤다. 작은 화로 위에 올려놓은 탕관에서 새어 나오는 김이 방 안의 공기를 청량하게 만들어주었다.

소나무로 정갈하게 다듬어 만든 차탁을 가운데 놓고 이산은 차를 우려내고 있었고 건우는 서화를 펼쳐 놓고 들여다보았다.

"화결이 점점 신묘해지시는 듯합니다."

이산이 마음을 잡으려고 그린 파초도였다. 먹물로 파초의 잎을 그려낸 붓질이 섬세했다.

"입에 발린 말도 하는가?"

이산은 자신의 서화를 칭찬하는 건우의 말이 싫지 않았다.

차탁 위에 나란히 놓인 차시와 차호 숙우, 잔을 받치는 작은 차탁들 그리고 쪼르륵 놓인 찻잔들이 정겨워 보였다.

"알아본다는 것은 어찌 되었는가?"

이산은 차를 우려낸 다관을 두 손으로 들고 오른쪽으로 천천히 한 바퀴 돌린 뒤에 네 개의 잔에 차례로 돌아가며 조금씩, 조금씩 따르기 시작했다.

"송파 상단의 조 행수라는 자가 있는데 그자가 거래하는 물건의 대부분은 청에서 직접 가져오는 것입니다. 운종가에 있는 서화사의 행수와는 형제간이라 하고 채운당과도 연관이 있다고 하는데, 노론 벽파와 관련된 자들과 거래를 한다고 합니다. 좀 더 알아보아야 할 것 같습니다."

건우는 지금까지 알아본 사항들을 보고했다.

"채운당?"

이산은 차탁 위에 찻잔을 올리고 건우 앞에 하나, 그리고 기섭과 한세 앞에 하나를 놓아주었다.

"예. 뭔가가 있는 것은 분명한데, 운종가의 서화사나 채운당이라는 말만 들어도 약조라도 한 듯 입을 다무니 알아보기가 쉽지 않습니다. 일단 기섭과 한세는 정후겸을 맡고 저는 채운당의 행수를 지켜보고 있습니다."

"채운당이라…… 재미가 있을 것 같단 말이지."

채운당이라는 말에 이산의 눈빛이 개구쟁이 어린아이처럼 반짝거렸다.

"어째 채운당을 알고 계시는 것 같습니다?"

백자 잔에 담긴 덖음 차의 맑은 수색을 들여다보던 한세가 물었다.

"아니다, 홍국영이 전해주는 말을 들은 것 같구나."

"네, 역시 겸사서께서."

한양 땅의 온갖 기생집을 섭렵하고 이산의 곁에 앉기만 하면 저잣거리 돌아가는 사정을 들려주기 바쁜 홍국영이니 그럴 수도 있었다.

"채운당은 어찌할 생각인가?"

"담헌 선생께 양금을 배우러 갔다가 우연히 채운당의 당주를 만났습니다. 해서 신이 직접 들어가 볼 생각입니다."

"괜찮겠나?"

이산은 차를 우아하게 맛보고 조심스럽게 찻잔을 내려놓는 건우를 정이 담긴 눈으로 바라보다 걱정스레 물었다.

"제가 누굽니까, 심려하지 마십시오."

"아무래도 사형이 그 여인에게 홀라당 잡아먹힐 것 같습니다."

옆에 앉아 자신 있게 대답하는 건우를 보고 있던 한세가 걱정스럽다는 얼굴로 혀를 끌끌 찼다.

"내 생각에도 서강의 말처럼, 거 있지 않는가. 암컷 사마귀에게 잡아먹힌다는 수컷 사마귀처럼 그 여인에게 홀라당 잡아먹히고 말 것 같네."

기섭도 고개를 흔들며 한세의 생각에 동의했다.

"이 사람들이! 대업을 하려는데 재수 없게!"

듣고 있던 건우가 벌컥 화를 냈다.

"내 생각에는 자네에게 채운이 잡아먹힐 것 같은데?"

가만히 듣고 있던 이산이 우스갯소리처럼 중얼거렸다.

"그렇지요, 저하?"

"내기하는 것이 어떻겠나?"

자신의 편을 들어주는 것이 반가워 묻는 건우에게 재미있다는 얼굴로 바라보던 이산이 빈 찻잔을 내려놓으며 물었다.

"나는 잡아먹힌다."

기섭이 제일 먼저 찻잔을 내려놓으며 채운에게 걸었다.

"나는 잡아먹는다."

이산은 빙긋이 웃으며 건우의 편을 들어주었다.

"아, 이 사람들이! 이것이 지금 내기를 할 일입니까! 나는 채운에게 잡아먹힌다."

내기는 이판에 무슨 내기를 하느냐고 펄쩍 뛰던 한세는 채운에게 걸었다.

"저하께는 송구한 말씀이지만, 저들은 지금 다른 왕을 세우려 하고 있습니다. 그러려면 사람들을 제 편으로 움직일 자금이 필요할 것입니다. 그 막대한 자금이 어디에 있는지 찾아야 합니다."

"음."

건우의 단단한 결의에 이산은 말없이 찻잔을 들고 향을 음미했다.

❀

"내가 하다가! 하다가 이제는 보부상으로 변복하고 돌아다녀야 하나? 이럴 줄 알았으면 우리가 채운당을 맡을 것을."

한세는 옆에 서 있는 기섭을 힐끗 쳐다보며 중얼거렸다.

허름한 옷차림에 패랭이를 쓰고 질빵까지 걸머지고 보니 영락없이 먼 길을 온 남루한 보부상들이었다.

"우리가 무슨 재주로 채운당의 당주를 상대할 것이냐?"

힘으로야 누구도 당할 수 없는 기섭은 평소 두려움을 모르는 성격과는 달리 여인들 앞에만 서면 자동으로 얼음이 되어버린다.

"하기야, 재주 없는 놈은 늘 몸이 고달픈 법이지요. 한데 조가 객주에 물건이 있는 것이 확실하답니까?"

듣고 보니 그 말이 옳다고 고개를 끄덕이던 한세는 다시 목표물로 시선을 돌렸다.

"사신단을 따라갔던 역관이 다른 곳의 물건들을 조가 객주에 맡겨두니 채운당의 물건도 이곳에 있을 것이다. 송파에서는 조가 객주의 창고

가 제일 안전하다고 소문이 나 있으니."

"한데 저 객주의 규모가 만만치 않은데 어느 창고에 있는 줄 알고, 게다가 저렇게 북적거리는데?"

"북적거리니 오히려 드나들기 쉬운 것이지."

"그렇기는 한데."

"가자."

기섭은 걸음을 재촉하였지만 한세는 매일 흑피화만 신고 다니다 짚신을 신었더니 여간 불편한 것이 아니었다.

"거 좀 천천히 갑시다. 오래 걸었더니 발이 아프구만."

한세는 참말 먼 길을 온 보부상처럼 천연덕스럽게 말했다.

기섭과 한세는 앞서가는 상단 일행들 속에 자연스럽게 섞여들었다. 주로 보부상들이 많았지만, 짐바리를 가져다주고 삯전을 받는 차인꾼들과 포구에서 짐을 내리는 임방꾼들도 섞여 있었다.

"짐들을 내려놓게."

객주 안으로 들어서자 행수로 보이는 이가 일행을 돌아보며 말했다. 그러자 보부상들은 일제히 등짐을 내려놓고 마루에 걸터앉아 허리춤에 찔러두었던 곰방대를 뽑아 들었다.

"아이고, 허리야!"

그네들은 여기저기 걸터앉아 곰방대에 시초를 꾹꾹 눌러 다져 넣고 부싯돌을 쳐서 마른 쑥에 불을 댕겼다.

"아이고야."

기섭과 한세도 허리를 두드리며 평상 하나를 차지하고 걸터앉았다.

객주 안에는 여인들과 중노미들이 정주간과 봉놋방을 부지런히 오가며 국밥을 나르고 있었다.

"뭘로 드실라우?"

술어미 하나가 다가와 기섭을 아래위로 살피며 물었다.

"국밥 두 개만 주시오."

"아따, 허우대는 차붓소(달구지 끄는 소) 같은 사내가 국밥 한 그릇 먹고 되겠소?"

"예에?"

기섭은 침이 뚝뚝 떨어지는 눈빛으로 자신의 몸을 샅샅이 훑어보는 술어미를 보며 아연실색했다.

"차, 차붓소! 풉!"

한세가 죽겠다고 쿡쿡거리는데 술어미가 몹시 불온한 눈빛으로 바라본다.

"차붓소가 얼마나 힘이 좋소, 한데 이짝은 어찌 이리 곱상하게 생겼대?"

"아무튼 한 그릇이면 되었소. 이 차붓소 같은 양반이 먹는 건 적게 먹소, 풀만 먹거든."

한세가 피식 웃으며 은근하게 대꾸하자 술어미의 눈이 이번엔 이쪽으로 돌아왔다.

"거 객쩍은 소리 씨부려 싸치 말고 쌔기 국밥이나 내가소!"

보다 못한 중노미 하나가 버럭 소리를 지르고 나서야 술어미는 서둘러 사라졌다.

"저쪽인 것 같습니다. 지키는 자들이 많습니다."

"저들도 출출할 것이니 교대로 자리를 비울 것이다. 내가 저들을 따돌릴 것이니 그때 들어가."

국밥을 먹으며 두 사람은 물건이 있는 창고 방에 들어갈 계획을 세웠다.

"요기들은 하셨소?"

기섭이 먼저 측간에 들렀다 나오는 사람처럼 창고 방 앞을 지키는 사내들에게 다가가 말을 걸었다.

"교대로 해야지요."

"부싯돌 좀 빌려주시오."

기섭은 허리춤에 꽂아두었던 곰방대를 꺼내 들며 말했다.

"옜소!"

그들이 부싯돌에 불을 붙여 곰방대에 불을 댕겨주자 기섭은 들고 있던 연초 주머니를 내밀었다.

"이녁들도 한번 피워 보시겠소? 이번에 새로 들어온 연초요."

"연초? 연초라믄야."

"저런 시초와는 맛을 비교할 수도 없지요."

그들이 곰방대에 연초를 채우고 부싯돌에 불을 붙여 기섭과 이야기를 할 동안 한세는 창고방 안으로 숨어들었다. 그동안 한두 번 해본 것도 아니고 두 사람은 손발이 척척 맞는 그야말로 환상의 짝꿍이어서 이정도야 식은 죽 먹기였다.

"야, 이거 뭐 서울에서 김 서방 찾기도 아니고……."

막상 창고 안으로 들어가니 수많은 궤짝들 중에 어떤 것이 청에서 들여온 것인지 분별하기 어려웠다. 여기저기 부지런히 뒤지다가 우연히 시선을 돌리는데 경덕진이라고 쓰여 있는 궤짝을 발견했다.

"경덕진?"

경덕진 하니 머릿속에 세 가지가 스쳐 지나갔다.

첫째, 중국의 요업 도시로 주위에 도토가 많아 세계적으로 도자기가 유명한 곳이다.

둘째는 옹정제의 독살에 관련된 야사. 경덕진에 도자기 그리는 화사의 손녀 여사랑이 있었는데, 그 할아버지가 옹정제의 비위를 잘못 건드려 부관참시를 당하고 아버지를 비롯한 제자들까지 참형을 당했으며 일가족은 멸족을 당했다. 간신히 살아남은 여사랑이 옹정제에게 진상할 도자기 채색 물감에 맹독을 사용해 복수했다는 이야기.

"그렇지, 춘희자(春戲子)!"

그리고 세 번째로는 음희하는 모습을 정교하게 조각한 춘희자. 조선의 사신단이 중국에 가면 꼭 구해온다고 역사에 전해오는 그 물건.

궤짝 안에는 겹겹이 싼 조각품들이 들어 있었는데 조심스럽게 펼쳐보니 짐작대로 춘희자가 틀림없었다.

"아이고오~ 좋은 것일수록 나눠야지."

한세는 두 개를 슬쩍해서 제 주머니에 넣었다.

"이것은 유리창에서 온 거고, 이것들은 도자기."

주위에 다른 궤짝들을 살펴보니 대부분 유리창에서 들여온 각종 예술품들과 도자기, 장신구 등 사치품들이었다.

"어, 이건 또 뭐지?"

하지만 그중에 한 궤짝은 단단한 잠금장치가 달려 있는 것이 예사롭지 않았다.

"아, 또 이거 승부욕 돋게 만드네."

한세는 질빵 속에서 가는 철사를 꺼내 정교하게 조각된 자물쇠를 열기 시작했다.

"서울에서도 잘나가는 도둑들은 이 철사 하나면 된다더라. 그렇지!"

그동안 기기마와 함께 얼마나 실습을 했는지 어지간한 것들은 철사하나면 해결되었다.

"이건 뭐냐, 웬 환약? 환약을 수입했어?"

한세는 수상쩍다는 얼굴로 고개를 갸웃거리다 각종 환약이 가득한 궤짝 속에서 몇 종류의 환약을 챙겨 넣고 밖으로 나왔다.

"어찌 되었느냐"

"몇 가지 챙겨 나왔습니다, 하고 좋은 것은 나누라 하였으니."

한세는 안주머니 속에 챙겨 넣었던 춘희자를 기섭에게 주었다.

"이것이 무엇이더냐?"

"돌아가시면 펴보시지요. 힘 좋은 차붓소 양반!"

"뭐어라?"

"딱 맞는데, 이로써 사형은 여인들에게 먹히는 사내라는 것은 인정받으셨습니다. 차붓소 양반! 큭큭!"

"너, 너!"

"아이고, 좀 전에 그 술어미 눈빛 보니 이건 뭐~ 까딱하면 그냥 덮칠 기세라! 차붓소! 힘을 발휘해 줘!"

같은 세자익위사에 말단직이고 보니 서로 붙어 있을 기회가 제일 많은 기섭과 한세는 척하면 척 손발도 잘 맞았지만 장난은 물론 음담패설도 많이 하는 편이었다. 늘 우직하고 말이 없는 기섭이었지만 까불거리며 장난을 치는 한세에게는 좋다고 웃고 마는 것이었다.

"너 참말!"

기섭은 그것이 뭐가 그리 부끄러운 말이라고 얼굴이 벌겋게 달아올라 씩씩거렸다.

"아니, 차붓소를 차붓소라 하는데 차붓소라 부르지 말라시면! 근데 결정적으로다가 우리 차붓소가 여자랑 설왕설래는커녕 입맞춤 한 번 못 해봤어. 쯧! 쯧!"

"그만해라."

"헹, 차붓소, 차붓소! 총각 딱지도 못 뗀 차붓소!"

평소 존현각의 비타민을 자처하는 한세답게 기섭을 놀려먹을 거리가 생겼으니 쉽게 그만둘 리가 없었다.

"어, 어! 사형, 사형! 설마 나 던지려는 건 아니겠지요?"

약이 오른 기섭은 두 손으로 한세를 번쩍 쳐들어 머리 위로 들어 올렸다.

"왜 아니야? 그 말 한 번 더 해봐!"

"아이고 차붓소라고 한 번 했다가 죽을 뻔했네."

기섭이 바닥에 내려놓자 한세는 겨우 한숨을 돌리며 가슴을 쓸어 내렸다.

"그만해라. 나는 참말 호환마마보다 네가 더 무섭다, 네가."

"미안하오, 사형. 난들 이런 음담패설이나 하고 싶겠소? 하도 굶어서 그래, 너무 굶어서!"

"하하하! 한데 건우와 저하께 드릴 것은, 없느냐?"

"어허! 그분들께는 드리면 큰일 나는 물건입니다."

"이것이 무엇인데 그러느냐?"

한세가 펄쩍 뛰는 것이 수상한 기섭은 한지에 돌돌 싸여 있는 그 물건을 풀어보고 싶은 마음이 굴뚝같았지만 자칫 도로 빼앗길까 꾹 참았다.

"알고 보면 사형도 무척 좋아하는 것입니다. 큭큭! 아고 고단하다."

그리 말하고 보니 무안해져 한세는 일부러 턱이 빠져라 하품을 했다.

단장을 마친 채운은 늘 하던 것처럼 솟을대문과 문루부터 행랑채를 돌아보며 일하는 식솔들을 챙기고, 모임이나 연회를 위해 마련된 두 칸의 큰 사랑채와, 개별 손님을 맞는 여섯 칸의 작은 사랑채, 그리고 은밀한 연회를 위한 별채를 돌아보았다. 마지막으로 별채와 안채 사이에 곳간들과 광을 꼼꼼히 점검을 한 뒤에 반빗간에서 장만하는 안줏거리를 살피러 들어갔다.

"무슨 짓인가?"

막 문을 들어서는데 방금 부쳐 낸 전을 태웠는지 거뭇한 부분을 살짝 떼어내는 반빗아치를 발견했다.

"에그머니나, 당주님!"

"음식은 정성이라 하지 않았던가. 상에 오르는 음식은 정갈해야 한다 그리 일렀거늘!"

"음식을 장만하느라 일손이 딸리는 데다가 아주 살짝 탄 것이라……."

"상에 오를 전이 탔으면 따로 모아두었다가 나눠 먹으면 될 것을 그 무슨 짓인가!"

"소, 송구합니다."

채운이 반빗아치를 나무라고 있을 때 장광에서 장을 퍼오던 찬모가 놀라 달려왔다.

"이 아이가 들어온 지 얼마 되지 않아서 잘 모르고 한 일입니다. 두 번 다시 이런 일이 없도록 하겠습니다."

어머니에 이어 채운당의 반빗간을 맡고 있는 찬모가 고개를 조아리고 고하자 채운도 고개를 끄덕이고 물러섰다.

"잠시 보세."

찬모가 반빗아치에게 주의를 줄 동안 채운은 각종 향신료와 장들을 모아놓은 장을 살폈다.

"예."

"안채로 들여갈 주안상은 자네가 따로 준비하게."

"예."

"상에 오를 안주에 이것을 연하게 섞게. 하고 술은 사향을 넣어 담근 것으로 준비해 두게."

"예. 그리하겠습니다."

소맷자락에 넣어두었던 앵속(양귀비 가루)을 건네자 찬모는 고개를 끄덕이며 서둘러 챙겼다.

"조심해서 다루도록 하고."

"예."

채운은 단단히 이른 뒤에 반빗간을 나왔다.

"사향과 양귀비가 만나면 그 효과는 배가 되지. 어디 이번에 들여온 사향의 효능을 한번 실험해 볼까?"

양귀비 즙을 말려 가루로 만든 앵속은 아주 조금씩 섞어 음식을 만들면 혀끝에 감칠맛이 돌며 그야말로 끊을 수 없는 맛이 된다. 채운이 청나라 유리창에 있을 때 유명한 홍루의 찬모에게 배운 것으로 특별한 손님상에 오를 안주에만 사용하는 것이었다.

거기다 오늘 밤 준비한 술은 고단함을 풀어주고 말초신경을 자극하여 정력을 북돋아준다는 사향과 누룩을 섞어 만든 채운당의 비법으로 빚은 술이었다.

채운이 안채로 돌아오니 도겸이 들어와 기다리고 있었다.

"어찌 되었는가?"

"서강의 주변을 다 조사하였는데 뒷배는 따로 없는 듯싶습니다."

"그럴 리가 있나, 하면 그 많은 자금은 다 어디서 나온단 말인가?"

예상치 못한 일이었다. 뒷배가 없이 서책만 읽던 유생이 그 젊은 연치에 어찌 그 엄청난 일을 계획한다는 말인가.

"송씨 부인입니다."

"서강의 모친 말인가?"

"예, 송씨 부인이 친정으로부터 물려받은 논과 밭에서 나오는 것과 또 서강도 외가로부터 도성 밖에 있는 땅을 받은 것이 있습니다."

"송씨 집안에서 여식에게 빚진 것이 많아 토지로 대신한 것이로구나."

채운은 그제야 어찌 된 영문인지 알 것 같았다.

"모자 사이가 그리 가까워 보이지는 않았는데, 굳이 뒷배라고 하면 서강의 모친이 되겠습니다."

"굳이 연유를 살피자면 송씨 역시 자식에게 죄스러운 마음이 커서였겠지. 그나저나 이렇게 되면 내가 원하는 것을 얻는 것이 더 어렵게 되었네."

"나가보겠습니다."

도겸이 나가고 채운은 말린 국화를 넣고 차를 우려 마셨다.

쉽지 않을 줄은 알았지만, 생각보다도 더 시일이 걸릴 것 같았다. 차갑고 냉철한 데다 어디 하나 허점이 보이지 않으니 쉽게 손을 쓸 수 없을 것 같았지만 그러면 그럴수록 더 탐이 나는 인물이었다.

"당주님, 가회당에서 오셨습니다."

"알겠네."

채운은 자리에서 일어나 서강을 만나기 위해 작은 사랑채로 향했다.

"오시게 해서 송구합니다."

채운이 들어갔을 때 강은 서안 앞에 앉아 시를 지어놓고 둥근 창문 너머 잘 가꿔진 작은 뜨락을 내려다보고 있었다. 채운당의 좋은 점이 있다면 비밀이 완벽하게 보장되면서도 제 집처럼 편안한 분위기라는 것이다. 게다가 기방처럼 수준 높은 기예를 보여주는 예기들만 드나드니 부담도 없다. 전체적으로 과하지 않은 분위기가 찾는 사람에게 신뢰를 주는 것이다.

"아닐세, 그렇지 않아도 사람을 보내 방을 잡으려고 기별을 할 생각이었네."

강은 돌아서 채운을 바라보았다. 오늘 그녀의 저고리 깃에 수놓아진 구름의 빛깔은 산과 들에 지천으로 피어나는 진달래빛.

"그러셨습니까."

"좋은 방 있는가."

"일행이 몇 분이나 되시는지?"

"둘이네. 나와 지난번에 왔던."

"예, 가회(嘉會)의 장을 맡고 계신 분이 특별히 부탁하시니 조용한 방으로 마련해 보겠습니다."

채운은 그렇게 말하고 밖으로 나가더니 사람을 불러 방을 준비하라고 일렀다.

"한데 어찌 나를 보자 한 것인가?"

다시 들어온 채운이 우려낸 차를 따라주자 서강은 보자고 한 용건을 물었다.

"예, 다름이 아니오라 여쭐 것이 있습니다."

"뜸들이지 말고 말하시게."

채운의 어조에서 뭔가를 감지한 강의 입매가 굳어졌다.

"예, 그리하지요. 대제학 대감께서 제게 나리의 뜻을 좀 알아봐 달라고 하시더군요."

강의 예리한 지적에 머쓱해진 채운은 당혹감을 들키지 않으려고 눈썹을 내리 깔았다.

"이제는 채운당의 당주가 매파 노릇까지 하시는가?"

"그런 것이 아니라 대제학 대감께서는 매파를 넣었다가 거절당하기라도 하면 망신을 당할까 심려하시는 것이지요, 해서 제게 미리 나리의 뜻을 알아봐 달라 하신 것이고요."

"음."

세손빈의 처소로 윤 소저가 찾아왔을 때부터 이미 느낀 것이었지만 그녀는 쉽게 단념할 것 같지 않았다.

"혹 마음에 두고 계신 여인이라도 있는 것입니까?"

"마음에 둔 여인이라."

강은 말없이 숙고했다.

마음 같아서야 이미 오래전부터 내 마음에는 그 여인밖에 없어서 다른 여인을 돌아볼 겨를이 없노라 답하고 싶지만, 그리 말했다가는 부친이나 조부 서동환의 귀에 들어가는 것은 시간문제였다.

"네가 선을 넘지 않는다면 이 할애비가 살아 있는 한 그 아이를 지켜주마. 하나, 네가 선을 넘는 순간 그 아이의 생명은 보장할 수 없거니와 너는 내 집안과 노론 전체와 싸워야 할 것이다. 약조할 수 있겠느냐?"

열한 살, 그때는 한세를 연모하리라고는 상상할 수도 없었다. 그에게 한세는 그저 어머니를 빼앗아간 미운 놈이었으니.

그저 별채에 혼자 있기 심심하니 아침에 눈을 뜨고 옆방 문을 열었을 때, 누에고치처럼 이불을 돌돌 말고 잠들어 있는 한세의 얼굴을 볼 수만 있다면 된다고 생각했었다.

서강은 이미 그 어린 나이에 모든 것을 알아버렸다. 누군가를 지켜낸다는 것은 막강한 힘이 있어야 하며 엄청난 희생이 따른다는 것을.

그 나이에 한세와 선을 넘는다는 것이 어떤 의미인지 어찌 알았을 것이며, 그 선이 그녀의 목숨과 맞바꿀 수 있을 만큼의 값어치가 있을 것이라고는 상상도 하지 못했다. 지금도 그저 이렇게 가만히 두기만 한다면 그 선을 넘지 않고 곁에 두고 보기만 할 자신이 있었다.

"금일 그 댁 아가씨께서 세손빈의 처소로 찾아갔다 들었습니다. 만나셨습니까?"

"만났네."

세손빈의 처소에서 그 규수가 대제학의 손녀인 것은 알고 불쾌한 내색을 감추지 않았었다. 세손빈과 윤 규수가 민망해 안절부절못하는 것을 지켜보면서도 강은 단 한 마디도 하지 않았다. 무엇을 묻고 싶은 것인지 뻔히 알고 있었으나 그 어떤 대답도 할 수 없었다.

두 여인이 다 쉽게 말을 꺼내지 못하자 그는 그만 돌아가겠노라고 일어섰었다.

"기다리면 되겠습니까?"

윤소이가 그렇게 물었었다.

"그 질문에 답해야 될 만큼 아가씨에 대해 생각해 본 적이 없습니다. 하

니, 이런 자리를 만드신 것도, 또 그 질문을 하시는 것도 제게 일방적이
며 몹시 무례한 것입니다."

그렇게 잘라 말했다. 냉혹한 답이었지만 어떤 여지도 남겨두고 싶지
않았다.

"윤 소저께서는 음전한 규수라 알려져 있어 탐내는 가문도 많답니다.
이미 열여덟이 되었으니 지금도 혼기를 놓친 것이지만 계속 기다리겠다
는 말만 하신답니다."

"기다리라 한 적 없네. 이미 그 질문에 답해야 할 만큼 그 규수에 대
해 생각해 본 적이 없다고 답했네."

"역시 그러셨군요. 아버님이신 서재호 대감과 많이 닮으셨습니다."

채운은 마치 그의 말에 동조라도 하듯 고개를 끄덕였다.

"닮다니?"

"나리께서는 아버님께서 첩실을 들이시고 어머니를 멀리한다 원망을
하시겠지만, 실은 그쪽에서 보자면 억울한 생각이 들 것입니다. 사실 두
분은 어머님과 혼인하기 전부터 평생을 함께하기로 약조한 사이였지요.
비록 역관의 여식이기는 하지만 그분도 남의 첩실이 되실 분은 아니셨
습니다."

"무슨 말을 하는 것인가?"

심기가 불편해진 그의 한쪽 눈썹이 치켜 올라갔다.

"할아버님께서 제안을 하셨다지요. 송씨 규수와 혼인하고 서씨 집안
의 대만 잇게 해준다면 첩실로 들이는 것은 허락하겠다고, 하나 정실은
절대로 안 된다고 하셨답니다."

"뭐라?"

서강은 당혹스러운 마음을 드러내지 않으려 애를 쓰긴 하였지만 채
운에게서 들은 말은 충격이었다.

"아버님께서 현명한 타협을 했다고 생각지 않으십니까?"

"뜸들이지 말고 말하게."

서강은 매와 같이 날카로운 눈빛으로 채운을 노려보았다. 너무나도 강렬해 두려움이 느껴질 만도 하였지만 그녀는 태연했다.

"인간이 가장 나약해질 때가 언제라고 생각하십니까? 그것은 바로 가질 수 없는 것을 욕망할 때입니다. 모르고 계시는 듯하여 말입니다."

"자네, 생각했던 것보다 오지랖이 넓군."

"주제넘었다면 송구합니다. 하면 저는 대제학께 그리 전하겠습니다."

"참, 이것을 소리 하는 이에게 전해주시게."

채운이 자리에서 일어서자 강은 지어둔 시를 내밀었다.

"방은 마련해 두겠습니다. 참, 그전에 잠시 뵙고 싶어 하는 분이 계십니다."

"나를 말인가?"

"한 식경 전부터 기다리고 계십니다. 모시고 오겠습니다."

강이 내미는 시를 받아 든 채운이 밖으로 나갔다.

그는 누가 자신을 만나고자 하는 것인지 궁금했지만, 채운당에서 보자고 하는 것이니 가회의 모임과 관련된 것이라 가볍게 생각했다.

"들어가십니다."

채운이 고하는 소리에 창문 너머 꽃 그림자를 좇던 눈길을 돌린 강은 당혹감에 미간에 주름이 잡혔다.

낮에 세손빈의 처소에서 보았던 윤소이가 두 손을 모으고 빙그레 웃으며 서 있었다.

六
사향의 효능

"아, 젠장! 배고파! 대체 내가 여기서 뭔 짓을 하고 있는 거야. 무슨 영화를 보겠다고, 밥도 쫄쫄 굶고 다니고."

한세는 객주에서 국밥을 시켜놓고 한 술 뜨지도 못하고 창고나 뒤지고 다니다 일을 끝내고 보니 배가 고파 죽을 지경이었다. 기섭은 들고 있는 검이라도 씹어 먹을 지경이라며 번을 서러 궁궐로 돌아갔다.

비단전에 들러 헐레벌떡 옷을 갈아입고 채운당으로 들어가는 골목에 들어서니 이미 밤은 깊어 있었다. 밤은 어두워 사위는 적막하고 골목 주위에는 사람의 그림자조차 없었다. 이 큰 길에 이렇게 이른 시각부터 인적이 끊어진다는 것은 이상한 일이었다.

"어, 저게 뭐야?"

얼마를 걸었을까 빨리 가서 요기를 해야겠다는 생각에 걸음을 빨리 하는데 채운당 대문 근처로 반가의 것이 분명해 보이는 가마가 한두 채도 아니고 줄을 지어 들어가는 것이었다.

"어디로 들어가는 것이야?"

그런데 뭔가 이상했다. 가마들이 향하는 곳은 채운당의 솟을대문을 지나 바로 옆에 붙어 있는 평범해 보이는 기와집이다.

"저 집에 무슨 날인가? 그래도 그렇지 이런 야심한 시각에?"

채운은 고개를 갸웃거리며 채운당의 솟을대문 앞으로 다가가 문루 위를 올려다보았다.

"들어가시지요."

등롱을 들고 비춰보던 사내가 아래를 내려다보며 문을 열라는 신호를 보냈다.

"어서 오세요, 가회당 나리께서 기다리시는 곳으로 모시겠습니다."

대문이 열리자 한세를 안내하기 위해 호장저고리에 스란치마를 입은 소리 기생이 기다리고 있었다.

"고맙네."

한세는 자신을 인도하는 소리 기생의 뒤를 따라가며 채운당의 분위기를 살피다가 지나치게 조용한 것이 마음에 걸려 고개를 갸웃거렸다. 한참 장사할 시각인데 채운당 전체가 텅 빈 것 같았다.

그 시각 안채의 반빗간에서는 큰상을 내갈 준비를 하느라 분주했다.

"다 되었는가?"

열두 폭 치맛자락을 휘감은 채운은 많은 음식들을 내가느라 바쁜 사람들 사이를 지나 찬모가 홀로 상을 차리고 있는 곳으로 갔다.

"예, 분부하신 대로 앵속의 양을 조절하여 섞었습니다."

"잘하였네."

찬모가 목소리를 낮추어 속삭이자 채운은 고개를 끄덕이며 두 개의 잔을 내놓았다.

"사향과 양귀비가 만났을 때……."

채운은 소맷자락에 넣어두었던 사향 가루를 꺼내 물에 녹이더니 국화꽃이 그려진 잔에 여러 번 덧발랐다.

"이 잔은 바르지 않으십니까?"

"그 잔은 바르지 않아도 되네, 그 잔의 주인은 이미 중독되어 있으니."

무엇이 그리 즐거운지 채운은 사향을 바른 국화 잔을 바라보며 붉은 입술이 파르르 떨리도록 웃었다.

✿

윤소이는 사람을 보내 세손빈에게 기별을 넣고 침모를 불러 며칠 전부터 오늘 입을 진달래빛 배자와 미색 치마를 지었다. 그러나 세손빈의 처소에서 만난 서강은 화가 난 것인지 눈길조차 제대로 주지 않았다.

자신을 봐주지 않는 것이 야속하고 아쉽기도 했지만 며칠 동안 그를 만나게 될 순간을 기다리는 내내 두근거리던 그 마음만으로도 좋았다. 그러나 기다리면 되겠냐고 수줍게 물었을 때 그의 대답은 냉혹했다.

"그 질문에 답해야 할 만큼 아가씨에 대해 생각해 본 적이 없습니다. 하니, 이런 자리를 만드신 것도, 또 그 질문을 하시는 것도 제게 일방적이며 몹시 무례한 것입니다."

말끝이 가슴을 베듯 매몰차고 시렸다. 이제껏 그 누구에게도 그런 대접을 받아본 적이 없었던 그녀는 순간 이대로 무참하게 물러설 수 없다는 오기가 생겼다.

"금일 다회의 모임이 있어 온 길에 당주와 담소를 나누다 나리께서 오신다기에 기다리고 있었습니다."

굳어지는 서강의 얼굴을 바라보던 윤소이는 입가에 은은한 미소를 지으며 살짝 고개를 숙였다.

"저의 뜻은 이미 다 전했는데 무슨 일로 기다리셨습니까."

미간을 찌푸린 것도 잠시 강은 곧 무표정한 얼굴로 돌아갔다.

"제 뜻은 미처 전하지 못했기에 이리 뵙자 하였습니다. 잠시 앉아도 되겠습니까?"

윤소이는 대답을 기다리지 않고 차탁 앞으로 가 앉았고 서강도 더 이상 서 있을 수 없어 그 자리에 정좌해 앉았다.

"저를 보자고 한 연유가 무엇입니까?"

"나리를 처음 뵈온 것은 이곳입니다. 사실 혼삿말이 오갈 때만 해도 저는 나이 어려 별 관심이 없었습니다. 그저 혼인이 하는 것이 싫어서 나리 핑계를 댄 것입니다. 그러다 우연히 다회에 참석하게 되었고 먼발치에서도 돋보이는 나리를 뵙게 되었지요. 그리고 생각했습니다, 나리가 아니면 혼인하지 않겠다고 말입니다."

윤소이의 떨리는 목소리에는 진심이 담겨 있었다.

"그래서요."

그러나 어렵게 용기를 내어 고백했지만 그녀를 바라보는 강의 눈동자는 아무런 감흥 없이 그저 고요하기만 하였다.

"예?"

"그렇다면, 저는 규수께 미안한 마음을 가질 필요가 전혀 없겠습니다. 혼인하기가 싫어 제 핑계를 대셨다니 말입니다."

강은 냉정하게 그녀의 말을 잘랐다.

"세손빈 마마께서 그러시더군요. 저하께서 보위에 오르실 때까지 혼인하지 않기로 결의하셨다고요. 하면 저는 그때까지 기다리겠습니다."

예상은 했었지만 이번에도 여전히 말도 못 꺼내도록 차갑게 잘라내는 강에게 윤소이는 당황한 기색을 들키지 않기 위해 고개를 숙였다.

"저는 그때에도 아가씨와 혼인할 마음은 없습니다."

"소용없습니다, 제가 이미 나리를 제 낭군으로 정했으니 말입니다. 나리께서도 저와 혼인하신다면 든든한 지원군을 들이시는 것입니다."

윤소이는 부끄러운 마음을 다잡고 서강의 눈을 똑바로 응시하였다.

"사람의 마음이 그리 막무가내로 될 일입니까?"

"마음이야 마음대로 되지 않겠지만, 혼인이야 마음먹기에 따라 되지 않겠습니까? 금일 이 자리는 나리의 뜻을 묻고자 온 것이 아니라 제 뜻이 이러하다는 것을 말씀 드리러 온 것입니다."

윤소이의 눈꼬리를 타고 눈물 한 방울이 뚝 떨어졌다. 감정을 드러내지 않기 위해 애쓰고 있었지만, 창백해진 얼굴은 상처받은 속내를 고스란히 드러내 보이고 있었다.

"으음!"

아무리 냉혹한 강이라도 처음 만난 규수가 눈물을 보이는 데엔 당황할 수밖에 없었다. 하지만 당황은 당황, 강은 여전히 굳은 얼굴로 가만히 앉아 있을 뿐이었다.

"하면 저는 다회가 있어서 이만 나가보겠습니다."

윤소이는 다소곳이 고개를 숙여 보이고 그대로 일어나 방을 나갔다.

"하여간 무서운 족속이 여인들이라더니!"

강은 지끈거리는 머리를 누르며 고개를 저었다.

"어!"

강을 만나기 위해 옷매무새를 다듬으며 들어오던 한세는 막 방을 나서는 윤소이와 딱 마주쳤다.

"나리를 만나러 오십니까?"

윤소이는 음전한 모습으로 한세를 향해 고개를 숙여 보였다. 둥근 이마에 복스러운 뺨, 은은하게 단장한 밝은 낯빛은 환한 진달래빛 배자와 어우러져 단아하고 아름다워 보였다.

"그렇습니다만은 이곳엔 어쩐 일로?"

"저도 다회에 왔다가 지금 막 나리를 뵙고 나오는 길이랍니다. 들어가시지요."

"예, 그러셨군요."

강은 분명 오늘 처음 만난 사이라고 하였는데 지금 저 규수가 하는 말은 이곳에서 자주 만나는 것처럼 들렸다.

"나도 돌아가면 이제 매일 매일 스커트에 킬 힐만 신고 다닐 거다. 젠 장!"

도포에 갓, 자신의 몰골을 내려다보던 한세는 그렇게 투덜대며 한참을 맥을 놓고 서 있었다.

"어찌 예서 이러고 계십니까?"

멀리서 지켜보고 있던 채운이 사랑채 마당을 빠져나가는 윤소이와 잠시 이야기를 나누더니 한세에게 다가왔다.

"아닙니다, 이제 들어가 보려고 하던 참이었습니다."

한세가 그렇게 대답하며 고개를 들다 보니 채운의 저고리 깃에 수놓인 분홍빛 구름이 눈에 들어왔다. 지난번에 본 구름은 푸른빛이었는데 저고리 색깔에 맞춰서 끝동과 깃에 수놓는 구름의 빛깔도 달라지는 것인가 하는 생각이 들었다.

"잠시만요, 나리!"

잠시 기다리라던 채운은 방문을 열고 안을 들여다보며 강을 불렀다.

"언제 왔더냐?"

강은 밖으로 나오다 문 앞에 우두커니 서 있는 한세를 발견하고 부드럽게 물었다.

"지금 막 오는 길입니다."

그러나 한세는 주위를 살피며 퉁명스럽게 대답했다.

"두 분은 안채로 모시겠습니다."

강이 밖으로 나오자 채운은 두 사람을 안채로 안내했다.

'대체 이 채운당의 정체는 뭘까?'

한세는 안채로 가는 동안에도 채운당으로 오는 길에 보았던 가마들과 윤소이가 관련이 있는 것이 아닐까 하는 의혹이 들어 주위를 살폈다.

❁

채운이 안내한 방은 작은 사랑채와 낮은 담장으로 나뉜 안채의 아담한 안방이었다.

"아주 귀한 손님만 모시는 방입니다."

채운이 은밀한 느낌이 드는 곳에 위치해 있는 그 방의 문을 열자 반가에서 흔히 볼 수 있는 정갈하고 아늑한 안방이 모습을 드러냈다. 아랫목과 윗목은 장지로 칸을 지르고 있고 중앙의 벽에는 매화 병풍을 두르고 아랫목에 보료와 장침, 반짇고리가 놓여 있는 것이 가회당의 안방과 다름없었다.

보료가 깔린 안방에 단둘이라는 것이 어쩐지 묘한 느낌이 들었지만 두 사람은 달리 생각하지 않았다. 방 한가운데 놓여 있는 정갈한 주안상 앞에 한세와 강이 마주 앉자 노래하는 소리 기생과 악공이 들어왔다.

"금주령이 내렸으니 술을 드릴 수는 없어 사향과 누룩을 넣어 빚은 곡차로 준비하였습니다."

"아하! 곡차, 그것 잘되었습니다."

사람이 본래 하지 마라 하지 마라 하는 것은 기가 막히게 잘 하는 법이다. 영조가 금주령을 자주 내리니 한양 땅 모든 기방은 굶어 죽게 생겼고 결국 술이 아니면서도 술과 같은 무언가를 팔고자 머리를 쥐어짰다.

채운은 곡차가 들어 있는 은빛 주전자를 들고 매화꽃이 그려져 있는 잔을 채워 서강 앞에 놓아주었고 국화꽃이 그려진 잔은 한세 앞에 놓아주었다.

"그렇지 않아도 배가 고팠는데 잘 되었습니다."

한세는 급하게 한잔을 쭉 들이켜고는 다시 잔을 내밀며 웃어 보였다.

"시장하시면 밥상을 따로 올릴까요?"

"아닙니다, 여기 있는 안주만 먹어도 배가 부르겠습니다. 참 조금 전 뵈었던 윤 규수께서는 이곳 다회에 참석하신다는데 채운당에서는 모임이 많은가 봅니다."

사실 한세가 묻고 싶은 것은 바로 그것이었다.

대체 그 가마들은 어디로 가는 것이며, 무엇을 하려고 이 밤에 모인 것일까. 반가의 규수들이 이 야심한 시각에 다회라니 그 또한 이상하지 않은가. 대체 뭘 하는 거지? 무슨 꿍꿍이야? 꼬리에 꼬리를 무는 의혹.

그러니 다른 것에는 신경 쓸 겨를이 없었다.

"예, 노론가 자제들의 모임인 가회, 노론가 여식들의 모임인 다회 뭐 여러 가지 모임이 있지요."

채운은 웃으며 다시 한세의 잔에 곡차를 채워주고 일어섰다.

"필요한 것이 있으시면 저 줄을 당기시면 됩니다."

"예, 예."

한세는 고개를 끄덕이며 다시 잔을 비웠다.

"곡차도 취한다, 천천히 마시거라."

채운이 인사를 하고 나가자 강은 채운의 잔에 술을 채워주고 자신은 옆에 놓인 찻주전자에 차를 따라놓았다.

"도련님은 안 드십니까?"

"먹고 있다. 한데 오늘은 어찌 늦었느냐, 기섭과 함께하고 있는 일이 무엇이냐?"

"극비 사항입니다. 한데 윤 규수가 가입한 다회는 어디서 열리는 것입니까?"

"채운당의 극비 사항이다."

"예에?"

한세의 표정이 의아해졌다.

"너는 극비 사항이라면서 어찌 채운당의 극비 사항을 내게 묻는 것이 더냐."

"내가 말을 말아야지."

별것 아니라는 듯 시큰둥하게 대답하는 강의 얼굴에서 시선을 거두지 못하고 한참 동안 쳐다보았다.

두 사람이 곡차를 마시고 있을 때 거문고 맑은 가락이 물결치듯 퍼져 나가자 소리 기생이 강이 마음을 적어준 시에 가락을 얹어 노래하기 시작했다.

"바람에 문발 흔들리고, 텅 빈 방에 달빛이 은은하네. 보고픈 마음에 잠들지 못하고, 이리저리 뒤척여도 그리운 마음뿐."

그러나 지금 한세의 머릿속은 온통 채운당으로 오던 길에 보았던 가마들에 누가 타고 있는지, 그리고 그 가마들이 이 밤에 줄을 이어 어디로 들어갔는지 확인해 보고 싶다는 생각뿐이었다.

"도대체 뭘 하는 거지?"

하지만 이곳은 건우가 맡기로 한 곳이니 자칫 섣불리 나대다가 일을 그르칠까 봐 두려워 꾹 참고 있었다.

"뭐라는 것이냐?"

노래가 끝나고 악공과 가인이 밖으로 나가는데도 딴생각만 하는 한세를 야속한 눈빛으로 바라보던 강이 물었다.

"아닙니다요. 그저 반가의 규수들이 모이는 다회가 어째서 이 야심한 시각에 하는 것인지 궁금해서요."

"그렇긴 하구나."

듣고 보니 좀 이상하다는 생각에 강도 고개를 끄덕였다.

"참, 윤 소저 예쁘시대요."

"뭐."

채운은 그저 한번 툭 던져 본 말이었는데 강은 긍정적으로 고개를 끄덕인다.

"좋으시겠습니다요."

"무엇이 좋아?"

사내들이 모이는 가회도 아니고 대체 반가의 규수들이 이 밤에 모여 무엇을 하는 것일까, 골똘히 생각하고 있던 강은 갑자기 좋냐고 묻는 한세의 질문에 고개를 들었다.

"아니 혼사를 할 규수가 어여뻐서 말입니다."

"내가 그 규수랑 혼인하는 것은 확실한 것이더냐?"

"아니, 뭐."

"너는 혼인할 마음이 없는 것이냐?"

낮에 대궐에서 봤을 때부터 자꾸만 자신의 마음을 떠보는 것에 화가 난 강이 이번엔 한세를 넌지시 떠보았다.

"저는 혼인 같은 건 할 마음이 없습니다. 이건 비밀이지만 사실 저는 혼자 놀기, 혼자 밥 먹기, 혼자 춤추고 노래하기의 달인이었습니다. 한데 지금은 혼자가 아닙니다. 저하와 사형들이 있으니까요. 그저 지금처럼 저하와 사형들 옆에서 오래오래 이렇게 살고 싶습니다."

"그 넷 중 누가 제일 좋으냐?"

갓난아기 때부터 가회당에서 자라온 한세가 뜬금없이 혼자였다는 말을 하니 이상하기는 했지만 강은 깊이 생각하지 않았다.

"거참, 도련님은 아직도 어린애처럼 그런 것을 물으십니까? 어렸을 때도 퇴궐할 때마다 물으시더니. 전 참말 네 분이 좋아요, 저하도 기섭 사형도, 그리고 건우 사형, 도련님! 이런 훈남들 속에 있는데 제 주제에 더 무엇을 바래요."

"참말 더 바라는 건 없는 것이야?"

"그 이상을 더 바라면 전 나쁜 사람이 되는걸요."

답답해서 그런지 강의 질문이 당혹스러워서 그런 것인지 한세는 머리에 쓴 흑립을 벗어 옆에 놓고 곡차를 한 잔 더 마셨다.

"참말 그게 네 마음 전부냐?"

"솔직히 두렵기도 하지요. 정말로 소중한 사람을 만났는데, 언제나 그 사람을 보며 언젠가 이별이 찾아오겠구나 하는 생각에 두려워하면서 사랑을 할 수는 없는 거잖아요. 또 그 사랑이 절정에 달했을 때 갑자기 사라지기라도 한다면……."

"너 어디 가는 것이냐?"

한세의 눈빛이 촉촉해지며 문득문득 보이는 그 슬픔이 모습을 드러내자, 무엇이 그녀를 두렵게 하는지 궁금해진 강이 물었다.

"가, 가긴 제가 어디를 간다고. 아휴 덥다."

한세는 또 실언을 했구나 생각하며 아랫입술을 깨물었다. 온몸에 열기가 확 끓어올랐다. 당황한 한세는 서둘러 도포를 획 벗어버렸고 그 바람에 안주머니에 고이 숨겨두었던 춘희자가 바닥에 떨어져 강의 앞으로 또르르 굴러갔다.

"이것이? 헉!"

종이로 돌돌 싼 것을 무심코 풀어보던 강의 눈동자가 충격으로 커지며 잘생긴 얼굴에 균열이 생겼다. 그러는 동안에도 한세는 또다시 곡차를 벌컥벌컥 들이켜다가 고개를 툭 떨궜다.

"야, 인마! 뭘 자꾸 벗어?"

그제야 강은 한세의 보송보송한 뺨이 지나치게 붉게 달아오른 것을 발견했다.

"아! 진짜 생각할수록 짜증 나네요! 그 얼굴이 뭐가 예쁘다고!"

곡차를 마시려다가 한세가 고개를 푹 숙이고 있는 것이 이상해서 가까이 다가가 들여다보려는데 갑자기 고개를 번쩍 드는 것이었다.

"어?"

"내 얼굴이 훨씬 예쁘구만!"

한세가 얼굴을 바짝 들이대며 몸을 숙이자 저고리 섶이 벌어지며 가슴골이 살짝 비쳐 보였다.

차갑게 가라앉았던 공기가 사향 향기에 취해 점점 부풀어 오르는 것이 느껴졌다.

"뭐?"

강이 놀라서 눈이 휘둥그레지는데 이번엔 한세가 눈을 게슴츠레 뜨고 머리를 묶은 동곳을 휙 빼서 던져 버리는 것이다. 바닥에 떨어진 동곳이 도르르 굴러갔다.

"세, 세야?"

강은 가슴이 철렁해져 들고 있던 춘희자를 떨어뜨릴 뻔했다. 춘희자를 떨어뜨려 한세가 다치기라도 할까 봐 얼른 상 위에 내려놓았다.

"도련님은 그 윤 소전가 뭐 개가 예쁜 줄 아나 본데, 아니네요! 얘가 훨씬 예쁘네요."

한세가 자기 얼굴에 꽃받침을 하고 앞으로 휙 들이대는 바람에 강은 뒤로 벌렁 자빠져 버렸다.

"세야, 이제 그만해야 할 것 같은데?"

강은 심장이 격렬하게 고동쳤으나 냉정해져야 한다고 자신을 타일렀다.

"자, 봐봐요! 내가 얼마나 예쁜지!"

그러자 이번에는 망건을 완전히 풀고 긴 머리를 휙 잡아 흔들었다.

한세가 고개를 똑바로 들어 올리자 그와 정면으로 시선이 마주쳤다. 둥글고 까만 눈동자가 구불구불한 머리카락 사이에서 수정처럼 빛났다.

"뭘 잘못 먹었나, 너 어찌 그러는 것이야?"

한세의 눈빛에 강은 그대로 심장이 멎어버리는 것만 같았다.

"벗어보면 몸도 얼마나 예쁜데요, 함 볼래요?"

도포를 벗어 던지고 바지저고리만 입고 있던 한세는 주섬주섬 저고리고름을 더듬기 시작했다. 풍성하게 구불거리는 머리카락에 둘러싸인 섬세한 작은 얼굴과 선이 고운 목덜미가 타는 듯 붉게 달아올라 있었다.

"아, 아니! 그러지 마, 그러지 않는 것이 좋을 것 같다. 세야, 제발!"

강이 놀라서 두 손을 내밀며 막으려 했으나 한세는 옷고름을 획 풀어 버렸다.

"아, 안 돼!"

사향을 머금고 잔뜩 부풀어 오른 공기가 뜨겁게 달아올랐다.

강은 그제야 채운이 어째서 이 은밀한 안방을 내어준 것인지 깨달았지만, 이미 늦은 것이었다. 채운은 여자의 직감으로 이미 한세가 여인임을 알아보았을 것이다.

채운이 놓은 덫에 걸려들었다고 생각은 했지만 그는 크게 걱정하지 않았다. 채운당이 철저하게 지키는 것이 있다면 그것은 바로 고객의 비밀이 새지 않도록 하는 것, 게다가 채운이 굳이 가회의 장인 자신의 비밀을 알릴 필요는 없을 것이다.

"몸도 내가 훨씬 예쁘지, 그리고 얼마나 섹시한데!"

대체 무슨 짓을 하려는 것인가

한세는 간혹 저렇게 그로서는 상상도 할 수 없는, 예측 불가능한 행동을 하곤 했다. 옆방에서 혼자 술을 마시고 취했을 때나, 잠에 취해 헛소리를 할 때, 한데 이번엔 또 무엇에 취한 것인지.

"한세야, 제발! 하지 마라! 아, 안 돼!"

그럴 때 그가 취할 수 있는 행동은 한 가지밖에 없었다. 결사적으로 말리는 것, 하지만 이번엔 그의 몸도 불끈 달아올라 말을 듣지 않는다.

강이 막 말리려고 손을 뻗는데 옷고름을 풀어낸 한세가 저고리를 획 벗어 던져 버렸다.

"내가 안 해서 그렇지 애교도 얼마나 많은데, 함 볼래요? 깜짝 놀랄 거다!"

한세가 저고리를 벗어 버리자 풍염한 가슴을 꼭 죄는 짧은 조끼 아래로 버들개지처럼 낭창거리는 세류요(細柳腰)같은 허리가 드러났다. 바지와 조끼 사이가 비어 있어 백옥 같은 피부와 귀여운 배꼽이 보였다.

"너, 너!"

그는 너무 흥분한 나머지 아무 말도 하지 못하고 손가락만 뻗으며 부들부들 떨었다.

"위 아래 위위 아래~"

그러자 이번에는 엉덩이를 쓸어 올리더니 두 손을 위로 올려 손가락을 하늘을 향해 찌르는 시늉을 하며 엉덩이를 앞뒤로 흔드는 것이었으니.

아뿔싸, 하고 보는데 이는 시작에 불과했다.

"요, 요망한!"

물론 강은 깐깐한 유학자의 도리로 당연히 눈을 감아야 한다고 생각했지만, 그것은 생각일 뿐.

놀란 눈은 더욱 크게 떠졌고 입이 딱 벌어졌다.

"위 아래 위위 아래~."

"허! 너 참말 그러면 안 될 터인데……."

"날 네 마음대로 들었다가는 놓고~"

"아니다, 내가 언제 너를 들었다 놨다 했다고?"

제 마음을 전할 수 없어 자신이 지은 시에 가락을 얹어 노래하도록 하는 강은 이번엔 한세도 자신처럼 제 마음을 노랫가락에 실어 전하는 줄 알았다.

"날 미치게 만들어 강제 탑승한~"

"아니 내가 언제 너를 올라탔다고, 옷도 네가 벗지 않았느냐?"

엉덩이를 앞뒤로 흔들며 춤을 추던 한세는 이제 완전히 기운이 빠지는지 몸이 부르르 떨렸다. 갑자기 참을 수 없이 노곤해지며 졸음이 엄

습해 오기 시작했다. 간질간질거리던 몸은 타는 듯 뜨거워지고 눈앞이
흐릿해지며 망각 속으로 쓰러져 내렸다.

"세야!"

강은 미끄러지듯 깔리며 그녀를 가슴으로 받았다.

"이것 봐라, 늘 올라타는 것은 네가 아니더냐."

그는 자신의 가슴 위로 쓰러진 한세를 내려다보며 머리를 바닥에 찧
지 않아서 다행이라고 생각하며 가슴을 쓸어내렸다.

"확실하게 내게 마음을 보여줘~"

정신이 있는 것인지 없는 것인지 한세의 입에서 탄식처럼 가락이 흘
러나왔다.

"미안하구나, 세야. 내가 마음을 보여줄 처지가 아니라서. 나는 너를
지킬 수만 있다면⋯⋯."

강은 몸을 일으켜 한세를 안고 일어섰다. 코끝을 스치는 달착지근한
향기, 귓불을 간질이는 얕은 숨소리, 손끝에 닿는 비단결 같은 피부의
감촉이 양귀비와 사향에 취한 그의 젊은 관능에 불을 붙였다.

"아이, 젠장! 누가 나를 지켜 달래? 제발 지키지 마. 지키지 말라고
오~"

게다가 한세가 혼곤한 가운데 정신을 잃으며 마지막으로 중얼거리는
그 한마디가 그를 시험에 들게 만들었다.

강의 고통스러운 속내를 알 리 없는 한세는 양귀비와 사향에 취한 나
른함에 온몸을 맡기고 새근새근 잠들어 버렸다.

물끄러미 들여다보고 있자니 한세의 몸에서 풍기는 싱그러운 연꽃의
향기가 코끝을 스쳐 갔다. 선이 고운 목선을 따라 가는 끈으로 어깨를
묶고 풍만한 가슴을 꼭 죄어둔 조끼가 참으로 앙증맞다. 그 아래 드러
난 가는 허리, 백옥 같은 살결, 비록 바지는 입고 있지만 둥근 곡선을
그리는 둔부⋯⋯.

드세기만 하던 한세에게 이런 모습이 있었다는 것은 상상조차 할 수 없지만, 강에게는 그런 자태가 한없이 사랑스러웠다.

"아니 되느니."

느릿하게 흘러가던 피가 온몸의 혈관을 따라 미친 듯 폭주했다.

"으음."

결국 몸이 너무 뜨거워 견딜 수 없었던 강은 도포를 벗고 정좌하고 앉아 접선을 펼쳐 부채질을 했다.

"네가 선을 넘지 않는다면 이 할애비가 살아 있는 한 그 아이를 지켜주마. 하나, 네가 선을 넘는 순간 그 아이의 생명은 보장할 수 없거니와 너는 내 집안과 노론 전체와 싸워야 할 것이다. 약조할 수 있겠느냐?"

"네 목숨이 걸린 일이 아니라면 나 또한 너를 이처럼 보고 있지만은 못했을 것이다."

열한 살, 그 어린 나이에 지옥의 문턱에서 살아 돌아온 강이 밤마다 가위에 눌리면서도 입을 열지 않은 것은 그 무엇보다 한세가 받을 충격이 염려되었기 때문이었다. 한세를 구하기 위해 자신이 지금도 매일매일을 싸우고 있다는 것을 알면 지금처럼 환하게 웃으며 살아갈 수는 없으리라.

무슨 일이 있더라도 한세를 옆에 두고 싶은 것도 자신과 똑같은 일을 겪게 될까 두렵기 때문이었다.

더운 여름밤이었다. 비가 오려는지 개구리의 울음소리는 점점 높아만 갔고, 후끈 달아오른 방의 열기는 식을 줄을 몰랐다.

강은 아랫도리가 뻐근해지며 온몸에 축축이 땀이 배어났지만, 결코 저고리를 벗지 않았다.

"으음, 네가 저런 요사스러운 물건을 들고 다닐 때부터 이 사달은 예고가 된 것이거늘."

강은 상 위에 놓여 있는 그 요사스러운 도자기를 바라보다가 후끈 열이 올라 애꿎은 부채만 열심히 흔들어댔다.

지금 저의 요염한 자태가 앞에 있는 사내를 얼마나 고통스럽게 하는 줄도 모르고 한세는 새근새근 얕은 숨을 내쉬며 깊은 잠에 빠져 있었다.

"으으음!"

제가 지른 신음 소리에 놀라 한세는 꿈틀했다.

손을 뻗어 더듬더듬 머리맡에 물그릇을 찾는데 뭔가 포근하고 따뜻한 것이 있어서 끌어당겼다. 그러자 손에 잡힌 따뜻한 것이 움직이며 가까이 다가왔다.

둥글고 우뚝하고 말랑말랑하고 까끌까끌하며 부드러운 것이…… 뭐지?

"어?"

놀라 번쩍 눈을 뜬 순간 눈앞에 코와 입술과 기름한 눈 속에 무심한 눈동자가 보였다.

"으악!"

놀라 몸을 일으키려는데 강의 큰 손이 어깨를 꽉 눌렀다.

"그대로 가만히 있거라, 조금만 움직여도 내가 덮칠지도 모르니."

다행히 강은 옷을 입고 있었고 한세는 갑자기 생각난 듯 자신의 몸을 내려다보다 깜짝 놀라 눈이 튀어 나올 듯 커졌다.

'아, 젠장! 아니, 멀쩡하게 곡차를 마시다가 왜 이러고 누워 있는 거야? 이제 어쩌지. 어떡해! 여자라는 것을 다 알아버렸으니. 생깔 수도 없고, 선수를 칠 수도 없을 것이고. 나 왜 이러냐. 제정신이 아닌 거지. 내가 미친다, 미쳐!'

이 상황을 어찌 수습할지 궁리를 해야 하는데 코앞에 담담하게 들여다보는 강의 검은 눈동자가 있으니 생각은커녕 머릿속이 하얗게 비어 어떤 변명거리도 떠오르지 않았다.

"제가 소, 속여서 화나셨습니까?"

그대로 자폭. 이미 홀떡 벗고 있는데 달리 방법이 없다.

"이제야 정신이 드느냐?"

그린 듯 다물어져 있던 강의 입술이 휘어지며 다감한 미소가 그려졌다. 커다랗고 긴 손가락이 이마로 흘러내린 한세의 머리카락을 쓸어 올렸다. 부드럽고 다정한 손길과 달리 그녀를 바라보는 그의 시선은 묘하게 색정적이고 뜨거웠다.

'충격이 너무 컸나?'

본래의 강의 성격상 여자라는 것을 속였다고 펄펄 뛰어야 하건만 반응이 이상했다. 한세는 대답 대신 고개를 끄덕이며 자기가 어째서 이 모양을 해가지고 누워 있는지 생각 중이었다.

"아니 왜 내가 이렇게?"

"옷을 벗은 건 너고, 올라탄 것도 너고."

"소, 송구합니다."

강은 멀쩡하게 바지저고리 다 입고 있는데 홀떡 벗고 누워 있는 것은 저뿐이니 달리 할 말도 없었다.

"사향에 취해 그런 것이니 송구할 것은 없고."

"예? 아!"

그제야 어쩐지 몸이 뜨거워지고 숨이 점점 가빠지던 것이 기억이 났다.

"확실하게 마음을 보여 달라 하였으니, 그래 나는 너를 좋아하고 있다."

"무슨 그런 말씀을, 그만 비켜주십시오, 일어나겠습니다."

충격적인 그의 말에 잠시 머리가 어지러웠지만, 한순간도 떼지 않고 자신을 응시하는 강의 담담한 눈동자가 진심이라 말하고 있었다.

"움직이지 말라고 했다."

"예."

금방이라도 덮칠 것이라는 강의 경고가 빈말이 아닌 것을 알기에 한세는 그대로 가만히 누워 있었다.

"자, 이젠 어쩔 것이냐?"

"말이 됩니까, 도련님께서 저를 어찌……."

"맞다. 내가 이러면 안 되는 것도 알고, 이러면 모두가 위험해지는 것도 아는데, 그런데도 내 마음은 너를 좋다고 한다. 내겐 너…… 뿐이라고 한다."

한세는 강의 숨소리, 어조 하나하나에 가슴이 떨려 마음을 들키지 않으려고 눈을 내리 깔았다.

"아니……."

아니 된다 말하려고 하는데 강의 입술이 다가와 한세의 입술을 눌렀다.

부드럽고 촉촉한 물기가 타는 듯 뜨겁게 달아 있는 입술을 적셔주는 것 같았다. 스쳐 가는 듯, 살짝 닿았다 멀어져 가는 그 사소한 입맞춤에, 가슴이 미친 듯 뛰어 눈을 감았다.

"쉿! 지금 대답하지 마라. 오랫동안 생각하고 대답해 다오."

강의 어조는 침착하고 부드러워 오히려 더 깊은 진심이 느껴졌다. 자신의 뜻을 전한 그가 한세의 곁에서 떨어져 천천히 일어섰다.

민망해 눈 둘 곳을 모르던 한세가 서둘러 저고리를 챙겨 입고 반짇고리 옆에 있는 경대를 끌어다 얼레빗을 찾아 들었다.

"내가 빗어주마."

"제 몸에 손대지 마십시오, 손모가지 딱 부러지십니다."

강이 머리를 묶어주겠노라 다가서자 한세는 바람이 쌩 도는 매서운 눈매로 쳐다보며 몸을 사렸다.

"저런 말하는 본새하고는! 지켜주지 말라고, 난리를 피울 때는 언제고!"

강은 자리에서 일어나자마자 드세게 돌변한 한세를 보고 기가 막힌다는 듯 실소했다.

"기억나지 않습니다."

사태가 사태이니만큼 이럴 땐 그저 기억나지 않는다고 오리발을 내미는 것이 최선이었다.

"자랑이다, 너! 어디 가서 주는 대로 덥석덥석 마시지 마라. 뭐가 들었을 줄 알고!"

"그러게 사향이 그 정도로 효능이 있는지 어찌 알았겠습니까?"

"그러고도 뭘 잘 했다고, 쯧쯧!"

강은 도포를 챙겨 입고 주름을 정리하며 혀를 찼다.

"언제부터 알고 계셨습니까?"

한세는 긴 머리카락을 빗어 상투를 틀어 올려 동곳으로 고정시키고 망건을 묶으며 물었다.

"언젠가 색동저고리를 입고 별당으로 오던 너를 보았다."

"네 살 때, 그리 오래전부터…… 어디까지 알고 계신 것입니까?"

"네가 한 대감의 여식이라 짐작하고 있다."

한세는 그리 오랜 세월 비밀을 지켜주고 있었던 것이냐 묻고 싶었지만, 입안에서 맴도는 그 말을 그대로 삼켜 버렸다.

경대의 면경에서 돌린 시선 속에 흑립을 쓰고 갓끈을 매는 정결한 강의 모습이 맺혔다. 물빛 도포를 입고 가슴에 술띠를 두른 모습이 결곡하고 아름다웠다.

"어, 저 도련님?"

한세는 도포의 구김을 펴다가 문득 춘희자가 생각나 살펴보았지만 안주머니는 텅 비어 있었다.

"어찌 그러느냐?"

"혹 제가 떨어뜨린 것 보셨습니까?"

"떨어뜨리긴 무얼 떨어뜨려? 떨어뜨린 것은 아무것도 없었다."

"이상한데?"

"실없는 소리 말고 늦었다. 빨리 가자꾸나! 네가 번이 아닌 것을 알고 계실 것인데 둘 다 들어오지 않았으니 걱정들 하실 것이다."

"예, 아무래도 제가 오늘 큰 실수를 한 것 같습니다."

한세가 고개를 숙이며 후회를 하자 강도 조금은 긴장한 얼굴로 어깨를 토닥여 주었다.

언제나 그렇듯 실수는 재앙을 불러들인다.

밤이 깊어가고 대문 앞 행랑 마당을 서성대는 서동환의 발걸음이 초조해질수록 가회당의 공기는 점점 더 무겁게 처졌다.

"이리 오너라!"

강이 외치는 소리가 들려오자 잠도 자지 못하고 마당에 줄지어 서서 졸고 있던 하인들의 눈이 번쩍 뜨였다.

"나리께서 돌아오셨습니다요."

도열해 서 있던 하인들이 큰 소리로 외치며 한달음에 달려갔다. 이윽고 육중한 솟을대문이 열리는 소리가 새하얀 심의를 입은 서동환의 서성거림을 멈추게 하였다.

이미 새벽이 다가오는 시각인데 집 안에 불이 환하게 밝혀져 있는 것이 심상치 않았다. 강은 성큼성큼 앞장섰지만 집 안의 썰렁한 분위기를 감지한 한세는 바짝 긴장한 얼굴로 들어왔다.

"할아버님!"

강은 행랑 마당에 나와 있는 서동환을 발견하고 가슴이 철렁해 잔뜩 주눅 든 한세를 돌아보았다.

"대감마님!"

서동환의 얼굴은 노기로 굳어 있었고 한세를 바라보는 안광은 서늘했다.

"으음! 어찌 이리 늦게 다니는 것이더냐?"

조심하라는 엄한 경고가 느껴지는 어투였다.

소론의 여식이며 그대로 두면 가문과 노론 전체에 해를 끼칠 불길한 아이라는 점바치 고복수의 말을 외면하고 보호해 준 것은 집안의 대를 이를 손자 녀석 때문이었다. 물론 차라리 곁에 두고 지켜보는 것이 오히려 감시하기엔 수월할 것이라는 계산도 있었다.

그러나 이미 벼슬길에서도 쫓겨난 소론의 여식에게 집안의 살림을 내줄 수는 없는 일이었다. 게다가 불길하기까지 하다는 아이였다. 이는 첩실로 들일 수도 없는 일이었다.

"따르거라!"

서동환은 돌아서 큰 사랑채로 향하며 강을 불러들였다. 노기를 다스리기 위해 힘껏 움켜쥔 주먹이 부르르 떨렸다.

"먼저 들어가거라."

한세를 돌아보며 걱정하지 말라고 고개를 끄덕여 보인 강은 사랑채로 향했다.

"마님!"

진노한 할아버지를 따라 사랑채로 끌려가는 강을 걱정스럽게 바라보다 별채로 들어가려는데 중문 앞에 송씨가 서성이고 있었다.

"어찌 이제야 오는 것이야?"

"퇴궐하고 다른 볼일이 있어서 그만. 송구합니다. 마님!"

"강이와 여태껏 같이 있었던 것이냐?"

"그것이 일이 좀 있어서."

"내 그리 조심하라 일렀건만!"

"불미스러운 일은 없었습니다."

한세는 이런 상황에서는 송씨의 날카로운 시선을 피할 엄두도 나지 않았다.

"나는 너를 믿는다만, 아무래도 안 되겠다."

"예?"

"대감마님 노여움도 크시고 집안의 분위기도 살벌하니 당분간 퇴궐하지 말고 계방에서 지내거라."

우선 시아버지 서동환의 눈에서 한세를 감춰두어야 하겠다는 생각에 어렵게 꺼낸 말이었지만 이 새벽에 내쫓듯 보내려니 마음이 아팠다.

"예, 그리하겠습니다."

"네 집으로 가면 공연히 일만 커질 것이니 잠시 지나는 소나기만 피한다 생각하고, 알아듣겠느냐?"

송씨는 이대로 한세를 집으로 돌려보내면 허씨가 다시는 가회당으로 보내지 않을까 봐 두려웠다. 잠시 시아버지의 노여움이 풀릴 때까지만 계방의 숙직실에 머물게 하려는 생각이었다.

"예, 마님."

"강이 오기 전에 가는 것이 좋겠구나."

"예, 쓸 것들만 대충 챙겨 나오겠습니다."

한세는 한 번의 실수로 가회당에서 영원히 쫓겨날까 봐 겁이 나 송씨가 하자는 대로 고개를 끄덕였다. 송씨와 강의 곁을 떠나는 것이 처음이라 두려웠지만, 자기 때문에 강이 곤욕을 치를 것을 생각하니 어쩔 수 없었다.

"그래, 그리하자. 소나기가 내리면 잠시 비를 피하면 될 것을, 오는 비를 다 맞을 필요가 무에 있느냐?"

송씨는 그 길로 나가 하인들에게 말을 준비시키라 일렀다.

"다 되었느냐?"

방 안으로 들어간 한세가 짐을 챙겨 들고 나오자 송씨는 급하게 챙긴 요깃거리와 국화차를 넘겨주었다.

"우선 가 있으면 내 필요한 것들을 챙겨 가마."

"예, 마님."

송씨가 챙겨준 보자기를 가슴에 품고 나오는데 코끝이 싸하게 아파 왔다.

햇살 강한 오뉴월, 별채 마루 들장지문을 들어 올려놓고 문지방에 턱을 괴고 내다보면 마당을 서성이던 강의 모습이 그림처럼 아름다웠는데 이렇게 갑자기 떠나야 하다니.

"마님, 다시 뵐 때까지 몸조심하시고 바느질 너무 많이 하지 마세요."

"그래, 그래. 곧 데리러 가마."

차마 한세가 가는 모습을 볼 수 없어 송씨는 하늘을 올려다보았다.

긴 한숨을 내쉬며 하늘을 향하는 송씨의 눈동자가 어두운 별을 좇아 어지러이 움직였다. 개구리 소리가 시끄럽고 물기가 많은 것을 보면 한바탕 비가 내릴 것이 틀림없었다.

서동환의 뒤를 따라 사랑방에 든 서강은 무릎을 꿇고 앉았다.

"기어이 선을 넘으려는 것이냐?"

여든이 넘은 노대감이 주먹으로 서안을 내리치는 소리가 적요한 공기를 가르며 사랑채 마당까지 울려 퍼졌다.

"그런 일은 없습니다."

혹여 이런 일이 생길까 봐 오늘 밤도 기를 쓰고 한세를 지켜준 것이었다. 마음의 선은 이미 넘은 지 오래 되었겠지만, 할아버지가 이리 물을 때 거짓을 고하고 싶은 생각은 없었기에 온 힘을 다해 오늘도 버텨본 것이었다.

"하면 어디를 다녀오는 것이냐?"

다시 한 번 서슬 퍼런 목소리가 짯짯하게 울려 퍼졌다.

"채운당에 볼 일이 있어 들렀다 늦어졌습니다."

"무슨 일로?"

"낮에 궁궐로 찾아온 윤 규수를 만나 저의 뜻을 전했는데도 또 할 말이 있었는지 그곳까지 찾아왔더군요."

"해서 만났더냐?"

"예."

"정녕 그것뿐이더냐?"

서동환이 의심의 눈초리를 거두고 다시 한 번 다짐하듯 물었다.

"거짓을 고할 연유가 무에 있겠습니까?"

강이 선선히 대답하자 서동환의 노기도 한풀 꺾이는 것 같았지만 안심하기에는 일렀다.

"혼사를 서두르자꾸나."

"할아버님!"

"네 뜻대로 이제껏 기다려 주지 않았더냐?"

"저도 할아버님께 약조한 모든 것을 지켜왔습니다. 하니 기다려 주십시오, 세손께서 보위에 오르실 때까지만."

"내가 약조한 것은 한세 그 아이를 보호해 주는 것이었다. 당장 혼사를 하라는 것이 아니라 정혼이라도 하자는 것이다. 이 할애비가 이만큼 양보했으니 너도 생각해 보거라."

서동환은 잔뜩 찌푸린 얼굴로 역정을 내고 말았다. 아들처럼 만들지 않으려고 손자 녀석은 옆에서 끼고 오냐오냐 달래며 키워왔건만 제 애비를 꼭 닮은 것인지 무엇 하나 마음대로 되는 것이 없었다.

유학자들의 정신적 지주라고 칭송을 받는 그였지만, 자식만은 마음대로 되지 않았다. 한두 번도 아니고 혼사에 대해 말만 꺼내도 강이 펄쩍 뛰는 것을 보면 지기들과의 결의는 핑계일 뿐, 결국 마음은 다른 곳에 있다는 것이었다.

✿

언제부터인지, 불어오는 바람에서 계절이 만져지지 않았다. 주위를 둘러싼 공기 속에서는 시간의 흐름이 느껴지지 않았다.

낯선 곳에 떨어진 미아처럼 한세 홀로 그저 스물다섯 살에 멈춰 있는 것 같았다.

조선 시대 사람처럼 생각하고 조선 시대 사람처럼 살아보려고 노력도 해봤지만, 벌써 오랜 시간이 흘렀는데도 언제 돌아갈지 모른다는 생각에 두려워하고, 그러다 보니 어디에도 뿌리를 내리지 못하는 이 삶에 점점 지쳐 가고 있는 것 같았다.

아무리 기운을 내자고 스스로를 격려해 봐도, 지나치다 싶을 정도로 웃고 떠들어도, 처음 이곳에 왔을 때나 지금이나 두렵고 무서운 것은 마찬가지였다.

그렇게 지쳐 가다 어느 순간 많은 것을 체념했다. 어차피 영혼이 조선 사람이 아닌데, 조선 여인처럼 살 필요는 없다고 생각했다.

미래에서 온 오세아로 이곳에서도 살아가면 되는 거 아니겠냐고. 그렇게 생각하니 이곳 생활이 점점 좋아졌다. 일을 할 수 있는 직장이 있는 것도 좋고, 동료이며 친구인 사형들도 좋고, 하지만 사랑은 달랐다.

"미쳤지, 미쳤어. 아니 옷은 왜 벗은 거야?"

언젠가는 가슴 설레는 사랑을 하고 싶었다. 기다리다 보면 좋은 사람이 나타날 것이고, 그때가 되면 미친 듯 사랑하리라 생각했었다.

하지만 그 사랑이라는 것이 어째서 하필이면 이곳에서 이런 모습들로 찾아오는 것인지, 알 수가 없었다.

"미친 거지? 아! 왜 그랬을까, 왜 그랬어! 이제 강이 얼굴을 어떻게 볼 거야?"

아무리 궁리를 해봐도 이는 수습이 불가능한 대형 사고였다.

"지금 여기서 사랑이니 뭐니 이런 감정에 휘둘릴 때야?"

사랑에 대한 예의가 아니다. 그것도 첫사랑인데. 이곳에서 사랑을 한다면 그 끝이 어떨지는 뻔한 일이었다.

"근데 이러다 나 못 돌아가면 어쩌지? 그냥 처녀귀신으로 늙어 죽는 거 아냐?"

생각해 보라는 서강의 말처럼 가회당을 나와 말을 달리는 내내 곱씹어 생각해 보았지만, 역시 모두가 상처받을 일이었다. 이미 어린 시절부터 상처는 충분히 받아왔다. 누구에게도 상처는 주고 싶지도, 받고 싶지도 않았다.

한세가 궁궐에 도착했을 때는 이미 새벽녘이었다. 존현각의 청회색 기와 사이로 하얀 실타래 같은 안개가 풀어져 있었다.

한세는 궁궐 뒷문으로 들어와 마방에 들러 말을 묶어두고는 계방의 직숙실로 향했다.

"미쳤지, 사향이면 일종의 흥분제인데 그걸 그렇게 벌컥벌컥 마셨으니. 그런데 채운 그 여자 일부러 그런 거 아냐? 나 엿 먹이려고? 아니지, 분명히 사향을 넣어 빚은 곡차라고 했으니! 아이!"

한세가 중얼중얼 한탄을 하며 보퉁이를 껴안고 걸어가고 있는데, 마침 밤새 서책을 읽고 새벽 산책을 나오는 이산과 딱 마주쳤다. 이산은 간단한 도포 차림에 상투관만을 쓰고 있었다.

"저, 저하."

"쫓겨난 것이더냐, 가출을 한 것이더냐?"

멀리서 보고 있자니 보퉁이를 껴안고 고개를 푹 숙이고 터덜터덜 걸어오는 모양새가 누가 봐도 집에서 쫓겨난 것이 틀림없었다.

"쫓겨나긴, 누가 쫓겨났다고 그러십니까. 제가 워낙 성실하게 일을 하다 보니 일찍 입궐한 것이지요."

"세야."

"예?"

"사람은 솔직해야 한다고 입버릇처럼 말하던 이가 누구더라?"

"맞습니다. 맞아요. 제가 실수를 해가지고, 그래도 곧 돌아갈 것입니다요."

"음, 그런 것이더냐?"

이산은 체면을 생각해서 웃지 않으려고 무진 애를 썼으나, 잘생긴 입술 끝이 슬며시 올라가는 것은 어쩔 수 없었다.

"어디 경사 났습니까? 어째 좋은 일 있으신 분 같습니다."

이산의 얼굴을 빤히 본 한세가 볼멘 목소리로 물었다.

"티 나더냐?"

"많이요, 많이 티 납니다. 아니, 제가 집에서 나온 것이 그리 좋으십니까?"

"아니, 나는 네게 집을 얻어주는 것이 좋을 것인가, 존현각을 같이 쓰라 하는 것이 좋을까 생각하니, 춤을 추고 싶은데 너는 어찌 화를 내는 것이냐?"

"예에?"

공연히 투덜대며 걸어가는 한세를 따라가며 이산은 좋은 표정을 감추지 않고 싱긋이 웃었다.

"세야."

"예."

이산은 다정히 불렀지만 한세는 입을 쑥 내밀고 퉁명스럽게 대답했다.

"내가 궁금한 것이 있는데."

"예."

"그 말이다, 좀 쑥스러운데······."

"어찌 그러십니까?"

"내 애칭 말이다."

"애칭이요?"

"그래, 그 산♥블리. 산 옆에 붙어 있는 그 모양이 어떤 의미냐?"

"아하, 그거요. 제 심장입니다."

이산은 오랫동안 망설이다 설레고 두근거리는 마음으로 물었건만 한세의 대답은 너무 간결하게 똑 떨어졌다.

"뭐?"

"제 심장입니다. 제 심장이 뛰고 있는 한 저하는 제가 지켜 드릴 것이니 안전한 것입니다. 그래서 산 옆에 제 심장이 있는 것이지요."

"아니, 어찌 그것이?"

"제가 세자익위사에 들어올 때 아버님께서 그러셨습니다. 호위무사에게는 첫째도 주군, 둘째도 주군, 셋째도 주군, 심지어 너의 목숨보다 주군의 안위가 먼저다. 할 수 있겠냐고 물으시더군요."

한세는 그 아련한 기억을 떠올리며 돌아보다가 이산의 긴 속눈썹에 이슬이 맺힌 것을 보았다.

"저하, 어찌 그러십니까?"

이산이 긴 한숨을 내쉬자 눈물 한 방울이 툭, 떨어졌다.

"저하?"

"네 마음은 너무 고맙고. 내 마음은 너무 가엾구나."

"제 말이 그렇게 감격스러우셨습니까?"

이산의 격한 반응에 놀란 한세는 당혹스러워 어찌할 바를 몰랐다.

"어찌하겠느냐, 그저 산♥블리로 만족해야지."

이산은 가슴에 손을 넣어 뭔가를 꺼내 한세에게 주었다.

"이것은?"

한세는 자신의 손바닥에 놓인 작은 단도를 들여다보았다. 나무 손잡이에 구름이 새겨져 있는 소박한 단도는 분명 정조의 어찰 속에 같이 들어 있던 것과 똑같은 모양이었다.

"아바마마께서 내게 주신 것이다."

"한데 어찌 이 귀한 것을 제게 주십니까? 아버님께서 주신 것이라면 당연히 저하께서 보관하셔야지요."

"그것은 본시 두 개를 똑같이 만들어서 하나는 아바마마께서 지니시고 하나는 내게 주셨다. 나는 아버님께서 쓰시던 것을 가지고 있다. 그것은 내가 쓰던 것이다."

"그러셨습니까."

"너의 심장이 뛰고 있는 한 나를 지켜주겠다 하지 않았느냐, 그래서 그 약속의 증표로 주는 것이다. 언제까지나 내 곁에 있으라고."

이산은 그리 말하며 다감하게 웃어 보였지만 어쩐지 그 눈빛은 쓸쓸해 보였다.

"항상 몸에 지니고 있겠습니다."

한세는 나무 손잡이가 손에 착 감기는 단도를 들여다보며 손가락으로 쓰다듬었다.

"그 짐 이리 다오, 내가 들어주마."

"아니요, 되었습니다요. 저하와 저는 거리를 좀 두는 것이 여러모로 좋을 듯합니다."

이산의 묘한 감정을 알았는데 공연히 오해받을 짓을 하지 말아야 한다는 생각에 한세는 고개를 털어버리며 터덜터덜 걸었다.

"나는 이제 술친구가 생겼다고 좋다 하였거늘, 그리 발끈할 것은 무엇이냐?"

"금주령 내렸습니다."

"금주령은 오늘 부로 풀렸다."

이산은 그 커다란 눈을 가늘게 뜨고 웃고픈 얼굴로 한세를 바라보았다.

"저 술 끊었습니다."

"술을 끊어? 그것이 끊고 싶다고 그리 쉽게 끊어지는 것이더냐?"

"아무튼 저는 저하와는 절대 술 안 마실 겁니다. 아직도 그때 술내기에 져서 소원 두 개가 남아 있지 않습니까?"

"글쎄다, 그것이 그리 쉽다면야."

"대체 주량이 언제 그렇게 느신 것입니까, 그거 다 기방에서 배우신 것입니까?"

"기방을 제집처럼 드나드는 네가 할 말은 아닌 것 같구나."

"말이 나온 김에 너무 궁금해서 그러는데요, 대체 그놈에 기방에는 어찌 그리 드나드신 것입니까? 저희들 다 떼어놓고요?"

"서운하더냐?"

"예, 참말 많이 섭섭했습니다."

"그럴 일이 좀 있었다."

"에, 이러신다니까요. 아무튼 앞으로는 술은 많이 드시면 아니 됩니다."

"어허, 너는 연초도 아니 된다, 술도 아니 된다. 그럼 뭘 하라는 것이냐?"

"다 저하를 위해서입니다. 저하께서는 열이 많은 체질이라 간에 무리가 가면 아니 되십니다. 가뜩이나 몸이 뜨거워지면 아니 되는데."

역사에 전하기로는 정조를 죽음으로 몰고 간 종기는 벌써 이 무렵부터 얼굴 주위에 나타나 괴롭히기 시작했다 하였다. 또 정조가 특히 여름에 더위를 유난히 타는 체질이라 여름이면 종기는 더 심해졌다고 했다.

현대의 한의학자들은 그 종기가 사도세자의 죽음을 지켜본 충격과 응어리, 그리고 당쟁으로 인한 신하들에 대한 분노, 그리고 가까운 사람들을 잃은 것에 대한 한을 홀로 삭이며 그 화가 끓어올라 종기로 표출되었을 것이라 보고 있었다.

그러나 한세가 예동으로 들어오며 하루도 거르지 않고 채식 위주의 식단과 적당한 고단백질을 섭취하게 했으며 인체의 독을 빼낸다는 해독 주스를 계속 마시게 했다. 신선한 채소를 구하기 어려운 계절에는 수라 간에 부탁해서 무, 당근, 우엉, 표고버섯 말린 것, 무청을 넣어 끓인 물을 계속 마시게 했고 평소 몸을 차게 하는 차들을 만들어 꾸준히 복용하게 했다. 또 운동을 통해 스트레스성 울화를 다스리는 관리를 잘 해온 탓에 지금까지 이산의 몸은 깨끗한 편이었다.

그는 여름에도 더위로 고생하지 않았고, 아직까지 종기는 나타나지 않고 있었지만 방심할 수는 없었다. 지금의 그의 건강한 몸을 만들기 위해 아이를 돌보는 엄마의 마음으로, 환자를 돌보는 의사의 마음으로 얼마나 정성을 다했는지 한세가 흘린 눈물과 땀은 그 누구도 모를 것이다.

"인마! 내가 몸이 더워지는 것은 술을 마셔서가 아니다."

"하면 무엇 때문에 몸이 뜨거워지시는 것입니까? 혹 어디 다른 곳이 불편하십니까? 몸에 어딘가 종기가 난 곳은 없으십니까?"

몸이 뜨겁다는 말에 놀란 한세는 보통이를 바닥에 내려놓고 앞뒤 가리지 않고 달려들어 종기가 자주 발생했다고 기록된 이산의 코와 얼굴 미간, 눈꺼풀을 살피고 머리 밑과 목덜미를 들쳐 보며 살폈다.

몸이 뜨겁다는 말이 제일 두려운지라 그녀는 때때로 이산의 옷을 홀딱 다 벗겨서 눈으로 일일이 다 확인하고 싶은 욕구가 생길 때가 있었다. 몸 어딘가 자신이 모르는 곳에 종기가 생길까 봐 노심초사 두려웠다. 앞으로 일어날 역사를 알고 있는 한세는 정조가 갑작스럽게 죽게 되면 그로 인해 고초를 겪게 될 조선의 수많은 인재들이 눈앞에 그려졌다. 정약용 형제를 비롯해, 정조의 어의들, 더 나가서 천주교 박해로 죽게 될 수많은 사람들과 세도 정치에 시달릴 백성들.

정조의 수명을 연장하는 길만이 그 많은 사람들의 목숨을 구할 수 있다는 것을 알고 있는데 어떻게 절실하지 않을 수 있을까.

이산의 수명을 십 년 더 연장해 보겠다는 그녀의 마음이 얼마나 간절한 것인지, 영문을 알 리 없는 이산은 이럴 때마다 눈이 휘둥그레졌다.

"허어, 세야. 아무리 보아도 너는 분명 나를 좋아한다."

지금도 몸 뒤짐까지 당하는 이산은 당연히 그리 생각할 것이고, 집 나간 한세가 걱정이 되어 송씨가 들려 보낸 도시락을 들고 뒤쫓아 온 강이 먼발치에서 보았을 때도 고개를 갸웃거릴 수밖에 없는 광경이었다.

강은 여섯 살 때부터 지금까지 변함없이 이산에게 도가 넘치게 집착하는 그녀를 도무지 이해할 수가 없었다.

"저는 종기가 싫어요, 종기가 싫다고요. 저하의 몸에 종기가 생기면 진짜 미워할지도 모르겠습니다."

"아이고야, 나는 종기보다 네가 더 무섭다."

말은 그렇게 했지만 그 어떤 모습보다도 그를 위해 앞뒤를 가리지 않고 모든 것을 걸 것 같은 한세의 이런 모습에 이산은 가슴이 두근거렸다. 비록 눈앞에 있는 한세가 사내라 해도 지금처럼 걱정과 염려가 가득 담긴 눈빛은 어머니에게서도 느껴보지 못했던 것이었다. 세상의 그 어떤 미인이 이처럼 아름다운 모습을 보여줄 수 있을 것인가.

"제발 쓸데없는 말씀 마시고, 이제 바람을 쐬고 들어가시면 꼭 채소 갈아 올린 것을 드셔야 합니다."

"대체 내 몸 안에 무슨 독이 그리 많다고 그 맛없는 것을……."

"저하!"

"그리하마."

채소를 갈아놓은 것이 입에 맞지 않았지만 조금이라도 싫다고 하면 한세가 도끼눈을 뜨고 펄쩍 뛰니 이산은 순순히 먹을 수밖에 없었다. 게다가 이산 역시 영조의 병환을 돌보다 보니 의학에 많은 지식을 가지고 있었다.

한세의 말이 틀린 것이 없으니 따를 수밖에 없었다.

"절대, 절대로 인삼은 드시지 않겠다고 약조해 주세요."

"알았다. 그 말은 백번도 더 들었다."

정조의 사인은 분분하다. 독살설이라는 것과 인삼 오용에 의한 의료 사고라는 설.

한세로서는 어떤 것이 진실인지는 알 수 없으나 다만 지금 할 수 있는 일은 몇 가지 있었다.

첫째, 발병의 원인 자체를 막는 것.

둘째, 인삼이나 몸이 뜨거워지는 약재는 처음부터 금기 식품으로 정해두는 것.

셋째, 만약 종기가 발병했을 경우를 대비해 청으로부터 서양의를 데려와 한양에 1885년에 개원할 최초의 서양병원 제중원을 백 년 앞당겨 세우는 것.

"약조하셨습니다."

"내가 언제 너와의 약조를 어긴 일이 있었더냐?"

처음부터 끝까지 자신의 건강을 챙겨주는 한세에게 감동한 이산의 얼굴은 다시 환하게 밝아졌다.

멀리서 그런 모습을 지켜보던 강은 조용히 발걸음을 돌려 계방 안에 있는 기기마의 거처로 향했다.

"이제 그만 들어가십시오. 궁인들도 보고 있는데 직숙실까지 오실 것입니까?"

"알겠다, 짐 갖다 놓고 올 것이냐?"

"아닙니다. 전 내의원에 들러 저하께 몸을 차게 해주는 약재를 지어 올리라 하고 운종가에 다녀올 것입니다."

"기섭이도 일이 있다던데 조심해서 다녀오너라."

"예, 저하."

이산이 존현각으로 돌아가자 한세는 계방으로 향했다. 계방 안 기기마가 거처하는 방 옆에 붙어 있는 작은 방이 한세가 번을 설 때마다 잠시 쉬는 곳이었다.

처음 한세가 계방에 들어왔을 때 신입이 들어오기를 눈에 불을 켜고 기다리고 있던 선배들에게 면신례를 너무 심하게 당했었다. 나무 기둥 등 무거운 것을 드는 것은 기섭이 슬쩍 도와주어 넘어갈 수 있었지만, 거미 잡은 손 씻은 물은 마시고 속에 든 모든 것을 토했었다. 숙직을 보름 동안 계속 시키는 바람에 낮에 이산이 활을 쏘는 활터에서 쓰러져 잠들어 버렸다. 기절한 줄 알고 달려왔던 기기마는 한세가 잠든 것을 보고 그가 거처하는 처소의 방 하나를 비워준 것이었다.

"어, 언제 오셨어요?"

기기마의 방으로 가다 보니 강이 동그란 찬합을 들고 서 있었다.

"어머님께서 아침도 못 먹고 갔다고 주시더구나."

"그렇지 않아도 배고팠는데."

까칠해진 강의 얼굴을 바라보는 한세의 목소리에 물기가 묻어났다.

"이것을 저하께 전해 드려라."

강은 찬합과 함께 소맷자락에서 서찰 한 통을 꺼내주었다. 지난번 이산이 보낸 서찰에 대한 답신이었다.

"예. 저 도련님?"

자신의 실수로 인해 할아버지 앞에서 마음고생했을 것을 생각하니 차마 괜찮으냐고 물어볼 수도 없고, 목이 메었다.

"나는 괜찮다. 금세 데리러 올 것이니 다른 곳 가지 말고 하루 이틀만 예 있거라."

"예."

눈물이 글썽이는 한세의 뺨을 쓸어주며 강은 서둘러 둥청하기 위해 떠났다.

"어?"

강이 가고 나자 한세는 그가 이산에게 주라고 했던 답신을 열어보았다.

이산이 이발기발설(理發氣發說)에 대한 퇴계 이황과 율곡 이이 학설의 차이점을 묻는 질문에 대해 서강은 율곡의 기발(氣發)이 옳다고 답했다. 이것은 훗날 정약용의 대답과 같은 것이었다.

"이것은 정약용의 대답과 같아. 그러면 서강의 생각이 정약용의 생각과 같다는 것인데, 대체 강이와 정약용이 무슨 관계가 있는 것일까?"

앞으로 구년 뒤 성균관에 들어올 정약용에게 이산이 내줄 첫 번째 과제의 질문에 대해 서강과 정약용이 같은 대답을 한 것이 어떤 의미일까를 생각하던 한세는 세수를 하러 갔다.

씻고 들어온 한세는 옷을 갈아입고 송씨가 보낸 찬합의 뚜껑을 열어보다가 눈물이 왈칵 쏟아졌다. 한세가 좋아하는 우엉과 새콤달콤하게 절인 무, 참기름과 간장에 살짝 무친 인동초와 소고기를 볶아 깻잎에 싸서 넣은 김밥, 계란말이, 고추장에 고기를 볶아 넣은 주먹밥이 두 개의 찬합 가득 들어 있었다.

다감하고 자상한 송씨는 한세가 아플 때면 먹고 싶은 것을 물어보곤 했다. 처음에는 크게 기대하지 않고 한세가 현대에서 먹던 음식들의 재료와 만드는 방법을 말해주었는데 송씨는 그 음식들을 어렵지 않게 만들어주었다. 심지어는 현대식 고추장과 매실청까지 만들어 엿기름 우려낸 물에 고추장 떡볶이까지 완벽하게, 아니 오히려 더 잘 만들어주었다.

"맛있어요, 마님. 마음 아프게 해서 죄송해요."

어찌 보면 친엄마보다 더 살갑게 잘 키워준 송씨를 생각하니 김밥을 먹으면서도 눈물이 났다.

"세야!"

입안 가득 김밥을 밀어 넣고 오물거리는데 문이 벌컥 열리며 이산이 뭔가를 들고 서 있었다.

"컥!"

하마터면 입안에 든 것을 다 뿜어버릴 뻔했다.

"저하?"

"혼자서 뭘 그리 먹고 있는 것이냐?"

인기척도 없이 문을 벌컥 열고 들어온 이산은 가져온 다식을 내려놓고 한세의 찬합에 들어 있는 음식들을 신기하다는 듯 들여다보았다.

"마님께서 싸주신 것입니다. 드셔보시겠습니까?"

"하면 내 너의 성의를 봐서 어디?"

소고기 김밥을 맛본 이산은 잠시 신세계를 맛 본 듯한 표정으로 한세를 바라보았다.

"어떠십니까, 입맛에 맞으십니까?"

"내게는 맛없는 채소 간 것이나 먹으라 하고, 이리 맛난 것을 너와 강이는 매일 먹었느냐?"

"가져 가셔서 드시겠습니까, 저는 저하께서 주신 다식을 먹겠습니다."

"그래도 되겠느냐?"

"예. 참, 사형이 저하께 답신을 전해달라 하셨습니다."

"음. 강이 다녀갔더냐?"

"예."

먹는 것, 입는 것에 통 관심이 없는 이산도 그 음식들은 입에 맞았는지 찬합을 소중히 들고 방을 나갔다.

존현각에서 서연을 끝낸 이산은 주합루로 올라가 서책을 보며 잠시 쉬고 있었다.

이산은 경희궁으로 옮겨오며 홍정당 동남쪽의 친현각을 이층 건물로 개축하여 위층을 주합루, 일층을 존현각으로 이름 붙이고 이곳에 거처하면서 서연(書筵)의 중심지로 삼았다.

"저하, 서신이 왔습니다."

"누가 가져온 것이냐?"

"아침 일찍 무수리 하나가 와서 저하께 전해달라 했습니다."

"이 봉투는?"

동궁전 내관으로부터 서찰을 받아 든 이산은 눈에 익은 문양이 들어 있는 봉투를 가만히 들여다보았다. 오미자 빛의 물이 든 그 봉투에는 짙은 홍색으로 구름이 그려져 있었다.

오랫동안 궁금해하시던 질문에 답을 드리고자 합니다. 내일 술시에 뵈러 가겠습니다.

채운.

"내가 오랫동안 궁금해하던 질문에 대한 답을 주겠다?"

이산은 채운이 보내온 은밀한 서찰을 들여다보며 자신이 오랫동안 궁금해하던 질문이 무엇이었는지를 생각했다.

"내 마음이 방황하는 연유가 무엇이냐고 묻는 것이더냐?"

"그러하옵니다. 약주도 별반 즐기시지 않는 저하께서 굳이 기방을 찾아 취하려 하시는 연유가 무엇입니까?"

"글쎄다, 대체 그 연유가 무엇인지 나 또한 궁금하구나."

오래전 채운과 나누었던 대화를 떠올린 이산은 놀란 눈빛으로 자리에서 벌떡 일어섰다.

그 시각 한세는 어제 조가 객주의 창고에서 가져온 환약을 챙겨 내의원으로 나갔다.

"심 의원님."

"우세마가 어쩐 일이신가?"

"세손 저하께 몸에 열이 있으신 것 같다고 강 의원에게 전해주십시오."

심인과 강명길은 정조의 어의로 훗날 정조 돌연사와 관련하여 강명길은 노륙형에 처해졌고, 심인은 심환지의 먼 친척뻘이고 그가 감쌌다는 연유로 정조 독살설에 휘말리게 되었다.

"그리 전하겠네."

"하고 이것이 무슨 약재인지 좀 봐주십시오."

한세는 조가 객주에서 들고 온 두 가지의 환약을 심 의원에게 보여주었다.

"미약(媚藥)이구만."

환약을 받아든 심의원은 냄새를 맡아보고 조금 떼어 혀끝으로 대어보더니 미약이라고 했다.

"미약이라 하시면?"

"이것은 익다산이고 이것은 독계환일세."

익다산이나 독계환은 현대에서 말하는 비아그라 같은 약재로 '반무'라는 벌레로 만든 최음제와 함께 그 방면으로 꽤 유명한 것들이었다.

"역시, 춘희자와 함께 수입한 데는 다 이유가 있다니까. 고맙습니다."

환약의 성분을 알아낸 한세는 그 길로 운종가에 있는 비단전으로 향했다.

"건우 사형이 걱정인데. 대체 저 약을 가지고 뭘 하는 거지?"

분명 채운당 안에서 뭔가 야릇하고 수상쩍은 일이 일어나고 있는 것이 틀림없었다. 혼자 채운을 상대해야 하는 건우도 불안하고 그곳에서 모임을 갖는 서강도 걱정이었다.

"오라버니는요?"

"답답하다고 활터에 나갔습니다."

점원들만 데리고 홀로 비단전을 지키는 한민에게 물었더니 한결은 활터에 나갔다고 했다.

"오라버니는 요즘도 그러십니까?"

"어쩔 수 없는 일이지요. 울화가 치민다고."

무신의 아들로 태어나 한결 역시 무과를 보기 위해 수련을 게을리 하지 않았는데 벼슬길에 나가지 못하고 있으니 답답하기도 할 것이었다.

"그것이 달랜다고 달래질 일입니까. 참, 알아봐 달라는 것은 어찌 되었습니까?"

"채운당이 말입니다. 이렇게 생겼습니다."

한민은 어디 구했는지 채운당 근처를 상세하게 그린 지도를 펼쳐 놓았다.

"채운당으로 들어가는 길에 주위에 집들이 몇 채 있었네요."

"예, 다 사들여서 철거해 버렸습니다."

"외부인들의 접근을 막으려고?"

"그런 것 같습니다."

"어젯밤 이 집으로 가마들이 들어갔습니다."

"한양 안에 목수들에게 알아보았는데, 이 두 채의 집은 별채의 문이 마주 보고 있다고 합니다."

"하면, 두 채가 다 채운당의 것인가요?"

"주인은 다르지만 두 채를 다 사용하는 것 같습니다. 여러 개의 모임이 있는 것 같은데 모두 회원만 들어갈 수 있습니다."

"하면 그런 모임에 참가할 방법이 없지 않습니까?"

"다행히 노론가 여식들의 모임인 다회는 들어갈 수 있습니다."

"어찌 그걸?"

"한결 도련님과 동문수학한 김면주 도련님의 누이 연희 아가씨가 저희 단골입니다. 연희 아가씨 친구라고 하고 따라가시면 다회의 회원으로 받아주기로 했습니다. 그렇지 않아도 내일 연희 아가씨 고종사촌도 하나 같이 가기로 했다더군요."

"김면주? 어디서 들어본 이름인 것 같은데?"

한세는 '김면주'라는 이름이 어쩐지 귀에 익어 고개를 갸웃거렸다. 분명 어디선가 읽은 듯한데, 기억이 나지 않았다.

"아시는 분입니까?"

"생각이 날 듯 말 듯 하네요. 하지만 노론가의 여식들만 참가할 수 있다지 않았습니까?"

"지금은 가세가 기울었지만 안국방에 김씨 집안의 여식이 하나 있는데 아파서 별채에만 있다고 합니다. 그 댁 마님께 비단 다섯 필을 드리고 김영란이라는 이름을 빌렸습니다."

"복잡하기는 하지만, 잘되었네요."

"내일이 모임이라고 합니다. 한데?"

한민은 미간을 살짝 찌푸리며 한세의 얼굴을 찬찬히 들여다보았다.

"어찌 그러십니까?"

"어찌 그러기는! 햇볕에 그을린 새까만 얼굴에 그냥 단장을 한다고 분칠이 되겠느냐?"

때마침 들어오던 한결이 활과 화살통을 내려놓으며 투덜거렸다.

"오라버니 오셨소?"

"가문의 꼴이 지금은 이 모양이라지만 그래도 앞으로 어찌 될 것인지 알 수 없는데, 낯빛이 그래서야! 쯧쯧!"

뽀얀 피부에 부리부리 큰 눈이 한세보다 더 여인 같아 보이는 한결이 못마땅하다는 듯 혀를 찼다.

"하면, 오라버니가 여장하고 가면 되겠소."

“안 된답니다!”

“안 되기는 뭘?”

“문 앞에서 몸 뒤짐을 한다고 해서.”

한민이 옆에서 듣다가 한결의 아랫도리를 내려다보며 펄쩍 뛰었다.

“저런! 아쉽다.”

“잘하면 오라비 연장도 떼어낼 기세다!”

“세상에, 아무리 그래도 그렇지. 누이한테 그게 할 소리요?”

“나는 아무리 봐도 네가 내 누이로 보이지는 않는다. 아무래도 내 누이는 누가 잡아 먹었나 보다. 드세기가 사내 아우를 둔 것 같으니!”

“뭘 또 그렇게까지 발끈하시오.”

한결이 눈을 부라리며 한 대 칠 기세로 노려보자 한세는 부끄럽다는 듯 두 손으로 얼굴을 가리며 깔깔 웃었다.

“쓸데없는 소리 말고 장희빈 단장재를 가져가 써보아라. 어차피 팔려고 만드는 것인데 네가 제일 먼저 사용해 보면 되겠구나.”

한세와 한결은 매일 돈을 벌 궁리를 하다가 궁궐의 보염서와 책에서 보았던 장희빈의 피부 가꾸기 비법에 등장하는 화장품과 얼굴 팩들을 만들어 팔기로 했다. 현대의 화장품 방문 판매 사원의 개념인 매분구에게 판매와 피부 관리를 하게 하면 돈과 정보를 동시에 모을 수 있을 것이라 기대하고 있었다.

“맞다! 내가 어찌 그 생각을 못 했을까? 오늘 밤부터 당장 해야지! 유모! 유모!”

“오셨어요, 아가씨?”

“으응, 유모. 나 보고 싶었어요?”

“그러믄요. 한데 어째 이런대요? 누가 아가씨 괴롭혔어요?”

한세가 어린아이처럼 자신의 품에 안겨 어리광을 피우자 분이는 걱정이 되었다.

"나도 오늘부터 얼굴을 가꿔야겠어요."

"이제야 그런 생각이 드셨어요? 그러게 여자는 그저 가꿔야 한다는데."

"맞아요, 아무리 예쁜 여자도 안 가꾸면 늙는다는데."

"그 예쁜 낯을 그리 방치하시니!"

"그러고 보니 벌써 눈가에 주름이 생긴 것 같아요."

이제껏 타고난 바탕만 믿고 살다가 밝은 곳에서 면경을 들여다보니 기미며 각질에 피부가 많이 거칠어졌다.

그곳에는 화장품을 연구하기 위해 동경(銅鏡), 족집게, 모시실(얼굴 면도에 사용했음), 양칫대, 수건, 휘건(머리 묶는 데 사용), 경대, 빗, 대야 등의 화장구와 백분 연지, 머릿기름, 밀기름, 향수, 미안수 등 현재 조선에서 사용되고 있는 모든 종류의 화장기들이 갖춰져 있었다.

조선 시대 사대부가의 가정 백과라고 할 수 있는 〈규합총서〉도 있었다. 그 책에는 여러 가지 두발 형태, 열 가지 눈썹 그리는 방법, 갖가지 입술연지 바르는 법도 기록되어 있다. 이 책은 기생이나 유녀가 대상이 아니라 일반인들을 대상으로 하고 있었고 인상을 좌우하는 것이 눈썹이므로 눈썹의 형태를 매우 중요시 여겨 눈썹 화장에 신중해야 한다고 적혀 있었다.

지금 한양의 유행은 여인의 화장은 남자들의 미적 요구에 부응하려는 것이었고 남자의 화장은 자신의 신분을 상징하려는 목적이 컸다. 어쨌거나 조선 시대나 현대나 남자도 피부를 가꾸고 있으니 화장품과 화장술의 개발도 돈을 벌기에는 좋은 선택일 것 같았다.

"일단 매일매일 이것들을 한 숟가락씩 넣고 꿀과 계란 노른자를 섞어 얼굴에 발라보세요. 제가 써보니 기미와 잡티도 없어지고 낮에 기름기가 자르르 흐르는 것이 기가 막히게 좋습니다."

"기름기가 자르르 흐르면, 물광 피부가 된다는 것인데. 이제 진짜 열심히 가꿔서 예뻐져야겠어요. 다 죽었어!"

한세는 안으로 들어가 장희빈의 피부 가꾸기 비법이라는 미안수와 꿀과 천연 재료들을 챙겼다.

"내일 이곳에 들러 단장하고 갈 것이니, 유모 제일 예쁜 옷으로 골라주세요. 야한 걸루다가!"

"아이고! 고생만 하는 말단 관직 집어치우고 이제 여인으로 사세요. 아가씨!"

"나도 그러고 싶지요, 이렇게 예쁜 옷과 화장품들을 보면."

저고리들을 가져와 이리저리 대어주는 유모를 보니 한세는 저절로 한숨이 나왔다.

"이 눈치 저 눈치 보지 말고 이참에 독립할까?"

"혹시 무슨 걱정거리가 있으세요, 아가씨?"

"아니에요. 걱정은 무슨!"

말은 그렇게 했지만 강과 송씨를 위해서라도 이제는 독립을 하는 것이 좋지 않을까 하는 생각이 들었다.

❀

새벽이슬 맞아 함초롬히 피어난 나리꽃의 긴 꽃술이 지나는 바람에 고갯짓하는 나른한 오후였다.

"찾으셨습니까?"

채운은 서화를 팔아달라는 옹주의 서찰을 받고 정후겸의 가택을 방문했다.

"어서 오게!"

옹주는 양귀비와 난초가 흐드러지게 핀 화려한 별채에서 채운을 맞이했다.

"어떤 것을 파실 생각이십니까?"

"원 사람, 성미도 급하지. 일단 앉게. 차나 한잔하고 일은 그 다음에 해도 늦지 않네."

찻상에는 연꽃 모양의 고풍스러운 수반이 놓여 있고 그 안에는 청련 봉우리 한 송이가 있었다. 옹주가 찻주전자를 들고 청련 봉우리 위로 뜨거운 물을 천천히 붓자 단단히 오므리고 있던 꽃잎이 피어나기 시작했다.

"그래 일은 어찌 되어가는가?"

옹주는 차 집게를 들고 꽃잎이 예쁘게 피어나도록 정리해 주며 물었다.

"이미 시작되었지요."

청련이 피어나는 것을 들여다보고 있던 채운의 붉은 입꼬리가 살며시 올라갔다.

"드시게."

옹주는 고개를 끄덕이며 우려낸 차를 찻잔에 따라주었다.

"만약 제가 실패하면 저들을 어찌하실 생각이십니까?"

"죽여야겠지."

차를 한 모금 맛보며 생긋 웃던 옹주가 간결하게 대답했다.

"예?"

"내가 가질 수 없다면 세손도 가질 수 없도록 만들어야지. 당연한 것 아닌가?"

"청련이라 그런 것인지 맛이 깔끔하군요."

이미 짐작하고 시작한 일이었지만 자칫 이 일에 여러 목숨 죽어 나가 겠다는 생각을 하며 채운은 찻잔을 내려놓았다. 입맛이 쓰다.

"잘한다, 잘한다, 세손의 기를 너무 살렸어. 내가."

"그럼, 이제 차도 마셨으니."

"가져오너라!"

옹주의 명이 떨어지자 문이 열리며 정후겸이 지난 번 채운이 보내준 단원의 〈편주도해〉를 가지고 들어왔다.

"어느 댁으로 가서 얼마를 받아 드리면 되겠습니까?"

"가회방 김 대감 댁으로 가서 천 냥을 받아주게."

"천 냥입니까?"

채운에게 백 냥에 산 것을 며칠 지나지도 않아 천 냥을 받아달라는 것이다.

"다음은요?"

"좌의정께 주게. 이번에 고생하였다고 전하고."

"그리하겠습니다. 하면 저는 이만."

채운이 다소곳이 절하고 일어나 밖으로 나오자 정후겸이 따라 나와 서화를 실어주었다.

"조심하시게."

"예, 저는 이만 가회방으로 가보겠습니다."

채운은 너울을 눌러 쓰며 옥교에 올랐고 도겸의 수레가 그 뒤를 따랐다.

오늘은 직접 나와 멀리서 지켜보고 있던 기섭과 일행도 조심스럽게 그들의 뒤를 따르기 시작했다.

정후겸의 가택을 나온 채운은 가회방 김 대감의 집으로 향했다.

"아니, 채운당의 당주가 이 누옥까지 어인 일이신가?"

김 대감은 마침 사랑채에 앉아 있다가 채운이 왔다는 말에 대청마루까지 달려 나와 반겼다.

"그간 평안하셨습니까?"

"나야 평안하지. 한데 당주는 나날이 피어나는구먼."

영문도 모르고 헤벌쭉 웃으며 달려 나온 김 대감을 보노라니 채운은 저절로 허탈한 웃음이 나왔다.

"기별도 없이 결례를 저지르게 되었습니다."

"이리 미인이 찾아주셨는데, 결례라니!"

김 대감이 슬쩍 어깨에 손을 두르려는 것을 몸을 빼서 피하며 채운은 다소곳이 웃었다.

"송구합니다."

몸놀림은 정숙하고 다소곳했으나, 노려보는 날카로운 눈빛과 붉은 입 꼬리가 바르르 떨리는 것을 본 김 대감은 등골이 서늘해지는 것 같았다.

"알겠네, 내가 어찌 자네에게 범접을 하겠나? 들어가세."

은근 슬쩍 채운의 손이라도 한번 잡아볼 참이었던 김 대감은 뜨악해서 한 발 물러서며 사랑방으로 안내했다.

"이, 이것이 무엇인가?"

"옹주께서 보내셨습니다."

채운이 차를 대접 받고 단원의 〈편주도해〉를 꺼내놓자 김 대감은 그제야 눈치를 채고 안절부절못했다.

"어허! 나도 단원의 서화는 많이 가지고 있거늘!"

"그러십니까?"

"하필이면 단원 것이라……."

"하면 그리 전할까요?"

별다른 방책도 없는 이가 공연히 진을 빼려들자 채운은 과감하게 단원의 〈편주도해〉를 거둬들였다.

"이번엔 얼마나 필요하다고 하시던가?"

김 대감은 얼른 손을 내밀어 채운의 손에서 〈편주도해〉를 빼앗으며 물었다.

"천 냥입니다."

"허어!"

잠시 뒤 빈손으로 나온 채운이 검은 너울을 내리고 옥교에 오르자 김 대감이 나와 연신 고개를 숙였다.

"잘 부탁하네."

"그러믄요, 걱정 마시고 들어가시지요."

채운이 고개를 끄덕이며 옥교의 곁창을 닫자 김 대감은 하인들에게 돈궤를 수레에 실으라고 손짓했다.

"조심, 조심하거라."

자식 같은 돈을 도겸의 수레에 실어주며 김 대감은 긴 한숨을 내쉬었다.

"가세."

"예, 당주님!"

채운의 명이 떨어지자 도겸과 수레를 호위하는 무사들이 주위를 살피다 일제히 움직이기 시작했다.

"치밀한 자들이다. 조심해야겠다."

기섭은 치밀하게 움직이는 저들의 뒤를 따라 채운당의 입구까지 쫓았으나 그곳부터는 나무도 거의 베어버린지라 몸을 숨길 곳이 마땅치 않아 멀리서 지켜볼 수밖에 없었다.

"옥교와 수레가 채운당으로 들어갔습니다."

그러나 잠시 뒤 나무 위에 올라가 청에서 들여온 망원경으로 지켜보던 수하가 내려와 고했다.

"그랬단 말이지. 나는 이만 들어갈 것이니 너희는 남아서 계속 지켜보도록 하여라."

"예."

돈궤를 실은 수레가 채운당으로 들어가는 것을 확인한 기섭은 다시 궁궐로 돌아왔다.

"앗 따거!"

그날 밤, 계방으로 돌아온 한세는 뜨거운 물에 정성껏 세안을 한 뒤에 면경 앞에 앉아 실을 꼬아 얼굴의 잔털을 뽑고 있었다.

"내가 예뻐지고 말 것이다!"

한세는 화끈거리는 얼굴을 미안수를 발라 진정시켰다.

그 다음 녹두, 감초, 율무, 백봉령, 백강잠, 토사자, 진주, 팥, 연근, 흑축(나팔꽃 씨) 가루를 조금씩 넣고 계란 노른자와 꿀을 넣어 잘 개어준 다음 얼굴에 펴 바르고 누웠다.

"예뻐져라, 예뻐져라!"

한세는 오로지 내일은 누구에게도 빠지지 않는 얼굴로 다회에 참석해 보겠다는 일념으로 얼굴에 바른 것이 마를 때까지 주문을 외웠다.

"세야!"

바로 그때였다. 문이 벌컥 열리며 이산이 들어왔다.

"거, 문 좀 벌컥 벌컥 열지 마십시오!"

방바닥에 누워 있던 한세는 기척도 없이 방문을 열고 들어오는 이산 때문에 화가 나 몸을 일으키며 버럭거렸다.

"헉!"

그러나 내관을 밖에 세워두고 별생각 없이 방으로 들어오던 이산은 벌떡 일어나 앉는 한세의 시커먼 얼굴을 보고 기겁을 했다.

"너 낯이 어찌 그러냐?"

그는 한세에 얼굴에 있는 시커먼 것을 만져 보려고 긴 손가락을 내밀며 물었다.

"아, 이거 말입니까? 요즘 얼굴에 기미도 생기고 점도 많이 생기고 해서 관리 좀 하는 것입니다."

한세는 다가오는 이산의 손을 탁 쳐 내며 대답했다.

"요즈음은 사내도 이런 것을 하는 구나?"

"그러믄요, 이렇게 해야 주름살도 생기지 않고 낯빛도 맑고 점도 생기지 않습니다. 이것이 다 숙종대왕께서 반하셨던 희빈 장씨가 개발한 비법입니다."

"희빈 장씨의 비법?"

이산은 신기하다는 듯 한세의 얼굴을 곰곰이 들여다보았다.

"예. 엄청 유명한 비법입니다."

"한데 너는 언제부터 이런 것을 했더냐?"

"저도 처음 해봅니다. 일단 저는 나가서 씻고 오겠습니다."

"그러려무나."

한세가 세수를 하려고 후다닥 밖으로 나가자 이산은 자신이 채운의 초대를 받았다는 것을 말해야 할지 말지를 다시 한 번 생각해 보고 있었다.

"세상에, 참말 얼굴이 너무너무 부드럽지 뭡니까?"

세안을 하고 다시 방으로 들어온 한세의 얼굴은 정말 몰라보게 뽀얗게 빛났다.

"참말 뽀얗구나."

이산은 면경 앞에 앉아 미안수를 바르며 좋다고 웃는 한세의 고운 얼굴에 마음을 빼앗겨 버렸다.

"안 가십니까?"

넋을 놓고 앉아 있는 이산을 이상하게 보고 있던 한세가 얼굴을 들이밀며 물었다.

"참말, 사내의 낯이라고는 믿어지지 않을 지경이구나. 어찌 이리 보들보들한 것이냐?"

그러자 이산의 커다란 두 손바닥이 한세의 얼굴을 감싸 쥐더니 이리

저리 쓰다듬고 볼을 만지작거렸다.

"에에! 이거 제 얼굴입니다."

"아니, 촉감이 너무 좋아서. 한 번만 더 만져 보자."

"안 됩니다. 이제 그만 돌아가십시오."

다시 한 번 손을 뻗어오는 이산의 손을 탁 쳐 내며 한세는 냉정하게 말했다.

"나도 그거 한번 해다오."

이산은 조금이라도 더 한세와 함께 있고 싶은 마음에 얼굴을 내밀었다.

"예?"

"좋은 것을 어찌 너만 하느냐?"

"거 참! 알겠습니다요. 이리 누워보십시오."

어차피 사내들의 얼굴에도 해봐야 효과가 어떤지 알 수 있을 것이니 한세는 흔쾌히 허락했다.

"우선 뜨거운 물로 모공을 열어준 뒤에……."

한세는 뜨거운 물에 적신 수건을 이산의 얼굴에 올려놓고 손바닥으로 꾹꾹 눌러 지압을 해주었다.

"아, 좋구나."

이산은 내일 어떤 일이 일어날 것인지는 짐작도 하지 못한 채, 부드러운 한세의 손길에 얼굴을 맡기고 스르륵 눈을 감았다.

하필이면 그때, 강이 왔다. 한세를 계방에 들여보내고 마음이 놓이지 않아 달려온 것인데 방 앞에 동궁전 내관이 졸고 있었다.

"쉿!"

내관이 안에 고하려 했지만 서강이 손을 들어 만류하는 바람에 그만두었다.

"저하, 춘방의 겸사서 말입니다."

"홍국영 말이냐?"

"예. 저하께서 총애하시는 연유가 여러 가지 있겠지만, 제 생각에는 조금은 거리를 두고 살펴보시는 것이 어떠할까 생각합니다. 저하께서는 유난히 정이 많으셔서 믿기로 마음먹은 사람에겐 마음을 몰아주는 것 같습니다. 하나 그것이 사사로운 정리이면 문제가 될 것이 없겠지만, 혹시라도 이후에 저하께서 보위에 오르셨을 때 권력을 몰아주게 된다면 이는 좋지 않은 전례를 남기게 될 것입니다."

"내게도 생각이 있다."

"물론 그러실 줄 알지만, 그것이 무엇을 위해 그리 하건 권력이 한 사람에게 집중된다면, 이후 모든 사람들은 왕의 총애를 믿고 권력을 독점하려 들게 될 것입니다. 그러면 제2의 홍국영이, 제3의 홍국영이 끝없이 나타나겠지요."

"네가 지금 베갯머리송사를 하는 것이더냐?"

베갯머리송사, 이는 잠자리에서 아내가 남편에게 바라는 바를 속살거리며 청하는 것을 이름이 아닌가. 문 밖에서 듣고 있던 서강은 '베갯머리송사'라는 말이 들려오자 도저히 참지 못하고 문을 벌컥 열었다.

앞뒤 생각할 겨를도 없이 문을 벌컥 열었을 때, 강의 눈에 들어온 것은 베개를 베고 편안하게 누워 있는 이산과 붓을 들고 그의 얼굴에 검은 액체를 바르는 한세의 모습이었다.

"도련님?"

짙은 눈썹이 살짝 치켜 올라가며 뜨악해서 바라보는 강을 발견하고 한세의 눈이 동그래졌다.

"퇴청하지 않았더냐? 아하하하!"

문을 벌컥 열고 그대로 굳어버린 강을 발견한 이산은 머쓱해져서 껄껄 웃었다.

"그것이?"

"세가 단장재로 잡티를 빼고 있기에 나도 한번 해봤다. 어떠냐, 너도 한번 해보지 않겠느냐?"

"아닙니다."

"세를 보러 온 것 같은데 들어오너라. 나는 이만 존현각으로 돌아가 서책을 볼 것이니."

강이 정색을 하고 서 있자 머쓱해진 이산은 짐짓 의연한 척, 서둘러 뜨거운 물수건으로 얼굴을 닦고 자리에서 일어섰다.

"이것 가지고 가셔서 바르십시오."

한세가 작은 병에 들어 있는 미안수를 주자 이산은 일부러 더 다감한 표정으로 고개를 끄덕이며 보란 듯이 나갔다.

"살펴 가시지요."

강은 정중히 예를 갖췄지만 미간은 여전히 찌푸린 채였다.

"푸훗!"

허리를 숙이고 서 있다가 산이 사라지는 것을 확인하고 돌아선 한세는 잔뜩 성난 얼굴의 서강을 보곤 참았던 웃음을 터뜨렸다.

"너는 잠도 못 자고 달려온 내게 이런 것밖에 보여줄 것이 없느냐?"

"일을 하고 있었을 뿐입니다. 잊으셨습니까, 저는 저하의 호위무사입니다."

"호위무사면 신변의 안전만 보호하면 될 일이지."

"저하의 피부도 그 신변에 들어가는 것입니다."

"말이나 못하면!"

빈틈없고 자로 잰 듯한 언변을 자랑하는 강이었지만 한세와의 말싸움에서는 꼭 밀리고 만다.

"그래서 내가 너는 무과 시험을 보면 아니 된다고 누우이 말하지 않았더냐!"

"공연한 말씀 마시고, 어찌 오셨습니까?"

"어찌 오기는, 보고 싶어 왔지."

심통 난 얼굴로 보고 싶어 왔다는 강의 말에 한세의 얼굴엔 환한 웃음이 피어났다.

"웃지 마라. 나는 다음에 저하처럼 피부도 지켜주고, 머리도 감겨주고, 도포도 입혀다오."

"지금 질투하시는 겁니까?"

"나는 늘 질투했다. 네가 예동으로 들어오던 날부터."

"아하!"

"너 그날 대궐 들어가는 꿈꿨다고 한 것도 예동으로 들어오려고 계획적으로 그런 것이지?"

"나 원, 언제 적 이야기를 하십니까? 저는 기억도 나지 않습니다."

"저가 불리하면 무조건 기억나지 않는다지."

강은 그렇게 대답하며 신을 벗고 방 안으로 들어가 털썩 앉았다.

"한데 안 가십니까?"

강이 늦은 밤에 불쑥 찾아와서 갈 생각은 않고 방으로 들어와 앉자 한세는 걱정이 되었다. 사부마저 집에 간다고 퇴궐해 버린 터라 옆방도 텅 비어 있었다.

"나도 예서 자고 가면 아니 되겠지?"

무릎이 서로 닿도록 바짝 다가앉은 강이 물었다.

"저까지 쫓겨나는 것 보고 싶으십니까?"

한세가 놀라 고개를 드는 바람에 두 사람은 한 뼘의 간격도 두지 않은 채 얼굴을 마주 보고 있었다.

가슴이 철렁해 침이 꼴깍 넘어가는 소리가 들렸다.

"생각해 보았느냐?"

강이 툭 던지듯 물었다.

"오랫동안 생각해 보라 하지 않으셨습니까?"

"오래 생각할 것이 무에 있어? 나는 네 마음이 다 보이는데, 너는 네 마음을 모르는 것이더냐?"

나직이 속삭이며 강은 한세와 눈을 맞추었다.

"될 법한 말을 하셔야지요. 지금도 저하를 질투하시는데 제가 좋다고 하면 저를 저하 곁에서 호위무사로 있게 하시겠습니까?"

제 마음을 꿰뚫어 보는 듯한 강의 시선을 피하느라 한세는 눈을 내리깔았다.

"내 눈 보고 말해봐라."

강은 길고 가는 손가락으로 한세의 턱을 들어 서로 눈을 맞췄다.

잠시 심장이 쿵쿵거려 멈칫한 한세는 아무 말도 못 하고 커다란 눈만 깜빡거렸다.

"자, 눈도 맞았고. 너는 나 하나로 만족이 되지 않느냐?"

"저는 저하의 호위무사입니다. 그분을 지켜드려야 합니다. 하니, 혼인 같은 것은 할 수 없습니다."

"여전히 저하가 먼저란 말이더냐?"

긴 한숨을 내쉬며 한세의 손가락이 초조하게 꼼지락거리는 것을 물끄러미 내려다보던 강은 천천히 일어섰다.

"문고리 잘 걸고 자거라."

강은 더 이상 아무 말도 하지 않고 돌아갔다. 돌아서는 그의 등이 쓸쓸해 보이는 것을 알면서도 그녀는 달려가 잡을 수 없었다.

❀

시원한 바람이 채운의 이마에 드리운 잔머리카락을 흔들었다. 채운은 바람에 몸을 맡기며 지그시 눈을 감았다. 바람은 너무나 부드럽고 싱그러워 안온하기까지 한 느낌이었다.

건우가 담헌의 풍류방 유춘오에 들어섰을 때 채운은 햇살이 가득히 부서져 내리는 툇마루 끝에 앉아 있었다. 향기로운 산들바람이 스쳐 가며 귀밑으로 늘어진 채운의 머리카락을 간질였다.

바로 그 순간 채운은 누군가 자신을 보고 있다는 느낌이 들어 천천히 고개를 들었다. 맞은편 나무 그늘에 건우가 서 있었다.

표정 없는 하얀 얼굴에 서글서글한 눈매를 가진 사내. 백옥 같은 낯빛과 너무 잘 어울리는 밝은 청자빛 도포를 입은 건우의 눈길은 채운의 몸을 꿰뚫어 버릴 것처럼 강렬하게 부딪쳐 왔다.

"오셨습니까?"

은사로 품월인접문(品月鱗蝶文)을 수놓은 설백 저고리에 오미자빛 갑사 치마를 입은 채운이 자리에서 일어나 다소곳이 허리를 숙이고 인사했다.

단아한 그 모습에는 화려한 채운당 당주의 모습은 없었다.

"내가 늦은 것이오?"

"아닙니다, 햇살이 달달하기에 제가 일찍 나온 것입니다."

"다들 어디 가셨나 봅니다."

"예, 햇살이 좋다고 갑자기 산행에 나섰답니다."

"하면 오늘은 양금이나 배우면 되겠구료."

"예, 성심껏 가르쳐 드리겠습니다."

채운은 붉은 비단보를 풀어 양금을 꺼내놓고 줄을 고르며 말했다. 그녀는 햇살을 받아 가지런히 늘어선 줄을 들여다보다가 그중 한 가닥을 골라 무심히 퉁겨보았다.

시르렁.

나무를 치며 맑고 고운 소리 하나가 튕겨 나와 공기 속을 굴러다녔다.

"한 수 가르쳐 주시오."

건우도 가져온 양금을 앞에 놓고 채운의 모습을 물끄러미 바라보다가 다시 마음을 다잡으며 현을 쓸어내렸다.

"이렇게 잡고, 이렇게!"

채운은 대나무를 깎아 만든 가는 채를 건우의 손에 쥐어 주고 살며시 양금의 줄을 때렸다.

퉁, 퉁, 맑은 소리가 적요한 공기 속으로 퍼져 나갔다.

"저처럼 이렇게 잡고, 이렇게 하시면!"

두 손에 채를 잡은 채운의 길고 가는 손가락은 나르는 듯 줄 위를 내달렸고 양금의 맑은 소리는 유춘오 주위를 올리며 숲으로 스며들었다.

채운의 해맑은 얼굴 주위로 체로 거른 듯한 고운 햇살이 떠돌았다. 건우는 두 손에 채를 잡고 양금을 연주하는 채운을 취한 듯 바라보았다. 그 여인의 옆모습이 매혹적이면서도 한없이 쓸쓸하게 느껴졌다.

양금 소리는 가벼우면서도 소란스럽지 않고, 무거우면서도 거칠지 않게 이어졌다.

"어찌 그리 보십니까?"

"양금을 연주하는 모습이 너무 고와서 말이오."

"과찬이십니다."

채운은 자신을 빤히 보는 건우의 시선이 부담스러운 듯 수줍게 고개를 돌렸지만, 이미 볼은 꽃잎처럼 붉게 물들어 있었다.

"사내가 쳐다본다고 부끄러워 고개를 떨구다니……."

채운은 자조 섞인 목소리로 중얼거리며 내리깔았던 눈을 들어 건우를 다시 바라보았다. 그녀의 시선을 붙들고 있는 건우의 눈길이 너무도 집요했기 때문에 채운의 심장은 멎어버릴 것만 같았다.

"첫눈에 반한다는 말을 믿지 않았소."

건우의 시선이 느릿하게 채운의 몸 전체를 훑으며 스쳐 지나갔다. 온몸이 달아오르며 두 눈길이 야릇하게 얽혔지만 고개를 숙이기엔 너무 늦어버렸다.

건우의 눈길은 망설임 없이 곧바로 날아와 채운의 입술에 머물렀다. 깊고 큰 눈, 매끄럽게 내려오는 콧날, 한 떨기 꽃 같은 붉은 입술.

채운이 입가에 엷은 미소를 띠우고 있을 때 돌연 건우의 입술이 다가 왔다.

"어……."

하지만 입맞춤을 먼저 시작한 것은 채운이었다.

채운의 입술이 건우의 입술 위에 살짝 포개졌을 때, 그의 몸이 긴장 하는 것이 역력히 느껴졌다. 입술이 닿는 순간 건우는 온몸에 전율을 느끼며 강한 욕망을 느꼈다.

"나리를 처음 뵙던 날부터 매일매일 그리웠어요."

스쳐 가는 채운의 입술에서는 달짝지근한 꽃 냄새가 났다.

건우가 고개를 숙여 채운의 아랫입술을 살짝 물었다. 그녀는 반사적 으로 입을 조금 벌렸고, 그러자 그의 혀가 입술을 가볍게 핥았다. 건우 의 손가락이 채운의 아랫입술을 쓸어가자 그녀의 숨결은 거칠어지고 가 슴이 격하게 오르내렸다.

"지금 입맞춤해도 되겠소?"

건우가 귓가에 나직이 속삭이자 채운은 고개를 가볍게 한 번 끄덕였 다. 건우는 조금 더 앞으로 몸을 내밀어, 한 손으로 채운의 머리를 받치 며 그녀의 몸을 당겨 입술을 강하게 빨았다.

채운은 눈을 감고 그 황홀한 느낌에 자신을 맡겨 버렸다.

七

판도라의 상자가 열렸을 때

　그날 저녁, 이산은 채운의 초대를 받고 잠시 틈을 내 채운당을 찾았다. 이산이 많은 이들의 눈을 따돌리고 궁궐 밖으로 나올 수 있게 하는 것은 순전히 채운의 능력이었다.

　"어서 오세요, 저하!"

　품위 있는 예기가 안내하는 은밀한 방 안으로 들어가니 유춘오에서의 달콤한 꿈에서 깨어나 이제는 채운당의 당주로 돌아온 채운이 생글생글 웃으며 이산을 맞이했다.

　"오랜만이로구나."

　이산이 기방 출입을 할 때 홍국영과 함께 채운당을 찾았었다. 채운당을 드나드는 모든 손님들의 고민을 훤히 꿰고 있는 채운이었기에 이산과는 누구보다 가까운 사이였다.

　"이쪽으로 앉으시지요."

　채운은 자리를 권하고 금방 내린 차를 주었다.

　"어찌 보자 한 것인가?"

이산은 건조한 눈빛으로 채운을 향해 앉으라는 손짓을 보냈다.

"서찰에 적은 그대로입니다."

"답을 주겠다?"

이산은 자신의 측근이 아니면 어떠한 일에도 감정을 드러내지 않는 이였다. 그 누구도 믿지 않으며 철저하게 타인을 거부하는 그 고독한 눈빛은 마주 선 사람으로 하여금 감히 범접할 수 없는 위엄을 맛보게 하는 것이었다.

"예, 저하! 잠시만 기다리시면 오랜 궁금증이 풀리실 것입니다."

채운은 새하얀 이가 가지런하게 드러나도록 활짝 웃어 보이고는 이산의 앞으로 찻잔을 내밀었다. 차를 따르는 채운의 손가락에는 고급스러운 비취가 번쩍였다.

"우롱차 향이 좋군."

이산의 입술 꼬리가 슬며시 올라갔다.

한세는 퇴청하자마자 숨이 턱에 차도록 비단전으로 달려갔다. 조금이라도 빨리 퇴궐하고 싶었지만 잡다한 일이 많아 몸을 뺄 수가 없었다.

"이곳에서 단장을 마치셔야 합니다."

유모는 향기로운 꽃잎과 약초를 띄워 붉은 기운이 도는 물에 세수를 하게 했다.

"어젯밤에 공들인 보람이 있어서 피부가 마치 비단결 같아요."

한세의 얼굴에 미안수를 발라주며 유모는 거듭 감탄했다.

"지금은 예쁘게 화장을 하는 것이 목적이 아니라, 원래의 나와 최대한 다르게 보여야 돼."

모처럼 단장을 하면서도 예쁘게 할 수 없는 한세는 그렇게 투덜거렸다.

"아가씨도 참, 보부상에, 길거리 왈짜패에 매분구에, 동에 번쩍 서에 번쩍! 에구 그놈의 일 집어치우고 시집이나 가시지 않고.”

“그러게 이건 뭐 허구한 날, 7급 공무원을 찍고 있으니.”

눈썹을 살짝 짙게 그려 넣으며 한세는 긴 한숨을 내쉬었다.

❀

“연희라고 해요.”

“영란이라 합니다.”

한세는 비단전에서 연희와 인사를 나누고 같이 채운당으로 갔다.

열여섯 살이 된 연희는 아직도 젖살이 남아 있는 듯 얼굴이 둥글고 복스럽게 생긴 음전한 규수였다.

“여동생이 같이 온다고 하더니?”

“제 고종사촌 말입니까, 오늘은 그 아이의 오라버니가 춘방에 등청하지 않는 날이라 같이 나들이를 갔습니다.”

“오라버니가 춘방에 다니십니까?”

“예, 홍국영이라고 제 고종사촌 오라버니입니다.”

“하면 같이 오려던 이가 겸사서의 누이겠군요.”

“예, 어찌 아십니까?”

한세는 어쩐지 김면주라는 이름이 귀에 익는다 싶었다.

홍국영은 도성 밖에 집이 있어 고모 집에서 머물렀다. 같이 놀러갔다는 누이가 훗날 정조의 후궁인 원빈이 될 아이가 틀림없었다.

“새로운 회원입니다. 제 동무인데 받아주시겠지요?”

채운당의 당주인 채운을 만난 연희는 자연스럽게 한세를 소개했다. 한세는 나름대로 열심히 변장을 한다고 했지만, 채운의 날카로운 눈을 피할 수 있을 것 같지 않았다.

“네, 그럼요. 회원으로 받아들여야지요. 한데 이리 고운 얼굴을 너무 촌스럽게 단장하셨습니다. 새로운 회원이 오신 것을 감축하는 의미로 제가 단장도 다시 해드리고 옷도 한 벌 선사하고 싶습니다만."

"아니, 전 괜찮은데."

괜찮다고 하려던 한세는 곧 입을 다물고 고개를 끄덕였다. 채운당의 또 다른 공간을 둘러볼 수 있는 기회를 발로 걷어찰 수는 없었다.

"이젠 그 어디서도 보지 못했던 특별한 단장을 해드리겠습니다."

"네, 고맙습니다."

"고맙기는요. 제가 당연히 해야 할 일인걸요."

그러나 한세는 그 길로 욕조로 끌려가 목욕을 다시 하고 옆의 방으로 들어갔다.

"목욕을 해야 합니까?"

"그럼요, 신부 수업을 받는데 더한 것도 해야 하는 것을요. 설마 모르고 오신 것은 아니시겠지요?"

"그, 그럴 리가요? 해요. 해야지요."

한세는 차를 마시는 모임이 아니라 신부 수업을 받는다는 말에 뜨악해져, 일단 고개를 끄덕였지만 대체 저 다회라는 모임이 무엇을 하는 것인지 궁금하기가 짝이 없었다.

"앉으세요. 이리 백옥 같은 피부를 가지신 분이 무슨 일을 하시기에 몸이 이리 그을리셨습니까?"

햇살에 드러난 곳의 피부와 속살의 경계가 뚜렷한 한세의 몸을 보며 채운은 웃었다.

시녀에게 마사지를 받느라 새하얀 나신을 드러내고 엎드려 누운 한세의 입가에 착잡한 억지웃음이 감돌았다.

"그러게 말입니다."

목욕을 하고 속이 훤히 비치는 얇은 속옷을 입자 딱 걸리고 말았다는 낭패감에 한세의 얼굴은 일그러졌지만 채운은 괘념치 않고 다음 방으로 데려가 단장을 시작했다.

"자, 보세요. 본인이 얼마나 고운 몸을 지녔는지. 얼굴은 또 얼마나 고운가요, 자신을 가져도 될 만하지 않습니까?"

수십 개의 촛불이 밝혀진 방으로 데려간 채운은 커다란 면경 앞에 한세를 세우고 생긋 웃었다.

"자, 이번엔 제가 직접 단장을 해드릴게요."

"아, 예."

채운은 먼저 기초 단장재로 피부의 결을 정돈한 뒤에, 자신이 직접 만든 화장 붓을 들고 한세의 얼굴 전체에 분을 바르고 그 위에 붉은 홍장을 이용해 살짝 붉은빛을 발라 희고 투명한 피부를 만들었다.

"어때요, 훨씬 생기 있어 보이지 않나요?"

"예. 그렇네요."

볼에 연지를 살짝 찍어 붉게 만들고 눈썹은 길고 가늘게 그려 넣은 다음 마지막으로 머리는 기름을 발라 곱게 빗어 내려 댕기를 물리고 하얀 옥을 다듬은 나비잠과 커다란 꽃 장식을 꽂아주었다.

옆에 붙어 있는 은밀한 방에서 차를 마시고 있던 이산은 도란도란 들려오는 목소리에 한세의 것이 섞여 있음을 알고 저도 모르게 방문 앞으로 갔다. 일부러 보라고 열어둔 것인지, 발을 쳐둔 문틈 사이로 옆방이 훤히 보였다.

"음."

그리고 그는 그곳에서 믿을 수 없는 광경을 보고 그대로 심장이 터져버릴 것 같은 충격에 가슴을 움켜쥐고 말았다.

"이제, 아가씨에게 새로 지은 옷을 입혀 드려라!"

채운은 설레는 마음으로 의자에 몸을 기댄 채 명을 내렸다.

"예, 당주님!"

채운은 발 저편에 있는 이산과 한세의 시선이 서로 마주치지 않도록 하기 위해, 그녀를 온몸을 비출 수 있는 커다란 면경 앞으로 돌려 세웠다.

"옷을 입혀 드리겠습니다."

잠자리 날개 같은 얇은 사로 만든 속옷을 입고 있어, 한세의 여린 나신은 그대로 고운 선을 드러냈다.

쭉 곧게 뻗은 등과 잘록한 허리, 동그랗게 부풀어 오른 엉덩이 아래로 쭉 뻗어 내린 매끈한 두 다리, 이산은 그대로 눈을 감아버리고 말았다.

적요한 방 안에는 비단자락 스치는 소리만이 사락사락 들렸다. 보랏빛 바탕에 흰 모란꽃이 그려진 치마를 허리 위로 입어 가슴을 도드라지게 만들고 보랏빛 색실로 수를 놓은 나비 날개처럼 하늘거리는 사(紗)로 만들어 속살이 훤히 비쳐 보이는 저고리를 입혀주었다.

"아가씨, 돌아보세요."

이산이 잘 볼 수 있도록 한세가 돌아서자 눈이 부시게 아름다워 같은 사람이라고는 믿을 수가 없었다.

먹물을 뿌려놓은 듯한 하늘을 곱게 타고 도도히 고개 쳐든 양귀비 꽃술 위로 감미로운 여름이 흐르는 밤이었다. 이끼 낀 푸른 기와 지붕 너머로 창백한 달빛이 흘러드는 숨이 막히도록 아름다운 여름밤이었다.

"어떤가요, 참으로 달라 보이지 않나요?"

한세의 머리에 꽂힌 나비잠을 다시 매만지며 채운이 물었다.

"그러네요."

바로 그때였다. 코끝을 스치며 아주 익숙한 향기가 지나갔다. 아주 잠깐인 듯싶었으나, 그 느낌은 한세의 온몸으로 오롯이 전해져 왔다.

눈을 감고도 느낄 수 있는 그 향기, 분명 이산이 즐겨 쓰는 한지의 향기였다.

이산은 근검절약이 몸에 배어 있어 비단 옷도 입지 않고 거친 음식만 먹지만, 종이만은 고려 때부터 아시아 최고라 불린, 조선 최고의 한지인 조선지를 사용했다. 현대에 전해지는 정조 어찰에서도 조선지의 향기는 오롯이 느낄 수 있었다.

'설마?'

목덜미의 잔털들이 쭈뼛 일어서는 것만 같았다. 미간을 찌푸리며 천천히 고개를 돌려 살폈으나 긴 발이 드리워져 있을 뿐, 그곳엔 아무도 없었다.

보랏빛 치마 위에 하늘거리는 저고리를 입은 한세의 모습은 참으로 아름다웠다.

눈으로 보면서도 믿을 수 없지만 분명 한세였다. 한세가 여인이었다니!

네가 여인이었냐고, 소리 지르며 달려가 확인하고 싶었으나, 애써 두 주먹을 틀어쥐고 돌아섰다.

'내 마음이야 본디 무심할 터인데, 봄바람이 날아와 가슴을 간질이던 연유를 이제야 알 것 같구나.'

주먹을 틀어쥔 이산의 손에서는 눅눅히 땀이 배어 나왔다.

허탈하고 복잡 미묘한 감정이 일순에 폭발할 것 같아, 그는 터질 것 같은 가슴을 누르며 자리로 가서 걸터앉았다.

'여인이었어, 미련하게 어찌 그것을 알지 못하고 전전긍긍했더란 말인가?'

유교를 국가의 이념으로 삼는 조선에서 보위를 물려받을 그가 사내를 마음에 두고 홀로 전전긍긍하던 지옥 같은 지난 몇 해.

처음, 그런 마음을 느꼈을 때는 대단한 일이 아니라고 생각했다. 이것은 내 감정이니, 그저 바라보기만 하겠다고 다짐했었다. 보는 것 이외에 그 무엇도 하지 않는다면, 그것은 행위에 지나지 않는다고 생각했다. 행위만으로 무너지는 사람은 없으니까.

그러나 역시, 입맞춤은 하지 말았어야 했다고 후회했었다.

그날, 그저 사고처럼 해버리고 만 입맞춤에 그는 숨이 막혔다. 한세의 꽃잎같이 보드라운 입술이 닿았을 때, 그 생경한 느낌이란……

한세의 입술은 그저 이산의 입술을 스쳐 간 것이 아니라, 그의 뇌수를 훑고 지나간 것처럼 강렬하게 각인되어 버렸다.

그 느낌이 얼마나 떨리고 강렬했던지. 입술에만 흔적을 남긴 것이 아니라, 가슴에 불로 지진 듯한 상흔을 남겨 버렸다. 그 흔적이 문득문득 아릿한 통증을 만들어내는 것이 두려웠다.

한세를 볼 때마다 아무렇지 않은 듯 웃고 있었지만, 손잡고 싶고 보드라운 볼을 만지고 싶어 자꾸만 손이 가 죄책감에 시달려야 했다.

'다행이다, 다행이야. 네가 여인이라.'

이산의 눈에서 굵은 눈물방울이 툭, 툭 떨어져 손등을 적셨다. 그는 마침내 가슴을 짓누르고 있던 고통의 덩어리를 모조리 끄집어냈다.

냉혹한 이성이 쳐놓은 단단한 결계가 허물어지며 갇혀 있던 감정이 솟구쳐 오르는 것이 느껴졌다.

오늘 채운의 검은 갑사 저고리 깃에 수놓아진 구름의 빛깔은 금실로 수놓은 황금빛.

한세는 처음 채운의 저고리 깃에 수놓인 구름을 보았을 때부터 직감적으로 그 구름과 채운당, 이라는 이름이 연관이 있지 않을까 생각했다.

'금실로 수놓은 구름? 황금빛의 의미가 무엇일까?'

구름의 빛깔이 의미하는 것이 무엇일까를 생각하며 잠시 생각에 잠겼다.

"이제 다회 회원들께로 가보세요. 안내해 드릴 것입니다."

"예, 고맙습니다."

"아가씨를 별채로 모시거라."

"예, 당주님."

밖으로 나간 채운은 기다리고 있던 하녀를 불러 한세를 안내하라고 일렀다.

"안색이 좋지 않아 보이십니다."

한세가 완전히 사라지는 것을 확인한 채운은 미리 대기시켰던 주안상을 앞세워 옆방의 문을 열고 안으로 들어갔다.

"주안상은 되었으니 차나 한잔 더 주게."

어린 시절부터 자신을 관찰하는 정적들에게 시달리며 마음을 갈무리하는 데 이력이 난 그는 어느새 평정심을 되찾은 담담한 얼굴로 채운을 바라보았다.

"주안상은 물리거라."

채운은 다기 앞으로 다가가 끓는 물을 부어 우롱차를 내렸다.

"답이 되셨습니까?"

"어찌 알았더냐?"

손가락으로 가볍게 탁자를 두드리던 이산의 눈이 가늘어졌다.

"기억나십니까, 부마도위와 함께 처음 채운당을 찾으셨을 때."

"기억하고 있다."

"그때 저는 그저 채운당을 찾으시는 분들의 이야기를 들어드렸지요."

"그렇구나, 지금과는 많이 달랐지."

"그때 저하께서는 술잔을 기울이시면서 홀로 앉아 뭔가를 쓰시고 계셨는데, 가시고 난 뒤에 그 글을 보고 알았습니다."

"글을?"

"달과 그림자, 그 무엇에도 얽매이지 않고 자유로울 수 있다면."

우려낸 차를 따르던 채운은 문득 그때를 떠올리며 미소 짓자 이산도 기억이 나는지 고개를 끄덕였다.

"그때 여쭙지는 못했지만 몹시 궁금했었습니다. 저하의 곁을 지키는 그림자가 누구인지. 그러다 지난번 채운당을 찾으신 우세마를 뵙고, 바로 알아보았습니다."

"네가 주는 차는 늘 향이 좋구나. 한데 내게 이 답을 알려주는 연유가 무엇이냐?"

채운이 주는 잔을 들고 차의 향을 음미하던 이산이 물었다.

"안타까워서 말입니다. 아무래도 저하께서만 모르고 계신 것 같아서."

"어찌 되었거나, 네게는 고맙구나. 이만 돌아가야겠다."

채운을 물끄러미 바라보던 이산은 싱긋 웃으며 찻잔을 내려놓았다.

"예, 모쪼록 즐거운 시간이 되셨길 바랍니다. 편히 가십시오."

"또 보게 될 것 같구나."

"이심전심인가 봅니다."

채운은 자리에서 일어나 다소곳이 허리를 숙이며 예를 갖추었다.

한세는 평소에 편안한 바지저고리만 입다가 풍성한 치마에 속살이 훤히 비쳐 보이는 꽉 맞는 저고리까지 입었으니 여간 불편한 것이 아니었다.

"에휴!"

하녀의 뒤를 따라 발걸음을 옮길 때마다 한세의 입에서는 동강 난 한숨이 새어 나왔다.

가슴이 두근두근. 식은땀이 슬슬 나는 것이 아무리 생각해 봐도 잘못 생각한 것 같았다.

그동안 남자들하고 너무 거칠게 살아서 그런 것인지 내로라하는 규수들 속에서 잘해낼 수 있을 것인지 슬슬 초조해지기 시작한 것이다.

"어찌 그러십니까, 혹 불편한 곳이라도 있으십니까?"

"아닙니다."

"자, 그럼 따라오세요. 신부 수업을 받는 곳으로 안내해 드릴 것이
니."

"예."

다회에 모여 신부 수업을 받는다는 것이 믿기지 않았지만, 일단은 가
봐야 알 일이었다.

앞서가는 하녀를 따라가던 한세는 채운당 내부를 세세히 살피느라
눈동자를 예리하게 움직이다 다른 때와 다른 무언가를 느꼈다.

'갑자기 경계의 수위가 강화되었어.'

눈으로 보이지는 않았지만 지난번에 왔을 때보다 훨씬 많은 무사들
이 곳곳에 배치되어 있는 것이 느껴졌다.

'제발 다른 건물로 들어가야 할 것인데.'

채운당은 그야말로 들어오는 길목부터 지키고 관리하기 편리하도록
만들어놓아서 마주 보고 있는 건물은 접근조차 어려웠다. 게다가 채운
당에서 거느리고 있는 사병의 숫자가 얼마나 되는지 알 수 없으니, 이렇
게 내부에 들어왔을 때 건너편 건물로 들어가 살펴볼 기회를 잡아야 했
다.

하지만 한세의 소망과는 달리 다회의 모임은 같은 건물의 별채에서
하는 것이었다. 분명 저 건물은 뭔가 더 은밀한 모임들을 위해 사용하
는 것이 틀림없었다.

'아깝다. 저쪽 건물이어야 하는데!'

실망했지만 그래도 기회가 올 것이라는 생각에 한세는 일단 오늘은
이곳의 모임에서 무엇을 하는지 살펴보기로 했다.

"오늘 새로 오신 회원입니다. 안국방 연희 아가씨가 모시고 왔습니
다."

채운의 손에 이끌려 별당 안으로 들어간 한세는 스무 명 정도의 규
수들이 앉아 있는 방으로 들어갔다.

규수들은 하나같이 최근에 한양에서 제일 유행하는 최고급 비단으로 만든 치마저고리를 입고 치장도 화려하게 하고 있어 음전한 반가의 규수들 같아 보이지 않았다. 거기서 견주어보니 채운이 입은 옷은 얌전한 것이었다.

"저쪽은 이 다회의 장을 맡고 있는 소이 아가씹니다."

"영란이라 합니다."

이곳에 있을 것이라 짐작은 했지만 하필이면 윤소이가 다회의 장일 줄이야.

오늘 윤소이는 연둣빛 치마에 미색 저고리를 입고 있어 화사하게 돋보이기는 했지만, 채운의 특별한 치장술이 빛을 발휘해서인지 청초하게 빛나는 한세의 아름다움 앞에서는 빛을 잃었다.

"연희에게 이야기 들었어요. 어서 와요."

"잘 부탁드립니다."

설마 눈앞에 있는 이가 지난번 보았던 한세와 같은 사람이라고는 상상도 할 수 없어서인지 윤소이는 아무것도 눈치채지 못하고 반갑게 맞았다.

"이리 와요!"

한세는 다소곳이 인사하고 연희가 손짓하는 자리로 가서 앉았다. 공교롭게도 한세의 자리는 윤소이의 옆자리였다.

"오늘 같은 날 오다니, 그쪽은 계 탔어."

연희의 옆에 앉아 있던 규수가 한세를 향해 쿡쿡거리며 웃어 보일 때, 나이가 지긋한 양반의 여인이 들어왔다. 교육을 담당한 규방선생인 것 같았다.

"지난주까지 바느질과 서화에 대해 배웠으니, 오늘은 다식과 차를 손님께 대접하는 규방 다례를 배워보도록 합시다."

"네."

새하얀 행주치마를 두른 규방선생은 앞에 마련된 넓은 탁자 위에 조리 기구들을 늘어놓고 다식 만드는 법, 각 차마다 특성에 맞게 차를 우려내는 법을 재현하며 설명하는 수업을 했다.

'이런 고리타분한 것을 배우려고 이 많은 규수들이 이렇게 화려하게 치장들을 하고 오지는 않았을 것인데?'

얼마 지나지 않아 이런 학습에 익숙지 않은 한세는 이 자리가 지겨워지기 시작했다.

'어, 왜 저래?'

규수들 역시 지겨운 것인지 수업을 들으면서도 하나 같이 별채의 문쪽을 힐끗거렸다.

'뭘 기다리는 거야?'

무엇인가를 기다리고 있는 것이 틀림없었다.

"차 드시겠어요?"

"아니어요, 괜찮습니다."

윤소이는 따분한 얼굴로 앉아 있는 한세에게 차를 권했지만 그녀는 웃는 얼굴로 거절했다.

그때였다. 쪽문으로 하녀 하나가 들어오더니 선생에게로 다가가 몸을 숙였다.

"선비님들께서 오셨습니다."

하녀는 낮은 목소리로 속삭였다.

"그래. 바빠서 못 온다고들 하시더니?"

선생은 반가운 듯 금세 안색이 환해지며 규수들을 돌아보았다.

'뭔가 기분이 좋지 않은데?'

한세는 돌아가는 상황으로 봐서 중요한 인물들이 도착한 것 같다는 생각이 들자 긴장되기 시작했다.

"오늘을 위해 특별히 가회의 회원들께서 오셨습니다. 가회의 회원들께서는 여러분께 선비의 다도를 보여 드릴 것입니다. 규방의 다례와 선비의 다도가 어찌 다른지 비교해 보도록 하세요."

한세는 잠시 제 귀를 의심했다.

'이, 이것들이 단체 소개팅을?'

하필이면 내가 다회에 들어온 첫날 무슨 이런 일이 있더란 말인가.

"어, 이런 것도 하는 것이었나요?"

가만히 듣고 있던 한세는 가회의 회원들이 온다는 말에 놀라 옆에 앉은 연희에게 물었다. 하지만 연희는 곧 젊은 꽃미남들의 다도를 구경할 수 있다는 생각에 들떠서인지 한세의 말은 귀에 들어오지도 않는 모양이었다.

"저희도 처음입니다. 해서 계 탔다고 하지 않았수?"

"아하!"

연희 옆에 앉아 있던 규수가 작은 목소리로 속삭였다.

'내가 이러고 있는 걸, 강이 알면 난리를 피울 것인데……'

어젯밤에도 이산에게 마사지해 주다가 딱 걸려서 눈에 불을 켜고 펄펄 뛰었는데. 노려보는 강의 찌릿한 눈빛을 떠올리니, 상상하는 것만으로도 긴장이 되어 몸이 점점 차가워지는 것 같았다.

"에그머니!"

부끄러움도 없는지 자리에 앉아 있던 규수들이 선비들을 맞이하기 위해 일제히 일어섰다.

'이거 점점 불길한데?'

한세는 이상하게 불안 초조한 마음을 진정시키며 자리에서 일어섰다.

싱그러운 향기가 코끝을 스쳐 가며 고요하던 뜰에 시원한 바람이 불어왔다. 채운당 별채, 옥잠화가 줄지어 핀 연못 길을 따라 도포를 입은 신선 같은 선비들이 우아하게 무리지어 들어오기 시작했다.

"어머나, 훤하기도 하지!"

"신선이 따로 없구나! 오호호!"

"맨 앞에 오는 이는 내 것이야, 침 발랐다!"

규수들 사이에서 감탄하는 탄식이 터져 나오며 삽시간에 어지러운 바람이 휩쓸었다. 그야말로 폭풍 전야. 한바탕 난동이 일 것 같은 이 야릇한 분위기는 뭐란 말인가.

안내하는 하녀의 뒤로 들어서는 서른 명 정도의 선비들은 모두가 고급 도포 차림의 젊은 선비들이었다. 그중에서도 유난히 눈에 들어오는 젊은 선비가 사람들에게 뭔가를 이야기하며 걸어오고 있었다.

크고 넓은 채운당 별채의 정원으로 말쑥한 회색빛 도포 차림의 젊은 선비 하나가 들어섰을 뿐이었는데, 그 넓은 공간이 꽉 차는 느낌이었다.

"이런! 젠장!"

조금 전까지 생기가 돌던 한세의 얼굴이 삽시간에 핏기가 가시며 창백해졌다.

옆에 있던 선비들과 이야기를 나누다가 별생각 없이 시선을 돌리던 강은 주르륵 늘어서 있는 규수들 속에서 낯익은 얼굴을 발견했다.

바람이 불면 금방이라도 날아갈 듯, 하늘거리는 치마에 속살이 훤히 비치는 짧은 저고리. 뭔 짓을 어찌한 것인지 하마터면 몰라볼 뻔한 반짝거리는 얼굴.

'저, 저!'

강의 짙은 눈썹이 살짝 휘어졌다.

차갑고 날카로운 눈이 줄곧 한세를 응시하며 천천히 다가오고 있었다. 삽시간에 온몸에 찬바람이 일며 입매가 굳어버린 강의 눈빛이 얼마나 날카로웠는지 같이 오던 선비들과 규수들의 시선이 일제히 한세를 향했다.

'아, 어떡해!'

이러다 참말 산통 다 깨지는 것 아닌가, 부들부들 떨고 있는 한세를 향해 거침없이 다가오던 강이 갑자기 우뚝 멈췄다.

"모란꽃에 취해서 그만……."

심지어 한세를 향해 미소까지 지어 보였다. 순식간에 사라져 버린 미소였지만, 서강과 한세에게 집중된 주위의 시선을 따돌리기에는 충분했다.

"천하의 서강도 여인에게 취하는가?"

"그러게 말일세."

같이 오던 철민이 어깨를 툭 치며 농을 걸자 강은 한세를 향해 두고 보자는 눈빛을 쏘아대며 억지웃음을 보였다.

"가회의 장께서는 이쪽으로 앉으시지요."

다리가 후들거리고 온몸에 맥이 빠지며 그대로 주저앉을 것 같은 순간, 강은 한세를 지나쳐 윤소이의 옆자리로 가 앉았다.

"음."

등을 보이며 돌아서는 뒷모습조차도 강한 분위기를 풍기는 강을 허탈한 얼굴로 바라보던 한세는 충격으로 멍해졌다.

"어디가 좋지 않은가요, 창백해 보이는데?"

한세와 나란히 서서 두 사람을 처음부터 끝까지 지켜보고 있던 윤소이가 물었다. 별채로 들어오며 서강의 시선이 줄곧 영란이라는 규수를 향해 있다는 것에 마음이 상했다.

"아니, 아닙니다."

윤소이의 물음에 한세의 얼굴이 굳어졌다. 일어서 있던 규수들이 모두 자리에 앉자 한세도 간신히 의자 끝에 걸터앉았다.

"그렇다면 다행이네요."

윤소이는 아무리 무시하려 해도 오늘 처음 온 영란이라는 규수가 눈에 확 들어오는 완벽한 미인이라는 건 어쩔 수 없었다.

윤소이는 이 자리를 만들기 위해 채운을 통해 가회의 석 달 치 사용료를 내주었다. 다회의 규수들이 나이 먹어가는 자신을 무시하지 못하도록, 자연스럽게 자리를 마련하여 서강을 공식적으로 소개를 하려던 것이었다.

기껏 멍석을 펴놓았더니 애먼 놈이 놀게 생겼다.

'하필이면 가회와 모임이 있는 날 올 것이 뭐람?'

지난번 일로 자존심이 상해도 웃으려고 애쓰고 있는 윤소이에게 조금 전 서강의 무관심한 태도는 큰 상처를 주었다. 그것도 윤소이가 혼인하려고 기다리고 있는 것이 서강이라는 것을 모두가 알고 있는 다회 회원들 앞에서.

"초대에 응해주셔서 참으로 감사합니다."

영란에게 맹렬한 질투심이 느껴졌지만 윤소이는 내색하지 않으려고 최선을 다했다.

"내가 없는 사이 회원들이 정한 것이라 내게 감사할 것은 없고."

우선은 이 자리를 모면해야 하겠기에 웃는 얼굴로 있다 가려던 강은 갑자기 말을 흐리며 한세를 조용히 응시했다.

"규수, 참으로 아름다우십니다. 혹 이판 대감댁?"

어느새 갔는지, 강의 옆에 앉아 있던 철민이 쪼르르 건너가 한세에게 어느 댁 규수인지 작은 소리로 묻고 있었다.

"아닙니다. 저는!"

얼결에 대답을 하려던 한세는 찌를 듯 날아와 꽂히는 강의 서슬 퍼런 눈빛에 입을 다물어 버렸다.

'헐! 눈빛에 찔려 죽겠다.'

강의 불꽃 튀는 눈빛을 보니 임무를 수행하기에는 날을 잘못 잡았다는 생각이 들었다.

"하면 저는 차를 내려야겠습니다."

한세에게 몰려드는 사내들의 시선에 눈꼴이 시어서 더는 보고 있을 수가 없었던 윤소이가 먼저 자리에서 일어섰다.

"선비의 다도는 여기 있는 철민이 보여줄 것입니다."

서강은 곁에 앉아 한세를 멍하니 보고 있던 철민을 추천하며 앞으로 떠밀었다.

"아, 아니 내가 어찌?"

"자네야말로 선비 중에 선비가 아닌가?"

강은 자리를 떠나지 않으려고 탁자를 꼭 쥐고 있는 철민의 손가락을 접선으로 탁탁 쳐 내어 겨우 밀어냈다.

"이것 참! 제가 없으면 가회가 돌아가지를 않습니다."

철민은 별수 없이 앞으로 나가며 한세를 향해 너스레를 떨었다.

시범을 보이는 세 명의 선비는 모두가 유건으로 갈아 쓰고 도포를 정갈하게 매만진 다음 차제구가 마련된 차탁 앞으로 가서 앉았다. 선비의 다도는 단순히 차를 마시는 행위가 아닌 상대방에 대한 배려를 배우고 정신과 육체를 통합하는 문화 행위였다. 건전하게 마음을 치유하는 다도의 정신을 배움으로써 정신과 신체를 건강하게 하고자 하는 자리이니 취지야 얼마나 좋은가.

"이제는 하다, 하다! 취하지 않아도 막 벗고 다니는 것이더냐?"

하나, 그런 선비가 이런 막말을 한다.

채운당 별채 뜨락에 흐드러지게 피어 있는 요요한 양귀비 꽃무리 위로 창백한 달빛이 희롱하듯 아롱지고, 짙은 난향이 끝없이 이어지는 여름밤. 아름다운 청춘들이 사랑의 열병을 앓기에는 더할 나위 없이 좋은 밤이었건만……

"어머나, 아주 다 듣게 크게 외치시지요?"

"하면 예서 무얼 하는 것이야, 그 꼴은 또 뭐고?"

"제 꼴이 뭐, 어디가 어때서요. 예쁘기만 하구만."

윤소이와 철민이 자리를 비우자 강이 득달같이 옆으로 다가앉더니 한세를 아래위로 훑어보며 닦아 세웠다. 목소리만 낮췄다 뿐이지 아주 잡아먹을 기세다.

"너는 지금 그 꼴이 정상적인 반가의 여인이 할 차림새라고 생각하느냐?"

"다른 규수들은 더하구만. 저 지금 일하는 거 안 보이십니까?"

"일은 무슨! 아니, 일을 하면 그리 헐벗고 해야 하는 것이더냐?"

"하여간 안 맞는다, 안 맞는다. 로또가 따로 없어."

"나도 그리 생각하고 있다."

"그러니까요, 여자들이랑은 말도 안 섞는다며, 여긴 왜 오느냐고?"

차마 마주 보고 투덜거릴 수는 없어 고개를 돌리며 보니 다른 규수들은 어느새 움직였는지 자리에 앉아 있는 것은 강과 한세뿐이었다.

"세상에!"

한쪽에서는 선비의 다도를 시범 중인데, 다도는 무슨 다도.

시범을 보이는 선비의 다도는 거들떠보지도 않고, 물을 만난 고기처럼, 꽃을 만난 나비처럼, 규수들과 선비들은 자연스럽게 어우러져 서로 자기소개를 하며 담소를 나누고 있었다.

"지금 화를 낼 이가 뉘인데?"

사실 그리 말하면 강도 억울했다. 규수들이 야밤에 모여 무얼 하는 건지 궁금해하는 한세의 말을 듣다가 그도 궁금해 알아보려고 겸사겸사 온 것이었다.

'그런데 이곳에서 이리 어여쁜 한세를 보게 될 줄이야.'

한세가 다른 이들을 구경하느라 정신이 팔려 있는 동안 강은 그녀의 고운 모습에 정신이 쏙 빠져 있었다.

'아니, 이런 요염한 모습은 나만 봐야지, 어찌 이 많은 이들과 공유해야 하느냔 말이다.'

속살이 훤히 비치는 몸에 꼭 맞는 저고리를 입고 있어서 한세의 부풀어 오른 가슴이 더욱 도드라져 보였다.

'아뿔싸!'

꼭 졸라매어 외려 더 터질 것 같던 풍염한 가슴. 꼭 죄는 짧은 조끼 아래로 버들개지처럼 낭창거리는 세류요(細柳腰) 같은 허리. 조끼 아래로 보이던 백옥 같은 피부와 귀여운 배꼽.

사향에 취해 손가락을 하늘을 향해 찌르는 시늉을 하며 엉덩이를 앞뒤로 흔들던 한세의 요망한 모습이 눈앞에 어른거렸다.

"차라리 그날 밤, 만리장성을 쌓고 내 주머니 안에 넣을 것을……."

강은 저도 모르게 중얼거린 말에 놀라 머리를 털었지만, 그날 밤 이후 생긴 극심한 후유증에 시달리고 있었다.

"저리 헐벗은 규수들은 좋다고 보면서 어찌 나는 안 된다는 것이야? 나밖에 모르는 것처럼 하더니, 이런데서 노닥거리기나 하고!"

화가 치민 한세가 고개를 획 돌려 노려보는데, 귓불까지 붉게 달아올라 자신을 바라보는 강의 눈동자 속에서 활활 타오르는 불꽃이 보였다.

"어찌 이리 무람한 생각을!"

엷게 단장을 해 도려낸 듯 갸름한 얼굴은 맑고 투명하게 빛나고, 촉촉한 입술만은 금방이라도 붉은 물이 뚝뚝 떨어질 듯 반짝거린다.

'아무래도 내가 이러다 일을 치르고 말지.'

손이 간다. 손이 가.

자꾸만 손이 가고 만지고 싶은 그 입술에 시선이 붙박여 떨어지지를 않는다.

꿀꺽. 강의 목울대가 크게 움직이며 침이 넘어가는 것이 보였다.

침 삼키는 소리가 어찌나 크게 들렸던지 지독한 당혹감이 강의 이성을 흔들어놓았다. 붉게 빛나던 그녀의 입술과 잘록한 허리선을 따라 귀여운 배꼽을 떠올리자 또다시 흥분이 일면서 온몸이 부르르 떨렸다.

"요망한 것!"

"뭐래?"

"아, 아니! 그것이 아니라……."

"이씨!"

이글이글 타는 눈으로 바라볼 때는 언제고 다짜고짜 요망한 것이라하니, 한세는 울상이 되어 일어서 버렸다.

"아가씨!"

"아, 예!"

"저쪽에서 뵙고 싶어 하는 분이 계십니다."

마침 철민이 다가오더니 누군가 한세를 만나기를 청한다고 전했다. 잠시 당황한 듯 강을 돌아보던 한세는 마음을 정한 듯 철민을 따라가 버렸다.

"아니, 거기를 따라가면!"

한세를 홀로 보내는 것이 걱정이 되어 따라 가려는데 선비 하나가 다가와 강을 잡았다.

"강!"

"아, 한립?"

"그동안 잘 지냈던가?"

"나야, 늘 그렇지. 한데 청에 공부하러 갔다더니 언제 돌아왔는가?"

강은 삼 년 전 견문을 넓히겠다고 청나라로 유학을 떠났다가 돌아온 오랜 지기 한립을 만나 잠시 청나라의 돌아가는 사정과 북경을 중심으로 몰려드는 세계 상인들의 정보에 대한 이야기를 나누었다.

"큰일일세. 세상은 하루가 다르게 변해가고 있는데, 조선은 우물 안 개구리처럼 조정에 모여 울어대기 바쁘니."

"그러게 말일세. 이 모든 것이 정보가 막혀 있는 탓일세."

청나라를 돌아보고 온 한립의 첫 마디는 조선이 빨리 변화해야 한다는 것이었고 서강 역시 같은 생각이었다. 이미 노론 안에서도 실학파들이 많이 생겨나고 있었으니 변화에 대한 열망은 사회 전반에 팽배해 있는 것이었다. 다만 응축된 시발점이 없을 뿐.

"어느 분이 저를 보자십니까?"

"쉿! 은전군께서 보자고 하십니다."

"은전군께서요?"

은전군 이찬은 사도세자와 후궁 빙애 사이에서 태어난 이산의 이복아우였다.

사도세자는 죽기 직전 극심한 정신 분열에 시달리며 옷을 입지 않으려다가 그의 옷 수발을 들던 후궁 빙애를 칼로 베고 말았다. 그리고 막 돌이 지난 이찬을 통명전 언저리 연못에 던져 버렸다. 다행히 연못은 얼어 있었고 연잎 줄기들이 아이의 몸무게를 감당하여 차가운 못 속으로 가라앉지 않아 목숨을 건진 그에게 영조는 '연잎이'라는 별칭을 지어주었다.

"김영란이라 하옵니다."

"저쪽에서 보니 규수께서 환하게 웃고 있는 모습이 눈에 들어오기에 이야기를 나눠보면 좋을 듯해서요."

"예?"

동료들 사이에서는 매일 거칠다, 빡세다, 날래다, 심지어 강에게서는 저잣거리 시정잡배라는 말만 듣다가 갑자기 웃는 모습이 어여쁘다는 말이 적응이 되지 않았지만 이 모든 것이 채운의 화장술이겠거니 생각하기로 했다.

"저는 은전군께서도 가회의 회원인 줄은 몰랐습니다."

은전군이 하필이면 강이 장으로 있는 가회에 회원으로 들어와 있다는 것이 놀라웠다.

"실은 좌의정께서 추천을 하시어 오늘 처음 참석했소."

"예, 그러셨군요."

은전군은 어머니 박씨가 살해당한 일로 아들들 중 유일하게 사도세자에게 원한을 갖고 있다는 점에서 양제 임씨 소생 은언군과 함께 노론 벽파가 새로운 왕으로 지목한 택군의 대상 중 하나였다. 그가 원했건 원하지 않았건 노론 벽파가 택군의 의지를 가지고 있는 이상, 은전군은 앞으로 계속해서 이산에게는 위협이 될 수밖에 없는 존재였다.

"저도 오늘 다회에 처음 나왔습니다."

"그렇습니까? 이곳에 들어서며 제일 먼저 본 것이 소저였는데. 이런 것도 인연이라 할 수 있겠지요."

아직 앳된 티를 벗지 못한 은전군은 마음까지 밝아지도록 환하게 웃는 한세가 꽤나 마음에 든 모양이었다.

"예, 그것이 그리되는 것입니까?"

한세는 강이 장으로 있는 가회에 은전군이 회원으로 들어왔다는 사실이 마음에 걸려 그 자리에 한참을 머물렀다.

"은전군, 이 아리따운 규수는 뉘십니까?"

그러자 장차 보위에 오를지도 모를 은전군과 안면이라도 트고 싶은 선비들이 몰려들었다.

"김영란이라고 제 동무랍니다."

그곳에 끼어들 기회를 엿보고 있던 연희가 다가오며 아는 척하자 다른 규수들도 다들 몰려들었다.

서강과 한립이 자리를 잡고 앉아 한창 열띤 토론을 하고 있을 때 운소이가 다과가 놓인 차탁을 들고 다가왔다.

"무슨 말씀들을 그리 재미나게 하십니까, 다과를 드시면서 말씀 나누시지요."

"고맙습니다."

한립은 고맙다는 인사치레를 하며 차를 마셨지만, 강은 윤소이는 거들떠보지도 않고 고개를 돌려 한세를 찾고 있었다.

"차가 식습니다."

보다 못한 윤소이가 찻잔을 들고 권했지만, 강의 시선은 여전히 한세를 향해 있었다.

"한림! 잠시만 실례하겠네."

한세가 은전군과 마주 서서 웃고 있고 주위에 선비들이 몰려드는 것을 보고 있던 강은 더 이상 참지 못하고 자리에서 일어나 가버렸다.

"내 저것을!"

윤소이는 급기야 질투가 확 끓어오르면서 참고 있던 울화가 터져 버렸다.

"은전군, 다과 좀 드시지요."

그녀는 찻상을 들고 거의 뛰다시피 걸어가 풍성하게 늘어진 한세의 치맛자락을 꽉 밟으며 뜨거운 주전자가 담긴 찻상을 엎어버렸다.

"아악!"

다행히 뜨거운 찻물을 뿌리며 쏟아지는 주전자는 강이 팔로 쳐 냈지만, 몸을 피하던 한세의 치마는 꽉 밟고 있는 윤소이의 무게를 이기지 못하고 쭉 찢어지고 말았다.

"에그머니나!"

규수들과 선비들이 일제히 흩어지자 한세의 치마를 움켜쥔 윤소이만 덩그러니 나동그라져 있었다.

"어머나! 저를 어째?"

사람들이 눈을 돌려 한세를 찾아보니 날래게 몸을 피한 그녀는 양귀비가 흐드러지게 핀 꽃밭 가운데 하늘거리는 속치마 바람으로 서 있었다.

햇볕에 그을린 까무잡잡한 피부에 살짝 치켜 올라간 눈매는 어찌 보면 요염해 보였다. 가늘고 긴 팔다리와 하늘하늘한 몸, 한세를 모르는 사람들이 보면 금방이라도 바람이 불면 날아갈 듯 연약하게 보였다.

오늘 밤 그녀는 바라보는 이들의 마음을 순식간에 훔쳐갈 만큼 아름다웠다.

'어쩐지! 내가 봐도 너무 예쁘다 했어, 내가. 저걸 확 죽여 버릴라!'

한세는 그대로 울어버릴 것만 같아 입술을 깨물며 윤소이를 죽일 듯 노려보았다.

"선비들은 고개를 돌리시게!"

바로 그때였다. 서둘러 자신의 도포를 벗어 든 강이 난처한 표정으로 떨고 있는 한세를 향해 성큼성큼 다가가며 큰 소리로 외쳤다.

그러자 꽃밭 속에 서 있는 한세를 홀린 듯 보고 있던 사내들이 일제히 고개를 돌렸다.

"괜찮다, 괜찮아……."

강은 나직이 속삭이며 한세의 몸을 자신의 도포로 감싸고 가볍게 안아 들고 성큼성큼 걸어 나갔다.

"이런!"

찢어진 치맛자락을 들고 일어선 윤소이는 모두가 한심하다는 듯 자신을 바라보는 시선을 오롯이 받아내며 입술을 깨물어야 했다.

"대체, 어찌 된 일입니까?"

소식을 듣고 달려오던 채운이 놀라 앞서 달려가며 하녀들에게 약통을 준비하라 소리쳤다.

"나쁜 년!"

연꽃과 달개비꽃 향이 어우러진 익숙한 향기가 코끝을 스치자 한세는 그제야 강의 너른 가슴에 얼굴을 묻고 분통을 터뜨리며 엉엉 울었다.

"새 옷과 약통을 두고 나가겠습니다. 필요한 것이 있으시면 부르세요."

채운은 들고 온 약통과 남자의 옷 한 벌과 한세가 입고 왔던 옷을 내려놓으며 침착하게 말했다.

"고맙네."

강은 아직도 분기가 풀리지 않아 그의 가슴이 젖도록 우는 한세가 진정할 때까지 잠시 그대로 서 있었다.

"이제 다 울었느냐?"

강은 도포를 들추고 한세를 들여다보았다.

"내 잘못이 아니야, 그 나쁜 년이 일부러 그런 거란 말이에요!"

강의 단단한 팔에 안긴 한세는 마치 드센 바람에 흔들리는 나뭇잎처럼 전신이 떨려오는 것을 감추며 고개를 쳐들고 대답했다.

"그렇다고 그리 욕을 해서야 되겠느냐."

선이 뚜렷해 몹시 육감적으로 보이는 강의 입술에 느릿한 미소가 번졌다.

"그렇지만 참말 나쁘니까."

한세는 나쁜 짓을 하다 들킨 사람처럼 열에 들뜬 상태에서 움찔 깨어났다.

"내려주십시오."

"싫은데?"

강의 날렵하게 뻗은 새까만 한쪽 눈썹이 획 구부러졌다. 그는 의자에 앉아서 한세에게 자신의 도포를 잘 입혀주며 무릎 위에 앉혔다.

"어허! 이러시면 곤란합니다."

한세는 가느다란 강의 단단한 가슴을 밀어내며 일어섰다.

"눈 감으십시오."

한세는 덜덜 떨리는 눈빛을 들키지 않으려고 서둘러 돌아섰다.

"다른 이들까지 다 봤는데, 무얼 새삼스럽게?"

"좋으시겠습니다. 다 봐서! 아! 진짜 나쁜 년!"

한세는 탁자 위에 놓여 있는 자신의 옷으로 갈아입으며 생각할수록 분통이 터진다는 듯 이를 갈았다.

"어, 덴 것이 아닙니까?"

옷을 갈아입고 돌아보니 강이 저고리를 벗는데 팔뚝이 빨갛게 부어 있는 것이 보였다.

"괜찮다."

"괜찮기는요! 또 저 때문에 다치셨네요."

한세는 언제나 자기 때문에 다치고 힘이 든 강의 팔뚝에 약을 발라주며 속상하고 마음이 아파 입술을 깨물었다. 어찌 이 모양인지. 며칠을 준비를 했건만 일이 이 모양으로 끝나고 말다니.

"속상해 정말! 앞으로는 제가 다치더라도 나서지 마십시오."

한세는 발갛게 부은 그의 팔에 약을 바르고 깨끗한 저고리를 입혀주었다.

"너라면 그냥 있을 수 있겠느냐?"

"그거야……."

"세야."

강의 억센 두 손이 한세의 어깨를 움켜쥐었다.

"세야, 나는 말이다. 네가 이런 일을 하는 것이 참말 싫구나."

한세가 이 상황을 어떻게 모면해야 할지 생각하기도 전에 슬픈 강의 눈이 코앞으로 다가들었다.

"도련님……."

슬퍼 보이는 그의 두 눈을 보니 두려움이 순식간에 한세의 심장을 옥죄고 들어왔다.

그녀라고 왜 두렵지가 않을까. 왜 누군가의 어깨에 기대 쉬고 싶지 않을까. 차라리 강에게 모든 것을 말해 버리고 그의 말처럼 등 뒤에 숨어 버릴까.

하지만 이산의 마지막 어명이 무엇인지, 알기 전에는 이 일을 멈출 수가 없었다.

"참말, 이 위험한 일을 계속 해야겠느냐?"

"저는 저하의 호위무사입니다. 그분이 떠나라 하지 않는 한, 저는 그분의 곁을 지켜드려야 합니다. 죄송합니다. 임무를 마쳐야 해서요."

한세는 남아 있는 모든 힘을 쥐어짜내 고개를 까딱한 뒤에 허리를 꼿꼿이 세우고 돌아섰다.

"저런 고집쟁이!"

강은 어째서 하필이면 그녀가 이산을 지키는 호위무사가 되어야 하는 것인지, 매번 이렇게까지 결사적인지 알 수 없었다. 다만, 이런 식으로 말해서는 한세를 말릴 수 없을 것이라는 불안한 생각에 얼굴이 창백해졌다.

"너의 힘으로는 어림도 없다."

"혹시 그 연유가 채운의 옷깃에 새겨진 황금빛 구름과 연관이 있습니까?"

강이 알고 있을지도 모르겠다는 생각은 했지만 이렇게 정보를 얻게 될 줄이야. 방을 나가려던 한세는 솔깃해서 다시 돌아섰다.

"녹색, 푸른색, 붉은색, 흰색, 분홍색, 황금색 구름은 채운당을 예약한 손님의 신분일 것이다. 오늘 밤은 경계 수위가 높아 너와 내가 힘을 합쳐도 안 된다. 일만 그르칠 뿐이지."

"구름 빛이 암호이기도 할 것입니다."

"암호를 안다 한들, 한 발자국도 들어가지 못할 것이다."

"그렇군요."

이미 시도를 해본 듯한 강의 말에 한세는 낙심해서 긴 한숨을 내쉬고 말았다.

"나는 나가서 뒷수습을 할 것이니 너는 그만 돌아가는 것이 좋겠다."

"예. 그리하겠습니다."

결국 한세는 채운당 내부에 대해 알아보는 것은 건우에게 맡기고 그 정도에서 물러설 수밖에 없었다.

❀

깊은 밤, 채운당에서 돌아와 서안 앞에 앉아 있던 이산은 더 이상 참지 못하고 조용한 후원으로 나섰다.

검은 눈동자, 두 볼을 물들인 홍조, 바르르 떨리던 촉촉한 입술. 한세의 모습을 떠올리다 저도 모르게 큰 소리로 한숨을 내쉴 뻔하였다.

세손인 자신 앞에서도 언제나 드세고 당당한 그녀에 대해서 몰랐다면, 난생처음 단번에 가슴을 뒤흔드는 여인을 만났다는 흥분에 들뜨고 말았을 것이다. 이제껏 자신을 감쪽같이 속여왔다는 사실에 얼마나 화가 났는지 자칫 이성을 잃을 것 같았다.

"어찌하여 몰랐던 것일까."

이산은 후원을 서성이기 시작했다. 마음이 시끄러울 때마다 이렇게 홀로 존현각의 후원을 거닐며 생각에 잠기는 것은 그의 오래된 습관 같은 것이었다.

얼마나 지났는지, 문득 인기척 소리가 들렸다.

"언제 왔더냐?"

돌아보니 눈앞에 기섭이 서 있었다. 밖에 볼 일이 있다더니, 일을 끝내고 번을 서려고 입궐한 모양이었다.

"조금 전에 왔습니다."

기섭은 시름에 젖어 후원을 거니는 이산을 발견하고 걱정이 되어 달려온 것이었다.

"바로 달려오지 않고."

"깊은 생각에 잠겨 계신 것 같아 잠시 기다렸습니다."

기섭은 깊은 눈빛으로 이산을 바라보았다. 말하지 않아도 진심으로 주군을 염려하는 것이 그 눈빛에 담겨 있었다.

"나는 참으로 한심하다."

기섭은 이산이 한탄하며 중얼거리는 소리를 가만히 듣고 있었다.

"무슨 일인지 모르겠으나 들어가 좀 쉬시지요. 안색이 좋지 않으십니다."

기섭은 다시 이산을 걱정하였다.

"세가 여인인 것을 알고 있었느냐?"

"예?"

"세가 여인인 것을 알고 있었냐고 묻지 않더냐?"

"그것이……."

이산의 질문에 기섭은 잠시 망설였다. 드디어 세손이 알아차린 것인가, 아니면 그저 한 번 떠보는 것인가, 분명한 확신이 생길 때까지 조심스럽게 그를 쳐다보았다.

폭풍전야의 고요처럼 지금의 이 침묵이 오히려 기섭을 숨 막히게 했다.

"알고 있었구나."

무언가 마음에 걸리는 것이 있는 듯한 기섭을 바라보며 이산이 다시 물었다.

"사실은 알고 있었습니다."

"건우는?"

기섭이 알고 있다면 건우 역시 알고 있었을 것이라고 직감한 이산은 가슴이 답답해지기 시작했다.

"제일 먼저 알아차렸을 것입니다, 목소리가 이상하다고."

"하면!"

이산의 얼굴은 근심과 고통과 회한이 미묘하게 교차되어 복잡한 표정이었다.

"저하!"

기섭은 바닥에 무릎을 꿇으며 머리를 조아렸다.

"내가 미련한 것이었더냐?"

이산의 얼굴에 씁쓸한 미소가 떠올랐다.

"저하, 그럴 리가 있겠습니까?"

"여인에게 관직을 내리는 것이 될 법이나 한 일이더냐? 게다가 다른 일도 아니라 목숨이 달린 일이거늘!"

이산은 기섭의 시선을 애써 외면하며 태연하게 말했다.

"저하, 저희에게 세는 여인이 아닙니다. 그저 저하의 충성스러운 예동일 뿐이었습니다. 게다가 당당히 무과에 합격했고 실력이 있는데, 그냥 같이 일하고 싶었습니다."

기섭은 간절히 애원하는 얼굴로 이산을 올려다보았다.

"몰랐으면 모르되, 내가 알고야 어찌 국법을 어기겠느냐?"

이산은 얼음처럼 차가운 얼굴로 다시 말했다. 만약 여기서 한마디만 더 물으면 그대로 끌어낼 기세였다.

"지금은 아니 됩니다. 그럴 수는 없습니다, 저하! 조금만, 조금만 말미를 주십시오!"

기섭은 다시 한 번 머리를 조아리며 사정했다. 이미 강이 떠나고 없는데, 이런 중대한 시기에 한세마저 없다면 당장 세손의 안위를 맡길 이가 없었다.

"당분간은 내가 알고 있다는 것을 세에게는 알리지 마라."

"예. 예! 그리하겠습니다."

"하고 내일 아침 일찍 기별을 넣어 강에게 연무장으로 오라고 전해라."

"예, 저하!"

기섭은 그제야 이산이 무엇을 생각하는 것인지를 읽어냈다.

한여름인데도 벌레 소리조차 들리지 않는 고요한 밤이었다. 계방에 딸려 있는 그 방 앞에는 목검 두 자루가 가지런히 놓여 있었다.

이산은 불이 꺼져 있는 방 앞에 앉아 하늘에 뜬 달을 올려다보고 있었다. 그 달 속에 예동으로 들어온 어린 한세가 웃고 있었고 그 곁을 지키는 서강이 있었다. 그리고 자신은 언제나 한세가 좋아 그 사이를 서성거렸다.

이산은 아버지가 뒤주에서 죽은 그날 이후 처음으로 뒤를 돌아보았다. 돌아보니 그가 앞만 바라보고 걸어오는 내내 그의 그림자처럼 뒤를 지키는 한세가 있었다.

"기약 없는 이 상황에서도 의연할 수 있었던 것은, 언제나 기다려 주는 네가 있었기 때문이었다."

처음으로 천천히 그의 볼을 스쳐 가는 바람의 흐름을 느꼈다.

이산이 생각에 잠겨 있을 때, 조금 떨어진 곳에서 그를 시위를 하던 기섭은 계방 쪽의 중문으로 들어오는 한세를 발견했다.

"이제 오느냐?"

"예, 사형?"

한세는 운종가에 들러 옷을 갈아입고 한결과 채운당의 내부를 알아볼 대책을 논의한 뒤에 돌아오느라 좀 늦은 상태였다.

"갔던 일은 어찌 되었느냐?"

"실패했습니다. 사형은요?"

"정후겸의 가택에서 나온 서화가 김 대감에게 가서 돈궤로 바뀌어 채운당으로 들어가는 것을 확인하였다."

"채운은 참으로 동에 번쩍 서에 번쩍하는군요."

한세는 오늘 겪었던 일들을 떠올리며 허탈하게 웃었다.

경계는 요새처럼 철통같고 온갖 것들이 숨어 있을 것 같은 은밀한 채운당. 운종가의 상권을 움켜쥐고 있고 조정의 신하들을 쥐고 흔드는 아름답고 노련한 채운.

채운당과 채운을 상대하기에는 가진 것이라고는 열정 하나뿐인 한세와 예동들은 너무 순진하고 미약하다는 생각이 들어 기운이 빠졌다.

"하면 이제 믿을 곳은 건우 사형뿐이네요."

긍정적인 유전인자를 하나 더 가지고 있는 것 같던 한세였지만 낙심하여 풀이 죽는 것은 어쩔 수 없었다.

"저하께서 기다리고 계신다."

이산이 네가 여인이라는 것을 알고 있다고 말해주고 싶었지만, 기섭은 당분간 함구하라는 명이 생각나 입을 다물어 버렸다.

"저하께서요?"

한세가 피곤한 얼굴로 돌아보니 자신의 방 앞 쪽마루에 이산이 앉아 있는 것이 보였다.

"이제 오느냐?"

"어인 일이십니까?"

"그저, 네가 보고 싶어 잠시 기다렸다."

이산은 반가운 마음에 손을 내밀다가 멈칫해서 거둬들였다. 막상 여인이라고 생각하니 이제는 서슴없이 만지고 껴안지는 못할 것 같았다.

그러다 갑자기 한세가 여자인 것을 알면서도 기섭이 마구 껴안고 같이 뒹굴었다는 생각에 울화가 치밀었다.

"자네!"

"예?"

기섭은 갑자기 노려보는 이산을 황망하게 바라보았다.

"저만치 떨어져 서 있어라!"

"예?"

"어서!"

"예."

기섭은 영문을 모른 채 명에 따라 몇 걸음 떨어져서 돌아보았다.

"더, 저만치 더 가거라!"

"아하! 예."

그제야 이산이 중요한 이야기를 하려는가 보다 생각한 기섭은 보이지 않는 곳으로 가버렸다.

"사형이 뭘 잘못하셨습니까? 어찌 그러시는 것입니까?"

"아니다."

"한데 어찌?"

"너와 함께 달을 보고 싶어서 말이다."

"아, 예."

이산이 기다리고 있었던 것도 이상하고 뜬금없이 달을 같이 보자고 하니 한세는 오늘 또 심기가 상하는 일이 있었던 것이라 짐작했다.

"고단해서 싫은 것이냐?"

"아닙니다, 그럴 리가요."

"하면 잠시만 이렇게, 너와 달구경을 하다가 가마."

이산은 그리 말하고 뒷짐을 진 채 달을 올려다보았다.

주위를 둘러보니 내관도 없고 기섭도 보이지 않자 한세는 조금 뒤에 떨어져 주위를 경계하는 자세로 서 있었다.

"같이 달을 보자 하는데 이리 가까이 오지 않고 무얼 하는 게냐?"

잠시 달을 보던 이산이 돌아보니 한세는 그의 그림자보다 조금 떨어진 곳에 서서 주위를 살피고 있었다.

"예, 저하. 저도 달을 보고 있습니다."

"그리고 보니 너와 나란히 서서 하늘을 본 기억은 없구나. 너는 늘 내 그림자를 밟지 않을 만한 거리에 서 있었지."

이산은 그 모습이 측은해 잠시 그대로 서서 한세를 바라보았다.

세야…….

만약 너를 사랑하지 않았더라면 그렇게 괴롭고, 고통스러운 시간은 없었을 것이다. 하나 너를 사랑하지 않았더라면 이렇게 다정하고, 사랑스럽고, 따뜻한 너를 볼 수 없었겠지. 그리고 지금처럼 행복한 순간도 알 수 없었을 것이다.

너무 많이 외롭고 너무 많이 고통스러워서 아파했던 내 젊음의 많은 날들, 그래도 나는 너를 사랑하고 있어서 견딜 만했었다. 세야, 그래서 나는 이제부터 진짜 사랑을 하려고 한다.

"나와 나란히 서서 달을 보자 하면, 너는 아니 된다 하겠지?"

"그러면 누가 저하를 지키고요?"

한세의 입술에 희미한 웃음기가 묻어났다.

"그렇구나, 네가 나의 호위무사인 이상 우리는 나란히 서서 달을 볼 수는 없겠구나."

"저는 여기 서서 보겠습니다."

이산이 조금 다가서자 한세는 그의 그림자를 밟지 않기 위해 한 발 물러섰다.

철두철미하게 그를 지키는 호위무사의 본분에 충실하려는 한세를 보니 그마저도 어여뻐 보이고 한편으로는 이상하기도 했다. 대체 어찌하여 그 어린 나이에 여아의 몸으로 목숨을 걸며 나의 예동이 되려 했던 것일까.

"이제 되었다, 그만 들어가 쉬거라."

아무런 감정도 내비치지 않고 그녀를 애틋하게 바라보기만 하던 이산은 끓어오르는 감정들을 차분하게 갈무리하고 돌아섰다.

"어찌 저러시지?"

한세는 멀어져 가는 그의 뒷모습을 바라보며 고개를 갸웃거렸다.

"모르겠다. 피곤한 하루였어. 잠들면 다시 일어나지 못할 것 같아."

내일은 번을 서는 날이라 오늘 밤은 빨리 자야겠다는 생각에 한세는 차가운 물로 얼굴과 발을 대충 씻고 포근한 이불 속으로 파고들었다.

드높아진 푸른 하늘이 비로 쓴 듯이 깨끗하고 맑은 아침.

강은 무복으로 갈아입고 오라는 이산의 기별을 받고 수련장으로 갔다.

"어서 오게!"

수련장 앞에는 기섭만이 시위하고 서 있었고 세자익위사들은 멀찍이 떨어져 있었다.

"저하께서는?"

"활터에 계시네, 가보게."

기섭은 그리 말하고 다시 꼿꼿한 자세로 서서 앞만 바라보았다.

활터로 가다 보니 상투관을 쓴 이산이 검은 철릭을 입고 사대에 서서 화살을 고르고 있었다.

"저하!"

"왔느냐?"

"예, 한데 어인 일로 활터로 오라셨습니까?"

강은 제가 온 것을 보고도 활을 정성껏 손질하고 있는 이산을 보며 이상한 기분이 들었다.

"나는 오늘 이제껏 해보지 않은 일을 하려고 한다."

"해보지 않을 일이라니 무슨 말씀이십니까?"

"나와 내기를 하자. 활과 검! 어떤가?"

"꼭 해야 합니까?"

강은 난처한 얼굴로 이산을 보았다.

"해야 한다. 그리고 죽기 살기로 이겨야 할 것이다."

"하시지요."

"진 자가 이긴 자의 요구를 들어줘야 한다."

"예."

정확히는 알 수 없지만, 오랫동안 예동으로 그를 지켜봐 온 경험으로 볼 때 분명 이산은 화가 난 것이었고, 그에 따른 응징을 하려는 것이다. 한데 어째서 내기를 하자고 하는 것일까, 강은 의아해하며 활을 잡고 사대에 올랐다.

"강아!"

이산이 먼저 화살을 메기고 과녁을 겨냥하며 강을 불렀다.

"예."

강 역시 활에 화살을 메기며 대답했다.

"너는 나의 지기이고 오랜 벗이다."

활시위를 떠난 화살이 날아가 과녁 한가운데 정확하게 꽂혔다.

"그렇지요."

강이 쏜 화살도 날아가 과녁 한가운데 정확하게 꽂혔다.

"나는 그런 너에게라도 양보할 수 없는 몇 가지가 있다."

이산은 이번에는 가만히 서서 쏘는 것이 아니라 좌측으로 천천히 걸으며 보사(步射)하였다.

사대(射臺)에 서서 쏘는 것은 이산에게는 너무 쉬운 일이었다. 백 발을 쏘면 거의 아흔아홉 발을 명중시키는 실력이니, 걸으며 쏜 화살은 날아가 과녁의 가운데를 정확하게 맞췄다.

이산은 보사를 하였지만 한 치의 흐트러짐도 없었고 빠르게 활을 날려 보내는 힘이며 집중력은 곁에서 보는 강마저도 감탄을 자아내게 하였다.

"무엇입니까?"

강은 검으로는 이산을 앞섰지만 신궁의 피를 물려받았다는 말까지 들을 정도인 그에게 활로 이기기는 어려웠다.

그는 사대에 서서 심신을 다스리며 눈을 가늘게 뜨고 조용히 숨을 멈추었다.

쉭!

화살이 시위를 떠나 과녁을 향해 날아갔다.

탁!

화살은 과녁을 꿰뚫었다. 명중을 알리는 고시무신의 우렁찬 목소리가 들려오더니 기가 올라갔다.

"내가 생각하는 신념과 가치."

활쏘기는 결국 이산의 승리로 끝났고, 활을 닦아 넣으며 그가 대답했다.

"신념과 가치라, 한데 지금 검까지 잡아야 할 일입니까?"

"말했지 않더냐, 죽기 살기로 이겨야 할 것이라고."

이산의 말은 부드러웠으나 단호했다.

"장난이 아니라는 이야기이십니까?"

순간, 강의 얼굴이 굳어졌다. 결국 강은 주위에 있던 목검을 찾아 들었고 두 사람은 또 다시 목검을 들고 마주했다.

"자신이 있는가?"

"지난번보다 더 나아졌다고 생각합니다."

강은 목검을 정면으로 반쯤 늘어뜨렸다.

"좋아! 이제 묻자! 어찌하여 한세가 여인인 것을 숨겼는가?"

이산은 검을 두 손에 쥐고 옆으로 비스듬히 세웠다가 그대로 세를 취하고 공격해 들어왔다.

"예?"

놀란 강은 목검을 들어 올려 날아 들어오는 이산의 검을 받아치며 경중 뛰어 두어 걸음 비켜났다.

"너는 내 마음을 알고 있었다. 한데도 한세가 여인임을 알려주지 않았다."

그러자 이산은 검을 좌측과 우측으로 번갈아 돌려 치고 그대로 돌면서 다시 공격하였다.

두 사내의 힘찬 팔뚝에 힘줄이 불거지고 날카로운 눈동자에 살기가 등등해졌다. 멀리서 지켜보는 세자익위사들도 소리 내지 못한 채 긴장하고 조바심을 냈다.

"저하라면 말해주고 싶었겠습니까?"

강은 연달아 검을 옆으로 그어 허리를 벤 다음에 돌아섰다가 나가면서 찔러 들어갔다.

"그것은 출발선에서 내 다리를 걸고 네가 먼저 달린 것이다. 아니 그러냐?"

하지만 이산은 이미 검이 어디로 날아들지 정확히 파악한 듯 잘도 피했다.

"양보할 수 없는 한 가지. 제게는 한세입니다."

강은 담담히 말했지만 이미 호흡이 흐트러져 있었다.

아마도 이산이 모든 것을 알아버렸다는 충격이 컸기 때문일 것이다.

"해서 나는 이제 너와 정정당당히 겨뤄보기로 했다."

강은 전력을 다해 죽기 살기로 공격하는 이산에게 밀려 몇 번이고 허공을 베자 중심을 잃고 말았다.

"저라고 가만히 있겠습니까?"

점수를 만회하기 위해 그는 공격해 들어갔으나 이산은 유연하게 몸을 뒤로 꺾고 허공으로 껑충 뛰며 옆으로 비켜났다.

"내가 이겼다!"

이산은 그의 옆구리로 파고들어 지나가면서 목검 끝으로 배를 가볍게 질러주고는 등 뒤로 빠져나가며 동시에 기합을 내지르고 목검을 들어 손목을 내리쳤다. 딱, 소리를 내며 목검이 강의 손목에서 작열했다.

"음."

"해보니, 그 사랑이라는 것이 혼자 하는데도 고통과 한숨과 불면을 제외하고는 다 좋다. 내게는 결코 양보할 수 없는 소중한 가치이다. 해서 나는 이제 제대로 해보려고 한다. 이제부터 한세의 마음을 얻으려고 한다."

아픈 듯 손목을 잡고 인상을 쓰는 강을 보며 이산은 착 가라앉은 목소리로 말했다.

"하면 저도 대놓고 해도 되겠습니다. 잘되었지 뭡니까?"

강도 지지 않고 후련하다는 얼굴로 되받아쳤다.

"아무튼 정정당당하게 하자. 그런 의미에서 내가 보위에 오를 때까지 혼인은 안 된다."

"그런 법이 어디 있습니까?"

강은 마음대로 규칙을 정하고 우기는 이산을 보며 어이없다는 듯 웃었다.

"너는 이미 반칙을 했다. 하니 그 정도는 해줘야지."

"좋습니다. 한세를 그리 위하신다면, 일단 관직을 거두시고 궁에서 쫓아내시지요."

"뭐라?"

이산의 얼굴에 당황한 기색이 역력했다.

"공평하게 하자고 하시니 말입니다."

"내가 한세에게 먼저 말하고 그리할 것이다. 하니 그때까지는 너도 모른 척해라."

"예, 약조하셨습니다."

"너도 약조한 것이다."

한세를 궁에서 내보내겠다는 말에 강은 뛸 듯이 기뻤지만 내색하지 않으려고 무진 애를 썼다.

그날 밤 채운의 초대를 받고 채운당에 든 좌의정은 한껏 들떠 있었다.

그도 그럴 것이 이렇게 혼자 채운의 접대를 받는 것은 처음이기 때문이었다. 채운이 누구인가, 조선 최고의 미모를 갖추고 정재계를 쥐락펴락하는 여인이 아니던가. 그녀만 자신의 편으로 만들 수 있다면 천군만마를 얻은 셈이니 어찌 기분이 좋지 않겠는가.

"어서 오시지요."

오늘 밤에도 단아한 채운의 아름다움은 빛이 났다. 오늘 그녀의 옷깃에 새겨진 구름은 붉은 적색.

"어디, 이런 미인에게 초대를 받았으니 술잔을 기울이며 자네 거문고나 들어보세."

"좌상 대감께서 청하시니."

채운은 거문고 머리를 무릎에 놓고 왼손가락으로 괘를 짚어 운율을 맞추고 오른손으로 가느다란 대나무로 만든 술대를 쥐고 줄을 쳐서 소리를 내기 시작하였다.

계곡에 자리한 담헌의 별장만은 못하겠지만 지그시 눈을 감고 계곡의 산수를 그리며 채운의 손끝은 현을 타고 달려갔다. 채운의 길고 가는 손가락의 움직임은 여인의 부드러움과 요염한 자태를 한층 돋보이게 했다.

"참으로 좋구만."

좌의정은 술과 거문고 소리 그리고 채운의 아름다움에 취했다.

그녀의 모습은 아름다운 한 폭의 그림 같았다. 길고 고운 목선과 등으로 흐르는 선이 둥글게 부풀어 오른 치마폭 속에 묻혀 마치 꽃 속의 꽃술 같았다.

"채운당에 오면 신선이 부럽지 않아."

채운의 그 수려한 용모뿐만 아니라 거문고를 탈 때의 단아하고 우아한 몸짓 하나하나에서도 아름다움이 뿜어져 나왔다. 그저 명주실로 꼰 여섯 개의 줄을 매어놓은 커다란 나무통에서 흘러나오는 소리라고 하기에는 채운의 연주는 이 세상의 것이 아니었다.

"자네의 소리는 이 세상의 것이 아니야. 천상의 소리지."

편히 앉아 있던 좌의정이 몸을 바로한 뒤 정좌하고 앉게 할 정도의 경이로운 음이었다. 채운의 연주가 끝나고 손끝이 멈춰 섰음에도 한동안 음에 취해 숙연한 분위기였다.

"좌상 대감께서 이번에 아주 큰일을 하셨다고 옹주마마께서 기뻐하고 계십니다."

거문고 연주를 끝낸 채운이 좌의정의 맞은편으로 앉았다. 오늘따라 속이 훤히 비치는 깨끼 치마저고리에 화려한 떨잠이 꽂힌 큰머리를 한 채운은 더욱 요염해 보였다.

"할 일을 했을 뿐인데, 그것을 가지고 뭘."

"제가 한잔 따르겠습니다."

채운이 술잔을 권하자 좌의정의 눈매가 부드럽게 휘었다.

"그것이 뭐 나 좋자고 하는 일인가. 허허, 자네는 볼수록 미색이 짙어지는구먼."

채운의 손을 잡으며 좌의정은 은근하게 수작을 걸어왔다.

"그렇습니까? 마마께서 전해 드리라 하셨습니다."

사내들의 수작질에 이골이 난 채운은 잡힌 손을 빼며 웃었다.

평소 누군가를 칭찬하기에 인색한 좌의정의 입에서 할 수 있는 모든 극찬이 쏟아져 나오자 채운은 그의 심중을 꿰뚫는 듯한 야릇한 미소를 띠었다.

"어떤가, 채운! 나와 더불어 오늘 밤을 하얗게 태우며 놀아보지 않겠는가?"

"나리께서 이 몸을 모두 태워 버리는 것이야 상관없겠지만 그러다 다른 것을 태워 버릴까 두려워 말입니다."

채운은 생긋 웃으며 속삭였다.

"이런 내가 지금 무안을 당한 것이더냐? 하하하!"

좌의정은 수염을 쓰다듬으며 멋쩍은 듯 채운을 보았다.

"도겸 있는가?"

술이 몇 잔 더 돌아가 좌의정이 취기가 오르자 채운은 문밖에 대기하고 있던 도겸을 불렀다.

"예."

"가지고 들어오게!"

채운이 명하자 도겸은 지난 번 단원의 서화와 바꿔 온 돈궤를 들고 들어왔다.

"옹주께서 보내신 것입니다."

채운은 돈이 가득 들어 있는 돈궤를 열어 보였다. 무심한 척 보료에 기대앉아 있던 좌의정은 돈궤를 열어 보이자 얼굴에 화색이 돌았다.

"천 냥입니다."

"음, 천 냥."

"여기 받으셨다는 표식을 주셔야 제가 옹주께 보여 드리지요."

좌의정이 돈궤를 살펴볼 동안 채운은 장부와 세필을 내밀었다.

"그렇지."

좌의정은 아무런 의심 없이 언제나 그랬던 것처럼 장부에 자신의 이름을 적었다.

"모처럼 흥겹게 놀아보세."

"아이들을 들여보내겠습니다."

돈궤까지 챙긴 좌의정이 흐뭇하게 고개를 끄덕이자 장부를 손에 든 채운은 자리에서 일어나 나갔다.

"이런 귀여운 것들 같으니!"

채운이 나가자 좌의정은 돈궤를 열어보며 흐뭇하게 미소 지었다.

퇴궐하자마자 채운당 앞을 함께 지키고 있던 건우와 기섭은 들려오는 인기척에 바짝 긴장했다.

"조심해 들어가시지요."

"자네도 여름 고뿔 조심하시고."

채운당 솟을대문 앞에서 채운의 배웅을 받는 좌의정은 호탕하게 웃으며 작별을 고했다.

"가자!"

좌의정이 평교에 오르자 수하들이 수레에 돈궤를 싣고 따랐다.

어둠 속에서 이를 확인한 건우와 기섭의 수하들은 그 뒤를 따라갔다.

그날 밤 한세는 지난 밤 채운당에서 만났던 강이 걱정되어 가회당으로 향했다.

"대체 뭘 하고 있는 것이야? 자기가 죽을 것도 모르고!"

짐작했던 것처럼 강은 노론과 모두를 속이고 홀로 위험한 일을 꾸미고 있는 것이 틀림없었다. 꿈에서 보았던 것처럼 강이 누군가의 칼에 찔려 죽는다면 이는 지금 그가 하고 있는 위험한 일과 연관이 있을 것이라는 예감이 들었다.

"하지만 강이 위험해지는 것은 지금이 아닌 것 같은데, 꿈이 달라지고 있는 것일까?"

한세는 하루 종일 꿈 노트를 들여다보며 뒤죽박죽 엉켜 있는 꿈을 정리해 보았다. 분명 꿈의 순서로 볼 때 채운이 먼저 누군가의 손에 죽고, 그 다음이 강이 위험해지는 시기였다.

"내가 저하와 예동들을 구하려 했을 때 강이 화살을 맞고 죽을 뻔했었지. 꿈에서는 아이들이 모두 죽었는데 아무도 죽지 않았어. 그렇다면 그때 살아남은 이는 기섭 사형과 건우 사형. 그들을 살리느라 그 대가로 강이 납치되고 죽을 고비를 넘기며 모든 것이 엉망이 되어버린 거야."

그때를 되짚어 생각하니 그 모든 것이 자신의 탓인 것처럼 마음이 무거워졌다.

"분명 사형들이 살아 있으니 꿈과는 달라졌어. 그러니까 강이도 구할 수 있을 거야, 내가 지킬 거야. 반드시!"

생각에 잠긴 동안 말은 어느새 한세를 가회당 앞에 데려다 놓았다.

"왔느냐, 내일쯤 내가 가려던 길이었는데?"

"마님도 뵙고 싶고 챙겨 갈 것도 있어서요."

"나는 강이나 너를 둘 다 똑같이 친자식처럼 키워왔는데, 아니지. 세야?"

송씨는 뒷문을 통해 안채로 들어온 한세를 보자 왈칵 눈물부터 쏟았다. 그런 송씨를 보니 한세는 더욱 마음이 아팠다.

"예, 마님. 걱정 마세요. 마님께서 걱정하시는 그런 일 안 할 거예요."

남의 눈을 피해가며 숨겨주고 마음 졸여가며 딸자식처럼 키워온 한세가 아들을 좋아하고 있다면 마음이 어떨지 짐작이 가고도 남았다.

"그래, 식구끼리 그런 것 하면 못쓴다."

송씨의 입장으로 본다면 배은망덕도 이런 배은망덕이 없을 것이다.

그래도 그렇지, 식구끼리라니. 말끝에 송씨의 절박한 마음이 느껴져 피식 웃음이 났다.

"예, 대감마님은 좀 어떠십니까?"

"편찮으셔서 자리에 누워 계신다."

"얼마 전까지 괜찮으셨는데 어디가 편찮으십니까?"

"노환이신 것이지. 전하께서도 편찮으신데 아버님이시라고 정정하시겠느냐?"

"예."

"몸이 예전 같지 않으시고 대제학의 손녀가 몇 번 다녀가더니 부쩍 강이의 혼사를 서두르시는구나."

"아."

그제야 한세는 자신이 갑자기 가회당에서 쫓겨난 것도, 채운당에서 강을 바라보던 윤소이의 눈빛도 이해가 되었다.

"예, 마님. 저는 별채로 건너가 짐을 챙기겠습니다."

"먹을 것을 챙겨줄 것이니 가져가거라."

"예, 마님."

한세는 별당으로 가 짐을 챙기며 강을 기다렸지만 밤이 깊어가도록 오지 않았다.

"요즘은 무슨 일인지 강이 늘 늦는구나. 새벽녘에 돌아오는 날이 대부분이니, 무슨 일을 하고 다니는 것인지 걱정도 되고."

보다 못한 송씨가 차를 가져다주며 걱정스러운 속내를 털어놓았다.

"제가 알아보겠습니다."

"그리해 주겠느냐? 강이를 믿으니 해달라고 하는 대로 내가 가진 땅문서들도 내주고 힘껏 돕고는 있다만, 무엇을 하고 다니는지 걱정이 되는구나."

"땅문서들을요?"

"어차피 강이에게 주려고 했던 것을 미리 준 것뿐이지만, 어찌해서 그 많은 금전이 필요한 것인지 걱정이구나."

"예, 마님 제가 알아보겠습니다."

한세는 결국 강을 만나지 못하고 계방으로 돌아왔다.

"하면 저하께서 한세를 놓고 승부수를 띄우셨단 말인가?"

다음 날 아침 기섭에게 간밤의 상황을 알리러 갔던 건우는 연무장 사건의 개요를 전해 듣더니 실실 웃기 시작했다.

"웃을 일인가?"

"울 건 또 뭔가?"

"자네가 연무장의 상황을 보았으면 그리 말 못 했을 것일세. 저러다 누군가 하나는 못 일어나는 줄 알았다네."

다른 때와 다름없이 접선을 펴들고 부채질을 살랑살랑 해가며 웃는 건우를 기섭은 못마땅한 듯 퉁한 얼굴로 바라보았다.

"그럴 리가 있나."

하나 건우는 그런 두 사람 사이가 오히려 좋아 보여 질투가 날 지경이었다. 사실 벗으로 지내며 매일 토닥거리고 싸우는 것은 그만큼 정이 깊고 서로를 의지하고 있다는 것이니.

그런 두 사람이 어른들이 만들어놓은 정치라는 덫에 걸려 허우적대느니, 젊은 청춘답게 연인을 두고 다투며 이 어려운 시기를 보내는 것이 오히려 나을 것 같았다. 게다가 정적들이 보기에도 이산이 마음을 접고 여인에게나 몰두하고 있는 모습이 훨씬 안심이 될 것이었다.

"참, 속도 편하시네. 이 마당에……."

기섭은 이산과 서강이 투덕거리고 다툴 때마다 속이 타는데, 건우는 늘 방관자의 입장에 서서 재미있어 하는 것이 못마땅했다.

"하면 정작 당사자는 모르고 이 사달이 났더란 말인가?"

"그러니 일이 묘하게 돌아간다네. 저하께서 말씀하시기 전에는 한세에게 알려줄 수도 없으니."

"거참, 희한한 규칙일세."

"한세가 알면 우리가 맞아 죽는 것은 시간문제고, 저하나 강이도 온전치는 못할걸세."

"당연히 우린 몰랐다고 해야지. 한데 자네는 누구 편인가?"

"허어! 또 내기를 하자는 것인가?"

"아니, 그런 것이 아니라. 벗들이 연인을 쟁취하러 나섰다는데 우리도 나름 힘을 보태야 하지 않겠나?"

"나야 당연히 저하 편이지."

불만 가득한 표정으로 보고 있던 기섭은 생각할 것도 없이 바로 대답했다. 내기를 하자면 늘 펄쩍 뛰면서도 언제나 제일 먼저 전부를 거는 것은 기섭의 특이 사항이었다.

"하면 나는 강이를 도와야 하나?"

"강이랑 싸웠지 않나?"

기섭이 의외라는 듯 눈을 휘둥그레 떴다.

"싸웠다고 벗이 아닌가? 게다가 진심은 가슴의 소관이지, 머리가 관장하는 것이 아닐세."

건우는 얼마 전 서강과 죽자고 싸웠던 것이 민망한지 입을 쭉 내밀며 접선을 탁 접었다.

"그래서 말인데, 한세가 서강을 만났다고 하는데 채운당에 관한 정보를 주며 우리 힘으로는 어림도 없다고 했다네. 서강도 몇 번 시도해 본 모양인데 실패한 것 같고 말일세."

"하면 우리가 짐작하는 것이 맞는 것이지?"

"저하를 보면 알 수 있지 않나. 그 이후 서강이 떠난 일에 대해 단 한마디도 없으셨네. 게다가 평소와 다름없이 연무장으로 불러 싸우자고 하시지 않나."

무뚝뚝한 겉모습과는 달리 속이 깊은 기섭은 누구보다 이산의 의중을 잘 파악했다. 언제나 자신을 감시하는 자들에게 시달려 온 이산은 아무에게나 자신의 감정을 드러내지 않았다. 그런 이산이 지난번 강이 상소문을 올렸을 때도, 또 이번에도 감정을 오롯이 내보이는 것은 그만큼 믿고 있다는 것이었다.

"나도 그리 생각하네."

"아무래도 강이 그쪽에서 혼자 일을 꾸미고 있는 눈치야."

"만약의 경우를 대비하는 것이겠지. 우리가 실패했을 때 누구라도 살아남아 있어야 하니……."

그렇게 말하며 건우는 잠시 뭔가를 생각하다가 드디어 알 것 같다는 듯 고개를 끄덕였다.

"뭔가?"

"그리고 보니 지난 번 사간원으로 찾아 갔을 때 그러더군. 저하 곁에 우리 중 하나라도 남아 있다면 우리의 꿈은 끝난 것이 아니라고."

"그렇다면 큰일이 아닌가. 서강이 아무리 노론이라고는 하나 혼자서는 위험하지 않겠나. 눈이 많은데 어찌 의심을 피하겠나?"

"아무래도 내가 만나봐야겠네."

"보는 눈이 많은데 조심해야 하네."

"기별을 넣어 밖에서 보도록 하겠네."

"참, 한세가 자금이 필요할 것 같다고 하네. 그동안 모아놓은 것은 이것저것 개발비로 쓰고 이번에 청에 간 부친에게 필요한 재료를 수입하라고 들려 보냈고 거의 바닥이 난 것 같네."

"이번엔 내가 마련하겠다고 하게."

"번번이 미안하네."

기섭은 매번 건우의 집을 털다시피 하는 것을 미안하게 생각했지만 그들에겐 다른 방도가 없었다. 특별한 당파를 만들지 않았으니 후원자도 없고, 이산의 곁에 사람이 없으니 모든 경비는 스스로 만들어 쓸 수밖에 없었다. 이산이 보위에 오르고도 그들이 꿈꾸는 세상을 만들어 가려면 그만한 자금이 필요할 것인데 사람도, 자금도 없었다.

한세의 운종가 식구들이 마련하는 자금과 건우가 집안의 값나가는 예술품들을 팔아 마련하는 자금이 현재 그들의 전부였다.

꽃

　건우는 유춘오로 가는 길목에서 강을 만나기로 하고 말을 달려가는
길이었다.

　근 한 달째 비가 오지 않은 대지는 결국 열기로 몸살을 앓았다. 그의
머리 위로 펼쳐진 푸른 하늘조차도 열기로 파삭파삭 말라 그대로 새파
란 가루가 되어 부서져 내릴 것만 같았다.

　"이제 비가 좀 와야 할 것인데."

　산길로 접어든 건우는 말에서 내려 천천히 걸어갔다.

　강은 미리 와 말을 매어두고 커다란 나무 그늘 아래 앉아 깊은 생각
에 잠겨 있었다. 멀리서 보니 그의 어깨가 너무 무겁고 쓸쓸해 보여 공
연히 코끝이 시큰거리고 눈시울이 뜨거워졌다.

　"많이 기다린 것인가?"

　강의 고뇌가 너무 깊어 보여 건우는 굳은 표정으로 그를 불렀다.

　"왔는가?"

　조금은 야윈 듯한 강이 오랜만에 보는 건우가 반가운지 그저 씩 웃
어 보였다.

　"별일 없는가?"

　"별일 있으니 자네가 보자 한 것이지, 한데 뒤따르는 자들은 없었는
가?"

　건우는 걱정과 측은한 마음이 뒤섞인 눅눅한 목소리로 물었건만 강
은 주변을 떠도는 지금의 공기만큼이나 건조한 목소리로 대답했다.

　"저하와 한바탕했다 하던데?"

　이렇게 냉랭한 강이 연무장에서 잔뜩 열 받은 이산과 한바탕 치고
받았을 것을 생각하니, 건우는 웃음이 나와 짧게 심호흡을 하고 입을

열었다.

"잘 알면서 묻나, 자넨 또 누구에게 걸었나?"

강은 전혀 당황하지 않고 툭 던지듯 되물었다. 이미 기섭과 건우가 내기를 했을 것이라 예상하고 있었다는 눈치였다.

"기섭은 저하 편을 들겠다기에 나는 자네 편을 들기로 했네."

강이 그리 나오니 건우도 서먹함을 버리고 망설임 없이 대답했다.

"뜻밖이구만."

"미안하이. 이 못난 벗이 지음(知音)이 되어주지 못해서. 잠시나마 오해한 거 용서하시게."

"되었네, 저하 곁에 자네 같은 지기가 있으니 내가 이리 할 수 있는 것이지."

"저하야말로 자네의 지음(知音)이시네. 저하께서는 하실 수 있는 것을 내가 그것을 못 하네."

한껏 침통해지는 목소리와는 달리 건우의 얼굴은 뻔뻔하리만큼 해맑게 재미있어 죽겠다는 티를 냈다.

"내 인내를 시험하는 것인가?"

강은 지극히 담담한 목소리로 물었으나 눈썹이 살짝 치켜 올라갔다.

"그것이 아니라, 한세라면 벌벌 떠는 인사가 어찌 저하의 제안을 받아들였나 해서 말일세."

"그 어려운 시기에도 그분이 웃을 수 있는 연유를 알지 않나?"

"어찌 보면 한세는 이제껏 저하의 마음을 지켜오는 힘일지도 모르지."

"하니 어찌하는가, 지금은 그 어느 때보다 저하께는 세가 필요한 것을. 게다가 저들이 보기에도 저하께서 술이나 가까이 하고 여인이나 만나고 다닌다면 조금은 마음을 놓지 않겠나?"

"그런 마음이라면 저하를 위해 시원하게 양보하는 것은……."

건우가 그리 말하려다가 보니 강의 미간이 살짝 찌푸려졌다.

"안 되겠지?"

강의 불편한 심기를 알기에 건우는 그쯤에서 놀리는 것을 그만두었다.

"그것이 또 그리는 아니 되니 답답한 것 아니겠나?"

강은 여전히 담담한 얼굴로 건우를 바라보았지만 그의 눈가에 잠시 애틋한 빛이 스쳐 갔다.

"누군가를 마음에 품는다는 것이 그토록 절절한 것인가, 나는 한편으로는 저하와 자네가 부럽네."

깊게 그늘이 지는 강의 눈빛을 바라보며 건우도 착잡한 기분이 되어 버렸다.

"그건 그렇고, 저하께서는 갑자기 세가 여인인 것을 어찌 아셨다고 하던가?"

강은 냉정한 눈빛을 되찾으며 물었다. 아무리 생각해 봐도 이산이 갑자기 알게 된 것이 마음에 걸렸다. 일단은 이 찜찜하게 걸리는 의문을 풀어야 했다.

"기섭의 말로는 별다른 일은 없으셨다 하네. 다만 마음에 걸리는 것이 있다면, 그날 기섭이 자리를 비운 사이 낮잠을 주무시느라 존현각의 출입을 금했다고 하는데 그 시각이 꽤 길었던 것 같네."

"저하께서 낮잠을 주무시는 분이신가?"

"그러니 말일세."

"그 시각에 한세는 어디 있었는가?"

"그날 채운당에서 자네를 만난 것이 아닌가?"

"하면, 채운당에서?"

강은 그날 채운의 옷깃에 새겨진 구름이 황금빛이었다는 생각이 떠올랐다. 가회의 모임에 은전군이 있었기 때문이라고만 생각했었는데 앞뒤 상황으로 볼 때 이산이 그곳에 있었을 가능성이 제일 컸다.

"어쩐지 저하께서 채운당과 채운을 알고 계시는 것 같더니만!"

그제야 건우도 지난번 채운과 자신을 두고 내기를 할 때 이산의 미묘한 표정을 떠올렸다.

"하면 결국 이 모든 것이 채운의 짓이라는 것인데……."

"그러고 보면 저하도 꽤 재미난 분이란 말이지. 그리 시치미를 뚝 떼시니."

건우의 말에 냉랭한 강도 씩 웃고 말았다.

"생각보다 저하는 무서운 분일세. 채운의 수를 모르셨을 리 없지."

"하면 저하께서 내기를 하자고 하신 것에 다른 연유가 있으리라 생각하는가?"

"그쪽에서 그런 수를 던졌고, 저하께서는 답을 하신 것이지."

"아무래도 일석이조를 챙기신 것 같구만."

건우는 이 사건이 생각보다 훨씬 재미있다는 생각에 흥분해 하마터면 웃음을 터뜨릴 뻔하였다.

"대체 채운은 어떤 여인인가?"

건우는 터져 나오는 웃음을 간신히 삼키며 다시 물었다.

"알 듯 말 듯하다네. 분명한 것은 채운은 다른 이를 위해 일을 하지는 않네."

"그럼 누구를 위해 일을 하는 것인가?"

"모르겠네."

"천하의 서강이 모르는 것도 있는가?"

매사에 지나치리만큼 두뇌 회전이 빠르고 일 처리 역시 냉정하고 빈틈없는 강이 간단하게 모른다고 하자 건우는 잠시 할 말을 잃었다.

"사람의 마음까지야 내가 어찌 알겠나. 다만 단순한 여인은 아니라는 것이지."

"자네가 말하던 무서운 여인이구만."

그런 여인과 뭔가에 홀린 듯 뜬금없이 입맞춤을 했다는 생각이 들자 건우는 피식 웃음이 나왔다.

"돌아가는 상황을 보니 자칫 다 죽게 생겼는데 이런 상황에 웃음이 나오나?"

"저하의 예동이 되기로 하면서 목숨이야 늘 위태로웠고 그렇다고 우리가 뭘 못 한 것이 있었나, 안 해본 것이 있었는가, 하고 저하나 자네가 우리를 다 죽게 내버려 두겠는가? 그러니 우리, 그래도 웃으며 가세."

"하여간!"

강은 이래서 처음 만났을 때부터 자신의 정곡을 찌르며 깐죽거리고 약을 올리던 건우를 미워할 수가 없었다.

"이제 자네가 알고 있는 것을 털어놓게."

"지금까지 내가 모은 정보에 따르면 최근에 채운과 옹주가 모종의 거래를 한 것 같네."

"거래를? 지금처럼 채운에게서 서화나 도자기를 가져다 자금을 만드는 것 말고 더 큰 거래를 했다는 말인가?"

"그 시기에 흩어져 있는 노론의 자금들이 움직이기 시작했고, 물론 일부분밖에 파악하지 못했지만."

"대체 무슨 꿍꿍인지?"

"자네는 어찌 채운을 만나게 된 것인가?"

"절친한 역관이 청에 다녀오며 양금을 주고 갔다네. 해서 담헌 선생께 연주법을 배우러 갔다가 채운을 소개받았지."

"그 역관에게 양금을 구해 달라고 했었나?"

강은 다시 침착하게 물었다. 어떻게 돌아가는 것인지는 확실히 알 수 없었다. 그러나 대책을 세우기 위해서는 적어도 자신이 모든 것을 알고 있어야 했다. 게다가 저들이 노리는 것이 이산을 포함한 예동들이라면, 이 덫은 이미 펼쳐져 옥죄어오고 있는 것이었다.

"아니, 그런 것은 아니지만, 하면 그것도 채운이?"

건우는 혹시나 하는 생각은 있었지만 그것이 사실일 것이라는 심증이 굳어지자, 잠시 침묵이 흘렀다.

"그런 채운에게 색계를 쓰려고? 그것도 자네가?"

강이 무뚝뚝한 목소리로 물었다.

"오히려 나라서 가능하지 않겠나?"

건우는 당황하지 않고 긍정적으로 대답했다.

"뭘 믿고?"

"믿는 것이야, 뭐. 그저 진심으로 들이대 보려고. 진심은 가슴의 소관이라지 않는가?"

"쉽지 않을 것인데, 어째 너무 자신만만한 것이?"

강은 두 손을 깍지 끼고는 눈을 가늘게 뜨고 건우를 노려보았다.

둘 사이에 잠시 미묘한 침묵이 흐르고 강이 알겠다는 듯 고개를 끄덕였다.

"뭔가 한 것 같은데?"

건우의 속을 꿰뚫어보는 듯 강의 시선은 예리했다. 건우는 뜨끔했다, 마치 강의 눈빛에 심장이 쿡 찔린 것처럼.

"하, 하기는 뭐, 뭘 했다고!"

강의 눈빛에 사로잡힌 건우의 눈이 느리게 깜빡거리더니 언제나 말로는 지는 법이 없던 그가 말을 더듬었다.

"말까지 더듬고. 했네, 했어."

"입맞춤은 해봤네, 좀 깊게……."

건우는 쉽게 인정했고 강은 모처럼 재미있어 죽겠다는 듯 웃었다.

"기분이 어떻던가?"

"얼결에 해서 정신은 없었지만, 생각하면 자꾸 웃음이 나고…… 뭔가, 자네 아직 입맞춤도 못해본 것인가?"

"그걸 해봤으면 내가 저하와 그런 내기를 할 수 있었겠나?"

"허어, 이제껏 뭘 한 겐가? 하면 자넨 졌네. 저하가 얼마나 저돌적인 분이신데."

"그러니 말일세!"

건우는 뜨악한 표정이 되었고, 강은 후회 막급한 표정을 짓다가 두 손으로 얼굴을 싸매고 더 이상 아무 말도 하지 않았다.

건우가 모처럼 강을 비웃으며 배꼽을 잡고 눈물 나게 웃고 있던 그 시각, 자신과 예동들을 향해 옥죄어오는 덫을 정정당당히 맞서 즐기기로 한 이가 있었다.

"아무래도 이 싸움은 내가 몇 수 지고 들어가지 않겠느냐?"

"몇 수만 지겠습니까? 강과 세가 함께 산 세월이 얼만데."

한세의 방으로 가는 동안 줄곧 고민하는 이산을 잠자코 보고 있던 기섭이 무뚝뚝하게 말했다. 그의 손에는 이산이 어의에게 일러 지어온 보약 한재가 들려 있었다.

"자네는 내 편이라고 하지 않았나?"

"저하의 편이니 현실을 정확하게 직시하라고 말씀 드리는 것입니다."

"하면 어찌하느냐? 건우가 내 편을 들고 자네가 강의 편을 들어야 했다. 목석같은 자네를 데리고 어찌 여인의 마음을 얻겠나?"

"그러게 여인들도 좀 돌아보고 해야 하는 것인데 저희는 너무 일만 했습니다."

"아직도 늦지 않았다. 나를 보아라."

"퍽도 자랑스러우시겠습니다, 매일 만나는 선머슴 같은 아이를 데리고 뭘 하시겠다고. 참 취향도 독특하십니다."

늘 어둡던 안색이 환하게 밝아진 이산을 보며 기섭은 동강 난 한숨을 내쉬었다.

"선머슴 같기는, 잘 알지 못하면 말을 마라."

"제가 다른 것은 잘 모르겠지만 여인에게 보약을 주는 것으로 마음을 사려 하는 것은 아닌 것 같습니다."

"그렇다고 이 상황에 노리개를 주겠느냐, 꽃을 주겠느냐?"

아직은 한세가 여인이라는 것을 그가 모르는 것으로 해야 하니 뭘 주고 싶어도 마땅한 것이 생각나지 않았다.

"하면 차라리 별운검을 주시는 것이?"

"어허!"

"아! 생각났습니다. 한세가 좋아하는 것."

기섭은 그제야 생각났다는 듯 소맷자락에서 숨겨두었던 춘희자를 꺼내 이산의 손에 쥐여 주었다.

"이것은?"

종이로 돌돌 말아서 싼 것을 조심스럽게 풀어보던 이산은 그 물건의 정체를 확인하고 화들짝 놀라고 말았다.

"예끼!"

"그거 한세가 제게 준 것입니다."

"설마?"

기섭이 꿋꿋하게 우기자 이산도 반신반의하는 얼굴이었다.

"참말입니다."

"참말 한세가 이런 것을 좋아한다는 말이더냐?"

"예. 달리 엉뚱세라고 하겠습니까?"

"그래도 그렇지."

"의외로 한세가 그런 것 좋아한다니까 그러십니다."

"참말이더냐?"

"믿어보십시오."

의견이라고는 도무지 맞지 않는 두 사람은 한세가 거처하는 곳으로 들어섰다.

기기마는 이른 새벽부터 수련장으로 나가고 없고 한세는 늘어져라 늦잠을 자는 중이었다. 가회당에 있을 때는 일찍 일어나 강의 시중도 들고 송씨도 도우면서 바쁘게 지냈지만 이곳에 있으니 도무지 바쁜 일이 없었던 것이다.

다른 때 같으면 방문을 벌컥 열고 들어가 장난을 칠 이산은 잠시 그대로 망설이고 서 있었다.

"안 들어가십니까?"

"그냥 들어가면 어찌하느냐?"

"그동안은 그냥 들어가지 않으셨습니까?"

기침을 해 자신이 왔다는 것을 알려야 하나, 불러야 하나 머뭇거리는 이산을 의아한 눈으로 지켜보던 기섭이 물었다.

"그동안은 세가 사내라고 생각했으니 그랬던 것이고 가만, 이제 보니 자네 세가 여인인 것을 알면서도 함부로 했던 것 아닌가?"

"허어!"

기섭은 갑자기 생각났다는 듯 버럭 화를 내는 이산을 바라보며 앞으로 한세를 데리고 일을 할 엄두가 나지 않았다.

"아함!"

바로 그때였다. 방문이 벌컥 열리더니 한세가 턱이 빠질 것 같은 하품과 함께 기지개를 길게 켜며 밖으로 나왔다.

"어! 저하?"

기지개를 켜다 이산과 눈이 딱 마주친 한세는 어리둥절해졌다.

하품을 한 뒤라 커다란 눈에는 눈물이 그렁그렁하고 긴 속눈썹에는 눈물이 맺혀 있었다. 모름지기 여인이라면 눈곱도 떼지 않고 나왔으면 부끄러워서라도 서둘러 들어가 면경을 보고 부스스한 머리도 다듬고 얼굴도 닦고 나오련만.

"어인 일이십니까?"

한세는 천하태평으로 얼른 신발을 신고 허리를 숙였다.

"이제 일어난 것이냐?"

"예. 계방에서 먹고 자니 따로 등청한다고 바쁠 일도 없어서 그만 늦잠을 잤습니다."

"안색이 좋지 않은 듯하여 보약을 지어 왔으니 때맞춰 챙겨 먹거라."

이산은 뚱한 얼굴로 서 있는 기섭의 손에서 보약을 받아 한세에게 주었다. 세수도 하지 않은 부스스한 얼굴의 한세를 바라보는 이산의 눈빛은 한없이 다감했다

"제가 어찌, 이런 것을 먹겠습니까? 고생이야 저보다 사형이 더 많이 하시는데 사형이 드시지요."

눈치 없는 한세는 그 보약을 기섭에게 내밀었다.

"아니다, 아니다, 나는 그 보약을 먹으면 큰일 난다!"

이산이 하루 종일 고민 고민하다가 지어온 보약을 자신에게 건네자 기섭은 기겁했다.

"예?"

"나는 보약 같은 것 먹으면 죽는다."

"아, 보약이 몸에 안 맞으시는구나."

"맞다. 그러니 저하께서 주시는 것이니 감사히 먹도록 하여라."

"예, 그럼 잘 먹겠습니다. 저하!"

한세가 보약을 껴안고 이산을 향해 절을 하며 웃어 보였다.

"내 기섭에게는 양기를 보호하는 약재로 지어주마."

기껏 생각해서 지어온 보약을 기섭에게 주겠다고 하자 난처해하던 이산은 그제야 다시 웃었다.

"하면 나는 이만 가보마. 존현각에서 보자."

"예, 저하."

무엇이 그리 좋은 것인지 이산은 빙그레 웃으며 돌아섰다.

"어디가 그리 예쁘십니까, 제가 보기에는 딱 선머슴같구만."

그런 이산을 물끄러미 보고 있던 기섭은 혀를 내둘렀다.

"예쁘다, 내 눈엔 너무 어여뻐서 남들이 보는 것도 아깝구나."

"허어! 콩깍지가 씌어도 단단히 씌셨습니다."

이제껏 이산과 있는 동안 처음으로 보는 행복한 모습에 기섭은 좋아해야 하는 것인지, 걱정을 해야 하는 것인지 알 수 없었다.

"九九八十一, 八九七十二, 七九六十三, 六九五十四, 五九四十五, 四九三十六."

한세가 존현각으로 들어가려다 보니 서연에 들어가려고 온 담헌 선생이 좁다란 나무판을 들여다보고 있었다.

"선생님, 예서 뭘 하고 계시는 것입니까?"

"왔는가?"

"그것이 무엇입니까?"

한세는 손바닥 크기보다 조금 긴 나무판을 들여다보았다. 가만히 보니 아주 오래된 것으로 보이는 그 판에는 뜻밖에도 구구단이 새겨져 있었다.

"등청하는데 벗이 오더니 백제 사람들이 쓰던 것이라 하며 주고 가기에 살펴보고 있는 것일세."

"구구단이 아닙니까, 한데 그것이 참말 백제 시대 것이 맞습니까?"

"그렇다고 하니 살펴보고 있는 것일세. 손에 들고 보기 좋게 만든 것을 보면 실생활에 쓰인 것 같네."

"예, 장사를 하는 사람들이 손쉽게 계산을 하고자 한 것이 아니겠습니까?"

사실 한세도 백제 시대 때 사용된 구구단은 처음 보는 것이었다.

"참으로 대단하지 않나?"

"예, 백제 시대부터 이 셈법이 사용되었다면 참으로 대단합니다."

두 사람은 머리를 맞대고 그 셈판을 한참동안 들여다보았다.

"선생님, 북경에 가셨을 때 양인들을 만나지 않으셨습니까?"

"별들의 움직임과 책력, 천문기구를 알아보느라 관상감의 이덕성과 함께 남천주당에서 고가이슬과 할러슈타인도 만났고 다른 선교사들도 많이 만났지."

"혹 서양의는 만나보지 못하셨습니까?"

"그때 일정이 너무 바빠 다른 이들은 별반 보지 못했네. 한데 어찌 그러는 것인가?"

"천문기구를 만들고 또 자명종과 만년필도 들여오고 있는데 서양의 의학도 들여오면 좋지 않을까 싶어서요."

한세는 담헌의 눈치를 살피며 슬며시 운을 떼었다.

"그것이 저하의 생각이신가?"

"아직 여쭙지는 못했지만 저하께서도 새로운 문물의 수입에는 관심이 많으시니 말입니다."

"하긴, 저하께서는 청에서 들여온 물건들을 발전시켜 더 잘 만들기를 원하시는 것 같더구만."

"해서 말입니다. 선생께서 저하와 더 많은 이야기를 나눠보시는 것이 어떻겠습니까. 안 맞는 부분이 있다고 선생의 생각을 글로만 남기시는 것보다 직접 실천하시는 것이 좋지 않겠습니까?"

"나는 아무래도 벼슬이 맞지 않는 것 같아서 말일세."

담헌은 여전히 확신이 없는 것처럼 보였다.

역사의 기록을 보면 이산이 즉위하고 칠 년 뒤에 담헌은 세상을 떠났다. 두 사람은 이 계방에서 스승과 제자로 만난 후 서로 생각은 했지만 다시 만나지는 못했다.

한세는 그가 이산 곁에 남아 좀 더 큰일을 해줘야 한다고 설득 중이었지만 생각처럼 쉽지가 않았다.

"보아라, 귀엽지 않느냐?"

막 서연에 들어가려고 존현각으로 들어오던 이산이 옆에 서 있던 기섭에게 속삭였다. 조금 전까지 영조 앞에서 우울하고 근심스러워하던 이산은 어디론가 사라지고 없었다.

"아니 담헌 선생과 저리 머리를 맞대고 속닥거리고 있는 것이 뭐가 귀엽다는 것입니까, 알다가도 모를 일입니다."

이성적이고 현명한 이산의 얼굴이 한세를 볼 때마다 급격히 화색이 도는 것에 기섭은 혀를 내둘렀다.

"너도 연인이 생기면 알게 될 일이다."

"연인이 될 것 같기는 합니까?"

기섭이 보기에 이산이 씐 콩깍지는 병적인 수준이었다.

"되게 해야겠지."

이산은 담헌 선생과 도란도란 이야기를 나누는 한세의 얼굴에서 눈을 떼지 못했다.

"어허, 그놈! 또 귀찮게 하는 것이더냐?"

무엇 때문에 심기가 상한 것인지 담헌이 주먹을 치켜들고 한세의 머리통을 쥐어박을 기세였다.

"저, 저런 나는 아까워서 만지지도 못하는 아이를! 어험! 흠!"

깜짝 놀란 이산은 큰 기침을 해서 담헌의 손을 멈추게 했다.

"저하!"

"왔는가? 먼저 들어가 있게. 내 잠시 일을 보고 들어갈 것이니."

"예, 저하!"

담헌이 존현각 안으로 들어가자 한세가 무슨 시킬 일이 있나 해서 이산에게로 다가왔다. 그런데 이산이 가만히 보니 저만치 강이 걸어오는 것이 보였다.

"세야!"

이산은 한세가 강을 보지 못하도록 서둘러 불렀다.

"예, 저하!"

"너 안에 들어가 내 서안 좀 정리하여라."

"서안을요?"

"생각해 보니 잔뜩 늘어놓고 치우지를 않았구나."

"예."

한세는 이상하다는 듯 고개를 갸웃거리고 돌아서다가 강을 발견했다.

"오셨습니까?"

"어머니께서 주라고 하시더구나."

건우의 말을 듣고 보니 다급해진 강은 달리 줄 것도 없고 송씨가 싸준 도시락이라도 가져다주려고 온 것이었다.

"예."

이산은 보자기에 싼 찬합을 받아 들고 벙싯거리는 한세를 보니 슬며시 심통이 났다.

"세야!"

"예, 저하!"

"들어가 서안을 정리하거라!"

이산이 일부러 한세를 들여보내려고 하는 것을 눈치챈 강의 얼굴이 굳어졌다.

"예, 저하! 한데 서연에 들어가지 않으십니까?"

"네가 들어가는 것을 보고 들어갈 것이다. 어서 들어가거라."

"예."

한세는 아무리 생각해도 뭔가 이상하다는 듯 고개를 갸웃거리다가 강을 보며 잘 가라고 손짓하며 들어갔다.

"저런, 저런 조심하거라, 세야! 넘어지겠다."

이산은 일부러 강이 들으라는 듯 큰소리로 한세를 챙겼다.

"저하, 너무 심하신 것 아니십니까?"

이산의 곰살가운 애정 표현에 강은 거북한 표정을 지었다.

"심하기는, 어머니 솜씨까지 끌어들인 자네만 하겠나?"

"하면, 이제 배려 같은 것은 없는 것입니다."

"자네 정신이 있는 것인가, 연모하는 여인을 놓고 배려는 무슨 배려!"

"끄응!"

강은 공연히 이산과 그런 겨루기를 해서 망한 것 같다고 생각하니 속이 부글부글 끓었지만, 이제와 약조한 것을 물릴 수도 없는 일이었다.

"하고 남의 눈도 있는데 우리가 이리 자주 만날 처지는 아니지 않는가?"

"송구합니다. 찬합만 주고 간다는 것이."

"앞으로는 다른 장소를 물색하게."

"예."

주위를 살피며 나직이 속닥거린 이산은 곧 큰소리로 버럭거렸다.

"자네가 무슨 염치로 존현각엘 오는 것인가!"

"저하를 뵈러 온 것이 아니라 우세마에게 전해줄 것이 있어 왔습니다."

"앞으로는 존현각 근처에 얼씬도 하지 말게!"

이산은 그리 말하고는 존현각 안으로 유유히 들어가 버렸다.

❀

"좀 어떠십니까?"

강은 퇴궐하고 돌아오자 곧바로 사랑채로 향했다. 할아버지의 병세가 좋지 않아 퇴궐하는 대로 한 번은 큰 사랑채에 들러 살펴보고 나가는 것이었다.

"그만하다. 또 나가는 것이냐?"

"예, 잠시 보자는 이가 있어서."

"한세 그 아이는 만나지 않는 것이겠지?"

"그것 보십시오, 공연히 한세를 내보내고는 밖에서 만날까 봐 노심초사하시는 것 아닙니까, 차라리 다시 돌아오게 하시지요?"

서동환은 한세가 계방에서 지내는 동안 매일 밤 강이 늦게 들어올 때마다 의심하는 눈치였다.

"안채에 대제학의 손녀가 와 있다."

"그 규수가 어인 일로 왔습니까?"

윤소이가 채운당에서 한세에게 했던 일을 생각하니 저절로 미간이 찌푸려졌다. 강은 그렇지 않아도 그날 윤소이의 눈빛이 생각나 언짢은데, 집으로 찾아오기까지 했다니 더욱 몸서리가 쳐졌다.

"병문안을 왔다더구나. 속도 넓고 기특하지 않으냐, 좋다 하는 사내가 그리 냉대를 하는데 그 댁 어른 병문안을 온다는 것이."

강은 바로 대답하지 않고 잠시 망설였다.

"아무리 보아도 그다지 마음이 가지 않는 규수입니다."

"나도 마음에 들고 네 어머니도 괜찮아 보인다고 하는데 어찌 싫다고만 하는 것이더냐? 내 몸이 더 나빠지기 전에 혼례를 올리도록 하자꾸나. 이러다 내가 덜컥 죽기라도 하면 삼년상이 끝날 때까지는 혼례는 못할 테니 말이다."

"그렇다고 어찌 마음에 없는 규수와 혼인을 하겠습니까?"

"강아!"

누워 있던 서동환이 손을 내밀어 강의 손을 잡았다.

"예."

"내가 죽고 나면 더 이상은 너를 지켜줄 이가 없다. 알다시피 세손이 보위에 오른다 해도 너와 내 집안이 온전하리라는 보장이 없다. 이러한 때에 대제학의 집안에서 혼인을 해주겠다니 얼마나 고마운 일이더냐?"

강을 측은한 눈으로 바라보던 서동환의 말투가 한결 누그러졌다.

"할아버님께서 무엇을 걱정하시는지 잘 알고 있습니다. 하나 저는 제 힘으로 저와 가문을 지킬 것입니다."

강은 자신의 손을 잡은 할아버지의 주름진 손을 물끄러미 내려다보았다.

"너는 젊은 패기에 그리 말할 수 있을지 모르나 정치라는 것이 그처럼 순수한 것이 아니다. 보위에 오른 세손이 너의 안위를 보장해 주고 싶어도 주위에서 그냥 있지 않을 것이다. 그러니 대제학의 집안과 혼인이라도 해둔다면 내가 죽어도 눈을 편히 감을 성싶구나."

"송구합니다. 혼인만은 따를 수 없습니다."

"네가 기어이!"

돌아서는 손자의 모습에 서동환은 긴 한숨을 내쉬었다.

강은 자신을 바라보는 서동환의 간절한 눈빛을 외면하고 밖으로 나왔지만 마음은 무거웠다.

"저, 나리!"

급히 태사혜를 신고 막 섬돌을 내려서는데 등 뒤에서 여인의 목소리가 들려왔다.

돌아보니 찻상을 든 윤소이가 서 있었다.

"이곳엔 어쩐 일이십니까?"

"안채에 들렀다 차를 내오는 길입니다."

"어머님은 어디 계시고, 어찌 규수께서 그런 일을 하고 계십니까?"

"마님께서는 곧 약을 내오신다고 저더러 먼저 이것만 들고 가라고 하십니다."

윤소이는 도도하고 고집스러운 모습으로 꼿꼿하게 서 있었다. 막상 채운당에서 제 편은 들지 않고 영란이라는 규수를 안고 가는 강을 보니 이제는 독기가 생긴 것이었다.

"그만큼 알아듣게 말씀 드렸는데 이러시는 연유가 무엇이오?"

강의 미간에 균열이 생기며 윤소이를 한심하다는 듯 쳐다보았다. 미간을 좁히며 그의 눈이 가늘어지자, 짙고 촘촘한 검은 속눈썹 아래로 그늘이 드리워졌다.

"저도 말씀 드리지 않았습니까? 하고 지난번에 뵈니 혼인할 마음이 없는 것도 아닌 듯하여 말입니다. 그 영란이라는 규수와는 어찌 아시는 사이십니까?"

윤소이는 그런 냉랭한 강의 모습마저 가슴이 설레었다. 그런 강이 여우 같은 계집을 안고 나가던 것을 생각하니 또다시 질투가 끓어 다음에 보면 기필코 요절을 내고 말 것이다 하며 이를 갈았다.

"영란이라니? 영란이가 어느 댁 규수냐?"

마침 탕약을 내오던 송씨가 그 말을 듣고 강에게 물었다.

"아닙니다. 저는 이만 나가보겠습니다."

송씨가 영란이라는 규수에 대해 묻자 강은 당황하여 급히 나가 버렸다. 차마 어머니에게까지 거짓으로 둘러대는 것은 하고 싶지 않았다.

"영란이가 누굴까?"

송씨는 강의 뒷모습을 보며 고개를 갸웃거렸다.

그런 모습을 지켜보던 윤소이는 분명 서강과 김영란 사이에 뭔가가 있다는 생각이 들어 더욱 화가 났다.

저녁에 다녀가라는 서동환의 기별을 받은 한세는 운종가에 들러 과일을 사가지고 가회당으로 갔다.

"대감마님은 좀 어떠세요?"

"전하께서 어의를 보내주셔서 한결 나아지신 것 같구나. 당분간은 어의가 보내준 약을 달여 드시면서 경과를 지켜보기로 했다."

한세가 가져간 과일을 받아 들며 송씨가 낮은 목소리로 속삭였다.

"다행이십니다."

"너를 만나려고 단단히 벼르신 것인지, 새로 지은 옷을 가져오라시더니 깨끗하게 갈아입고 계신다."

한세는 큰 사랑채 앞에 서서 숨을 들이쉰 뒤에 잠시 옷매무새를 가다듬었다.

"대감마님, 한세입니다."

"들어오너라."

서동환은 마른기침을 하며 한세를 맞았다. 여전히 정갈하고 꼬장꼬장한 모습이었으나 찻잔을 잡은 손끝이 미세하게 떨리고 있었다.

"좀 어떠십니까?"

"그만하다."

"어의도 다녀갔으니 좋아지실 것입니다."

서동환 앞에 무릎을 꿇고 앉은 한세의 목소리는 긴장해서인지 가볍게 떨렸다.

"너도 알다시피 나는 이제 늙고 병들어 언제 떠날는지 알 수 없다."

영조의 오랜 벗이며 노론이 세손을 지지하는 시파와 반대하는 벽파로 갈리기 이전부터 그들을 이끌어왔던 정신적 지주였던 서동환은 이제는 늙은 임금과 마찬가지로 기력이 쇠해 있었다.

"어찌 그런 말씀을 하십니까?"

"내 금일 너를 부른 것은, 강이를 부탁하려는 것이다."

"어찌 그런 말씀을?"

서동환의 뜻밖에 말에 한세의 입에서는 짧은 숨소리가 터져 나왔다.

"그동안 강을 불러 몇 번이고 알아듣게 말을 했으나 도무지 들으려고 하지 않는다. 해서 너를 부른 것이다."

무어라 대답할 말을 찾지 못하는 한세를 바라보던 서동환은 미간에 깊은 주름을 잡으며 시름에 빠졌다.

"하니, 이제 네가 나서서 설득해야 할 것이다. 이제껏 네가 살아 있는 것은 강이 덕분이니."

"제가 살아 있는 것이 도련님 덕분이라니, 무슨 말씀이신지……."

"정녕 모르고 있는 것이더냐?"

한세가 말끝을 흐리자 서동환의 눈이 날카롭게 빛났다.

"예."

"역시 그랬던 것인가."

"대감마님. 말씀해 주십시오."

서동환은 시름에 잠겼다. 대체 어찌해야 강의 마음을 돌릴 수 있다는 말인가. 지금으로서는 눈앞에 앉아 있는 한세 외에는 도무지 방법이 생각나지 않았다.

"강이 세손과 너를 구하려다 화살을 대신 맞던 날……."

❀

강은 사부와 예동들을 데리러 간 이산과 한세를 기다리고 있었다. 그러나 갑자기 검은 복면을 쓴 자들이 들이닥쳤고 다짜고짜 얼굴을 가리고 끌고 갔다. 비명을 지를 사이도 없이 순식간에 일어난 일이었다.

영문도 모르는 채 어둠에 갇혀 나뭇가지에 긁히고 돌에 채이며 질질 끌려가기를 한나절. 끌려가는 내내 이는 필시 세손의 쾌자를 받아 입은 탓이라는 생각이 들었다.

땀에 젖은 온몸은 흙투성이에 오줌까지 지린 처참한 몰골이었다. 그들이 복면을 벗겼을 때 강의 눈에 들어 온 것은 자신의 목을 향해 날아드는 번쩍이는 칼날이었다.

"나는 세손이 아니다!"

강은 눈앞에 서 있는 사내의 눈을 노려보며 젖 먹던 힘까지 쥐어짜 소리쳤다.

"네가 누구든 이렇게 된 이상 살려둘 수 없다."

목 끝에 닿아 있던 칼날이 잠시 머뭇거렸지만 사내는 다시 검을 치켜 들었다.

"나는 서동환 대감의 장손이다! 만약 내 몸이 털끝 하나라도 다친다 면, 너희는 노론 전체를 적으로 돌려야 할 것이며 내 집안은 끝까지 너 희를 찾아내 도륙할 것이다!"

눈을 새파랗게 치켜뜨고 외치는 소년을 범상치 않게 여긴 그들은 그 날 하루 강을 가두고 기별을 기다렸다.

"강아!"

하룻밤을 죽음의 공포와 싸우고 다음 날 저녁이 되어서야 기별을 받 은 서동환이 찾아왔다.

"끙!"

어금니를 꽉 다물고 서동환을 노려보는 강의 눈에서는 새파란 불꽃 이 튀었다.

"강아!"

"다 들었습니다. 그날 밤, 사랑채에서. 어찌 그러신 것입니까?"

"미안하구나, 강아. 하나 나는 동조하지 않았다."

"말리셨어야지요! 잘못된 일인데, 말리셨어야지요!"

눈에 불을 켜고 덤벼드는 어린 강에게 서동환은 아무런 말도 하지 못 했다.

"하나 어째서 네가 대신 화살을 맞은 것이더냐?"

"지기라면서요, 저더러 예동을 하라고 하지 않으셨습니까?"

"세손을 지키려 했더냐?"

"모두를요. 그곳에 있는 모두를 지키고 싶었습니다."

"강아, 왕의 벗으로 산다는 것은 쉬운 일이 아니다. 그리고 누군가를 지킨다는 것은 엄청난 힘이 필요한 것이다."

서동환은 달리 해줄 말이 없어 그렇게 강을 달랬다.

"힘을 가질 것입니다. 모두를 지킬 수 있도록!"

❀

서동환은 자신을 노려보던 어린 손자의 처절한 눈빛을 평생 잊을 수 없었다.

"강이와 나는 자연스럽게 발견되기 위해 그날 밤 길가 나무 아래서 새벽이 오기를 기다리고 있었다. 그때 강이 제안을 하더구나. 살아 있는 동안 그 어떤 말도 하지 않을 것이니 너를 지켜 달라고, 그 점쟁이를 없애 달라고 말이다. 대신 나는 강이에게 너와 선을 넘지 말라고 일렀다. 선을 넘는 순간 너와 강은 둘 다 위험해질 것이니."

말을 마치고 내려놓은 찻잔을 다시 찾는 서동환의 손이 잘게 떨렸다. 기어이 털어놓고 만 비밀, 허탈하고 두려웠다.

"어떻게……."

"이제는 네가 강이를 지켜다오."

서동환은 눈물로 얼룩진 한세의 눈을 바라보며 침통한 목소리로 말했다.

"예, 그리할 것입니다. 도련님은 제가 지키겠습니다."

한세는 제가 무슨 말을 하는지도 모른 채 오로지 그동안 홀로 쓸쓸했을 강을 이제부터는 내가 지키겠노라고 다짐했다.

八
사랑한다면……

"나리, 이제 오십니까?"

막 별채에 들어섰을 때였다. 금동이가 달려 나오며 반갑게 서강을 맞았다.

"별일 없었더냐?"

강이 흑피화를 벗으며 물었다.

"사랑채에 우세마께서 와 계십니다."

"한세가 어찌?"

강은 고개를 갸웃거렸다. 이상한 일이었다. 할아버지가 갑자기 한세를 부를 일이 무엇일까. 뭔가 이상했다.

"가보아야겠다."

강은 어쩐지 좋지 않은 예감이 들어 곧 사랑채로 달려갔다.

"세야!"

문을 닫고 나오던 한세가 움찔하며 몸을 돌렸다.

"도련님!"

일순, 세상이 멈춰 버렸다. 한세는 그대로 멍하니 서 있었다.

"어찌 그러니?"

강은 이상하다는 듯 한세의 안색을 살피며 거듭 물었다.

하지만 한세는 아무 말 없이 별채로 향했다. 달빛에 보니 하얀 한세의 얼굴에 어둠의 그림자가 언뜻 비쳐 보였다.

"괜찮으냐?"

강은 별채에 들어와서도 연못가에 멍하니 서 있는 한세를 기다렸다.

"아니……."

한세는 조용히 고개를 저었다.

"아니오, 괜찮지 않아요."

슬픈 기운이 그녀를 감싸고 있었다.

"어찌 그러느냐, 할아버님이 뭐라 하셨기에?"

강은 견딜 수 없이 불안했다.

"어찌 그러셨어요?"

한세는 아픈 목소리로 중얼거렸다. 아직도 흉터가 남아 있는 강의 다리를 생각하니 슬픔으로 가슴이 옥죄었다.

"무슨 말이더냐?"

"숨길 생각 마셔요, 다 들었습니다."

한세의 맑은 눈이 강을 말끄러미 올려다보았다. 슬프도록 처연한 그 눈빛 때문에, 더 이상 둘러댈 생각을 못 하고 가슴이 철렁 떨어져 내렸다.

"알게 하고 싶지 않았다."

너를 슬프게 하고 싶지 않았다. 강의 입에서 낮은 신음 소리처럼 흘러나온 대답.

그는 문득 두려움을 느꼈다. 때로는 사랑하는 사람의 아픔을 어찌할 수 없을 때 느껴지는 아득한 절망감을 알기에.

"말을 해줬어야지요! 어째서 늘 혼자 감당하려 하는 것입니까?"

꼭 쥔 주먹으로 강의 가슴을 쾅쾅 두드리는 한세의 목소리는 떨고 있었다.

강은 부들부들 떨고 있는 한세의 여린 몸을 당겨 그의 너른 가슴에 꼭 품어 안았다.

"쉿! 괜찮아. 괜찮아, 세야……."

그것은 강에게도 두렵고 감추고 싶은 상처였다. 비록 그것이 그의 잘못이 아닐지라도 드러내고 싶지 않은 죄악이었다.

"얼마나 무서웠을까, 내가 미안해서 어떻게 해요!"

"괜찮아, 괜찮다."

강은 엉엉 큰소리로 우는 한세를 가슴에 품어 안고 미동도 없이 서 있었다.

"그러면 나도 하나 묻자. 너도 말을 해주면 좋겠는데."

"예?"

"너는 누구냐? 늘 어디론가 떠날 것처럼 걱정을 하는데, 네가 간다는 그곳이 어디냐?"

한세는 갑작스러운 질문에 잠시 당황해 대답할 말을 찾지 못하고 강을 바라보았다.

"도련님도 제게 숨기는 것 없어야 합니다. 약조하세요. 약조해 주시면 말씀 드리겠습니다."

"그래, 약조하마. 나는 들을 준비가 되었으니 네가 말해주길 기다리고 있을 것이다."

푸른 달빛이 그들의 어깨 위로 무수히 쏟아져 내렸다. 가회당 별채 안의 공기가 창백한 슬픔으로 젖어들었다.

"어디를 갔기에 아직 오지 않는 것이냐?"

해가 져도 돌아오지 않는 한세 때문에 이산은 몇 번이고 계방 앞 기기마의 처소를 서성였다.

"어어엉! 어엉!"

잠시 고개를 돌린 사이 방으로 후다닥 뛰어 들어가는 한세를 발견하고 가까이 다가가니 큰 소리로 대성통곡하는 소리가 들려온다.

"아니, 어찌 저리 서럽게 울어?"

방 안에서 끊이지 않고 들려오는 통곡 소리에 이산은 방문을 열어볼 수도 없고 그냥 둘 수도 없어 안절부절못하였다.

"어어엉! 어엉!"

"대신 울어줄 수도 없고 저러다 큰일 나겠다."

울음 끝이 너무 길어서 이산은 문 앞에 앉아서 속을 까맣게 태웠다.

얼마나 지났을까 퉁퉁 부은 눈을 하고 번을 서러 나오던 한세는 문 앞에 앉아 있는 이산을 발견하고 깜짝 놀랐다.

"다 운 것이냐?"

"저하!"

"어찌 울었더냐?"

아직도 눈물이 그렁그렁한 커다란 눈을 보니 이산은 마음이 아프다 못해 아렸다.

"아닙니다."

"어떤 놈이 너를 그리 울려?"

이산은 속이 상한 듯 혀를 찼지만 한세의 통곡이 분명 강과 관련이 있을 것이라는 생각에 속이 쓰라렸다.

"들어가 쉬어라."

"아닙니다. 번을 서야 합니다, 저하! 가시지요."

한세는 쑥스러운 듯 고개를 푹 숙이고 이산의 뒤를 따라 걸었다.

야장의 차림의 이산은 서안 앞에 앉아 책을 읽었다. 그는 붓을 들고 글씨를 쓰며 한세를 바라보았다.

"차 드십시오."

한세는 따듯한 덖음 차를 내려 이산 앞으로 가져다주었다.

"어찌 울었는지 말해주지 않을 것이냐?"

이산은 차분하게 가라앉은 목소리로 물으며 차를 한 모금 마셨다.

"별일 아닙니다."

"……그래. 그럼 게서 쉬어라."

한세가 말을 해줄 생각이 없어 보이자 그는 다시 고개를 숙이고 묵묵히 글씨를 쓰며 말했다.

"예."

쉬라는 이산의 말에 한세는 잠시 벽에 기대앉았다. 그녀는 넋을 놓고 있다가 무료함을 달래려고 곁에 놓인 서책을 집어 들었다.

"책을 읽으려고?"

이산이 붓끝에 먹물을 묻히며 물었다.

"예."

서책을 읽으려는 것을 금세 알아차리는 것을 보면 자기를 쭉 보고 있었다는 것인데, 생각이 거기에 미치자 한세는 속이 뜨끔했다.

"읽어보아라!"

이산은 글을 읽는 한세의 목소리도 듣고 싶고 딴생각 없이 뭔가에 집중했으면 하는 바람에 그렇게 명했다.

"자하가 스승인 공자에게 물었다. 안연의 사람됨은 어떠합니까."

밤이 깊어갔다. 밖은 밝은 등불이 밝히고 있고 잠들지 못한 벌레들만이 구애를 하고 서로를 부르며 차곡차곡 시간을 삼켜 버리고 있는 듯했다.

"그러면 이 네 사람은……."

공자의 말씀을 읽던 한세의 눈꺼풀이 점점 무거워졌다. 너무 울었던 탓인지 남의 것인 것처럼 감각이 없던 몸과 마음에 피곤이 몰려왔다. 몸이 바다에 떠 있는 것처럼 둥둥 떠오르는 것이 느껴졌다. 잠을 부르는 차향이 혈관을 타고 돌며 몸을 데웠고 온몸이 나른해졌다.

"응?"

책 읽는 소리가 끊기고 방 안이 적요해지자 이산은 고개를 들었다. 벽에 몸을 기댄 한세가 눈을 감은 채 서책을 떨어뜨리지 않으려고 손을 꼼지락거리고 있었다.

"자는 것이냐?"

이산은 피식 웃으며 속삭이듯 물었다.

"아, 그게 그러니까……."

한세는 무언가 이야기를 하려는 듯 입을 오므리고 중얼거리나 했더니, 스르르 고개를 떨어뜨렸다. 순식간이었다.

"이 녀석이?"

번을 서면서 졸거나 잠든 일이 없던 한세라 이산은 정말 잠이 든 것인가 싶어 다가갔다.

"그렇게 울어대더니 잠이 든 것이냐, 너……."

무방비 상태로 어린아이처럼 달콤한 잠속으로 빠져든 그 모습이 너무 천진해, 보고 있는 그마저 기분이 좋아졌다.

"잠이 든 모습은 꼭 고집 센 계집아이 같구나."

한세의 손에 든 서책을 조심스럽게 빼앗아 바닥에 내려놓으며 이산은 그렇게 중얼거렸다. 어째서 그랬는지 알 수 없지만 그녀의 곁에 가만히 앉아 촛대에 일렁이며 타오르는 불꽃을 바라보았다.

"으흠."

뒤척이던 한세의 머리가 이산의 어깨에 기대어 왔다. 완전히 잠이 들어버린 것이다. 코끝을 스치는 머리카락의 향기, 방금 감은 것 같은 청결한 향이 좋았다.

이산도 스르르 눈을 감았다. 이 나이가 되도록 일하고 서책을 보고 글을 쓰며 바쁘게 지내다 보니 여인의 육신에 대해 생각해 볼 여유가 없었다. 그런데 몸을 기댄 한세의 몸에서 여인의 향기가 느껴진다.

몹시 고단했는지 한세는 살짝 코까지 골았다. 기분 좋은 따뜻함이 몸을 데워왔다. 그도 오늘은 언제나 잠들지 못했던 끝없는 어둠을 수월하게 통과하고 있었다.

바스락.

잠깐 졸았던 것 같은데 어디선가 흙이 밟히는 소리가 들렸다. 한세는 무거운 눈꺼풀을 들다가 자신이 이산의 어깨에 기대 잠들었단 것을 깨달았다.

"쉿!"

이산도 소리를 들었는지 입에 검지를 가져가 소리 내지 말라는 신호를 보냈다.

바스락.

흙이 밟히는 미세한 소리가 다시 한 번 들려오자 이산이 고개를 끄덕였다. 모두가 알아차린 것을 보면 존현각 주위에 인기척이 느껴지는 것이 틀림없었다.

한세는 몸을 일으켜 발끝을 들고 문 앞으로 다가가 살며시 문을 열고 주위의 기척을 살핀 뒤에 밖으로 나가려 했다.

'어?'

그때였다. 어느새 검을 챙겨 든 이산이 커다란 손으로 그녀의 어깨를 잡더니 앞으로 먼저 나섰다.

'대체 왜?'

한세는 깜짝 놀라 이산의 팔을 잡아 당겼지만 그는 물러설 생각이 없어 보였다.

이산과 한세는 소리를 내지 않으려고 조심하며 밖으로 나와 주위를 둘러보았다.

존현각 처마에 푸르스름한 달빛이 머물렀다. 서늘하고 깨끗한 밤하늘엔 미인의 눈썹 같은 초승달이 떠 있고 흩어진 별들이 점점이 박혀 있었다. 세상은 옅은 달빛에 싸여 신비스럽게 빛나고 정적이 깃든 궁궐의 마당은 아름답기 그지없었지만 지금은 그 어느 것 하나, 잔뜩 날카로워진 한세의 주의를 잡지 못했다.

존현각 주위에 시시때때로 출몰하는 암살자들은 어둠의 일부가 되어 미끄러지듯 스며들었다. 이번엔 반드시 잡아야 한다.

"음."

한세는 검을 꽉 움켜쥐며 멀리서 어른거리는 그림자에 집중했다. 언뜻 보이기 시작한 그림자는 전각 뒤로 사라졌다. 한세는 그 그림자에 시선을 고정한 채 발걸음을 재촉했다. 계방 직숙방에 잠들어 있는 이에게 신호를 보내고 싶었으나 그랬다가는 침입자를 놓칠 것이다.

한 걸음, 한 걸음.

이산과 한세는 주의를 기울여 걸음을 옮기며 존현각을 에워싼 나무 사이를 민첩하고 빈틈없이 살폈다.

한세는 최대한 소리와 움직임을 억제하며 전각 뒤로 사라진 그림자의 뒤를 쫓았다.

이산은 이제 자신의 안위보다 여인인 한세가 자꾸만 앞서가는 것이 걱정이 되어 견딜 수가 없었다. 이런 위험한 상황에서는 자신의 등 뒤에 숨겨두고 보호하고 싶은데 그녀는 자신의 안위를 지켜야만 하는 호위무사였다.

휙!

어디선가 단검이 날아왔다. 한세는 소리를 듣는 순간 본능적으로 몸을 날려 이산을 감싸 안고 몸을 굴렸고 단검은 아슬아슬하게 귓가를 스쳐 갔다.

"에이씨 죽었어!"

동시에 후다닥 달아나는 발자국 소리가 들려왔다.

"그냥 두어라."

열 받은 한세는 벌떡 일어나 따라가려 했지만 이산의 커다란 손이 그녀의 팔을 꽉 움켜쥐었다. 넘어지며 긁혔는지 한세의 팔에서 피가 배어나고 있었다.

"저하!"

"따라가도 이미 늦었다. 한두 번도 아니고 다친 이도 없으니 그만 들어가자."

"하지만 저하!"

"네 팔이 다쳤다."

이산은 따라가겠다고 우기는 한세의 팔을 끌고 존현각 안으로 들어갔다. 화난 사람처럼 잔뜩 굳어 있는 이산의 얼굴을 보니 한세는 더 이상 우길 수 없었다.

존현각 안으로 들어가 한세의 팔에 약을 발라주는 동안에도 이산은 마음이 아렸다. 그의 곁에 호위무사로 있는 한 한세는 언제나 안전하지 못할 것이라는 생각에 내내 우울했다.

다음 날 오후, 이산과 강은 운종가 비단전에 마주 앉아 있었다.

기섭은 이른 아침 등청 길에 받아온 서찰을 은밀히 이산에게 건네주었다. 서신에 적힌 대로 한결이 운영하는 비단전으로 온 이산은 뜻밖의 제안을 받았다.

"한세를 궁에서 내보내고 대신 열 번씩 만나보는 것은 어떻겠습니까?"

"열 번을 만나보다니?"

"남들의 눈을 속이기도 좋고 궁 밖의 연락망으로 쓰기에도 좋고 그러면서 열 번의 만남을 가져 보는 것입니다. 그 열 번의 만남으로 한세의 마음을 얻지 못하는 사람이 깨끗하게 포기하는 것으로 하시지요."

강의 입에서 흘러나온 제안은 그야말로 뜬금없는 것이었지만, 이산은 거부할 수 없었다. 이미 한세는 궁에서 내보내기로 하였고, 이대로 내보내면 그가 불리한 것은 뻔한 일이었다. 하지만, 이렇게 먼저 강이 제안을 해오니 더할 수 없게 기뻤다.

"그리하지, 하면 한세에게는 내가 자연스럽게 알리도록 하겠네."

"그리하시지요."

주변 상황이 어떠하든 강은 이제 마음이 급해졌고 이산도 이대로 시간을 끌고 싶지 않았다. 그렇게 이 두 남자들의 기상천외한 연애 작업이 시작되었다.

이산과 서강, 그리고 한결의 어머니가 어려서부터 벗이고 보니 비단전은 두 사람이 드나들기에 어려움이 없는 장소였다. 게다가 뒷문이 연초전 창고와 연결되어 있어 남자들이 드나들기에도 불편함이 없었다.

"하면 앞으로도 우리가 만날 곳은 이곳으로 하는 것이 좋겠다. 급한 일이 있으면 세를 통해 연락하고."

"예, 저하."

뒤쪽 조용한 방에 앉아 이야기를 나눈 이산과 기섭이 비단전 뒷문으로 나가자 강은 앞문 쪽으로 향했다.

"오라버니!"

막 점포로 통하는 문을 열고 나가려는데 낭랑한 한세의 목소리가 들려왔다.

"무에 저리 해맑아?"

저를 두고 무슨 짓을 했는지 전혀 알 리 없는 한세의 목소리는 전에 없이 맑았다. 그 목소리를 듣게 된 것만으로도 좋아 강의 얼굴엔 생기가 돌고 입가엔 저절로 웃음이 걸렸다. 문을 조금 열고 내다보니 한결의 어깨를 툭툭 쳐 가며 생글거리는 한세가 보였다.

"내가 궁에서 쫓겨나게 만든 걸 알면 당장 죽인다고 덤빌 것인데……."

강은 펄펄 뛸 한세를 생각하니 저절로 한숨이 나왔다. 그러나 이번 기회에 어떻게라도 한세의 마음을 잡아 혼인도 하고 집 안에 끌어 앉혀 놓아야겠다는 생각으로 주먹을 불끈 쥐며 의지를 불태웠다.

"오라버니 좀 알아봤소?"

"채운당에 드나드는 전기수(고전소설을 직업적으로 낭독하는 사람)를 한 명 알아뒀다."

"전기수?"

"너도 알지 않더냐? 김열기라고."

"아하! 알지, 김열기. 그이가 채운당엘 간단 말이오?"

한세는 전기수라는 말에 솔깃해 눈을 반짝거렸다. 전기수라면 서책을 실감나게 읽어주는 사람이고 무엇보다 김열기는 여인들이 혹할 만큼 잘생긴 것으로 유명했다.

"잘생긴 전기수가 채운당에서 할 수 있는 일이라면?"

분명 가마가 줄지어 들어가던 채운당 옆 건물과 관련이 있을 것이 틀림없었다.

"그렇다는구나. 거기서 이야기를 들려주나 보지."

"다음에 언제 가는지 알아봐 주오."

"거길 따라가려고?"

"좋은 생각인 거 같지 않소?"

"겁도 없어. 겁도! 거기가 어디라고 들어간대? 지난번에 가서 그 곤욕을 당했으면 되었지."

한결은 늘 누이가 걱정되어 다 그만두고 시집이나 가라고 잔소리를 늘어놓았지만 한세는 들은 척도 하지 않았다. 게다가 서강이 한세를 마음에 두고 있는 것 같다는 아버지 한상수의 말도 그런 한결의 생각을 부채질했다.

"그리 물러날 것 같으면 뭣하러 갔겠소?"

"이번에 아버님 오시면 기필코 너를 혼인시키라 말씀드릴 것이다."

막막하기만 했던 채운당에 들어갈 방법을 찾았다고 한세는 좋아라 했지만 문틈으로 지켜보던 서강은 다시 뒷목을 잡았다.

"하여간 저 골통. 그렇게 위험하다고 일렀건만 어쩌자고 포기를 몰라, 포기를!"

"나리, 여기 계속 계실 것입니까?"

문틈으로 고개를 디밀고 계속해서 한세를 훔쳐보고 있는 서강을 보다 못한 유모 분이가 어깨를 툭 쳤다.

"어, 유모!"

"아이구, 어지간하면 이제 그만 잡으세요. 그러다 영영 놓쳐요."

어려서부터 한세를 훔쳐보던 서강이 딱해 보였던지 분이는 혀를 차며 마실 것을 내밀었다.

"그러게. 잡혀주지를 않는다네."

강은 쑥스러운 듯 웃으며 분이가 내미는 오미자차를 마셨다.

"아가씨 단장하고 옷 갈아입으러 들어오실 거예요."

"어디 간다던가?"

"연희 아가씨 댁에 놀러 가기로 하셨다던데요?"

"지난번에 보았던 홍국영의 고종사촌?"

그때였다. 바로 앞에서 우당탕 소리가 들려 강은 저도 모르게 몸을 숨겼다.

"아이참! 내가 정리정돈 좀 잘 하라니까, 하여간!"

한세가 조심성 없이 달려 들어오다 문 앞에 쌓아둔 비단을 떨어뜨리고는 투덜거렸다.

"유모! 나 옷 주세요."

"여기 준비해 뒀어요. 우선 좀 씻고 오세요."

"네, 근데 강이 냄새가 나는 것 같다?"

한세는 물통이 있는 부엌으로 달려가며 중얼거렸다.

"갑자기 강이 도련님은 어찌 찾으세요. 보고 싶으세요?"

"아니, 같이 있을 땐 귀찮아 죽겠더니 생각이 나네요."

"그런데 강이가 뭐예요. 도련님더러?"

분이는 몸을 숨기고 피식 웃는 강을 힐끗 쳐다보며 빙그레 웃어 보였다.

"쉿!"

강은 말하지 말라는 듯 손가락으로 입을 가리키며 살금살금 한세를 따라갔다.

"어때요, 없는데. 그리고 톡 깨놓고 말하면 나나 저나 똑같은 양반인데 내가 만날 도련님, 도련님! 추켜주니까 얼마나 싸가지가 없는지. 내가 양반인 줄 알게 되면 깜짝 놀랄 거다!"

한세는 세숫대야에 물을 퍼 얼굴을 씻으면서도 종알종알 떠들어댔다. 바로 뒤에서 팔짱을 끼고 자신을 내려다보고 있는 강의 얼굴이 어떻게 되었는지도 모르고.

"그러게. 아주 깜짝! 놀랐다."

얼굴을 씻고 일어나다가 새하얀 목면 수건을 내미는 강을 발견한 한세의 얼굴이 경직되었다.

"헉!"

"뒤에서 내 욕을 이렇게 많이 하는 줄도 모르고, 쯧쯧!"

"놀랐지 않습니까, 어찌 기척도 없이?"

"싸가지가 없어서 그런다, 싸가지가!"

강은 난감해하는 한세의 이마를 손가락으로 쿡쿡 밀며 노려보았다.

"아, 어쩐지 가회당의 풀냄새가 난다 했다니까요. 한데 여긴 어찌 오셨습니까?"

"어찌 왔겠느냐?"

"어찌 오셨는데요?"

갑자기 왜 왔느냐고 물으니 달리 둘러댈 말이 없어서 한 소리였는데 한세는 주위를 둘러보며 강이 이곳에 어찌 온 것인가를 살폈다.

"어찌 오기는 어찌 와. 너를 보려고 왔다."

"저를요?"

아무리 봐도 그럴 상황은 아닌 것 같은데, 강은 그리 말하며 씩 웃었고 한세는 지은 죄가 있어서 그대로 분이에게로 도망쳐 버렸다.

"이리 오세요, 아가씨. 머리 빗게!"

유모가 경대 앞에 다가앉는 한세의 머리를 풀고 빗겨줄 동안 한세는 미안수를 바르며 얼굴을 단장했다.

"안 가십니까?"

"달리 바쁜 일이 없다."

강은 바로 옆에 붙어 앉아서 한세가 변해가는 모습을 신기하게 지켜보는 중이었다.

어려서부터 아이들을 키워온 분이는 두 사람이 토닥거리며 다투는 모습이 좋아 빙그레 웃었다.

"마님께 듣기로는 엄청나게 바쁘다고 하시던데?"

"오늘 일은 다 봤으니까 네가 걱정할 일은 없다. 유모!"

"예, 도련님!"

"예쁜 옷으로 입혀주게. 세는 오늘 나와 마실을 갈 것이니."

"예."

분이가 웃으며 옷을 가지러 가자 한세가 이것이 무슨 말이냐는 듯 고개를 획 돌리고 노려보았다.

"마실은, 무슨! 저 친목도모 차원에서 연희 아가씨 댁에 놀러갈 것입니다."

"그곳은 다음에 가고, 오늘은 나와 가자."

"마실은 누가 마실을 간다고?"

한세는 얼른 안으로 들어가 분이가 입혀주는 대로 새하얀 꽃수가 놓인 저고리에 은조사 남치마를 입고 나왔다.

"곱구나."

강은 쾌자 안주머니에서 종이 뭉치를 꺼내 조심스럽게 펼치더니 뭔가를 찾았다. 그리고 한세를 향해 쑥스러워 죽겠다는 얼굴로 머뭇머뭇 다가왔다.

"어찌 이러십니까?"

평소의 까칠한 강까칠답지 않은 수줍은 행동에 한세가 눈을 동그랗게 뜨고 보니 그의 손에 들린 것은 꽃 모양의 고운 떨잠이었다.

"가만있어 보아라."

강은 꽃 떨잠을 한세의 머리에 조심스럽게 꽂아주고 물러섰다.

"건우가 그러더구나, 여인은 선물을 좋아한다고. 한데 뭘 사야 좋을지 몰라서 이것저것 사다 보니 이리되었다."

얼결에 머리에 떨잠을 꽂은 한세가 고개를 숙여 보니, 강이 펼쳐 놓은 종이 위에 분첩과 붉은 잇꽃 연지, 산호가지 단작노리개가 가지런히 놓여 있었다. 문득, 까칠하고 무뚝뚝한 이 사내가 시전을 서성이며 이 물건들을 고르고 샀을 생각을 하니 가슴이 아릿해졌다.

사실 한세는 이제 마음속에서 강을 떠나보내려고 생각했었다.

'이제는 네가 지켜달라'는 서동환의 말에 '기필코 서강을 지키겠노라' 약조하면서 이제 그를 놓아주어야겠다고 생각했다. 그래서 더 슬펐고 눈물이 났다.

아무리 생각하고 또 생각해 봐도 좋은 방법이 생각나지 않았다. 어떻게 운이 좋아 서강을 살린다고 해도 이산이 보위에 오르면 홍국영을 앞세워 숙청을 칼날을 들 것이고 서강의 집안이 그 바람을 피해갈 수 있을 것 같지 않았다.

어쩌면 서동환의 말처럼 대제학의 손녀인 윤소이가 강의 바람막이가 되어줄 수 있을지도 모른다는 생각이 들었다. 순정 만화의 비련의 주인공이나 할 법한 말도 안 되는 선택을 하게 될 줄은 몰랐지만, 그래도 지금으로선 강을 지킬 최선의 방법은 윤소이였다.

"어디로 데려갈 건데요?"

눈물이 쏟아질 것 같았지만 한세는 아무렇지도 않은 듯 서둘러 물건들을 정리해 종이에 쌌다.

"뱃놀이 가자. 달밤에 뱃놀이가 그리 좋다더구나."

강이 손을 내밀며 말했다.

"예, 가요. 뱃놀이."

강이 내미는 손을 잡으며 한세는 고개를 끄덕였다.

그날 밤, 하늘은 더없이 맑아 우주의 모든 별들이 쏟아져 나온 것만 같았다.

서강은 앞에 태운 한세의 어깨에 얼굴을 기대고 말을 달렸다.

귓불을 스치는 간질간질한 입김, 얕은 숨소리, 강의 따뜻한 온기가 온몸으로 전해져 와 마음이 어수선해졌다.

'다 괜찮을 거야. 네가 그랬던 것처럼, 내가 너를 지켜줄게. 강아……'

여름밤 달콤한 바람을 가르며 두 사람을 태운 말은 강을 향해 달려갔다.

"자, 내 손 잡아라."

강가에 도착한 서강은 한세의 손을 잡고 뱃놀이를 위해 늘어선 배 중 하나에 탔다.

차일을 높이 치고 햇빛과 바람을 막을 수 있도록 비단 휘장을 드리운 배는 밤에 뱃놀이를 하기 위해 수십 개의 등을 매달아 불을 밝혔다.

"춥지 않으냐?"

사공들이 노를 젓기 시작하고 배가 미끄러지듯 앞으로 나가자 강이 다가와 뱃전에 기대선 한세의 등을 두 팔로 감싸 안았다.

"안 추운데?"

한세는 은근슬쩍 등 뒤에서 껴안는 강을 돌아보았다.

"추워 보인다."

강은 입가에 장난스러운 미소를 띠고 한세를 들여다보았다.

"무슨 생각을 그리하는 것이냐?"

"지난 번 물으셨잖아요. 생각해 봤냐고…… 그 대답 지금 하려고요."

서강을 바라보는 한세의 맑은 눈빛은 차분하게 가라앉아 있었다.

"뭐?"

한세의 입에서 나온 뜻밖에 말에 강의 잘생긴 얼굴에 균열이 생기며 입술 꼬리가 살짝 올라갔다.

"아니다, 지금은 그저 뱃놀이나 하자."

강이 웃을 때 공기를 타고 흐르는 미세한 떨림 같은 것이 느껴졌다. 그는 이미 한세가 하려는 대답을 알아차렸고, 그래서 그 슬픈 파장이 웃음이 되어 가슴을 때리고 있었다.

"여기까지만 해요, 도련님과 저."

한세는 고개를 들어 강의 얼굴을 올려다보았다.

배가 달 아래를 지나자 창백한 달빛 속에 드러난 한세의 눈에 이슬이 맺혀 있었다. 그 모습이 애달파서 강은 크고 단단한 손을 내밀어 싸늘해진 한세의 손을 꼭 잡아주었다.

"알고 있다, 할아버님 말씀 때문에 네가 힘들어 하는 것."

"그러니 이제 그만하세요."

"그만, 한마디만 더 하면 말을 못 하게 할 것이다, 내 입술로."

한세가 미워죽겠다는 듯 획 노려보았지만 그는 여전히 빙글빙글 웃고 있었다.

"하니 오늘 밤은 그냥 뱃놀이나 하자. 바람이 좋지 않으냐?"

달빛 아래 강의 얼굴은 여전히 장난스러워 보였다.

"모르겠습니다. 저는 이제 끝이라 말씀드렸습니다."

한세는 입을 쭉 내밀고 새침하게 돌아섰다. 언제나 당당하려고 드세게 굴던 한세의 야윈 등에 강의 뜨거운 가슴이 느껴졌다.

쿵쿵, 그의 심장이 뛰는 소리에 온 세상이 흔들리는 것처럼 한세의 마음을 뒤흔들었다. 마음을 떠도는 익숙한 향기. 가회당의 풀내음이 손에 잡힐 듯 느껴졌다.

바람이 뱃전을 스쳐 가고, 뱃놀이 나온 연인들을 태운 배가 지나는 강물은 하얗게 부서지며 길을 내주었다.

❀

건우는 자금을 마련하기 위해 서화와 도자기 백여 점을 판매하기로 결정하고 좋은 값을 받기 위해 채운에게 부탁했다.

운종가에 서화사를 운영하고 있는 채운은 골동품과 서화를 판매하고 연결시켜 주는 데 한양에서는 최고였다. 채운이 취급하는 작품들은 광통교에 걸어놓고 파는 서화와는 비교가 되지 않는 작품들이었으므로 특별한 전시 과정을 통해 판매되었다. 채운은 하동재 별채에서 서화와 골동품 판매를 위한 연회를 열기로 하고 회원들에게 초대장을 보냈다.

그날은 아침부터 하늘은 드높고 청명해 정원에서 연회를 열기에는 더 없이 좋은 날씨였다.

초대장에 남녀 모두가 가마를 타고 와야 한다는 규칙이 있었던지라 한세 역시 비단전에서 치장을 끝내고 가마를 빌려 타고 하동재로 향했다.

"곁문을 여시오."

하동재의 뒤쪽에 있는 별채 쪽 문에 가마가 당도하자 채운이 나와 가마의 곁문을 내리게 했다.

"어찌 그러십니까?"

연희와 함께 김영란으로 초대를 받은 한세는 의아한 눈빛으로 채운을 바라보았다.

"일단 연회장으로 들어가면 가면을 벗으시면 아니 됩니다. 말씀하실 일이 있으면 이 접선을 사용하세요."

채운은 가면과 접선을 한세에게 주고 가마의 곁문을 닫았다.

채운은 자신의 연회에 참석하는 고객들의 신분 보호를 위해 청나라 유리창에서 보았던 이태리(伊太利)의 가면을 보고 자신이 직접 도안을 주어 가면을 제작했다. 결국 채운만이 가마에 타고 있는 초대받은 회원들의 얼굴을 확인할 수 있는 것이었다.

"값비싼 서화나 골동품을 파는 이런 연회에 반가의 아녀자나 규수들을 초대하는 것도 이상한데 이런 가면을 주다니, 아무튼 채운이라는 저 여자는 이상해도 보통 이상한 것이 아니야."

어머니 허씨가 새로 지어준 물빛 치마에 숙고사 연분홍 저고리를 입은 한세는 가마에서 내릴 때 하얀 나비 가면을 썼다.

"안으로 들어가시지요."

가마에서 내리자 채운당 하녀들이 다가와 별채로 안내했다.

하동재 별채의 정원은 아름답기로 유명한 데다 한창 여름 꽃이 좋을 때라 그대로도 아름다운 한 폭의 그림이었다. 정원 군데군데 무리지어 눈부시게 피어난 화사한 옥잠화 사이로 빠져나가는 바람 소리로 흥취가 요요하였다.

"하동재의 정원은 볼 때마다 더 아름답구나."

물길을 만들어 술잔이 흘러 다니는 아름다운 정원 곳곳에는 화문석을 깔고 다과상을 마련해 두었다. 골동품과 서화는 전각에 나란히 배치하고 전각 한쪽으로 삼현육각(피리2, 대금1, 해금1, 장구1, 북1)의 악인(樂人)들이 연주를 하고 있었다.

"이거야 원, 다 가면을 썼으니 누가 누군지 알 수가 있나?"

초대받은 이들은 대부분 비단 도포에 고급 흑립을 쓴 남자들과 아름다운 치마저고리를 입은 여인들이었지만 모두가 채운이 지급한 가면을 쓰고 있으니 신분을 파악하기 힘들었다.

"자, 이리들 주목해 주십시오."

드디어 작품 판매가 시작되는 모양이었다. 전각 앞 단상에 서 있던 사내가 서화 한 점을 펼쳐 들고 소리쳤다.

그는 한세도 잘 알고 있는 사내로 운종가에서 유명한 전기수 김열기였다. 오늘은 김열기가 앞에서 경매를 진행하는 모양이었다.

"전기수 김열기 아니야?"

김열기를 발견한 한세의 눈빛이 반짝 빛났다.

"첫 번째 작품은 겸재 정선의 화권입니다. 그럼 기본가 삼천 전부터 시작하겠습니다!"

현재 단원 김홍도와 겸재 정선의 그림은 대략 논밭 몇 마지기 값인 삼천 전에 거래되고 있었다. 조선의 선비들 중에는 서화와 골동품 모으는 이들이 많았고 그 때문에 이런 채운의 연회에 참석하고 싶어 하는 이들이 많았다.

"삼천 전 삼천 전 나왔습니다. 하면 삼천오백 전!"

삼천 전에 저쪽에 있던 한 선비의 접선이 올라갔다.

삼삼오오 무리지어 서 경매에 참여하는 사람들을 구경하고 있는데 채운이 다가왔다.

"저쪽에 계신 나리께서 아씨를 만나고 싶어 하십니다."

채운이 다가와 속삭이는 소리에 한세는 자신을 보자고 한다는 선비를 바라보다가 깜짝 놀라고 말았다.

"설마?"

수수한 비취빛 도포에 가면을 쓴 선비의 흑립이 수릿날 이산에게 사주었던 은로로 장식한 흑립과 똑같은 모양이었던 것이다.

한세는 잠시 망설였지만, 무슨 일로 자신을 보자 하는 것인지 일단은 그를 만나보기로 했다. 그 선비를 향해 몇 발자국 걸어가는데 익숙한 향기가 코끝을 스쳤다.

"응?"

가회당 별채의 싱그러운 풀 향기. 바로 곁에 선 검은 가면의 선비의 몸에서 풍겨오는 향기였다. 선비가 입은 은회색 명주 도포가 푸른 하늘 빛깔과 아주 잘 어울렸다. 의심할 나위 없이 송씨의 솜씨였다.

'이런 젠장, 내가 여길 왔다는 걸 알면 강이 난리 칠 것인데.'

한세의 곁을 막 스쳐 지나가던 선비도 향기를 느꼈는지 갑자기 멈춰섰다.

"읍!"

심장이 툭 떨어져 내리는 기분이었다.

'어째서 여기 오면 강을 만나게 된다는 것을 생각지 못했을까.'

한세가 초조해서 입술을 잘근잘근 깨물고 있을 때 강이 손을 내밀어 한세의 왼손을 잡았다.

"아!"

그러나 이번엔 언제 왔는지 조금 전 보자 했던 비취색 도포의 선비가 한세의 오른쪽 손을 잡았다.

"어쩌지?"

졸지에 양손이 잡힌 한세는 둘 중 한 남자를 선택해야 하는 난처한 입장에 놓였다.

"하!"

"허!"

"어머!"

그러자 그 묘한 광경을 목격한 이들의 입에서 야릇한 감탄사가 쏟아져 나오며 주위의 시선이 일제히 그들에게로 쏠렸다.

그중엔 이산과 함께 온 홍국영도 있었고 하동재의 연회를 염탐하러 온 정후겸도 있었다. 그들의 머릿속은 저 가면 속의 세 남녀가 누구이며 어떤 관계이기에 이런 묘한 광경을 연출하는 것일까로 가득했다.

도저히 참을 수 없었던 정후겸이 득달같이 접선을 치켜들었고, 그 접선을 발견한 채운은 의미심장한 미소를 지으며 느릿한 걸음으로 걸어왔다.

"저들이 누군가?"

"글쎄요, 제가 초대한 분들이시겠지요."

"그것을 묻는 것이 아니지 않나?"

"제 입을 통해서 저분들의 신분에 관한 말을 들으실 수는 없을 것입니다."

뭔가 묘한 기류를 눈치챈 정후겸이 다급하게 물었지만 고객의 비밀 보장을 최우선으로 하는 채운이 알려줄 리 없었다.

"저 두 선비, 어쩐지 내가 알고 있는 이들 같은데?"

"이곳에 계시는 선비님들이야 대감께서 모두 알고 계실 것이지만, 아는 체 않는 것이 채운당에서 여는 연회의 규칙이지요."

"옹주께서 부탁한 일과 연관이 있는 이들인가?"

"아마도……."

채운이 빙그레 웃으며 고개를 끄덕이자 날카롭게 빛나던 정후겸의 눈빛이 한결 누그러졌다.

"하면 저는 이만."

채운은 몸을 돌려 가버렸고 홀로 남은 정후겸은 눈빛을 빛내며 그들을 관찰했다.

한세는 결심한 듯 강의 손을 놓고 비취색 도포를 입은 사내의 손을 잡고 따라갔다. 만에 하나라도 그 도포의 주인이 이산이라면 어째서 이곳에 있는 것인지, 호위무사는 대동하고 나온 것인지, 일단 그의 안전부터 확인해야 했다.

"음."

그러나 잠깐의 망설임도 없이 자신의 손을 뿌리치고 이산의 손을 잡고 가는 한세를 바라보는 서강의 속은 쓰라렸다.

"쯧쯧, 이래서야 원!"

그런 그들의 모습을 지켜보던 건우가 슬며시 다가와 속을 긁었다.

코끝에 스치는 향기는 분명 조선 한지와 궁궐에서 이산이 즐겨 쓰는 마유묵의 향기였다.

한세는 어떻게 해서라도 그 자리를 피하고 싶었다. 말을 하면 목소리를 알아들을 것이고 여차하면 도망칠 생각으로 손목을 뿌리칠 생각이었다. 하지만 그는 손목을 꽉 잡고 놓아줄 생각이 없는 모양이었다.

"힘으로 나를 이길 수 있을 것이라 생각하느냐?"

이산은 잡힌 손목을 빼내려는 한세의 귓가에 대고 나직이 속삭였다. 가면 속에서 날카롭게 빛나는 눈이 한세의 눈을 빤히 들여다보고 있었다.

일순, 불길한 느낌이 뇌리를 스치며 온몸에 솜털이 곤두서는 것 같았다.

'뭐지, 설마 저하께서 내 정체를 아신 것인가?'

그제야 그를 따라오는 것이 아니라고 아차 했지만, 그렇다고 이대로 끌려갈 수는 없었다. 자신이 여자라는 것을 알게 되면 원칙을 중히 여기는 이산이 결코 그냥 있을 리 없었다. 관직이고 뭐고 그동안 속여왔던 죄를 물어 자신이 여인이라는 것을 알고 있던 모든 이들이 문책을 당할 것이었다.

"무례하십니다. 어찌 이러시는 것입니까?"

한세는 별수 없이 목소리를 살짝 바꿔 코맹맹이 소리로 말했다.

"으흠!"

그러자 터져 나오는 웃음을 간신히 참는 듯 그의 입언저리가 실룩거리는 것이 보였다. 가면 속에서 노려보는 그의 눈빛을 보니 결코 이대로 물러서지는 않을 것 같았다.

"아이씨!"

결국 한세는 꼼짝 없이 이산이 이끄는 대로 하동재 별당 이층으로 끌려 올라갔다. 얼떨결에 으슥한 방 안으로 들어서 버린 한세는 손을 뿌리치려고 애를 썼지만, 이산은 손목을 부러뜨리면 부러뜨렸지 결코 놓아줄 마음은 없어 보였다.

"아, 아픕니다아!"

이산은 끓어오르는 울화를 누르며 참고 있는데, 반성의 기미가 없이 도망치려는 한세를 보니 화가 치밀었다. 이참에 단단히 혼을 내줄 생각이었다. 그래야 제대로 작전이 먹힐 것이니.

"무엇을 잘했다고!"

이산은 한세의 몸을 거칠게 잡아당겨 벽에 기대 세우고, 두 손으로 어깨를 짓누르고는 잠시 분노를 삭이며 노려보았다.

"아, 안 됩니다!"

이산의 떨리는 손이 천천히 다가와 한세의 얼굴을 가린 가면을 벗겨 버렸다. 툭, 떨어져 내리는 가면과 함께 한세의 심장도 그대로 멎어버리는 것만 같았다.

들키고 말았다는 생각에 심장이 요동쳤지만 한세는 침착하게 고개를 들었다. 코가 닿을 듯 가까이 있는 이산과 정면으로 시선이 마주쳤다.

"저, 저하……."

기름하고 큼직한 이산의 두 눈은 한세를 당장에라도 잡아 삼킬 듯 끓고 있었다.

한세의 둥글고 커다란 눈동자가 두려움으로 흔들렸다.

단아한 이마와 그린 듯 아름답게 휘어진 짙은 눈썹, 긴 속눈썹에 둘러싸인 물기에 맑은 눈동자, 날카롭고 오똑 선 콧날과 그 아래 조금은 작은 듯 보이는 꼭 다물어진 붉고 도톰한 입술. 곱게 분단장하고 그의 눈앞에 다소곳이 서 있는 이 아름다운 여인이 매사에 악착같고 호환마마보다 더 무서운 한세가 틀림없었다.

"쉿!"

주체할 수 없는 감정이 이제 막 끓기 시작하는 물처럼 넘쳐흐르기 시작했다. 이산은 떨리는 손을 내밀어 한세의 뺨을 가볍게 쓸었다. 그의 손이 불처럼 뜨거워져 있었다.

"저하! 모든 것은 제 잘못입니다. 죽여주십시오."

이제 모든 것이 끝났다는 생각이 들며 순식간에 머릿속으로 몇몇 얼굴이 스쳐 갔다. 저뿐만 아니라 강의 목숨, 기섭과 기기마, 건우까지 모두의 목숨이 걸려 있었다.

"너 하나 벌하는 것으로 끝날 일이더냐?"

엄하고 냉정한 이산의 말에 한세는 한숨을 내쉬었다. 역사를 보아도 그렇고 지난 세월 곁에서 보아온 이산의 성격으로 볼 때, 그냥 넘어갈 리 없었다.

"저하?"

차갑고 냉정한 이산의 얼굴에 피가 맺히도록 입술을 꼭 베어 문 한세의 눈동자도 놀람으로 커졌다. 이러다 나 때문에 모두가 죽는 것이 아닌가, 두렵고 무서워 입술이 바르르 떨렸다.

"어쩌자고 여아가 나의 예동이 될 생각을 했단 말이더냐? 네가 무슨 일을 저지른 것인지 알고나 있는 것이더냐?"

이산은 거칠게 물었다. 처음 보는 냉정하고 차가운 얼굴이었다.

"또다시 그런 순간이 온다고 해도 저는 저하의 예동이 될 것입니다."

한세는 모든 것을 체념한 듯 담담하게 대답했다.

'어찌 그리 나의 예동이 되고 싶었던 것이냐. 내가 너에게 그처럼 소중한 사람이었던 것이냐?'

이산은 그 짧은 순간, 무언가에 맞은 듯 텅 빈 표정이 되어버렸다. 하지만, 곧 가슴이 아파 미간을 찡그렸다.

"그래도, 이 녀석이!"

한세의 담담한 얼굴을 노려보며 이산은 다시 화난 얼굴로 중얼거렸다.

"언제 아셨습니까?"

"좀 되었다."

"저 때문에 화가 많이 나셨겠습니다."

"그럼에도 불구하고, 보고 싶었다. 여인인 너의 고운 모습이……."

이산은 진심으로 말했다.

"이제 저를 어찌하실 것입니까?"

한세는 몹시 가엾은 눈빛으로 이산을 바라보며 울먹이는 목소리로 물었다. 아무리 생각해도 이 벌을 혼자 받는 선에서 끝내려면 여린 여자처럼 울고불고 매달리는 것이 최선이라는 생각이 들었다.

"어찌하긴, 어찌해! 벌을 받아야지."

그윽한 그의 눈빛이 한없이 깊어졌다.

"하면 저는 이제 잘리는 겁니까?"

한세는 비명을 내지를 것 같은 얼굴로 이산을 빤히 보았다. 그와 너무 바짝 붙어 있어서 이러다 누군가에게 들켜 버릴까 조마조마해, 숨을 쉴 수 없었다.

'젠장, 졸지에 실업자가 되게 생겼어.'

하지만 그보다는 이대로 관직에서 쫓겨날까 봐 더 두려웠다.

"목숨이 경각에 달려 있는데 관직이 문제더냐?"

"저한테는 목숨보다 더 중요한 일입니다."

갑자기 꿈에서 깨어난 사람처럼 한세는 현실을 깨닫고 긴 한숨을 내쉬었다.

"이제부터 너는 세자익위사가 아니다."

그러자 실망한 듯 한세는 얼굴이 일그러뜨리더니 손을 뻗어 이산의 가슴을 밀어냈다.

"조금만 늦게 아시지 않고, 아직 할 일이 많은데……."

"하나, 너는 아직 받아야 할 벌이 있다."

이산은 금세 눈물이 쏟아질 것 같은 한세의 눈을 들여다보았다.

"벌을 이 자리에서 받습니까, 저 막 사헌부로 끌려가고 그런 겁니까?"

"나는 너에게 새로운 임무를 줄 생각이다. 그 일을 잘 해낸다면 너를 삭탈관직하는 것으로 이 일을 마무리하고 더 이상 문책하지 않을 것이다. 어떠냐?"

"참말이십니까, 한데 그 일이 무엇입니까?"

이산은 눈이 휘둥그레지는 한세를 보니 웃음이 날 것 같은 것을 간신히 참고 다시 무서운 얼굴로 돌아가 노려보았다.

"너는 금일 이 시각부터 나의 연인이다."

"연인이라니요, 제가요?"

"이 화급한 마당에 여인에게 빠져 있는 세손, 정적들이 보기에 나쁘지 않을 것이다."

한세에게서 조금 떨어진 이산은 뒷짐을 지고 천천히 서성거렸다.

"하면 저더러 저하와 연인인 것처럼 보이라는 것입니까?"

"나와 너를 제외한 다른 이들은 모두 연인이라고 믿게 해야 할 것이다. 물론 진짜 연인이 되면 더 좋을 것이고."

"사형들까지요?"

"물론이다. 그들을 속이지 못하면서 다른 이들을 어찌 속이겠다는 것이냐?"

"그렇기는 하지만……."

한세는 흐트러진 머리카락을 쓸어 올리며 마음에 들지 않는다는 듯, 미간을 찌푸렸다.

"어찌 그러느냐, 싫은 것이냐?"

"아니, 어떤 뜻인지는 알겠지만 별로 좋은 생각은 아닌 듯합니다."

"무엇이 좋지 않다는 것이냐?"

"그런 작전 펼치다가 참말로 사랑에 빠지는 사람들 여러 번 봤습니다."

차마 드라마나 영화에서 보는 그 흔한 첩보물의 연인인 척하는 작전을 펼쳐야겠냐고 묻고 싶은 마음이 꿀떡 같았지만 한세는 꾹 눌러 참았다.

"참말이더냐?"

이산은 볼수록 더 어여쁘게 보이는 한세를 바라보며 피식 웃었다. 그로서는 작전을 하다가 진짜 사랑에 빠졌다는 한세의 말에 마음이 다시 설레었다. 이대로 삭탈관직하고 궁궐에서 내치는 것이 어쩐지, 손에 잡은 무언가를 내어주어야 하는 심정이었다.

"예. 하니, 일단 비켜주십시오. 그만 나가봐야겠습니다."

한세는 일단 이 자리를 벗어나 정신을 차리고 생각을 해봐야겠다 싶어 방을 나가려 했다.

"가긴 어디를 가느냐? 너와 나는 지금부터 연인이라는데?"

그러나 그런 속을 꿰뚫어보기라도 하듯, 이산은 손을 내밀어 도망치려는 한세를 잡았다.

"연인 그거 참말 해야 합니까?"

"겁이 나는 것이더냐? 참말 나의 연인이 될까 봐?"

"그럴 리가 있겠습니까? 제가 어찌 저하와…… 하지만 어쩐지 그런

건 하면 안 될 것 같은데요."

한세는 어쩐지 내키지 않는 그 제안에 우울한 얼굴로 고개를 저었지만, 이산의 속은 따끔거렸다.

"어떠냐, 참말 나의 연인이 되고픈 마음은 없느냐?"

이산은 쓰라린 가슴을 감추며 섭섭한 낯빛을 갈무리하고 덤덤하게 다시 물었다.

"저하, 지금부터 백 년 전쯤에 영국이라는 나라에 헨리라는 왕이 있었는데요, 연인이었던 앤 블린이라는 여자를 왕비로 맞이하기 위해 국가의 종교를 바꿨습니다. 로마 가톨릭과 결별하고 영국 국교회를 만들었습니다."

"참말 영국의 왕이라는 자가 그랬더란 말이냐?"

"예."

"저런, 비루한!"

이산은 차마 다음 말은 잇지 못하고 미간을 찌푸렸다.

"한데 그것과 네가 나의 연인이 되는 것이 무슨 관계가 있다고 그런 말을 하느냐?"

"저 또한 왕의 연인이 되려면 적어도 그 앤 블린 정도는 되어야 관심이 생길 것 같은데, 저하께서는 저 때문에 성리학을 포기하실 수 있겠습니까?"

한세는 얼결에 입에서 튀어 나온 대로 물었지만 이산의 얼굴은 몹시 심각했다.

"그것 보십시오. 저하께서 그리하실 수 없듯이 저 또한 그 여인처럼 될 수 없을 바에야 호위무사가 낫지 않겠습니까? 게다가 저는 인물도 앤 블린의 발꿈치도 못 따라갈 것이고요. 아무튼 제 마음이 저하와 연인 같은 건 하면 아니 된다고 합니다."

생각해 보니 '앤 블린'이 무슨 죄인가 싶었다. 제정신이 아닌 거지. 마땅하게 둘러댈 말이 생각나지 않아 불쑥 튀어 나온 말이 수습이 안 되는 거였다.

"네 마음이 그리 철통 같은데 걱정할 것이 무엇이냐, 어찌 되었거나 너는 오늘부터 나의 연인이다."

씁쓸하기는 했지만 오히려 이산에게는 다행이었다. 그는 그 어떤 일도 쉽게 포기하고 싶지는 않았다. 게다가 처음 느껴보는 연정이었다.

거절당할 때 당하더라도 고백조차 못 해보고 먼저 포기할 수는 없었다. 쉽사리 놓아줄 것 같으면 서강과 그런 약조는 하지도 않았을 것이다.

"이 임무는 언제까지 해야 하는 것입니까?"

한세는 일단 모두가 처벌을 면할 것 같다는 생각이 들자 마음이 놓이고 조금은 여유가 생겼다.

"내가 그만하라고 할 때까지다."

"하면 제가 이 임무를 잘 끝냈을 때 제 소원 하나 들어주시겠습니까?"

이산의 눈치를 살피고 있던 한세는 조심스럽게 물었다.

"벌을 받아야 할 것을 대신하는 것인데 소원까지 들어줘야 하느냐?"

말간 얼굴로 이리저리 자신의 눈치를 살피는 한세의 얼굴을 보자니 웃음이 나올 것 같았지만 이산은 여전히 굳은 얼굴로 엄하게 물었다.

"아니, 들어주시면 더 잘할 것 같아서 그럽니다."

이산이 소원을 들어줄 것처럼 긍정적인 반응을 보이자 한세의 눈이 희망으로 반짝반짝 빛나기 시작했다.

"좋다. 네가 약조한 대로 나의 소원 두 개를 다 들어주겠다고 하면, 나 또한 너의 소원을 들어주마."

"참말입니다, 참말 약조하셨습니다."

한세는 거의 비명을 지를 뻔한 것을 간신히 참으며 허둥지둥 이산에게로 달려가 손가락을 걸고 흔들었다.

"손가락까지 걸어야 할 일이더냐?"

이산은 슬픈 비련의 여인처럼 서 있던 한세가 여느 때와 다름없이 새 새거리며 달려와 자신의 손가락을 걸고 흔들자, 하마터면 너무 귀여워 볼을 꼬집고 흔들 뻔했다.

어쩌면 그는 이렇게라도 조금 더 애틋한 이 행복을 맛보고 싶은지도 몰랐다. 본시 사랑이라는 놈이 이토록 오묘한 것인지, 이처럼 쓸쓸한 것인지.

"한데 어찌 더 잘할 것이냐?"

"저하께서 하라고 하시는 대로 적극 협조할 것입니다. 참말입니다!"

한세는 어쩌면 강을 위해 뭔가를 할 수 있을 것 같다는 생각에, 그것만이 그저 좋아서 볼우물이 패이도록 환하게 웃었다.

"그렇다면 이제 나가서 연인처럼 한 바퀴 돌아보자."

"예, 저하!"

이산이 빙긋 웃으며 손을 내밀자 한세는 고개를 힘차게 끄덕이며 크고 두툼한 그의 손을 잡았다.

"아주 훌륭한 연회요."

검은 가면을 쓴 건우는 전각 이층에 서서 경매에 참여하는 사람들을 살펴보고 있는 채운에게로 다가갔다.

"마음에 드신다니 다행입니다. 내놓으신 것들은 모두 다 팔릴 듯합니다."

"다 당주 덕분이오. 고맙소."

"제가 하는 일인 것을요."

건우는 붉은 물이 뚝뚝 떨어질 것 같은 채운의 입술에서 눈을 떼지 못하고, 손을 내밀어 그녀의 가늘고 긴 손가락을 만지작거렸다.

"그날 이후로 줄곧 당주의 입술만 생각난다면 나를 탓할 것이오?"

"연회가 끝나면 정산도 할 겸해서 채운당으로 모시겠습니다."

건우의 낯 뜨거운 말에 노련한 채운도 귓불이 발갛게 물들어 고개를 돌리고 웃었다.

"하면 나는 내려가 보겠소."

건우가 내려가자 이번엔 서강이 한세를 찾으려고 기웃거리며 올라왔다.

"뉘를 찾으십니까?"

"아닐세. 그저 바람이나 쐴까 하고."

강은 이 모든 문제를 만든 것이 채운이라 생각하니 울화가 치밀었지만 내색하지 않았다.

"그렇지 않아도 뵙자고 하려던 참이었는데 잘 되었습니다."

"어인 일로?"

강은 난간에 두 손을 집고 전각 아래 오고 가는 남녀를 살피며 물었다. 혹시라도 한세가 있는지 살피는 것이었지만 정원에는 보이지 않았다. 분명 방으로 들어간 것 같아 아무것도 모르고 문을 열었다가 낭패를 당했다. 방 안에는 조금 전 한세처럼 눈이 맞아 들어간 남녀가 종종 부둥켜안고 있었기 때문이었다.

이제는 어느 방으로 들어간 것인지 알지도 못하면서 문을 벌컥벌컥 열어볼 수는 없는 일이니 강의 속은 새까맣게 타들어 가고 있었다.

"옹주께서 한 번 뵙자고 하십니다."

그런 서강의 속을 훤히 꿰뚫어보고 있는 채운은 애써 웃음을 감추고 물었다.

"화완옹주께서 말인가?"

"예, 그렇습니다."

"내가 옹주를 만날 일이 무에 있는가?"

한세가 연회가 열리는 정원에는 없다는 것을 확인한 서강은 그제야 달갑지 않은 눈빛으로 채운을 돌아보았다.

"옹주와 뜻을 같이하실 수 있는지 알고 싶으신 것이 아니겠습니까?"

"내가 그 따위 허튼 수작에 넘어갈 만큼 만만하게 보이던가?"

"하면 그리 전할까요?"

"알아서 하게."

강이 일말의 여지도 없이 잘라 말하고 다시 전각 아래를 살피고 있을 때였다.

"어?"

한세를 발견한 강의 눈은 금방이라도 튀어 나올 것처럼 커졌다.

강은 순간 자신의 눈을 의심했다. 아무리 보아도 이산이 분명한 비취 빛 도포를 입은 선비와 한세가 나란히 손을 잡고 걸어 나오고 있었다.

그의 손을 뿌리치고 이산의 손을 잡은 한세였다. 그것만으로도 속이 부글부글 끓고 있건만 이제는 보란 듯이 이산의 손을 잡고 저렇게 다정 하게 나오다니, 참말 자신과는 끝낼 생각인 것인가, 그 잠깐 사이에 온 갖 생각들이 난무하게 흘러갔다.

"하면 저는 이만 내려가 연회가 어찌 되어가는지를 살펴야겠습니다."

강의 눈치를 살피던 채운은 더 있다가는 큰일 날 것 같아서 슬며시 자리를 피했다.

'무엇이냐, 네가 정녕 나보다 세손을 더 마음에 둔 것이냐?'

강은 그동안 단 한 번도 한세를 다른 사내에게 보낸다는 생각을 해본 일이 없었다. 궁궐에 예동으로 들어가 세손만 보고 있을 때에도 저러다 가 언젠가는 돌아오리라 믿었고, 그랬기에 이런 승부수를 띄울 수 있었 던 것이다.

한데 저토록 간단히 넘어간 것인가.

"휴!"

서강은 믿을 수 없는 광경에 얼굴을 감싸고 깊은 한숨을 내쉬었다.

"오늘 궁을 나가면 어디로 갈 것이냐?"

이산은 다정하게 손을 잡고 걸어가며 물었다.

"박정하게 자르고 내쫓을 때는 언제고, 비밀입니다."

한세는 손을 살며시 빼내며 퉁명스럽게 말했다.

"비밀? 네가 언제부터 비밀이 있었더냐?"

"아니 전 뭐 사생활도 없나요? 제가 가면 어딜 가겠습니까, 일단 왔던 대로 돌아가겠지요."

"쉿! 목소리를 낮춰라. 사람들이 보고 있지 않느냐?"

이산은 여인과 다정하게 서 있는 자신들을 줄곧 지켜보고 있는 홍국영과 다른 무리들을 의식하며 주의를 주었다.

"아, 참!"

한세는 얼른 목소리를 낮췄지만 어쩐지 굉장한 비밀을 간직하는 기분이 들었다. 처음 이산의 제안을 받아들일 때는 별것 아니라고 생각했는데 막상 해보니 묘하게 마음에 걸렸다.

"가회당 말고 비단전으로 가면 아니 되겠느냐?"

이산은 전각 위에 서서 줄곧 그들이 있는 쪽을 노려보고 있는 강을 힐끗 보다가 나직이 물었다.

"예? 이제껏 지내던 집을 두고 어찌 다른 곳으로 갑니까? 한데 그것이 중요한 일입니까?"

이산이 보고 있는 곳을 돌아보던 한세는 전각 위에서 쏘아보는 강을 발견하고 얼른 고개를 돌렸다. 아무래도 이 자리를 피하는 것이 상책일 것 같았다.

"쫓겨났다니 하는 말이다."

"우선 마님께 먼저 여쭤봐야 합니다."

한세는 아리송하게 말하는 이산을 수상쩍게 바라보았다.

"궁에서 보는 것은 오늘이 마지막이니 서운해서 그러는 것이다."

"쫓아냈는데 당연한 거 아닙니까?"

한세는 어차피 가짜 연인 행세까지 하면서 만나는데, 별걸 가지고 유난을 떤다고 웃었다.

"이런 목석같으니!"

한세의 어깨에 팔을 두르며 이산은 투덜거렸다.

"어, 이러시는 것은 너무 친근한 느낌입니다."

한세는 부담스럽다는 듯 나직이 속삭이며 이산의 품을 벗어났다.

"하면 나는 이제 가보아야 한다. 너도 같이 가는 것이 어떠냐?"

하동재의 문 앞까지 걸어간 이산은 기다리고 있던 기섭을 만났다.

"저는 비단전에 들러 옷을 갈아입어야 합니다. 먼저 돌아가시지요."

한세는 허리를 숙여 이산을 배웅하고 그 길로 뒤도 돌아보지 않고 비단전으로 도망치려 했다. 조금 전 전각 위에서 쏘아보고 있던 강의 후환이 두려웠다.

"한데 말이다?"

기섭과 함께 하동재를 떠나려던 이산이 문득 생각난 듯 한세를 불렀다.

"예, 저하?"

"너는 그 영국 왕의 일을 어디서 알았더냐?"

"아…… 그것이, 저도 들었습니다."

한세는 둘러댈 말이 생각나지 않아 대충 얼버무렸지만, 이산은 뭔가 이상한 모양이었다.

"그랬더냐? 하면 그 이야기는 다음에 듣도록 하자."

이산은 잠시 여운이 남은 듯한 눈빛으로 한세를 바라보다 하동재를 떠났다.

사부 기기마는 이미 소식을 전해 들은 것인지 짐을 싸들고 궁궐을 나가는 한세에게 일단은 방법을 생각해 보자고 위로해 주었다.

　"그렇지 않아도 너를 데리러 가려던 길이었다."

　일단은 어떻게 해야 할지 의논을 하러 가회당으로 가니 뜻밖에도 송씨가 기다리고 있었던 것처럼 잘 왔다고 반겼다.

　"그럼 저 그냥 여기 있어도 됩니까, 마님?"

　한세는 사실 가회당의 별채가 좋았다. 태어나며 이곳에서 이제껏 살아왔으니 익숙하고 안온한 곳이었다. 언젠가는 이곳을 떠나야 하겠지만 그래도 아직은 조금 더 이곳에 있고 싶었다.

　"아버님께서 강이 며칠째 집에 들어오지 않으니, 혹시 너와 같이 있는 것이 아닌가 하시더구나."

　"아닙니다. 절대로!"

　"그럴 리 없다고 말씀을 드려도 그러시는 구나."

　"예, 저는 쭉 계방에 있었습니다."

　"아버님께서는 차라리 너를 집에 데려다 놓고 지켜보는 것이 낫다고 생각하신 모양이다."

　"예."

　비록 서강과 밖에서 만날까 봐 감시하려는 것이겠지만, 한세는 다행이라는 생각에 마음이 놓이며 웃음이 나왔다.

　"그 바람에 돌아왔으니 잘 되었지 뭐냐."

　"예, 참말입니다."

　"뭐 해주랴, 먹고 싶은 것 없느냐?"

　"마님이 해주시는 것이면 다 좋아요."

　송씨는 돌아온 자식을 반기듯 한세가 좋아하는 것들을 만들어주려고 반빗간으로 들어갔다.

　"얼른 물도 새로 길어 오고."

"예, 마님!"

"자네는 불을 지피게!"

송씨는 소매를 동동 걷으며 찬모와 반빗아치들을 재촉했다.

"아휴, 이제야 가회당에 활기가 도는구나! 사람 하나 들고 나는 것이 이렇게 무섭다니까요."

모처럼 화색이 도는 그녀의 발걸음은 신바람이 나 있었고, 보고 있던 찬모와 반빗아치들도 즐거워했다.

"오셨어요, 우세마 나리?"

"저 이제 우세마 아니에요, 잘 지내셨어요?"

"그게 무슨 말씀이세요?"

한세는 별채에 들어서자 금동이에게 인사를 하고 방으로 들어갔다.

"아이고! 방이 엉망이네."

방문을 열어보던 한세는 깜짝 놀라고 말았다.

그동안 서동환의 병수발을 드느라 송씨가 살림을 돌볼 틈이 없었는지 별채는 엉망이었다. 마루와 가구 어느 것 하나 먼지 한 톨 없이 반짝거리도록 닦아놓는 송씨였는데, 병든 시부를 모시는 일은 아무래도 힘이 부친 모양이었다.

"별채는 늘 우세마께서 청소를 하셨으니, 그래서 그런 것인지 마님께서도 그러시고 나리도 통 손을 못 대게 하셔서 이 모양이구만요."

"예, 알겠습니다. 청소부터 해야겠네요."

한세는 짐을 내려놓고 편안한 옷으로 갈아입은 뒤에 당장 청소부터 시작했다.

"한세가 오니 집 안이 다 환해지네."

"날씨가 참 좋아요."

모처럼 집으로 돌아와 신바람이 난 것인지 청소를 하면서도 한세의 입에서는 콧노래가 쉴 사이 없이 흘러나왔다.

"이제 벼슬도 떨어졌다며 뭣이 그리 좋대?"

한세가 걸레를 빨러 가자 우물가에서 물을 긷던 하녀들이 좋다고 까르르 웃었다.

"그럴 일이 있네요!"

오늘부터 가회당 별채에서 잠들 것을 생각하니 너무나 좋아 이대로 몸이 저 청명한 푸른 하늘로 둥둥 떠오를 것만 같았다.

"마님도 쌀을 씻으시며 싱글벙글이시던데."

물동이를 이고 앞서서 가던 갓난이가 돌아보며 웃었다.

"으랴차!"

한세도 물을 길러 물동이를 들고 조심스럽게 별채로 옮겨갔다.

"마님께서 많이 힘드셨구나."

한세는 별채 청소도 하고 강의 이불 홑청도 벗겨내 빨고 밀린 빨래도 했더니 몹시 고단했다.

"고단할 것인데 차차 하지 않고?"

송씨는 말은 그렇게 했지만 반짝반짝하게 닦아놓은 별채 마루를 보고는 흐뭇해했다.

"이제야 별채에 사람이 사는 것 같구나, 그동안은 네가 없으니 강이도 들어오지 않고 어찌나 적적했는지."

"도련님은 오늘도 안 들어오신다고 하셨습니까?"

"오늘도 안 들어올 것 같던데, 너도 그만하고 밥 먹자."

"예."

"걸레는 금동이네 주고 어서 건너오너라."

"예, 마님."

한세가 안방으로 들어가자 상 위에 반찬들을 먹기 좋게 놓던 송씨가 환하게 웃어 보였다.

"배고프지?"

"별로 배고프지 않은데……."

조신한 척 한번 해본 소리였는데 하필이면 그 순간, 난데없이 배에서 꼬르륵! 소리가 들려왔다. 바로 한세의 배에서 울려 나오는 소리였다.

"아이고, 그동안 밥도 못 얻어먹고 다녔던 것이냐?"

생선 살을 발라 밥 위에 놓아주던 송씨는 그런 한세를 보며 피식 웃어 보였다.

"제 배에서 난 소리 아니에요!"

한세는 무슨 소리냐는 듯 시치미를 뚝 뗐다.

"먹자!"

송씨는 애써 웃음을 참으며 한세에게 수저를 쥐여 주었다.

"어찌 드시지 않으십니까?"

젓가락질을 멈추고 한세가 물었다.

"고단해서 그런지 나는 배가 별로 고프지 않네, 어서 먹어라."

"네."

그리고 보니 송씨는 부쩍 여위고 고단해 보였다. 그동안 한세도 없이 집안일을 다 하고 홀로 시아버지 병수발까지 하느라 지친 모양이었다.

"이제 제가 다 할 거니까 마님은 우선 몸을 챙기세요. 이러시다 큰일 나겠습니다."

"그래, 너 밥만 먹이고 좀 쉬어야겠구나."

송씨는 별로 먹지 않고 옆에서 이것저것 챙겨주며 한세가 먹는 것을 지켜보았다.

"그동안 나 혼자 아버님 병수발을 드느라고 너무 고단했는데 이제 네가 돌아오니 마음이 놓이는구나."

"그동안 고생하셨어요. 오늘 밤은 제가 대감마님 잠자리도 봐드리고 할 것이니 일찍 주무세요."

"너도 고단할 것인데?"

"아니에요, 저는 내일 아침 늦게까지 자면 되죠. 이제 등청도 않는데."

한세는 그렇게 대답하고 보니 쓸쓸해졌다. 하지만 내색하지 않고 일찌감치 송씨의 이부자리를 살펴준 뒤에 상을 치우고 사랑채로 갔다.

"대감마님, 주무십니까?"

"들어오너라."

"이부자리 봐드리겠습니다."

"음."

오랫동안 자리에 누워 있던 노인이라 자리에서 일으키고 이불을 바꿔 펴는 것도 쉬운 일이 아니었다. 그나마 한세는 몸을 단련해 힘이라도 좋기에 망정이지 송씨는 버거웠을 것이라는 생각이 들어 마음이 아팠다.

"그럼 편히 주무세요."

이부자리도 갈고 땀도 닦아서인지 서동환은 모처럼 개운한 기분이 들었다. 그래도 그렇게 구박을 했는데 피붙이처럼 살갑게 구는 한세를 보니 서동환도 슬그머니 미안한 마음이 들었다.

"그래 고생했다. 너도 그만 건너가 쉬어라."

"예, 대감마님!"

한세는 사랑채를 나오면서 겨우 허리를 펴고 하늘을 올려다보았다. 어둠만이 가득할 뿐 달도 없는 캄캄한 밤이었다.

"아, 진짜 파란만장한 하루였다!"

아침부터 하동재 연회에 가고 이산을 만나 그 난리를 피우고, 삭탈관직을 당하고 궁에서 쫓겨나 돌아오기까지. 그야말로 머리가 핑핑 도는 하루였다.

"좀 씻어야겠다."

한세는 솜처럼 무거워진 몸을 씻기 위해 정방으로 갔다.

"아! 이 꼴이 뭐야!"

한세는 정방으로 들어가자마자 면경에 비친 자신의 몰골을 보고 비명을 질렀다.

몸살이 나려는 것인지 이상하게 후덥지근하다는 느낌에 빨리 몸을 식히려고 옷을 벗어 던지고 목욕통으로 들어갔다.

"귀신에 홀린 것 같은 하루였어."

한세는 바가지를 들고 몸에 물을 쏟아 부었다. 차가운 물이 뜨겁게 달아오른 피부에 닿자 한세는 몸을 떨었다.

몸을 씻고 나니 그나마 몸이 조금 개운해지는 것 같았다.

"으흠!"

맑은 공기를 들이마시며 한세는 미소를 지었다.

이제 모든 것이 달라진 기분이었다. 그러나 가볍게 생각하기로 했다. 잠시 쉬는 것이라고. 관직에 있지 않아도 할 일은 있을 것이고, 곧 제자리로 돌아가게 될 것이라고 스스로에게 최면을 걸었다.

"아, 이불 홑청을 꿰매야지."

방으로 돌아와 머리를 닦다가 생각해 보니 강이 방에 이불을 뜯어 빨고는 홑청을 꿰매지 않은 것이 생각났다.

"얼른 꿰매고 자야지."

한세가 하지 않으면 송씨가 또 아픈 몸을 움직여 해야 할 일이었다. 조금 늦게 자더라도 이불 홑청을 꿰매고 자는 것이 마음이 편할 것 같았다.

"어차피 강이는 오늘 들어오지 않는다고 했으니까!"

한세는 속옷만 입은 채로 방 안에 이불을 펼쳐 놓고 이불을 꿰매기 시작했다.

후덥지근한 여름밤, 하늘엔 달도 없이 캄캄하게 어두웠다.

그 시각 강은 피맛골 주막에서 기별서리들을 만나 술을 사주고 돌아오는 길이었다. 초저녁부터 그동안 고생한 기별서리들을 불러 고기와 술을 나눠먹으며 오랜만에 즐거운 이야기들을 했다.

"고생들 했네, 앞으로 더 열심히 해보세."

강이도 그들과 술자리를 함께했다. 평상시 같으면 그냥 술만 사주고 말았을 것을 오늘은 기분도 울적한 김에 강도 그들과 돌아 앉아 취하도록 마셨다.

"나리, 살펴 가셔유!"

"오래 살고 볼일일세. 우덜하고 술을 다 드시고."

강이 술값을 치르고 일어서자 기별서리들도 따라 나와 고개를 조아렸다.

"많이 마셨으니 그만들 하고 쉬게!"

"예, 나리!"

처음으로 그렇게 흠뻑 취해서 탈것이라고는 사용하지 않는 강이 가마를 불러 타고서야 가회당으로 돌아왔다.

강이 들어왔을 때는 칠흑 같은 어둠이 가회당 별채를 삼켜 버렸을 때였다. 마침 금동이 자고 있어서 자다 깬 돌쇠가 눈을 비비며 문을 열어 주고 들어가 버렸다.

"세가 만날 흔들린다고 하더니 참말 흔들리기는 흔들리는구나."

그는 눈을 감고도 다닐 수 있는 연못가를 걸어서 자신의 방으로 들어 갔다. 한세가 왔으리라고는 생각도 못했고 섬돌에 놓여 있는 신발을 살 필 기력도 없을 만큼 취해 있었다.

"으음, 취한다."

강은 평소처럼 자신의 방으로 들어가 옷을 홀홀 벗어 던져 버리고 이불 속으로 들어갔다. 그에게도 오늘 하루는 몹시 파란만장한 하루였다.

맨몸에 닿는 까슬까슬한 새 이불의 감촉을 느끼며 강은 기분 좋은 잠속으로 곯아떨어졌다.

"으으음……."

한세는 갑자기 이마가 홯아지는 느낌에 몸이 뻣뻣하게 굳어버렸다. 촉촉하고 말랑한 뭔가가 이마에 닿자 온몸에 솜털이 일어서며 오싹해졌다.

"으음…… 그만……."

몸이 저절로 움찔거려 입술을 깨물었다.

한세가 정신을 차렸을 때는 이미 새벽이었다. 기분 좋은 나른함이 온몸을 감고 돌았다. 야릇한 촉감에 눈을 뜨니 눈앞에 아름다운 쇄골이 드러나며 딱 벌어진 어깨와 단단한 가슴이 보였다.

"어?"

뭔가 이상하다는 생각에 고개를 들었을 때 평화롭게 잠들어 있는 강의 얼굴이 눈에 들어왔다. 그는 한세를 꼭 껴안고 그녀의 등을 부드럽게 어루만졌다.

"흡!"

한세는 기겁해서 비명이 터져 나오려는 입을 손바닥으로 급히 틀어막았다.

대체 이게 어찌 된 일이지. 한세는 눈동자를 굴리며 재빨리 상황을 살폈다. 분명 어젯밤 이불 홑청을 꿰매고 이불을 잘 펼친 뒤에 한 번 누워본 기억까지는 나는데.

아뿔싸. 이런 젠장! 풀 먹인 새 이불이 너무 푹신하고 좋아 그대로 잠이 들어버린 것이었다.

그런데 강은 언제 들어와 이러고 있는 것일까. 그러고 보니 술 냄새가 풀풀 진동을 한다. 무슨 좋은 꿈을 꾸고 있는 것인지 잠이 든 상태에서도 강은 빙그레 웃고 있었다.

'내가 미쳐!'

한세는 본능적으로 엉덩이를 살짝 뒤로 뺐다.

"으음……."

그러자 강은 손을 내려 한세의 등을 쓸어내리며 온몸을 꽉 끌어안았다. 한세는 속바지만 입은 다리에 와 닿는 딱딱한 감촉에 그만 기겁을 해 필사적으로 벗어나려고 몸부림을 쳤다.

"어?"

그러자 갑자기 강이 눈을 번쩍 떴다.

"이제 하다하다 꿈속에서도 나를 괴롭히는구나?"

갑자기 눈을 번쩍 뜬 강은 꿈이라고 생각하는 모양이었다.

"가슴을 막 더듬고, 간지러워 잠을 잘 수가 있나……."

눈꺼풀이 다시 감기며 강의 긴 속눈썹이 스르륵 내려갔다.

'그래, 잘한다. 빨리 눈을 감고 다시 잠들어라. 근데 이 남자 속눈썹이 이렇게 길고 짙었구나.'

한세는 그 와중에도 강의 아름다운 쇄골 뼈와 탄탄한 근육질의 가슴을 물끄러미 바라보며 가슴이 설레었다.

'더듬기는 누가 더듬었다고, 아니 내가 잠결에 좀 더듬었나? ……아, 진짜 너무 심하게 섹시하다.'

생각해 보니 잠결에 손끝에 닿는 야릇한 감촉을 느낀 것 같기도 했다. 한세는 잠시 그대로 숨을 죽이고 강이 다시 잠들기를 기다렸다.

"너!"

하지만 잠들려던 강은 뭔가 이상하다는 것을 느꼈는지, 한세의 바람을 무참하게 깨뜨리며 다시 눈을 뜨고 말았다.

"헉!"

시선이 딱 마주친 순간, 깜짝 놀란 한세의 입이 떡 벌어졌다.

"이런 젠장!"

이는 수습이 불가능한 대형 사고였다. 한세는 번개라도 맞은 듯 벌떡 일어나 문 쪽으로 도망쳤다.

"거기 딱 서!"

강은 벌떡 일어나 살금살금 걸어가는 한세의 뒷모습을 노려보며 나직한 목소리로 불렀다. 가뜩이나 하동재 별채에서의 일로 심기가 상해 있던 차에 강이 이런 기회를 놓칠 리 없었다.

'너 같으면 서겠냐?'

한세가 그대로 냅다 튀려는 찰나, 강의 입에서 믿을 수 없는 외침이 터져 나왔다.

"어머님! 어머니, 한세가 저를 덮쳤……."

비록 작은 목소리였지만 한세는 그 소리에 기겁하고 달려가 강의 입을 틀어막았다.

"아, 이 사람이! 미쳤나?"

동그랗게 눈을 치켜뜬 한세가 강을 노려보았다. 그러자 강은 자신의 입을 틀어막은 한세의 손가락을 입안에 넣고 살짝 깨물었다.

"아!"

한세는 손가락을 빼내며 눈을 흘겼다.

"그러게 어디 가는 것이냐?"

강은 싱긋 웃으며 퉁명스럽게 물었다.

"그만 제 방으로 가보려고요."

한세는 시치미를 뚝 떼고 멀뚱멀뚱한 얼굴로 천연덕스럽게 대답했다.

"하! 나를 이 꼴로 만들어놓고!"

"이 꼴로 만들기는 제가 뭘 어쨌다고요?"

"하면 내가 어찌 이 모양이더냐?"

강은 계속해서 멀뚱한 눈으로 자신을 빤히 보고 있는 한세 때문에 울화가 치밀었는지 그대로 자리에서 벌떡 일어섰다.

"에그머니!"

한세는 반라의 강이 그대로 이불을 박차고 일어서자 얼른 두 손으로 눈을 가렸다.

잘못한 것도 없는데 솜털이 오소소 일어서며 몸이 움츠러들고 입술
이 파르르 떨렸다.

"아무리 내가 좋아도 그렇지, 정녕 네가 나를 덮친 것이냐?"

"더, 덮치다니요?"

"평소에 내게 흑심을 품고 있지 않았더냐?"

"내가 뭐 연필입니까, 흑심을 품게!"

백번양보해서 흑심을 품고 있었던 것은 사실이지만, 그렇더라도 이번
엔 참말 억울하다. 기가 막힌 한세가 손가락 사이로 보니 강의 발이 보
였다. 한세의 발과는 달리 강은 발가락도 길고 발등이 날씬하다.

"네가 그런 것이 아니라면 내 몰골이 어찌 이 모양이냐?"

"저는 아무 짓도 하지 않았다고요. 그저 이불 호청을 갈다가 깜빡 잠
이 들었던 것인데."

"내가 이리 홀떡 벗고 자는 것을 보았더냐?"

강의 말을 듣고 그의 발을 따라 눈을 드니 탄탄한 구릿빛 종아리와
굵고 단단해 보이는 허벅지가 보였다.

'아깝다. 이런 줄 알았더라면 진즉 다 벗겨 버릴걸 그랬나.'

천천히 시선을 끌어 올리다 급히 건너뛰어 고개를 들자 빚어놓은 도
기같이 근사한 강의 얼굴이 눈에 들어왔다.

"내가 네 마음을 모르는 것은 아니지만 그래도 술에 취한 사내를 이
리 덮치는 것은 아니지."

팔짱을 끼고 한세를 바라보는 강의 입술은 빙글빙글 웃고 있었고, 그
의 눈빛은 묘하게 뜨거웠다.

"아, 뭐래? 억울합니다! 전 절대 아니라고요!"

"어찌 되었든."

잠시 정신을 놓고 매혹적인 그의 눈빛 속에 빠져 있을 때 강의 입술

이 저돌적으로 다가왔다.

"너와 내가 동침을 한 것은 확실한 것이다. 그것도 두 번씩이나."

"그거야 그렇지만……."

한세는 가슴이 심하게 벌렁거렸다. 그런데 왜 무참하리만큼 꼼짝 못하고 멀뚱멀뚱 서 있는 겐지.

"하니, 이제 내가 너를 책임져야 되지 않겠느냐?"

한세는 무슨 큰 죄를 지은 사람처럼 방에서 뛰쳐나가지도, 그렇다고 앉지도 못하고 굳은 채 서 있었다.

"도련님이 저를요?"

"그래."

"아니, 왜요?"

"하면 남녀가 유별한데 사내가 동침을 한 여인을 책임지지 않는다는 것이 될 법이나 한 말이더냐?"

강은 바닥에 뒹구는 바지와 저고리를 챙겨 입으며 단호하게 선언했다.

"그만 일로 책임은 무슨!"

"동침을 하고도 딴 사내의 손을 잡고 도망치는데, 내 이번에야말로 꼭 책임을 지고 말 것이다. 한데 생각해 보니 울화가 치미는구나. 너! 대체 어찌 그럴 수가 있어?"

"무슨 말씀을 하시는지 모르겠는데요."

한세는 속으로 뜨끔했지만 사형들까지 속여야 한다는 이산의 말을 떠올리고 일단은 시치미를 떼기로 했다.

"하동재에서 말이다. 내가 참말 자존심이 상해서!"

"하동재에서 무슨 일이 있었습니까? 저는 하동재에 가본 일이 없어서 무슨 말씀을 하시는지 도통 모르겠습니다."

"뻔뻔하기는! 아무튼 너와 나는 동침을 한 사이라는 말이다. 하니, 딴 생각 말아라."

"아이고, 되었습니다. 도련님과 저는 아무 일도 없었으니 공연히 헛다리 짚지 마십시오."

잠시 강의 말에 넘어갈 뻔했던 한세는 그제야 정신을 차리고 휙 돌아서며 방문을 열었다.

"되기는, 내 당장 어머님께⋯⋯."

그러나 방문을 여는 순간, 옥신각신하던 두 사람은 동시에 말끝을 흐리며 그대로 굳어버렸다.

"마, 마님!"

조금 전까지 피어오르던 분홍빛 아지랑이가 순식간에 사라지며 한세의 눈동자는 송씨의 창백한 얼굴로 가득 찼다.

"너, 너희들이 어찌⋯⋯."

문 앞에는 얼굴이 백지장처럼 새하얗게 질린 송씨가 몸을 부들부들 떨며 서 있었다.

"어머님!"

"마님!"

한세는 송씨가 받은 충격이 얼마나 클지 짐작이 가기에 더욱 두려웠다. 그 자리에서 무너지듯 휘청거리는 송씨를 부둥켜안으려 했지만, 그녀는 냉정하게 뿌리쳤다.

"내 너를 그리 믿었건만!"

송씨는 눈물을 뚝뚝 흘리는 한세를 물끄러미 바라보다 그대로 돌아서 버렸다.

실망한 눈빛으로 쓸쓸하게 돌아서는 송씨의 뒷모습을 바라보며 한세는 가슴이 무너지는 슬픔을 느꼈다.

"마님!"

차라리 어찌 이럴 수 있느냐고 야단을 쳤다면, 등짝이라도 때리며 나무라기라도 했더라면 그렇게 마음이 아프지는 않았을 것이다.

"마음 아프게 해드리고 싶지 않았는데, 이제 어찌합니까?"

한세는 금방이라도 울어버릴 것 같은 얼굴로 강을 바라보았다.

누군가 한세에게 이 조선에서 제일 의지하고 사랑하는 이가 누구냐고 묻는다면, 두 번 생각할 필요도 없이 송씨라고 대답할 것이다.

송씨의 쓸쓸한 눈빛을 보는 순간 한세는 그대로 주저앉고 말았다. 한세를 의심 없이 믿어왔던 송씨의 마음이 와르르 무너지는 소리가 들리는 것만 같았다.

"걱정할 것 없다. 내가 알아서 할 것이니 예 있어라. 내가 가보마."

강은 넋을 잃은 한세의 어깨를 살며시 감싸 안아 다독여 주고는 안채로 가는 송씨를 따라갔다. 하지만 한세도 그대로 있을 수 없어 강의 뒤를 따라갔다.

"어머님!"

안방 앞에 잠시 숨을 고르며 서 있던 한세와 강은 송씨를 불렀다.

"들어오너라."

방 안에서 들려오는 송씨의 목소리는 차분하게 가라앉아 있었다.

"세도 들어오고."

"마님, 송구합니다."

송씨 앞에 무릎을 꿇고 앉은 한세는 몸 둘 바를 몰랐다.

"어머님, 저하고 이야기하시지요. 한세는 내보내고."

강은 그렇지 않아도 할아버지 서동환 때문에 헤어지자고 하던 한세가 걱정되었다. 이러다 한세를 영영 잃게 될지도 모른다는 생각이 앞서 송씨의 충격은 보이지 않았다.

"네 할아버님께서 걱정을 하셔도 설마설마했건만."

송씨는 무릎을 꿇고 앉은 한세와 강을 바라보며 긴 한숨을 내쉬었다.

"세의 잘못이 아닙니다, 어머니."

"이러다 어른들이 아시면 어찌하려고 이러느냐?"

"제가 좋아합니다. 소자가 한세를 많이 좋아하고 있습니다."

강은 어머니에게만이라도 자신의 사랑을 인정받고 싶었다.

"네가 좋아하는 것이 세의 처지를 더 어렵게 만든다는 것을 모르겠느냐? 네가 누군가를 좋아하는 것은 그 사람의 안위는 생각지도 않고 그저 감정만 앞세우는 것이더냐?"

누군가를 사랑하고 누군가의 사랑을 받는 것이 어떤 감정인지 알지 못한 채 평생을 살아온 송씨는 아들과 한세의 위태로운 사랑이 안타깝고 애처로웠다.

"알고 있습니다. 그래서 오랫동안 망설이고 기다려 왔습니다."

"세에 대한 너의 감정을 안 이상 이대로 한집 안에 살 수는 없다. 하니 세는 이제 돌려보내도록 하자."

"어머니!"

"그것이 세를 위해서도 좋을 것이다."

이미 냉정을 되찾은 송씨는 단호하게 잘라 말했지만, 그동안도 한세가 없는 가회당은 돌아오고 싶지 않았던 강은 당황했다.

"어머님, 이제와 한세를 돌려보내는 것은 말이 되지 않습니다."

지금의 상황에서 한세를 제집으로 돌려보내는 것이 어떤 의미인지 잘 알고 있는 강은 반대했지만 송씨는 이미 마음을 정한 것 같았다.

"이는 결코 네가 미워서가 아니다. 나는 너희에게 기회를 주려는 것이다."

"예, 마님. 마님께서 무엇을 염려하시는지 잘 알고 있습니다. 심려하실 일은 하지 않을 거예요. 하니 걱정하지 마세요."

한세는 이미 제정신이 아니었다. 다른 모든 것을 잃어도 송씨만은 잃고 싶지 않았다. 한세에게 송씨는 어머니며, 벗이고 또 스승이었다.

"나는 네가 나처럼 살기를 원하지 않았지만 이제 벼슬을 할 일도 없고, 그저 여인으로서의 삶을 살기를 원한다면 굳이 내 집에 있을 필요는 없을 것이다. 혼인을 하는 순간부터 여인은 시집에 매여 살아야 한다. 하니 돌아가 네 부모의 귀한 여식으로 정도 듬뿍 받으며 살다가 인연이 되어 너희가 혼인하게 된다면 그때 가회당으로 돌아와 며느리 노릇을 해도 늦지 않을 것이다."

한세를 바라보는 송씨의 눈빛은 그 어느 때보다 진실했다. 두 사람에게 생각할 여유를 주고 지켜보려는 생각도 있었고 한세를 위해 그렇게 하는 것이 좋겠다는 생각에 마음을 정한 것이었다.

"어머님 뜻은 알겠지만 한세를 이렇게 보내고 싶지 않습니다."

강은 다시 한 번 반대했지만 송씨는 고개를 저었다.

"강아, 이제껏 나는 네가 하는 일에 반대한 일이 없다. 하니 이번만은 내 뜻을 따르는 것이 좋을 듯하구나."

"예, 마님! 그리하겠습니다."

한세는 끝까지 어머니를 설득하려는 강의 소맷자락을 살며시 잡아끌며 고개를 저었다. 아직은 해야 할 일이 산더미 같은데 혼인을 할 처지는 아니었다. 차라리 이제 가회당을 나가 독립을 하는 것이 옳은 일이라는 생각이 들었다.

"날이 밝는 대로 네 어머니께 사람을 보낼 것이니, 그만 건너가 쉬어라."

"예, 마님."

한세는 축 처진 어깨로 안채를 나가는 강의 뒤를 잠자코 따랐다.

화난 발걸음으로 터벅터벅 걷던 강은 별채로 들어와서야 한세를 향해 돌아섰다. 얼마나 긴장하고 힘이 들었는지 한세의 얼굴은 마치 지샌달 같았다. 먼동이 틀 무렵 서쪽 하늘에 아직 남아 있는 달처럼, 창백한 푸른빛으로 빛나다 이제라도 곧 하얗게 사라질 것만 같았다.

"괜찮으냐?"

한세가 쓰러질 듯 휘청거리자 강이 급히 손을 잡았다. 손이 얼음장처럼 차가웠다.

"괜찮을 리가 있겠습니까? 아니 갑자기 무슨 술을 마시고 오셔서 일을 이리 만듭니까?"

강이 걱정스럽게 묻자 그제야 퍼뜩 정신이 든 한세는 힘없이 마루에 걸터앉으며 떨리는 목소리로 되물었다. 송씨의 마음을 아프게 하고 행복할 수 있는 것인지, 마음이 복잡해 짜증이 났다.

"지금 그것이 문제더냐, 어찌 어머니의 뜻을 따르자는 것이냐? 너는 정녕 나와 혼인할 마음이 없는 것이냐?"

"마님의 말씀이 맞습니다. 비록 관직도 없고 궁에서도 쫓겨났지만 제게는 해야 할 일이 있습니다. 한데 제가 어찌 혼인을 하겠습니까?"

한세는 그렇게 얼버무리며 얼른 손을 놓고 일어섰다. 지금은 강의 마음까지 살필 여유가 없었다.

"너 참말!"

하동재에서 한순간도 눈을 떼지 않고 한세의 일거수일투족을 지켜보던 강이었다. 보지 않으려 했지만 이산의 손을 잡고 나온 한세의 자태는 아름다웠다. 비록 가면을 쓰고 있어도 이산을 바라보며 방그레 웃을 때 드러나는 고른 치아며 말간 얼굴, 그런 한세의 모습이 마치 각인이 된 듯 선명하게 그려졌다.

"마님의 마음까지 아프게 하며 도련님과 혼인을 한들 제가 행복하겠습니까, 저는 이제 다 잊고 일만 할 것입니다. 그러니까 도련님도 저 흔들지 마세요."

"정녕 네 마음속에 나는 없는 것이냐?"

강의 깊고 나직한 목소리의 울림 때문에 순간적으로 주변의 모든 것이 멈춘 듯 고요했다.

"세상에는 목숨을 걸어도 안 되는 일이 있는 것 같아요."

하루 종일 정신이 없더니, 일이 어쩌다 이렇게 꼬여 버렸는지. 한세는 그대로 울어버릴 것 같은 얼굴로 혼잣말처럼 중얼거렸다.

"나는 너에게 고백하며 자존심도 버렸다. 한데 너는 취하지 않고는 솔직하게 네 마음 인정할 용기조차 없는 것이야?"

무언가 확답이 필요한 강이 더는 기다리지 못하고 다시 한 번 다그쳤다.

"용기가 없는 것이 아니라 자신이 없는 겁니다. 사랑에는 고백할 용기만 필요한 것이 아니라, 그 사랑을 지켜낼 자신도 필요한 거니까요."

한참을 망설이던 한세는 겨우 그 한마디를 남기고 돌아서 안으로 들어가 버렸다.

"내 마음은 이리 아픈데, 네 마음은 어찌 그리 차갑고 현명한 것이냐, 어찌 그리 이성적이야……."

손을 내밀면 바로 잡을 거리에 있었건만 강은 그러지 못했다.

언제나 내 여인이라 확신하고 있었는데, 단 한 번도 의심해 본 일이 없었건만 지금 이 순간 손 내밀면 닿을 데 있는 한세가 한없이 멀게 느껴졌다. 그날 강은 처음으로 좌절을 맛보았다.

"죽을힘을 다해 애쓰고 있어. 누구에게도 내 마음 주지 않으려고, 누구와도 사랑에 빠지지 않으려고."

한세는 사랑 앞에 어찌 그리 차갑고 이성적일 수 있느냐는 강의 말을 들으며 입술을 깨물었다.

문득 이산의 쓸쓸한 목소리가 귓가에 맴돌았다.

"내 마음은 내가 간수할 것이다. 하니, 너무 애쓰지 마라."

그 순간 어째서 그의 말이 떠오른 것인지 알 수 없었다. 다만 그 말이 떠오르는 순간, 그의 마음을 알면서도 아프게 한 죄를 받나 보다 하는 생각에 마음이 아팠다.

제 마음 하나를 간수하는 것이 이렇게 힘든 일인지 미처 알지 못했다. 때로는 마음을 지키는 일이, 목숨을 지키는 일보다 더 필사적일 수 있다는 것을.

그 시각, 영조가 잠든 것을 지켜본 이산은 존현각으로 돌아와 서안 앞에 앉았다.

서책을 펴고 앉은 이산은 낮에 하동재에서 한세에게 들었던 말이 떠올라 슬며시 웃음이 났다.

"그런 작전을 펼치다가 참말로 사랑에 빠지는 사람들 여러 번 봤습니다."

애간장을 녹일 듯한 한세의 고운 자태가 지금도 눈에 아른거렸다.

한세는 지금 어디서 뭘 하고 있을까. 그냥 두었으면 이렇게 보고 싶을 때 달려가 얼굴이라도 볼 수 있었을 것이라 생각하니 그리 박정하게 내치는 것이 아니었다는 후회도 들었다.

"그것참!"

이산은 서안을 탁 내려쳤다.

"어찌 그러십니까?"

존현각에 침입자가 있었다는 한세의 말을 듣고 신경이 곤두서 주위의 소리에 귀를 기울이고 있던 기섭이 깜짝 놀라 돌아보았다.

"공연히 세를 내보낸 것인가 해서 말이다."

"보고 싶으십니까?"

"보고 싶구나."

이산은 긴 한숨을 내쉬며 허탈하게 중얼거렸다.

"그러게요, 이런 때 있었으면 또 엉뚱한 짓으로 재미있게 해줬을 것인데 말입니다."

"내가 내 발등을 찍었다."

"하면 다시 불러들이시지요."

"원칙은 원칙! 모양 빠지게 어찌 그런 짓을 하느냐."

이산은 고개를 흔들며 동강 난 한숨을 내쉬었다.

"정히 그러시면 이보 전진을 위한 일보 후퇴로 생각하십시오. 하긴, 오늘 뵈니 이보 전진 정도가 아니라……."

기섭은 더 이상 말을 잇지 못하고 쿡쿡대며 웃다가, 빤히 쳐다보는 이산과 눈이 마주치자 입을 다물어 버렸다.

"이거야, 원!"

"제가 저하를 다시 뵈었습니다. 대체 어찌 한세를 그리 쉽게?"

기섭은 쑥스러워 귓불까지 붉어진 이산을 위로한답시고 한마디 덧붙였다.

"쉽게 꼬신 것이냐 묻고 싶은 것이지, 지금?"

"예, 어찌하신 것입니까?"

"안 가르쳐 준다!"

"아무튼 남다른 재주가 있으십니다."

기섭은 안 가르쳐 주겠다며 빙그레 웃는 이산을 향해 엄지를 척 올려 보였다.

갑자기 가면을 벗겨 버렸을 때 한세의 놀라 동그래지던 눈과 울먹이던 입술이 생각나 이산은 가슴이 간질거렸다.

"하하하!"

그는 갑자기 그대로 보료 위로 벌렁 쓰러지며 환하게 웃었다.

누구나 인생에 한 번쯤은 가슴 깊은 곳에 숨겨둔 불씨에 반짝하고 불이 댕겨지는 순간이 있다. 그날 사고처럼 일어난 입맞춤으로 불씨에 불을 댕기고, 오늘 작전을 가장한 만남으로 불을 지폈다. 이 불씨가 거침없이 타오를 것인지 이대로 사그라질 것인지 알 수 없었으나 오늘 밤 이산은 세상에서 가장 행복한 사내였다.

❀

　고운 선비처럼 남장을 한 한세는 운종가에서 빌린 가마에 머리를 기대고 앉아 채운당 옆 건물 위압적인 솟을대문 앞에 서 있었다.

　"전기수 김열기와 제자 민달수요."

　앞서간 가마에 탄 김열기가 곁문을 열고 신분을 증명하는 증명서를 내보였다. 그날 가마가 줄줄이 들어가는 것을 보았던 것처럼 채운당의 옆 건물은 남녀를 불문하고 가마를 탄 이들만 출입이 허락되었다.

　"그쪽이 민달수요?"

　"그렇소."

　한세가 탄 가마의 곁문이 열리며 우락부락한 사내가 얼굴을 디밀고 안을 살폈다.

　"기다리시오!"

　가마 안에 이상한 것이 없다는 것을 확인한 사내는 다시 곁문을 닫고 안으로 보고하러 들어갔다.

　"대체 뭐가 있기에 이렇게 은밀하고 철저해?"

　한세는 문을 열라는 신호가 떨어지기를 초조하게 기다렸다.

　어째서인지 연유는 알 수 없으나 운종가를 무대로 이런저런 재주를 가지고 먹고 사는, 현대에서 보면 전문가 집단이라고 할 수 있는 이들은 물론이고 왈짜패들까지 모두가 채운을 신뢰하고 있었다. 전기수 김열기도 그런 이들 중 하나였다.

　절대로 채운을 배신할 수 없다고 버티는 김열기를 협박, 회유, 설득하는 데 며칠이 걸렸다. 한결이 어찌했는지 겨우 마음을 돌린 김열기는 절대 채운을 해치지 않는다는 각서를 받고서야 한세를 데리고 와주었다.

가마에 얼굴을 찰싹 붙이고 문틈으로 밖을 살피는데 바로 옆에 가마 두 대가 와서 섰다. 한세는 바로 옆에 붙은 가마를 물끄러미 바라보았다.

겉보기에는 다른 가마들과 같아 보였지만 어딘지 모르게 튼튼해 보이는 그 가마는 안에 무거운 사람이 탄 것인지 네 명의 장정이 들고 있었다.

조금 떨어진 곳에 낯이 익은 사내가 대기하고 있는 것이 보였다. 분명 어디선가 본 사내였다.

"오셨습니까요?"

사내를 발견한 문지기가 달려와 고개를 숙였다. 김열기 일행을 안내하던 조금 전과는 전혀 다른 태도였다.

"문을 열게."

"예."

사내가 소리치자 문을 지키던 이는 두말없이 문을 열고 가마 두 대를 그대로 통과시켰다.

"어디서 본 것 같은데?"

한세가 가마를 이끌던 사내의 낯이 익다고 생각하며 고개를 갸웃거리는데 들어가라는 신호가 떨어졌다.

"들어가게!"

한세는 그 사내가 채운의 옆을 지키던 호위무사였다는 것을 기억해 내고 뭔가 이상하다는 생각에 계속해서 밖을 살피며 먼저 들어간 가마를 좇았다.

채운은 지금 담헌의 별채에서 건우에게 양금을 가르치고 있을 것이었다. 한세가 잠입하면 원활하게 움직일 수 있도록 건우가 채운을 밖으로 불러내었다. 그런데 채운의 호위무사가 다른 가마를 호위하고 있다는 것이 아무리 생각해도 이해가 되지 않았다.

건물은 전체적으로 채운당과 비슷한 구조로 지어졌지만 안채와 사랑채를 연결하는 곳간 쪽을 지키는 자들의 수가 월등히 많았다.

한세와 김열기가 탄 가마는 문을 통과해 중문 하나를 거쳐 들어갔지만 앞서 간 가마는 전혀 다른 쪽 중문을 이용해 곳간이 있을 법한 안쪽으로 들어갔다. 이상한 것은 그뿐이 아니었다. 가마가 중문을 통과해 들어가자 기다렸다는 듯 힘깨나 쓸 만한 사내들이 그 주위에 모여들었다.

"가마 안에 뭔가 무거운 것이 들어 있다는 것인데."

가마에서 내린 한세는 재빨리 주위를 살피며 김열기를 따라 걸었다.

"이곳은 사내들만 있는가?"

채운당의 본채와 달리 이 건물에는 안내하는 이들이 모두 고운 꽃미남들이었다.

"일하는 이들은 모두 사내들이지. 앞으로 쓸데없는 것은 묻지 말게. 하고 허튼 짓도 말게. 나까지 죽이고 싶지 않으면……."

앞서가던 김열기는 초조한지 목소리를 낮추고 주의를 주었다.

"그리 경직되어 있으면 티가 나지 않나. 웃게, 웃어."

"나 원 참, 쬐깨난 사내가 간댕이만 부어서는!"

"그러게요, 쓸데없는 일에만 간이 커서."

능청스럽게 웃는 한세를 바라보던 김열기는 어이가 없다는 듯 혀를 찼다.

"나리, 이쪽이 일전에 말씀 드렸던 저의 제자이올시다."

김열기는 이 건물의 책임자인 만수에게 한세를 자신의 제자라고 소개했다. 운종가에서 전기수가 워낙 인기가 있고 벌이도 괜찮다 보니 잘나가는 강독사 밑에는 제자가 한둘씩 있었다.

"처음 뵙겠습니다."

"내 이 사람에게 이야기는 들었네. 앞으로 잘해주게."

한세를 살펴보던 만수는 특별한 의심 없이 통과시켜 주었다.

"저이는 못 만드는 것이 없는 이라네. 운종가에서도 바늘을 잘 만들기로 이름이 나 있지."

김열기는 방으로 가는 동안 조금 전에 보았던 만수에 대해 자랑스럽게 설명해 주었다.

"그런 이가 이곳에서 일을 하다니 대단합니다."

"이곳에서 일하는 이들 대부분이 나처럼 운종가에서는 또 다른 일을 가지고 있는 이들일세."

"그렇습니까."

어째서 채운은 특별한 재능이 있어 다른 일을 하고 있는 이들을 데려다가 일을 시켰을까, 아무리 생각해도 이해가 가지 않았다.

"들어오게."

어지간한 일에는 별반 놀라지도 않는 한세였지만 김열기의 뒤를 따라 별채의 방 안으로 들어가 보고는 뜨악해지고 말았다.

"저 왔습니다, 마님들!"

큰 방 안에 화려한 차림의 양반가의 부인들이 옹기종기 앉아 쌍륙 놀이판과 서책들을 펼쳐 놓고 웃고 떠들며 놀고 있었다.

"강독사님 오셨어요?"

"예, 마님들께서도 그간 무탈하셨습니까?"

여인들은 서책과 쌍륙 놀이판을 치우고 김열기와 한세의 주변으로 몰려들었다.

"어머나 우리 강독사님께서 어디서 이리 고운 사내를 물고 오셨나?"

한세가 버쩍 얼어 나무토막처럼 서 있는데 사십대쯤 되어 보이는 중년 부인이 배슬배슬 웃으며 다가왔다. 새로운 강독사도 흥미로운데 인물까지 반반한 꽃도령에 호기심이 동한 것이었다.

"소인의 제자이올시다. 인사드리게, 이쪽은 이판 댁 마님이시네."

"아, 잘 부탁드립니다."

한세는 그 자리에서 세 방향으로 돌아가며 허리를 꺾어 인사를 했다.

"어머나, 아직 어린 도령인가 봐. 볼에 솜털이 보송보송하네."

여인은 눈가에 주름이 잡히도록 환하게 웃으며 한세의 볼을 쓰다듬었다.

"아고 귀여워라!"

"예, 예. 하하!"

졸지에 마님들에게 둘러싸여 귀염둥이가 된 한세는 순간 당황해서 쩔쩔맸다.

"마님들 살살 하십시오. 그 녀석이 워낙에 순진합니다."

한세는 등에 식은땀이 흐르도록 쩔쩔매고 있는데 그런 몰골을 지켜보던 김열기는 잘 걸렸다고 피식거리며 웃고 있었다.

"자, 마님들 강독을 시작하겠습니다."

난처한 한세를 구해준 것은 김열기였다.

"숙향전입니다."

여인들이 자리를 잡고 앉자 한세는 서책을 나눠주었다. 강독을 하는 서책을 판매하는 대금은 김열기가 채운당에서 강독료로 받아가는 것 이외의 수입이었다.

"숙향전이라!"

이판 댁 마님이 서책을 펼쳐들며 속주머니에서 엽전을 꺼내놓았다.

"중국 송나라 때에 천하제일의 명공이 있었으니, 성은 김이요 이름은 전이라 하더라…… 하루는 동학에 사는 친구가 호주부로 부임하게 되었으니……."

김열기는 강독을 시작했고 여인들은 곧 황홀한 표정으로 턱을 괴고 조선 최고의 전기수의 이야기 속으로 빠져들었다. 이야기가 계속될수록 여기저기 손수건으로 눈물을 찍어내는 여인들, 한숨을 내쉬며 차를 한 모금 마시는 여인들이 많아졌다. 모두가 김열기의 숙향전에 홀린 듯 푹 빠져 있었다.

"김태수는 오인이 신선인 것을 더욱 확신하고 다시 절하며 묻기를 제 딸 숙향이 있는 곳을 가르쳐 주셔서 제 답답한 흉중을 시원하게 풀어 주십시오."

"아버님!"

드디어는 숙향전에 완전히 감정이입이 된 여인들은 여기저기서 통곡하기 시작했고 한세는 그 틈을 타고 살금살금 밖으로 나와 주위를 살폈다. 조금 높은 곳에 서서 아래를 내려다보니 곳곳에 경비를 서는 사내들이 서 있어 섣불리 움직이기 힘들어 보였다.

"어디를 찾으시오?"

그나마 방을 빠져나와 밖을 둘러보려 하였지만 별채의 문 앞을 지키는 사내들에게 막혀 버렸다.

"여기 뒷간이 어디 있소?"

"사내들이 사용하는 곳은 저쪽에 있소."

그나마 볼일 보는 곳조차 사내들로 득실거리니 오늘은 이 건물의 구조를 파악한 것과 입구에서 채운의 호위무사가 가마를 이송하는 것을 본 것으로 만족해야 했다.

九
슬픈 연인

이산은 이른 아침부터 서연에 참석해 홍대용을 비롯한 스승들과 대화를 나눴다. 서연이 끝나고는 곧바로 누워 있는 영조에게로 달려가 병환을 살폈다.

"전하께서는 좀 어떠신가?"

"서두르셔야 할 것입니다. 이제는 자주 깜빡깜빡하시니 문서를 작성하실 것이 있다면 미리 해두시는 것이 좋을 것 같습니다."

어의들을 직접 불러 병증의 진행 정도를 알아본 이산은 그들과 헤어지기 바쁘게 영조의 탕약과 수라를 챙겼다. 대리청정을 하지 않아도 하루 종일 할 일들이 산더미라 사실 그는 몸이 열이라도 모자랄 형편이었다.

"뭐라도 좀 드셔야 합니다. 아침도 거르시고 계속 강행군 중이시니."

기섭은 영조가 자리에 누우면서부터 잠도 제대로 자지 못하고 먹지도 못하고 병수발을 드는 이산의 건강을 걱정했다. 대리청정에서 물러나며 심적인 불안감도 클 것인데 너무 무리를 하는 것 같았다. 그런 데다 이산은 여러 번 확인하고 점검하고 확신이 서야 결정하는 성격이니 영조의 병환에 대해 매일매일 어의들과 논의하고 처방을 결정하느라 그 압박감은 더욱 컸다.

"낮것은 금일 처방전을 보면서 간단하게 하자."

영조를 살피고 나온 이산은 지치지도 않는지 그대로 성큼성큼 걸어가며 대답했다.

잔뜩 밀려 있던 일을 처리한 뒤에 지친 몸을 이끌고 존현각으로 돌아왔을 때는 이미 해가 지고 있었다.

이산은 존현각으로 오는 내내 생각에 잠겨 있었다. 이산은 영조의 병세, 오늘 아침 서연에서 토론한 내용이며 현재 자신이 처한 사항에 관한 여러 가지를 생각해 보려고 했지만, 머릿속에서 무엇 하나 제대로 정리되는 것이 없이 뒤죽박죽이었다.

'대체 어찌 이러는 것이야, 이산. 이제껏 잘 해왔잖아. 여자 때문에 모든 것을 다 망쳐 버릴 생각이냐?'

이산은 눈을 감았다. 감은 눈 사이로 아지랑이처럼 둥글게 원을 그리며 떠오르는 모습이 있었다.

"그런 작전을 펼치다가 참말로 사랑에 빠지는 사람들 여러 번 봤습니다."

애간장을 녹일 듯한 한세의 고운 자태가 지금도 눈에 아른거렸다. 붉게 달아오른 뺨이 어른거리고 난처하게 속삭이던 한세의 목소리가 귓가에 생생하게 들려오는 것 같았다.

"미치겠다, 세야!"

이상하게 허전한 기분이었다. 무언가 아주 소중한 것을 놓쳐 버린 듯한 허전함.

한세를 떠나보내고 지금껏 단 한 번도 느껴보지 못했던 우울한 공허

감이 그를 괴롭혔다.

"괜찮으십니까?"

기섭은 우두커니 서서 창밖을 바라보는 이산이 걱정스러워 물었다.

"괜찮지가 않다."

"어디가 편찮으십니까?"

기섭이 놀라 물었지만 그는 말없이 무언가를 골똘히 생각하고 있었다. 이산은 이러다가는 오늘도 한세를 만나기는 어려울 것 같아서 하루 종일 수라도 거르고 움직였던 거였다. 하지만 이미 해가 지고 있었다.

영조가 누워 있는 처소에서 나오면서 줄곧 난처한 표정을 짓던 한세만을 생각하고 있었기 때문에 별로 피곤한 것도 몰랐었다. 그러다 문득, 한세를 곁에 데려다 둘 수 있다면 하는 생각을 했다. 이러다 병이 날 것 같았다.

"그럼 좀 쉬십시오."

아무리 살펴봐도 이산은 해결책이 없는 병을 앓고 있는 것이 틀림없다고 생각한 기섭은 체념하고 고개를 숙였다.

"자네가 해주어야 할 일이 있네."

이산은 나가려는 기섭을 돌아보며 말했다.

"무엇입니까?"

"지금 궁궐을 나가야겠네."

"예에?"

이산의 갑작스러운 지시에 당황한 기섭의 부리부리한 눈이 튀어 나올 듯 커졌다.

"세에게 가십니까?"

지금 눈앞에 있는 사람이 자신이 아는 세손이 맞는 것인가 멍하니 생각하던 기섭이 더듬더듬 물었다.

"음."

이산은 대답 대신 쑥스러운 얼굴로 고개를 끄덕였다.

"예, 알겠습니다."

"세가 어디에 있는지 알고 있느냐?"

"강의 집에서 쫓겨나 비단전에서 기거하는 것으로 압니다."

"쫓겨났어?"

한세가 쫓겨났다는 말에 놀란 이산은 눈이 휘둥그레졌지만 어쩐지 웃고 싶은 기분이었다.

"어찌하다?"

이산은 황망히 시선을 거두며 다시 물었다.

"그것은 모르겠습니다."

기섭은 허리를 숙여 인사하고 밖으로 나갔다.

"세야, 너를 어찌하면 좋겠느냐?"

이산은 용포를 벗고 미행 나갈 평복으로 갈아입으며 빙그레 웃었다.

잠시 뒤면 한세를 볼 수 있다는 생각에 온몸이 들뜨고 가벼워지는 것 같았다.

강은 퇴청하자마자 비단전을 향해 갔다. 오늘 채운당에 갔던 한세가 무사히 돌아왔는지 확인하려는 것이었다.

"별일 없겠지."

한세가 무사한 것을 확인해야 다른 일이 손에 잡힐 것 같아 발걸음을 재촉했다.

"그렇다고 어찌 한 번도 찾아오지를 않아."

한세가 집을 떠난 이후 며칠째 보지 못했다. 처음에는 그가 화가 났던 것이고 화가 풀려 비단전을 찾았을 때는 한세가 토라져 피해 버렸다.

"고단할 것인데 들어가 쉬지 않고요."

"괜찮아요, 힘든 일을 한 것도 아닌데요."

채운당에서 돌아온 한세는 어머니 허씨가 지어준 고운 옷으로 갈아입고 비단전에 나와 유모 분이가 비단을 정리하는 것을 거들고 있었다.

"여인들의 눈길을 끌 만한 것들을 밖으로 꺼내놓아야지."

　길게 휘장을 드리듯 늘여놓은 색색의 비단은 모두 우아한 빛깔을 띠고 있었고 그에 걸맞게 모든 장식품은 최상품으로만 꾸며놓았다.

"새로 들여온 물건들은 밖으로 꺼내놓으세요."

　한세는 며칠 전 아버지 한상수가 새로 들여온 물건들을 앞으로 꺼내놓고 그동안 진열해 둔 물건들은 챙겨서 안으로 들여놓았다.

"장사는 해보지도 않으셨는데 어찌 그리 꼼꼼하세요? 장사하셔도 되겠어요."

"나 일 많이 하라고 칭찬하는 거지요?"

　한세는 처음에는 점원들이 비단을 정리하는 것을 가만히 지켜보고 있었지만 영 탐탁지 않아 직접 비단전의 장식 하나하나를 찬찬히 살폈고 마음에 들지 않는 것은 점포 안으로 들여놓았다.

　한세가 비단전 앞에서 비단을 정리하고 있을 때, 마침 운종가 구경을 나온 윤소이가 비단전 근처에 가마를 세우고 있었다.

"저런?"

　저만치에서 걸어오던 강이 그 가마에서 내리는 윤소이를 발견했다.

"저러다 세와 부딪치면 큰일인데."

　그곳이 비단전 근처라는 것이 마음에 걸려 급히 돌아보니 아니나 다를까 한세가 비단전 앞에 나와 물건을 진열하고 있었다.

"윤 규수 아니시오?"

　한세를 안국방의 김영란으로 알고 있는 윤소이가 그녀와 마주치면 곤란해질 것 같다고 판단한 강은 서둘러 가마 앞을 막아섰다.

"나리?"

　윤소이는 자신이 지금 헛것을 보는 것이 아닐까 제 눈을 의심하며 가마에서 내렸다. 자신을 철저히 무시해 오던 강이 다른 곳도 아닌 시전 한복판에서 알아보고 달려와 알은척을 해주다니, 믿을 수가 없었다.

"이곳엔 어인 일이시오?"

"바람도 쐬고 나온 길에 꽃신이나 살까 해서 나왔습니다. 한데 나리 께서는?"

윤소이는 아직 관복도 갈아입지 않은 강을 바라보며 흐뭇하게 웃었 다.

"하면 바람부터 쐬시지요. 나도 이쪽으로 가는 길이니."

강은 서둘러 그 자리를 떠나려고 윤소이를 데리고 비단전 반대 방향 으로 향했다.

"예, 저야 좋지만……."

"싫으시오?"

"아닙니다, 싫다니요. 가시지요."

윤소이는 싫으냐는 말에 놀라 얼른 강의 곁으로 다정하게 붙어서 따 라갔다.

비단을 정리하다 어디선가 들려오는 강의 목소리에 돌아서던 한세는 하마터면 그 자리에 주저앉을 뻔했다.

"어떻게?"

한세의 눈앞에서 다정하게 웃고 있던 윤소이와 강이 서서히 사라져 갔다. 그 순간 다리엔 힘이 풀려 휘청거리고 마음 저쪽에선 삐그덕 삐그 덕, 알 수 없는 엇박자의 저음이 전해져 왔다.

"괜찮으냐?"

휘청거리던 그녀를 잡은 것은 뒤에 서서 그 모든 것을 지켜보던 이산 이었다. 비단전으로 걸어오던 이산은 웬 여인과 함께 지나가는 강을 발견 했고, 고개를 돌리자 그 모습을 망연자실해서 지켜보던 한세를 보았다.

"어떻게……."

입술 끝에 고인 말을 차마 뱉지 못하고 한세는 그대로 삼켰다. 한세는 멍한 얼굴로 이산을 보다가 그대로 한참을 서 있었다. 어쩐지 이대로 강을 다시 보지 못할 것만 같았다. 그에게 그리 모질게 했지만 끝이라 생각지 못했는데, 이젠 정말 끝인 것처럼 느껴졌다. 실감이 나지 않아 눈물도 나오지 않았다.

"내가 어찌 해주면 좋겠느냐, 같이 따라가 저놈을 패주랴?"

이산은 어딘가 한 대 맞은 듯 멍한 얼굴로 서 있는 한세를 안타깝게 바라보다 다감하게 물었다. 떨리는 한세의 눈동자 속에 물기가 묻어 있었다.

한여름의 뜨거운 햇살이 소리 없이 사위어 가는 저녁 무렵이었다. 어디선가 불어오는 시원한 바람이 볼을 스쳐 갔다.

이산은 지금 자신에게 다가온 감정에 한껏 취해 있었다.

그는 송화색 도포에 풀빛 쾌자를 덧입은 가볍고 밝은 차림이었다. 그의 차림처럼 처음 해보는 일탈에 마음이 설레고 흥분되었다. 이제껏 언제나 완벽하기만을 강요해 온 자신에게 스스로 숨 쉬는 틈을 주기로 한 것이었다. 그는 지금 이 설렘이 낯설었지만 좋았다.

조금 떨어진 곳에서 시위 중인 기섭을 두고 비단전 앞으로 걸어가던 그는 눈앞에 펼쳐진 광경에 당황했다. 강이 한세를 두고 다른 여인과 나란히 가버리는 것도 당황스러운데, 지난번 세손빈 처소 앞에서 마주친 그때에 이어 이 야릇한 삼각관계를 벌써 두 번째 목격하는 중이었다.

"어찌 이런 일이!"

강과 한세에게는 좋지 않은 상황이었지만, 그는 눈앞에서 얽어걸린 이 상황에 어린 소년처럼 즐거운 쾌재를 불렀다.

"저런!"

지금 그에게 찾아온 설레고 낯선 감정은 절대적인 권위가 넘치는 사내들을 참으로 유치하게 만드는 마력이 있는 모양이었다.

입술을 지그시 깨물고 서 있는 한세는 가타부타 대답이 없었다. 이산은 서두르지 않고 그 자리에 서서 한세의 마음이 진정될 때까지 잠시 기다려 주었다.

"사정이 있을 것이다."

이산의 다감한 목소리가 충격으로 멍하니 서 있던 한세를 일깨웠다.

"그렇지 않아도 보고 드릴 것이 있었습니다."

맑은 동공이 지진 난 것처럼 흔들리던 한세가 겨우 정신을 차리고 울먹이는 목소리로 대답했다.

"밥은 먹었느냐?"

잠자코 서 있던 이산이 기다렸다는 듯이 물어왔다.

"먹으려던 참이었습니다. 저하께서는 드셨습니까?"

한세는 서둘러 눈물을 지우며 새침한 얼굴로 대답했다.

"가자."

"잠시만 기다려 주십시오, 안에 말해두고 오겠습니다."

한세는 혹시 자기가 없는 사이에 강이 다녀갈까 봐 비단전으로 들어가 분이에게 잠시 다녀오겠다고 말하고 나왔다.

"이제 가시지요."

"그러자꾸나."

짧게 대답했지만 이산의 목소리는 한결 부드러워져 있었다. 한세가 다시 평정심을 찾은 것을 보니 안심이 되며 마음이 차분해졌다.

"어디로 가는 것이 좋겠느냐?"

묵묵히 걷던 이산이 물었다.

"밥 사시는 분 마음이지요."

"그렇지."

"혹시 하시고 싶은 것이 있으시면⋯⋯."

한세는 말을 하려다 말고 또다시 강이 생각나 울컥 서러운지 눈물을 글썽이며 고개를 숙였다.

"너와 천천히 걸으며 백성들이 어찌 사는지 보고 싶구나."

이산은 크고 단단한 손을 내밀어 한세의 손을 잡았다.

"예, 그리하시지요. 한데 꼭 손을 잡아야 합니까?"

한세는 은근슬쩍 자신의 손을 잡는 이산을 의심스러운 눈으로 가만히 보다가 퉁명스럽게 물었다.

"지켜보는 이가 있다고 하지 않더냐?"

"어디요?"

한세는 주위를 두리번거리며 살폈지만 아무리 봐도 저만치 따라오며 시위 중인 기섭밖에 보이지 않았다.

"있다."

"어째, 저하의 말씀이 통 신뢰가 가지 않습니다."

한세는 새침하게 말했지만 이산은 싱긋 웃었다. 그의 웃음이 장난꾸러기 소년처럼 천진해 보였다.

"밖에서는 위험하니 호칭을 달리하는 것이 좋겠다."

이산은 아직도 우울하게 보이는 한세를 빤히 들여다보며 물었다.

"그렇긴 합니다만 뭐라고?"

"산블리가 어떨까 하는데?"

"예에?"

"불러보아라."

"지금 말입니까?"

"명령이다."

이산은 한세의 얼굴에서 눈을 떼지 못한 채 속삭이듯 말했다.

"어째 좀 얄미우신 것 같습니다."

한세는 속으로 심호흡을 한 후 다시 입을 열었다.

"산블리!"

"좋구나, 세야!"

한세가 새침한 표정으로 이름을 불러주자 이산의 가슴은 두근거렸다. 감정을 표현하는 것이라고는 어쩌다 한번 미소 짓는 것이 전부였던 그가 이제는 천진한 소년처럼 환하게 웃었다. 자신에게 그런 웃음을 돌려준 것이 옆에 있는 한세라고 생각하니 그녀와 손을 잡고 걷는 이 순간이 한없이 소중했다.

이상하게도 코끝이 시큰거리며 가슴이 뭉클해져 왔다.

각종 면포, 비단, 가죽 지물, 방물, 사기, 담배를 파는 곳을 지나면 거리 양편으로 어물이며 과일이며 채소, 쌀, 잡곡, 해초, 소금 같은 생물이 수북이 쌓여 있는 객점들이 늘어서 있었다. 운종가가 문을 닫기 전 이 생물들을 마지막 떨이 하려는 상인들이 서로 손님을 부르는 소리로 장바닥은 떠나갈 듯했다.

"저는 이 시전이 좋습니다. 이 거리를 걷고 있노라면 사람들이 싱싱하게 살아서 펄떡펄떡 뛰고 있는 것만 같습니다. 그런 그들을 보고 있으면 저도 살아 있다는 것이 느껴져 가슴이 뜨거워집니다."

한세는 조금 전의 일은 까마득히 잊고 눈을 반짝였다.

이산은 그렇게 눈을 빛내며 이야기하는 한세가 사랑스럽다는 듯 물끄러미 바라보았다. 보고 또 봐도 싫증나지 않을 것 같았다.

"네게 뭔가 사주고 싶은데?"

이산은 기녀들과 여인들이 서서 패물을 고르고 있는 도자전 앞을 지나며 한세에게 물었다. 그의 시선은 기녀 하나가 살펴보고 있는 은가락지에 붙박여 있었다.

"국밥 사주십시오."

한세는 도자전의 화려한 물건들에는 눈길도 주지 않고 대답했다.

"더 좋은 것을 사주고 싶은데?"

이산은 사치품에는 관심조차도 없는 한세를 잠시 보았을 뿐 더 이상 묻지 않았다.

"국밥이면 되었습니다."

두 사람은 손을 잡고 운종가를 천천히 걸어 비단전에서 조금 떨어져 있는 주막으로 갔다.

소뼈를 우려낸 뽀얀 국물이 끓으며 구수한 냄새가 입맛을 돋웠다. 두 사람은 평상 위에 앉아 있고 기섭은 조금 떨어진 곳에 따로 앉아 국밥을 시켰다.

잠시 뒤 설설 끓는 뚝배기에 가득 담긴 국밥이 나왔다.

"먹음직스럽게 보이는구나, 먹자."

이산은 자상스럽게 숟가락을 챙겨 한세의 손에 쥐어 주었다.

한세는 궁궐에 예동으로 들어가 지금까지 늘 챙겨주기만 하다가 자신을 챙기는 이산을 보니 신기했다.

"먹어라."

"예, 드십시오."

한세는 고개를 끄덕이며 국밥을 떠 입에 넣었다.

"참, 듣자하니 쫓겨났다고 하던데?"

국밥을 먹고 있던 이산이 갑자기 물었다.

"그것이……."

이산이 정곡을 찔렀으므로 한세는 놀라 눈을 동그랗게 떴다. 사실이었다. 달리 대답할 말이 없었다.

"어찌하다 쫓겨난 것이냐?"

그가 다시 물었다.

"그러니까, 그게……."

차마 강과 동침 문제로 옥신각신하다가 송씨에게 딱 걸려서 쫓겨났다고는 할 수 없었다. 할 말을 고르기 위해 무던히도 애썼지만 떠오르는 말이라고는 딱히 없었다.

"말 못 할 사정이 있는 것이라면 굳이 애쓰지 않아도 된다."

그러자 한세의 마음을 읽기라도 한 듯이 이산이 먼저 입을 열었다.

"예."

"강에 집에서 나왔으면 했는데 아무튼 잘되었다."

아무렇지 않은 듯이, 별일 아닌 듯 국밥을 입에 떠 넣으며 이산이 말했다.

"잘되기는 뭐가 잘되었다는 것인지?"

한세는 국밥에 코를 박고 얼굴도 들지 않은 채 고개를 잘래잘래 저었다.

이산은 밥을 먹다 말고 한세를 물끄러미 바라보며 한숨지었다. 어찌하여 자신은 마음에 둔 이 여인과 국밥 한 그릇을 먹는 것도 가짜 연인 행세를 하지 않으면 안 되는 것인가 하는 생각에 마음이 편치 않았다.

문득 이산은 알고 싶었다. 왜 내가 아니고 강인지, 그의 어디가 그리 좋은 것인지, 알고 싶었다. 하지만 그는 목까지 차오르는 그 물음을 애써 삼켰다. 지금 그것을 묻는다면 한세는 뒷걸음칠 것이었다.

겨우 얻은 기회, 한세를 서먹하게 멀어지게 할 수는 없는 일이었다.

급한 볼일이 생각났다고 둘러대며 겨우 윤소이를 따돌린 강은 그길로 비단전으로 돌아갔다.

"세, 어디 갔는가?"

"조금 전까지 있다가 근처에 바람 쐬러 간다고 나갔는데 좀 기다리시지요."

"아닐세, 나가 찾아보겠네."

한결은 비단전에서 기다리라고 했지만 무작정 기다리기엔 한세가 너무 보고 싶었다. 오늘은 그저 한세를 끌어다 옆에 앉혀놓고 지치도록 볼 생각이었다. 결국 체통 없이 먼저 찾아왔으니 잘못했다고 용서를 비는 모양새가 되었지만 그래도 어쩔 수 없었다.

"차라리 당당하게 미치도록 보고 싶어 퇴청하자마자 쫓아왔다고 말해 버릴까."

하지만 다음 순간 강은 고개를 흔들었다. 지금까지도 너무 비굴했다. 가뜩이나 드센 한세를 부인으로 데리고 살아야 하는데, 지금부터 굽히고 들어가면 앞으로는 공처가밖에 될 것이 없었다.

"그리 줏대 없이 굴어서는 아니 되느니."

강은 현재 사태가 어찌 돌아가는지도 모르고 김칫국부터 마셨다. 운종가를 이리저리 헤매던 강은 저녁때가 되었으니 혹시나 하면서 근처 주막을 찾았다.

"허!"

그리고 그곳에서 이산과 평상에 마주 앉아 국밥을 먹고 있는 한세를 발견했다.

"제가 곤란해질까 걱정이 되어 굳이 알은척하고 싶지도 않았던 윤소이를 따돌리고 왔더니만."

이렇게 이산과 마주 앉아 웃으며 밥을 먹고 있는 한세를 보니 속이 뒤집히는 것 같았다.

"공연히 열 번을 만나보고 결정하자는 제안을 했구나. 내 발등 내가 찍었다."

군자인 자신은 다 참을 수 있을 줄 알았는데 이렇게 질투하고 있는 자신이 한없이 옹졸하게 느껴졌다.

"대체 무엇을 어찌했기에 한세를 바라보는 저하의 눈빛이 저리되는 것이야?"

남자는 남자가 보면 안다고. 한세를 바라보는 이산의 눈빛이 점점 더 깊어지고 있었다.

"아무래도 공연한 짓을 했다."

강은 참담한 심정으로 오래도록 두 사람을 바라보았다.

그는 당장 뛰어 들어가 한세의 손을 잡고 나오고 싶었지만 그럴 수 없었다. 그렇다고 이대로 손을 놓고 있다가는 한세가 저 먼 사막에 있다는 신기루처럼 사라져 버릴 듯했다. 두 사람을 지켜보는 내내 강의 심장은 잔뜩 팽창해 곧 터져 버릴 듯했다.

결국 그는 돌아서 터벅터벅 걸어갔다. 강에게 이 내기는 고문 중에도 독한 고문이었다.

주막을 나온 이산과 한세는 밤이 깊도록 운종가를 돌아다녔다. 한세는 오늘 채운당에서 있었던 일과 건우가 알아낸 것들에 대해 보고했고 이산은 그것들을 듣고 자신의 생각을 이야기해 주었다.

"보고 싶었다. 이유가 어찌 되었든 간에 계속 보다가 며칠 동안 못 보니 죽을 만큼 보고 싶더구나."

한세를 비단전 앞까지 데려다주며 이산은 솔직히 고백했다.

"되었습니다, 저하를 원망하지 않습니다."

그 말을 듣자 한세는 지난 며칠 존현각과 세자익위사들과 사부, 그리고 푸른 관복을 그리워하며 속상했던 마음이 확 풀리는 것 같았다. 모든 분노와 불만이 사라지자 온몸을 지배하던 긴장이 풀어지며 달콤하고 느슨한 느낌이 들었다.

"그 무엇에도 얽매이지 않는 백수 생활도 좋은 것 같습니다."

한세는 맑은 눈빛으로 이산을 올려다보며 웃었다.

푸른 달빛이 내려앉은 그녀의 붉은 입술이 스르륵 벌어졌다.

"응?"

그 입술에서 눈을 떼지 못하던 이산의 입술이 갑자기 다가와 그녀의 입술 위로 살짝 포개졌다 떨어져갔다.

이성적으로 생각할 겨를도 없이 반사적으로 손이 날아가 버렸다.

철썩!

한세의 손바닥이 짝 소리를 내며 이산의 뺨을 가볍게 쳤다.

"어!"

"아!"

제가 때리고도 놀라 눈이 휘둥그레지는 한세와 뺨을 세차게 얻어맞은 이산은 동시에 멍해졌다.

"아이씨!"

이는 분명 수습 불가능한 사고였다. 기겁한 한세는 그대로 비단전 안으로 후다닥 도망쳐 버렸다.

"따끔한 것을 보니 분명 꿈은 아닌 것이지."

아직도 화끈거리는 자신의 뺨을 감싸고 있는 이산이 홀린 듯한 눈빛으로 중얼거렸다.

"일 났네, 일 났어!"

그런 주군의 모습을 멀찍이서 지켜보던 기섭은 이제는 어찌할 수 없다는 듯 고개를 저었다.

건우는 조금 이른 퇴청을 하고 채운을 만나기로 한 목멱산 아래로 말을 달렸다. 진심으로 들이대 보겠다는 말처럼 실천을 한 탓에 건우와 채운은 이제 제법 깊은 사이가 되어버렸다. 지난 번 하동재의 연회를 끝낸 이후 예술품 판매 대금의 정산을 위해 채운당에 들렀던 건우는 그날 밤 선을 넘고 말았다.

"빨리 가자꾸나."

그래서인지 요즘은 매순간 채운의 얼굴이 눈에 삼삼했다. 이 여름 이산의 예동들은 첫사랑의 몸살을 앓고 있는 중이었다.

담헌의 유춘오에 들어서니 바람이 시원하게 불어왔다. 길게 늘어진 버들잎들이 수런수런 흔들렸다.

"오셨습니까?"

마당으로 들어가니 방 안에서 재미있게 이야기하며 웃고 떠들던 채운이 밖으로 나와 다정하게 팔짱을 꼈다.

"무에 그리 재미난 것이오?"

"연암 선생이 오셨습니다."

채운이 웃으며 속삭이는데 연암 박지원이 마루로 나오며 건우를 반갑게 맞았다.

"어서 오시오!"

"연암 선생!"

평소 박지원에 대해 듣고 있던 건우 역시 반갑게 손을 잡으며 안으로 들어갔다. 청에서 들여온 서책들이 펼쳐져 있는 것을 보니 건우가 오기 전까지 열띤 토론이 있었던 것 같았다.

"그렇지 않아도 연암 선생을 만나러 갈 참이었습니다."

"나를?"

"예, 고견을 듣고자 해서 말입니다."

채운이 내온 차를 마시며 그들은 최근의 관심사에 대해 이야기를 나눴다.

"담헌 선생께서는 토지는 농사짓는 이들이 가져야 한다고 하시니 사실 그 말이 맞지 않습니까?"

채운은 우려낸 차를 잔에 따르며 건우의 의견을 물었다.

"좋은 생각이기는 하지만 토지를 빌려주고 재산을 불리는 사대부들이 그냥 있겠습니까?"

"설득해야지요, 지금 우리들처럼 이야기 나누고 뜻을 알리고······."

건우의 걱정을 들은 홍대용이 고개를 끄덕였다.

"맞는 말씀입니다."

건우 역시 홍대용의 말에 고개를 끄덕이며 동조했다.

"말로 해서 되겠는가? 아, 어느 세월에?"

"비록 느리더라도 꿈꾸는 세상을 위해 설득하고 타협하며 쉬지 않고 걷는다면 어느 날인가는 그 길 끝에 가 있지 않겠습니까?"

회의적인 박지원의 말에 건우는 이산과 자신들이 꿈꾸는 세상에 대한 믿음에 대해 이야기했다.

"모두가 그리한다면야 여기 있는 이들이 꿈꾸는 세상을 이룰 수 있겠지만, 쉽지 않은 길일세."

박지원은 찻잔을 들고 차향을 음미하며 허탈하게 말했다.

"자, 그럼 여기 계신 분들이 꿈꾸는 세상을 위해서 한 곡조 들려주시지요."

채운이 생긋 웃으며 채를 바로 쥐고 줄을 때리자 맑고 청명한 소리가 흘러나왔다.

"그럼 어디!"

찻잔을 내려놓은 연암과 담헌도 각자의 악기를 끌어안고 연주를 시작하자 유춘오에는 단번에 영롱한 소리가 울려 퍼졌다.

건우와 채운은 서양금을 연주하며 시선이 부딪칠 때마다 점점 몸이 뜨거워졌다. 두 사람의 양금 연주에 맞춰 연주하는 홍대용과 박지원도 점점 더 신바람이 났다.

연주가 끝나고 건우와 채운은 나란히 대문 밖으로 나왔다.

"조심해서 들어가시게."

"예, 다음번에 뵙겠습니다."

연암과 담헌에게 인사를 하고 돌아서는데 채운의 얼굴이 창백했다. 대문 밖으로 나오며 자신을 지켜보는 시선이 있다는 것을 느꼈다. 기다리다 지치기 시작한 옹주가 보낸 이들이 틀림없다는 생각이 뇌리를 스쳐 갔다.

"돌아보지 마세요!"

채운은 멀리서 이쪽을 지켜보고 있는 사내들을 가리켰다.

"무슨 일인가?"

건우는 앞서가는 채운과 이만치 거리를 두고 무엇엔가 홀린 사람처럼 따라갔다. 다행히 사내들은 아직 눈치채지 못한 듯했다.

"뛰세요!"

채운이 손을 내밀어 건우의 손을 잡더니 그대로 뛰기 시작했다. 그녀의 손에서는 눅눅히 땀이 배어 나왔다. 두 사람은 뒤를 따르는 미행자들을 따돌리기 위해 발을 재게 놀렸다.

삐익—

건우의 휘파람 소리에 숲길 끝에서 기다리던 그의 말이 전속력으로 달려왔다.

"잡아요!"

달리는 말에 훌쩍 뛰어 오른 건우가 머뭇거리는 채운을 향해 손을 내밀었다.

"저는 괜찮습니다."

채운은 뒤를 따르는 사내들을 돌아보며 말했지만, 몸을 숙인 건우에게 겨드랑이가 잡혀 훌쩍 말 위로 올려졌다.

"어떤 순간에도 이 손을 놓는 일은 없을 것이오."

건우는 그녀의 귓불에 대고 속삭이며 천천히 허리를 돌려 잡았다. 건우의 턱 아래 채운의 머리가 닿았고, 길고 가는 손가락이 그녀의 떨리는 손을 꽉 움켜쥐었다.

"나리……."

그 한마디에 눈앞이 뿌옇게 흐려지고, 꼭 잡은 그의 손에서 전해지는 의지에 마음이 떨렸다. 뜨거운 가슴에서 전해져 오는 건우의 온기에 얼었던 가슴이 녹아내리는 것 같았다.

"이제 갑시다, 내 손 잡고!"

청명한 울음소리와 함께 두 사람을 태운 말은 공기를 가르며 거침없이 달려 나갔다.

건우의 넓은 어깨가 그녀의 작고 동그란 어깨를 감싸 안았고, 그의 길고 단단한 다리가 그녀의 가는 다리를 단단히 고정시키고 있었다.

쏴아아, 쏴아아ー

멀리서 숲을 쓸어오는 바람 소리가 들려왔다.

두 사람은 바람에 몸을 맡기고 한 몸이 되어 쉬지 않고 달렸다.

모든 것을 잊고 이대로 끝없이 달려가도 좋을 것 같았다.

어디라도, 그 어떤 곳이라도 그냥 이대로.

뒤따르는 자들의 시선에서 완전히 벗어났을 때 건우는 말고삐를 당겼다.

"워워!"

건우는 말을 세우고 먼저 내리더니 채운을 향해 손을 내밀었다. 채운이 손을 잡자 건우는 그녀의 몸을 가볍게 안아 내렸다.

"두렵지 않았소?"

채운은 고개를 들고 떨리는 눈으로 건우를 쳐다보았다. 따뜻한 눈동자가 그녀의 눈을 들여다보았다.

"두려웠습니다."

"내가 그리 못 미더웠소?"

한손으로는 말고삐를 쥐고 비어 있는 다른 손으로 채운의 손을 잡으며 물었다.

"나리가 아니라 제가 못 미더워서."

채운은 고개를 숙이고 발아래를 내려다보며 씁쓸하게 웃었다. 분명 강에게 그랬던 것처럼 옹주를 만나보지 않겠느냐고 물어야 할 것인데, 입이 떨어지지 않았다.

"하면 그 말은 내게 좋은 뜻이오?"

"아직은 모르겠습니다."

"하긴 제 마음을 정확히 아는 이가 몇이나 되겠소?"

두 사람은 잠시 바람이 스치는 소리에 귀를 기울이며 천천히 걸었다.

"저군(儲君)은 나리께 어떤 분이십니까?"

깊은 생각에 잠겨 있던 채운이 걸음을 멈추고 물었다.

"꿈, 꿈이오. 그분은 내게 꿈을 꾸게 하오."

건우는 기다리고 있었다는 듯 걸음을 멈추고 채운에게 시선을 맞췄다.

"고작 그것입니까?"

"꿈조차 꾸지 못하는 세상이라면 사는 것이 얼마나 심심하겠소?"

건우는 채운을 담담하게 바라보았다.

채운은 세손을 보위에 올리려고 목숨을 거는 이의 목적이 그저 꿈꾸는 세상을 보고 싶어서라는 말에 허탈해졌다. 옹주의 말처럼, 결국 내손으로 이 사내를 죽여야 하는 것일까, 과연 그럴 수 있을 것인가, 하는 복잡한 상념들이 뇌리를 스쳐 갔다.

❀

등청하는 시각, 쓰개치마를 쓴 한세는 사간원 앞에 숨어서 살펴보고 있었다. 며칠 전 윤소이와 그렇게 가버린 강은 그 이후 단 한 번도 오지 않았다. 그동안은 퇴청하고 돌아가면 늘 보던 강이었으니 이렇게 오랫동안 떨어져 있는 것은 처음이었다.

"정말 무슨 일이 있는 것인가, 이리 늦을 리가 없는데?"

한세는 아직까지 나타나지 않는 강이 걱정이 되어 죽을 것 같았다.

바람막이가 되어줄 수 있을 것이라는 윤소이를 손자며느리로 맞으려는 서동환의 말처럼 강을 위해서라고 모질게 마음을 먹었지만 쉽지 않았다.

"너무 오래 붙어 있었어. 매일 구박이나 하고 싸우기만 했는데, 왜 이리 허전한 거야."

세손과 강을 위해서라도 지금은 흔들리지 말자, 일만 하자. 누구에게도 상처 주지 말자. 그렇게 끊임없이 마음을 단속했지만, 밥도 먹지 못하고 잠도 자지 못했다.

일을 하다가도 여기저기 강이 나타나고 그의 말소리가 들려와 멍하니 있는 시간이 늘어갔다. 아무래도 강 금단증세가 나타나는 것 같았다.

"그렇다고 어떻게 한 번을 안 오냐, 나를 좋아하기는 한 거야?"

말은 헤어지자 했지만 그렇다고 설마 강이 이렇게 자른 듯 단번에 돌아설 줄은 몰랐다. 내가 그렇게 매몰차게 말해도 내 마음 알고 늘 곁에 있으리라 믿고 있었기 때문일까. 며칠 동안 보지 못하니 이제는 무슨 일이 생겼나 초조해지고, 걱정이 되더니 급기야 이러다 영영 보지 못하게 되는 것은 아닐까 겁이 나기 시작했다.

하루에도 몇 번씩 비단전 앞에 나가 서성였지만 강은 오지 않았다. 결국 오늘은 멀리서 얼굴이라도 보려고 이른 아침 대궐로 가는 길에 사간원 앞에서 기다려 먼발치에서 잘 있는지만 보고 가려고 왔지만 강은 보이지 않았다.

"강아, 너 괜찮은 거야? 별일 없는 거지?"

쌀쌀하고 까칠한 강의 목소리가 듣고 싶었다.

강아, 하고 부르며 달려가 그의 너른 등에 얼굴을 부비고 싶다는 생각에 코끝이 시큰거렸다.

"세?"

강은 등청하려고 오다가 사간원 앞 나무 아래서 서성이고 있는 규수를 발견했다. 쓰개치마를 쓰고 있었지만 한눈에 봐도 한세가 틀림없었다.

"너도 죽겠더냐?"

강의 입꼬리가 슬며시 올라갔다.

사실 강은 퇴청하며 매일 운종가로 갔지만 멀찍이 떨어져 비단전 앞을 서성이는 한세를 지켜보다 돌아왔다. 퇴청할 때쯤 나와서 기다리는 것을 보면 한세가 기다리는 이가 자신이 분명했지만 강은 얼굴을 보여주지 않았다.

한세에게 죽을죄를 지은 것도 있었지만, 이참에 제가 없는 세상이 어떤지 알게 해주고 싶기도 했다.

"저런!"

갑자기 한세가 쓰고 있던 쓰개치마가 스르륵 내려가며 얼굴이 드러났다.

한세는 아득한 눈빛으로 하늘을 우러러보고 있었다. 부드럽게 솟아 있는 콧날, 고운 얼굴선. 기품 있는 세의 모습을 강은 흐뭇하게 바라보았다.

"얼굴 봤으니 나는 되었고, 이번 기회에 버릇을 단단히 고쳐 놓아야 하느니."

두 번 다시 헤어지자는 말은 입 밖에도 못 나오게 해놓아야 하겠다는 생각에 강은 보고 싶고 마음이 아픈 것도 꾹 참았다. 사실 지금은 그런 것보다는 등청하는 길에 한세에게 두들겨 맞는 수모를 당할 수는 없다는 생각에 도망을 치는 것이기도 했지만.

한세는 궐문 앞으로 마중 나와 있던 기섭과 함께 존현각으로 왔다. 이산은 그리운 마음에 존현각 앞에 나와 서성이고 있었다.

"그간 평안하셨습니까?"

송화빛 저고리에 풀빛 치마를 입은 한세가 다소곳하게 허리를 숙여 안부를 물었다.

"나는 잘 지냈다, 너는 어떠했느냐?"

이산에게 그녀는 이렇게 보는 것만으로도 헛웃음이 나올 정도로 애틋하고 고운 존재였다.

"좀 걷겠느냐?"

며칠 사이 수척해진 한세의 얼굴을 본 이산은 그날 밤의 일을 이대로 그냥 넘어갈 수는 없을 것이라는 생각에 궐 밖의 상황을 보고받기 전에 잠시 걷기로 했다. 그날 궁궐로 돌아오며 운종가 도자전에 들러 골라둔 옥나비 노리개가 그의 품 안에서 주인의 선택을 기다리고 있었다.

"할말이……."

"드릴 말씀이……."

"내가 먼저 하마."

오랫동안 고민하고 결심한 말을 하려는 한세의 눈을 보니 무슨 말을 하려는 것인지 짐작이 가는 이산은 자신의 속내를 먼저 털어놓기로 결심했다. 가슴에 넣어둔 노리개를 꺼내려던 그의 손이 다시 제자리로 돌아왔다.

"그날 밤 돌아와 후회하였다. 내가 어찌 그리 서둘렀을까, 네가 놀라지 않았을까 저어되어 밤새 한잠도 자지 못했다. 하나, 그 또한 넘치는 내 마음을 간수하지 못한 내 탓이니 너의 탓은 아니다."

"저하께서 돌아가시고 많이 생각해 보았습니다. 물론 저하께는 이 일이 지나는 바람이라는 것을 알고 있습니다. 이제 저하는 곧 보위에 오르게 될 것이고, 발톱을 드러낸 용처럼 강해지실 것입니다. 그때가 되면 지금의 이런 혼란스러운 마음은 다 잊힐 것입니다. 해서 저는 이 일을 하려 한 것이고요."

"너는 지금 내 마음까지 지키려 하는 것이더냐?"

차마 마주 보지 못하고 있던 이산은 그의 뺨에 닿는 따뜻한 시선을 느꼈다. 돌아보니 한세가 말간 눈빛으로 가만히 바라보고 있었다. 혹시라도 그의 마음이 다칠까 봐 제 마음은 아랑곳 않고 노심초사하는 것을 보니 차마 어째서 내가 아니냐고 물어볼 수도 없었다.

그 고아한 모습이 그의 뇌리에, 눈에 선명하게 아로새겨졌다. 그 순간 아마도 지금 그녀의 따뜻한 눈빛을 평생 잊지 못할 것이라는 생각이 들었다.

"저하께서는 이것이 일이라고 하시지만, 누구나 제 마음을 간수하는 일이 쉬운 일이 아닙니다."

"너는 나의 호위무사니 내 몸만 지키면 된다. 내 마음은 내가 지킬 것이니."

그리 대답한 이산은 잠시 돌아서 커다란 회화나무를 올려다보았다.

"그날 밤 자리에 누웠을 때 잠시 나를 미혹하는 소리가 들렸다. 네게 두 번째 소원을 써서 나를 진심으로 좋아하라고 명하는 것은 어떨까, 하는……. 하지만 곧 아니라는 생각이 들었다. 그러기에는 너무 모양새가 빠지니 말이다."

한세는 나직한 그의 목소리에 가슴이 먹먹해졌다.

이산은 고백 후에 찾아온 적요를 견디지 못하고 몸을 돌려 한세의 슬픈 눈빛을 내려다보았다.

"그래, 나는 흔들린다. 매순간 흔들리지. 하면 너에게 마지막으로 묻겠다. 너는 나 때문에 가슴이 떨려본 일이 없느냐, 단 한 번도 흔들린 적이 없어?"

눈에 물기가 가득한 한세는 천천히 고개를 저으며 머리를 숙였다.

나는 당신의 마지막 어명을 받고 이곳에 왔노라 말해줄 수 없어서, 받아서는 아니 되는, 분에 넘치는 마음이라는 것을 알기에. 이렇게 뜨겁고 절실한 당신의 마음을 이미 알고 있음에도 불구하고, 내 마음이 다른 사내를 품고 있어서 가슴이 아팠다.

"저는 언제나 목숨을 걸고 저하를 지킬 것입니다. 또 저하께서 허락하시지 않으면 저는 그 누구도 좋아하지 않고, 그 어디도 가지 않고, 저하의 곁에 있을 것입니다. 하나, 제 마음이……."

한세의 커다란 눈에 그렁그렁 맺혀 있던 눈물이 주르륵 흘러내렸다.

"되었다. 그만하거라. 알아들었다."

이산은 한세를 끌어 당겨 어깨를 감싸 안고 등을 토닥여 달래주었다.

"알아듣기는 했지만, 가슴이 아파 심술을 피우고 싶어지는구나."

이산은 곧 훌훌 털어버린 듯 허탈하게 웃으며, 감싸 안은 한세의 등을 다감하게 토닥여 주었다.

그런데 누가 봐도 남녀가 사랑싸움을 한 것으로 보이는 그 그림을 하필이면 존현각으로 오고 있던 정후겸과 홍국영이 동시에 보고 말았다.

"허어, 이것이 웬 구경이란 말인가?"

정후겸은 뜻밖에 구경거리에 신바람이 나 접선을 펼쳐 들고 부채질을 해댔고, 홍국영은 난처한 표정으로 보고 있었다. 그러나 그들의 구경거리는 그리 오래가지 않았다.

"자, 하면 이제 너와 나의 마음에 관한 이야기는 끝났으니 들어가 함께 앞으로의 일을 논의하자꾸나."

한세가 서둘러 흘러내린 눈물을 닦으며 마음을 진정시키자, 이산은 고개를 끄덕이며 앞장서 걸어갔다.

"대체 저 여인은 누군가?"

눈치 빠르기로는 둘째가라면 서러워할 정후겸과 홍국영은 잠시 그대로 서서 두 사람이 존현각으로 들어가는 것을 지켜보고 있었다.

❁

"세는 어디 갔는가?"

모처럼 운종가에 나온 허씨는 비단전으로 들어서자마자 한세를 찾았다.

"수련에 나가셨습니다."

분이는 아침부터 무복을 챙겨 입고 밖으로 나간 한세 때문에 그렇지 않아도 발을 동동 구르는 중이었다. 한세는 건우에게 건네받은 자금으로 운종가의 검계와 왈짜들 중 검을 잘 쓰는 이들을 뽑아 새벽마다 훈련을 시키고 있었다.

"쯧! 아침에 나간 아이가 점심때가 지나도 오지 않는다면 언제 들어오는 것인가?"

허씨의 고운 입매가 매섭게 굳어졌다. 그만 집으로 들어오라 해도 비단전에 있겠다고 고집을 부리고, 시집 갈 준비를 하게 규방 수업을 하라고 일러도 말을 듣지 않으니 속이 상했다.

"동무 집에 간다 하셨으니 곧 들어오실 것입니다."

한세는 오늘 오후에는 홍국영의 고모 댁인 연희의 집에 들러 함께 채운당으로 갈 예정이었다. 지금 들어와도 씻고 준비하려면 빠듯할 것인데 아직까지 나타나지 않았다.

"어디를 가기로 했으면 단장하고 갈 준비나 하지 않고 어찌 만날 사내처럼 칼이나 잡고 설쳐대는지!"

"다 제가 못난 탓이라……."

"그것이 어찌 자네 탓이겠나?"

여간해서는 표정이 드러나지 않는 허씨도 속이 타는지 얼굴에 수심이 가득했다. 한세의 아버지야 세손을 보위에 올리는 데 온 집안의 명운을 걸고 있는 것이니 여식을 돌아볼 여유조차 없었지만, 어머니의 마음이란 그런 것이 아니었다.

"유모! 유모! 빨리!"

한세가 달려들어 오다가 허씨를 발견하고 우뚝 섰다.

"어머니?"

"너는 대체 생각이 있는 것이냐, 지금이 이 땡볕에 그리 뛰어 다니면 얼굴이 어찌 되겠느냐?"

"그, 그것은……."

허씨가 엄한 얼굴로 묻자 한세의 말문이 막혀 버렸다. 송씨와는 달리 어머니 허씨는 여식의 얼굴만 보면 조신하지 못하다고 잔소리였다.

"동무에게 가기로 했다며 얼른 씻고 오너라!"

"예, 어머니."

한세는 난감한 얼굴이 되어 분이를 바라보았다.

"목욕 준비해 됐습니다."

분이의 말이 떨어지기 무섭게 한세는 목욕통에 받아놓은 물속으로 들어가 숨이 막히도록 나오지 않았다.

강을 보지 못하고 실망해서 돌아오는 그 마음이 그저 걱정 때문이라고 스스로에게 타일렀지만, 마음이라는 것이 그렇게 쉽게 잘라지지도 당겨지지도 않는다는 것을 인정할 수밖에 없었다.

"아가씨, 아가씨! 뭐 하시는 거예요?"

"헉! 헉! 머리가 복잡해서 씻어내려고."

놀란 분이가 끌어내고서야 고개를 내민 한세는 가쁜 숨을 터뜨렸다.

"아이고, 놀래라. 보고 싶으면 보고 싶다, 말을 할 것이지. 참말 엉뚱하다니까!"

며칠 동안 강은 보이지 않고 한세는 풀이 죽어 있자, 또 다툰 것이 틀림없다 짐작은 하고 있었지만 이번엔 오래가는 것 같았다.

"이리 와 앉아라, 머리를 말려줄 것이니."

허씨는 목욕을 하고 나오는 한세를 기다리다 머리를 말려주었다.

"네가 이러고 다니는 줄 알면 경애가 퍽도 좋아하겠다."

머리를 말려주고 빗질을 하던 허씨는 햇볕에 발갛게 익어버린 한세의 얼굴을 보다 속이 상한지 혀를 찼다.

"예, 가회당 마님께서 좋아하지 않는다니요?"

"하면 좋아하겠느냐 집에서 편히 쉬면서 규수로서 도리를 배우라고 돌려보낸 것인데, 살림은 배우지 않고 이러고 다녀서야! 쯧쯧!"

"하면 마님께서 저를 미워서 보낸 것이 아닙니까?"

한세는 그날 새벽 낙심하던 송씨의 얼굴을 떠올리며 의아한 눈빛으로 허씨를 바라보았다.

"너는 내 동무를 그리 모르느냐?"

허씨는 알 듯 모를 듯 미소 지으며 한세의 얼굴에 분단장을 해주었다.

"예에?"

"사고 칠까 봐 보냈다지 않느냐, 사고 칠까 봐! 혼례 전에 애라도 생길까 봐! 내가 참말 낯이 뜨거워서!"

허씨는 사내와 동침을 하고도 낯 뜨거운 것도 모르고 종알거리는 한세가 미워 등짝을 철썩철썩 때렸다.

"아야! 아, 아닙니다. 그런 것!"

한세는 그제야 사태를 깨닫고 변명이라도 해보려고 하였지만, 이미 여식이 강과 동침한 것이 기정사실로 굳어진 분위기였다.

"강이 이미 이실직고를 했다지 않느냐!"

"예에?"

"강의 아버님과는 상의를 했다는데, 아이고, 남세스러워서!"

"하면 아버지께서도 알고 계십니까?"

한세는 그제야 강이 어째서 통 보이지를 않는지 깨닫고, 기가 막혀 입이 딱 벌어졌다.

"네 아버님은 아직 모르신다. 곧 강이 직접 찾아뵙고 용서를 빌겠다고 했다더구나."

"세상에, 못살아!"

"내 거야!"

잊고 있었던 것이 불현듯 떠올랐다. 어려서부터 입버릇처럼 내 거라고 소리치던 강의 목소리가 귓가에 쟁쟁하게 울려오는 것만 같았다.

"내가 알아서 할 것이다."

그러면 그렇지, 어쩐지! 잡히면 죽을까 봐 보이지 않았던 것이구나, 젠장!

"어쩐지! 이제 어쩔 거야!"

바람막이가 되어줄 수 있을 것이라는 윤소이를 며느리로 맞으려는 서동환을 위해 모질게 마음을 먹었던 한세는 눈앞이 아득해졌다.

"처음엔 혼인이나 하고 자기처럼 살게 될 너를 생각하니 화가 났다는구나. 하나 다시 생각하니 이대로 두었다가는 시어른들의 미움을 받아 질식사할 것이 불을 보듯 뻔한 것이고, 둘이 붙여두었다가는 혼례도 치르기 전에 일을 낼까 봐 너를 돌려보낸 것이지."

송씨의 서찰에서 대충의 내용을 전해들은 허씨는 자기가 말을 해놓고도 부끄러운지 다시 한세의 등짝을 찰싹 때렸다.

"아, 하지만 그리하시면 마님은 그 살림에 대감마님 병수발까지 드시느라 힘이 드실 것인데……."

한세는 등짝을 얻어맞고도 부끄러운 줄도 모르고 종알거렸다.

"그 짐까지 너에게 맡기고 싶지 않다고, 나를 보기도 죄스럽다고 하더구나."

"아, 그러셨구나."

그제야 송씨가 어째서 그렇게 힘이 드는데도 부득부득 저를 돌려보내겠다고 했는지 알 것 같았다. 송씨는 아무리 봐도 강과 많이 닮아 있었다. 겉으로 보기에는 곁을 내주지 않을 것처럼 차가워 보여도 속정이 깊은 분이었다.

"유모에게 들으니 너희는 만나면 토닥거리고 싸우기만 한다며, 어찌 그런 사고를 친 것이야?"

얼레빗으로 흑단 같은 머리를 빗어 잘 땋아내려 댕기를 물려주며 허씨는 또다시 한숨을 내쉬었다. 생각할수록 여식이 친 사고가 가슴을 짓누르는 것이었다. 사고도 워낙에 대형 사고라 생각하면 하루라도 빨리 혼례를 올려야 하건만 넘어야 할 산이 첩첩이니 답답했다.

"아닙니다, 어머니!"

보다 못한 한세가 아니라고 발뺌을 했지만 지금의 상황으로 볼 때 믿어줄 턱이 없었다. 게다가 동침을 한 것은 사실이었으니.

"어차피 이리된 것 어미에게 말 못 할 것이 무엇이냐, 너도 그러니 며칠 동안 밥도 먹지 못하고 전전긍긍하고 있는 것이 아니더냐?"

한세는 딸자식 단장을 해주며 잔소리를 끝없이 하는 허씨를 보니 이분이 친어머니가 확실하다는 생각이 들었다.

"그런 것 아닙니다."

"그렇더라도 혼례를 올리기 전에는 몸가짐을 조심해야 한다."

한세에게 새로 지어온 노랑 저고리에 풀빛 치마를 입혀주며 허씨는 살갑게 말했다. 어려서부터 사랑받는 여인의 마음에 대해 일러줄 수 있었더라면 하는 후회가 되었지만 내색하지 못했다.

"예, 어머니."

이제는 더 이상 아니라고 해봐야 소용이 없었다. 강이를 잡아와 해명이라도 해야 될 것 같았지만, 해명한다고 일이 해결될지 막막했다.

"이렇게 입혀놓으니 어째 너는 나보다는 경애를 더 닮은 것 같구나."

단아한 모습의 한세를 물끄러미 바라보던 허씨는 젊은 시절의 송경애를 떠올리며 빙그레 웃었다.

"다녀오겠습니다."

"너무 늦지 않게 돌아오너라."

"예, 어머니!"

곱게 단장하고 비단전을 나서며 한세는 긴 한숨을 내쉬었다.

"이것이 다 강이 탓이야, 대체 어디 가서 찾지. 죽었어!"

연희의 집에 놀러간 한세는 홍국영의 누이인 서희를 만나 잠시 차를 마시고 놀다가 채운당으로 가기 위해 자리에서 일어섰다.

"하면 재미있게 놀다 오십시오."

홍국영의 누이 서희는 여리고 병약한 아이라 도성 밖에 있는 홍국영의 본가에서 바깥출입도 않다가 오라비가 관직에 나서자 한양 규수들과 교류하게 하려고 고모네 집에 와 있는 것이었다.

"네, 아가씨! 만나서 반가웠습니다. 종종 나들이도 하시며 재미난 구경도 많이 하세요."

한세는 가녀린 서희의 손을 잡고 한참을 바라보았다.

이렇게 어린 소녀가 오라비의 욕망 때문에 궁궐에 들어와 채 피어보지도 못하고 죽을 것을 생각하니 마음이 아팠다.

"종종 놀러 오셔서, 재미난 이야기를 들려주십시오. 옷이 참으로 곱습니다."

서희는 다정한 한세가 마음에 쏙 들었던 모양이었다.

허씨가 지극정성으로 단장을 해준 덕에 한세는 그 어떤 날보다 단아하고 아름다워 검을 쓰는 사내인 척을 하고 다닌다는 것은 상상할 수 없는 모습이었다.

"네게 이런 동무가 있었더냐?"

마침 퇴청하고 돌아온 홍국영은 대문 앞에서 한세를 발견하고 고개를 갸웃거렸다. 어디선가 본 것 같은데 이 정도의 미색이면 기억이 나지 않을 리 없었다.

"남녀가 유별한데 그만 좀 보시우. 영란아, 내 고종사촌 오라버니야."

미래의 이산의 후궁이 될 홍국영의 누이를 잠깐 볼 욕심에 들렀던 것인데, 하필이면 홍국영과 마주치고 말았으니 낭패였다.

"영란이라 하옵니다."

한세는 혹시 알아보지 않을까 내심 뜨끔해 얼른 쓰개 옷을 뒤집어쓰고 기어들어갈 듯 작은 목소리로 속삭였다.

"요즘 규수답지 않게 수줍음이 많으신가 봅니다."

그 순간 홍국영은 이 규수를 어디서 보았는지 생각났다. 그는 눈앞에 서 있는 이 규수가 이산과 같이 있던 여인이 틀림없다는 생각에 회심의 미소를 지었다.

"그렇지 않아도 영란이와 나는 나가려던 참이에요."

영란을 바라보는 홍국영의 눈빛이 심상치 않다고 느낀 연희가 서둘러 자리에서 일어섰다.

"하면 그만 가보겠습니다."

"다음에 마주치면 모르는 체하지는 말아주시지요."

한세가 이산과 특별한 관계라는 것을 눈치챈 홍국영은 굳이 대문 앞까지 나와 가마에 오르는 것을 배웅했다.

"그럴 리가 있겠습니까."

한세는 서둘러 가마 문을 닫으며 그 자리를 벗어났지만, 홍국영과 마주쳤다는 것이 마음에 걸렸다.

"기다리고 계십니다. 드시지요."

방문 앞에 대기하고 있던 도겸은 안내하는 기녀의 뒤를 따라온 강을 보자 공손히 예를 갖추었다.

"수고가 많네."

늘 접대용 사랑채에서 보자고 하던 것과는 달리 오늘 강을 안내한 곳은 안채 중에서도 가장 안쪽, 당주가 거처하는 곳이었다.

"가회당에서 오셨습니다."

문이 열리자 치렁한 문발이 차랑차랑 흔들렸다.

"품위 있는 방일세."

방 한쪽에 피워둔 향로의 연기가 가는 실처럼 흘러가는 것이 매처럼 날카로운 강의 시선에 걸렸다.

"어서 오십시오."

검은 비단에 분홍 구름이 수놓아진 끝단을 두른 저고리를 입은 채운이 잔잔하게 웃으며 맞았다.

"앉으시지요."

코끝을 스치는 향기를 음미하며 강은 찻상이 차려진 곳으로 가서 편안한 자세로 앉았다.

"가회당 마님의 국화차가 워낙 유명한지라, 입에 맞으실지 모르겠습니다."

채운은 매화 한 송이가 그려진 주전자를 들고 찻잔을 채웠다. 잘 우러난 국화향이 방 안 가득히 퍼져 나갔다.

"차 맛이야 채운당도 빠지지 않는 것이고."

강은 눈을 새치름히 내리깔고 차를 따르는 채운의 내심을 살폈다.

"그리 말씀해 주시니 고맙습니다."

채운은 그 차고 냉랭한 강의 눈길을 모를 리 없었지만 애써 외면했다.

"어찌 보자 하였는가?"

"나리께서 하시고 계신 일에 대해 곰곰이 생각해 보았습니다. 어째서 조선에 퍼져 있는 기별서리들을 통해 정보를 모으고 계신지 말입니다."

고개를 숙이고 생각에 잠겨 있던 채운이 웃으며 얼굴을 들었다.

"내 뒤를 캐고 있었던가?"

강은 파르스름하게 수염이 돋은 턱을 문지르며 미간을 찡그렸다.

"옹주마마의 제안은 거절하셨으니, 저와 함께하시는 것은 어떠십니까?"

"무엇을 함께하자는 것인가?"

강의 깊고 매서운 눈매가 반짝 빛을 발했다.

"민간 조보를 만들어보는 것이 어떻습니까?"

"사보를 만들자는 말인가?"

"예, 그렇습니다. 나리의 정보원들을 이용해 민간인들이 생계에 필요한 민간 조보를 한글로 인쇄하여 배포한다면 백성들에게도 큰 도움이 되지 않겠습니까? 또 저 같은 장사꾼들을 위한 민간 조보와 유학자들을 위한 학술지 같은 조보도 만든다면 이는 조선의 발전에도 큰 도움이 될 것입니다."

"민간 조보는 이미 선조대왕 때도 발행되었네, 하나 그 조보의 내용이 명나라에까지 알려지는 바람에 선조께서 발행을 중단시키고 관련자들을 모두 유배시켰지."

강은 싸늘한 목소리로 간결하게 대답했다.

물론 그도 그런 생각을 하지 않은 것은 아니지만, 지금처럼 중화사상에 젖어 있는 조선의 관료들을 설득할 수 있을지 의문이었다.

"하나 그것은 분명 좋은 시도였습니다."

싸늘한 목소리로 보아 강이 긍정적이지 않다는 것쯤이야 알아챌 수 있었지만 그 정도에서 물러설 것 같았으면 채운 역시 시작도 하지 않았을 터였다.

"자칫하면 자네 같은 이익집단들의 욕심을 채우는 도구로 전락할 수도 있지."

채운이 다시 한 번 분명하게 뜻을 전했으나 강은 점점 더 냉정하고 차분해져 갔다.

"그것은 지식과 정보를 특정인들만이 알고 있기 때문입니다. 모든 백성들이 읽기 쉬운 한글을 통해 발행되는 민간 사보를 읽게 되고 정보를 나눌 수 있다면 조선은 획기적으로 발전할 것이라 생각합니다. 이는 저만의 생각이 아니라 많은 이들이 그리 생각하고 있는 것입니다."

강의 낯빛은 차고 냉랭하였지만 채운은 꼿꼿이 고개를 들고 그의 눈을 똑바로 쳐다보았다.

"백성들이 판단을 할 수 있는 능력이 생기기 이전에 민간 사보를 발행하는 것은 자칫 혼란을 야기할 수 있을 것이고 이는 이미 나라에서 금하는 것이니 쉽지 않을 것이다. 지금의 전하께서도 그 부분은 민감하시니."

"해서 중신들을 설득하고 선비들을 설득하실 분이 필요한 것이 아니겠습니까? 이미 구라파를 비롯한 세계는 급변하고 있고 청나라 유리창에 유입되는 정보들은 차고 넘칩니다. 하나 조선은 그런 정보들이 뒤늦게 아주 소수의 선비와 역관들을 통해 알려지고 있을 뿐입니다. 넘쳐나는 정보들을 더 많은 이들이 접할 수 있다면, 모든 것이 달라질 것입니다."

"대체 자네가 어찌하여 그런 생각을 하는 것인지, 나는 그것이 더 궁금해지네."

채운당을 알기 시작하면서부터 쭉 지켜보고 있는 채운이었지만 도무지 알 수 없는 여인이었다. 아무리 생각해도 장사치가 할 제안은 아니지 않는가. 강은 잠시 고민에 빠졌다.

"처음부터 긍정적으로 받아들이실 거라고 생각지 않았습니다. 하나, 한 번쯤 심사숙고해 주십시오."

"그것뿐인가?"

"예."

"하면 나는 이만 나가보겠네. 다회와 가회의 모임이 있다고 하니 가회의 장인 내가 참석해야 하지 않겠나."

"그리 하시지요."

"아름다운 방일세. 언제 한 번 빌려주게."

"예, 나리께서 청하시는데 어찌 거절하겠습니까?"

천하의 강답지 않게 은근한 목소리로 부탁하자, 채운은 곧 다회에 참석할 한세를 떠올리고 흔쾌히 고개를 끄덕였다.

〈2권에서 계속〉